風雲時代 30 周年紀念 暢銷典藏版

高建群

最後一個匈奴

目錄
Contents

目錄
Contents

【下卷】

有一個唐吉訶德出現了……

——台灣版前言

高建群

前頭已經沒有路了，那麼你還要走嗎？我的建議：喘口氣，歇一歇，然後折身回去！

哦，前頭已經沒有路了！那麼前頭是什麼呢？哦，好像是一片墳地！

是的，是一片墳地，一片淒涼的墳場。普希金在他的《驛站長》的結束部分，說，我生平從未見過這樣淒涼的墳地。光禿禿的，有幾棵沒有葉子的老樹，立在那裏，樹的四周有烏鴉在繞樹三匝，那烏鴉的叫聲更給這黃昏增加了幾分淒清。

普希金我讀過。《驛站長》也是我最喜歡的一部小說。我記得我說過這樣的話：我的母親不識字，我都寫了三十本書了，母親卻一個字都沒有看過，這叫我很遺憾。我想，等我有一天有了點閒暇，我要抽出時間來，坐到母親的膝前，將那些世界上最好的小說讀給她聽。我不讀我的，我要讀的第一個小說，正是普希金的《驛站長》。

那確實是一個好小說，寫的是一個小人物的命運。驛站長的女兒被路經驛站的沙俄軍官拐走了。那女孩不像我們讀者所推理的那樣被始亂終棄，最終流落莫斯科街頭，而是成爲貴婦人，有了一個好結局。但是，驛站長，可憐的驛站長，他卻被這結局擊倒了。真是很奇怪的一件事。

我記得，在普希金的小說中，驛站長悲慘地死去，成爲那驛站旁淒涼墳地的一抔土。普希金

在小說結束時說，我花了幾個盧布，請村裏一個獨眼的小男孩帶路，來到墓地，來到那驛站長的墳前，爲這位故人灑一掬淚。

你記得很準確，是這樣的。小說以「誰沒有咒罵過驛站長」開頭，以「我已經不心痛付出去的那幾個盧布了」作爲結束。

我明白了，你是將過客的我，所要穿越的這塊墓地，和那普希金式的驛站長式的墓地聯繫在了一起！

是的，聯繫在了一起！不論是大人物，還是小人物，他們都該有墓地，那是生命的休止符。

那麼就此爲止，我不該走了嗎？這個過客將在這裏停住腳步嗎？荒草一年一年發生，隆起的土包會迅速地被歲月撫平。

正是這個意思！

那麼墓地的盡頭，或者換言之說，當你穿越墓地之後，展現在你眼前的，那一面是怎樣的風景呢？

那地方誰也沒有去過！是的，誰也沒有去過。那地方爲黑暗所遮掩，爲傳說所遮掩。理智的人，克制的人，是不會冒險去那裏的！

難道在村子裏，就沒有一個人去過那墳地的後邊嗎？比如一個小男孩，愛動的小男孩，愛胡思亂想、相信這個世界上有奇跡的小男孩，那普希金式的獨眼的小男孩，他也許會去的！

我讚賞你的想像力。村裏確實有一個小男孩去過。黃昏了，媽媽喊他吃飯，喊了很久，暮色中，他從墳地的另一頭，一臉落寞的回來了！

他告訴過村上的人那墳地的另一頭有什麼嗎？我想應該有的，即便是無垠的曠野，是沒膝的蒿草，是大車輪子一樣的通紅夕陽的沉落處，是一眼千年不涸的泉子，是倚門而立的怨婦，他總該有！

你也許會失望的。小男孩說，那墳地的另一頭，空蕩蕩，什麼也沒有，只有幾朵野菊花，在寂寞地開放著。由於沒有人去光顧它們，注視它們，鼓勵它們，它們開放的並不熱烈。

我不會失望！有那幾束菊花，這就足夠了。它足夠點綴這個過客淒涼的長途了。

這麼說，異鄉的遠行客，你真的要不顧阻攔，一意孤行，去穿越這片墳地了。

是的，我要穿越。我要穿過墳地去，在穿越的途中，向路經的每一件景物注目以禮。我要尋找那幾束菊花，看它是不是還每年定期開放。

那好吧！且讓我熱烈地說，激情地說，用世界上最動聽的聲音說，這個世界上，終於有一個人要穿越墓地了。這是我們中的一個人，在這個平凡的世界上，有一個唐吉訶德出現了。讓我祝福你好運。

不要那麼說，不要給我那麼多壓力。人類的浪漫曲已經唱完了。我只是一個小人物，一個疲倦的旅者，一個哪裏天黑哪裏歇的過客。權且把我當做一個孩子吧，當做那個普希金式的獨眼的男孩，那個曾經到過墓地另一頭的咱們村子的男孩。我只有一個卑微的想法，想到墓地的另一面去看一看，有沒有野菊花，倒在其次。

當我的七本主要作品，行將在台灣付梓出版時，謹以以上的話語，表達我此刻的心情。謹向海水簇擁著的那個島，向每一位高貴的讀者，獻上我的敬意。我愛你們，我的心中此一刻被一種宗教般的悲憫感情填滿。我愛你們，這人類族群的一分子，我的居住在海上的兄弟姊妹！

序曲：阿提拉羊皮書

導言

匈奴民族的歷史，是中國歷史的一部分，是世界歷史的一部分，是人類共有的珍貴記憶。

第一節　獨耳黑狼傳說

一隻紅海公狼與一隻黑海母狼交配，生下一隻黑狼。黑狼目光炯炯，毛色如漆，長嗥著在西域大地遊蕩。

這一日，匈奴頭曼單于漂亮的妻子，午睡中，感到有一隻黑狼鑽進了她的牙帳。她驚叫一聲。聞訊趕來的頭曼單于，挑刀進帳，果然看見有一隻黑狼。頭曼手起刀落，向黑狼的腦袋劈去，黑狼的腦袋一偏，一隻耳朵被削掉了。黑狼尖叫著，衝出帳篷，跑進黑森林裏去了。十月懷胎，頭曼的妻子生下一位大英雄，這就是天之驕子冒頓。

第二節　冒頓大帝的英雄業績

頭曼單于死後，冒頓殺了欽定的繼承人弟弟胡月，成為匈奴大單于。那個或真或假的獨耳黑狼傳說，令冒頓著迷，他在他的令旗上畫了匹獨耳黑狼，做為令旗。這就是所謂的獵獵狼旗。狼旗所指，冒頓迅速地統一了匈奴各部落，接著又一統西域一十六國。期間，冒頓先是在山西雁北地區，將漢高祖劉邦的三十萬大軍包圍。劉邦全軍覆沒，只帶幾百人逃到白登山上。是夜，劉邦買通了單于的妻子，才得以穿上士兵的衣服，從重重包圍中逃脫。這就是中國史書上的漢高祖白登山之圍。

冒頓大帝又揮著他的獵獵狼旗，將大月氏王的頭顱割下，鑲上金銀，掛在馬鞍上充當他的酒具。冒頓還給漢文帝上書說，西域一十六國已盡在匈奴人的鐵騎胡塵下，要求分疆而治。這就是著名的《冒頓文書》。正是因為這個《冒頓文書》，才令漢王室知道了西域尚有那麼遼闊的地域，並令漢中人張騫去探個究竟。狂妄的冒頓大帝還有一句著名的話，那就是：「我匈奴人的牛羊吃草到哪裏，那裏就是匈奴人的疆界。」西元前一七四年冬天，冒頓死，傳說葬於天鵝湖中。下葬時，成千上萬隻白天鵝遮蔽湖面，久久不散。

第三節　呼韓邪單于、郅支單于

西元前四十五年左右，匈奴人分裂為兩個大的部落。一個部落以今天的包頭（當時叫九原郡）為中心，史稱南匈奴，匈奴王是呼韓邪。另一個部落當在今天外蒙古的鄂爾渾河流域一帶，史稱北匈奴或西匈奴，匈奴王是郅支。兩個單于都想統一匈奴草原，這樣便每有戰事發生。呼韓邪大約是一個有心計的人，他曾兩次前往長安城求親。這樣，他便迎得了後宮美人王昭君出塞。

第四節　一個女人改變了匈奴人的歷史

昭君美人這一天正在後宮悶坐，聽得未央宮外馬蹄達達、胡笳聲聲，於是慘然一笑說：「迎接我的人來了。」於是起身走出門外，主動請纓，要求下嫁匈奴。昭君是一位絕色的江南女子，傾國傾城，入宮已經很久了，卻還沒有得到漢元帝的寵幸，是個處女。

這其中有一個原因。後宮中的美人實在是太多，漢元帝讓宮廷畫師毛延壽，將她們畫成畫像，供他每晚選擇歇息處。王昭君自恃美貌，不願賄賂畫師，因此毛延壽將她畫成了一個醜女。聽說這個叫王嬙的醜婦願意下嫁匈奴，也算資源利用，漢元帝也就是送呼韓邪單于一個人情，於是他給昭君封了一個名分，讓她遠去。待面見了昭君，漢元帝見竟是這樣一個絕色美人，有些悔意，但是話既然已經出口，也就不好更改了。待迎親的車馬一走，元帝問清緣由，便將畫師毛延壽殺了。

昭君從子午嶺山脊的秦直道，橫穿陝北高原，渡黃河，抵九原郡。先嫁呼韓邪單于，呼死後，再嫁他的繼位者，接著，又嫁他的繼位者的繼位者。這就是昭君三嫁的故事。

昭君出塞，這樣，南匈奴從理論上講便成爲漢王朝的附屬國。漢王朝將郡治設在了九原。失勢的北匈奴割袍斷義，逐漸遠離定居文明的地區，開始他們悲壯的遷徙。

第五節　南匈奴的內附和北匈奴的遷徙

南匈奴從漢光武帝開始，從長城線外遷入長城線內，開始定居。這叫「內附」。朝廷在山西境內設河東六郡，安置匈奴。

在漢王室與南匈奴夾擊下的失敗者郅支單于，則率領他的北匈奴部落緩慢地向西方遷徙。這支匈奴在未來的年代裏，將要出現一位大英雄阿提拉，並在多瑙河畔建立他的匈奴大漢國。但是此刻，他們向西方的行走，僅僅是去趕那一條條的河流和草場，以便生息。

西元前三十六年，漢王室的一個叫陳湯的副校尉，率領一支小部隊在尾隨了郅支單于很久之後，在巴爾喀什湖流域的一次突襲中，將郅支單于斬首。中國史書關於這支匈奴部落的記載，到此為止。要知道他們後來的經歷，得在其他文明板塊的史書中去尋找。

第六節　大遷徙記

從郅支之死到阿提拉出世，這中間的幾百年時間，對我們來說是為黑暗遮掩、混沌不清的。誰也不知道這支匈奴人是怎樣穿越險峻的高山和湍急的河流，完成這一場跨越洲際的大遷徙。僅就河流而論，他們穿越了烏滸河、藥殺水，穿越了伏爾加河、頓河、庫班河、第聶伯河，穿越了多瑙河，穿越了萊茵河。他們穿越的路程較之《聖經．出埃及記》中的以色列人，要漫長上許多倍。他們是如何穿越的，多少人死在了路途，又有多少人在路途上出生，這一股洪水裹脅了多少人一起走，他們又將多少人留在了路經的地方。這些都是謎。

土耳其的史書，俄羅斯的史書，阿拉伯的史書，西方人的史書，曾經零星地記載過這些偉大遷徙者的蛛絲馬跡。換言之，這些史書只是在記載他們民族的故事時，由於這些草原來客的出現，楔入了他們的文明板塊邊緣，於是偶爾地給一些零星的筆墨。

北匈奴人在黑海和裏海，勾留過相當一段的時間，後來由於這裏的鹽鹹、乾旱和極其惡劣的氣候，才不得不拔起營帳，向更濕潤的西方繼續走。匈牙利人裴多菲在他的民族史詩中吟唱道：我光榮的祖先呐，你們如何在那遙遠的年代裏，從東方，從黑海和裏海，遷徙到水草豐美的多瑙河邊，建立起我們的公國。

每天，那像橘紅色大車輪子一樣，停駐在西地平線上的落日，一定給過這些草原子民許多的想像。當疲憊的馬蹄和吱啞的車輪向前行駛時，他們並沒有目的地。目的只是遠處的水草。逐水草而居是這些草原子民的生存法則。他們就這樣一段一段地攆，一直走了遙遠的路。是夜，遷徙者圍成一個圓。圓心生起篝火，婦孺們留在核心，強壯的士兵則枕戈待旦，一直到天明。

第七節　歐亞大平原

從世界東方的首都長安，到世界西方的首都羅馬，這中間漫長的地帶，被史學家稱之爲歐亞大平原。這廣闊無垠的地域爲戈壁、沙漠、草原、河流、森林、高山所充塡。在這塊坦蕩的土地上，遊蕩著許多的遊牧民族，他們像一鍋開了鍋的水一樣，週期性地或向東方的長安、或向西方的羅馬湧動，每每掀起滔天大浪。

第八節　西方人第一眼中的匈奴人

西元三七四年的時候，匈奴人這一支洪流，纏裹著歐亞大平原幾乎所有的遊牧民族，突然出現在多瑙河畔。一位西方傳教士，曾經做爲客人，走入過匈奴人的帳篷。他爲我們詳盡地描述了這些引起歐洲大陸強烈震動的草原來客的形象。這是迄今見到的對匈奴人最詳盡的描寫。當然，文字中包含了一個優越的定居文明對這些遷徙者的許多輕蔑和貶低。但是，它畢竟透露了一些真實的資訊。

文字說：「匈奴人在殘暴與野蠻方面，是超過了人們所能設想的。他們戳破自己小孩的面頰，使長成瘢疤以防鬍鬚生長。他們有粗矮的體格，兩個長大的胳膊，和一個很大的腦袋。他們的外表是可怕的。而且他們像畜牲般地生活著。

「他們的食物沒有被燒煮和加調料，他們吃野草根和馬鞍壓軟了的肉。他們不知道犁的使用，不知道定居的房屋、土房或木屋。他們是永遠的遊牧者，從幼小的時候就習慣了冷、饑、渴。他們的牧群隨著他們遷徙，他們拽著裝載他們家屬的大車。是在這上面，他們的妻子紡著線和縫製他們的衣服，生育和撫養他們的孩子一直到成年。你問這些人是從哪裏來，在哪裏出生，他們是不知道的。他們的衣服包括一件麻料下衣，一件用野鼠皮縫製在一起的寬袖上衣。暗色的下衣腐爛在他們身上。他們除了不穿它時從來不知道更換。一個有前簷的帽或一個帽頂堆在後面的無簷的帽，加上纏在他們的長毛腿周圍的山羊皮，這就配備全了他們的行裝。他們沒有式樣和大小的鞋子不讓他們走路。做爲步兵他們完全不適宜於作戰，但只要一跨上馬，則我們會說他們是釘在馬背上的。他們的馬是小而難看的。但牠不知道疲乏，走時像閃電一般。他們是在馬上度過他們的一生。有時騎著，有時側身坐在馬背上像婦女一樣。他們在馬背上開會、做買賣、吃、喝，甚至於把前身倒在馬頸上睡覺。

「在戰場上，他們襲擊敵人時會發出可怕的叫聲。如果發現有抵抗，他們很快地逃走，但以同樣的速度再回來時，則一直向前衝擊，推倒他們面前的一切障礙。他們不知道如何攻下一個要塞和擊破一個防禦的陣地。但他們的射擊術是無可比擬的，他們能從驚人的距離，射出他們似鐵一樣堅硬和能致命的尖骨頭製的箭。」

第九節 阿提拉

獨眼的女薩滿站在喀爾巴阡山上，向上蒼禱告。她說：「賜一位英雄給匈奴草原吧！我們將服從他和敬畏他，並尊稱他為『天之驕子』！」在女薩滿的禱告聲中，世界的偉大征服者阿提拉誕生了。那時，進入匈牙利草原的匈奴人分成三個部落，分別由三兄弟統治，他們是羅干思、孟卓克及韓克答兒，他們之後，統治者則是羅卓克的兩個兒子布列達和阿提拉，但很快後者把前者淘汰了。

大單于阿提拉出現在多瑙河左右岸。他中等身材，粗魯扁平的頭，強壯的身材，短腿帶一些羅圈，鼻子有些塌，眼珠深陷。

看見過他的當地人說，當他站在你面前的時候，他是凡人，而當他跨上那匹鞍上掛著骷髏頭酒具的馬、揮舞著獨耳黑狼令旗時，他顯得高大和令人恐懼。他們還說，當他的目光越過多瑙河藍色的波浪，專注地注視著豐饒的歐羅巴大陸時，從山洞一樣深陷的眼眶裏射出尖銳的視力，能把最遠的東西收入視線中。

他們還說，阿提拉在征服歐洲，並把歐羅巴變成一片廢墟、一片匈奴人的大牧場的時候，採取的是群狼戰術。你見過一群饑渴難忍的草原狼撲向一頭獅子時的情景嗎？阿提拉率領他的草原上的兄弟們，撲向歐羅巴一座又一座城郭時，採取的正是這種戰術。

第十節　那時中國世界正在發生的事情

阿提拉對女薩滿說：「妳的獨眼，向我們的來路上看，看遙遠的東方，我們的故鄉，正在發生什麼樣的事情。尤其，那被稱爲南匈奴的，已經在陝北高原、在山西雁北、在黃河河套地區安定下來的兄弟，他們現在在幹什麼？」

女薩滿只有一隻獨眼。她不能有第二隻，如果有兩隻，那就太可怕了，那她就是全知全覺了。所以她只能有一隻眼。女薩滿此刻亮起她的獨眼，朝東方的方向注視了很久，最後說——內附的南匈奴並沒有能安定多長，便開始一場更爲激烈的騷動。這就是中國史書上所說的「五胡十六國」之亂。這個時代的開始，是以被安置在山西離石地區的匈奴左賢王劉淵的建立匈奴漢國爲開始的。接著，被安置在陝西黃陵的匈奴右賢王曹毅起事。曹毅的起事並沒有多大勢力，但是，劉淵的繼位者，他的兒子劉聰，迅速地佔領了西晉的首都洛陽，隨後又佔領了帝王之都長安。接著，一個從山西大同遊牧過來的梟雄赫連勃勃，又在陝北北部築起統萬城，建立起大夏國政權。赫連勃勃被認爲是出塞美人王昭君的直系後裔之一。

第十一節 那時羅馬城正在發生的事情

聽完薩滿的話，阿提拉明白了，他也應當在這多瑙河邊，建立一個匈奴漢國，或者更具東方色彩，叫大漢國。於是他號令屬下開始張羅這件事。接著，他又面孔轉向西邊，問薩滿羅馬城裏正在發生什麼事情。

女薩滿說，羅馬城現在一片混亂。知道城池將不可避免地要陷入阿提拉之手，於是，羅馬皇帝倉皇逃走了，現在，偌大的城市由羅馬大主教臨時管理著。

女薩滿還說，她在羅馬的皇宮中，看到了一件稀罕事，一位高貴的羅馬公主，正在梳妝。她是赤身裸體的，在身邊服侍她的二十四個宮女也是赤身裸體的。她是真正的公主，肌膚像大理石一樣雪白，藍色的血在肌膚下面流著，她的眼珠是藍色，頭髮則像陽光灑在秋天的牧草上一樣金碧輝煌。

說到這裏，女薩滿停頓了一下。急不可待的阿提拉繼續問，於是女薩滿說，她看見有十二個宮女正在爲她梳頭，金黃色的頭髮梳得像流金瀑布，而同時又有十二個宮女正在將她的陰毛編成辮子。那長長的陰毛也是金黃色的，宮女們將它辮成一個一個麥穗狀。而公主本人，則懶洋洋地躺在天鵝絨臥榻上，聽任擺佈。「她是真正的公主，而絕對不是漢元帝賜給呼韓邪單于的那個贗品！」女薩滿最後總結說。

「她該有個名字的！」阿提拉嘟囔道。

「她有名字，叫奧諾莉亞！」女薩滿回答。

第十二節　阿提拉向羅馬帝國宣戰

西元四四一年，阿提拉在今天的布達佩斯，建立匈奴漢國，接著向東羅馬帝國宣戰。他先後征服了阿蘭人、東哥德人、西哥德人、日耳曼人、高盧人，佔據了今天歐洲的大部分地區。在滅掉了東羅馬帝國，摧毀了君士坦丁堡以後，阿提拉率領他的烏合之眾，強渡萊茵河，向西方基督教世界的首都羅馬進軍。

強渡萊茵河的戰鬥，大約是人類至那個時候所經歷過最慘烈的一次戰鬥。士兵驅趕著馬，跳進河裏，馬向對岸游去。有的士兵是騎在馬背上的，而更多的是拽著馬尾巴游過去的。馬的屍體和人的屍體將萊茵河塡滿，鮮血則將河水染成腥紅色。

最後，在奪取了米蘭和巴威亞這些義大利城市之後，阿提拉率領他的大軍，將羅馬城鐵桶一般地圍住。這是西元四五二年的事。

第十三節　另一個女人又一次地改變了匈奴的歷史

眼見得西方基督教世界大廈將傾，這時羅馬教皇利奧一世站了出來。這是西方宗教史上一位有名的教皇，曾爲基督教的傳播和在西方確立主流地位立下了功勳。阿提拉大兵壓境，羅馬皇帝瓦倫提尼亞三世逃走，於是他便承擔起守城的任務。眼見得城池將破，主教於是星夜化裝出城，來到阿提拉的營帳，面見阿提拉，試圖說動他撤軍。

主教提議用羅馬滿城的珠寶，來供奉他。阿提拉聽了面無表情。主教又提議願意用他的人頭來換取阿提拉撤軍。阿提拉聽了，瞅瞅主教的白髮，仍然面無表情。最後，在利奧沮喪地就要離開時，阿提拉的嘴唇動了一下，嘟囔出了四個字：「奧諾莉亞！」主教聽了，興奮得就要發瘋了：「奧諾莉亞！奧諾莉亞！羅馬城得救了！」

主教趕回了羅馬城，並在第二天早晨的時候，趕到皇宮，晉見羅馬皇帝的妹妹奧諾莉亞。奧諾莉亞公主赤身裸體，正在以我們曾經透過女薩滿的眼睛，所看到過的情形那樣用頭髮和陰毛梳辮子。聽主教來訪，她於是讓人往身上披了一件蟬翼般的中國絲綢製品。

「男人們都到哪裏去了，難道，要我一個柔弱女人，去承擔這一段歷史，去承擔阿提拉三十萬軍帶來的這一支洪流嗎？」聽完紅衣大主教的話，奧諾莉亞說。

「是的，妳必須承擔，這是責任！妳將因此而不朽！西方史上將刻上奧諾莉亞這個光榮的名字！」大主教說。

「那麼，準備吧！」奧諾莉亞歎息了一聲。

羅馬城外的帳篷中，奧諾莉亞公主身上的披風，嘎然落地。她說：「過來吧，亞洲高原上的牧羊人。用你的舌頭和牙齒，解開這些麥穗吧！我其實一直在等著你的到來！我明白自己此生註定將有不平凡的命運！」

婚禮完畢之後，阿提拉帶著奧諾莉亞公主，再渡萊茵河和多瑙河，重新回到匈牙利草原上。而在第二年，他死於那裏。

葬禮上，士兵們搬來許多的石塊，將阿提拉大帝的墳墓堆成一座石山。這是榮譽，一個石塊代表他生前殺過一個敵人，那石塊代表敵人的頭顱。

第十四節　阿提拉之死

匈奴末代大單于阿提拉，是在西元四五三年，即婚後的第二年死去的。他死時正值盛年。按說，以他的年齡和身體狀況，還應當再活一些年的。是他的妻子，羅馬公主奧諾莉亞害死他的嗎？這是阿提拉死因中的一個說法。傳說在匈牙利草原上，有一種鴆鳥，牠的羽毛是極毒的。而奧諾莉亞公主高綰的髮髻上，就插著這樣一根羽毛。每天，當阿提拉喝酒時，公主便將羽毛輕輕地在他的酒面上掠一下。而我們知道，阿提拉以及他的那些草原兄弟，都是些嗜酒如命的人。這樣，阿提拉便在抱著骷髏頭酒具，在一次一次的飲酒中，最後慢性中毒而亡。

但是，這僅僅只是一種傳說，以阿提拉死去之後奧諾莉亞的行徑來看，她則是一位高貴的女性。阿提拉失敗了，他的那些追隨者如鳥獸散了，羅馬城和歐羅巴取得了勝利。羅馬人要將奧諾莉亞當做一位女英雄，迎回羅馬城去，但是奧諾莉亞拒絕了。她此生再沒有邁進羅馬城一步，而是回到了她的故鄉日耳曼。她還乞求這個世界忘掉她的名字。

第十五節　阿提拉的兒子們

奧諾莉亞在阿提拉死的時候，已經懷孕。她懷的是阿提拉的兒子。阿提拉死後，她讓阿提拉的宰相，一個歐羅巴人，帶著她離開了匈牙利草原。後來，兒子用剖腹產生出，奧諾莉亞則因出血過多而死。兒子取名叫凱撒，意即希臘語剖腹產而生的意思。凱撒後來曾做了西羅馬的皇帝，並與東羅馬對峙了許多年。皇帝的身世一欄，則用著這位宰相的兒子的名分。

隨著這個混雜的阿提拉帝國的倒塌，在東哥德人與格比德人的叛變中，阿提拉的長子被殺。他的另一個兒子騰吉齊克，當時重新回到了俄羅斯草原，後來，在集聚力量，準備仿效阿提拉重新開始一場西征的時候，在多瑙河下游與東羅馬帝國作戰時戰敗被殺。西元四六八年的時候，騰吉齊克的人頭，曾被懸掛在君士坦丁堡馬戲場裏，任人指點，任人嘲笑。

在參加完君士坦丁堡馬戲場的狂歡之後，高貴的遊客們會在臨走前，在騰吉齊克那日漸風乾的頭顱前停駐片刻。他們會指著那頭顱說：「這是一個從亞洲高原過來的野蠻人的頭顱，他的父親叫阿提拉，他的曾祖叫郅支與呼韓邪，他的遠祖叫冒頓，他們的故事將成爲歐羅巴人世世代代的談資和笑料。」

阿提拉另外的兒子們，則融入當地，消失在人群中了。因此這裏也就省略掉了記述他們那平庸的名字。

至此，人類歷史上一個強悍的、震動了東西方世界基礎的馬背民族，退出了歷史的舞台。他們那馳騁的身影，那獵獵狼旗，那女薩滿的禱告聲，也只做爲人們的記憶留存。自然，他們那沸騰的血液，還在今天的一些人類族群中流淌著，但這與「匈奴」這個稱謂已經沒有絲毫關係了。

第十六節　阿提拉羊皮書的由來

匈奴人沒有文字，而沒有文字也就等於沒有可供記憶的歷史。所以，當阿提拉彌留之際，他一邊用手撫摸著奧諾莉亞陰毛上的麥穗，一邊讓他的宰相，那位歐洲人，在一張羊皮上記載著他所知道的匈奴歷史。

他要求這羊皮書用《聖經》體例和史詩風格來書寫。阿提拉羊皮書已經失傳。

第十七節 最後一個匈奴

自那以後千百年來，從東方到西方，在遼闊的歐亞大平原上，每當有一隻羊羔出生的時候，主人要做的第一件事，就是掀起牠柔軟的皮毛，看那羊皮上有沒有文字。遺憾的是，千百年來，這樣的事情一次也沒有出現過。

這是不可靠的。因爲奇蹟是越來越少了。但是，讓我們換另一種思維來談這件事，來向光榮的歷史致敬，並爲今天的時代氣息服務，則是有可能的。

那就是，在匈奴人堪稱悲壯、堪稱恢宏的大遷徙中，一定會有人掉隊的，於是他便永遠地羈留在了他所路經的地方。

我們把那掉隊的匈奴士兵叫「最後一個匈奴」。我們把他落腳的那個地方選定在陝北高原。我們相信那不羈的「胡羯之血」（陳寅恪先生語）會一直澎湃到今天。

【上卷】

第一章　匈奴騎士與江南姑娘

高高的山峁上，一個小女子吆喝著牛在踩場。小女子穿了一件紅衫子。衫子剛剛在溝底的水裏擺過，還沒乾透，因此在高原八月的陽光下，紅得十分亮眼；小風一吹，簡直像一面迎風招展的旗幟。

那時的高原，還沒有現在這麼古老，這麼陳跡四布，這麼支離破碎。那時的踩場號子，也沒有現在這麼圓潤和婉轉。號子是從嗓門裏直通通地伸展出來的，以「呃」做爲整個號子的唯一歌詞。

山坡下是一條小河，小河旁是一個普通的陝北高原村落。村子叫吳兒堡。

吳兒堡記載著匈奴人一段可資驕傲的征服史。匈奴的鐵騎曾越過長城線南下中原，深入到內地的某一個地方，陷州掠縣，擄掠回來一批漢民百姓。俘虜中那些稍有姿色的女性，被挑揀出來，充當了軍妓；上乘的，則擴充了貴族階層的內府；剩下這些粗糙的，便被趕到這一處人煙稀少的地方，築起一座類似今天的集中營之類的村落，供其居住，取名就叫「吳兒堡」。

不獨獨這一處，陝北高原與鄂爾多斯高原接壤地帶，這樣的吳兒堡有許多座。後世的詩人以詩記史，曾發出過「匈奴高築吳兒堡」的歎喟。而這「吳兒」，並非僅僅是指今日的吳越一帶的人。匈奴泛指他們擄來的漢民百姓爲「吳人」。

吳兒堡的第二代、第三代產生了，強勁的高原風，吹得細皮嫩肉開始變得粗壯和強健起來，汩汩的山泉膨脹了哺育者的乳頭。他們在山坡、山峁上播種下糜穀和蕎麥，他們在川道裏播種下玉米和麻籽，他們在地頭和炕頭上播種下愛情。溫柔而惆悵的江南名曲「好一朵茉莉花」，經高原的熏風洗禮，現在變成了一曲清亮尖利、響徹行雲的高原野調，而「坐水船」這種在春節秧歌中舉行的活動，有理由相信是他們對江南水鄉生活的一種懷念和祭奠。

小女子喊著號子。成熟的莊稼攤在山頂的一塊空地上，陽光曬得莊稼發燙。一群牛邁著碎步，緩慢地順著場轉圈子。牛蹄到處，顆粒紛紛從穗子上落下。小女子的一隻手拿著鞭子，另一隻手提一把笊，防止某一頭牛尾巴突然翹起，拉下屎來。

她的號子聲充滿了一種自怨自歎。天十分高，雲彩在地與天相接的遠方浮游；地十分闊，靜靜的高原上不見一個人影。因此她可以自由自在地詠歎，而不必擔心有人說她失態。

從很小的時候開始打牛屁股起，她就習慣了這種喊法。喊聲從童音一直變成現在這少女的聲音。陝北人將這種喊法又叫「喊山」。這喊法除了服務於耩地、踩場、攔羊這些世俗的用途外，其要旨卻在於消除內心的寂寞與恐懼，用一聲聲大吶二喊，向這麻木且無聲無息，如怪獸一般的高原宣戰。

凝固的高原以永恆的耐心緘默不語，似乎在昏睡，而委實是在侵吞，侵吞著任何一種禽或者獸的情感，侵吞著芸芸眾生的情感。似乎它在完成一件神聖的工作，要讓不幸落入它口中的一切生物都在此麻木，在此失卻生命的活躍，從而成爲無生物或類無生物。

但是太陽在頭頂灼熱地照耀著，日復一日地催種催收。按照拜倫勳爵的說法，太陽使少女早熟，太陽猛烈炙烤過的地方女人多情，太陽決不肯放過我們無依無靠的軀殼，它要將它烤炙、烘焙，使之燃燒。拜倫勳爵是對的，在關於女人方面他確實比我們懂得多，因爲眼下，正如他所說，在秋日陽光的照耀下，在成熟的五穀那醉人的香味中，在紅衫子那炫目的光彩裏，小女子突然感到額頭發燒，旋即產生了一種眩暈的感覺。

身體中一種神秘的力量出現了，生命中那種開花結果的欲望抬頭了。但是她並沒有意識到這是怎麼回事，她只是感到眩暈。她在被陽光曬熱，被牛蹄踩軟的草堆上稍稍靠了會兒，打了個盹。她作了一個夢，少女的夢總是美好的，秘不可宣的，但是她立即醒了，因爲現實比夢境更美麗。

那頭牛趁她作夢的一刻，也四蹄站立，合上眼皮，打了個盹。現在，牠以吃驚的目光，看著醒來的女主人：面頰緋紅，神采飛揚，鞭梢在空中啪啪直響。順應了主人的願望，牠的四蹄如花般翻起落下，急促如雨。

同樣是那以「呃」做爲唯一歌詞的號子聲，現在除卻了沉思、孤獨和孤苦無告的成分，而變得歡快和亢奮，宛如一種情緒的宣洩。

號子在高原持久地迴盪著。「呃——」，「呃——」，從一個山峁跳躍到另一個山峁，從一個山窪又折回到另一個山窪。

這時候，在陝北高原與鄂爾多斯高原接壤地帶，黃塵滿天，一支隊伍正走在遷徙的途中。戴著甲冑的士兵開路和殿後，婦女、兒童和老人夾在中間。馬背上馱著嗷嗷待哺的兒童，大軲轆車上載著老人和孕婦。一群馱牛，馱著帳篷的柳條支架，排成一行；支架從牛背的兩邊分開，宛如大雁的一對翅膀。一個千戶長模樣的人，騎著馬，提著刀，來來回回地督促著，他那把刀的橫面，有時會毫不留情地拍在某一個落伍者的脊背上。

這是從陝北北部邊緣向遠方遷徙的最後一批匈奴。他們龐大的部落將流向何方，他們的大鐮將在哪一塊土地上收割牧草和五穀，連他們自己也不知道；甚至，今夜，他們將在哪裏燃起篝火，支起帳篷，也是一個未知數。

匈奴人就這樣在某一個年代裏，神秘地從中國北方的原野上消失了。他們去向哪裏，蹤跡如何，去問中亞細亞栗色的土地，去問外高加索陡峭的群山，去問黑海、裏海那荒涼的鹼灘和暗藍色的波濤吧！關於他們遷徙的過程，我們什麼也不知道，我們只知道，在許多許多年之後，在多瑙河畔，歐洲的腹心地帶，出現了一個黃種人的國家，而他們後裔中的一個，懷著一種惆悵而豪邁的心情，吟唱道：我光榮的祖先，在那遙遠的年代裏，你們怎樣從中亞細亞，遷徙到酷熱、乾燥的黑海、裏海鹼灘，最後，尋找到一塊水草豐茂的土地，定居和建邦在多瑙河畔？這位行吟詩人叫裴多菲，一個鼎鼎大名的人。

在遷徙者的隊伍中，有一位年輕士兵的馬蹄慢了下來。他受到了號子聲的誘惑。從低處往高處看，他看見了土黃色的高原之巔，招展著的那一領紅衫子。

年輕士兵偷偷地出了佇列，靠幾缽沙蒿、一片芨芨草灘，最後是一道溝梁的掩護，他終於脫離了隊伍。

一個時辰以後，少女的號子聲戛然而止。在場邊，在簡陋的茅棚裏，在被牛蹄踩得綿軟的一團糜穀稈上面，發生了一件男女之間遲早要發生的事情。

是強迫，還是自願，我們無從知道。楊氏家譜也沒有對這件事做任何記載。未來的某一天，家族後裔中有個叫楊岸鄉的人，刨開祖墳，他看到的也僅僅只是這兩個風流罪人的累累白骨，而無法從這白骨中推測出那野合的根由。

然而我想，我們也不必爲那年代久遠的這樁事而去問個明白。也許是強迫的，因爲當這樁事結束之後，女子披散著頭髮，提著褲子，瘋也似地向山下跑去，去告訴她的媽媽；而青年士兵，他的馬是四條腿，所以他趕到了姑娘前邊，並且在山路上跪了下來。當然也許是自願的，正如人們通常所說的那種「一拍即合」，因爲，姑娘的號子聲中原先有一種無所著落的孤獨感和亢奮情緒，現在則充實而滿足。可是我們並不排斥第三種可能，這就是半推半就。我們知道，世界上這類事情，以半推半就的形式發生者居多——她在說「不」的同時，卻解開了自己的紅褲帶；女人在這種時候，她天性中的聰明和狡黠成分，總令人歎爲觀止。

場總是要踩完的。在經歷了幾個盡情歡樂的白日之後，姑娘趕著牛群回到了村子。

這期間發生了一件重要的事情。青年士兵的坐騎跑了。坐騎被拴在場邊的一棵老杜梨樹上。坐騎早就爲主人莫名其妙的舉動感到惱火，長期以來養成的群居習慣，又使牠思念朝夕相處的夥伴們，加之，對遠方的渴望，對冒險的渴望，對應接不暇的新生活的渴望，終於驅使牠在某一天夜裏掙脫了轠繩，鼻子嗅地，向遷徙的隊伍追去。

見到馬，年輕士兵的父母以爲兒子遇到了不測，這在當時是常有的事。匈奴部落爲失去一位勇敢的士兵而歎息。但是歎息一陣就過去了，還有更重要的事情在等待他們去做。一個更爲年輕的匈奴人，騎上這匹馬，彌補了這個空缺。

注視著拴馬的那一棵空蕩蕩的老杜梨樹，年輕士兵在這一刻感到了一絲悔意和痛苦。他長久地站在山峁上，注視著那早已不見蹤影的部落隊伍。他感到一種牽腸掛肚的痛苦；但是此刻他還沒有料到，他將永遠離開馬背上的民族。

場上的工作完成了。穀草在場邊堆成一個小塔；打出的糜穀馱在牛背上，女子回到了村上。

青年士兵暫時居住在場邊的那間茅棚裏，那個他第一次惹禍的地方。不過每天夜裏，在黑暗的掩護下，他總要想法潛入村子，他沒有辦法不這樣做。

荒落的陝北山村，能夠提供許多可供幽會之處。現在人們收集的陝北民歌，字裏行間，不時就蹦出這方面的字眼來，而類似草窯、砬道、牆角、圪嶗這些字眼，一旦從那些情人們的口中綿綿唱出，馬上便具有一種纏綿悱惻的味道，如果再配上那代代傳唱不息，諸如「黑燈瞎火沒月亮，小心踩在狗身上」、「半夜來了黎明走，哥哥像個偷吃狗」的民歌，於是便給這荒落的土地和這荒落的去處，罩上一層撩人的玫瑰色。

吳兒堡一如當初。匈奴人的遷徙並沒有給他們太大的震動，水鄉的靈秀之氣現在已經爲高原的遲鈍和耐性所取代。族長依舊以警覺的目光，注視著這一支人類族群的生息和繁衍，春耕與秋收。報警的大鐘依舊懸掛在村口的老槐樹上，隨時準備噹噹敲響。石匠依舊晝夜不息地叮噹有聲，爲未生者鑿著石鎖，爲將死者鑿著石碑。

「噹噹噹」的鐘聲在某一天夜裏突然敲響。隨後，村頭的那棵古槐樹下，被人群、火把、燈籠、農具塡滿。年輕的匈奴士兵被反剪雙手，吊在古槐一支粗壯的橫枝上。

年輕人，他太不謹慎了。他的遭遇給後世以鑒戒，所以那些後來的偷情者們，在耳鬢廝磨之際，總要這樣勸誡：

雞叫頭綻黑洞洞，
叫哥哥快起身，
操心揚下名。

雞叫二綻天放亮，
叫哥哥快起床，
當心人喪揚。

雞叫三綻天大明，
叫哥哥快起身，
操心人捉定。

叫一聲妹妹妳是聽，
妳不給哥哥拿主意，
哥哥不起身。

叫一聲哥哥你聽話，
你的主意自己拿，
叫妹妹做甚嘛？

燈籠和火把扔在了地上，上邊又加了些垛在村邊的硬柴和莊稼稈，於是火光和濃煙一瞬間罩滿了半條川道。

劊子手開始在河邊的沙石上磨砍刀具，聲音沙沙作響，令人膽寒。

留著長鬍子的族長，聲淚俱下，正在歷數匈奴人的罪惡。

年輕的匈奴士兵垂著頭，他那蒼白的面孔流露出膽怯和羞愧。但是，沙沙的磨刀聲，喚起了他胸中的某種勇敢精神，他慢慢地抬起頭來，開始直視這一團團忽明忽暗的火光中，那激動憤怒的人群；任灰燼飄落在眼睫毛上，眼睛也不眨一下。他的嘴角開始掛上一絲傲慢和居高臨下的微笑，好像是說：「你們曾經淪落爲匈奴人的奴隸，不是嗎？」這種微笑和他的年齡如此不相稱，也許，迫臨的死亡加速了他的成長。

匈奴的微笑激怒了所有的人。開始有人將抽牛的鞭子一下一下往匈奴的身上抽。抽鞭子的都是些打牛的好手，因此鞭子落在匈奴身上後，聲音雖然不大，力量卻很足，鞭花不是爆在空中，而是結結實實落在肉上，於是一鞭子下去，不是拽下一塊衣服，便是在皮肉上勒下一道深渠。

鞭子沒能令匈奴屈服，這使大家都有一些洩氣。人們將目光轉向了劊子手，希望他的砍刀快點磨好。

突然人群中出現了一陣騷動。年輕匈奴的高傲微笑還停留在半邊臉上，忽然凝固了，變成一絲恐怖和羞怯。

一位披頭散髮的女子分開人群，走到族長跟前，雙膝一屈，跪下來。她的頭髮上沾滿了草屑，紅褲帶也沒有繫好，有一截頭兒露在了大襟襖的外邊。

族長半帶蔑視半帶憤怒地哼了一聲，轉過臉去。

女子見族長不理，繼而又跪向大家。她聲淚俱下，申訴了一千條不要殺死青年士兵的理由，但仍是不能讓大家原諒。如果她交往的是吳兒堡的一位青年，而不是匈奴人的話，這事本來還有寬宥的餘地，不幸的是，她恰恰選擇了一個匈奴，一個吳兒堡的敵人。

於是，女子請求將她和這青年士兵一起處死。她說，既然他們曾一同分享過快樂，那麼，他們理應一同遭難。女子的請求得到了同意。尤其是她的那些女伴們，她們注視著被火光照耀的青年士兵，那一明一暗的英俊面孔，也許心裏在說：「爲什麼不是我？爲什麼不是我？」此刻，在沙沙的磨刀聲中，她們的心中，充滿了一種女人才有的殘酷的快樂。

女子和青年士兵吊在了一起。

一個好事的青年，在女子吊起來之後，將她推了一把，於是女子的身體蕩過去，碰在了匈奴士兵的身上，旋即又分開了。

當他們第二次蕩在一起的時候，女子附在青年士兵的耳根說：「我有孕了。懷孕了，明白嗎？懷的是你的孩子！」

「是嗎？」匈奴士兵聽了這話，臉上顯出一絲悽楚的微笑。

女子的聲音也許大了點，所以被周圍的人們聽見了。族長年紀大了，但是耳朵並不背，他也聽見了女子的聲音。爲了證實自己的耳朵，他又追問了一句：「妳說什麼，能不能聲音大一點？」

女子毫不臉紅地重複了一遍。

當人們明白女子已經懷孕時，四周靜下來。這樣，要處死的就不是兩個人，而是三個人了。劊子手也停止了磨刀。沙沙的音樂一旦停止，四周的殺氣立即減弱了許多。

族長立即意識到了這一點，他命令劊子手繼續磨刀，他說，他生平還從未改變過主意。

就在族長說話的當兒，人群中傳來一陣奇異的音樂聲。這種奇異的聲音，是由一種據說是麒麟角製成的樂器吹奏出來的，擁有這種樂器的，往往是巫婆或者巫師。這種樂器據信現在已經失傳，即使沒有失傳，也已經由於原材料無從尋找，從而轉化爲羊角、牛角之類的贗品了。

吹這種樂器的是一位巫師兼醫師之類的老女人，或者說，是一個接生婆。當然，她同時是一個剪紙藝術家，每有孩子出生，她要做的第一件事，就是用剪刀將布帛，將樹葉，或者說將當時已經製造出來的紙張，剪成一個「抓髻娃娃」的圖案，貼在這家窯洞的牆壁上、炕圍上。

在這荒涼得難以生存的地方，對生命的崇拜高於一切，人種滅絕、香火不續，被看做是大逆不道的事情。從黃帝部落在這一帶遊牧時候起，接生婆這種古老的行業，便開始確立起她的權威位置，並且一直以一種神秘之力庇護著這一方蒼生，以一種原始的狂熱和虔誠，在進行著催種催收。

這是一位陝北高原上的土著居民，黃帝部落在向南方長江流域開發時，留在這裏看護本土、看護軒轅陵墓的子民。這個接生婆，她剛剛在前莊接生回來，又要到後莊，恰好在這個時候趕到了這裏，並且清清楚楚地聽到了，兩個風流罪人剛才的對話。當然也許不是巧遇。孕婦們總把自己生育的時間調節到晚上，以便讓農耕或者狩獵的丈夫回到身邊，讓自己在經受肉體痛苦的同時，讓丈夫也經受精神上的痛苦，然後一併迎接那個神聖的時刻，所以，爲接生婆的職責所驅使，她總是徹夜徹夜地在大地上遊蕩，而把睡眠放在白天。加之，我們知道了，她同時是巫婆，吳兒堡地面沖天的火光和喧囂的人群，不能不驚動自稱可以感知一切的她。

奇妙的音樂瀰漫在空中，空氣中的殺氣漸漸收斂。不知誰給篝火中添了一些柏樹枝，於是有一種濃鬱的香味瀰漫開來，與音樂摻和在一起。霧氣漸漸升騰，空氣潮濕得彷彿要滴血。在奇妙的音樂和奇異的柏香中，人群漸漸地跪了下來，帶頭的是族長，這長面大鬍的老者。

在一群凝固了的人群中，接生婆開始扭動腰肢，翩翩起舞。麒麟角已經從嘴邊卸了下來，做爲裝飾品插進腦後的髮絡裏，她現在是用嘴說著誰也不懂的話，並且在做著人人都明白其內涵的動作。在這魂靈附體般地扭動中，她還順便扭到吊著的一對青年男女跟前，拍拍他們的腮幫，掰掰他們的牙齒，並且毫無顧忌地揭開他們的衣服，看了看身體中的隱秘部分。

最後，她在一堆最旺的火堆旁停了下來，解開她黑色大襟上衣的鈕扣。衣襟霍地亮開，於是，人們看見，在她塌陷的乳頭和鬆弛的肚皮上邊，罩著一件紅裏肚。

紅裏肚的正中有一個口袋。她先從口袋裏摸出一隻鹿角，握在左手，又摸出一柄銅刀，握在右手，於是，隨著刀子刮落鹿角，粉末紛紛揚揚地向人群中撒來。粉末落在了人們的身上、臉上，有一些粉末被風吹在了火堆裏，於是空氣中有一種焦糊的腥味。

銅刀和鹿角，都是接生婆常備的工具。銅刀不用說了，我們每個人來到這世界上，最初都不免要受這麼一刀，只是刀子後來換成剪子而已。鹿角據說是一種催奶的良藥。初生的孕婦，喝幾碗用鹿角粉末沖下的熱湯，奶水就會像泉水一樣湧流。這種原始的催奶方法，據信現在在一些缺醫少藥的偏遠地區，還沒有失去用場。說一句不怕讀者見笑的話，作者那妊娠的母親，當初就是喝了這種湯，從而爲嬰兒期的他提供奶水的。

當接生婆認爲她的鹿角粉末，已經像她的音樂一樣，足以征服和麻醉在場的每一個人時，她停止了她的耕雲播雨。她停頓了一下，將銅刀和鹿角裝進了裏肚，然後就勢用手拽了拽裏肚的邊兒，使之平整。

就在她唸唸有詞的當兒，就在火光熊熊的照耀下，裏肚開始顯示出一些模糊的影子。慢慢地，可以看出來了，這是一幅繡錦，上邊有山有水，有人有樹。熟悉的人們知道，接生婆又要開始她夢囈般的談話了。

那是一個故事，一個地老天荒的故事——

由於發生了一場災難，什麼災難呢，已經記不得了。或許是滔滔洪水突然從海中溢出，淹沒了世界；或許是后羿射落的九顆太陽，突然掉在了大地上，一瞬間玉石俱焚；或許是後來人們所說的不明飛行物的緣故。總之，地球上遇到了空前的災難，人類從地球上幾乎絕跡了，只剩下兩個人。雖然這兩個人是一男一女，但是，他們是兄妹。兄妹之間是不能通婚的，他們懂得這一點，因此，他們相敬如賓。時光在流逝，他們在迅速地衰老。看到世界荒涼的今天和它的黑暗遠景，他們不知道怎麼辦才好，他們無能爲力，他們只有躲在一座山頭上哭泣。

突然，一種神秘的力量說：「你們結婚吧，爲人類的最高利益，爲了種族的繁衍！」

兄妹倆異口同聲地說：「我們不能結婚，我們怕人恥笑！」

神秘之力寬厚地笑了，祂說：「世界上只剩下你們兩個人了。你們不笑話自己，是沒有人能夠恥笑的！」

「我們怕生出某種怪物！」

「這倒是個問題！」神秘之力沉吟了半天，最後說：「那麼，讓我們聽從天意吧，現在，在你們各人的屁股底下，坐著一個磨麵的砬扇，上扇爲陽，下扇爲陰，你們搬動它，讓它們向山下滾去。如果它們落在山下時，重合在了一起，那你們就結婚吧；如果兩個砬扇像現在這樣分開著，那麼天意註定人類當滅，它將塑造另外的靈性。」

神秘之力的聲音消失了。兄妹倆站起來，停止了哭泣，他們每人扛起一面砬扇，向山下滾去。砬扇在山坡上顛動著，一直滾到了溝底。最後，在一泓淺水邊，它們嚴嚴實實地重合在一起。

兄妹倆不相信自己的眼睛。在淡淡哀傷的落日下，他們來到了溝底，來到了砬扇旁邊。砬扇果然重合在一起，現在，他們終於明白了，現實所賦予他們那可怕的命運。於是，女人害羞但卻勇敢地撩起了自己的裙裾。

在整個交媾的過程中，他們感到一種刻骨銘心的快感。這種快感除了事情本身的原因之外，另一半原因是由於亂倫而產生的罪惡感引起的。

事情結束之後，在他們的身下，在一片壓平的草地上，留下星星點點殷紅的鮮血。大地彷彿在震顫，萬物開始甦醒，青草又繁茂地生長起來，野花開始熱烈地開放，河流開始淙淙流淌，陽光也不再悲哀。一言以蔽之，一切又恢復了靈性。

在接生婆的裹肚上，那一對男女的身子快樂地扭在一起。他們的上半身是人面人身，下半身則是蛇尾。人身面對面，蛇尾則交纏在一起。如果這些吳兒堡村民有知識的話，他們會知道，這就是那著名的《伏羲女媧交媾圖》，中華民族最早的生殖崇拜圖騰。而未來的某一天，當後世的人們千辛萬苦，破譯出人類遺傳基因密碼時，他們排列出的那個被稱爲「人類基因密碼圖」，或俗稱叫「蝌蚪圖」的東西，正是這個。不過，不知道也不要緊，在這裏，面對這裹肚，以及它上面的圖案，僅僅有一種敬畏感就夠了。

果然，接生婆又不厭其煩地講述了上邊那個故事。在講故事的途中，她的那隻如鷹隼般的獨眼閃閃發光，她黑色的夜行裝也在火光的照耀下閃閃發亮。

最後，像出現時那般突然一樣，在人們不知不覺中，她又突然地走開了。麒麟角吹出的音樂聲隱隱遠去。

女子的父母現在找到了爲女兒辯解的理由，他們雙雙跪下來，乞求族長饒恕女兒的過失，尤其是，不應當傷害那個還沒有出世的小生命。因爲他是無罪的。

接生婆的出現，給人們帶來了一絲莫名其妙的不安，現在，開始活躍起來的人們，已經沒有人再義憤塡膺了，就連族長那素來果敢的眼神，現在也閃爍著一絲惶惑。

女子的父母抓住這個機會，呼天號地。

族長和村子裏的幾個長輩，討論了三天三夜，最後決定放掉這一對男女，讓他們遠走高飛，從此不准回到這個村子。

不過放的前提是一個十分重要的條件。

族長當初的慷慨激昂，如今已經變成聲音沙啞的嘶喊。

他接過了在沙石上磨了幾天、現在已經變得雪亮的砍刀。他將砍刀在手中揮舞著。他命令脫下女子和那青年匈奴的鞋子。

他請人注意兩人腳的小拇趾頭，男的看左腳，女的看右腳。

漢人的腳趾頭，小拇指的指甲蓋，通常分裂爲兩半。不過兩半不成比例，一半大得多，一半很少，不注意是很難發現的。異民族腳趾的小拇趾頭，則是完整光滑的一塊。

接著，族長又脫下自己的鞋，撫摸著自己的腳趾。所有在場的人都像他那樣做了。他跪下來，將鞋舉過頭頂，淚流滿面地說：「保佑我們吧，皇天后土！保佑我們種族的純潔，保佑我們在這荒涼而偏僻的地方，生生不息吧！」

然後，他用腳趿上鞋子，轉過身，對著兩個罪人，面色嚴峻得可怕。他說：「這把砍刀沒有白磨。你們帶上它。它就是吳兒堡的象徵，也就是我的象徵。當你們的孩子出生了，你們要做的第一件事情，就是看看這孩子的腳趾。如果小腳趾的指甲蓋是兩半，那就說明我們的祈禱起了作用，那就要好好地撫養他；如果指甲蓋是圓的，那麼，這把刀就是爲他預備的。明白嗎？」

吊在樹上的兩個罪人點點頭。

族長砍刀向空中一揮。砍刀到處，兩條繩索斷了。

族長割下一片衣襟，裹住刀，扔到兩位罪人面前，然後，頭也不回地走了。

兩位罪人離開了村子。有一頭黃牛願意跟著他們去。哀傷的母親於是扛來一個褡褳，放在黃牛背上。褡褳的一頭馱著脫去穀糠的九穀米，這是他們今冬與明春的口糧；褡褳的另一頭馱著沒有脫殼的穀子，這是爲他們預備的籽種。

他們就這樣離開了村子。

他們走呀走，不知走了多少里路程，來到一座山前。坡底有一泓淺水，坡上生長著雜樹野花，頭頂上的山梁，像一個弓形的脊樑一樣，正在托起緩緩墜落的紅日。而在山峁上，生長著一棵高大的杜梨樹。經霜的杜梨果已經變成赭紅或者醬紫，成群的喜鵲和烏鴉在枝頭棲息著。

眼前的情景似曾相識。他們終於記起來了，這正是接生婆紅裹肚上的圖案所昭示的地方。於是，他們決定在這裏定居。他們有幸在荊棘叢中找到一孔早已廢棄的洞穴。洞穴的牆壁上懸掛的獸皮和地面上的獸骨，以及牆壁上無法破譯的壁畫，表示這個窯洞已經十分古老。

到了瓜熟蒂落的時候，一個男嬰在土窯洞裏降生了。嬰兒通體粉紅，十分健壯。他那最初的啼哭中，便有一種草原的遼闊和高原的粗獷。

母親剛剛經歷了分娩的痛苦，現在面色蒼白，正趴在炕沿上喘息。嬰兒的叫聲使她的痛苦減弱了，好久好久，她才明白自己幹了一件多麼偉大的事情。她爲丈夫理了理自己有些蓬亂的頭髮，她爲兒子揉了揉自己開始發脹的乳頭。她嘴角抽動了一下，笑了，眼睛裏的恐怖已經過去，開始出現母親的柔情和妻子的羞澀。

父親搓了搓手上的老繭，俯下身子，溺愛地將嬰兒摟在懷裏。

他的手有些顫抖，他那因爲勞累過度而顯得疲憊的身體，此刻，也處在一種欣喜的痙攣中。

嬰兒的身上裹了張羊皮。他的小腳丫子一蹬，腳趾露在了外邊。

注視著嬰兒的腳趾，父親的眼神一下子直了。他的臉漸漸變色，最後完全陰沉了下來。

嬰兒左腳小拇指的指甲蓋光光的，紅紅的，骨質還沒有變硬，但是十分明顯，這是完整的一個指甲蓋。

父親沒有忘記自己曾是一名勇士，他現在要兌現自己的諾言。他用平靜的面孔掩蓋住內心的痛苦，將孩子輕輕地放在炕邊，親了親，然後，從牆壁上取下了那柄砍刀。

他用手試了試刀鋒，砍刀依然鋒利如初。

他走到炕邊，跪下來，將砍刀雙手舉過頭頂。

「親愛的妻子，請妳看看孩子的腳趾吧！懲罰我們的時刻終於到了。請妳成全我，我要用事實來證明，我是一個信守諾言的人。現在，請妳以吳兒堡的名義，處死這個匈奴人的嬰兒吧！」

匈奴士兵久久沒有抬頭。當他終於抬起頭來時，看見他親愛的妻子，把孩子摟在懷裏，解開衣襟，正在給他餵奶。她掐他，咬他，擰他，百般的溫柔和百般的痛苦，交織在一位年輕母親的心中。

「如果有報應，就讓報應來吧！孩子是我的，誰也不能動他。要知道，是孩子救了我們，沒有他，我們早就被處死在老槐樹底下了。」年輕的母親這樣說。

丈夫深深地喘了口氣，提上砍刀，走出了家門。他是去設套鹿的套子，想弄了鹿角來，爲妻子催奶。

冒著得到報應的危險和深深的歉疚之情，他們留下了這個孩子。稍稍使他們得到安慰的是，第二年他們又得到了一個男丁，這個男丁的腳指甲，明顯地分成兩半。

時光流逝。一些年後，他們已經有了許多兒女，而這些兒女開始到了婚配的年齡。於是他們想起了吳兒堡，他們希望當年的火氣能隨著歲月而冰釋。他們都已經進入了老年（那時候四十歲以上便叫老年），並且都有了老年人的思考，他們覺得大可不必對一切事情都大動肝火，一切事情的發展都有個來龍去脈，所以一切都是順理成章的，包括他們的浪漫愛情。

有一天夜裏，老夫老妻憶起了舊事。大兒子已經熟睡，他們長久注視著他的面孔，他那馬鬃般捲曲的頭髮，深邃的眼眶，以及直挺的鼻樑，一想到當年也許一念之差，世界上便會失去這樣一個健壯而漂亮的青年時，他們一陣害怕。

吳兒堡展現在他們面前。在他們與世隔絕的年代裏，這裏發生了不止一次的戰爭。而最近的一次，使這裏成爲無人區。飯還在鍋裏，發酵之後，重新收縮，變成乾巴貼在鍋底。看家狗像遊魂一樣在空空如也的村裏轉悠、哭泣。螞蟻在碾盤中心的木軸上做窩。一叢叢黃蒿在大路上、院落裏、畔上生長了出來，整個村莊淹沒在齊人高的蒿草裏。

在這以後漫長的歲月裏，還將發生許多重要的事情。而最重要的事情，當然是戰爭。僅就陝北高原而論，戰爭又以民族之間的拉鋸戰爲主。匈奴之後，也許會有嵇胡；嵇胡之後，也許會有吹著羌管、順著無定河川湍湍而來的黨項；黨項之後，安寧不了多久，成吉思汗的鐵騎又會越過長城線而來……

但研究這些是頭腦光光的學者們的事情，做爲我們，更關心的是人的命運，是人的心靈的編年史，我們已經感到，在歷史的空氣中逗留得太久了。

只有那棵古槐還活著，並且在吸收了殉難者的血液後，開始變得枝葉婆娑。那口大鐘還懸掛在槐樹的橫枝上，並且敲起來聲音依舊洪亮。歸來的人們，他們準備了很久的解釋不知向誰訴說，於是只好向古槐傾訴；他們醞釀了太久的思親之情沒法傾瀉，於是只好使勁敲響那口傳播四方的大鐘。

他們找到了家裏那三孔土窯，住了進去。他們將鍋洗乾淨，重新燃起炊煙。他們將生銹的犁鏵擦拭乾淨，扛著犁杖走向山岡。

他們像初民馴服野獸一樣，重新與狗建立感情。他們決定將村子重新叫做吳兒堡，遙遠的江南對他們來說已經淡漠，而遠遷的匈奴如今也不知道流落到了何方，他們所以啓用舊名，是爲了紀念那些因爲他們而曾經在大槐樹下聚集過的人們。他們開始重新建立家譜，這時候女子記起自家姓楊。

兩位老人不久就過世了。順應他們的願望，他們的屍體被抬上山，埋在當年牛踩場的地方，所以，後世代代的陝北人將死亡叫做「上山」。

第二章　吳兒堡的漢子與女人

「那已經是很久很久以前的事了！」

對於吳兒堡的居民，對於自那兩個風流罪人而開始的這個家族，對於這塊在歲月的沖刷之下，愈來愈見貧瘠的高原來說，每當提起這個淒清而又美麗的家族故事時，敍述者總要以這樣的歎喟做爲結束語。

它的真實與否，他們認爲這是不重要的。單調而寂寥的景色，貧困而閉塞的生活，給代代的陝北兒女以夢想。而這個玫瑰色的家族故事，很大程度上是他們夢想的產物，是他們試圖給這個默默無聞的家族，給家族所佔據的這一塊淒涼的黃土地，罩上一層光暈。

然而這個家族故事，也許是對這一方人種形成的一個唯一解釋，因爲在吳兒堡以及方圓地面，一個生氣勃勃的人種成長起來。男人們長著頎長高大的身材，長條臉，白淨面皮，寬闊前額，濃重的眉毛下一雙深邃的眼睛，他們的鼻樑總是很高很直，從而襯托出眼睛更爲深邃，他們長長的腮幫在年輕時光滑且俊美，而在長出絡腮鬍子以後，又顯得威儀而高傲。他們衣衫襤褸，冬天，常常是一領磨得半光的羊皮襖，襖上的羊毛裏藏著蝨子和蒼耳，隨著走動，給空氣中留下淡淡的膻味；夏天，則是一領粗布做的半衫，胸部敞著。他們的頭上，永遠蒙一條髒了吧唧的白羊肚手巾，腳下，則是一雙百衲鞋。沒有人注意到他們的腳趾，但是想來，那腳趾也許是完整而光滑的一塊，也許會不規則地分裂爲兩半。而一般說來，分裂爲兩半的腳趾的這位後裔，通常，他對土地表現出了更多的愛戀，他生性溫順，用一句大家都在說的話說就是「隨遇而安」，或者「知足常樂」。而那些腳趾光滑的後裔，他們的性格像他們那眉眼分明的面孔一樣，身上則更多地呈現出一種桀驁不馴的成分，他們永遠不安生，渴望著不平凡的際遇和不平凡的人生，他們對土地表現出一種淡漠，所以廝守它只是因爲需要它來提供維繫生命的五穀雜糧，他們做起事來不循常規，按老百姓罵牲口的話來說就是「不踏犁溝」，他們在人生的最初階段總是雄心勃勃，目空天下，而最後總是以脫離不了生活的束縛，從而重重地跌落在黃土地上，淪落爲窮得叮噹響的窮光蛋做爲結束。

在成爲窮人之後，他們的性格通常分裂爲兩種：一種是成爲乞丐，一種是成爲「黑皮」。

有理由相信，在陝北，在那「下南路」或者「走西口」的朝朝代代的乞丐隊伍中，有一部分人確實是乞丐。而有一部分，他的家裏，並沒有淪落到需要走萬里路、吃百家飯才能生存的地步。這些人的成爲乞丐，很大程度上，是天性中一種渴望遊歷、渴望走動的願望的驅使。一年農耕下來，最後一次在農耕的這塊土地上，伸一伸腰，吐一口唾沫，詛咒一句這離不得見不得恨不能愛不能的黃土地，然後仰天望著高原遼遠的天空，流浪的白雲，於是眼眶裏突然湧出兩行熱淚。他們胸中於是激蕩起那古老的激情，那「天蒼蒼，野茫茫，風吹草低見牛羊」的異樣歌聲，那金戈鐵馬的歲月，於是他要出去走一走了，「下一趟南路」或者「上一趟西口」。他的脖子上掛一杆嗩吶，一路吹打，經過一個又一個村莊，經過一戶又一戶人家，雖然沒有答答的馬蹄爲伴，沒有嘯嘯的殺聲爲伴，但是一年一度的遊歷，仍然給他那不羈的靈魂以滿足。怎麼說呢？如果有了第一次伸手——在饑餓與自尊心，再加上遊歷的渴望這諸種因素反覆較量之後，而終於伸出手以後，那以後的乞丐生涯，卻是一件十分快活的事情，或者說一種令人羨慕的職業。

但是，這種令人羨慕的職業只能一年一度，時間也只限定在秋天莊稼收割以後，到年關來臨這一段。然後，其餘的時間，仍然必須厮守家門口那塊需要春種秋收的土地，這時候他就只是一位地道的農民了。沒有了幻想，沒有了激情，塡滿他腦子裏的是蕎麥、糜子、穀子、洋芋、高粱、黑豆這些概念，和單調荒涼的土地，以及沒有任何內容的天空。

一個陝北籍的乞丐，當他一個人行走在這前不著村、後不著店的迢遙山路上的時候，他在想什麼呢？他也許在此刻，將自己想像成一個帝王，而身邊擁擁擠擠、滾滾而來的蠟黃色的山頭、山峁、山梁，是他麾下的十萬方陣，而那溝裏，一棵挺拔的白樺，或者山峁上，一棵兀立的杜梨樹，那是他招之而來、呼之而去的妻妾。他這種想法是有根據的，因爲在五百年前，一個叫李自成的和他一樣走在山路上的人，曾經騎著他的鐵青馬橫行天下。

當然此刻，也許他並不去遐想，而是扯開嗓子，在驚天動地地吶喊著，用他的攔羊嗓子回牛聲。如果偶然遇見一個人，這個人不解地望著他，爲他那由衷的歡樂而莫名其妙，那麼，他會用歌聲回答：窮歡樂，富憂愁，討吃的不唱怕乾毬！

前邊說了，那些腳趾光滑的後裔，由於他們心比天高、命比紙薄，有些人往往會淪落爲乞丐，而另一些人則會成爲「黑皮」。

黑皮是一句陝北方言。它的意思，大致與「潑皮」相近，也就是說，是無賴；但是在無賴的特徵中，又增加了一點悍勇。他們不純粹是那種永遠涎著面皮、沒頭沒臉、無名無姓的宵小之輩，他們通常也講道理，當然講的都是歪理，他們在人前仍然露出某種強悍，但是這種強悍，卻明顯地帶有霸道的成分，從這一點來說，他們在某些方面又像惡棍。但是公允地講來，他們不是惡棍，他們天性中還殘留著某種爲善的成分。總之，他們叫什麼，也許準確一點說，是無賴與惡棍的混合物，是這塊貧瘠之地生出的，帶有幾分奇異色彩的惡之花。

他們不輕易與凡人搭話，不去惹是生非，但是只要誰惹惱了他們，他們便會出來和誰玩命。或者動刀子，或者去堵誰家半山腰上那出煙的煙囪，或者改動水路，讓山水從這家窯背上滾下來，或者打發自家的婆姨，脫成光屁股，睡在仇家的炕上。他們需要黑皮這種惡名，認爲在弱肉強食的世界上，這種惡名足可以使他們立足和立於不敗之地。他們把與人拚命叫「揚灰氣」。屈時，他們裝瘋賣傻，眾人面前把自已裝扮成一個「灰漢」，讓人怯其三分。如果灰氣揚出去了，從此他們便奠定了在一村一鄉的地位；如果灰氣沒有揚出去，也就是說，惡人還須惡人治，他們遇見了一個更爲強硬的對手，於是乎便閉門不出，鼓鼓的肚子軟軟塌下來。不久，在乞丐的隊伍中，便可以看見他佝僂的身影。

縣志中，將這種黑皮叫「刁民」。歷朝歷代的縣志，修志的老先生常以感慨的口吻，談起「刁民甚多」這個話題。這種黑皮是一窩一窩地聚的，往往在某一個地方，會成爲一種風氣，所以修誌的老先生又會在「刁民甚多」這句話前面，加上「民風強悍」四個字。順便說一句，每遇天下大亂，這些黑皮，往往會成爲嘯聚山林的刁頑盜寇或大智大勇的領軍之將，從而令世人對「黑皮」這色人等，畏懼之外又加上幾分欣賞，更不敢說小覷了。

那麼女人怎麼樣呢？那兩股鮮血的交融，在培育出男人的同時，當然要培育出女人。它給予了男人那樣奇異的面孔和奇形怪狀的思想，那麼，它將給女人以什麼樣的影響呢？

在吳兒堡以及方圓地面，在這個生機勃勃的家族中，鮮豔而美麗的女人，像莊稼一樣一叢一叢地生長起來。她們有著烏黑的頭髮，白皙的面孔，鮮紅的嘴唇，修長的身材。她們像一朵一朵野花，零散地開放在陝北的溝溝岔岔。她們的臉型同樣呈現出頎長，眉眼分明，但是不像男人那樣有棱有角，而是十分柔和。她們炭一樣黝黑的眉毛下，通常有一雙熱烈而黑白分明的大眼睛，這雙大眼睛毫不畏懼、毫不忌憚地望著你，哪怕是生人也敢向他傾吐愛情。她們的身材——那是怎樣的亭亭玉立的身材呀，兩條細長的腿，和同樣細長的腰身，雪白如白天鵝一樣的脖頸，擎起一顆黑髮飄飄的秀美的頭。她們的衣衫通常是簡樸或者說是襤褸的，頂多在逢年過節的時候，添置上一件紅顏色的衫子。一雙天足，一雙也許小時候纏過、後來又放開的秀美雙腳；一根紅褲帶衿在腰裏，紅褲帶的頭兒越過大襟襖的襖襟，將半寸長的一截露在衣服外面。那襤褸的衣衫裏不住青春勃發的身子，有時候，衣服上會有一個破洞，於是露出一塊細膩白皙的皮膚。

在這樣呆板而貧乏的土地上，在五穀雜糧和酸白菜的營養下，生活竟能源源不斷地奉獻出這樣的女兒家，這情形真令人驚異。而尤其令人驚異的是，她們的舉手投足，她們的言談舉止，她們的一顰一笑，絲毫不能令人看出，她們是粗野的農夫的女兒；那分明是一位不幸流落民間、高雅的公主哪！一代一代的陝北民歌，以持久的熱情來禮讚這黃土地上的女兒家。「五穀子田苗子唯有高粱高，一十三省的女兒喲就數蘭花花好」，這流傳久遠的歌謠，只是千百首讚歌中的一支而已。「妹子好來實在是個好，走起路來好像水上漂」，人們選擇這樣的比喻讚美一個陝北女子的走姿，而如果這歌謠變成俚語，讓浪漫變成詼諧，那話該是這樣說：「穿得飄，走得快，肚子裏裝著酸白菜。」

美麗的副產品是多情。

陽光在空中火辣辣照耀著、催促著莊稼和女人一起走向成熟。莊稼成熟的標誌是花朵變成了果實，而女人成熟的標誌是開始唱酸曲（陝北民歌之一種，具有濃烈情色意味的戀曲）了。她站在高高的山峁上，對著呆板而冰冷的黃土地唱，她用「我穿紅鞋我好看，與你別人毬相干」，來回敬小夥子們的目光中那怯生生的探詢。她站在家門口的畔上，對著門前的大路唱。她用「是我的朋友你招一招手，不是我的朋友走你的路」，來擾亂腳夫那平靜的心靈。她也許開始交朋友了，也許不至於如此，但是她的心靈，一定不會安靜。「六月的黃河十二月的風，老祖先留下個人愛人！」她渴望著愛人和被愛，她渴望著陝北民歌中那些敍事詩式的愛情故事，在她身上得到一次重複，她蔑視名聲，蔑視這種半饑半飽的生活，她驚懼於高原這種無聲無息的寂寞和昏昏欲睡的日月，於是不惜由自己引起一場風波，不惜在已經多得不可勝數的民歌中，再增加讓自己成爲主角的一首。後來，她們匆匆出嫁了，四十塊大洋的聘禮，一頂花轎，結束了少女自由的身子和自由的夢，開始生育了，開始奶孩子，開始用那山泉一樣的乳汁哺育新的一代土地的奴隸。她們終於安生了下來，習慣了單調的風景，習慣了在丈夫的臂腕上酣睡，接著她們又意識到了責任，因爲新的一代成長起來了，需要爲他們的生計和將來的婚嫁準備，於是她長長地歎息了一聲，在歎息的同時，她變成了陝北婆姨（婆娘）。

但是那酸曲將永遠停掛在她的嘴邊，做爲她苦難生活的一分稀釋劑，做爲她對少女生活的最後一點記憶，做爲她對平凡的命運，最後一絲僅僅是語言上的抗爭。她端著簸箕，站在畔上，大聲地唱著，這時候的她，已經不屑於唱那些沒有實際內容的浪漫曲了，她的歌詞變得猥褻和質樸，聲聲都是那些隱秘的情事，聲聲都是那些難以啓齒的髒話。這些話通常是難以說出的，但是，當它們做爲歌兒唱出來時，在聽眾耳裏，她們一半把這當做吐露心聲，一半把這當做藝術表現，因此，便寬容地接受了它。甚至那些聽眾還這樣認爲：那些「做」的人心靈得到了某種滿足，因此她們在人前總是緘口不談，故作正經，那些沒有「做」的人無法得到排遣，於是時常在嘴邊上過生日，她們說兒話不幹兒事，她們像母狼一樣站在畔上號叫，其實是一種饑餓的表現。

那麼這個時期的酸曲都是一些什麼呢？「白格生生的大腿水格靈靈的屄。這麼好的東西還活不下個你！」、「隔窗子聽見腳步響，一舌頭舔破兩層窗！」、「牆頭上跑馬還嫌低，面對面睡上還想你！」、「你要來你一個人來，一副傢俱我倒不開！」婆姨們站在畔上，歌唱著，用這種假想的情人和假想的情節自娛，安撫自己孤獨的靈魂，刺激自己生存下去的欲望，並且希望黃土地的山山峁峁，因了這撩撥人心的歌聲，不再單調和寂寥。如果說上面的酸曲因了信天遊格式的藝術處理，畢竟還可以做爲半藝術品看待，那麼，另外一些酸曲，則純粹是些不堪入耳的東西了，例如「舅舅挎外甥」，例如「公公燒媳婦」，例如「乾大燒乾女」❶，例如「墜金扇」，等等，這些敍事詩般的酸曲，毫不遮掩、毫不羞澀地敍述了一次又一次房事的過程，並且由於當事人之間的特殊身分，從而產生了一種難以言傳的曖昧成分和諧謔效果。所有的民歌收集者們，在整理這些東西時，都僅僅只錄用第一段歌詞，不待情節進入縱深，便戛然打住，接下來是一個括弧，括弧裏通常是這樣一句話：「其餘十段或十三段歌詞從略」。沿襲此例，我們的敍述，也明智地在這裏打住。

哎喲喲，我們以這樣的筆墨，奉獻給黃土地上那鮮豔而美麗的婆姨女子們麼？其實，很大程度上，她們是些行爲規範舉止端良的農家女子，她們是忠於職守的妻子和母親，她們是黃土地上永遠不知疲倦的耕耘者，借助她們的肚皮，和異常強盛的繁殖能力，一窩一窩的兒女從窯洞裏爬出來，踏上山路。那麼，我們是怎麼了，我們一定是受了代代傳唱不息的酸曲的錯誤誘引，再加上無憑的想像，將她們僅僅停留在嘴邊的故事，看成了正在發生的真實。

女子大了，便要嫁人，或嫁到前莊，或嫁到後莊，或不知哪輩子燒了高香，嫁給一個大戶人家，被帶進錦繡繁華的膚施城，或者受了大路上過來的趕腳漢的勾引，加入到趕牲靈的隊伍中去，被帶進那荒涼的北草地。總之，那遙遠年代的兩個罪人，他們的血脈靠了一代一代女兒的婚嫁，像紛紛揚揚的種子，以吳兒堡爲中心，成一個扇面，向四周輻射和播撒。我們無法說清，這個生機勃勃的家族，它究竟有多少傳人，因爲年代過於久遠，還因爲根本無法考證，久遠得正如每一個敘述家族故事的人，在敘述完後總要發的那句感慨一樣——「那已經是很久很久以前的事了！」而考證則是一件愚蠢的事情，原因我們上邊已經說了。

但是吳兒堡還在。那兩個風流罪人重返吳兒堡後，尋找到了自家的那三孔窯洞，並且從那裏開始後來的故事；到了二十世紀，那三孔窯洞依然存在，而且那窯洞裏居住著的楊姓居民，正是自那兩個罪人開始，屬於他們的直系後裔。因此，越過漫長的歷史空間，我們不妨把這家的成年男人和未成年男人，看做是那最後一個匈奴，看做是他們繁衍到二十世紀的一個家族代表。何況，我們能夠說得出口的是，從楊乾大到楊作新，從楊作新到楊岸鄉，在人類二十世紀這個經典時間裏，他們或多或少都有一些值得一提的表現，他們或多或少地深入進了二十世紀的政治生活，並且在人們的記憶中留下自己的名字。他們涉及了二十世紀許多的重大事件，而親愛的讀者知道，二十世紀，在中國，陝北是個不可忽視的地方。至於他們是誰，他們的腳指甲是光滑的一塊還是不規則的兩半，原諒小說家，他沒有脫下他們的鞋子去看，而且，他認爲這件事本身也沒有什麼大的意義，或者說，無關宏旨。

那三孔窯洞坐落在一座大山伸向川道的一條山腿上。有一條勞動時踏出的小路，順著山腿，蜿蜿蜒蜒，一直通向山頂。窯洞在村子的南頭。經年累月地煙薰火燎，窯洞的牆壁已經變得烏黑。窯洞前邊是一塊小小的平地，那叫塬畔，也就是我們所說的，陝北女人端著簸箕站在那裏唱情歌的地方。塬畔上有一面砬子，一個不大的羊柵，靠近坡窪邊還有幾畦菜地。

自南向北，吳兒堡這個幾十戶人家的小村，坐落在山坡與川道接壤處的一個陽窪上。當年集中營式的建築佈局，如今已經讓位於一種零散而錯落有致的佈局，整個村莊，順著川道，稀稀拉拉，有一里多長。

秋莊稼已經完全收割完畢、碾打完畢、顆粒歸倉了。按照往年的習慣，這家的主人楊乾大，這時候該做的事情，是脖子上挎一杆嗩吶，肩膀上搭一條褡褳，下趟南路，他要去進行那我們已經知道的、令人羨慕的職業去了。可是，此刻，在綿綿的秋思中，在天空中掠過的大雁一聲聲的啼叫中，這個蹲在塬畔上擦著銅嗩吶的漢子，擦著擦著，他的動作緩慢了下來，他想起了一樁心事。

其實，這樁心事很簡單：他想讓九歲的楊作新上學。他聽人說了，前莊辦起了一所新學，學費不算太高，教書先生也識文達禮，村上幾戶有見識的人家，已經把自己的孩子送去上學了，因此，他想起了自己在山上攔羊的孩子。他覺得自己已經半截入土了，應該拿出自己的全部力量，爲孩子的前程著想。他不想讓孩子一生都像他那樣，跟著羊屁股或牛屁股後邊轉悠，拿著攔羊鏟或吆喝牛的鞭子。其實，他的宏大抱負也十分簡單和可憐，他只想讓孩子識幾個字，長大後或者當個教書先生，或者在鎮上謀一碗公飯，或者至少，會幫助他記記收入和支出，而家裏過年時的對聯，也不必用一隻小碗蘸上墨汁，在紅紙上扣坨坨了。

但是，上學需要花銷，而對一個農家來說，供一個學生，就意味著需要拿出全部的積蓄，需要在以後的日子中節衣縮食，勒緊褲帶。窮雖然窮，楊乾大還是有一點家底的，然而，這點積蓄是爲了別的用場，積攢它，絕對不是爲了有朝一日楊作新上學。

楊乾大想攢足足夠的錢後，爲祖上傳下的這三面土窯接上石口。爲窯洞接上石口，這是老幾輩人的願望。在鄉間，衡量一戶人家的光景怎樣，其中緊要的一條，就是看他能不能住上接口石窯。楊家自那兩個風流罪人開始，也許代代都有這個打算，但是都落了空。攢下一點積蓄，剛想乍舞（行動），不是遇上天災，就是遇上兒婚女嫁的大事。天災還有個深淺，婚姻這事，真是個塡不滿的坑，通常貼上所有的積蓄，還要揹上些債務，然後媳婦過門，慢慢地還。債剛還完，兒女一個跟一個地長大，兒子要聘禮，女兒要嫁妝，圈窯的事，眼看就要變成現實，又黃湯了。

楊乾大的本名叫楊貴兒。媳婦過門那陣，媒人哄新媳婦，說楊家有三口接口石窯，新媳婦一聽，歡天喜地地過了門。轎子落地，新媳婦挑起紅蓋頭偷偷一看，哪裏有什麼接口石窯，分明是三孔煙薰火燎的黑窟窿，媳婦當時就哭了，淚水打濕了紅蓋頭。事後，楊乾大解釋說，確實有過接口的打算，只是，結婚時四十塊大洋做聘禮，他的力量已經耗乾，再沒有力氣圈窯了，不過，他有一身的力氣，只要夫妻齊心合力，男耕女織，再加上鍋裏一口碗裏一口地省，要不了幾年，就可以住上了。新媳婦聽了，才止住了哽咽，轉而，恨起要聘禮的娘家來，她發誓說自己三年不登娘家的門。她還要求自己掌管家事，她說，男人是個鈀鈀，女人是個箱箱，不怕鈀鈀沒齒，就怕箱箱沒底，她保證管好這個家，爲有朝一日的三孔接口石窯著想。楊乾大應允了她。

新媳婦跟楊乾大解釋說，住什麼她倒不在乎，瞎好有個狗刨的窩就行，娘家的日子比這兒還苦，她只是爲了爭個臉面，村上那些同年等歲的姑娘們，聽說她嫁了戶好人家，光光堂堂的三面接口石窯，都羨慕死了，如今，她美也美過了，能也能過了，誰知，說過的話，現在跌在了地上。往後，見了那些姊妹們，叫她的臉往哪裏擱呢？楊乾大聽了，深深地歎了口氣，他勒了勒褲帶，對新媳婦說：「我說話算數，接口石窯，我要在自個兒手裏，把它圈起來！」

如今，積蓄差不多快夠了，如果明年風調雨順，秋莊稼下來，也許就能乍舞了，可是，楊乾大有了另外的心思。憑一個莊稼人的直覺和理智，他明白自己的抉擇是正確的，然而，他記起他給婆姨說過的話，他想起他和婆姨這些年來的苦苦奮鬥，他不知道這件事該怎樣向婆姨開口。於是他沒有心思再擦嗩吶了，他將擦得明晃晃的嗩吶提在手裏，進了正窯，將它仍舊掛在牆上的釘子上。

婆姨正盤腿坐在炕上，納鞋底。他瞅了婆姨一眼，走到炕邊，屁股擔在炕沿上，一橫身子，上了炕。他走到窯掌牆壁正中的那個窯窩跟前，揭起縵著窯窩的一塊粗布，然後兩隻手小心翼翼地向窯窩裏，搬出一個瓦罐。

「不要看了！不夠圈窯的。我昨晚上剛數過，五個袁大頭，五個孫大頭，二百零三個大銅元，七十個小銅元，剩下的，是一堆麻麻錢！」婆姨見楊乾大搬出了瓦罐，看了他一眼，說。她繼續幹著她手裏的活。她是在給楊作新納鞋底。攔羊娃整天上坡溜坬，一個月得一雙鞋。

楊乾大沒有理會婆姨的話，他還是將瓦罐搬出來，小心翼翼地將裏邊盛的東西「嗆啷嗆啷」地倒在沙氈上，然後一樣一攤，細細地數起來，甚至連麻麻錢那些「乾隆通寶」、「道光通寶」、「光緒通寶」這些字樣不同的，也分攤另放。最後，他伸了伸疲勞過度的腰，是的，這些錢準確的數目，正如婆姨方才向他通報的那樣，而且，這些錢，爲三孔窯洞接口，確實也差一點。爲土窯接一個石口，並不比另圈一面全新的石窯便宜，因爲石窯的窯腿細，省工省料，而土窯的窯腿粗，一孔窯與一孔窯之間的間隔又大，因此，要想將窯面齊刷刷地貼上一層細石料，用料和工程量也是不小的。楊乾大想到這裏，歎了口氣。

「村上老五家的小子上了新學，妳知道嗎？」楊乾大試探著問婆姨。

「聽說了！」婆姨答道。

「聽說，有多幾家都在乍舞，也想讓孩子去上！」楊乾大又說。

「各家有各家的光景，各人有各人的算計！」婆姨仍然淡淡地回答。

「妳是在給新兒納鞋底吧。這孩子，越大越費，一雙鞋，不等一個月，前邊就開了蛤蟆口，露出了腳趾頭！」楊乾大這時轉變了話題。

聽說提到他們的兒子，婆姨臉上露出了笑容。她抿著嘴笑了笑，沒有言傳。

楊乾大繼續說：「新兒他媽，妳說，咱們的光景也不薄，說起話來，也是個人前的人，那別人家的孩子能上學，咱們新兒，是不是也揹上它一回書包？」

「你看著辦吧！你是掌櫃的，楊家的主意得你拿。」

「這麼說，妳同意了？」楊乾大一聽婆姨這話，高興得差點要喊出來。

「新兒也是我的孩子麼，他成龍變虎，我比你還要高興！」

「我的好婆姨！」楊乾大一陣高興，他想不到這個問題竟這樣輕而易舉地解決了。他拉住婆姨的手，真想咬她一口。

「小心針扎了你的手！」羞紅著臉的婆姨說：「你就是心偏，光記著新兒，根本心裏就沒有蛾子。」

婆姨要楊乾大趕快把瓦罐收拾起來，她說他是窮命，腰裏有了兩個，就燒得不得了了，顯富，還不趕快藏起來，當心過路人聽見了響聲，晚上來撬門。

楊乾大應承著，他撿起這些摞成一堆一堆的銀錢，往瓦罐裏放。可是，在放的途中，又記起了圈窯的事，婆姨這樣痛快地答應了，這使他感到意外，同時，也令他感到自己對不起婆姨，對不起自己當年結婚時許下的口願，於是他對婆姨說：「上學自然是好事，可是，新兒一上學，圈窯的事就得往後擱一擱了。孩子上學要花銷。新兒他娘，不知妳想到這一層沒有？」

「想到了！」

「要不，讓孩子學吹手吧。『種麥不如種黑豆，唸書不如學吹手』，孩子學成了吹手，也是風風光光、吃香喝辣的一輩子，且省下了上學的開銷，這樣，圈窯的事也誤不了。咋樣，妳說哩？」

「不！當那低三下四的吹手幹啥，壞了門風，還是讓孩子上學吧！窯不圈了，新兒學成了本事，成了人前的人，比留給他三孔接口石窯，要體面得多。再說，他有本事，他手裏把這窯圈起來，不就得了！」

「好婆姨，妳真有見識！」

楊乾大這回徹底是高興了。他把瓦罐重新放到窯窩裏，又用布縵遮好，然後溜下了炕。「我出去說個話。」他對婆姨說。

接著他出了門，下了坡坎。他五歲的小女兒楊蛾子，正和一群女孩們在塬畔下面的官道上跳方。他喊叫了兩句，讓她把褲子提起來，把褲帶衿好，不要讓褲襠吊在半胯裏，這麼大的女孩子了，不像個女兒家的樣。他在喊叫的同時，揚起頭來，朝山頭上看了看，看那在山上攔羊的楊作新，隨後，他就到孩子已經上學的那家，打問情況去了。

通往山頂那條又細又長的小路，千百年來被人的腳步千百次地踏過，被牛的蹄子驢的蹄子羊的蹄子千百次地踩過，小路十分光滑和堅硬，像一條白色的帶子，穿過弓一樣的山脊。路旁生長著牛蒡草和一叢叢的馬蓮草。小路盡頭，是那棵杜梨樹。杜梨樹已經十分古老，斑駁的樹皮，粗壯的樹身，傘一樣的華蓋。樹上，有一個半大孩子，倚在靠近樹梢的枝杈上，正在摘杜梨果吃。

這是楊作新。

樹上的杜梨果很密，一圪塔一圪塔的，不過這些還都是青的，或者褚紅色的，也就是說，還沒有完全熟透。熟透的杜梨果，是醬紫色的，或者粗粗一看，像是純粹的黑色。這醬紫色的杜梨果很甜，果子像豌豆粒那麼大，裏邊有一個核兒，核兒和皮的中間，是一層薄薄如蜜一樣的果肉。

有幾隻烏鴉也在樹上落著，和這孩子搶食吃。烏鴉的身子輕，眼睛尖，鼻子靈，因此，那些最先成熟的杜梨果，往往被牠們先吃了。牠們能夠在繞著樹飛的同時，輕而易舉地找到那些熟得快要落下來的果子，哪怕果子在樹梢上。牠們落在樹梢上，晃晃悠悠地，用嘴鴿著。

好在經了一場霜後，杜梨果正大批地成熟，所以孩子在每天攔羊的時候，攀上這棵巨人一樣的樹，樹上總有孩子吃的。而且他靈活的身姿，也確實不亞於烏鴉，他也能夠爬到晃晃悠悠的樹梢上去。

孩子最愛吃的，是那些烏鴉用嘴鴿過，但沒有吃淨的杜梨果，這種果子最甜，甜得舌根發麻，一填進嘴裏，果子就化了，只剩下一個核兒。

山峁的背面更爲陡峭的山坡上，是一群零零星星吃草的羊隻。山坡太陡，不能用做耕地，因此它荒蕪著，長著蒿草和狼牙刺，還有一些不知名的野草，而靠崖畔的地方，開著幾束秋菊，黃蠟蠟地十分耀眼。「春放一條鞭，秋放滿天星」，按照父親的教誨，秋天，羊隻趕到山上以後，你只需站在高處，眺著牠們，讓牠們安安靜靜、自由自在地吃草，不亂跑，不跌進天窖，不讓野物作踐，就行了。秋天各種草都已經結籽，羊吃了上膘。這個季節是攔羊娃的好日子，滿山的野果都可以吃了；也是羊的好日子，牠們每天都能吃個肚子圓。

這個半大孩子，一邊在樹上摘著野果吃，一邊叼空照看羊隻，他不知道，此刻，在吳兒堡的家裏，他的父親和母親，正在進行著關於他前途的談話。

巨掌一樣的杜梨樹，將這孩子高高地托起。因此這孩子的眼界十分開闊。山頭一個一個，像牛頭一樣，擠擠擁擁，從他的腳下開始，一直排列到遙遠的天邊。天十分高，十分藍，十分潔淨，那遙遠的天邊，停駐著一層層一列列雲彩。雲彩迎著陽光的一面，潔白得好像綿羊毛，背著陽光的一面，則是褐色，或者瓦灰色，好像山羊的顏色。在這空曠的高原上，在這自由自在的生活中，在飽餐了一頓甜甜的杜梨果以後，這孩子突然覺得自己幸福極了，滋潤極了。他想唱歌，可是他年紀還小，還不會唱歌，不論是那些曲調悠揚的信天遊，或者那些趣味無窮的酸曲，都與他無緣，於是，他按捺不住，揚起脖子，大吶二喊起來。

隨著孩子的吶喊，四面八方的「崖娃娃」，也隨之應和。「我想吃肉——」，孩子大聲地喊，喊聲剛落，喊聲碰到四面的山崖上，折射回來，於是，「我想吃肉——」，「我想吃肉——」，一聲接一聲，重重疊疊，前呼後應，此起彼伏，驚得野雀子盲無目標地亂飛，震得崖壁上的土塊簌簌地往下掉。

孩子在這一刻覺得自己偉大極了。於是他又扯開嗓子，喊道「我想尿尿——」，忠於職守的「崖娃娃」，立即回應：「我想尿尿——」、「我想尿尿——」。

「崖娃娃，我操你媽——」，孩子不等前一聲平息，接著又喊了一句。他估摸這回「崖娃娃」不會跟上應和了，因爲這是罵它們的話，它們不會那麼傻。誰知，孩子的話音剛落，「崖娃娃」便毫不臉紅地跟著呼應起來。而且，由於這一次的字數多一些，四面回聲重疊起來，好像轟隆轟隆的雷聲。

這時候，突然有一陣嘹亮的嗩吶聲響起來。最初，孩子以爲這仍然是「崖娃娃」在造怪，直到後來，回聲慢慢地停息以後，而那嗩吶聲卻更爲嘹亮地吹奏起來，於是孩子明白了，是誰家迎親，或者誰家送女，或者誰家在抬埋死人哩。

孩子仍然攀在高高的樹頂上。他騰出一隻手，搭在額顱上，順著響器響起的方向望了望。孩子看見有一頂轎子，幾個吹鼓手，還有一些騎高腳牲口的，騎小毛驢的，從遠處的川道上，自北向南，向吳兒堡方向而來。「這是誰家結婚？」孩子想。

按說，吳兒堡無論誰家結婚，那在村裏都是一等一的大事，半月、二十天以前，村上就該吵紅了的。迎親這天，族裏鄉親，都會趕去幫忙或者慶賀，而對於孩子來說，這一刻，無疑是他們紅火熱鬧的一個節日。大家會早早地擠到主家門口，眼饞地往窯裏張望，或者聚在人家門口玩耍；遇到主人心情好，說不定會抓一把剛剛炒熟的南瓜子，塞到你的手裏。待到那鞭炮響起，膽大的孩子，會在爆竹聲聲、紙屑飛揚、煙火四濺時，抱著頭，去搶那些沒有來得及響或者攢眼了的炮仗。先用腳將炮仗在地上蹭一蹭，保險了，再用手去撿；當然，有時候，炮仗會在小孩的手中爆響，炸得他滿手硝煙。

孩子瞅著，看這一行人在誰家落腳。

誰知，迎親的隊伍僅僅是穿過村子而已。「這肯定是一戶大戶人家成親，好排場呀！」孩子想。過一個村子，這一行人便要吹一陣嗩吶，炫耀一陣，過了村子，便又偃旗息鼓，匆匆趕路了。

嗩吶聲停息了，大路上難得的這幾個行人，現在也不見了蹤影，四周變得空蕩蕩的。高原重新恢復它死一般的靜寂。靜寂得叫人難受。

孩子瞅得那一行人轉過山峁，消失了，才回過神來。他感到在這荒山野坬有些孤單，就沒有心思再吃杜梨果了，也沒有心思像個憨憨一樣大吶二喊了。他拍了拍自己圓滾滾的肚皮，用兩手抱住樹身，哧溜一聲，溜下樹來。

吳兒堡開始升起了炊煙。

孩子揮動牧羊鏟，鏟起土塊，站在高坡上，向四下裏甩著，開始將羊隻歸攏在一起。後來，他便趕著羊，緩慢地向山下走去。

注❶：「乾大」這個稱謂，一般指有一定人望、在社會上有頭有臉的男人尊稱。也指兩個要好的朋友結成「拜識」，於是他們的子女，稱父親的拜識為「乾大」。

第三章　黑大頭與黑白氏

孩子眼中看見的那一行人，確實是一支迎親的隊伍。轎子裏坐著的，自然是新媳婦。前邊騎著高頭大馬，頭戴瓜皮帽，胸前斜挎一綹紅綢的，是新郎官。新郎官騎馬在前邊引路，後邊是花轎，簇擁著花轎的是吹鼓手們，再後邊，一群騎著小毛驢和大走騾的婆姨們，有的是新郎家派來迎新的，有的是新娘家派出的送女客。

這一行人從一個叫袁家村的地方出發，順著這條趕牲靈的道路，曉行夜宿，趕往一個叫黑家堡的村子。也就是說，袁家村的女子嫁給了黑家堡一戶人家，或者說，黑家堡的小子，娶了袁家村的女子。千里姻緣一線牽，這兩個陝北著名的高門大戶，千里結親，從而生發出許多的故事。

新媳婦姓白，在娘家時，她的大名叫白玉娥。正像前邊我們以禮讚式口吻，講述那些黃土地上的風流女子的情形一樣，她做閨女的時候，便是方圓幾十里地面的一個人物稍子。小巧的身材，半大的小腳，渾身的皮膚像小蒜骨朵兒一樣白皙，夏天，她穿一身白洋布衫子，一雙紅鞋，往村口一站，惹得遠遠近近的小夥子，眼睛都直了。「女要俏，一身孝。」小夥子們扯著脖子，站在遠處騷情：「妳穿紅鞋墺畔上站，把我們年輕人的心擾亂！」女子則抿嘴一笑，仍然用信天遊回敬：「我穿紅鞋我好看，與你別人毬相干！」

這白姓在陝北是一個著名的家族。在我們的小說以後將要敍述的那些年月裏，時勢造英雄，從這個家族中，將不斷地有重要的人物出現，並且伴隨著革命的發展，顯赫於中國的政治舞台。一九三六年十一月，二十世紀中國最重要和最有影響力的人物毛澤東，正是在這白姓人家的炕桌上，由黑白氏十二歲的兒子研墨，寫下那首不可一世的抒懷之作《沁園春・雪》的。當然，這些都是以後的事了。這當兒，我們敍述的是小美人白玉娥。「這小女子長得真叫人心疼，將來長大了，不知道要害多少男人哩！」村上人這樣說。這話其實不含貶意，更多的是一種讚美。

話說隨著這女子漸漸長大，出脫得一表人才，四鄉裏登門求親的，源源不斷，幾乎要踢塌了門檻，可是，這女子心高氣盛，硬是一個也不搭眼。眼看女兒漸漸長大，快要變成老閨女，且不斷有閒言碎語傳出，爹娘正在發愁。一個騎高頭大馬的壯漢，從北草地歸來，路經袁家村，一眼就看中了這女子。儘管這大漢面黑如漆，臉上且有幾顆大白麻子，誰知，四目相對，眉目傳情，這女子卻看中了這壯漢。後來這壯漢三匹大走騾，馱著聘禮，上門求親，白家一打問，這壯漢姓黑，這黑家也不是沒名沒姓的人，於是在徵求女子意見後，慨然應允。女子的腳一踏進花轎，從此，白玉娥這個名字便消失了，她開始稱黑白氏。

陝北高原最後一場民族之間的戰爭，發生在清同治六年，這就是那場爲史學家所諱莫如深的回漢戰爭。現今的說法稱那場戰爭，是回族百姓不滿於清廷封建統治者的壓迫，而舉行的回民起義，而陝甘一帶的百姓，仍然沿襲陳舊的說法，稱那場戰爭爲「回回亂」或者「跑回回」。

羌笛鼙鼓起自賀蘭山，爾後，大軍一路掩殺，順河套進入陝北高原。進入陝北後，大軍分成幾股，一股順寧塞川而下，直取膚施城，一股自魚河堡進入無定河流域，一股沿著古老的秦直道，兵逼長安。剎那間陝北大地血流成河，橫屍遍野，大一點的川道，都成爲無人區。大軍所到之處，奪州掠縣，銳不可當，短短三個月時間，陝北高原大部分縣城，包括當時的政治、經濟、軍事、文化中心膚施，同時淪陷。各縣舊縣志，對這一場戰亂，都做了詳盡的記載。記史之外，縣志中都列著長長的一串烈婦烈女和以身殉職的官員名單。而時至今日，陝北高原，那些茂密的次生林地帶，那些荒涼偏僻的荒溝野岔，常常會發現一個村落的遺址，或者幾孔半塌的窯洞和窯洞前面的石砬石碾，相信這些廢墟正是戰亂的產物。據說，聞名遐邇的南泥灣，戰亂前乃是一個繁華的村鎮，戰亂使這裏成爲無人區，於是蒿草、狼牙刺、馬茹子、黑刺，乃至一兜一兜的背搭楊和榆樹，茂盛地生長起來，於是給整整七十年後的三五九旅屯墾南泥灣，準備了條件。

上面談到同治六年的那場戰亂，並不是爲了別的，單爲了說一說黑大頭，也就是胸前挎著紅綢帶的這個新郎官。

「回回亂」那陣，黑大頭的爺爺，正是這支隊伍中一個手執砍刀、兇猛異常的小頭目，後來戰事罷後，好像大海退潮一樣，這一股子決堤的狂瀾，慢慢地縮回了海心，重歸於朔方。然而，黑大頭的爺爺沒有跟著潰敗的隊伍回去，他像一滴走失了的水滴一樣，被這厚厚的黃土吸收了。同時留下的還有黑家的一夥兵丁和家眷，他們在延河快要注入黃河的地方，選擇了一塊寬闊的川面。他們要做的第一件事情，是將包袱裏搶掠來的財寶深深地埋藏起來；要做的第二件事情，是破土動工，修建一個叫黑家堡的村子；要做的第三件事情，是開始耕種這塊無人區中荒蕪了的土地。隨後，一些難民也陸陸續續來到這裏，住進了黑家堡，難民們有的租黑家的川地種，有的則把目標對準了荒山，在那裏開墾生荒地或者撂荒地。當做完這三件事情以後，接下來，黑大頭的爺爺，就將自己的族籍改爲漢族了，以免招人耳目，以便在這塊土地上世世代代安生地生存。

黑大頭的爺爺將這一切安頓好了後，還沒等享兩天清福，就雙腿一蹬，死了。飲馬長城窟，水寒傷馬骨，水在傷馬骨的同時也傷了騎手的骨頭，黑大頭的爺爺在戎馬生涯中，中了寒氣，後來生了一種我們今天稱之爲類風濕的疾病，他那握過砍刀的手指後來縮成一團，像雞爪子，而那風濕漸漸侵入心臟，直到有一天不可救藥。

黑大頭的父親是個敗家子。他又嫖又賭又抽洋菸，因此土地在迅速地減少，地底下埋藏的私財也被他倒騰得剩下不多了。四鄉裏到處拈花惹草，這樣，結下了不少仇家，黑家堡方圓左近，不少人揚言要索他的性命。有一次，他去城裏，也是合該有事，他在城裏耽擱久了，折身回家時，天已經擦黑。回家要經過一個險要的地方叫老虎嘍。他叼著一根菸袋，正走著，迎面過來一個人。那人掏出菸袋，要和他對火。他有點不願意，但還是將菸袋湊過去了。那人將菸鍋點著，狠勁地抽了兩口，火燃處，仔細看清了仇家的面孔，於是肩膀輕輕一扛，將他掀下懸崖。黑大頭的父親在掉下懸崖的一刻，才明白這是個苦主兒。只見那苦主兒哈哈大笑：「十年等你個閏臘月，謀了很久，這一回算是謀成了。」

父親一死，這一份家當便落在了黑大頭手裏。這黑家王朝三世，三年五載後，長成了一個五大三粗、腰圓膀寬的壯漢。一張盆盆臉，黑漆一般，一出汗便黑得閃閃發亮。臉上幾顆大麻子，一顆點綴在鼻梁凹裏，一顆點綴在左臉臉頰上，還有一顆，隱現在脖子上的衣領間。一顆碩大無朋的頭顱，通常總剃得精光，光頭上蒙一領羊肚手巾。對襟衫子，粗壯的腰間，一條丈二粗布做成的腰帶，纏了三匝。腳下，一雙百衲鞋，走起路來，踩得地皮震天價響。生人見了，都禁不住喝一聲彩，說做個土財主，委屈了這半截黑塔一樣的坯子，要是生在亂世，這肯定是個英雄的角色哩。

黑大頭別看生得面惡，卻爲人良善，深通事理。他主事不久，便刹住了正在走向敗落的家境。俗話說，船破還有三千六百個釘子哩，因此這黑家，在黑家堡還算首富，在這條川道裏，也算得上一戶叫得響的人家。父親那許多惡習，除賭博一項外，其餘的，黑大頭都不再沾邊，一副菸槍，扔到了河裏，平日見了擠眉弄眼的女子，也懂得自重，不去招惹是非。黑大頭的父親既死，那眾多仇家，叫一聲「冤各有頭，債各有主」，對黑家的怨恨自然鬆動了許多，如今見黑大頭生得令人先有三分怯意，又在鄉間熬得了好鄉俗，於是偃旗息鼓，不再惹這黑家三世了。

父親的基因當然要有一點遺傳。賭博、嫖女人、抽洋菸三宗事情，黑大頭三中取一，迷上賭博。記得誰說過，人的一生，迷戀上了一件事情，便往往會栽在這件事手裏。這話不假，黑大頭將來的落草爲寇，並且血淋淋的人頭掛在丹州城上，究其根由，都不能不說緣由「賭博」二字而起。這些當然是後話了。後話放在後面說。

越窮的地方賭博之風越盛，這大約是個規律。乞丐的想像力最豐富，他可以想像世界上的一切財富都爲自己所擁有。賭博漢也是這樣，賭博刺激了人們貧乏的想像，而且這想像極有可能在一瞬間變成真實。所以窮漢愛賭，賭得昏天黑地，賭得賣了房子，賣了地，賣了老婆，賣了還未成年的女子，到了這種田地，還要繼續賭，直到有一天，債台高築，走投無路，於是解下布腰帶，找一個歪脖樹，去做吊死鬼了事。賭博場上的昏天黑地，財產的忽聚忽散，命運的大喜大悲，不獨刺激窮人，對富人也是一個刺激。富人不像窮人贏得起輸不起，他們不管怎麼說，身後雖不是金山銀山，但是總有家底墊著，所以他們的躍躍欲試多是尋求消遣和刺激。他們也是人，空曠寂寞的高原環境同樣使他們寂寞難挨，人閑生餘事，驢閑啃槽幫，所以一經人勾引，偶爾涉足賭博場上，經歷一番後，往往接下來就是狂熱地迷戀此道了。而且他們畢竟還有一些財力做後盾，因此賭注下得暢快，賭資出得暢快，召集場子也容易一些，順耳的話也聽得多一些。加之事情也有一些奇怪，有錢的人越能贏錢，沒錢的人，即便狗屎到頭上依舊背運，即便回去摸老婆兩下褲襠，依舊改變不了倒楣的手氣，於是一點點甜頭的刺激，就使那些富人更加樂此不疲了。當然，也有見了賭博場繞道走的人，這些人往往是那些家境中等的殷實人家，就是說不窮也不富，在他們那裏，每一個銅板都是在手裏攥得冒出汗來，方才撒手，家裏吃過用過，一年下來，剛好兩相抵消，因此沒有餘錢拿出來賭博，對於房子、田地和老婆，也心疼得當成自己的命根子，心尖尖，絕不拿來與人去爭個高低，擔那不知深淺的風險。所以通常，賭博只在窮人和富人圈子裏盛行，於他們，是敬而遠之的。

陝北民間的賭博，形式各異，五花八門，不過通常流行的是兩種，一種叫「夢和」，一種叫「押明寶」。這「夢和」細說起來，和現今通行的麻將差不多，也是條餅萬，之外，也有一些閑牌，不過那閑牌不叫東西南北風，白板加紅中。閑牌只有三種，一種叫「老錢」，一種叫「紫花」，一種叫「獨留」。這牌也不像麻將那樣用膠木或硬塑做成，而是紙的，用麻紙一張一張膠起，裁成一寸寬三寸長大小，上面再用石印工藝印上各種符號，就可以使用了。所以這種賭博形式又叫「抹紙牌」。陝北民歌「光棍抹牌」，說的大約就是這種形式的賭博吧，那裏面有「吃七萬來打八萬，爲什麼打下去二萬官」，還有「吃七棍來打八棍，倒不如老娘的一條棍」的話，七萬、八萬、二萬，令我們想起麻將牌，七棍、八棍也是如此，那「老娘的一條棍」，大約是說，賭博漢的老婆，手提一條棍，來打自己的丈夫，攪亂場合吧。那「夢和」通常由三人來耍，另外一人，站在一旁，手握一張紙牌，準備揭「夢」。「夢和」的叫法，大約就是由此而來。賭的方法，一條一萬九餅算一和，二條二萬八餅算一和，三條三萬七餅算一和，依此類推，下來又分「大駕」、「鹵頭」等等，很複雜，遠非三言兩語所能說清。

另一種賭博方法叫「押明寶」，要賭的人兩個以上，以至多到無數，都可以耍。有個「寶芯」，外邊的叫「寶殼」。耍賭的時候，用一隻手握著寶盒，在扣寶盒的一刹那，用握寶盒這隻手的小拇指或無名指，將寶芯迅速地轉動起來，然後捂嚴。等估摸著寶芯停止轉動了，就可以去猜。寶芯是個像「丙」字，又像「人」形的方狀顆粒，一面是紅的，一面是黑的。這製造寶芯的方法，仍然是因陋就簡，截一節上等的棗木，磨成小拇指蛋大小的顆粒，然後在木頭上勒上壕壕，再在壕壕裏糊上黑布或紅布，於是便做成了一個魔力無邊的寶芯。賭的時候，押在紅的一方爲大贏，押在黑的一方爲大輸，押在紅的邊角上或黑的邊角上，爲小贏或小輸。賭資不限，由雙方議定，或一頭黃牛，或兩畝川地，或兩塊現大洋，或者幾個麻麻錢、幾個銅元，或像前面所說，押在上邊的是老婆、孩子，這要視賭博者的實力和當時的心思、情勢而定。賭時，隨著寶盒往上一舉，好像一聲命令，所有的參與者和圍觀者的頭都一齊向上揚起，眼神中充滿了狂熱和期待、恐懼和惶惑。隨著寶盒往下一落，款款地放在鋪著小氈的地上，所有的人又同時將頭低下，四周頓時靜得鴉雀無聲，單等寶盒揭開，決定命運的那一刻的到來。寶盒揭開，總有贏家，總有輸家，有笑得發了瘋的，有哭得呼天號地的，於是滿場一陣騷動。

黑大頭是賭博場上的常客，這兩種賭博形式，他都可以稱之爲其間的高手。黑家堡一帶，「押明寶」的人群中，常常可以看見他魁梧的影子；好像他不在場，場合就少了熱鬧。那種文縐縐的「夢和」，儘管不合他的脾胃，但是寒冬臘月，三個人聚在一起，再找一個「坐夢」的，腰裏摸出一把紙牌，便也湊合著過一陣賭癮。

兩種賭博形式之外，摸花花、掀棋棋、頂棍、擲骰子、推牌九，等等，他也都無有不會，無有不精，人來世上走一遭，蘿蔔青菜，各有所愛，而對於黑大頭來說，似乎他此生此世，就是爲「賭博」二字走這一遭的。

賭博的各種花樣，上面挑出兩種，就近詳談，一則這兩種在陝北鄉間，通俗可見，是比較主要的賭博形式，二則黑大頭將來的兩場事變，其間契機，正是因了這一是「夢和」一是「押明寶」的兩場賭博，所以這個交代，不算浪費筆墨。

賭博場上好久不見黑大頭的蹤影，人們正感到納悶，不承想，黑大頭去了趟北草地，從北草地回來不久，又吹吹打打，一路張揚，從上頭領回來一個俊俏的小媳婦。村上人見了，都說這女子真美，美得叫人不敢正眼看她，這哪裏是我們的鄰居，這分明是從民歌中走出來的人兒麼。隨後有人說，這女子是黑大頭在走西口路上拐騙來的那種曖昧小店中的店家女，這女子原來是個打牙牌的❶。

又有人說，是黑大頭在北草地，耍了一場大賭，這女子，是贏回來的。黑大頭聽了，哈哈一笑，他說：「事情有大有小，賭博是一件小事，前輸後贏，前贏後輸，逢場作戲，圖個熱鬧紅火而已，這婚姻卻是一件大事，馬虎不得，黑白氏，是我明媒正娶，好人家的閨女，諸位，知道無定河邊那有名的白家麼？」眾人聽了，都說有福之人不在忙，無福之人忙斷腸，黑大頭平日淡於此事，想不到一旦掐花，就掐那花的頂子，於是回家後對著自己的粗俗婆姨，罵上幾句，瞧這兒也不順眼，那兒也不耐看，罵過以後，時間一久，見慣不慣，漸漸地，覺得黑白氏也無非如此，自己的婆姨也是那麼回事，黑天油燈一吹，摟在懷裏，一樣的東西，而且輕車熟路，於是這黑白氏帶來的驚動，日子久了，也就淡了。

黑大頭注視著婆姨騷狐子一樣的小俏臉兒，看不夠，愛不夠，親不夠，於是整天廝守著婆姨，大門不出，二門不邁。前面說了，美麗的副產品是多情，這黑白氏也到了瓜熟蒂落的年齡，加之平日接受了那些酸曲的調養，聽慣了小夥子們風言浪語的挑逗，一遇上黑大頭這樣的強壯男人，一時間千嬌百媚，水性柔情，纏綿不已，直喜得黑大頭連聲誇讚，婆姨「好手段」。這「好手段」是一句私房裏說的話，陝北話中，這話用給女人，就單指那一類事了。這話成爲一句專有名詞，最初，也許還是女人們創造出來的，陝北民歌中，「你不知道姐姐的好手段」一句，也許是它最初的出處。

兩個人乾柴烈火，大約有半年。半年以後，黑大頭就慢慢淡了，他又懷念起那些賭博場上的朋友們了。朋友們難得地見黑大頭一面，見了，也就用各種各樣的話激他，奚落他，說他瘦了，身子空了，說自從黑白氏過門，他的魂兒便被勾去了，說他從此以後，便被牢牢地拴在老婆的紅褲帶上了。

話說得多了，終於說得黑大頭心動。於是他不顧黑白氏的阻攔，又下賭場。最初，他告誡自己，要有節制，娶媳婦的漢子了，不可不顧這個家，可是一入賭場，三、兩個場合下來，就腦昏了，或是輸紅了眼，或是贏紅了眼，於是一抹心思，全拋到賭場上去。

家裏留下個黑白氏，夜夜對著孤燈流淚，摟著枕頭睡覺，口裏埋怨道：「好你個黑大頭，愛時摟在懷裏，恨時掀到崖裏，我要到娘家去，告你個不務正業。」有時，適逢黑大頭在家，聽了這話，笑一笑，算是賠個不是，要麼，親熱上一回，算是安慰黑白氏，過後，照舊上鎮下集，一四七，二五八，三六九，一回回地趕場合，把個黑白氏仍舊冷落在家裏。

黑家的土地，大部分租給了佃戶，自己家裏，只留下一小部分。家裏雇了兩個長工，農忙時下地幹活，農閒時屋裏打雜。這兩個長工，其名不詳，我們權且叫他們張三、李四吧，誰叫這兩個人名突然溜到了敍述者的筆下。屋裏過於冷落，有時候，黑白氏按捺不住，說些雙關語，或者使出女人家的伎倆，向這兩個後生頻頻使些眼色，並且借哼小曲的機會，哼出「不圖銀錢圖紅火」的意思。然而這張三、李四，都是些本分人，遵守著給人攬工時要惜自己力氣的遺訓，不是東家吩咐的事情，懶得去做。加之人窮志短，生性懦弱，縱有這個意思，也懼於黑大頭那一副黑青臉，不敢造次。更何況家裏還有妻小，出來攬活時，妻子千叮嚀萬囑咐，要他們不要去眼熱人家婆姨，時時記著自己的熱炕頭才對。所以黑白氏眼色也使了，小曲也唱了，但是眼色白使，小曲白唱，這張三、李四好像兩截木頭，一對呆子，白日爬起來幹活，晚上脫褲子睡覺，聽任黑白氏打情罵俏，全不理這個碴兒。氣得黑白氏又羞又惱，大眼瞪小眼，沒個良法。天長日久，黑白氏想轉了，覺得這事只怪自己男人，一個蘿蔔一個坑，怨人家張三、李四鳥事，加之見這兩個長工人不但本分，做活也勤勉，將心比心，覺得攬工漢也委實可憐，於是便不再糾纏，依舊對著孤燈流淚，夜夜摟自己的枕頭去了。

黑大頭賭興正濃，三天一小聚，五天一大聚，只圖自個痛快。後來名聲也越傳越遠，四近八鄉，都知道黑家堡出了個賭頭，甚至有遠道的客人，慕名而來，來到黑家堡，不爲見個高低，但爲切磋賭藝。大凡世間大小事情，幹到精深處，便成爲一種藝術。此時此刻的黑大頭，就是這種感覺，而遠處的賭頭們趨之若鶩，紛至遝來，也令他臉上生輝，覺得自己的存在風光了這一處地面。

大凡墜入此道，沉湎於其間，不出三年五載，一副家當便會輸個精光。俗話說，「久在江邊站，哪有不濕鞋」，今年不輸，明年輸，這一陣子不輸，過一陣子輸，總有一天，會背時倒運的，到時候手氣不逮，喝口涼水也塞牙縫，一場輸了，不甘示弱，又賭一場，直到喪失理智，越撈越深，終於到了某一天傾家蕩產的地步。

然而卻也忒怪，黑大頭耍賭，三年五載下來，細細推算，竟是個收支平衡的局面。其實，平心而論，他是贏的機會多，輸的機會少。黑大頭手大，一旦贏了，覺得這是個憑空叼來的錢，不花白不花，於是邀來一群賭友，由他出資，大碗喝酒，大口吃肉，熱鬧上一回。遇上輸了，烏青著臉兒，自認晦氣，往地上吐兩口唾沫，抬腳一走了事。大家見黑大頭贏多輸少，最初有點狐疑，疑心他在賭具上做了手腳。黑大頭有了察覺，找一個合適的機會，半碗燒酒下肚，拍拍胸膛，叫道：「大丈夫做事，贏得起輸得起，贏得光光堂堂，輸得體體面面，那種小人做事，向來沒有我黑大頭的分兒！」眾人聽了，不再疑惑。後來日子久了，見黑大頭果然是手氣特好，賭藝高超，並無半點作弊的徵狀，加之黑大頭的仗義疏財，請吃請喝，即便是那些輸家，也不得不把倒楣的原因號在自己頭上，而絕不跟黑大頭有半點爲難。

賭博這項偉大的事業在進行著，吃喝拉撒睡之外，這成了黑大頭生活最主要的內容。黑白氏自夜夜抱她的枕頭，張三、李四自東山日頭背到西山，攬他們的長活，黑大頭自走東串西，趕他的場合。各行其是，各不相礙。生活在進行著，一切都相安無事，可是事情要來，卻一齊來。不久後發生了幾樁事情，第一樁是好事，第二樁也是好事，至於第三樁，卻是一場天大的禍災了，從而害得黑大頭有國難奔有家難投，只得嘯聚後九天，落草爲寇，成爲陝北地面，一個人盡皆知的山大王。

冬天來臨，一場大雪封蓋了陝北高原的山山峁峁，四野一片銀裝素裹。雪落在地上，坐住了，這便閑壞了一年中死摳在土地上的農人們，於是草窯裏，熱炕頭，賭博由平日有閒工夫的幾個人的事，現在成了一夥人的事。此刻的黑大頭，如魚得水，踩著一雙百衲鞋，走東串西，夜夜不著家。一天夜裏，場合散了，大約是後半夜光景吧，黑大頭踩著積雪，深一腳淺一腳地回到黑家堡，正待敲門，卻見門道裏，蜷曲著一條大漢。黑大頭嚇了一跳，以爲這是歹人。黑大頭生來膽大，於是上前踢了那人兩腳。那人醒了，黑大頭細細盤問，聽出是關中口音，原來，這個後生是個躊躇滿志的青年軍官，他孤身一人，揹了乾糧，穿越陝北高原，體察民情，考察社會，磨礪鬥志，不承想，到了陝北，水土不服，加之衣著單薄，抗禦不了漫天大雪的刺骨寒氣，於是得了傷寒。這天夜裏，走到黑家堡，進了這個高門大戶，未及叫門，就暈倒過去。惺惺惜惺惺，黑大頭平日，也以一方豪傑自居，這時聽了關中後生的話，明白這後生日後一定不是個久居人下之人，於是說道：「秦瓊賣馬，楊志賣刀，韓信吃嗟來之食，一文錢難倒英雄漢，誰沒有個三長兩短，誰出門也不能把自己的窯揹在背上。這樣吧，老弟若不嫌棄，便在在下的寒舍裏，將息幾日，等能行動了，或回關中，或去北草地，到時你自便吧。」後生聽了，叫聲「慚愧」，只得應承下來。於是黑大頭伸出兩個巴掌，開始使勁拍打門環。門環響過一陣後，張三、李四，披上衣服，爭著前來開門。門開處，黑大頭指著地上這條大漢，對兩個夥計說：「將這位客人抬到你們窯裏，好生照看，這是我的朋友，不可慢待於他。」張三、李四聽了，趕快上前，一人攙起大漢的一隻胳膊，抬進暖窯，那大漢好生沉重，兩個夥計只得暗暗用力，生怕掌櫃的看出他們力氣不足，來年不再雇他們了。那黑白氏，聽見響動，也穿上一件狐皮坎肩，整修一番，出了窯門。黑大頭見了，吩咐婆姨趕快燒湯做飯。黑白氏天生愛熱鬧紅火，聽了命令，也就喜顛顛地做飯去了。

自此，那青年後生便在黑大頭家，住了半月有餘，賭癮極重的黑大頭，竟耐著性子，陪了這後生半月。那黑白氏，平日最敬重那有男子氣概的人，對這後生，也是小心服侍，禮節周到。至於張三、李四，前村請郎中，後村請巫神，也是忙活得不停點兒。黑大頭與那青年後生長談，談得投機，於是吩咐攔羊娃，捉住自己羊群中的一隻黑羊蠍子，開腸破肚，熬進鍋，盡心款待。

十五天頭上，那青年後生的病好了，兩人竟有戀戀不捨之意。就連黑白氏，亦覺得難分難捨，不過她到底是大家閨秀，有黑大頭在場，留戀之意，不表現在臉上。梁園雖好，不是久戀之家，那後生見自己能動身行走了，於是露出走的意思，說前面路程正遠，不敢耽擱，他還想去北草地，走上一趟。黑大頭見了，也就不再強留，於是臨行之日，薄酒餞行，行前，脫下自己的二毛子皮襖，給那後生披上。

後生出了院門，上了官道，突然轉過身子，跪倒在地，說：「鄙人姓楊，叫虎城，關中東府蒲城人氏。來日方長，日後，也許我會找個回報你的機會的。」說完，站起身子，車轉身，頂著漫天大雪，款款而去。留下黑大頭，在門道上，惆悵了很久，直到黑白氏像個貓兒樣，鑽進他的懷裏，他才醒悟過來。

黑白氏像個貓兒，鑽進男人懷裏，摒住他的肩膀，神秘地說，她有個天大的事兒，要告訴男人。黑大頭聽了，淡淡一笑，他輕輕地理著婆姨高綰的雲髻，笑道：「有什麼大事兒，莫非是想給我娶個二房不成！」黑白氏聽了，用食指指著黑大頭的眉眼，罵一句「燒腦漢」，她說，這件事確實非同小可，什麼事呢？是她好長時間不來紅了。黑大頭聽了這話，還是不明白。黑白氏於是抓住黑大頭的左手，讓他在自己的小腹上摸，並且問，她的小腹是不是鼓起來了。黑大頭聽了，摸一摸，見婆姨的小腹果然磁磁地鼓著。「有喜了？」他笑著問。黑白氏點點頭，一副得意的樣子。「幾個月了？」「好幾個月了！」「妳怎麼不早說？」「你整天不著家，我到哪裏找你去說？即便見了你，心裏除了氣還是氣，哪有心思說這個。」黑白氏說到這裏，想起往日受的種種委屈，眼淚止不住汩汩地流下來。黑大頭外形粗魯，心腸卻細，如今見了婆姨的這兩行眼淚，心先軟了半截，繼而想起平日的所作所為，一時間也覺得自己太不像話了。於是便對婆姨說：

「賭博場上，遲早得栽，現在洗手吧，回家來陪著妳，過咱們的安生日子！」婆姨說：「你是在拐哄我！」黑大頭跺著腳說：「誰拐哄，吐黑血死在五黃六月裏！」黑大頭話沒說完，婆姨早捂住了他的嘴，婆姨嫌他發的咒太凶，折自己的陽壽。黑大頭歎口氣，輕輕抱起自家婆姨，像抱一個孩子似的，抱回暖窯裏去了。

黑大頭說到做到，從此以後，一直到這年的大年三十，緊閉大門，足不出戶，整天只守著個黑白氏，目不轉睛地瞅著她的肚子漸漸隆起，身子日益顯形。冬天的日子，晝短夜長，白日太陽接近中午了，才在頭頂上象徵性地照一陣兒，未及後半晌，就又隱在又高又遠的天空後邊去了，晚上是漫漫長夜，雞不叫，狗不咬，整個山鄉，處在一種蠻荒一樣的死寂中，令人壓抑。這情景，喜歡壞了黑白氏，因爲黑大頭浪子回頭，又半步不拉地廝守她了。她把這好運歸結爲肚子裏嬰兒的緣故，於是起坐輾轉，備加小心，兩隻細手兒除了吃飯，其餘要做的事情，就是摟住自己的肚子，護住那即將面世的小生命。有時情緒上來了，還輕輕揉著肚皮。嘴裏「心尖尖」、「肉蛋蛋」地叫著，好像那孩子能夠聽見似的。這寂寞難耐的光景，卻苦壞了黑大頭，他往日外邊浪蕩慣了，抬手舉足，呼風喚雨，如今卻是一隻老虎，被無形的鏈子鎖在了家裏，動彈不得，呼嘯不得，心裏那份難受勁，就甭提了。賭慣了的手直發癢癢，於是他從袖筒裏抽出手來，往手心上吐兩口唾沫，在院子那塊碾盤上磨著，直磨得手指發麻、發紅，疼痛起來，才算甘休。手不癢了，但是更癢的地方在心裏，俗話說「心癢難撓」，心是自家的，撓又撓不成，捶又捶不得，於是只好繞著院子轉圈圈，轉完圈圈，又回到暖窯裏，去瞅自家的婆姨。

那黑白氏隔著窗子，看見丈夫猴急了的樣子，覺得好笑，說人高馬大的漢子了，竟然管不住自己的兩隻手，不如拔根毬毛，吊死算了。黑大頭聽了這話，甚是氣惱，本想給黑白氏一頓，又想到她肚子裏的孩子，忍忍氣，只好作罷。他明白黑白氏所以敢如此造次，是因爲肚裏懷著孩子，說得起話了，這叫「使勢」。黑白氏奚落了半天，見黑大頭只是鼓鼓眼睛，並不接碴，也覺沒趣，就不再言語了。日子一長，好心腸的女人，竟又可憐起黑大頭來，於是反而勸他，出去賭上一回，再彎轉回來陪她。黑大頭聽了，眼睛亮了一下，閃了幾星火花，但又立即暗淡了下來。他沒有聽婆姨的話。

那些平日的賭友們，場合上不見了黑大頭的蹤影，最初以爲他又上北草地去了，後來聽說，他躲在家裏守老婆，於是三個一群、五個一夥，整天來騷擾，把個大門的門環，拍得啪啪山響。黑大頭見了舊日朋友，總是讓進窯裏，好吃好喝，盡心款待，只是緘口不提「賭博」二字，那些賭友們剛要提起，早被個利嘴伶齒的黑白氏頂了回去。大家見了黑白氏的大肚子，說一聲「母雞下蛋，公雞罩窩」，這倒是件新鮮事，說完抹抹嘴巴，拍拍屁股，只好走了。那些賭友們來過幾次後，便不再來了，原來他們自去過黑家之後，賭博場上，手氣一下子背了，小賭小輸，大賭大輸，大家坐在一起，搖頭歎氣，說不知得罪了哪路神神，後來，追究根源，竟把賬算在了黑白氏的大肚子上，說是這女人的髒血帶來的晦氣。從此大家雖然貪圖吃喝，卻也不敢再冒昧登門，就是路經黑家堡，也繞道走了。

黑白氏見男人實在可憐，於是瞪著眼睛，支起耳朵，希望門環再度響起，那時，即便在家裏設個場合，讓黑大頭過過賭癮，她也情願。可是左等右等，就是不見門環響起，她還不知道那些人是嫌棄她，她在心裏罵著：這些倒楣鬼們，不知跑到哪裏去了。

卻說這一天，黑白氏隔著窗戶，照見兩個攬工漢，正在院子掃雪，突然眼前一亮，將這張三、李四，叫到自己正窯裏，問他們可會「夢和」，如果會，不妨放下手中掃把，陪掌櫃的耍上一回。

那張三、李四聽了，受寵若驚。前邊說了，這兩個人都是正兒八經的老實受苦人，平日與賭博場一向無緣，但是由於是給黑家攬活，耳濡目染，對各種賭技，也說得上略知一、二，有時黑白氏使起性子，叫他倆去賭博場上尋那黑大頭回來。他倆去了那種場合，混進人堆裏，伸長脖子看潮漲潮落，財聚財散，心裏也癢癢的，常常有躍躍欲試的念頭，奈何囊中羞澀，縱有念頭，不敢乍舞，只有看熱鬧的份兒，沒有身臨其境的快感。今天，聽了女主人的話，兩個互相看了一眼，齊聲說道：「會是會，只是沒有銀錢，只能乾耍而已。」所謂乾耍，就是沒有賭資，純粹的遊戲了。黑白氏聽了，說，乾耍就乾耍，只爲消遣，難道財大氣粗的黑家，還能去揭窮漢鍋裏的米湯皮不成。就這樣說定了，然後黑白氏叫住外邊院子裏，正在轉磨的黑大頭。

黑大頭見了這樣的場合，曾經滄海難爲水，有幾分不情願就範，但是礙著婆姨的一片熱心，於是回到窯裏，脫了鞋子，上到炕上。那張、李二位，也脫了鞋子，上到炕上。炕很熱，一床紫花大被，蓋住四個人的膝蓋，那牌就放在被子的上邊。黑大頭和兩個夥計玩耍，黑白氏正襟危坐，充當「揭夢」的角色。這樣耍了幾回，抑或是黑大頭覺得這是小孩子的遊戲，耍不上勁，抑或是正如那些賭漢們所說，有大肚子婆姨妨著，總之，連耍連輸。那兩個夥計，倒是鴻運高照，贏得氣也喘不過來，心想，這樁事情，比起攬工輕鬆多了，若這次不是乾耍，現在腰裏的銀錢，恐怕沉甸甸的了。

耍罷幾回後，那兩個夥計還在興頭上，黑大頭卻把牌一整，說聲算了。原來這賭博本身，其間並沒有多少可資留戀的成分，值得留戀的全在那輸輸贏贏的金錢過往上，如沒有賭資，這種「夢和」純粹成爲遊戲性質，稀湯寡水，味同嚼蠟了。

雖然一起耍牌，畢竟有尊卑之分，兩個夥計見主家說聲算了，於是也就只好作罷，重新回到院子，抱自己的芨芨草掃把去了。掃雪途中，兩人不謀而合，說等年底工錢下來，有了賭資，和這黑大頭，賭上一回，人無外財不富，馬無野草不肥，到時候贏上一袋子銀洋，也好叫自己的老婆娃娃，過兩天好日子。

說話間，年關到了，寧窮一年，不窮一天，家家貼對聯，貼門神，鉸窗花，請灶王爺，乍舞著過大年了。小夥子要炮仗，姑娘要花襖。這炮仗一旦到手，拆開長鞭，摘下幾個零星的，先捏在手裏，響了起來。姑娘的花襖，不等年三十，也羞答答地，一步三顧地盼穿在身上。兩個夥計也準備打道回府，回家與家人團聚，等過了正月十五，再來攬活。黑大頭拿出響噹噹二十塊大洋，分成兩撥，用紅紙包了，交給夥計，算是這一年的工錢。張三、李四拿了工錢，在手裏掂了掂，磁磁維維，卻不動身。黑大頭說：「該起身了吧，快去置些年貨，回家去吧！」誰知張三、李四聽了，還是笑一笑，不動身。黑大頭見了，以為兩個夥計嫌錢少，於是黑下臉來，就要發作。不料想張三、李四提出，要用這工錢做為賭注，設個場合，與黑大頭賭上一回。黑大頭聽了，哈哈大笑，勸他們趁早回心，絕了這個念頭，有的人是像雞一樣，從地裏刨著吃的，有的人長著神仙手，從空中叼著吃的，至於他們，黑大頭認為，還是安於本分為好。張三、李四聽了，以為黑大頭怯陣，於是益發不肯甘休。黑大頭見了，說一聲：「罷罷罷，回窯裏設場合吧！」

還是那一天的情景，一床紫花被，將四個人的膝蓋蓋定，一副麻紙牌，放在紫花被正中。仍然是三個人聚賭，日益舉步維艱的黑白氏，充當這「揭夢」的角色。所不同的是，兩個夥計都把自己的十塊大洋，立一個柱子形的模樣，放在炕上的背牆上。而黑大頭的銀洋，車載斗量，他從地上抱起一個罈子，也威赫赫地立在炕圪裏，惹得兩個夥計眼熱。兩個夥計這次是失算了。那黑大頭見了這正式場合，全不是上次那漫不經心的模樣。他雙目赤熱，精神亢奮，反應敏捷，那兩個沒有見過世面的夥計，哪裏是他的對手。這樣不出三圈，張三、李四眼睜睜地看著剛才還屬於自己的十塊大洋，現在長腿回到了黑大頭的罎子裏去了。

張三、李四到了這種地步，連連叫苦，後悔不迭。人窮志短，馬瘦毛長，於是涎著面皮，提出由黑大頭借他們一點賭錢，再賭上一陣，看有沒有撈回來的希望。黑大頭聽了，笑一笑，便又從罎子裏摸出一把大洋，放在二位跟前，重開局面。誰知過了一陣，這些銀洋，又像長著腿兒一樣，回到黑大頭罎子裏去了。如此往復幾次，黑大頭將紙牌一整，說聲：「散場吧，二位今日手氣不佳，改日再撈吧！」兩個聽了，不肯甘休，提出家裏有窯，有老婆孩子，願意貼上它和他們，再賭一回。黑大頭沒有搭話，他站起身子，正色說：「還不走人，莫非真要傾家蕩產，才肯甘休不成。」黑大頭還說，看在往日的情分上，那所欠的賭資，不要了，明年繼續來黑家堡幹活吧！

話說到這個分兒上，張三、李四只好溜下炕來，趿上鞋子，背上空蕩蕩的褡褳，回家去了。黑白氏心腸軟，看到兩個夥計失魂落魄的樣子，有些於心不忍，想喊住他們，聽見黑大頭咳嗽了一聲，她沒有敢喊。

正是大冬天的情景，大雪封閉了山路，四野寒氣逼人。兩個夥計，原來是山那邊一個村子的，兩人踩著沒膝的大雪，翻過老虎嘴，向家裏走去。最初，想到黑大頭赦免了他們後來所欠的銀兩，還覺得自己占了便宜，但是離家越近，心裏越翻騰得厲害，想起一家老小，此刻正在家裏，望眼欲穿，等自己拿著工錢回家過年，現在自己兩手空空，回家見了老婆孩子，如何交代。想著想著，又不由得怨恨起黑大頭來。怨罷黑大頭，想想這也怪不得他，全是自己多事，一時昏了頭，要去上那個抬杆。想來想去，千錯萬錯都錯在自己頭上，於是不由得以掌擊額，痛罵自己一頓。

罵完了，還是解決不了問題，兩人想了想，於是決定一死了之。恰好這老虎嶁，有一棵歪脖子樹兒，兩人對著樹說，借個光兒，成全我們的好事吧！說完，各人解下自己的腰帶，一頭搭在樹上，一頭綰一個活套兒，就要將自己的脖子往裏面塞。套著套著，張三翻心了。說道：「赤條條的一個漢子，去幹這婦道人家的勾當，即使死了，也落了一場笑話，好死不如賴活著，咱們不如另打個主意吧！」李四聽了，也覺得這話有些道理。於是兩人停止了手頭上正在做的事情，又商議起來，商議的結果，決定做個剪徑賊，就在這老虎嶁上，幹一樁買賣，然後回家過年。主意定了，兩人便在老虎嶁，找個去處，躲起來，單等第一個送命的上來。

說來也巧，不多一會兒，自山路那邊，一個半大小子，揹著個褡褳，咿咿呀呀地唱著，走了過來。兩人見那小子穿戴的還算齊整，肩上的褡褳，也沉甸甸的，於是互相招呼了一聲，從畔上一躍，跳下山路，一前一後，截住了那小子。那小子見了，吃了一驚，趕快跪在地上討饒。張三聽了，並不搭話，上前一腳踢翻了那小子，伸手搶過褡褳，手伸進去一摸，原來，你道怎樣？那褡褳裏裝的，卻是幾張瓦片，幾塊半截磚頭。張三、李四，正感詫異，只見那倒在地上的後生，將手伸進嘴裏，打起一聲刺耳的口哨來。待他們回過神後，只見嶁那邊，趕來一群莽漢，鐵桶一般，將二人團團圍定。

這真是魯班門前弄大斧。原來，張三、李四遇到的，倒真是一夥真的強盜了。前邊走的這個叫眼線，後邊跟著的是強盜撥兒。他們此行的目標是黑家堡。年關將臨，強盜們也感到年關難過，於是冒著嚴寒，出來打些食吃。前邊的眼線兒，要去黑家堡，刺探一番，找一個好下手又有

點油水的主兒，像《阿里巴巴和四十大盜》裏所說的那樣，用女人裁衣服畫線的粉筆團兒，在這家大門上畫一個圈兒，夜深人靜時，這一夥強盜，便就循著粉筆圈兒，找這家下手了。通常最初是偷雞摸狗式的巧取，巧取不成，再明火執仗地打家劫舍。不承想還未到達目的地，便在老虎崾，被兩個鄉下人攔住了。

張三、李四從未見過這陣勢，嚇得篩糠一般軟做一團。強盜頭兒令人搜身，搜了半天，身上空無分文，強盜頭兒連聲叫道「晦氣」，遂叫人剝了張三、李四的衣服，令嘍囉中衣著單薄些的穿了，然後用槍指了指二人的額顱，叫他們趁早滾蛋。

張三、李四，赤條條地趴在雪地裏，這時篩得更厲害了，連聲叫著「山大王饒命」。後來看著，強盜們並沒有要自己命的意思，膽壯起來，於是叩頭禱告，希望能將衣服還給他們。那張三、李四二位，事事由張三出頭，這時候，看著自己的一副可憐相，張三心想，一不做二不休，既然到了這個份上，那麼，入了這夥強盜，過兩天快活日子，也算不枉人世上走了一遭。想到這裏，便抱住強盜頭兒的一條腿，請求入夥。那李四本來是個沒主見的人，見張三這樣，也就抱住了強盜頭兒的另一條腿。強盜頭兒見了，細問了兩句，知道了他們是黑家堡一戶大戶的長工，於是提出，入夥可以，不過今天夜裏，你們那個掌櫃的家，該是咱們下手的地方了。二人聽了，沉吟半晌，也就答應了下來，於是強盜頭兒，吩咐將二人的衣服，仍舊還給他們，然後一撥人馬，慢慢吞吞，奔黑家堡而來。

那一天夜裏，黑大頭正在酣睡之際，突然一陣異樣的響聲，將他驚醒。黑大頭喝問了一聲，不見有人搭話，便披了衣服，溜下炕來，推開窯門。剛一出門，立即被繩索絆倒，接著闖來兩個莽漢，將黑大頭綁了。黑白氏在窯裏聽到響動，隔著窗子一看，嚇得殺豬一般地號叫起來。黑大頭喊道：「不要叫，不要叫，孩子要緊。」話未說完，強盜頭兒抹下自己頭上的羊肚手巾，一下堵住了他的嘴巴。黑大頭反身踢了那強盜頭兒一腳，將他踢倒在地，待要繼續掙扎，那強盜頭兒從腰間掏出八音子手槍，擦著黑大頭的頭皮，放了一槍。黑大頭見了，明白自己是遇見了一夥盜匪，也就不再動彈了。

由張三、李四帶路，強盜們起出了一些浮財，包括盛銀子的那個黑罎子在內。按照張三、李四的說法，黑家家境殷實，肯定還有大宗財寶，不知被藏在哪裏去了，需要細細查找才對。強盜們問黑白氏，黑白氏嚇得蜷做一團，抽抽泣泣，說不出話來。待要問黑大頭，誰知這時候燈籠火把，人聲嚷嚷，黑家堡的住戶，聽到槍聲，紛紛聞聲趕來。強盜頭兒見了，說聲此時不走，更待何時，便打一聲呼哨，用槍押了黑大頭，一溜煙走了。圍上來的人們，見強盜們帶槍支，也都像被定身法定住了一樣，張口結舌，不敢動彈了。

不說黑白氏在家裏嚎天哭地，而那一干鄉親，一面拿些好聽的話安慰她，一面連黑搭夜，趕去告官。單說這一夥強盜，押了黑大頭，出了黑家堡，上了老虎嶼，回到自己的老巢。老巢在一面懸崖中間，一個孤零零的山崖窯裏，外邊一個小小的口兒，裏邊卻是一個寬敞的下處。回到崖窯，強盜們掏出銀錢，忙著分贓，好回家與妻子兒女過年。那強盜頭子，瞅了一眼地上捆著的黑大頭，對下屬說，找到這個有錢的主兒了，務必啃乾淨了才能甘休，不如寫一個帖兒，下到黑家堡，要那黑白氏，打發人送上三千塊大洋，來贖男人；時間限在三天，三天頭上，不見取錢贖人，那時再撕票不遲。眾人聽了，都道這個主意不錯。不錯是不錯，可是叫誰去下這個帖兒，大家面面相覷，都有幾分怯意：昨天夜裏，一場事故，驚動了黑家堡，這一陣子，正不知那裏做些什麼安排，如今要去，很大程度上有些自投羅網的意思。於是大家的目光，最後落在了張三、李四身上。那強盜頭兒，亦是這個意思，遂叫來張三、李四聽話。

昨天夜裏，燈光恍惚，黑大頭早就覺得戴著面罩的人影中，有兩個像他的夥計，現在張三、李四來到自己跟前，看得真切，認定了，於是圓睜怪眼，破口大罵起來。張三、李四自知理虧，羞羞慚慚，不敢抬頭。原來，昨日的場合結束以後，張三、李四前腳剛走，黑大頭便令攔羊娃揣了二人的工錢，後邊去攆。那攔羊娃整天上山溜坬，熟悉地理，就挑了一條羊腸小徑，逕自去了張三、李四家，給了工錢，說張三、李四正在路上走著，不必擔心。那張三、李四走的是騾馬大道，絲毫不知道黑大頭這番義舉，一路上真是錯怪了他。如今，這樁事兒說開，張三、李四聽了，更是羞得無地自容。

強盜頭兒見了，令人仍將毛巾塞住黑大頭的嘴巴，然後草草地寫成一個帖子，交給張三、李四，要他們火速前往黑家堡，去送這封生死文書。兩人不敢抗命，接過帖兒，唯唯諾諾地退了。

那張三、李四沒有回黑家堡，而是揣了搶掠來的銀兩，先回了一趟自己的家裏。回到家裏，看見妻子兒女，安居樂業，貼門神，鉸窗花，置辦年貨，正乍舞著過年，想起自己這一天一夜經歷的事情，好似作夢一般，禁不住諸多感慨。黑大頭果然沒有誑他們，工錢昨日已送回來了，婆姨正擔心著，不知自家男人爲甚今天才回家。張三、李四支吾其詞，不置可否，懷裏掏出銀兩，交給婆姨；婆姨問起銀兩的來路，他們更不敢說了，用兩句哈哈搪塞過去。張三、李四思前慮後，覺得這黑家堡再不能去了，有何面目去見黑白氏，想來想去，把個帖子偷偷地塞進灶火燒了。兩人守著自家婆姨，過了一夜，第二天找個托詞，告別家小，來到這崖窯裏覆命，撒謊說，帖子送到了。強盜頭兒聽了，也就深信不疑。

三天頭上，仍不見送錢贖人的，風雪大道上，路斷人稀，一點響動也沒有。看來這黑大頭的死期，也就在今天了。在這一點上，強盜們絕不手軟，倘若一時手軟，壞了名聲，以後再幹這類綁票的勾當，就不那麼順手了。黑大頭被捆在那裏，暗暗叫苦，埋怨黑白氏不通事理，把個銀錢看得比他的人頭還重。

三天期限一到，強盜頭兒吩咐，將黑大頭押出崖窯，捆在外邊那棵歪脖子樹上，開刀問斬。強盜們聽了，扯胳膊的扯胳膊，拽腿的拽腿，將個黑大頭抬出崖窯，然後牛皮繩子，左一道右一道，牢牢地捆在了樹上。一個強盜提了鬼頭刀，就要下手。

黑大頭要想喊叫，嘴被堵著，要想掙扎，胳膊腿兒被捆著，看那鬼頭刀，帶著風聲，就要落在自己脖子上了，只得閉著眼睛等死。此時此刻，心中只惦著黑白氏和她肚子裏那個未出世的小生命，想到沒有了他，他們娘兒倆以後如何在這個世界立腳，繼而想到自己，心中懊悔道：你黑大頭平日也算是個有頭有臉的人，想不到虎落平陽，今天栽到一群毛賊手裏；人固有一死，只是這等死法，實實地叫人不甘心呀！

正當黑大頭胡思亂想之際，正當這鬼頭刀帶著風聲忽忽落下之際，只見老虎崾的風雪大道上，有一個過路的客人，站在那裏吶喊。

強盜頭兒聽了，只以爲是那贖身的人來了，於是叫鬼頭刀先不要砍下去，待他聽上一聽。大家凝神屏氣，細細一聽，原來是個過路的客人，在那裏見了山上殺人，於是喊叫不停。強盜頭兒見了，朝山下吼道：「我們自幹我們的營生，你自行你的大道，兩不相礙，不要在那裏窮聒噪，莫不是要給這黑大頭，做個伴兒不成？」

那客人聽了，卻不害怕，反而一步一步地挨上山來。走到近前，強盜頭兒定睛一看，原來是個文弱書生，論年紀也不過十五、六歲，穿一件青布衫子，懷裏抱一個書包，裏面裝著幾本磚頭一樣的書籍。

強盜頭兒見了，覺得好笑；就連捆在樹上的黑大頭，見了書生這弱不禁風的樣子，也覺得他有點太自不量力了，敢招惹這種是非。

那書生逕自走到樹跟前，站定，朗聲說道：「天下事情，遇婚姻說合，遇冤仇說散，這位大哥，縱有什麼不對的地方，也該叫他將功補過才對，何必這樣將事情做到死處，要知道人頭一旦落地，就再也長不出來了！」

強盜們聽了，發一聲喊，要將這個不識好歹的角色，也一齊砍了。強盜頭兒抬一抬手，止住了眾嘍囉的聒噪，然後請這乳臭未乾的書生，趕快上路，回家去吊老娘的奶子去吧。誰知那後生仍然不走，看來這樁閒事，非管到底了。原來這強盜們，也不輕易殺人，殺這黑大頭，細細算來，還是首例，先前雖然也有幾條人命，那都是在行劫之間，互相打鬥，誤傷致死，因此此刻，強盜頭兒見這呆子這般糾纏，心裏也有幾分不想殺那黑大頭，於是便快人快語，將這一疙瘩事情和盤托了出來。

那強盜頭兒說，天下的五穀，原來養活天下眾生的，有的人家中攢著金山銀海，有的人卻餓著肚子，他們這只是想從黑財主那裏討一口飯吃而已，可是這黑大頭，硬是惜財如命，寧肯不要自己的人頭，也不願意配合配合他們的行動。

書生聽了，說道，這樣說來，就是黑大頭的不對了。這錢財本是身外之物，活不帶來死不帶去，既然這些弟兄們執意要取，就雙手一拱，送給他們算了，撿一條人命，才是正主意，俗話說「破財消災」，銀錢在世上走著哩，今天轉出去，明天再轉回來，不就是了。

強盜頭兒聽了，覺得這些話倒也順耳，不由得眉開眼笑。那書生抓住這個機會，於是勸他，何不放了黑大頭，由他帶路，去起那些財物，黑大頭得了命，他們得了財物，這件事情一過，從此兩不相擾，打了照面，也裝做不認得就是了。

眾嘍囉聽了這話，齊聲喝彩，覺得這真是個好主意。那強盜頭兒也點頭稱是，於是為了穩妥，叫人扯掉黑大頭口中的毛巾，問剛才他們的那一番談話，他聽見了嗎？黑大頭點點頭，表示聽見了；又問他願不願意這樣做，黑大頭點點頭，表示願意這樣做。強盜頭兒接著問第三個問題：他擔心事情過後，黑大頭去報官，從而搗了他們的老巢。黑大頭這回開口了，他說自己向來與官家無緣，自己的事情總是自己解決。強盜頭兒見說，放了心，吩咐手下給黑大頭鬆綁，從那棵樹上解下來；不過身上的火繩子仍然緊繃繃地捆著。

強盜們將黑大頭重新拽到崖窯時，只待天黑，便去實施他們的下一步行動。黑大頭臨進崖窯前，轉過臉，衝這書生點頷致意，書生笑了笑，算是回答。

書生站在山坡上，衝強盜頭兒拱拱手說，他該走了。強盜頭兒聽了，竟有幾分留戀，他的手下，都是一些莽漢，今天見了這個知書達理的人，真有幾分喜歡；於是嘴唇動了動，想請那書生入夥；誰知搭眼看時，那書生已經像一個爬慣了山路的攔羊娃一樣，一聳一聳，飄出幾十丈開外了。這時他才記起，忘了問這過路客人的名字。

注❶：打牙牌是怎麼回事，有一首陝北民歌，可資參考——三月四月桃杏花兒開，桃花杏花李子花兒開，小妹妹掛招牌。招牌掛在大門外，有錢無錢你只管來，小妹妹初開懷。七、八十老漢來摘我的花，手拿上大洋錢我不要他，我罵你老王八。十二、三歲小孩來採我的花，摟在懷裏叫一聲媽，我嫌你小娃娃。十、七八小後生來採我的花，三百銅錢不要它，我和他細玩耍。

第四章　暗潮洶湧的中國大地

那文弱書生是誰？強盜頭兒忘了請教姓名，正在懊悔，不過聰明的讀者，見書生上山溜坬那疾步如飛的樣子，會斷定他是攔羊娃出身，繼而，對於他是誰，就有幾分估摸了。

那一年楊作新丟掉攔羊鏟，揹起書包上學，掐指算來，到如今已經整整六年。六年間，黑大頭在賭博場上，昏天黑地地度日月的時候，他正在學堂裏上學。先在前莊上了四年初小，又在縣城裏上了兩年高小。高小畢業，回到家裏。楊作新的啓蒙老師，姓杜，人稱杜先生，是個北京大學畢業的大知識份子，溫文爾雅，知識淵博，楊作新深受其人的影響。楊作新高小畢業的這一年，省上在膚施城裏醞釀成立省立膚施中學事宜，其時正值國共合作期間，國民黨推薦了幾位校董，共產黨推薦了一名校長和幾個國文教員，擔任籌備工作。原來這杜先生，是一個大共產黨，這次，被組織推薦爲省立膚施中學的校長。得到通知時，他還在前莊小學。正要動身啓程之際，恰逢以前的學生楊作新來看他，天寒地凍，道路上也不安寧，因此楊作新自告奮勇，願意陪老師去一趟膚施城。

到了膚施城裏，山溝裏長大的楊作新，初次見了這花團錦簇般的地方，十分留戀。城裏比不得鄉間，街道又寬又平，鋪子一家挨著一家，那些來來往往的男人們，琉璃皮張的，長袍馬褂、中山服、西裝，他們的頭髮，也和鄉間的不一樣，光滑得可以跌倒蠅子滑倒虱；城裏的女人們，穿著旗袍，高綰著頭髮，嘴唇上，就像家裏那隻愛偷吃的攔羊狗，總是紅滋滋的，腳下踩著高跟鞋，像鄉間鬧社火時踩著的高蹺。沒有見過世面的楊作新，看著看著，都有些呆了。這時候想起自家的吳兒堡，想起一輩子打牛後截的楊乾大，才明白了鄉下受苦人的可憐和卑微。

這時大約正是二十世紀二十年代的中葉，國共合作之際，街上「要求光明，要求進步，要求國家強盛，打倒土豪劣紳，打倒軍閥割據」的口號聲不絕於耳。正在街上走著，迎面就會過來一支遊行隊伍，鑼鼓聲、鞭炮聲、口號聲，震得滿街筒子響，有多面彩旗招展，遮蔽了半邊天空，一個剪著短髮的小姑娘，像天女散花一樣，將印著革命內容的傳單，往人群中間撒。遊行隊伍走到人多的地方，往往就會停下來，隊伍中走出一個青布長衫模樣的人，站在那裏，宣傳共產主義主張，宣傳國家興亡、匹夫有責的道理，並且掰著指頭，歷數自一八四〇年鴉片戰爭以來，帝國主義列強對中國犯下的種種罪行，和中國人民所受的種種凌辱。

楊作新的老師杜先生，就是共產黨方面這些活動的組織者和領導者。而且，在街頭集會上，杜先生有時也登台演講。站在一旁的楊作新，看到平日溫文爾雅的老師，現在那神采飛揚、口若懸河的樣子，羨慕死了，崇拜死了。因此回到老師的住處後，他提出要跟老師走，他覺得共產黨那些主張，是真正爲窮人的，天下興亡，匹夫有責，他願意追隨在杜先生的鞍前馬後，也鬧騰一番事業。

杜先生聽了，很喜歡他的抱負，但是說，人要在社會立足，得先有個衣食飯碗才行，楊作新還小，是不是等省立膚施中學辦起來後，他先來上學，再增長增長見識，革命是件長期而艱苦的工作，既有轟轟烈烈，也有紮紮實實，重要的在於喚醒民眾，讓他們意識到自己的悲慘處境和卑微地位，建立起自己的自立意識，變自在的階級爲自爲的階級。從這一點上說，他們現在要做的只是初步的啓蒙工作，漫長的戰鬥還在後邊，而且——杜先生談到這裏，停頓了一下，也許他這時候已經意識到，這種轟轟烈烈的舉動後面，潛伏著危機，「明知不是伴，事急且相隨」，國共之間，由於政治目標的不同，各自代表利益的不同，遲早要分手的，而一旦分手，隨之而來的便會是一場大廝殺了。

楊作新當然不懂得這些。不過，對於杜先生所提上學的事，他倒是十分樂意。杜先生見他同意了，就說，考試前，他會讓人給楊作新捎話的，以楊作新的學習成績，考上的可能性是很大的。最後，師生握手道別了，年關將臨，楊作新需要趕回家去，他不能丟下家人，惹他們惦念。行前，杜先生從身上掏出兩塊大洋，要他給父親打點酒，給妻子買點花布什麼的。楊作新聽到杜先生提到自己的妻子，臉紅了。他擺擺手，說不要先生破費，他只是想帶先生的幾本書，回去看看。杜先生聽了，讓他自個上書架前去挑。楊作新挑了半天，拿了一本《共產黨宣言》和其他幾本小冊子，很仔細地裝進書包，起身告辭。

從膚施城到吳兒堡，緊趕慢趕，需要三天的路程。楊作新思家心切，踏著風雪大道，只顧前行，想不到在老虎嶁，遇到了強盜們處決黑大頭這樁事兒。說起來也是緣分，黑大頭命不該絕，如果楊作新早走上半個時辰或者遲走上半個時辰，也就不會在那裏遇見他們。話又說回來，即便遇見，倘若楊作新是個怕事的人，也絕不會去攬這個閑瓷器。也是他少年氣盛，初生之犢不怕虎，才斗著膽子，鬼頭刀下，救出黑大頭一條性命。事後想來，楊作新也是一陣害怕。

至於黑大頭，是否肯這樣乖乖地就範，領著強盜們，去起出自家的財物，那就不關楊作新的事了。也許捆在樹上的那一會兒，黑大頭確實是實心實意，縱然落到傾家蕩產的地步，保住自己的腦袋要緊；也許一踏進黑家堡，進了那個獨門小院，一想到祖上傳下來的家業，就要敗在自己手裏，黑大頭又會翻心。究竟如何，後面再做交代。

需要提及一筆的是，這楊家與黑家，從此便結下了扯不斷的緣分，一直到楊作新的兒子楊岸鄉、黑大頭的兒子黑壽山手裏，緣分仍然不絕。

楊作新離了老虎嘜，頂著寒風，快步前行，第二天天擦黑時，回到了吳兒堡。楊乾大和楊乾媽，見兒子回來了，一顆心放了下來。楊作新的媳婦燈草，聽見正窯裏有了響動，聽見了男人的聲音，也趕了過來，推開門後，膽怯地站在楊作新身邊。燈草人生得老實，褐色皮膚，厚厚的嘴唇，笨嘴拙舌地不會說話，見男人回來了，心裏歡喜，當著高堂父母的面，又不敢把喜色露在臉上，於是就在那裏傻站著。最活躍的要數楊蛾子了，她一躥趴上了哥哥的肩頭，打問著城裏的種種事情。算起來，楊蛾子已經十一歲，她出脫成了一個俊俏的小姑娘，白淨面皮，瓜子臉兒，臉上一雙忽閃忽閃的大眼睛，她的頭上，也早沾了過年的喜氣，頭上一根獨辮子，辮梢上紮著一束紅頭繩。

楊蛾子抱柴，燈草做飯。隨著灶火裏的柴火劈劈啪啪響起，隨著鍋裏的熱氣瀰漫了整個窯洞，經歷了寒風浸染、旅途勞頓的楊作新，面頰上感到暖融融的。關起柴扉成一統，農家也有農家的歡樂。那燈草雖然人生得粗俗、木訥，幹起活來，窯裏窯外，卻是一把好手。人能幹又不招惹是非，這正是楊乾大、楊乾媽心目中的標準媳婦。這一次給楊作新做的是雜麵。只見燈草綰起袖子，用一個黑色的小罐子，三棰兩梆子，和好麵，然後將麵揉成一個團兒，放在案上，摸起擀杖，呼呼的一聲接一聲地擀開了。燈草擀麵，楊蛾子撈酸菜，做湯。麵擀好了，燈草將薄得像紙一樣的麵葉，疊好，然後拿出一個兩頭有把的刀，細細地切了起來。一會兒工夫，一粗瓷老碗、熱氣騰騰的雜麵，就端上來了。而楊蛾子的湯也已經做好。將那個和麵的小罐子洗乾淨，湯就盛在罈子裏邊，湯裏有一把勺子，楊蛾子將酸菜湯，澆在雜麵上。另外，還有撈出來的一些酸菜，切成生的，裏面伴了些切碎的乾辣椒、紅蔥，盛在一個小碟裏，也端了上來。楊作新讓了讓父母，算是禮節，然後端起大碗，吸溜吸溜地吃起來，直到將碗裏的雜麵，罈裏的菜湯，碟裏的小菜，全部打掃乾淨，才算住手。吃完飯，他的頭上熱汗直冒，舌根辣得發麻，不停地咂著嘴巴，回味無窮。

一番風捲殘雲之後，燈草開始收拾碗筷。楊乾媽說了句，楊蛾子，幫嫂子洗涮。燈草說，小姑子就不用動手了。說完，將鍋碗瓢勺收拾乾淨，酸菜缸的蓋兒蓋好，案子抹了一遍，地掃了一遍，然後站起身，向楊乾大楊乾媽道一聲安寧，又瞅了楊作新一眼，回自家窯裏去了。

楊作新卻沒有絲毫要走的意思，他脫了鞋子，一橫身，坐在了炕上。接著，把腳塞進母親和妹妹蓋著的那個薄褥子裏。炕真熱，熱得人不得不隨時欠起屁股。母親和妹妹跟前放一個笸籮，笸籮裏放些玉米棒子，她倆正在搓著玉米，於是楊作新也湊上去，和她們一起搓。「你的肉皮嫩！」楊乾媽說，「用這個戳子戳渠渠吧！」那戳子是個比捅火棍小些的鐵條，一頭是環，一頭是個尖兒，用它在玉米棒子中間，戳開幾行，然後這玉米棒子就好搓了。

父親楊乾大一個人盤腿坐在油燈跟前，脫下身上的老羊皮襖，正在逮蝨子。這是他除了勞動以外，唯一的一件嗜好。他身上的蝨子真多，一窩一窩的，有些蝨子簡直成了精，會長上翅膀飛，像小咬似的。楊乾大的眼睛已經不行了，儘管就著油燈，儘管他的眼睛快要碰到皮襖了，可是眼睛只是象徵性地看著，他不是用眼睛在瞅，而是用指頭在摸。好在這皮襖就是一個生產蝨子的寶庫，所以兩個指頭一捏，總能手到擒來。抓住一個了，兩個大拇指的指甲蓋一擠，「啪」的一聲，蝨子的肚子破了，指甲蓋上留下兩滴鮮血。還有些蝨子吃得過飽，擠時聲音清脆，如果臉湊得太近，會有血星濺到臉上來的。楊乾大擠蝨子，擠到高興的時候，會捉住一個，塡到自己嘴裏，「嘎嘣」一聲，咬出響；他說這蝨子是一味中藥，大補，本來就是自己身上的血水子嘛。

小時候，楊作新就常常蹲在父親身邊，看他捉蝨子。這時，又看到這一幕情景，他在心裏可憐父親。他本來留下來，是想和老人商量去膚施上學的事，可是看到父親核桃一樣佈滿皺紋的臉，和逐漸佝僂下來的身子，他不敢開口了。

楊蛾子又央哥哥講城裏的事情。於是，楊作新先丟開自己的心思，講起這次進膚施城的所見所聞。講到膚施城的雄偉繁華，講到共產黨、國民黨這些新名詞，講到杜先生站在膚施城頭，振臂一呼、應者雲集的情景，講到他見到的那個短髮的女宣傳員天女散花一樣的神氣。當然，還談到那些頭髮光光的男人和穿著旗袍的女人。末了，記起路上救黑大頭的事情，便也細說了一遍。

楊蛾子一直是她哥哥的崇拜者。哥哥講那些事情，她一樣也沒聽過，簡直像天書裏寫的一樣。以女孩子的心理，她尤其注意到了楊作新談到的女性。她真羨慕那剪著短髮的女孩子，可惜她沒錢唸書，要不，說不定也會像她們一樣。她當然不是怨父親偏心眼，只讓楊作新沒完沒了地唸書，而不讓她跨進學校一步，她是女孩子，從來就沒有產生過和哥哥攀比的意思。琢磨完了女宣傳員，她又琢磨那些抹著紅嘴唇、穿著旗袍的女人了，這時她在哥哥的話中發現了破綻。她說，大冷天的，那些婆姨女子，真的敢精腿把子，在露天地走，她們不怕冷？楊作新回答說，這是真的，他親眼目睹的。楊蛾子還是不信，說哥哥喧謊。

楊乾大這時打斷了楊蛾子的話，他說楊作新說的是實情，他年輕的時候，年年下南路，見的世面大著哩，膚施城裏，大街小巷閉著眼睛都能摸到。他說城裏的女人，都是妖精托生的，穿旗袍算什麼，有時候用一塊一尺長的白洋布，束在腰裏，就在街上搖身子擺浪地走開了；往下一蹲，胯骨都露在了外面。楊蛾子聽了，驚得伸了一下舌頭，她說，那她們是沒錢扯布吧。楊乾大說不是，她們有的是錢，一罐子一罐子的，她們露出精腿把子，是給男人騷情呢！

說完「騷情」這兩個字，楊乾大覺得，不應該把這樣的話，當著小女兒的面說，她已經懂事了。於是他不再言語，又低頭逮蝨子。場合不對，如果是和那一班子老弟兄們在一起，誰激他一下，說不定他會講出在膚施城裏，自己圪蹴在街道旁邊，側著頭，看那些穿裙子飄飄忽忽過去的婆姨女子們的故事；他是看她們的裙子裏邊有些啥，有沒有穿半褲。講到熱鬧處，他還會講起自己那次逛妓院的經過。那是他一生中唯一一件偉大的業績，一次離經叛道的行動，一次拿錢去派不該去派的用場。他這人也真是不經摔打，僅僅那麼一次，他便染上了疾病，腰下那件東西，又紅又腫，硬邦邦的，怎麼也下不去。後來回到家裏，聽了一個過路郎中的偏方，用一根大蘿蔔將中間掏空，放在火裏烤熟，趁熱統在那東西上，才算軟了下來，把那病治了。楊乾媽沒有見過世面，不知道自家男人得了什麼怪病，急得團團轉，就是沒有想到這上頭去。

楊乾大想著自己年輕時的荒唐事兒，嘴角裏泛著笑容，美滋滋地逮著蝨子。這時，他記起了剛才兒子談的，老虎嶁上救什麼人的事，於是咳嗽了一聲，拿出比楊作新多吃幾斤鹽、多過幾座橋、多曬幾年太陽的派頭，對兒子說，該管的事情要管，不該管的事情不要管，爲人莫要強出頭，你小子還沒有招上禍哩，不知道世事的深淺；你這條小命丟了，不要緊，我們這兩個棺材瓤子，將來誰抬埋上山哩！

楊蛾子卻不同意父親的話，她說哥哥隻身孤膽，敢去戳那個馬蜂窩，是個大英雄，大路不平眾人鏟，行俠好義的故事，父親不是成天說起麼。

老貓不欺鼠了。楊乾大見女兒竟敢跟自己提出異議，本想反駁幾句，但是沒了力氣，便停止了聲響。

關於共產黨，關於國民黨，關於楊作新以按捺不住的熱情，談到的膚施城裏的那些遊行和集會，大家都沒有發表什麼感想。那畢竟是太遙遠的事情，起碼一時半刻，還不會影響到吳兒堡，進入他們單調、貧乏和自我感覺良好的生活。

但是雷聲在遠處轟隆轟隆地響著，歷史在前進，時間的流程在繼續。二十世紀對於人類歷史進程，尤其對於閉塞的陝北高原來說，是個可資紀念的偉大世紀，時間進程中的經典時間。千里的雷聲萬里的閃，那雷聲終將以持久的轟鳴，好像「崖娃娃」掀起的回聲，響徹陝北高原的每處山谷，而在這波瀾壯闊的改天換地中，每一個人的命運，都不可避免地要受到影響，都或多或少地將得到改變。

夜已經深了。一直沒有說話的楊乾媽，督促兒子回窯去睡覺。楊作新想到該說的事情還沒有說，磁磁維維，不願意走。母親見了，將笸籮一推，說，今晚就撂到這裏吧，該收拾攤場了。楊作新見母親這樣，只好起身。母親對楊作新說，對燈草好一點，人家和楊作新一年結婚的，現在娃娃都滿炕爬了。楊作新聽了，「嗯」了一聲，算是對這句話的回應。

楊作新十三歲上結的婚。在當時的陝北，這個年齡結婚，不算太大，也不算太小。那一年他初小剛剛畢業。十三歲的他，在村上已經算是個人物了。和他一起上學的幾個孩子，都先後中途輟學，只有他一個上完了四年，因此他可以說是村裏第一個讀書人。過去村裏，沒有讀書人，逢年過節，大家嫌門上不貼對聯，不吉利，要貼，又沒有人會寫，於是只好在紅紙上，用碗底蘸些墨汁，塌上一溜圪坨。自從有了楊作新，一個村子的對聯，由他包了。遇到紅白喜事，爲「上山」的老人寫一個「駕鶴西遊」，爲結婚的新人寫一個「天作之合」；春節對聯，「向陽門第春常在，積善人家慶有餘」之類老掉牙的東西，還有爲拴驢拴牛的槽頭寫的「槽頭興旺」，爲石砌矮牆上寫的「抬頭見喜」，爲灶王爺寫的「上天言好事，下地呈吉祥」，等等，這些，都是杜先生教誨有方，楊作新寒窗苦讀的結果。每當楊作新提筆龍飛鳳舞時，站在一旁的楊乾大，臉上不覺露出得意之色，心想這學算是上對了，這錢花得不冤。

楊作新博聞強記，過目不忘，上學期間，搜搜騰騰，從杜先生那裏，從周圍村子裏，借得不少古書、新書來看。那古書中，四部古典名著，不但看過，而且爛熟於胸，名著之外，一些二、三流的書籍，《七俠五義》、《七劍十三俠》、《七子十三生》、《五女興唐傳》、《濟公傳》、《薛仁貴征東》、《薛丁山征西》等等，也都能講出一個大概。村上人們，閑來無事，常聽一個瞎子講古朝。那瞎子自然大字不識一個，只是年輕時走南闖北，憑著一副好記性，從說書人那裏，竊得一些東西，再依樣畫葫蘆，加上自己的合理想像，核桃棗兒一股腦兒倒給鄉親們而已。小時候，楊作新便常是這瞎子的聽客，如今看了古書，才知道這些英雄美人，演義傳說，古書中都有。鄉下人聽古朝，一爲聽，二爲聚在一起，擠熱窩，所以楊作新閑來無事，也依舊常去那裏，而且從不顯山露水。

只是有一次，瞎子講到要緊處，大約是薛仁貴兵困鎖陽城，二路元帥薛丁山趕去解圍，一路上接連接收樊梨花、蘇金定、竇仙童三個奇女子做老婆的故事，其間一個啓承轉換的要緊關節，突然講不上來，正要發揮想像，瞎編，這楊作新在旁邊，情不自禁，提示了一句。瞎子聽了，知道這小後生肚子裏有貨，只是礙著人多，不露聲色。場合散了以後，瞎子趕到楊乾大家，登門討教，不恥下問。害得楊作新一張小白臉漲得通紅，說聲「折殺我也」，不肯指點。後來見瞎子確實是一片誠意，只好敷衍一番。從此瞎子說古朝，有了疑難處，便來討教，技藝自然提高不少。

村上人知道了其中原委，想不到他們無所不知的瞎子，竟然投師到小小楊家小子的門下，從此對這後生，更是刮目相看了。

從此楊作新鄉間秀才的名分，正式奠定。楊乾大眼皮淺，見了兒子這樣，覺得已經成龍成鳳，修成正果了，從此便盤算著，兒子初小畢業後，回到家裏，幫他務農的事。儘管杜先生一再慫恿，甚至不惜親自到家裏爲楊作新說情，可是楊乾大硬是不給面子。楊乾大覺得，爲兒子討個媳婦，便可以把他拴住了，於是便和婆姨商量，乍舞著爲他問媳婦的事。

話一說出，左鄰右舍便都知道了，大家悄悄地張羅，只是瞞著楊作新一人。楊作新上學回來，村裏那些大姑娘、小媳婦，常常用手刮著臉，羞他，稱他快做小女婿了，楊作新聽了，莫名其妙。前面講過，吳兒堡楊氏一脈，盡出自那遙遠年代的兩個風流罪人，因此村上的小媳婦，稱他阿叔。按照鄉俗，大嫂子可以耍戲阿叔。於是她們當著他的面，常說些叫他面紅耳赤的話。有時候，一個小媳婦騎著毛驢遨娘家，遠遠地照見楊作新揹著書包過來了，於是鞋跟往驢肚子上一磕，一隻紅鞋掉在了路上。小媳婦「哎喲」一聲，撒聲嬌，喚阿叔子來撿。對於楊作新，礙著他是個唸書娃，她們還不敢過於造次，倘若是村上那些拌嘴慣了的攔羊娃之類，一群小媳婦，竟敢一擁而上，把他的褲帶解下來，把光光的頭按到褲襠裏，再把大襠褲紮緊，讓他來個「老頭看瓜」。對待阿叔是這樣，對待阿伯子，則正經得叫人難受，正像前面所敘那放肆得叫人無法容忍的一樣。按照鄉俗，對待阿伯子，小媳婦需要敬而遠之，甚至一生也不能和他說一句話。

楊作新問媳婦的消息傳出，村裏那些楊門出了五服的大姑娘們，也猛然發現身邊這個小書生長大了，到了該婚該娶的年齡，於是紛紛動開心思。或者納上一雙繡花的襪底，悄悄地塞到楊作新手裏，並且逼著楊作新趕快脫下鞋子，墊在裏邊，免得別人問起。或者從塄畔上用棍子打下一把酸棗，瞅瞅四下沒人，塞進他的書包裏。生活中驟然起了變化，變化得叫楊作新莫名其妙，他回去問父親楊乾大，父親說，少跟那些死婆姨爛女子來往，他問母親，母親只是笑而不答。

說一千道一萬，主意最後得由楊乾大拿，而在決定這些家庭大事時，楊乾大又總是以婆姨的意見爲意見。其實，楊乾媽早就心裏有了合適的人選了，任憑媒人跑斷腿，踢爛門檻，磨破嘴皮，任憑那些楊門出了五服的大姑娘甜甜地向她討殷勤，她只是虛於應酬。原來，她瞅下了自己的一個娘家侄女，叫燈草的。她喜歡燈草本分、老成和勤快。楊乾大見過這燈草一面，他覺得粗糙的燈草配不上細皮嫩肉的楊作新，金瓜配銀瓜，西葫蘆配南瓜，起碼要人能看過眼才行。楊乾大提到燈草嘴唇厚，楊乾媽說，嘴唇厚說明她人老實，楊乾大提到她臉黑，楊乾媽說「黑是黑，本顏色」，楊乾大提到她大屁股，楊乾媽說屁股大好養娃娃。楊乾大見楊乾媽是鐵了心了，於是也就不再表示異議。

吳兒堡這邊打發媒人去說，燈草的父母那邊，聽了提親的事，慨然應允。不久後莊傳回話來，一切按規程辦。按規程辦就是要出四十塊大洋的聘禮，這在當時是個公價，人們不提錢的事，嫌那搪口，只說按規程辦，也就是說要出四十塊聘禮了。燈草的父母，提這個條件也不算越外，因爲不論是找誰家閨女，都不免要出這一身水，而且只能往上不能往下。聘禮出得少了，鄉下人會有閒話，說這女子不値錢，恐怕是做下什麼非嫁不可的事情了，或者是個「石女」❶。

四十塊大洋可不是小數目，這幾年楊作新上學，家裏的一點積蓄已經告罄，現在僅僅能維持著不餓肚子的生活。可是不出這聘禮又不行，咋辦？想要告借，沒個借處，想要去搶，沒那個膽量，想要去偷，又捨不下身子，楊乾大圪蹴在墕畔上，唉聲歎氣一陣，最後不得不把目光盯在楊蛾子身上。

「家裏對蛾子欠得太多！」楊乾媽說。家裏尤其是楊乾大，從沒把這個女孩兒當個人兒，好像她是風吹大的，雨打大的。那一年有了楊作新，楊乾大專門揹了一背狼牙刺硬柴，送到鎮上藥鋪，央藥鋪先生給孩子起了個「楊作新」的大名。到了蛾子手裏，孩子一歲了，還沒有名字。「你倒是到鎮上跑一趟呀！」楊乾媽說男人。楊乾大這時正在吃飯，米湯碗裏，撲扇扇落下個麥蛾兒，楊乾大信手把蛾子挑出來，說道：「女娃娃家，好歹有個叫上的，就行了，這孩子，就叫她『蛾子』吧！」楊蛾子的大名，就是由此得來的。

心疼歸心疼，楊家要過四十塊大洋這個門檻，還得靠楊蛾子了。楊乾大和楊乾媽，竊竊私語了幾天，於是找來了媒人，在遠處一個村子裏，草草地爲蛾子定了一門親，說好等楊蛾子十三歲完燈❷以後，再過門。楊蛾子的四十塊聘禮一到，紅封拆也沒拆，楊乾大就打發媒人，給後莊送去。聘禮到了，這門親事算正式定了下來，後莊那邊，收拾停當，只等吳兒堡這邊選個良辰吉日，花轎抬人了。

這一切楊作新都不知道。人往高處走，水往低處流，此時的楊作新，心高氣盛，一抹心思，只想效仿杜先生，唸完初小，再唸高小，高小完了上中學，中學完了上大學，「天生我材必有用」、「天生此物爲大用」，這些古人、今人的句子，總不時盤桓在腦際。

這一天，前莊小學第一屆學生畢業，楊作新揣了一份蓋著杜先生私章的畢業文憑，興沖沖地回到家裏，雙手遞給父親。父親一看，自然歡喜。也許是爲了喜上加喜，父親楊乾大這時將自己這些天的操勞婚事，和盤托出，並且說，你小子算是有福氣，一切都由爹娘操辦著，唾手可得，不像他那一陣，爹娘早死，一切都得自己操辦。楊作新聽了，吃了一驚，年紀這麼小就結婚，同學們見了，一定笑話，那杜先生說不定也會笑話他的，於是使起性子來，說他不要媳婦。楊乾大本來正美滋滋地準備聽兒子說幾句感激的話，想不到兒子這樣不識抬舉，熱臉碰上了個冷屁股，真可憐了父母的一片苦心了。楊乾大登時惱了，彎腰從腳上取下鞋子，衝著楊作新的屁股，狠狠地打起來。

按照常規，老子打兒子，兒子抬腿一跑了事，可是楊作新是個強板筋，任楊乾大的鞋底砰砰啪啪地打著屁股，他既不逃跑，也不告饒，並且嘴裏還不停點兒地唸叨著「我不要媳婦，我要上學」之類的話。從山上挖小蒜回來的楊蛾子，看到這陣勢，嚇哭了。她去拉父親，於是父親在打楊作新的同時，也給了她兩鞋底。她見父親這回是動了真怒，趕緊跑進窯裏喊媽媽去。楊乾媽從窯裏出來，數落了兒子兩句，要他給父親回話。接著又說男人：「今天是兒子高興的日子，如今是民國了，不興科舉，要麼，兒子的這張文憑在手，該是個秀才，喜都喜不過來，還打他。」

楊作新見驚動了母親，又見父親像被人刨了祖墳一樣氣急敗壞，一副可憐巴巴的樣子，實在於心不忍，於是低下頭來，張口叫一聲「大」，算是認錯。楊乾大身上早沒有勁兒了，有了這個台階，也就就坡下驢，把鞋往地上一扔，趿在腳上，然後蹲在塬畔上，抽他的悶菸去了。

婚事還得進行，而且事不宜遲；定了親不結婚，逢年過節，便還要破費，帶著像樣的禮品去看丈人。所以楊作新回家以後，不多日子，楊乾大便給他把婚完了。正如那陝北民歌唱的那樣：正月裏說媒二月裏定，三月裏送大錢四月裏迎。一頂花轎，伴著吹鼓手淒涼的嗩吶聲，燈草兒嫁到了吳兒堡。

如果楊作新堅決抗婚，這樁婚事說不定就此吹了。可是在挨打以後的這一段時間，三件事使楊作新的口氣有了鬆動，或者說勉強地承認了這樁婚事。一件事是，楊作新去前莊小學杜先生那裏，談這件事情，討主意，進了窯門，卻見一個小腳的老媽媽，在杜先生窯裏待著。開始，楊作新以爲這是杜先生的母親，看看不像，一問，才知道是杜師母，也就是杜先生的妻子。杜先生也是十三上結的婚，家裏爲他找了個大姑娘，爲的是「女大三，抱金磚」。「糟糠之妻不下堂」，杜先生和他的妻子，相敬如賓，許多年了，這次，妻子惦念丈夫，專程騎毛驢從膚施城趕來看他。這事讓楊作新開了眼界，知道凡事不可強求，該湊合的時候就得湊合，於是躬身給杜師母道了聲「安寧」，打道回府了。這是第一件。

第二件，是楊作新和楊乾大之間，在「上學」與「結婚」這兩宗事上，彼此都做出了些妥協。也就是說，只要楊作新結婚，父親就同意他去縣城上學，只是，家中已經空空如也，這學費問題，無從解決。在學費問題上，是杜先生慷慨解囊的，他表示一切學雜費用，由他擔承，這樣，楊乾大也就無話可說了。

第三件事情最令楊作新動情。他這時候知道了父親已經送出了四十塊錢聘禮，而這四十塊錢，是將楊蛾子許配給人家，換回來的。聽到這話，一時間他無地自容，不由得掉下幾滴眼淚來。看到天真爛漫的妹妹，還一點不知道這件事，正在窯外快樂地玩耍時，他痛苦地感到自己對不起妹妹。按照鄉下約定俗成的規程，如果男方拒婚，那麼這聘禮一個子兒也要不回來，全歸了女方，而且鄉下人還要指脊樑骨，說男方這家仗著有錢，欺侮人家女孩兒，壞人家的名聲。如果女方提出退婚，那麼一個子兒不少，得吐出來。這叫道理。知道了這一切，楊作新才明白，父親那一天爲什麼要動那麼大的肝火。「罷！罷！罷！」他說，「辦事吧！」

於是，一頂花轎，燈草兒來到了楊家。這女子的命也真苦，有了前面那些疙疙瘩瘩，她和楊作新，本來就已經結成了沒見面的仇人，待到花轎進門，揭開蓋頭，她一副粗手大腳的樣子，更絲毫引不起楊作新的心疼和喜歡。洞房花燭夜，金榜題名時，人生的兩大得意事，現在都讓這楊作新遇上了，可是他仍然悶悶不樂。一面炕上睡了很久，夫妻之間，還沒有在一起幹過男女在一起應該幹的那種事。燈草心裏有苦，只是偷偷地抹眼淚，無法啓齒給人說，於是回趟娘家，訴說給媽媽。媽媽說，許是這孩子還小，不懂得這些，燈草得點撥點撥才對。燈草討了主意，回到吳兒堡，見了楊作新，臉先紅了，笨嘴拙舌，不知如何點撥才對。待到炕剛剛睡熱，窗櫺上的窗花還新著，一紙通知下來，楊作新考上高小了，他得打點行裝，去縣城上學，於是燈草噙著眼淚，送男人上路。楊作新不要她去送，要她回窯裏待著，於是可憐的新人兒，只得回到窯裏，隔著門縫兒，眼巴巴地看楊作新漸漸遠去。

楊作新在縣城上了兩年學，於我們說話的這個年頭，又回到了吳兒堡。書唸得多了，比起原先的精靈剔透，又顯得有了一絲呆氣。這叫書呆子。楊乾大見了，暗暗叫苦，心想凡事得有個節制，做過頭了就是不好。他對楊作新說，這下該收心了吧！回家過安生日子吧！你媽想孫子，都快要想瘋了，看見人家的孩子，抱在懷裏捨不得給。楊作新點點頭。最歡喜的當然是燈草兒，守著活寡的她，偷偷地瞅著自家男人，抿著嘴笑。這時候杜先生要回膚施城，楊作新提出，要送杜先生一程，楊乾大說，受人之恩，理應找個機會報答，你就去吧！其實楊乾大的心裏，還有一層意思，眾人都看見了，吳兒堡方圓一帶，就楊作新的墨水兒喝得多，杜先生一走，這前莊小學校長的職位該攤給他兒子了，因此去送杜先生，也有這個意思在內。

於是就有了我們前邊所說的楊作新南下膚施城，以及城中所見、路上所遇的種種遭遇。話說這一天夜裏，搓完玉米，拉完家常，楊作新本來還想提提去上省立膚施中學的事，看到話題很難引到這上邊來，且母親又一再督促他回窯睡覺，於是只好停下手中活計，回到自家窯裏。

楊作新住在左首的那孔窯洞裏，那裏原來堆放的是雜物、糧囤之類，後來騰出，做了新房。

右首的那孔窯洞，前半邊做的是驢圈，後半邊靠窯掌的地方搭了個雞架，驢守著雞，不怕黃鼠狼來拉。

燈草兒正在油燈下，剪窗花。別看她人生得粗糙，卻長著一雙巧手。年關到了，村上不少人家，來央她剪窗花，剪門神，現在她已經把該支應的門戶都支應了，目下是在給自家剪。剪的是一對門神，右首秦叔寶，左首黑敬德，三張紙塌在一起鉸，鉸完後再分開。過年期間，這三幅門神，就將貼在楊家的三孔窯洞的門扇上。不過，燈草兒最擅長鉸的，是一個叫「抓髻娃娃」的圖案，這是一幅從遠古流傳下來，著名的陝北民間剪紙。一群抓髻娃娃，手拉著手，站成一排，對著世界歌唱。這種圖案，往往是給那些添了丁口的人家剪的。將這抓髻娃娃，貼在坐月子的婆姨的窯裏，據說可以辟邪。可憐燈草兒，不知爲多少人家剪過這種圖案，卻沒有一幅是爲自己剪的，想來真是一件傷感的事。

炕燒得很熱，被子已經鋪好，兩個枕頭，一床被子，看來，燈草真像她母親教誨的那樣，想「點撥點撥」楊作新了。

炕上有一些剪好的剪紙，是幾隻大老虎，這些大老虎是鎮符，將來要隨便貼到牆壁的什麼地方去。楊作新揀起一幅剪紙看了看，見老虎的尾巴上，挑著一輪太陽，他覺得好奇，又拿起另一隻老虎來看，看見老虎的屁股上，卻是個有孔的麻麻錢。他不明白這太陽老虎和麻麻錢老虎，有什麼不同，於是便問燈草。燈草說，那尻子上有太陽的老虎，是公老虎，尻子上有麻麻錢的老虎，是母老虎。楊作新聽了，有了興趣，問這老虎身上的記號，可是她想出來的。燈草說，老輩子傳下來的，都這麼鉸，她也解不下其間的道理。楊作新見說是老輩子傳下來的，益發覺得詫異，他撿起這些老虎，又仔細端詳了一番：陽生火，火爲陽，這太陽老虎指的是雄性，細細想來，也不難理解，那麻麻錢老虎是怎麼回事呢？他想起劉禹錫的兩句詩：石頭城上舊時月，夜深還過女牆來。舊時的人們，將這種中間有孔的照牆，叫女牆，大約是取它類似女性的生殖器吧，這樣說來，這個有孔的麻麻錢，在這裏大約也是這個意思。

楊作新越想越深，想得都有些呆了，他想這些古老的東西裏面，到處埋藏著大神秘，如果有人細細研究，也許會是一門學問。

獲得性有遺傳的可能性，楊作新此時此境的思考，許多年後，在他的兒子楊岸鄉身上得到了實現，並且楊岸鄉以自己的深入思考，窮追不捨，破譯出一個又一個屬於民族的古老奧秘，給那時的藝術界和史學界，帶來一場大驚異。而因剪紙而起，引發出天才的畢卡索式的剪紙女孩的早夭，光彩照人的丹華姑娘的出走，以及頭腦光光的老研究員的踏勘高原，特別是後來的巴黎相會等等故事。不過那些都是後話，此處不提，以後再說；何況此時此境，也不是說這話的時候。

此時的燈草兒，棉襖上罩了一件大紅的衫子，映得臉上紅通通的；冬天太陽不毒，再加上不下地了，臉也捂得白了些。她比楊作新大幾歲，身材已經豐滿，胸膛前鼓鼓的，隱隱約約現出兩個乳頭的形狀。沒有了公爹公婆在身邊，這燈草兒也就少了許多拘束，柔情蜜意，也敢往臉上帶了。見男人呆呆地瞅著她看，燈草兒嫣然一笑，她麻利地將這些凶神惡煞般的門神，剪好，扔到一邊去，然後徵求男人的意見，看是不是睡覺。

「睡吧！」楊作新應了一聲。

「吹不吹燈？」燈草兒問。

「甭吹燈，我還想看會兒書！」楊作新回答。說著，拉出一床被子，鋪開來，撿起一個枕頭，支在胳肘窩，看起書來。

燈草見了，臉上的光彩一下子沒了。她想了想，將那條在炕上焐熱了的被子給楊作新蓋上，自己拉過剛才楊作新展開的那條，脫了衣服，先睡了。楊作新一邊讀，不覺輕聲唸起來：「一個幽靈，共產主義的幽靈，在歐洲大地上徘徊。舊歐洲的一切勢力，教皇和沙皇、梅特涅和基佐，都爲懼怕這個幽靈，而結成了廣泛的神聖同盟……」

正在唸著，楊作新聽到窯裏，有一種異樣的聲音，像是人在抽泣。他停止了唸書，一聽，這聲音是從燈草那裏傳來的。「妳怎麼了？」他問燈草。見燈草不吱聲，就倒轉身子來，離開燈盞，到了燈草這頭。只見燈草用被子蒙著頭，那聲音確實是她的。燈草還在抽泣，被子一顫一顫的。

楊作新感到納悶。他俯下身子，去揭燈草的被子，誰知燈草用手抓著被子沿兒，死活不放。楊作新到底力大，他還是把被子揭開了。只見燈草兒，頭髮貼在臉上，滿臉是淚，哭得像個淚人兒樣，胸前的紅裹兜，也濕了一片。

「誰欺侮妳了？」楊作新問。

燈草兒哽咽著說：「誰欺侮我了，你還不知道！你明知故問。」

「到底怎麼回事？」楊作新還是不明白。

燈草說：「結婚幾年了，你不跟我睡覺。你欺侮我，看不上我。你的魂，不知讓哪個狐狸精勾去了！」說完，越發冤枉得哭起來。

楊作新眼前一亮，心口突突突地跳起來。

沒容他細想，燈草突然坐起，一把摟住楊作新的腰，轉身把他壓在自己身子底下。繼而，騰出兩手，摟住楊作新的脖子，摟得他喘不過氣來。一會兒，又就地打個滾兒，讓楊作新壓在自己身上。

一直守著空房，偷偷唱著淒涼民歌的燈草兒，這個晚上，勇敢地佔有了自己的男人。燈草唱的那首淒涼民歌是這樣的：昨晚上奴家作了一個夢，夢見哥哥上了奴的身，趕緊把腰摟定，醒來是一場空。

兩個人就這樣睡在一個被窩裏，並且枕在一個枕頭上了。陝北大地寒冷的冬夜喲，在土窯洞裏，在石板炕上，痛苦與歡樂，歌聲與呻吟聲，傷心的眼淚和歡笑的眼淚，交織在一起，組成了一幅人生的受難圖和歡樂圖，一曲交響樂。在苦焦的陝北大地上，在人類苦難而又漫長的行程中，性的快樂成了他們苦難生活的一分稀釋劑，也許，正是那種刻骨銘心的性的快樂，才使男人多情和女人懷春，才使因爲勞動而疲憊得腰都直不起來的男人，和心中愁腸百結的女人，夜晚還要進入一回那似神非仙、說幻不幻的神秘境界。它成了人類生生不息、最牢固的保障。

燈草兒突然呢喃有聲，她對趴在身上的男人說，去把燈吹謝吧，亮著燈來，她害羞……

第二天早晨，一種不可遏制的喜氣，在燈草兒的臉上蕩漾開來。她的臉頰緋紅。她走起路來，步履踏實地落在地上，顯出某種滿足，腳步較前一天，隱約地呈現出外八字形，不過不細心的人是看不出來的。她的胸脯，也稍稍比前一天高了一些。這些，細心的楊乾媽都看到了。當燈草走到鍋台跟前，正要生火做飯時，她說她親自來，今天是大年三十了，她要拿出手藝，擀長長的「拴魂麵」給全家吃。接著她喚起還在睡懶覺的楊蛾子，叫她到窯外抱柴。

楊作新寫對聯，燈草兒貼門神。這年大年三十晚上，全家聚在正窯裏，歡樂地熬了一個通宵。通家和睦、闔家團圓，一派天倫之樂。喜得楊乾大和楊乾媽，竟也像孩子一樣笑得合不攏嘴。楊乾大說，他這才算是活成人了！大年初二，按照鄉俗，燈草兒騎著驢，楊作新牽著轠，回了一趟後莊。楊作新提上兩瓶酒，一根羊腿，去拜見了丈人、丈母，和燈草那些猴弟弟、他的小舅子們。

過完節，一個月之後，膚施城杜先生那裏捎下話來，要楊作新趕去報考、入學。事已至此，楊作新不得不說。父親楊乾大聽了，竟一下子衰老了許多，他沒有罵兒子，也沒有再脫腳下的鞋，只是問了一問：「你能不去嗎？大從來不求人，這次彎下腰求一回你！」楊作新聽了，堅決地搖搖頭。楊乾大於是一跺腳，披上羊皮襖，聽瞎子說書去了。母親號啕大哭，坐在了地上，哭得楊作新一陣陣心酸。倒是楊蛾子開通，背過父母，她向哥哥伸出大拇指，說楊作新像個鬧世事的男人。

臨走的這一夜，夫妻之間，又說了不少的情話。燈草兒幾次想告訴楊作新，她這個月沒有來紅，怕是有喜了，苗苗在肚裏紮了根。可是沒有十成把握，她沒有說。對於楊作新去膚施城，她雖然捨不得，但是也沒有過分阻擋的意思，她覺得男人們做事，自有他的道理，如果能回頭，那敢情好，如果執意要去，那未嘗不是一件好事。這一夜，她枕著男人的臂膀，偎在男人懷裏，睡得很香甜。

第二天，楊作新就匆匆上路了。

注❶石女：指生殖系統有毛病，不能過性生活或不能生育的女性。

注❷完燈：農村風俗，孩子自一歲起，年年過春節時，由母舅送燈籠，直到十三歲。最後一次送燈籠叫「完燈」，是為隆重。完燈以後，表示這孩子已經成人，不必再由舅家監護了。

第五章　逼上梁山的黑道霸王

就在楊作新與燈草兒親近的那一夜，黑大頭由一夥強盜押著，去黑家堡，去起自家的財寶。

蒼茫的陝北大地，積雪在它的上邊堆了一尺多厚，大地上的所有生靈，都因爲懼怕寒冷，縮回自己那個被稱爲「窩」或者家的地方，兔子、黃羊、山雞、豹子、螞蟻、長蟲，等等，再加上人類；荒原上，只偶爾有一聲餓狼淒厲的長嗥，牠是在因爲饑餓而號叫，還是在求偶，或者在呼喚遲遲未歸的兒女，不得而知。

天很黑，正像人們通常所說的伸手不見五指那樣。天上有幾顆時隱時現的星星，好像微弱的蠟燭，哈一口氣，它就會熄滅似的。地下只有白雪輕微的反光，藉著反光，勉強可以看見腳下的道路。

比起上一次夜闖黑家堡，強盜頭兒心裏多了幾分踏實，因爲這一次是由主家領著，去起他自家的財寶，所以從某種意義上來說，這是一件合法的事情，儘管這合法的本身，是由於鬼頭刀的作用，但畢竟比起上一次，名正言順了許多。上一次是「豪奪」，這一次是「巧取」。

黑大頭默不作聲，走在一干人馬的前邊。事先，他已經跟強盜頭兒講好，這次行動，不要驚擾了黑白氏。強盜們只爲謀利，並無害命的意思，這個條件自然滿口應諾。此一刻，走在路上的黑大頭，惦念的還是黑白氏，他想那個孩子該出生了吧，他不能總在娘肚子裏待著。儘管黑白氏貪圖家業，不願出水救他，但畢竟夫妻一場，況且肚子裏還有黑家的一條根，所以心疼的成分，比怨恨的成分多些。

此刻的黑家大院裏，黑白氏正在生產。幾天前那一場驚嚇，提前了嬰兒出世的時間。

黑大頭一被捉去，黑白氏便沒了主心骨，儘管有好事的跑去報了官，可是主事的都回家過年去了。縣衙門留下話，說過罷年再說。黑白氏見狀，就想回娘家去，奈何娘家離這兒太遠，天寒地凍的，沒法走，加上不知道黑大頭的死活，她心裏也實在放心不下。猶豫了幾天，肚子疼了起來，好在族裏，還有些叔伯兄弟，大嫂大嬸，大家知道她要生了，於是請了個接生婆來，再加上幾個女流之輩，守候在跟前，等著嬰兒出生。

「人生人，怕死人！」這天，到了半夜，黑白氏的肚子，疼得一陣緊似一陣，本來粉白的一張小臉兒，拘得烏青。她蓬頭散髮，下身脫得精光，在炕上亂滾。她一邊在炕上滾著，一邊罵黑大頭，原因是那黑大頭使她遭的這份罪。罵著罵著，想起黑大頭如今的不知死活，又惦記起男人來，越發哭個不停、罵個不停，不過這回是罵強盜們了。

接生婆坐在炕沿，冷靜地看著黑白氏打滾，她說這樣好，掙扎一番，陰門就張開了。約有半個時辰，看看黑白氏力氣漸漸用盡，顛簸得不像先前那樣瘋狂了，她要黑白氏直起身來，圪蹴在炕上。她說羊水已經破了，該生了。蜷做一團的黑白氏，嫌肚子疼，不願意圪蹴。接生婆虎著臉，狠狠地襲了黑白氏兩耳摑，黑白氏見了，只得哆哆嗦嗦地直起身子，半跪下來。

「用勁！憋住氣，用勁！」接生婆指導說。

黑白氏不知道怎麼用勁，接生婆指著她肚臍窩說，這裏用勁，憋住氣，往回縮肚子。哆哆嗦嗦的黑白氏，牙齒打顫，嘴唇發抖，怎麼也憋不住氣，怎麼也指揮不動自己鼓鼓的肚子，氣得接生婆忍不住又提起了手掌。

黑白氏見了，號啕大哭起來：「我再也不生了，我再也不幹那事兒了！」

這一哭不打緊，只覺得地崩天裂的一陣眩暈，肚子突然往下墜了一下，接著聽見接生婆欣喜的叫聲：「看見頭了。頭露出來了，一頭黑髮！」

「是嗎？」黑白氏呻吟著問：「討債鬼，你把娘害苦了！」

「再努一把勁，孩子他娘！」接生婆繼續指揮。這時，她的語言已經沒有剛才那麼嚴厲了，因為看來嬰兒正常，母親也沒有大的危險了。

這時候，大門外傳來了一陣緊促的、叩擊門環的聲音。

滿臉虛汗的黑白氏，臉上突然顯出一種異樣的表情，她用手指著門外說，快去開門，她聽出了敲門聲，孩子他大回來了！

黑大頭身不由己，由一群強盜押著，進了黑家大院。開門的是來侍候黑白氏的一位族裏娘嬸，見了這黑壓壓的一撥人，嚇得扭頭就跑，跑回正窯，返身關上門，又用身子頂住。黑白氏在呻吟的同時，騰出口，問她外邊怎麼回事，她臉色煞白，說不出話。

其實也不用問了，門外燃起火把，窗戶紙映出人影幢幢，步履凌亂，人群穿梭，大約有十幾位。見此情景，黑白氏也明白個大概了。

一會兒，只聽窗台底下，黑大頭在喚婆姨，黑白氏聽了，趕快應聲。只聽黑大頭講道，今夜所來，是一群黑道上的朋友，只為錢財，不為人命，他將小心地服侍他們，起出錢財後，他們上路，他自然落個沒事，那時再回窯裏與婆姨拉話。

黑白氏在屋裏聽了，帶著哭聲，說道：「錢財乃身外之物，由他們去取，只要落個囫圇人回來，就是大幸。」

黑大頭在屋外聽了，儘管心中已另有盤算，但還是感激婆姨的見識。他要婆姨關好窯門，不要出來，任憑屋外地陷天塌，都不要邁出窯門半步。

這時接生婆隔著窗戶，插了句話，說窯裏正在死人哩，不要驚擾。「窯裏如何死人？」黑大頭聽了這話，不解地問。那黑白氏說，不是死人，是生人，她正在生，頭已經出來了。接生婆聽了，糾正說，肩膀已經出來了，再努一努，就落生了。

這時，那強盜頭兒，早已不耐煩黑大頭這番婆婆媽媽、兒女情長，他朝黑大頭屁股上踢了一腳，要他「仙人指路」，快點說出埋藏財寶的地方。他說弟兄們都在露天地站著，凍得受不了了。

於是，黑大頭只好離開了窗台，領著眾強盜，先來到院子裏那棵棗樹下，用腳跺了一跺，示意這下面有一罐金元寶。強盜頭兒遂吩咐兩個嘍囉，按黑大頭所示，從跺腳的這個地方，往下挖。隨後，黑大頭又來到台沿跟前，從北牆根算起，向南丈量了七步，接著用腳跺了跺，示意這下面也有東西。就這樣，一會兒工夫，強盜們已經各就各位了，除兩個把門的強盜外，黑大頭的屁股後邊，只剩下一個強盜頭兒，和一個小強盜。那個小強盜，也就是張三、李四那天不知好歹沖犯的那位。

最後，黑大頭領著強盜頭兒和這個小強盜，來到院子的一角，一個大碾盤跟前，用腳踢了踢碾盤，告訴強盜，這碾盤下邊，是個窨子，原先是放洋芋、紅薯的，爺爺臨死前，將窨子封了，老輩子傳下來的古董，大約都在這窨子裏。

你道黑大頭爲什麼只用腳踢，不用手指，原來強盜頭兒生性多疑，把個黑大頭，仍然反剪著手，五花大綁地捆著。他見黑大頭滿身牛力，擔心一旦鬆了手腳，管束不住。而那剛才黑白氏聽見的敲門聲，非並黑大頭，乃張三、李四所為。

強盜頭兒令那個力氣還沒有長圓的小強盜，去掀那面碾盤。那小強盜將火把交給強盜頭兒，騰出雙手，貓著腰去揭，可是力氣使盡，那碾盤卻像生了根一樣，文絲不動。強盜頭兒見了，將槍往腰裏一插，火把把兒往嘴裏一噙，也俯下身子去揭。兩人合力，那碾盤只稍稍動了一下，仍然嚴嚴實實地罩住窨子口。

「這碾盤是死的？」強盜頭兒罷了手，狐疑地問。

「是活的！」黑大頭答。

「你原先動過它？」

「動過！」

「看來，解鈴還得繫鈴人，老兄，勞駕你這主家，來掀這塊石頭吧！」強盜頭兒說著，依舊從腰裏掏出槍，指著黑大頭的腦袋。

「朋友，正應瞭解鈴繫鈴這句話，」黑大頭說，「勞駕，先把我身上這吊死鬼繩子摘了。」

強盜頭兒得寶心切，未及細做考慮，就令那小強盜，迅速地解下繩索。小強盜幹起這類活，手腳倒也俐索，三拽兩拽，就將繩索解開了。

黑大頭沒了繩索捆綁，身上輕鬆了許多，隨之兩臂張開，掄了掄發麻的胳膊，然後順著碾盤，轉了三圈，選定一個位置。只見他兩腳蹬地，兩手摳住碾盤沿兒，運足力氣，大喝一聲「起」，偌大個碾盤，被直直地翻起；再一使力，碾盤底朝天，翻了過去。

「掌櫃的好神力！」強盜頭兒忍不住讚道。碾盤下邊，果然是個黑洞洞的窨子口。

強盜頭兒見了，大喜，點頷示意，要那小強盜，打著火把下去。小強盜見了這黑幽幽的洞，有些發怵，強盜頭兒「嗯」了一聲，小強盜出於無奈，只得硬著頭皮下去。這種窨子，也就是丈二深左右，農家貯藏過冬的蔬菜用的，壁筒上，用小鑁掏出一個一個的蹬窩，因此上上下下，也不算太不方便。小強盜腳蹬蹬窩，胳膊肘兒撐著洞壁，手裏打著火把，一步一驚，到了窨子底兒。

黑大頭在上面喊道：「你四壁敲敲，哪兒的土薄，有嗡聲，那裏就是個封死的拐窯，捅開土，鑽進去，就能看見貨了。」

這時候院子裏那些強盜，兩人一攤，正在挖寶。十冬臘月，地硬如鐵，鐝頭挖下去，一鑁一個白印。強盜們個個幹得頭上冒起熱汗，手上虎口震裂。看來世界上幹什麼事都不容易，做強盜也不容易。

一會兒工夫，只見鑽進窨子裏的那個小強盜，在地底下驚喜地叫著：「找到了！找到了！一溜兒十個罈子，個個裝得滿滿的。」

強盜頭兒聽了，忍俊不禁，也伸出腦袋，趴在窨子口上，往下看。

黑大頭早就瞅準了一把鐝頭——剛才小強盜下窨子前，丟在口上的那把。這時，見機會來了，一貓腰，伸手捉住鐝頭，叫一聲：「對不起了！」掄圓鐝頭，朝強盜頭兒頭上砸來。強盜頭兒感到腦後生風，正想躲避，誰知鐝頭來得太快，腦袋碰到鑁背上，登時腦漿四濺，人沒氣了。

黑大頭順手從他手裏，叼出槍來。怕他不死，又提起腿，掀進窨子裏了。窨子裏的那個小強盜，不知道上邊發生了什麼事情，開始只見有星星點點的雨絲落下來，黏糊糊的，不知道這是腦漿，接著一個口袋一樣的東西落下來，砸到他頭上，並且砸滅了火把，他伸手摸了一下，卻是個死人。小強盜於是在窨子底下，沒命地喊叫起來。

黑大頭對那強盜頭，仍有幾分畏懼，怕他死而復生，於是仍舊揭起碾盤，將窨子口蓋嚴。那一幫正在掏地的強盜們，聽到響動，停了下來。天確實有些黑，他們對院子裏業已發生的一切，有所覺察，但是不甚清楚。

正在此時，從窯裏傳來一陣嬰兒清亮的哭聲，接生婆隔著窗子，叫道：「黑家掌櫃的，恭喜你，添了一口丁了！」

黑大頭聽了，一喜一驚，喜的是如此狼狽之時，黑家喜得虎子，傳宗接代有人了，驚的是，強盜們馬上就會察覺，到時不但自己性命難保，屋裏的弱妻幼子，也難免遭到侵害。想到這裏，先下手爲強，一個箭步，跑向窯門口，護定窯門，然後舉起手槍，「啪」地放了一槍。

你道黑大頭爲何如此膽大妄爲，竟敢英雄孤膽，一個人和這群亡命徒作對。原來他瞅見這群強盜，拿的都是冷兵器，只這強盜頭兒一人，有一杆手槍。他怕的就是這杆手槍，手槍一旦到手，便什麼也不怕了；即便手槍沒有到手，只要那些強盜們沒了手槍，他敵他們三個、五個，倒也不在話下。還有令黑大頭膽壯的一條理由是，這幾天來他和張三、李四，眉來眼去，已經有一些默契，他看見這兩個夥計，已經露出羞愧之意，於是料定一旦他占了上風，這兩個傢伙一定倒戈。話雖這樣說，黑大頭此舉，畢竟還是虎口拔牙，風險成分居多。

聽了槍響，強盜們扔了钁頭，拾起兵器，見響槍的是黑大頭，不是他們的頭兒，心中已明白了大半，於是發個喊聲，一步一步，圍攏上來。

黑大頭在台沿上站定，朗聲說道，冤各有頭，債各有主，那強盜頭兒帶人夜入民宅，欺壓良善，如今已經被他拾掇了；一切冤仇都在強盜頭兒身上，與諸位朋友無關，各位如果識相，趕快離開這是非之地，世界之大，去另尋個吃食的地方；如果還要撲上來做搶，他手中的槍不認人，來一個打一個，來兩個打一雙。

眾強盜聽了，登時傻了眼兒，提著刀，在那裏愣愣地站定。

倒是這張三、李四，見了這般情景，撲通一聲跪了下來。他們到底是黑家原來的夥計，聽慣了黑大頭的驅使，再加上羞愧難當，一進大院，早就有了這個心思。這時，跪在地上，搗蒜一樣地叩頭，說從此改邪歸正，完了這事，明年，還求主子開恩，再來黑家搭夥計，熬長活。

至此，黑大頭心想，局勢已定了八分了，心中不由得輕鬆了一些。

那些強盜們，見張三、李四，先跪倒在地，長別人志氣，滅自個威風，心中有幾分怨恨。奈何勢力已經單薄，不似前番模樣了，於是只得先把這口氣嚥下。

黑大頭本來想等這些強盜們抬腳走人。誰知，他們竊竊私議一番後，竟效仿張三、李四，齊刷刷地跪了下來。其中一個年長的說，他們本來是破了產的農民，賭光了的賭棍，輸了膽的黑皮，生計無著，才做了這千人罵、萬人嫌的醜勾當，如今黑大頭殺了他們的頭兒，壞了他們的衣食飯碗，以後這生計如何著落，這寒冬臘月，叫他們哪裏謀生。

黑大頭聽了，覺得這話也有一番道理，於是沉吟不語。

又是那老者出頭說，黑家掌櫃既然殺了他們的頭兒，那麼不妨一不做、二不休，棄了這一院莊基、萬貫家產，隨他們去，當他們的頭兒，如何？

黑大頭聽了，冷笑道：「我一個良民百姓，有家有業，有頭有臉，去做這打家劫舍的強盜，那不辱沒了祖先！」

那幫強盜見了，除張三、李四以外，剩下的又都站了起來，重新橫刀相向。他們說，既然黑大頭執意不肯，那麼今天，他們就只有拚個你死我活，把黑家堡攪個熱火朝天了，橫豎是個死，死在黑大頭槍下，也不算冤！

事情會有這樣一個結局，這是黑大頭始料不及的。這回輪到他沒有主意了。嬰兒又在窯裏哭起來，於是他想起黑白氏。他隔著窗戶，徵求婆姨的意見。原來那院子裏的談話，黑白氏都聽見了，這時她說，當今世事，一天天地亂了，什麼事兒不是人幹的，做強盜也可以，只是要做個義盜，不能幹這偷雞摸狗、傷天害理的勾當，她的家鄉，那個李闖，當年起事，最初不也是被人們喚做強盜嗎？

一句話提醒了黑大頭。他盤算了一下，清清嗓子，對院子裏的一夥人說，要他做這頭兒也行，只是得依他三件事情。

強盜們聽了，七嘴八舌地說，你黑家掌櫃就說吧，只要你落草，別說三件，就是三十件，我們也依得。

「第一件，」黑大頭亮開一個指頭，說道：「人生一世，草木一秋，好賴都是個活人哩，只是，不能幹那些偷雞摸狗、傷天害理的勾當，想咱們的鄉黨，安塞的高迎祥、米脂的李自成、膚施的張獻忠、丹州的羅汝才，當年何等英雄模樣，咱們要做個強人，就要做這號強人。因此麼，咱們要立個旗號，叫自衛團，完了我到縣裏，討個委任狀，從此咱這一干人馬，專爲維護一方安寧，如何？」

眾人聽了，都喝一聲彩，說言之有理。

「這第二件事情，」黑大頭亮起兩根指頭，說道：「既然大家擁戴我爲頭領，那麼這窯裏的黑白氏，就是你們的嫂夫人，那正在啼哭的孩子，就是你們的少主。你們從此要敬她，敬她如同敬我，如何？」

眾人聽了，都說這是行道上的規程，不必頭領說了，他們自然曉得。

「那第三件事情，」黑大頭亮出第三根指頭，眼睛瞅著旁邊提鬼頭刀的那位：「這位弟兄，三番五次，要結果我的性命，那天老虎嘍，不是那白面書生的一聲吆喝，我早做了刀下鬼了。臥榻之前，豈容他人酣睡，若要我做這個頭領，就得委屈他了。大路朝天，請君自便吧！」

那些強盜們聽了，面面相覷，不知如何是好。正待跪下，爲這位兄弟求情，誰知那人卻也是個硬漢，竟一聲不響，提起刀來，兀自走了。

至此，一場風波告一段落。

那黑大頭，先不急著回窯，去看那弱妻稚子，而是逕自走到碾盤跟前，揭起碾盤。強盜頭兒早已死了，那小強盜，順著蹬窩，早到了窨子口，只是頭上頂著石板，不能出來，只在那裏乾叫著。出了窨子，見了黑大頭，想不到這片刻工夫，江山易主。那也是個乖巧玲瓏的人，聽了眾人敍說緣故，撲到黑大頭跟前，納頭便拜，黑大頭將他雙手扶起，覺得他瘦骨嶙峋，倒也十分可憐。

黑家有一溜兒閒置的空窯，打掃一番，便由這餘下的強盜們住了。那張三、李四，輕車熟路，生火爲大家驅寒做飯。黑大頭見一切都安排停當，又到各個窯裏，查看了一番，這才回到自己正窯。

進了窯門，夫妻見了，四目相對，默默無語。黑大頭俯身抱起嬰兒，看了幾眼，竟忍不住掉下幾滴英雄淚來。那幾個前來幫忙的族裏的婆姨，出語匆匆，說聲「珍重」，一個個就都溜出屋去。那接生婆兒，完成了自己的工作之後，沒有了剛才的行業優勢和使命感，此刻也有幾分膽怯，巴不得早一點接過紅包，一走了事，這時，也掂著紅包，走了。

窯裏只剩下夫婦二人。黑白氏新生了孩子，身體虛弱，黑大頭扶她躺好，蓋上被子，又抱起嬰兒，放在婆姨跟前，然後，跑到窯外，往炕洞裏填了兩抱柴火，免得婆姨受涼。完成這一切後，他便守著黑白氏，一夜未曾合眼。

第二天早晨，黑大頭草書了兩份文書，一份交給張三，要他火速前往袁家村，請丈母娘來伺候月子，一份交給李四，要他去縣政府，遞上文書，申請黑大頭辦自衛團一事。爾後，便令其餘的弟兄，在窯內歇息，不得出門擾民。

天黑以後，李四回來了，說縣政府衙門緊閉，上至縣長，下至守門的，都回家過年去了，他打問了一下，街上人說，得過了正月十五，元宵節後，衙門裏才有人理事。黑大頭聽了，也沒有什麼好辦法，只得安撫眾位兄弟，在他家裏，等到正月十五以後，再做主張。

那張三倒是能幹，幾天以後，一頭毛驢，馱回來個黑白氏的老娘。母女相見，自然是一場痛哭，隨後，黑白氏的母親，細心地伺候坐月子婆姨，照顧外孫。從而令黑大頭，少了許多的擔憂。

那天夜裏，黑家大院，又是燈籠火把，又是槍聲，你道黑家堡，爲何雞不鳴，犬不驚，沒有一絲響動。原來經了前一場風波，村上的人們，早已輸了膽兒，雖然同宗同姓，但是畢竟已分門另戶，各人自掃門前雪，所以任憑黑家大院，縱有天大的風波，大家只是支楞著耳朵，關緊窯門，聽著外邊動靜。等到這幾個伺候月子的婆姨，脫了身子，回去一說，大家才知道，黑家大掌櫃的，如今已經成了強盜頭兒，於是一傳十、十傳百，適逢過年大家走親訪友，於是整個這一條川道，就都知道了；甚至傳到城裏，驚動了官家。

外邊沸沸揚揚，黑大頭卻還不知道，只等正月十五一過，他親自上城，去申請委任狀。黑家堡裏，人人見了躲他，他以爲這是怕事，知道他家裏住了一班強盜的緣故，不知道這其實是在躲他。

正月十五一過，黑大頭備了三百塊大洋，騎著一匹大走騾，穿了身乾淨衣服，收拾了頭髮鬍子，光著腦袋，逕奔縣政府。剛進了縣衙大堂，就被埋伏在四周的兵丁們捉了，黑大頭剛要分辯，年輕的學生縣長，指著黑大頭，罵他勾結盜匪，滋擾鄉里，說罷不由分辯，吩咐將他押進死牢裏，隨後，令縣民團一干人馬，前往黑家堡，捉那還在黑家大院裏，等候佳音的強盜們去了。

黑大頭自投羅網，心中叫苦不迭，懊悔不及，只巴望那些強盜們，能夠逃生，如今不論怎樣，從名分上說，他是他們的頭領了。

黑大頭的擔心是多餘了。縣民團的隊伍，剛一在川道裏露頭，早被站在窯頂上的強盜們看見了。這也是他們多年來養成的習慣，紮在哪裏，總要派個哨，觀察四周動向，並且選好逃跑的道路。黑大頭一去，遲遲不歸，大家心中早已有了幾分疑惑，所以格外警惕。

強盜們立即拔營起寨，順著堖畔，上了後山。行前，他們請黑白氏並嬰兒，連同黑白氏的母親，隨他們一起走。黑白氏不從，她從屁股底下，摸出那把手槍，說是黑大頭上城時，托她保管，現在還給你們吧。強盜們接過手槍，說道，前面黑頭領說的那約法三章，裏面正有照顧黑白氏並嬰兒這一條，如果黑白氏執意不走，他們也就不走了，反正他們的命也不值錢。黑白氏聽了，只好噙著眼淚，抱著未滿月的孩子，連同老母，隨他們一起走。強盜們倒也仁義，備了一頭毛驢，由黑白氏的母親騎著；老人家的懷裏抱著嬰兒。上山途中，見黑白氏氣喘吁吁，其中一個身體強壯的，俯下身子，讓黑白氏趴在背上，一溜煙地向山上奔去。

民團來到黑家堡，黑家大院，樓門大開，院中空蕩蕩的已不見一人。仰頭向山上望去，只見一幫強盜，揹著一個穿紅褉的女人，站在山頂，正向山下望著。團丁們順過槍來，擔在矮牆上，朝山上放了幾槍。那一干人馬，轉到山後，順一條山路，走到鄰縣境內去了。

民團在窯裏搜索一陣，一無所獲，見一個窨子口開著，下去看了看，只一具血肉模糊的屍體，直挺挺地栽在窨子底下，已經凍硬。天寒地凍，民團頭領覺得可以回去交差了，於是帶著團丁，浩浩蕩蕩地返回縣城。

這天夜裏，一群強盜，仗著這把手槍，衝入縣城死監，救出黑大頭。至此，黑大頭算是鐵了心了，心甘情願，做了首領。黑大頭後來勢力漸重，招兵買馬，招降納叛，佔據黃河岸邊一個險要的去處後九天，成爲陝北地面一個盡人皆知的草頭王、俠義客。

再後來，丹州城下黑大頭斃命，那一支武裝，被陝北紅軍收編，成爲紅軍初創時期的一部分，其間許多人物，竟成爲人民解放軍的高級將領。這些當然是後話了。

黑大頭的隊伍，似盜非盜，似兵非兵，當地老百姓們，稱他們爲「雙槍隊」，意即手中執有兩杆槍，一支快槍，一支菸槍。

所以本文爲了敍述的方便，從現在起，也就稱他們爲「雙槍隊」了。

黑家堡再也不能回去。這一夜，雙槍隊仍回到老虎嶝，在那個崖窯裏安歇。將息幾日後，黑大頭想起家中窨子裏，那十罈財寶，不知還在不在，隊伍要擴充槍支，提供給養，非這些錢不可。於是派了一名隊員，上城裏打探消息，探子回來，說民團空手而去，空手而回，並沒有提財寶的事。黑大頭聽了，心中一喜，這天夜裏，遂留下兩人看家，照護黑白氏三位，其餘弟兄，隨黑大頭趕往黑家堡，去取財物。算起來，這是三進黑家堡了。

黑大頭領了眾弟兄，進了黑家大院，直奔那眼窨子。原來黑家的財物，攏共只有這些。棗樹下的，台階下的，其實都是黑大頭當時爲分散兵力，所用的計策。仍舊由那個青年後生先下窨子，只見他下去一陣，傳上話來，說那拐窯裏，空空如也，罎罎罐罐還在，只是財寶，一丁點兒也沒有了。

眾人見了，都納悶起來，連黑大頭也覺得這事過於蹊蹺。一行人灰塌塌，只好打道回府。路上，黑大頭眼前一亮，突然明白了財寶的去處。他想那天夜裏，他和強盜頭兒，在窨子口上，耽擱那一陣子時，屋裏幾個伺候月子的婆姨，肯定聽到了什麼。如果這財寶不是民團所拿，就是她們的家人了。於是停住腳步，指了指村中的幾戶人家的大門，命令隊員們去把這幾家掌櫃的，抓到黑家大院問話。

那幾戶人家，都是黑大頭的近親，如果不是近親，也不會那天晚上來照看黑白氏。然而事已至此，黑大頭也顧不得這麼多了。各家掌櫃的都被抓了來，黑大頭先是好言相告，要他們交出拿走的財物。眾人裝聾賣啞，佯裝不知，其中一個白鬍子老漢，按輩分算來，還是黑大頭的伯伯，他拿出自己伯伯的架子，反而罵黑大頭勾結盜匪，辱沒祖先。惹得黑大頭一時性起，喝令將這族裏伯伯，吊在大門的門樑上，死勁地往死打。那個白鬍子老漢，原來不經打，鞭子一抽，他就核桃棗兒，一股腦兒地倒出來了。眾人見了，個個懼怕，明白不義之財不可取，今天要過這個門檻，非得交出財物不可了，於是紛紛跪下，承認他們偷了財物。

取出財物，兄弟們揹著，離開黑家堡，至此，黑大頭算是徹底斷了後路。黑家堡那些族裏鄉親，第二天就從家譜上將黑大頭一筆勾銷了。

那眼窨子做了強盜頭兒的葬身之處。念及共事一場，大家推倒半面矮牆，將窨子埋了，算是讓他入土爲安。

到了崖窯，黑大頭看了看地形，覺得這裏縱深太淺，一經發現，民團將崖窯四面包圍，雖說進攻不易，但是圍上個十天半月，崖窯裏沒了糧食和水，就只有坐以待斃的分兒了，於是提出，棄了崖窯，沿延河往下，另尋去處。

這期間，與民團幹了幾仗，互有死傷。後來，雙槍隊且戰且退，來到黃河岸邊一處地方。這地方叫後九天，突兀的一座大山，立在群山中間，地勢險要，易守難攻。雙槍隊占了後九天，層層設防，民團攻了幾次，因爲地勢不利，都沒有攻破，只好撤兵，準備回去後從長計議。

黑大頭得到喘息之機，趕快壯大隊伍，搜集民間流散的槍支，並前往山西太原兵工廠，購買軍火，準備應付事變。

後九天從山根到山頂，十幾里山路，設了九個卡子。山頂上那座山神廟，做了黑大頭的司令部，黑白氏等一干家眷，住在偏殿裏。隊伍又雇了些民工，在山頂平坦些的地方，蓋起一溜營房，填溝削山，闢了一個操場。隊伍開始操練，一切按舊軍隊中的佇列條令訓導，儼然是一支隊伍了。

山神廟的正殿裏，擺了一把太師椅，太師椅旁邊的影壁上，黑大頭請人畫了一隻老虎。老虎旁邊，題詩一首，詩云：自古英雄冒險艱，歷經艱辛始還山，世間多少不平事，盡在回首一嘯間。

後來西安城裏，楊虎城、李虎臣與陝西軍閥劉振華血戰，曾下了帖子，請黑大頭帶領雙槍隊前去助戰。你道這楊虎城是誰，原來就是當年在黑家堡，黑大頭救下的那位。二虎守長安，黑大頭鼎力相助，雙槍隊戰功累累。戰事結束後，雙槍隊被收編爲國民黨軍隊，黑大頭被委任爲營長，蔣介石怕楊虎城勢力太重，遂將黑大頭部，調江南某地駐防。到了一九二七年，國共反目，上海事變、武漢事變、長沙事變接踵爆發，黑大頭因不滿時局，遂帶領雙槍隊，集體開小差，又回到陝北，重占後九天，繼續做起天不收地不管的山大王。不過這支隊伍，從名分上講，仍算國民黨隊伍，至少是它的頭領黑大頭這樣認爲；只是不聽國民黨政府的調遣，國民黨政府也不承認他們而已。

第六章　國共合作的破裂與殺戮

楊作新進了膚施城，考入省立膚施中學。其時，正是大革命風起雲湧之時，舉國上下，赤色的旗幟飛揚，革命成爲一種風尚，一種時髦，一種表示追隨時代新潮流的舉動。這其間自然不乏中堅分子，不乏以滿腔的熱情擁抱革命、歡呼萬歲的青年，不乏從土地上直起身子來，開始自身覺醒的農民，但是對相當一批人來說，他們所以被捲進去，只因爲這是一股歷史潮流，他們不願意被排斥在潮流之外。

膚施城是陝北高原的政治、經濟、軍事、文化中心，大革命自然在這座城市表現得更爲活躍，而省立膚施中學，又稱省立第四中學的這座新學府，由於有杜先生擔任校長，由於有一群共產黨人擔任教師，由於學生大部分都是追求上進、追求光明、追求進步的青年，因此，它成爲大革命在陝北中心中的中心。學校成立了黨支部，一批又一批學生在鐮刀斧頭旗幟下舉起手臂，從這裏走向革命。

由於膚施城內共產黨還沒有設立市支部，所以膚施中學支部，便代表共產黨方面，與國民黨膚施市黨部一起，從理論上講，共同管理膚施城，膚施中學支部書記杜先生，已在國民黨內，擔任了個市黨部宣傳部長的頭銜。

在鐮刀斧頭旗幟下舉起手臂的就有楊作新。那真是一個令人激動不安的年代呀！以革命的名義，在鐮刀斧頭旗幟下聚集起一批熱血青年，他們信奉馬克思的學說，他們以北方鄰居做爲榜樣，他們懷著對這個古老民族最善良、最美好的祝願，期望著天上的革命和地上的革命在某一個玫瑰色的早晨降臨，他們揮動著五顏六色的小旗子，趕到鄉下去，喚醒民眾，他們自信得可怕，覺得上帝已經死了，自己就是上帝，就是盜天火給人間的普羅米修士。

楊作新在這種忘我的年代裏，在繁忙的革命工作中，如魚得水，他成爲這一群人中的活躍分子、中堅分子。在革命工作之餘，他也沒有忘記自己的學業，他天資過人，加之在過去的學習中，打下了比較牢靠的基礎，因此，在學習上，他也是班上，甚至是全校中最好的，這樣，他便受到了同學們的擁戴和敬意。

楊作新的發育已經成熟，他的相貌，正如我們在前邊介紹過的這個家族的特徵：白淨面皮，濃黑的兩道炭眉，眼眶很深，鼻樑高挺，長腮幫，高顴骨，稍稍帶上點絡腮鬍子。他的個子也長高了許多，身材異常端正。用一句大家都在說的話說，就是「身材修長，富有線條」。他三冬六夏，總是穿一件青布長衫，腋下夾一本書，眼睛看書看得多了，有點近視，配了一副眼鏡戴著，因此看起來，一副溫文爾雅的樣子。

那個遙遠的吳兒堡，他的爹娘，他的燈草兒，他的楊蛾子，在記憶中愈來愈模糊了，上學兩年中，儘管有過幾個假期，但他都是在膚施城裏度過的，因爲有那麼多工作需要他做。

上學期間，楊乾大曾捎來一封信，信中除了「見信如面」這類的客套外，只說了一件事，就是燈草快坐月子了，如果楊作新有空，他能夠請個假，回一趟家。燈草其實也沒說什麼，她說楊作新謀的是大事，不要去打攪他。要楊作新回來，是他和楊乾媽的意思。

這時候，怎麼說呢？班上有個女同學，正在進攻楊作新。這女同學就是楊作新上一次進城時，看見的撒傳單的那位。這是城裏一位富商的女兒，富商叫「趙半城」，同學們將這位時髦、剪著短髮的女學友，稱爲「密斯趙」。接到信後，楊作新一時拿不定主意，他從眼前轟轟烈烈的世界中抽身出來，思緒暫時地回到了一下吳兒堡。往事歷歷，他在這一刻懷念起吳兒堡來了，他想父親一定更爲蒼老了，那蛾子，大約也知道自己已經是以四十塊大洋許人了，如果那男人好，那麼這一切萬事皆休，如果那男人不好，那楊作新將永遠不會安寧的，他將會譴責自己。他當然也想到了燈草，想到她挺著大肚子時的樣子，他覺得這女人很可憐，他記起了她對他笑的樣子了，待她的面孔漸漸浮現出來，他又覺得她很粗俗。

「密斯趙」見到這封信，覺得她所崇拜的這個農村學生不但結了婚，而且將要有孩子，真是不可思議：他年齡還這麼小！不過她仍然沒有放棄自己的追求，反而，怎麼說呢？更爲熱烈了一些。因爲，她認爲，做爲一個新女性來說，這樣面對挑戰，更有滋味，而且，她覺得自己也是在拯救楊作新，她認爲楊作新的婚姻是不般配的，甚至是不幸的，她要以自己的千金之身，來進行一次拯救楊作新、反對包辦買賣婚姻的革命。

楊作新拿著家信去找杜先生請假，「密斯趙」阻止了他。「密斯趙」譏笑他說，雖然他的手裏，老拿著一本《共產黨宣言》，可是，他在一邊向別人講著「與一切傳統觀念決裂」的同時，卻容忍自己家裏，有個包辦買賣婚姻的妻子，而這包辦婚姻的產物，還在繼續擴大她的戰果。她說楊作新從骨子裏來講，其實不是一個新潮青年，他不敢面對這自由或真正的愛情，不帶任何附加條件，以雙方彼此愉悅爲目的的愛情，當愛情向他召喚時，他卻像鴕鳥一樣，將頭埋進沙漠裏去了。

「密斯趙」在講的同時，她哭了。女人的哭泣最令人憐憫，何況楊作新是個軟心腸的人，於是他掏出手絹，給這位女同胞拭淚。正像電影中所說的那樣，在拭淚的同時，「密斯趙」支持不住，倒進了他的懷裏。開始，他還用手想將她推開，但是，她撒嬌似的緊緊地掰住了他的肩膀，沒奈何，楊作新只好將她抱緊。「原來城裏女人的腰身這麼綿軟，胸部像安了一個彈簧一樣，輕輕一撞，便有兩團熱辣、軟乎的東西，吸住了你的力量。」楊作新想。

楊作新沒有回家，也沒有給家裏回信，而燈草兒的情況如何，楊乾大也沒有再來信說。這時楊作新受杜先生的委託，做爲膚施市的代表，前往省城參加省第一次農民代表大會，燈草兒的事兒，便忘到了腦後。後來聽人說，燈草兒那次生產，小月了，孩子沒有落下，楊作新聽了，非但沒有痛苦，反而覺得輕鬆了一些。

那「密斯趙」是個任性慣了的嬌小姐，認定了楊作新，非要從那個沒見面的仇人那裏，把這個心上人搶過來不可。她和楊作新出出進進校園，有時還請他到家中吃飯。雙方關係親密，自然引起了城裏和學校裏的一些議論。「密斯趙」聽了，覺得自己也成了大家注意的人物，心中頗爲得意，更加窮追不捨，如影隨形。「密斯趙」的父親「趙半城」，原來並不贊同女兒的想法，後來見革命的氣勢越鬧越大，這楊作新通過幾次接觸，雖說是貧寒出身，但是談吐不凡，是個前途不可限量的角色，加之，楊作新去了趟省城，回來又是演講，又是報告，這「趙半城」見了，心中也有幾分得意。於是慨然應允，只是，楊作新要娶他的女兒，須得先寫個「休書」，將鄉下的妻子，休了才好，他不能讓自己的掌上明珠，去給人家做二房，讓膚施城裏左鄰右舍笑話。「這事好辦！」「密斯趙」說，事情全包在她一人身上了。從此整天在楊作新身邊吹風，並且使出女人的種種小伎倆兒，一會兒溫柔似水，一會兒冷若冰霜，使得楊作新不得不束手就範。終於有一天，楊作新長歎一聲，說道：「委屈妳了，燈草兒！」遂拿起筆來，蘸飽墨汁，寫下一封「休書」。「休書」送出之日，「密斯趙」便和楊作新，舉行了「訂婚」典禮，說好畢業之後，正式完婚。

說話間到了一九二七年，也就是楊作新中學畢業的那一年。這一年，是中國二十世紀史上一個重要年份。杜先生先前憂慮的不幸變成了現實。這一切都是通過一個叫蔣介石的人來完成的。國共合作破裂，蔣介石一夜之間，抹下面孔，反目爲仇，開始在國共合作的所有地方，對中國共產黨人，大肆殺戮。

時局變化得這樣快，快得令人瞠目結舌。腥風血雨自然也飄到了膚施城。消息傳來，膚施城裏，人心浮動，街道裏一剎那間冷落了起來。那時，雖然國民政府，名義上在全國實行著統治，但是各地的小軍閥，聽則聽，不聽則不聽，都有一定的獨立性。

因此，當時統治陝北的軍閥，按兵不動，坐觀時局變化。省立膚施中學，照常上課，學生們準備畢業；只是當初的紅火熱鬧景象，一去不復返了。杜先生衣冠周正，每天倒背著雙手，沉默不語，在校園裏轉來轉去。平日那些出頭露面多些的共產黨活躍分子，也人人自危，知道有事情要發生，但不知道在哪一天發生。

有一天，「密斯趙」的父親「趙半城」，推說有病，讓女兒請個假，回家陪他。楊作新見未婚妻沒有來上課，問過老師，知道「趙半城」病了。於是中午吃過飯後，買了點糕點，來到趙家探望。自從時局發生變化後，「趙半城」對楊作新的態度明顯地冷淡下來，楊作新如此乖巧的人，如何不會有所覺察，只是時局變化後，那「密斯趙」，倒是慷慨悲涼，說道「投身革命即爲家」，可惜歷史不給她一個機會，要麼她學學秋瑾女俠，寫上一幅「秋風秋雨愁煞人」的條幅留給後世，從而讓自己進入青史，讓自己的遺言進教科書。楊作新聽了，覺得這雖然是大話，可是此時此境，這大話也畢竟令人感到可愛，所以這次去趙家，不是爲了丈人，是爲了未婚妻。

來到趙家門口，只見大門緊關著，楊作新有點詫異。敲開門，見「趙半城」好好的，端坐在太師椅上，並沒有半點有病的跡象，而「密斯趙」小姐，趴在那張八仙桌上，眼淚汪汪的，好像剛剛哭過。楊作新更感詫異，正要動問，只聽學校方向，砰砰啪啪響起了槍聲。

聽到槍聲，楊作新明白了大半，「這些龜兒子，他們下手了！」楊作新罵道。罵完，他放下糕點，車轉身子，就要回學校去。「密斯趙」見楊作新要走，也跑過來拉住楊作新的手，要和他一起走。

「妳給我回來！」「趙半城」吼道。「這次通緝的人中，第一位是杜校長。第二個就是你，你知道嗎？」

「原來你知道這次逮人？」楊作新轉過臉也喊道。

「趙半城」沒有回答他的話，他令人把樓門關死，屋裏的人一個也不准出來。他不是擔心楊作新有個三長兩短，而是心疼自己的女兒。他明白楊作新要是跑出去了，女兒說不定也會不顧性命跟他一起出去。對於這門親事，他現在已經準備悔約，可是能不能做到，還得看女兒的態度。

楊作新在趙家，躲了七天。這七天，膚施城裏，發生了正如在歷史教科書裏記載的，在上海、在武漢、在長沙，在中國其他地方發生的一樣的事情，而且由於本地軍閥更爲凶殘，因此，這類事情發生得也就更爲殘酷和殘忍。相應的，共產黨人表現得也更爲壯烈。杜先生和學校裏的一些拋頭露面多一些的學生，都被逮捕，有的槍決了，有的判了徒刑，而首犯杜先生，被敵人脫光衣服，打得遍體鱗傷，爾後，捆在膚施城的北城門口，一則以正視聽，二則，引誘來救援的人落網。

楊作新在趙家，聽到這些消息，急得眼珠都要蹦出來了。他想上街去看一看，可是，「密斯趙」告訴他，他也是敵人追拿的首犯，街上貼滿了通緝他的告示。於是楊作新央求，到北城門口，看看杜先生的情況。「密斯趙」原來不過是個群眾，用敵人的話說就是「脅從」，加之她是趙富豪的千金，因此，還可以到城裏走動走動。她出去探聽了一回，回來眼仁紅紅的，眼眶都腫了。她說杜校長被敵人捆在那裏，嘴裏仍不停地大罵國民黨，宣傳共產主義主張，他的身上，到處是血，這季節正是秋天，他身上落滿了蒼蠅，一窩窩地，在他身上擻。他手腳被捆著，無法打，那蒼蠅在他身上下蛆，蛆白花花的，滿身亂爬，啃著他身上的肉，脖子上，連鎖骨都能看見了。

楊作新聽了，兩眼冒火，咬牙切齒，嚷著要去救先生。「密斯趙」說，好幾個同學，也都是去救先生，被敵人捉去了，看來這是圈套，她去看杜先生時，幾個賊眉鼠眼的人，一直瞅她，事情到了這個節骨眼上，保住一個人是一個人，他如果想要報仇，現在是不該去的。楊作新聽了，覺得她的話也有道理。

七天頭上，楊作新執意要走。「密斯趙」給他換上一身農民裝扮，臉上抹了些灰，頭上頂一頂草帽，那眼鏡，自然是摘去了，因爲太顯眼。臨走時，「密斯趙」哭成個淚人兒一樣，她說既然楊作新執意要走，她也不便阻攔，再說，待在城裏也確實很危險，只是，她要等楊作新，這一輩子，她是非楊作新不嫁了。楊作新聽了，淡淡地說，這七天來，他翻來覆去地想了想，覺得自己還是和燈草兒般配，如果說燈草兒沒有接到那一份休書，或者說，接到休書後，還沒有來得及走，那麼他這輩子，還是和燈草兒過。他要「密斯趙」另找個般配的人家，忘記他吧。他會記得她的，並且感激她曾經給予他的溫情和幫助。「密斯趙」聽了，更加傷感。她吻了一下楊作新，吻得很長久，算是用吻和心愛的人兒告別。

趙富豪聽說楊作新要走，又聽說楊作新主動提出毀約，覺得除了一件累贅，斬斷了自己和革命的最後一點聯繫，心中自然高興。楊作新行前，他告誡楊作新，出城時最好走東門，因爲北門口，崗哨林立，盤查甚緊。楊作新聽了，嘴裏答應，出了趙家大門後，卻直奔北門。「密斯趙」明白，他是想最後一眼看看自己親愛的導師。

杜先生果然被捆在城門洞的旁邊。較之「密斯趙」所說，這時的景象，更加令人慘不忍睹。秋蠅猖狂地在他周圍飛來飛去，哄的一聲飛了，又哄的一聲落下。他身上的肉，幾乎都被蛆啃完了，只剩下白花花的一具骨骼。人只剩下最後一口氣。眼睛還睜著，並且亮得怕人。那眼神中，顯示一種對信念的執著和人格的崇高，好像說，你們可以殺死我，但是殺不死我的信念；你們可以打倒我的身體，但是打不倒我的思想。楊作新盯著杜先生，看得有些呆了，他在這一刻，血往上湧，他對自己說，也對整個世界說：不管這個共產主義運動，將來的前景如何，命運如何，勝利或者失敗，短暫的風行或者垂之久遠，那些在這個過程中，爲之奮鬥過的人們，可歌可泣的事情，它永遠值得紀念，它有資格寫進人類那些輝煌而最重要的一頁中，它是人類在尋找最合理的社會秩序和生存環境中，一次偉大的嘗試。在這一刻，他覺得自己的胸襟開闊了許多，思想深刻和成熟了許多。

他不忍心離開這北城門口，不忍心離開他的導師。他甚至想捨身一搏，把他從目前的狀況中救出來。但是，那眼睛認出了他。那眼睛笑了，笑得那麼熱烈和真誠。也許，他本來還想說什麼，只是已經沒有嘴唇了，於是他沒有說話。好像專爲了等楊作新，那眼睛才沒有閉合，現在，見了楊作新，那眼睛溘然閉合了。隨著眼睫毛的不再眨動，蒼蠅嗡的一聲圍上去，蛆也開始爬在了上邊。七天來，想那眼睫毛，一定是一直不停地眨動著，眼睛才沒有被侵害。而現在，杜先生嚥下了最後一口氣。

楊作新默默地走了，已經有幾個賊眉鼠眼的人注意到了他，他不得不走。他緩步離開北門口，一會兒，人跡漸稀，他就邁開大步，直奔吳兒堡方向而去。

正值秋天，陝北一年中最好的季節，大自然在這個季節裏，一改往日的吝嗇，將其驚世駭俗的美，展現給世人看。幾場秋霜以後，天底下所有的綠色，在同一刻變成了紅色，紅得像血，像一面面耀眼的旗幟。山楊、背搭楊、白楊、紅柳、白柳、塞上柳，還有白樺樹、楓樹、杜梨樹、洋槐樹、槐樹，還有種種灌木：狼牙刺、酸棗刺、栒子木、減子木、馬茹子、荊條、檸條，以及各樣的穀物，各樣的雜草，好像誰用紅顏色染過它們一樣，原來翠綠的葉子，此刻都變紅了。令人心醉的紅色，點綴著高原的山山嶺嶺，而高原那黃蠟蠟的底色，充塡其間。在陽光下，這高原秋日的景色，彷彿一幅圖畫。

莊稼已經一塊接一塊地成熟了。最早成熟的是「黃落散」糜子，它披散著頭，一株一株地栽在地上，在風中搖曳，不時有顆粒搖落下來。接著成熟的是玉米，它多種在河堤地和川道裏，農人們將它連根砍下來，栽成一個一個的垛子，準備農閒時再剝它。糜子的姊妹，穀子也成熟了，狼尾巴穀子或者狗尾巴穀子，有的揚著頭，有的低著頭，也在等待著收割，農人們將穀穗割下來，一背一背地從山上往下揹。最後成熟的大約是蕎麥吧，它種在山的最高處，種在山頂的「和尚」頭上。蕎麥還沒有收割，或者說農人們正準備收割。它們紅紅的稈子，像淤血，紅紅的葉子，像楓葉一樣鮮豔，至於，它的果實，那「三十三顆蕎麥九十九道棱」，至今還被那也變成紅色的殼包著，它們在抓緊這最後的光陰，接收陽光和養料，充實自己。

走在山路上，回到了不因時代滄桑、不因人事變更，而永遠處之泰然的大自然懷抱中，楊作新壓抑的心境，稍稍感到輕鬆了一點。遊蕩不定的山間空氣中，有一種成熟了的莊稼的香味兒，和牧放過羊群的山岡釋放出的膻味兒，這味兒令楊作新感到親切，也喚起了他對吳兒堡的一種深沉的感情。

從那高高的山嶺上，一聲蒼涼的信天遊起了，隨後，會有一個年輕的媳婦，穿一件紅得耀眼的大襟衫子，騎著一頭毛驢，從山嶺上走下來，或者說從雲彩中飄下來。楊作新腳下這條路，正是那陝北民歌中，反覆提到的那走西口的道路，那佈滿傳說和歌謠的道路，那趕牲靈的腳夫和村口畔上守望著的女子唱出的道路。

走在這樣的道路上，處在這如詩如畫的意境中，楊作新對他的陝北，產生了一種最奇異的感覺。但是，隨著腳步漸漸走近吳兒堡。這羅曼蒂克的情緒消失了。他想到燈草兒，他不知燈草兒還在不在吳兒堡，他不知道見了楊乾大楊乾媽，還有楊蛾子，他該怎樣說。

楊乾大楊乾媽，見到兒子回來，最先是一陣欣喜，膚施城內風聲鶴唳，消息竟也傳到了鄉間。原來，在大革命接近尾聲時，連偏遠的山鄉吳兒堡，也成立了農民協會，現在農民協會自然成了禁物，由農民協會的命運，繼而想起心高氣傲的兒子，楊乾大自然擔心，後來又聽說那膚施城裏，殺人如麻，人頭亂滾，而楊作新也在被逮、被殺之列，老兩口的心中更是惦念。如今，見兒子回來了，雖然有些灰塌塌，可是胳膊腿兒一件也不缺，老兩口於是放下心來。放下心以後，想起兒子休妻這件事，又恨起他來，於是把心疼和痛愛埋在心裏，板起一副面孔。

楊作新不敢問燈草兒的情況，他問楊蛾子哪裏去了。楊乾大頓了頓，慢騰騰地說，上山揹莊稼去了。他要去接楊蛾子，楊乾大說，省事些吧，回窯裏躲著，當心讓人見了，告發你。

這樣，楊作新回到自家窯裏。窯門虛掩著，他輕輕把它推開。他想，燈草兒也許還會在窯裏，但是，當他抹了抹眼睛，習慣了窯裏的光線後，看見窯洞裏空空如也，什麼也沒有，只有他和燈草兒夥蓋過的那床被子，還整整齊齊地疊成一長溜，擺在炕圪嶗。

燈草兒早就走了。休書一到，燈草兒哭成了個淚人兒。楊乾大說，我娃不要走，留下來，等楊作新回來，我和他理論，非打斷他的狗腿不行。楊乾媽說，既然做不成媳婦，你就做我的乾女兒，這孔窯洞就是妳的，媽做主！燈草兒聽了，光哭不言傳。好事不出門，惡事傳千里。幾天後，後莊知道了消息，燈草兒那一班猴弟弟們，打上門來，楊乾大羞得不敢見人，躲出去了，這夥人闖進窯裏，打爛了醃菜缸、麵甕、做飯鍋，臨走時，又牽上楊家的毛驢，將被子往驢上一搭，馱上燈草兒走了。燈草兒攔著不讓砸，拽著不肯走，氣得她的一群弟弟說，人家把妳不當人，妳還護人家哩。最後燈草兒硬是從驢背上，取下那條他們夥蓋過的結婚被子，拿回窯裏，疊好，給楊作新留下。

農忙時節，飯食簡單，不過，楊家因爲兒子的歸來，特意殺了一隻母雞。冬公雞，夏母雞，這個季節的母雞還算肥，雞肚子裏有不少小雞蛋，楊乾媽也真捨得。吃飯的時候，楊作新吞吞吐吐，終於接觸到了那難堪的話題。他問燈草兒怎樣了，是不是走了，在哪裏落腳。

楊乾大見說，長長地歎了口氣，別過臉去，他不屑於回答楊作新的問話。楊乾媽按捺不住，她說，燈草兒走了，回到娘家，不出一個月，就四十塊大洋，尋了個主，現在恐怕該「有」了吧。

楊乾媽說的這個「有」，是肚子裏邊有孩子的意思，她一直盼著個孩子。楊乾媽還說，燈草兒前一次四十塊大洋聘禮，給大弟弟問了個媳婦，第二次的四十塊大洋聘禮，給二弟弟問了個媳婦，別問人家了，活得挺好，包括你楊作新，把銀錢用腳踢，細皮嫩肉的，裝了一肚子書，也沒有吃虧，可憐只可憐了她的蛾子，苦命的蛾子哪。

提到楊蛾子，楊乾媽的眼圈紅了，不斷地用圍裙擦眼淚。楊乾大又長長地歎了口氣。楊作新想，自己擔心的事情終於發生了，他剛想問個究竟，只聽楊蛾子說：「媽，別提那件惱人的事了，哥剛從殺人場撿條命回來，咱們得高高興興才對。」

原來楊蛾子已經完婚，她嫁去的那個村子離膚施城不遠，大約就是四、五十里山路，村名叫花柳村。膚施城裏的妓女、暗娼，很多都是這個村子提供的。怪只怪楊乾大急於要得人家的四十塊聘禮，沒有踏摸清楚，就輕易將女兒許人了。楊蛾子過門三天，那家禿子丈夫就騙她出去走一趟膚施城，幸虧是同村那些受苦受難的姐妹，將消息透露給了她，說那禿子，在城裏已經找好了宿處，只待她去，女人做暗娼，男人收錢。楊蛾子聽了，如五雷轟頂，夾了個小包袱，翻山越嶺，跑回了娘家。那家見沒了人，當然不肯甘休，三天兩頭，來吳兒堡要人。後來見楊蛾子態度堅決，一聽回花柳村就要抹脖子，知道人是回不去了，就提出要那四十塊禮錢。

這天夜裏，在那個偏窯裏，楊作新久久不能入睡。他一會兒想起楊蛾子，一會兒想起燈草兒，一會兒想起膚施城北門口杜先生那慘不忍睹的情景，一會兒又想起了「密斯趙」。他覺得自己欠親人們和朋友們的太多了，他真恨不得揪下自己的一撮頭髮，可是細細想來，他又覺得自己並沒有做錯什麼。他想大哭一場，他覺得這個世界沒有理論和公正。

燈草兒留下的這條被子，有很多蝨子。楊作新已經不習慣被蝨子咬了，蓋著被子，裏面咕咕容容的，間或有蝨子叮他一口，他覺得心裏很齷齪，就點亮油燈，逮起蝨子來。俗話說：「餓不死的兵，凍不死的虱。」其實虱也是餓不死的，餓得只剩下一層雪亮的白皮，但一遇見人的體溫，牠馬上就甦醒過來，而且會以十倍的瘋狂，以饑不擇食的吃相，先飽餐一頓人血。這些蝨子原來是燈草兒飼養的，現在輪著他飼養，這種聯想令他想到了那位樸實的農家女人，他的前妻燈草兒。他就著油燈，逮著蝨子，蝨子一隻一隻，順被縫兒趴著，由於蝨子沒有吃到人血，皮是白的，和被裏的顏色一樣，他有些看不清，於是戴上了眼鏡。

第二天，按照楊乾大的囑咐，楊作新一個人躲在偏窯裏，看了一天書，到了下午，由於昨天晚上沒有休息好，他有些睏，便和衣躺著，迷糊了一陣。忽然，他聽到了外邊有喊叫和廝打的聲音，吃了一驚，下炕透過門縫一看，原來是一個長得像大孩子一般高矮的禿男人，正在和他的父親廝打。楊乾大老了，全不似那二年時候，他一動也不動，佝僂著腰，被那男人拖著領口，在院裏拉磨兒。楊乾媽拿著餵豬的木勺子，在那人背上捶打著，那人還是不鬆手。楊蛾子則捂著臉，圪蹴在硷畔哭。楊作新見了，明白這禿子是誰了，他挽起袖子，順手摸了一把钁頭，大吼一聲，衝了出去。

那禿子正在耍黑皮，見一個高大漢子，冷不丁地自天而降，掄圓一把老钁頭，朝他腦門上砸來，嚇了一大跳，丟開楊乾大，撇開腳丫，扭頭就跑，跑了十來步，見那漢子沒有追來，就停住了。禿子站在那裏，驚悸未定，回過頭看著，估摸著這是誰。

楊作新俯下身子，將父親扶起來。

楊乾大剛才沒有動肝火，現在見楊作新跑出來了，一下子動了肝火。他指了指窯洞，讓楊作新趕快回窯裏去，他不該忘記他的囑咐。

那禿子現在明白這戴著眼鏡、穿著一身學生服的人是誰了。他站在原地，冷笑了兩聲，說：「哼，要人，你們不給，要錢，你們賴賬，好吧，我現在人也不要，錢也不要了。你是楊家大小子，我認得你，膚施城中，到處都貼著捉拿你的告示，告發者，賞大洋一百塊。不是親家，便是仇家，趕明兒個，我到縣衙門告你去，去得那一百塊大洋吧！」

楊蛾子見禿子說，從塬畔上直起身子，可憐巴巴地叫了一聲「禿子」，她想替哥哥說情。

楊作新截住了妹妹的話頭，他一手拿钁，一手指著禿子說：「好你個禿子，你敢告發老子。錢我給，一有就給你，你敢告發，老子和你沒個完，老子後邊站著共產黨，共產黨一定要和你算賬的！」

誰知禿子聽了，哈哈大笑說：「好你個楊家小子，你拿共產黨唬人，你瞅瞅今個的太陽，看照的是誰家的門樓。共產黨早就被殺完了。頭髮泥了牆，人皮縵了鼓了！」

楊作新聽了，怒火中燒，揮動钁頭，又趕了過去，那禿子見了，一溜煙地跑了。

禿子一走，全家人面面相覷。楊乾大說：「瞎子毒，跛子鬼，禿子天生心眼狠，這禿子不是一個好東西，他說到做到，看來兒子得到外邊躲一躲了。」楊作新也覺得父親的話有道理，於是收拾了一下，那天夜裏，到前莊小學去了，去和那裏一位年輕老師做伴兒。

躲了幾天，楊作新一看，沒有動靜，心裏不免鬆懈下來，想那禿子也不至於這麼壞，幹這種傷天害理的勾當，於是瞅了個天黑，又回到了吳兒堡。

卻說當夜無事，楊作新在自家窯裏，安安穩穩地睡了一覺。事情發生在第二天早晨。

第二天早晨，太陽剛剛冒紅，楊蛾子到塬畔上抱柴攏火，抬眼一看，突然看見從對面的山梁上，黃蠟蠟地下來一群穿老虎皮的保安團士兵。隊伍悄沒聲息，雞不叫，狗不吠，不緊不慢地朝吳兒堡摸來。楊蛾子站在那裏，細細地瞅了一陣，從那一群老虎皮中，瞅見了一個身穿老百姓服裝，頭腦閃閃發亮的人，於是她大聲喊了一聲，嘩地把懷裏的柴火扔了，跑回了窯裏。

天殺五雷轟的禿子，挨槍子挨炮子的禿子，他果然說到做到了。

太陽柔和的光線正好照在楊家窯院上。從對面山梁上朝這邊望，楊家有個大小的動靜，山梁上都能夠看得見，因此，剛才楊蛾子的失態，敵人肯定是看見了。敵人現在不再是慢騰騰的了，而是揮舞著槍，加快了腳步。

楊家窯裏，現在是亂成了一鍋粥，大家一個個變臉失色，不知道該怎麼辦好。

楊作新說，讓他走，現在跑還來得及，敵人是為他一個來的，他不能連累家人。說完，扣了扣衣服扣子，正了正眼鏡，就要往外衝。

楊乾大說：「跑，你往哪裏跑！往塬畔上，光禿禿的山上，連個兔子都藏不住，你快還是槍子快；往前莊跑，敵人正是從山梁上下來，從前莊那條路進村的，剛好堵了你個窩。只有往後莊跑這一條路子，可是出了村子，就得翻一道梁，敵人又不是沒長眼睛，你一上梁，敵人就會看見的。」

楊蛾子聽父親這樣說，覺得哥哥這一次是在劫難逃了，她哭了起來。她說，讓她跟禿子走吧，是火坑也去跳，只要能保住哥哥。楊乾大打斷了女兒的話，叫她不要在這裏亂上加亂了，她現在應該做的事情，是把媽媽的那件補丁衣服套在外邊，再到灶火裏抓兩把灰，抹在臉上。

楊乾媽急得說不出話，她扯著楊作新的衣襟，眼淚簌簌地滾著。

這時候，狗開始吠起來，一隻狗吠，滿村的狗都齊聲應和。看來，敵人已經下了山梁，進入川道，眼看就要接近村子了。

楊乾大這時有了主意。他叫楊作新將那件學生服脫下來，讓他穿上，又從楊作新眼睛上摘下眼鏡，戴在自己的眼睛上。衣服穿上後，長是長了點，不過還湊合，眼鏡戴上後，卻天暈地轉的，這是副近視鏡，楊乾大只好把它卸下來，握在手裏。

那些匪兵們已經下了川道，這個空兒，楊家窯院發生的事情，他們看不見了。楊家一家，來到院子，院子裏有幾個空著的糧食囤，楊乾大叫楊作新掀起一塊蓋囤的石板，鑽進囤裏，然後將石板蓋嚴。幹完這些後，他給楊家母女，囑咐了兩句，就頭上搭了頂草帽，貓著腰，下了撿畔，穿過村子，向後莊方向奔去。

楊乾大前腳剛走，敵人後腳就到了。禿子帶路，敵人直撲楊作新的窯洞。窯洞裏沒有，就奔正窯，正窯裏也撲了個空，就又奔到那個用做牲口圈的偏窯裏。窯裏驢已經沒有了，滿架的雞，懶得還沒有下架，這時候，撲撲棱棱，尖叫著飛出來，窯院裏登時亂了。

楊蛾子在正窯裏，踢踢踏踏地拉風匣，低著頭。楊乾媽坐在炕邊，正在撿米，準備下鍋。

敵人把三孔窯，翻了個底朝天，也沒有見楊作新的影子，就問楊乾媽。楊乾媽答道，兒子上膚施城去了，大家都知道；他根本就沒有回來，這麼個大活人，哪裏藏得住他。敵人又問楊乾大哪裏去了，楊乾媽說，一早就下地去了，受苦人，還能到哪裏去。敵人見楊乾媽的口封得嚴嚴實實，那保安團長，便將目光投向禿子。

「日怪！」禿子摸著頭說：「那楊作新肯定是回來了，那天我見過。就是剛才，咱們在山梁上那會兒，我也瞅見，從偏窯裏跑到正窯裏的，好像是他，陽光一照，眼鏡片兒一閃一閃的。」

禿子重轉回到楊作新住的窯裏，翻騰了一陣，從炕洞裏掏出兩本書，其中一本正是《共產黨宣言》，當年杜先生送給楊作新的那本。禿子得了書，喜滋滋地跑出來。搖晃著書說：「你看，我說回來了，你們不信，還有楊作新寫的讀書筆記，上面有時間，就是這幾天哩！」

保安團長拿過書來，翻了翻，這回他是徹底相信了。他冷笑了兩聲，對匪兵們說：「搜！從楊家開始，挨門挨戶地搜，我不相信，吳兒堡就這麼幾個土窯窯，那楊作新能藏在哪裏！」說完，他朝院子裏打量了一下，示意幾個匪兵去搜羊圈，幾個匪兵去搜那糧食囤子。

窯裏的楊乾媽，這時披散著頭髮，從窯裏一撲跑了出來。她一把解開紅褲帶，脫成了精尻子，然後吶喊著：「鄉親們快來呀，楊家要出人命了，保安團大天白日，糟蹋婦女了。」一邊喊著，一邊像個瘋子一樣，在地上打滾，褲子吊在小腿上，她也不顧。

滾了幾滾，滾到了保安團長的腳下，伸手抱住了那條紮著裹纏的腿，死死不放。保安團長踢了兩腳，也沒能將她踢開。

楊蛾子見了母親這樣，走到窯門口，一手扶著門框，嘴裏喊著「媽媽」。她這時候只會哭。那些奉命去搜索羊圈和囤子的匪兵，見了這場景，都停住了腳步。

保安團長讓他們照舊去搜查，不要管這娘兒們的「耍黑皮」。

他覺得這婆姨這麼不顧面皮地撒潑，是一種心虛的表現。

窯院裏發生的一切，躲在囤子裏的楊作新都看到了。他幾次真想直起身子，揭開石板，走出來，可是理智告訴他，不能出來，親人們之所以這樣做，都是爲了他不被敵人抓去，他如果出來了，他對親人無法交代。

楊作新在囤子裏，又氣又怕，哆嗦得厲害。這個囤子，是一個陳年老囤，囤裏有一窩老鼠。老鼠早就算計好，新糧該入囤了，因此趕在新糧入囤前，抱了一窩兒仔。這時的楊作新，不小心踩在老鼠身上，於是一窩老鼠，吱吱吱地叫起來。還有一隻眼睛也沒有睜開的小老鼠，從囤縫裏鑽出來，跑到了外面。

老鼠的叫聲，那兩個匪兵沒有聽到，因爲楊乾媽正在號叫，可是這隻鑽出囤子的小老鼠，他們看到了。他們覺得很稀罕，繼而覺得這個囤子很可疑，就將注意力，放在這個囤子上，慢慢地圍攏來，端起刺刀，拉開架勢，要往這囤子裏刺。

正在這時，禿子突然站在墺畔上，大聲地叫喊起來：「那不是楊作新嗎？那不是楊作新嗎？」聽到喊聲，匪兵們停了下來。就連楊乾媽，也一愣丁，停止了號叫。那保安團長，順勢抽出自己的腳，來到了墺畔上。保安團長順著禿子手指的方向，搭眼一望。果然，有個人，正在通往後莊的山梁上，一顛一顛地跑著。

那人戴一頂草帽，穿一件莊稼人從來不穿的學生服。他在跑的途中，停頓了一下，朝楊家窯院望了望，正如禿子所說，那人戴著眼鏡，在望的時候，眼鏡片兒正對著這邊，陽光下一閃一閃的，像個鏡子。

「哈哈哈，這叫敲山鎮虎，撥草尋蛇，咱們剛一開始搜查，楊作新見躲不住，就想揭瓦了。拿槍來！」保安團長說著，從一個士兵手裏，接過步槍。他立在墺畔上，細細地瞄了一陣。只聽「啪」的一聲，接著，窯院裏傳來一陣歡呼聲。

「打中了！打中了！打中了！」匪兵們喊道。

喊完，他們一窩蜂似地向後莊方向跑去。

隨著亂糟糟的腳步聲、吶喊聲漸漸遠去，楊家窯院出現了死一般的寂靜。

蛾子跑過來，撿起褲帶，遞給母親。楊乾媽接過褲帶，一邊提褲子，一邊往墺畔上走。她往遠處眺了一下，對蛾子說：「趕快叫妳哥，現在走正是時候！」

楊作新揭開石板，從囤子裏探身出來。他走到母親跟前，撲通一聲跪下來，叫一聲：「媽，我欠妳的債，該怎麼還清！」

楊乾媽說：「都到了啥時候了，還說這些沒有用的話，楊家就你這一條根，到咱手裏斷了香煙，我們將來見了祖先，也沒個交代。」她要楊作新快跑，趁敵人往後莊方向跑了，他這時往前莊方向跑，撿一條命要緊。

「那我大呢？」楊作新問。

楊乾媽不言傳。楊作新順著母親的目光，往後莊方向一看，只見黃蠟蠟的山梁上，楊乾大一顛一顛，像一隻被打傷翅膀的鷹，中了槍子的兔子，正艱難地向山頂攀著。

「不要管你大！你是個孝子，就快跑！」楊乾媽說。

楊作新不忍心走。

楊乾媽撿起一把掃地的笤帚，來打楊作新，要他快跑。

「大呀！」楊作新叫了一聲，扭頭要跑。

楊蛾子趕過來，她從家裏拿了些饃，放在褡褳裏，讓哥哥揹上。

話分兩頭，不說楊作新接了褡褳，順著川道，大步流星地趕路，卻說那一群匪兵，追出村子，見前邊的那個人，上到山梁上以後，離了道路，逕自向山頂奔去。那人明顯地受了傷，拖著一條腿跑。一個匪兵要舉槍瞄準，保安團長制止住了，說要抓活的。

那人上了山頂，搖晃了兩下，便不見了。黃土地上，斑斑點點，一路血跡。匪兵們順著血跡，追到山頂，站定。只見山上的那邊，是一面更爲陡峭的山坡，那人順著山勢，一直滾了下去，現在落在了半山腰的一個平台上。匪兵們在山頂，撿到了那副眼鏡，眼鏡斷了一條腿，保安團長覺得這洋玩意兒還不錯，就裝到自己的口袋裏。

匪兵們吆喝著，分成幾撥，接近了平台上的那個人。只見那人蜷曲在那裏，渾身是血，一頂草帽，將頭遮得嚴嚴實實。圍定以後，一個匪兵大著膽子，用槍刺挑了一下草帽。草帽掀開，匪兵們都愣住了，只見那人少說也有五、六十歲光景，頭上一頭灰白頭髮，缺血的臉皺得像個老核桃，他枯瘦的手，正捂著大腿上那個槍眼，槍眼裏大約血已經流完了，現在正冒著血沫子。這哪裏是楊作新呀！

禿子認出了這是楊乾大。見了這血肉模糊的情景，他害怕了，直往人背後躲，一邊躲一邊說：「上當了！上當了！」

保安團長明白了是怎麼回事。眼前的情景，大約也使他有了些感慨，他沒有說話，撿起了帽子，重新給楊乾大蓋上，然後揮了揮手，命令士兵們回身。

回到楊家院子裏，那楊作新早已不知去向，匪兵們於是抓了幾隻雞，回去覆命了。

臨走時，禿子抓住保安團長的衣襟，要那一百塊大洋的賞錢。保安團長一揮手，打開了禿子的手，他說：「人連個面都沒有碰到，還談什麼賞錢，害得弟兄們起五更熬半夜，跑斷了兩條腿，來抓什麼共產黨，不尋你禿子的事，就算便宜了你。」說著揮了揮手，命團丁們開拔。

禿子眼睜睜地看著一群老虎皮走了，沒了轍，他轉過身子，對窯院站著的兩個女人說，咱們的事情還沒完，四十塊大洋還得要，妳們等著。說完，聽到吳兒堡莊子裏，已經有了聒噪聲，匪兵們一走，鄉親們敢出頭了。禿子怕再耽擱下去吃虧，就尾隨著保安團跑了。

這時候，鄉親們已經圍上來了。楊乾媽軟成一攤，不能動彈，大家七手八腳地把她抬進了窯裏。楊乾媽說：「別管我，蛾子，快，快領上鄉親們去後山上，尋妳大！」

後山上有個放羊的，叫「憨憨」。當年，這群村子裏夥養的羊，就是楊作新放的。楊作新上學後，放羊鏟留給了「憨憨」。「憨憨」的名字叫「憨憨」，實際上人卻不憨。這時候，放羊的憨憨見羊圍著一樣東西，圍成一圈，死死不走，到跟前一看，原來是個人，是楊乾大，就丟了放羊鏟，揹起楊乾大，翻過山，下了村子。

當天晚上，在楊家正窯裏，楊乾大說了一夜胡話，天快亮時，斷了氣。正像那首著名的陝北民歌說的那樣：月亮落了還有一口氣，太陽出來照屍體。

楊乾大糊塗了一夜，臨死前卻猛然眼神發亮，異樣地精明起來。對著守在自己身邊的兩個女人，他說，他對不起她們，他欠她們的債。他說，他答應過婆姨，那三面接口石窯的事，但是，看來是說下空話了，這事將來得告訴楊作新，讓他圈，還有，他說他對不住蛾子，他害了娃娃，他讓楊乾媽將來告訴楊作新，要他好好地招呼妹妹，踏摸準了，給蛾子物色一戶人家。最後，楊乾大感慨地說：楊作新雖然不是一個孝子，但他是一個鬧世事的人，亂江山的人，楊家人老幾輩，還沒有這麼個成龍變虎的人物，沒想到在他手裏出了。想到這一點，他很滿足。

說完以後，楊乾大就雙腿一蹬，嚥了氣。隨後，一個女人尖厲的聲音，一個女人嘶啞的聲音，好像兩部合唱，一聲接一聲，劃破了這陝北高原沉沉的夜空。吳兒堡的人們，聽到哭聲，都知道楊乾大死了，老人們噙著眼淚說：他這下好了，不用再受苦了！

第七章　有槍就是草頭王

一九二七年之後，形勢迫使中國共產黨人，必須建立自己的武裝，並且將武裝鬥爭形式，做爲以後一段爲期不短時期的頭等任務。在陝北地區，亦是如此。遵照上級的指示，革命從合法鬥爭轉入地下，由配合協助國民黨鞏固政權，轉爲開展獨立的武裝鬥爭，以奪取政權爲鬥爭目的。

其實，早在一九二六年，在陝北，就有一支由共產黨人控制的隊伍。帶兵人叫謝子長，安定縣棗樹坪人，太原兵學院畢業，他在家鄉先擔任安定縣民團團總，繼而將這支隊伍改變成分，成爲一支革命武裝。到了一九二七年之後，有個陝北籍黃埔軍校的畢業生、共產黨員劉志丹，也回到家鄉，拉起武裝。劉家是當地的一家富戶，劉志丹瞞著父親，動用家產，置辦槍支，招募人員。有一則笑話，說是劉志丹動員他家的兩個長工參加紅軍游擊隊，兩個長工問，參加游擊隊有什麼好處？劉志丹說，欠地主老財的債，就不用還了。原來這兩個長工，正是欠了劉家的債，來攬活頂工的。聽了劉志丹的話，他們說，那我們欠你家的債，也不用還了？劉志丹回答：那當然！長工聽了，於是跟上劉志丹跑了，參加紅軍游擊隊去了。氣得劉志丹的父親在家裏害了一場病。

著名的傳記文學作家愛德格．斯諾，在他的《西行漫記》中，曾稱這兩位陝北紅軍領袖人物爲現代羅賓漢。

劉、謝二位，各領一支隊伍，互爲犄角，形成了共產黨人在陝北的武裝割據局面。但是這種局面，並沒有維持多久，就在國民黨的四面圍擊下，連遭敗績。於是，他們只好帶著中堅分子，利用國民黨軍隊內的各種派系和自己的一些舊關係，四處躲藏，並伺機再樹旗幟。一九二九年，兩軍聯合行動，並有陝西境內的其他各路武裝力量參加，組織了繼南昌起義、秋收起義、廣州起義、左右江起義後，西北地方最大的一次共產黨領導的武裝起義，這就是「渭華暴動」。渭華暴動失敗後，兩人各帶殘部，重返陝北，直到一九三〇年前後，才各自鞏固了一塊根據地，並擁有了相當規模的武裝。劉志丹領導的這塊，叫陝北根據地，首府設在永寧山；謝子長領導的這塊，叫陝甘邊根據地，首府設在南梁。

當時的陝北民間，是什麼樣子呢？從一九二七到一九二九年，整個北中國赤地千里，連年大旱，這就是中國現代史上那場至今令人談而色變的大年饉，民間管這次年饉叫「民國十八年大旱」。貧瘠荒涼的陝北地區，較之別的地方，更是經不起這一次折騰。民間歌謠中：「人吃人，狗吃狗，舅舅鍋裏熬外甥，丈人鍋裏煮女婿」，就是對那場悲慘圖景的真實寫照。老年人說，比起明末清初那場惹得李自成舉旗造反的大旱災，這次的似乎更邪乎。

斯諾以一個目擊者的身分和誠實的筆觸，記下了那場大饑饉的情景。此刻，敍述者覺得，他除了老老實實地引用斯諾先生提供的這些細節和數字以外，別無他法，因爲既要不用這個現成的材料，又要達到同樣的效果，顯然是不可能做到的。

斯諾在《西行漫記》中，同樣也引用了國際聯盟派給蔣介石擔任衛生顧問、一名著名衛生專家的資料。那位專家指出：他弄到的數字證明，在大災荒期間，陝西有一個縣，死的就有百分之五十二的人口；另一個縣死的是百分之七十五；如此等等。據官方統計，單在甘肅一省就餓死兩百萬人——約占人口總數的百分之二十。

「你有沒有見到一個人——」斯諾先生這樣說，「一個辛勤勞動，『奉公守法』，於人無犯的好人——一個多月沒有吃飯了？這種景象真是令人慘不忍睹。掛在他身上快要死去的皮肉打著皺摺；你可以一清二楚地看到他身上的每一根骨頭；他的眼光茫然無神；他即使是個二十歲的青年，行動起來也像個乾癟的老太婆，一步一邁，走不動路。他早已賣了妻鬻了女，那還算是他的運氣。他把什麼都已賣了——房上的木樑，身上的衣服，有時甚至賣了最後一塊遮羞布，他在烈日下搖搖晃晃，睾丸軟軟地掛在那裏像乾癟的橄欖核兒——這是最後一個嚴峻的嘲弄，提醒你他原來是個人！」

斯諾先生繼續寫道：「兒童們更加可憐，他們細小的骨骼彎曲變形，關節突出，骨瘦如柴，鼓起的肚皮由於塞滿了樹皮鋸末像生了腫瘤一樣。女人們躺在角落裏等死，屁股上沒有肉，瘦骨嶙峋，乳房乾癟下垂，像空口袋一樣。但是，女人和姑娘畢竟不多，大多數不是死了，就是給賣了。」

他接著寫道：「我並不想要危言聳聽。這些現象都是我親眼看到，而且永遠不會忘記的。在災荒中，千百萬的人就這樣死了，今天還有成千上萬的人這樣死去。我在沙拉子街上看到過新屍；在農村裏，我看到過萬人坑裏一層層蓋著幾十個這種災荒和時疫的受害者。但是這畢竟還不是最叫人吃驚的。叫人吃驚的是，在許多的城市裏，仍有許多有錢人、囤積大米小麥的富人、地主老財，他們有武裝警衛保護著，他們在大發其財。叫人吃驚的事情是，在城市裏，做官的與歌妓舞女跳舞打麻將；在北京天津等地，有千千萬萬噸的麥子小米，那是賑災委員會收集的（大部分來自國外的捐獻），可是卻不能運去救濟災民……在災情最甚的時候，賑災委員會決定（用美國經費）修一條大渠灌溉一些缺水的土地。官員們欣然合作——立刻開始以幾分錢一畝的低價，收購了灌溉區的所有土地。一群貪心的兀鷹飛降這個黑暗的國家，以欠租或幾個銅板，大批收購饑餓農民手中的土地，然後等待雨晴後出租給佃戶。」

那天，楊作新撒開雙腳，一口氣跑出五里多路，然後離開川道，上了山。山上有那些攔羊孩子、種地農民修的避雨小土窯。他找了一個土窯，躲了進去，歇了歇腳，吃了點乾糧，繼續趕路。川道裏他不敢走了，怕敵人設卡堵他，於是翻山越嶺，專揀那些攔羊娃踩出的羊腸小徑。

天下之大，他不知道何處可容此身。只是聽任兩條腿帶著他走。一日，他登上一座山頭，見眼前突兀地出現了一座氣象森森的城市，三山對峙，二水交流，騰出川道裏一塊寬闊的三角洲，造就這荒原上一塊錦繡繁華地面。這些天滿目所見，都是荒山禿嶺，野物成群，今天搭眼見了這個去處，不由得吃了一驚。再細細看時，見東邊山的一條山腿上，立著一座寶塔，他明白了，原來雙腳又將自己帶進了是非之地膚施城。

冒著生命危險，他下了山，自北城門進入膚施。北城門口，較之當初的戒備森嚴、劍拔弩張的氣氛，鬆動了許多。原來綁過杜先生的地方，現在一溜擺小攤的，在那吆喝叫賣。城門上，捉拿楊作新的告示還在，只是它的角角邊邊，已經被大力丸和專治女人月經不調和男人的舉而不堅、堅而不久以及淋病之類的告示所侵吞，原先的那張，倒不怎麼醒目了。楊作新冷笑了一聲，把頭往脖子裏縮了縮，昂然入城。看守城門的士兵，對這個蓬頭垢面的鄉裏人，正眼也沒看一下，只顧在那裏丟盹。

膚施城裏，照舊繁華熱鬧，各種字號兒一律開張。婆姨們依舊穿著露出腿把子的旗袍或裙子，嘴唇抹得血紅；男人們依舊西裝革履，梳著一頭跌倒蠅子滑倒虱的頭髮，好像世界上從來沒有發生過什麼似的。這不由使楊作新長發一聲感慨。

他在省立膚施中學的圍牆外邊蹓躂了半天，想找一個熟人問問情況。他想去找組織，國民黨反動派刀子再快，也不能把共產黨一個個都殺絕吧，他想。操場上，一群學生正在上體育課。體育老師是個好人，他正穿個半褲，領一群學生跑步。於是，楊作新把頭露出圍牆，輕輕喚他。體育老師瞅見楊作新，臉色變了，他喊了一聲：「立定！解散！」讓學生自由活動，然後去到圍牆跟前，匆匆地說：「你好大的膽子，還敢在這裏蹓躂，軍警們住在學校裏，整天喊著要抓你哩。」楊作新笑了笑，向他打問那些熟悉的老師和同學的情況。體育老師說，有的死了，有的跑了，你要找他們，到北邊去找吧，聽說謝子長扯旗造反，在北邊舉行了「清澗起義」，占了好幾座縣城，膚施城裏，都吵紅了。楊作新聽了，一陣高興，他剛張口要說聲「謝謝」，只見那體育老師已經匆匆地離開了矮牆。

楊作新堵在胸口的一股惡氣，聽了這話後，鬆動了一些。他覺得輕鬆了點，決定立即就離開膚施城，到北邊去尋隊伍。

行前，有一件事情，他還覺得心裏不踏實。他想去看一個人，可人家是豪門大戶，又怕驚動了官家，猶豫不決。恰好街道旁有一家陝北小吃，他要了一碗「蕎麵餄餎羊腥湯」，低頭吃起來。

旁邊桌子上，有兩個閒人在拉話，拉的內容，正是安定謝子長游擊隊謀反的事情，說那謝子長驍勇異常，號稱「拚命三郎」，手下人馬，也都是些「掙破腦」的角色，這次膚施城裏的國民黨軍隊傾巢出動，前去彈壓，誰勝誰負，還在兩可之間。拉著拉著，話題變了，拉到了城裏「趙半城」的千金結婚的事，說那真叫個排場，喜事還沒辦，倒先有幾家，辦起了喪事，街面上鋪子，挨著收禮，鬧得膚施城裏人人怨氣沖天。

楊作新聽了，插了句話，問那「趙半城」千金所嫁何人，兩個拉話的抬頭看了他一眼，好像吃驚他連這個都不知道，他們用手在脖子上比劃了一下，說：「警察局長，專割人腦袋的，明白嗎？」

楊作新又問：「那趙家小姐，就肯就範？」

兩個人聽了，說：「聽說趙家小姐哭哭啼啼地說要逃婚，可是『趙半城』是鐵了心，他已經受了員警局長大禮，只等圍剿謝子長回來，就辦喜事哩。」

楊作新聽了，冷冷一笑，不再言語，也絕了去看那「密斯趙」的念頭。

楊作新將那碗餄餎，三下兩下，刨進喉嚨，又端起碗，揚起脖子，將湯喝淨，然後起身，天黑時混出了膚施城，朝北邊清澗方向一路走去。一想到前面有個謝子長，揮著駁殼槍，替窮人出頭，心中不覺膽壯了許多。

臨近清澗地面，只見官道上，迎面走來了一批一批逃難的。逃難的見了楊作新，都嚷道：後生，再不敢往前走了，清澗城裏，一場惡戰，勝了個井岳秀，敗了個謝子長；如今，清澗城裏，那國民黨軍隊，見了不順眼的人，問也不問，揮刀就砍，清澗城裏，人都跑得差不多了。楊作新問起謝子長的下落，人們都搖頭，有的說他被打死了，有的說率領殘部跑向了北草地，可是都是聽說，活不見人，死不見屍，傳言而已。

沒奈何，楊作新只好就近找個地方，給人家攬起短工，先隱住自己的身子。

半年之後，謝子長東山再起，楊作新這回得了確切消息，辭了東家，星夜北上，終於在一片老山林裏，見到了這陝北百姓都稱做「謝青天」的謝總指揮。謝子長長條臉兒，面皮白淨，異常明亮的兩個眼睛，粗粗一看，竟與楊作新的相貌有幾分相似，不同的是腰間多了根武裝帶，武裝帶上插著兩把駁殼槍。謝子長見了楊作新，自然歡喜，談到革命烈士杜先生的壯烈犧牲，也都不勝感慨。隨後，楊作新便在謝子長麾下了。

這時，黑大頭已從南方某地不辭而別，率領舊部，回到陝北，重占後九天。

紅軍游擊隊勢單力薄，要想發展，一條道路是招募貧苦農民加入隊伍，一條道路是派人混入國民黨隊伍，或在土匪隊伍策動起義，發動兵變，藉以擴充武裝。有一天，謝子長得知，後九天的黑大頭，急於想找到一名懂文化的教員，訓練他的一群烏合之衆，於是與楊作新商議，決定派楊作新隻身前往後九天，混入黑大頭的雙槍隊，伺機組織兵變。如果能策動黑大頭起義，舉起革命旗幟，最好；若不行，就殺了黑大頭，收編這支隊伍。楊作新見說，談起他與黑大頭曾有過一面之緣。總指揮聽了，自然高興，說既然如此，這件事成功了大半了。於是楊作新喬裝打扮了一番，換上一身青布長衫，配了副近視鏡，打扮成個教書先生模樣，辭了謝子長，順黃河岸邊，直奔後九天。

當時的陝北，武裝勢力大約有四股。一股是國民黨軍隊，它武器精良，訓練有素，兵多將廣，佔據著膚施城及陝北各縣縣城，依靠政府提供給養，算是官軍，兼有各縣保安團和一些鄉鎮的民團爲其羽翼。一股是共產黨領導的紅軍游擊隊，它給養缺乏，武器簡陋，人員大都是破產了的農民，和一九二七年國民黨大屠殺時漏網的早期共產黨員。紅軍游擊隊一般在那些偏遠貧瘠的山區活動。第三股武裝力量是土匪。亂世出英雄，陝北地區，歷來匪患不斷，遇這亂世，土匪更爲猖獗，他們嘯聚山林，占山爲王，打起仗來，個個都是亡命之徒，國民黨只顧與共產黨打仗，騰不出手來對付他們，從而使陝北各地，土匪勢力日盛。還有一股勢力是哥老會，這是一個古老的秘密社團組織，教規甚嚴，會友大都是些有財力有勢力或有膂力的不尋常人物，平日不顯山露水，一遇事情，帖子傳出，霎時間便匯成一支武裝力量。

黑大頭的後九天武裝，卻獨立於這四股之外，又兼有這四股的特點。從名號上講，黑大頭一直打著國民黨軍隊的旗號，以官軍自居，可惜國民黨政府不承認他，並時時窺視，準備下手。對於共產黨的舉動，黑大頭表示了道義上的同情，容納那些被國民黨四處追趕無處藏身的共產黨人，到他的山上避難，也從不參與圍剿紅軍游擊隊的活動，但是他的進步行動只到此爲止，絕不允許共產黨吞併他，壞了眾弟兄的飯碗。對於土匪武裝，黑大頭上山後，便設下大筵，聘請各路神仙上山，換了帖兒，拜上金蘭之交，說好一有事情，互相照應，但是黑大頭做事，卻從沒有那些土匪的行徑。至於哥老會，黑大頭時常從哥老會那裏得到財力的扶持支援，人前場面上的事情，也仰仗哥老會出面通融。

黑大頭獨居後九天，我行我素，桀驁不馴。臥榻之下，豈容他人酣睡，國民黨政府對他的百十號槍，早有窺測之意，所以遲遲不敢動他，是礙著一個人。這個人就是當時的陝西督軍楊虎城。

前面說了，楊虎城曾與這黑大頭，有過一段交誼，他不斷地捎話，詢問黑大頭的事情，有時還捎上一捆槍支，以示關懷。而黑大頭所以有恃無恐，一定程度上，也覺得背後有楊督軍撐腰。

楊作新走了幾日，進入丹州縣境，轉過一個彎子，猛抬頭，見眼前突兀地起了一座大山。陝北的山，多爲天雨割裂黃土囤積形成的較爲低矮的土山，獨這一帶的山，都是石山，樹木蓊鬱，怪石嶙峋，一股清流自山中奔湧而出。楊作新數了數，見這石山共有九座，一座挨一座，連環套兒一般，層層遞進。那最高的一座山，彷彿在半天雲霧之中，搭眼望去，只見紅磚青瓦，一座山神大殿，隱約傳來士兵操練的聲音。楊作新對自個說，後九天到了。

來到山下，見一個酒店。楊作新明白這是後九天開的，於是見了掌櫃，通報了姓名，說他是黑旅長的一位故人，要去山上看他。掌櫃的聽了，並不搭話，只管拿好酒好菜款待他。酒菜上來，楊作新狼吞虎嚥，牛吃馬飲之際，那掌櫃的抽身出去了。一會兒，掌櫃的回來了，說山上傳下號令，叫楊作新上去。

雙手被綁，一塊黑布蒙住眼睛，楊作新被兩個雙槍隊士兵押著，直上後九天。原來這九座山頭，一座一層天，每一層天，都是一個一夫當關、萬夫莫開的緊要去處，有一班士兵把守。約有半晌工夫，正當楊作新走得腳跟痠軟、大汗淋漓之際，士兵喝令他站定，隨之揭了蒙面的黑布，解了身上的繩索。

楊作新揉了揉眼睛，只見腳下的地勢平緩，原來已經到了山頂。眼前是一座大殿。關於這座大殿，他曾經聽老年人說過。據說當年修殿時，用料困難，那大殿頂上的青瓦，是攔羊娃趕著羊群，一羊兩瓦，順著山路馱上來的。此刻，沒容他細想，腳步已經邁入大殿。大殿正中，原先供奉山神的那個地方，如今已被推倒。代替祂的，是一把太師椅。太師椅上，坐著一個身穿國民黨呢制軍服，頭腦光光，凶神惡煞般的大漢。楊作新定睛一看，認出這就是他當年在老虎嘴救出的那漢子。

那漢子背後的牆壁上，掛著一幅「猛虎上山圖」，工筆寫實，一眼便看出是出自民間藝人之手。圖中老虎，脊背上黑一道黃一道，正在歸山途中，回眸凝視來路，兩眼如同兩盞燈籠，兩顎張開，露出獠牙，似在咆哮，似在哀歎，旁邊一首七言詩，詩云：自古英雄冒險艱，歷盡艱辛始還山，世間多少不平事，盡在回頭一嘯間。

只見那漢子觀察了楊作新半晌，突然大吼一聲：「哪裏來的凡夫俗子，竟敢冒本旅長的故人，來這山上滋事？各位，與我拿下，拉出去蹦了！」

楊作新聽了，並不驚慌，他微微一笑說：「黑旅長真是貴人多忘事，不記得五年前老虎嘍，那個大嗓門的文弱書生了？」

黑大頭聽了，說道：「那老虎嘍是什麼地方，本旅長確實記性不好，不記得它了。本旅長只知道這後九天百十杆長槍短槍、弟兄們的衣食飯碗，全繫在我一人身上。見諒了，老弟！各位，怎麼還不動手？」

黑大頭話音未落，只見他的左右，跳出兩個短槍手。那短槍手不奔楊作新，卻面對黑大頭跪下來，說他們看清了，這個後生，正是當年老虎嘍救出旅長的書生。

你道這兩個夥計是誰？卻是當年的黑家夥計張三、李四。旁邊有當年一起起事的老人手，也就是曾三進黑家堡的那幾個強盜，也認出了楊作新。於是，也在旁邊聒噪，說這確實是那位，旅長不可錯殺了恩人。

「是嗎？」黑大頭聽了，微微一笑，說道：「怪我眼拙，不知是故人來了！老話說：莫放春日等閒過，最難風雨故人來。既是故人，那我這裏見禮了！」黑大頭繼續問道：「不知先生此來，有何貴幹？是路經，還是長住？是充當什麼信使，還是要向我報告什麼消息？」

楊作新於是從貼身衣服裏，掏出一張信函，說道：「聽說後九天需要一個文化人，有人薦我來，我也不好推辭，就應允了！」

楊作新雙手遞上信函，黑大頭接了，見是哥老會大掌門的人情，臉色緩和下來，示意楊作新在旁邊椅子上坐下。

黑大頭說：「看來先生是不嫌敝寨簡陋了，想要落草，好！只是，凡是上山的人，都要辦個見面禮兒，或是提一顆人頭來，以示決心，或是帶一樣見面禮來，以示孝敬。先生雖是我的恩人，但是公是公，私是私，此例不敢破壞！」

楊作新見話說到這個分兒上，明白算是留下他了，臉上不覺露出喜色。他見黑大頭這樣說，便從褡褳裏，掏出兩樣東西，一樣是一副象牙做的麻將牌，一樣是一冊兵書。

黑大頭見了麻將牌，笑了，他說隊伍住在南方時，自己曾玩過這東西，較之陝北民間的紙牌，這自然是高雅文明了許多，只是，老百姓們都說他的隊伍是雙槍隊，一杆步槍，一杆菸槍，那麼這個文化教員，想叫他的隊伍，兩杆槍之外，再揹上副麻將不成？說是說，隨後還是叫人將麻將收起來了。看完麻將後看那冊兵書，原來是太原兵學院的一本教材，黑大頭翻著看了看，又仔細瞅了楊作新一陣，然後說，好吧，就用它，明日開始，給士兵們上課。說完，吩咐張三、李四，將他旁邊的那間小屋，收拾了，讓楊教員住下。

議事結束，張三、李四引路，楊作新來到那間為他安排的房間。原來這是大殿旁邊靠近屋簷搭起的一個小屋。打發走了張三、李四，楊作新和衣躺在床上，想到黑大頭剛才凶神惡煞的樣子，心中仍有幾分怯意。又想到黑大頭不近人情，心中自然也有一些怒火。正在思索之際，只聽門外有人敲門。

門開處，竟是黑大頭本人。楊作新慌忙讓座。誰知那黑大頭返身關上門後，撲到楊作新跟前納頭便拜，說道，老虎嶁一別，他時常派人打探恩人的消息，想不到今天在後九天相遇，老天給了他一個回報的機會。楊作新聽了，趕忙扶起黑大頭，說道，那都是陳年舊事了，如今投了黑旅長門下，這亂世年間，只圖有個安身的地方，混碗飯吃，來日方長，以後還靠他多多包涵。

黑大頭坐定，說道：「老弟此來，恐怕不是僅僅爲碗飯吃吧？」楊作新聽了，搪塞道：「我一個白面書生，手無縛雞之力，難道還有什麼圖謀不成？」

「你是共產黨！」黑大頭哈哈大笑著說。

「何以見得？」楊作新愣住了。

「你給我的那冊兵書洩露了天機。」黑大頭說道：「那冊兵書，是太原兵學院的教材。陝北地面上，當今武人中，上過太原兵學院的只安定謝子長一人。這冊書，正是謝子長上學時用過的課本。這謝子長表字德元，你看這書皮上，隱約可見的，正是『謝德元』三個字。」

楊作新聽了黑大頭這一番話，面如土色，心想這黑大頭外貌粗魯，想不到卻是個心細如絲的人。

黑大頭見了楊作新的臉色，繼續說道：「賢弟不必害怕，大哥我並無歹意。雖說這後九天披的是國民黨的一張虎皮，可是誰也知道，我黑大頭歷來自作主張。我同情共產黨，喜歡這些不顧身家性命、敢和當今政府作對的青年學生，當然我永遠不會成爲共產黨。我在南方紮營，那陣兵營裏，我就窩藏過幾個共產黨，就是現在，這後九天，也有幾個被國民黨趕得來這裏藏身的共產黨。我心中有數，只是沒有點破而已。賢弟此來，來得突然，我料定是那一路人派來的，所以不得不防。弄明白了是共產黨，心中倒有幾分放下心來。只是話要說到明處，賢弟若爲這百十杆槍而來，那麼大哥我不能留你。款待一段後，以禮相送；如果確實是看得起我黑大頭，來此落草，那麼從此不分你我，共掌後九天，做一回亂世豪傑，如何？」

楊作新聽了，沉吟半晌，只是不言不語。

黑大頭見狀，明白了幾分，想驅趕楊作新下山，念起舊日的情分，於心不忍；留楊作新在山上，心裏又不踏實，思前慮後，最後說：「罷罷罷，你就留在山上吧，可是凡事得講個義氣，你賢弟不能做對不起大哥的事！」

楊作新聽了，點點頭。

一場艱難的談話結束了，黑大頭起身告辭。臨走時，口氣和緩了一些，說他的孩子五歲了，還沒有個大名，明日楊作新務必爲他起一個，還說黑白氏說了，要楊作新叼空兒爲孩子教幾個字兒，本來他想送孩子下山去上學，又怕遇到仇家，被綁了票，這次請文化教員，除了公事以外，其實，教授孩子，也是一樁原因。

楊作新聽了，點頭應諾。

第八章　誤入陷阱的一代強梁

這樣，楊作新便在後九天安頓下來。在如此兵荒馬亂的年月，陝北地面能有這樣一個去處，楊作新見了，暗暗稱奇。後九天給養來源，一是搶，物色好了爲富不仁的大戶，近處的，黑大頭馬鞭指處，不費吹灰之力，便把寨子踩平了，遠處的，則派一支奇兵破寨；搶大戶之外，就是北往北草地，南去西安，做販賣大菸土的生意。除了這兩宗，我們知道，有時候，他還接受一些地方勢力的「贊助」。

第二天，上午上了一個鐘點的課程後，楊作新由張三、李四領著，去見黑白氏。想不到在強盜家裏，竟藏著這樣一個小腳美人，楊作新十分詫異。雙方見過面後，黑白氏喚來了兒子。算起來，兒子是年已經五歲了，聰明伶俐，甚是討人喜歡，那身段面孔，也隨黑白氏。兒子還沒有個大名，只有個小名叫「月盡」。鄉裏人把農曆臘月的最後一天叫「月盡」，這孩子是臘月三十生的，叫他月盡，該是合適的。奈何這月盡單叫起來，還算順口，若和姓氏連在一起，便成了「黑月盡」了，既難聽，又不吉利，所以爲兒子取個大名，一直是黑白氏的一樁心病。

楊作新聽了，思索了一陣，說，就叫他「壽山」吧，「黑壽山」，名字響亮、富態、吉祥，又和了「後九天」的諧音，不知嫂夫人聽了，覺得怎樣。

黑白氏聽了，將這「壽」字和「山」字拆開來唸了幾遍，思謀它的意思，又將三個字合在一起，「黑壽山」、「黑壽山」地唸了一陣，然後拍掌說，好，就叫這個名字吧！誰叫他老子姓了這麼個百家姓裏沒有的姓，害得兒子連個名字也難起了。隨後，大聲喚黑壽山過來，要他給先生叩頭。最後，雙方說好楊作新每天上完軍事課後，再來這裏爲黑壽山上一個鐘點的課。

不說楊作新在這山上每天小心謹慎、工作勤勉，卻說這黑大頭自從穿了這身老虎皮後，心想這顆人頭，不知將來落在何處，人生在世，當及時行樂才對，於是放鬆了對自己的管束，重開賭戒。山中事務，除了軍情緊急外，一般並不過問，留給手下幾個副手處理，自個的身子，整天泡在賭博場上。山上的黑大頭屬下，一則是些粗魯之人，賭技不精，二則與黑大頭對陣，都有一些怯意。黑大頭賭遍後九天無敵手，便常生出沒有對手的悲哀，於是有時便喬裝打扮一番，去丹州，去膚施城，甚至跨過黃河去山西境內賭上一回。手下人見了，說這樣危險，黑大頭聽了，並不在意。

自楊作新帶了這副麻將上來，黑大頭來了興趣，於是邀上幾個副手，夜裏無事，常常對壘。後來又叫了楊作新。楊作新在膚施城時見人玩過，只略知個大概，可是從未上過這場合，剛想推辭，黑大頭臉上露出不高興的樣子，於是只好坐定。楊作新爲人乖巧，天資過人，三圈之前，還有一些生疏，不時出錯牌張，三圈以後，便駕輕就熟了。黑大頭見了，說，你老弟還賣關子，說你不會，真是個不痛快的人！那天夜裏，正應了那句老話：「初入此道的人手氣好」，楊作新想不到自己贏了，臨散場的時候，桌上白花花地放著幾摞銀錢。楊作新不好意思拿，覺得這麼多錢，說聲贏了，就成自己的了，心裏有些不踏實，後來見黑大頭輸了反而高興，於是便撩起長衫將這銀錢裹了，回到自己屋子。

見楊作新是個對手，黑大頭來了興趣，從此，楊作新便成了黑大頭麻將場上的常客。有時三缺一，那黑白氏也來湊湊熱鬧。這樣，楊作新便和黑白氏也熟悉了。山上的人，見楊作新與黑大頭關係不薄，於是對他也客氣了許多，這「文化教員」的稱呼，叫著叫著，變成了「文化教官」。

這時，楊作新與山上原先潛伏的幾個共產黨人，取得了聯繫。紅軍游擊隊那邊，也得到了楊作新已經在後九天站穩腳跟的消息，隨之送來指示：一旦時機成熟，便與黑大頭攤牌，收編這支武裝。

這當兒，有一隊前往北草地販菸土的弟兄回來了。行前，楊作新就囑咐他們，要他們回程時，多轉百八十里路，去一趟吳兒堡，打問一下他父親楊乾大的死活，並且給家裏捎了一些銀兩，山下正鬧饑饉，他惦念著家人。

那班販菸土的回來說，銀兩捎到了，楊乾媽和楊蛾子也都平安，只是那天楊乾大中了槍子，流血過多，當晚上就死了。

楊作新聽了，大哭一場，想來想去，一腔仇恨，記到那禿子身上。又想到如今父親死了，剩下母親與妹妹，更沒有個依靠，那禿子肯定隔三過五要來欺侮她們娘倆。想著想著，又哭起來。

這時黑大頭又打發一個小兵來請楊作新去玩。楊作新擺擺手，說他今天不舒服，這事就免了。不承想一會兒，黑大頭親自來了，問了情況，直氣得咬牙切齒，一張大黑臉綳得通紅，他說冤各有頭，債各有主，待他派兩個兄弟，將這不知死活的禿子宰了，替楊乾大報仇。又說既然楊家母女無依無靠，何不接了她們上山，共享天倫之樂。

楊作新見黑大頭一片真心，甚是感動。他說母親和妹子，就不接她們來住了，只是這禿子，心腸太黑，不殺了他，父親的魂靈九泉之下不得安寧，母親和妹妹，也少不了被他騷擾，他請求大哥准他下山一趟，帶兩杆短槍，了結了這一場冤仇。

黑大頭慨然應允，當即喚過張三、李四，要他倆陪楊先生下山一趟。接著，又要楊作新帶上些盤纏下去，見了楊乾媽，替他向老人問個安寧。

楊作新說，大哥的情，我是領了，只是吳兒堡那邊，前些天，已將我的一點餉銀給家裏捎回去了，這次下山，我不想回家，只去那花柳村。不過，盤纏以外，大哥能否再給我四十塊大洋，算是蛾子當年的聘禮，咱們把理做在前邊，咱還他禿子的錢，他還咱們的人頭！

黑大頭聽了，大叫一聲：「好！有見識！不愧是楊作新做事！」隨後令人打點行裝，戀戀不捨，將楊作新一直送到山下酒店，說聲「快去快回」，揮淚而別。

楊作新見黑大頭有了眼淚，自己心中也有幾分淒涼，山風一吹，不覺掉下兩顆迎風淚來。這時想到組織的指示，想到他與黑大頭的情分，心中有點悶悶不樂。

三個打扮成打短工的流浪漢，離了後九天，順著延河，一直往上，遇到有路的地方走路，遇到沒路的地方就蹚水或者翻山。三天頭上，到了膚施城附近，那張三、李四想進膚施城瞧個新鮮，楊作新怕耽擱了正事，只是不准。三個繞過膚施城，又順河前行了四十里，見了攔羊娃一打問，攔羊娃說，蹚過河，進了那個拐溝，再前行十五里，就是花柳村了。

進了花柳村，問起禿子。原來這花柳村花柳病流行，村裏頭上有禿的人，不止那禿子一個，好在其餘的禿子雖然是禿子，但名字卻不叫禿子，叫禿子的，只有一個，所以楊作新毫不費力地找到了這戶人家，走上前去，叩動門環。

禿子家中，禿子不在，只一個老母親。聽說禿子不在，楊作新有些擔心，害怕是不是走漏了消息，讓這小子跑了，想想他們三人此行機密，不會走漏風聲，於是耐著性子，套這老太婆的話，問禿子哪裏去了。老太婆見這三人來得蹊蹺，嘴裏只是支吾，不願說出兒子的下落。楊作新見了，只好說，他就是楊蛾子的哥哥，當年婚事破裂，楊家還欠花柳村四十塊聘禮，他如今在外邊發了財，是來了結這樁事的。說著，令張三、李四，從褡褳裏掏出四十塊大洋，倒在炕上。那老太婆見了銀錢，眉開眼笑，過來就要拾掇。楊作新見了，搶上一步，用手捂住銀錢，說聲：「且慢！」當年這銀子，是他親口向禿子許諾的，此番來，須親手交給禿子，才算心安。老太婆聽了，覺得來人說的話也有道理，未及細想，便說出了她兒子的下落。三人告辭，那張三、李四想要收起銀兩將來交給禿子，楊作新說：「免了吧，只怕那禿子，怕是回不來了。」三人走後，那老太婆琢磨著楊作新的話，膽戰心驚。不提。

原來那禿子去了膚施城，惡習不改，又去幹那傷天害理的勾當。當下三人折身回來，到了膚施城下。戰亂年間，天剛擦黑，那城門便關了。三人上了山，從山腰間蜿蜒盤桓的城牆上找個缺處，跳了下去。進了城後，楊作新地形熟悉，於是便按那老太婆所說的地址，一路尋找。一會兒，見到一戶人家亮著燈光，於是上前敲門。那禿子又在附近農村騙了幾個姑娘進城，提供給那些骯髒的人家，做起皮肉生意，撈一點銀錢。屋裏，一個新來的姑娘，正與房主在講價錢。原來接待一個客人，從客人身上能得到兩塊錢，事後按照行規，「房子五毛炕五毛，乾媽五毛，妳五毛」，這就是說，到了姑娘手裏，只有五角錢了。姑娘覺得自己做了一回下賤事，只賺得五毛錢，大頭全讓那房主拿了，心中有些不滿。正在這時，聽見敲門，禿子笑著說，妳看，嫖客來了，一晚上多接幾個，這錢不就出來了。說著，邊來開門。打開門後，一看一次來了三個，覺得事情有些不對。

那禿子說道：「有姑娘陪你，我出去遛個彎兒再回來！」說著，就想出門。楊作新一揮手，張三、李四早把門「嗵」一聲關了，然後用脊背抵住門，面對禿子，掏出短槍。

那姑娘和房東老太婆，見了這陣勢，嚇得躲在炕旮旯，篩糠一般。楊作新說道，他這次是來尋仇，與妳們二位無關，兀自躲著，不要聲張。兩位聽了，不住地點頭。

安頓停當，楊作新轉過臉來，對著地上的禿子喝道：「冤各有頭，債各有主，狗操的禿子，你還認識老子嗎？」

禿子大著膽子，抬起頭瞅了瞅，楊作新沒有戴眼鏡，他不認識了，於是搖搖頭。

楊作新笑道：「咱們還做過一回親戚呢，你忘了？妹夫連妻哥也不認識了？」

禿子聽了，看了看，想起了這是楊作新，知道今天是凶多吉少了，這楊作新是來尋仇，報楊乾大的仇的，於是一下子跪在地上，鼻涕一把淚一把，喊叫「乾大饒命」，並且不住地用兩手搧著自己的耳光。

楊作新說：「江湖上有一句話，叫做『殺人償命，欠債還錢』，我這次下山，就是爲這八個字而來。先說頭一宗事，欠債還錢，當年楊家，確實欠下你四十塊大洋聘禮，楊家遲遲不還，輸理了，記得我當時曾許下口願，將來由我還清。這次，就是欠債還錢來了。」

禿子見說，只是回話，口裏不停點地說：「不要那錢了，不要那錢了！」

「不要不行！不要這錢，我楊作新便做下了短處，落了個言而無信的名聲。告訴你，那四十塊大洋，我已經送到花柳村你那老媽媽手裏了。」楊作新說完後，接著又說第二宗事情，「了了欠債還錢，現在再理論這殺人償命。禿子，你這狗操的，你強逼我妹妹爲娼，我妹不從，好說好散，也就罷了，退你聘禮就是。可你又勾結官府，捉我，槍打我父親，害得我楊作新家破人亡，此仇不報，父親九泉之下，安能瞑目！今天殺了你，也算給社會除了一害，你說哩！」

禿子到如今，自然無話可說，只說他有個老娘，需要頤養天年，要楊作新看到老娘的分上，饒他不死，以後再不敢幹這傷天害理的勾當了。

楊作新微微一笑，說：「你那老媽，也沒長一副好下水，生下你這號害貨。我想她有那四十塊大洋，夠抬埋用的了。」

說完，不再廢話，令張三、李四，只管動手。

張三、李四得令，先一人一腳，將禿子踢翻在地，踩住胸口，然後兩杆短槍同時舉起來，對準禿子腦袋，只聽「啪啪」兩聲槍響，禿子的禿頭，就只剩下半塊了。

禿子血旺，那噴濺的鮮血濺了張三、李四一身，兩人叫一聲「晦氣」。

至此，大仇已報，楊作新心病即除，便與張三、李四，出了這間屋子，仍然順原來入城的道路，躍過城牆，上了山岡。

上了山後，才見膚施城裏，響起「嚁嚁」的哨子聲，城裏的軍警正在集合。張三、李四見了，哈哈大笑說：「有種的，到後九天來找老子吧！」

楊作新一行，不敢怠慢，順著山岡，又下到延河河谷，依舊是有路走路，沒路時翻山蹚水。走了幾日，聽到了遠處黃河嘩啦嘩啦的濤聲。這就到後九天了。黑大頭見了楊作新，自然歡喜，說到近日賭博攤子，高低沒個對手，正在思念楊作新，擔心他的安全哩。楊作新於是細細述說了復仇經過。黑大頭說：「不說它了，乍舞咱們的事情吧！」說完，賞了張三、李四幾個銀錢，然後拉著楊作新的手，直奔麻將桌。

這樣又過了半年。半年間，楊作新與黑大頭之間，關係又密切了許多。在這後九天，地位也漸漸顯得重要。一幫雙槍隊士兵，都是些不通文墨之人，幸虧楊作新的指撥，大家都會寫自己的名字，有的還會寫家信了。那些還不會寫信的，有時央到楊先生頭上，楊作新也是有求必應。間或，上課的時候，除了認字，除了講那些軍事常識之外，楊作新還叼個空兒，講一些革命道理。這幫人大部分都是些破產農民，接受革命道理很快，每一個人都有一段上山的痛苦經歷，因此，對楊作新的話，深以爲是，並且認爲楊作新是大秀才，承認了他的號召力。

那黑壽山，學業上也有長進，一冊《三字經》背得滾瓜爛熟，楊作新憑著記憶，一天爲他佈置一首唐詩，他也是過目不忘，一點就會。那黑壽山將學到的唐詩，飯前飯後，給黑白氏背了，黑白氏聽了，也只有高興的分兒，嘴裏不停地叫著「山山」，自然對這位楊先生，又器重了許多。

那黑大頭，隨著時間長了，對楊作新的戒心也漸漸消除。偶爾部下來報，說楊作新課堂上講些革命的大道理，黑大頭聽了，也不在意。他料定楊作新只是說說而已，學生出身的，開口閉口不談個「主義」什麼的，好像就顯不出自己有學問。倘若楊作新要顛覆他的江山，他覺得他一是沒有這個膽量，二是不會做對不起他大哥的事。黑大頭是個精明人，知道他的對頭是國民黨，遲早有一天，國民黨將共產黨剿滅後，下一個就輪著他了，而共產黨要想吃掉他，對不起，他料他們目前還沒有這個胃口。部下見黑大頭聽了彙報置若罔聞，從此也就懶了，聽到什麼，只悄悄擔心，不再打攪黑大頭的清靜了。

這時，紅軍游擊隊經過幾年艱苦卓絕的鬥爭，力量不但保存下來，而且還有新的發展。那些偏遠山區，又響起了「紅軍游擊隊，老謝總指揮」的歌聲。適逢大饑饉，坐以待斃的農民紛紛加入紅軍隊伍，紅軍人數迅速壯大，只是武器無法解決。紅軍要發展，非得擴充一批精良裝備不可。這時，紅軍游擊隊輾轉來到後九天附近活動，並且通知楊作新，與後九天黨小組的同志商議一下，定個日子，裏應外合，採取行動。

楊作新明白自己是身負使命而來，從大局考慮，自然應當服從組織決定。但是念起自己與黑大頭的情分，看到這世外桃源般的後九天環境，心中確有幾分於心不忍。幾次談話，拿話語撩撥黑大頭，問他想沒想過吃共產黨的這碗飯，黑大頭麻將打得正熱，不及細想，以爲這只是楊作新隨便問問，也就答道，他和共產黨這輩子沒個緣分，不要忘了，他上山前是個老財。

山下一天來一道指示催促，山上，楊作新卻優柔寡斷，不知如何是好。細心的黑白氏，看出他有什麼心思，問他，他只是苦笑著搖搖頭，不能說出。楊作新這種性格，決定了他將來成不了大事，他自己也知道這一點。可是，沒法子，百無一用是書生，楊作新的心腸總是硬不起來。

不久後，發生了一件事情，將楊作新從進退兩難的境況下解脫了出來。

一天，丹州城裏「秦晉錢莊」的掌櫃來到山下，要見黑旅長。黑大頭虎踞後九天這些年，常常到山下大賭，這丹州城的錢莊，就是賭場之一。丹州城位於黃河邊上，隔一條黃河壺口瀑布，與山西相望，常有山西境內下來的大賭頭慕黑大頭大名，過黃河一聚。後九天他們不敢來，黑大頭也不願他們來，於是，往往就在這丹州城的秦晉錢莊設局。

這次那掌櫃的來，見過禮後，眉飛色舞，說山西境內過來了一個晉商，口口聲聲，要與黑大頭見個高低。

「他拿什麼做注？」黑大頭聽了，問道。

「二十杆漢陽造，槍身鋥藍鋥藍的，被黃油封著，還沒使過哩！」大掌櫃陝北話夾雜著山西話，殷勤地說。

一聽說是槍，黑大頭的眼睛亮了，他決心去取這些買賣。於是又問：「他下了這麼大的稍子，我該下些什麼呢？我帶兩馱子光洋去，怎樣？」

那掌櫃的笑著說：「槍只對你們這些鬧槍的人有用，光洋卻是通寶，自然你的稍子亮出來贏人了！」

黑大頭聽了，哈哈大笑。

黑大頭旁邊站著個楊作新。他見這掌櫃的眼睛骨碌碌亂轉，彷彿背後有眼，說起話來，只顧順著杆兒往上爬，斷定不是個良善之輩，於是喊道：「大哥不可輕率下山，那客商是哪裏來的，同行幾人，是不是另有圖謀，我們尚不清楚，就這樣貿然下山，難道不怕遭人暗算！」

掌櫃的見楊作新這樣說，臉上顏色有些變了，他避開楊作新的鋒芒，直接對黑大頭說：「黑旅長，弟兄我擔保，那客商只一個人，就在我店裏下榻，一個糟老頭子，一走三咳嗽，怕他個鳥！我觀察了他三天了，確實是他一人，從山西過來，隻身進入陝北的。」

楊作新又問：「那一個糟老頭子，哪裏弄的二十杆鋼槍，一定是有些來頭的！」

掌櫃的莊嚴答道：「這個，我最初也有些疑問，後來細細套問，才知道他有個弟弟，在閻錫山的手下做過軍需官的角色，這二十支鋼槍，是他私吞的，山西境內不敢露臉兒，所以跨黃河奔陝西來了！」

楊作新還要盤查，黑大頭說：「賢弟就免了吧！如果是別的什麼，去或不去，也就罷了，只是這二十杆漢陽造，大哥我卻有些捨不得。若有這二十支槍武裝，後九天就會另有一番氣象了！」

黑大頭說完，不容楊作新分辯，遂吩咐部下，準備轎子、銀兩下山。

楊作新暗暗叫苦。瞅個沒人的機會，一把把那秦晉錢莊的掌櫃拽到一個旮旯問道，他到底是哪一路子的，受誰遣使來賺黑大頭。那掌櫃的聽了，只是嘻皮笑臉，打著哈哈。楊作新用槍指著他，正色道：「黑大哥若有個三長兩短，我不要了你的小命，掏出你的肝花餵狗才怪了！」說完，一甩袖子走了。

第二天，太陽剛冒紅，後九天寨子下來一干人馬。打頭走著的是兩個夥計模樣的人，這是張三、李四。後面是一頂轎子。轎子搭著簾子，不時，有個身穿長袍，頭戴禮帽，眼睛上架一副墨鏡的人，挑開簾子，探頭望一望外邊，與外邊走著的那個帳房先生模樣的人拉幾句話。那轎子裏坐著的，正是黑大頭；那帳房先生模樣的，卻是楊作新。楊作新知道這一次是龍潭虎穴，所以執意要來，黑大頭就依了他。

大轎後邊，是兩匹大走騾，馱子裏馱著的，正是黑大頭所說的「稍子」。

一行人下了後九天，順著黃河，一路走來，直奔丹州城。不明底細的人看了，只當是那些做大買賣的客商，想不到這光天化日下行走的，便是那江洋大盜黑大頭。

黑大頭、楊作新及張三、李四二位，再加上四個抬轎子的，兩個牽騾子的，後九天寨子，一共下來了十個人。黑大頭暗自思索，這十個人中，除了楊作新有些書呆子氣以外，其餘九個，都是驍勇異常的心腹，諒小小丹州城，縱然有什麼算計於他，也是奈何不得他的。想到這裏，心裏也有幾分坦然。

丹州城，小小的彈丸之地。一座山城，一條河，一座山，僅此而已。一行人來到城下，守城門的，平日只對那些衣衫破爛的百姓豎眉橫眼，見了這一頂大轎，一干人馬，遠遠地陪著笑臉，打開城門。

黑大頭昂然入城。到了秦晉錢莊門口，那掌櫃的早就迎候在門口了。黑大頭下了轎子，往四邊一瞅，見街道裏只幾個小販，賣菜的賣菜，買菜的買菜，賣葵花子的賣葵花子，氣氛平靜，沒有什麼異樣，愈加放心。於是，吩咐將兩匹騾子，拴在馬樁上，然後由錢莊掌櫃陪著，進了店裏。

那掌櫃所說的糟老頭子，正在一張八仙桌上坐著，這時起身站起，一邊雙手一拱，一邊說著「幸會」、「久仰」之類的客套話。

黑大頭看那老頭，果然正如錢莊掌櫃所說，穿一件半素不白的長袍子，瘦骨伶仃，長長的脖項挑著一顆核桃一樣的頭，腰佝僂著，看來來一陣大風，肯定會把他吹倒。黑大頭想，這哪是個活人，分明是一堆骷髏架在一起的，心中不免有些小瞧。

雙方見面，閒扯了幾句行話，通過姓名，那老頭自稱敝人姓「吳」。黑大頭心急，急於想看到那二十杆鋼槍，於是催促著：「亮稍。」看了槍後，確實是貨真價實的好槍。接著又看光洋，光洋也都是些響噹噹硬邦邦的「袁大頭」。雙方歡喜，接著又談賭博的方法。最後議定，採用「押明寶」的辦法，由那掌櫃的執寶盒，搖子，雙方下注。

掌櫃的見談妥了，便笑咪咪地從後屋裏拿出一副緞子做面，鑲著金邊的寶盒，說這是新叫人從蘇杭一帶捎的，還沒有用過，今天如此大賭，就用它開張吧，沾些福氣。

黑大頭見了，說道，將你的新寶盒，先收拾起來吧，以後再用，這次，還是用我這個土的。說著，一亮衣襟，從口袋裏掏出那副陝北民間製作的土寶盒。隨著衣襟一亮，那腰間的手槍把兒，也露了出來，這其實是給那吳老頭和錢莊掌櫃看的。錢莊掌櫃看了，趕忙點頭哈腰，說「就用這副，就用這副」。說著，將他的新寶盒送回屋子去了。

你道這黑大頭，爲啥對寶盒這樣重視，原來他是久經賭場的人，那寶盒中的許多名堂，他如何不曉得。有些寶芯，是灌了鉛的，任你怎麼搖晃，寶芯停頓的那一刻，灌鉛的那面，總在底下。有的寶芯，雖然上面並沒做手腳，可是寶芯的一面，是鐵的，那搖寶的，手上戴一顆磁鐵做的戒指。所以任憑他怎樣搖晃，最後，鑲鐵的這一面總在搖寶人手指這個方向停住。

這時，一直沒有說話的吳老頭，咳嗽了兩聲，說道：「這寶盒的事，我依了你，只是，你得依我一件事情。」

「怎麼說？」黑大頭問。

吳老頭說道：「這裏人多眼雜，叫當局發現了，我倒沒有什麼，於你卻不好，加之，我是孤身一個，你們卻好幾個弟兄，因此咱們得找個僻靜嚴密的去處，一對一，單賭。」

「一對一，這是自然的，」黑大頭笑著說：「只是，天黑以前，我還得出城，立馬三刻，哪裏去找這僻靜的去處？」

這時，那錢莊掌櫃的放下寶盒出來了，他見兩個這樣說，就用手指了指裏屋說：「這裏倒也安靜，兩位若不嫌舍下寒酸，就在屋裏搭起場合吧！」

「你看如何？」吳老頭問黑大頭。

「依你！」黑大頭答道。

「痛快！」吳老頭微微一笑。

錢莊掌櫃吩咐楊作新一夥人馬，在房裏飲茶，他領著黑、吳二位，一挑門簾，進了裏屋。楊作新放心不下，掏出槍來，打開機頭，提在手裏，去那裏屋巡視了一番。見裏屋只一條大炕，炕上一張炕桌，地上，擺了幾件茶几碗櫃之類的東西，房子也只有一個門，就是直通店裏的這個門。他想即便這吳老頭有什麼算計，諒他再加上那掌櫃的也不是對手，況且黑大頭的腰裏，兩支駁殼槍，子彈壓得滿滿的。

楊作新回到店裏，揣起槍，坐定飲茶。那錢莊掌櫃吩咐人端來一些酒菜，弟兄們行了六十里山路，有些饑渴，於是狼吞虎嚥，只楊作新因肚子裏有心思，只輕輕動了下筷子，又放在桌上。

這時，門裏突然進來了一群姑娘，不多不少，恰好就是九位，一個一個，前來勸酒。你道這些姑娘是誰，原來緊挨錢莊，是一家妓院，這些姑娘，是那錢莊老闆，原先就說定的，一旦安排就緒，酒菜入席，就讓這些姑娘前來糾纏。

這些後九天的老少爺們，平日在山上，輕易不見個女人，一副身板，都是被「靠」壞了的。如今見了這水性楊花，又會使手段的下賤女人，身子早就酥了，接過勸酒，送到嘴邊，別說是酒，連那酒杯兒也恨不得一口吞下去，一會兒，一個個都有七分醉了。

姑娘們見這些人有了醉意，便盡力撩撥，幾句風言浪語，便將除楊作新以外的其餘後九天兄弟，都拽到隔壁妓院裏去了。

有一個姑娘來糾纏楊作新，楊作新沒有搭理。姑娘扭扭身子，要往楊作新膝蓋上坐，不承想軟軟的屁股，碰到了個硬邦邦的東西。姑娘也是見過世面的人，明白這是短槍，心裏便有些怯，不敢硬來了。一會兒，那些姑娘一人領著一個出了店門，獨有這姑娘沒有得手，她又羞又惱，站起身子，扭扭捏捏地走了。

楊作新喝了兩聲，想止住弟兄們胡鬧，可是酒上了頭，誰還聽他的。他怕聲音大了，驚動了裏屋的黑大頭，於是只好作罷。只是心裏，又加了幾分小心，明白今天這件事情是在劫難逃了。

楊作新在店裏，聽見裏屋一會兒是黑大頭驚喜的狂叫，一會兒是那吳老頭陰陽怪氣的低語，心中煩惱，只盼這樁賭局快點結束，只盼那班弟兄們不要延挨太久，雲雨過後，趕快折回。他在空蕩蕩的店裏踱了幾個來回，於是重新回到自己的座位坐定，喝起悶酒來。

喝酒途中，聽到裏屋有些異樣的響動，再一聽，有廝打的聲音。楊作新一驚，趕快起身，直奔裏屋，這時，已經聽見黑大頭破口大罵的聲音了。

楊作新三腳兩步，走到裏屋門口，一抬腳，把門關子攔腰踢折，兩扇門吱呀一聲開了。門開處，只見裏屋裏，彷彿是從地下，鑽出來一屋子國民黨士兵，觸目所見，黃蠟蠟盡是老虎皮。那些士兵，已經將黑大頭的槍下了，手被反剪在了後邊，幾個大漢，正用膝蓋頂著他的脊樑，往緊勒繩子。

楊作新一見，愣了，舉著槍，滿屋是人，不知該向哪個下手。眼睛瞅那吳老頭，那吳老頭卻早已不知去向。正在躊躇間，只聽黑大頭，停止了叫罵，吼一聲：「賢弟還不快走，去後九天報訊。」

楊作新見黑大頭已陷囹圄，不願意走。

黑大頭急了，罵道：「有後九天在，便有我在，難道你不明白這個道理。諒這一班猴神碎鬼，一時半會兒，還不敢將我怎樣，那西安城裏，還有楊督軍呢，他自會給大哥出頭的。」

楊作新聽了，只得提了槍，返身向店外跑去。跑出店門，一舉手掀翻了一個騾馱子，解開韁繩，騎上大走騾，四蹄如花，飛也似地衝出丹州城去。

楊作新何以得以解脫，全虧了慌亂中掀翻的那一馱銀元。馱子翻了，銀元掉在了當街，叮叮噹噹，順著石板街亂滾，那些撵上來的國民黨士兵，見了銀元，只顧貓腰往自己口袋裏拾，早把個楊作新忘了，待記起他時，楊作新已出城半里地了。

第九章　陝北紅軍兼併流寇部隊

楊作新回到山裏，一登上後九天大殿，放聲大哭。隨後，這張三、李四二位，也回來了。原來，敵人眼睜睜地看著楊作新四條腿跑了，知道趕也無益，遂折回身子，來到妓院，堵這幾位的窩兒。張三、李四乖巧，聽到門外人聲嘈雜，離了被窩，連褲子也沒顧上穿，只披了件上衣，上了房頂。看到門外有變，兩人心中叫苦不迭，隨之從一家房頂躥到另一家房頂，到了城牆跟前。城門已關，兩人就揀了個矮些的地方，跳下城去，回到後九天。

楊作新將丹州城裏的事情經過，一一說完，眾人聽了，都面面相覷，不知如何是好。家有百口，主事一人。平日，大家依賴黑大頭慣了，倒也不覺得什麼，今個少了個黑大頭，大家一下子成了沒娘的孩子。

楊作新見了，便說道：「國民黨成心要和咱們結冤家。俗話說，冤家的冤家就是朋友。國民黨的冤家是共產黨，事已至此，也就只好仰仗共產黨的勢力，請共產黨上山議事了。各位意下如何？」

眾人聽了，覺得眼下也再沒有好的辦法，加之，有幾位潛伏下來的共產黨員，也在一旁鼓動，於是，事情就這樣定了。

紅軍游擊隊這些天仍在後九天附近活動，得到楊作新的消息，於是派了一名代表上山。

關於黑大頭的事，紅軍游擊隊已經有所風聞。原來這姓吳的糟老頭子，是個有來頭的人物，是蔣介石派到陝西的特派員。吳來到陝西後，任國民黨省黨部主席，專爲掣肘楊虎城，上上下下，人稱「吳大員」。吳大員來到陝西不久，就聽說了黑大頭的事，在革命公園裏遊玩，公園裏豎的那個記載「二虎守長安」的功德碑上，也赫然有黑大頭的名字，從此認定是楊虎城一黨，開始動起他的心思。膚施地面，屢屢傳來黑大頭殺人越貨、滋擾鄉里的事，大家只是礙著楊虎城一人，不願與這黑大頭計較，近日，膚施城又傳來消息，黑大頭手下，後九天三個盜匪，夜入膚施，槍殺人命的事，鬧得膚施城裏，人人自危。吳大員見來了機會，便悄悄地帶了一隊親兵，先到膚施，定下毒計，然後又趕到丹州。

所做的事情，一爲黑大頭，二來也是給楊虎城一個難堪。這些內幕，後九天閉日塞聽，黑大頭妄自尊大，哪裏知道，哪裏料到，就是紅軍游擊隊，雖然有內線和秘密交通，也只知道那吳大員到了陝北，於是晝夜提防，以防國民黨又有新的舉動，並沒料到吳大員此行是針對黑大頭的。

消息探明，後九天大殿，大家一起議事。共產黨代表認爲，這事宜冷不宜熱，宜緩不宜急，想有那楊虎城在，一段時間內，吳大員也不敢將黑大頭怎樣，須得等防範鬆了，再去劫獄，這是一條辦法。另一條，火速派人去西安見楊虎城，將這消息報楊虎城知道，引起楊、吳之爭，由楊虎城出面，取保釋人。

主意倒是好主意，只是那後九天弟兄，平日粗野慣了，哪有這番細緻的想法，一聽說讓按兵不動，便有些惱火，再加上黑白氏的一聲號天哭地，大放悲聲，更引得大家同仇敵愾，義憤塡膺。滿寨上下，對那吳大員，對那丹州城，恨得咬牙切齒，恨不得立即起身，去將那吳大員剁成肉醬，將那丹州城夷爲平地。

大家說：「黑大哥在丹州城裏受難，我們卻在這後九天看戲，豈不惹江湖上笑話。日後見了大哥，也不好交代。兵對兵，將對將，先踏平那丹州城，再做道理吧！」

楊作新見事已至此，也就依了眾人，當下寫下英雄帖，打發精細一些的弟兄，星夜下山，所有陝北地面，凡與後九天有過來往的，各路共產黨游擊隊、各路土匪、哥老會的各個道門，一律發了，言明後九天黑旅長有難，被囚於丹州城裏，帖請各路弟兄，務必於三日之內，趕到丹州城下，商議攻打縣城，營救黑旅長之事。

那吳大員來到丹州，並沒有與當地政府、地方保安團取得聯繫，原因是怕黑大頭在衙門裏有眼線，被他知道，機不密，禍先發，誤了大事。丹州城裏，他只買通那錢莊掌櫃一人。亂世年間，那錢莊掌櫃下榻的房間，修了個暗道機關，以防不測，這些事外人哪裏知道，恰好這次，被這吳大員用了。

吳大員捉了黑大頭，事情辦得如此順利，自然高興，正要押了黑大頭，去見丹州縣縣長，只見一干保安團士兵，已將這錢莊圍了。吳大員也不解釋，隨這一干人等，押了黑大頭，直奔縣衙。縣長見了吳大員，卻也認得，國民黨省黨部主席駕幸這荒僻的小縣，這可是件破天荒的大事，於是趕快見禮。縣長又見捉了黑大頭，消除了心中一塊隱患，大喜過望，遂將黑大頭押入死監，又大設筵席，爲吳大員接風。席間，自然不免說些「老人家親自出馬，馬到成功」之類的恭維話，吳大員見此行的使命已經完成，心中也不免輕鬆了許多。

吳大員主張，將黑大頭在這丹州城裏，就地正法，以震懾四方盜賊。縣長聽了，只是推辭，說黑大頭是個要犯，最好能押到省上正法，如果嫌路途遙遠，押到膚施城裏正法也行。縣長的意思，一是怕楊虎城知道了，與他不得零干，二是擔心惹惱了後九天，將來地方治安，更是頭疼。

吳大員見縣長如此膽小怕事，只是冷笑，原來他已調膚施並附近各縣地方武裝，偷偷向後九天移動，準備伺機拔掉這個釘子，只是這消息，現在還不能向縣長透露。

三天頭上，黑大頭在何處正法，這件事還沒有最後議定，突然有守城的士兵，慌慌張張，闖進縣衙，說城外黑壓壓的，不知是哪裏的隊伍，已經將城嚴嚴實實地圍定，口口聲聲，要叫城裏放出黑大頭來，否則，將要叫這小小的丹州城，血流漂杵，不留一個活口。

縣長聽了，膽戰心驚，遂邀吳大員，一塊上到城牆上觀看。上了城牆，搭眼望去，只見丹州城外，二百米開外處，人頭攢動，旌旗蔽日，煙霧騰騰，刀槍閃爍。縣長見了，嚇得面如土色，只是礙於吳大員，不敢過於失態。

那吳大員，見了這陣勢，也不免膽怯，後悔自己沒有事成之日抽身就走；不過他到底見多識廣，雖然膽怯，卻不把「膽怯」二字，露在臉上。

吳大員從口袋裏，掏出一架單筒望遠鏡，對著城外，細細地瞅了一陣，突然哈哈大笑。他對那有些魂不附體的縣長說：「我道這圍城的，是哪裏的正規武裝，鬧了半天，卻是些毛賊而已。你看他們，雖然人多勢眾，但是服裝各異，衣冠不整，有穿老虎皮的，有穿老羊皮的，有穿粗布長衫的，分明是各地的小股隊伍，匯在一起；你再看他們，手中兵器，多是些大刀長矛，只有少量的隊伍，裝備還算齊整，但軍容軍紀卻極差，袒胸露背的，坐在地上逮蝨子的，躺在草窩裏抽大菸的，應有盡有，這樣的隊伍還有戰鬥力？倒是有幾股武裝，紀律嚴明，隊伍排列，錯落有致，可惜手中，一件重武器也沒有，這丹州城牆雖矮，也足以抵擋他們的。」

縣長見吳大員這樣說了，也有幾分膽壯，接過望遠鏡一看，見城外隊伍，果如吳大員所說，於是推測到，那些衣衫不整、冷兵器為主的，大約是各路土匪，那些武器精良，軍容散漫，舉一桿菸槍吞雲吐霧的，大約是後九天雙槍隊，那軍容齊整、武器簡陋的，大約是紅軍游擊隊。

兩人正說著，城外的隊伍，打來一聲冷槍。兩人見了，給守城士兵安頓了幾句嚴加防範之類的話，隨之回到了縣衙。

回到縣衙，吳大員吩咐，將他帶來的二十杆漢陽造，贈送給縣保安團，又將他隨身帶來的一班士兵，也派上城去督戰，這樣，丹州城的守備力量，就加強了許多。

城裏的百姓，眺見城外，黑壓壓一片如狼似虎的隊伍，彷彿像民間故事中寫到的老虎圍城的場面，嚇得家家反鎖了門，躲在家裏，並且揭開杜梨木案板，擋在窗戶上，以防亂槍射進屋裏。

說了城內，再說城外。英雄帖一下，三天頭上，各路人手果然都不失約，按期而至。大家聚在一起，談論攻城事宜，說到協調指揮問題，議論紛紛。只因黑大頭不在，如果他在，那這號令各路的指揮，非他莫屬了。如今這楊作新，到底資歷欠缺，根基不深，紅軍游擊隊提議，由他擔任指揮，大家聽了，雖有一些不服，但想到這本來是後九天的事，他們只是來幫忙的，理應由後九天的人出頭才對，於是表示贊成，只是態度並不積極。

議事完畢，開始攻城。攻城幾次，雙方互有死傷。

原來大家小覷了這丹州城。丹州城城牆雖薄雖矮，但是整個城池，面臨一條水，背倚一座山，要想攻城，得穿過河谷一段百米的開闊地。敵人在七郎山的半山腰，修了眼碉堡，碉堡裏壓了一挺重機槍，一旦攻城隊伍進了這開闊地，碉堡裏的重機槍，便呱呱呱像山雞一樣地叫起來。後九天有兩挺輕機槍，紅軍游擊隊有一挺，三挺合成一股火力，向碉堡射擊，因爲距離遠了點，仍然壓不住那重機槍的火力。

那些土匪武裝，平日占山爲王，人憑土地虎憑山，全仗了地利之便，張牙舞爪，如今離了高山險要，氣焰先弱了一半。土匪最怕見血，他們把見血叫做「見紅」。攻城隊伍屢有死傷，焉有不流血之理，土匪們見了紅，不免有些怯陣，於是只在遠處虛張聲勢，不敢近前，攻城一事，實際上全仗後九天雙槍隊和紅軍游擊隊。

攻城受阻，各路隊伍，便在城外就地紮營，生火做飯，準備再戰。

這時，楊作新想起城內的黑大頭，不知他現在情況如何，有些焦慮。而尤其擔心的是，敵人見攻城甚緊，索性一不做二不休，先殺了黑大頭，斷了攻城隊伍的指望。想到這裏，想出一條計策，他想那黑大頭，若有兩支短槍在手，便成了一條龍了，二、三十人也近他不得，如果能遞給黑大頭兩支短槍，約好劫獄的時間，到時候雙管齊下，一面攻城，一面派人去劫獄，這樣，就萬無一失了。

想到這裏，便喚張三、李四過來，附在耳邊，安頓了一番。張三、李四，前幾天因爲貪戀女色，沒有保護好自己的主子，受到了弟兄們的不少奚落，正在懊悔，聽了吩咐，決心戴罪立功。那天夜裏，張三、李四，除了自己的短槍以外，又挑出兩把好使的，壓滿子彈，揣在腰裏，仍舊從那日出城的地方，借助一根繩索，翻入城去。

進了城後，打問出死監的地方，一躍上了房頂，揭開瓦片，細細一瞅，見黑大頭戴了腳鐐手銬，果然被關在這裏。門口有兩個哨兵把門，那院子裏，也是崗哨林立，戒備森嚴。

兩人輕輕地喚了幾聲「黑旅長」。黑大頭正就著油燈，在瞑目靜思，想自己這一生功過，聽見喚聲，醒了過來，抬頭往房上一看，看見了一雙人眼，知道是弟兄們來。

那張三，從瓦片的縫隙裏，伸出一隻手下來，比畫了一陣，這是在約定劫獄的時間，黑大頭會意，也用手比畫了一下，算是明白了。完了以後，張三拿起那兩支爲黑大頭預備的手槍，就要從瓦縫裏往下扔。黑大頭見了，用手指了指門外打瞌睡的哨兵，又指了指那個直通屋頂的煙囪。

原來這死監，最初大約是一間民房，所以屋子裏有炕，有炕也就一定有煙囪。張三見了，將兩支手槍，在手裏掂了掂，擦著煙囪內壁，一前一後，扔了下去。隨之，只聽一聲響動，那煙囪裏撲出一股煙灰，撲了張三一臉。張三、李四，屏往呼吸，趴在房上不敢動彈。

哨兵聽到響動，站起來，朝屋子瞅了一眼，見黑大頭還蜷曲在地上，瞇著眼皮，似睡非睡的樣子，料定沒有發生什麼事情，就又坐在了那裏去打瞌睡。

張三、李四二位，見大功已經告成，可以回去覆命了，於是從房頂上爬起來，躡手躡腳，準備從原路返回。前面談過，那煙囪裏的煙灰，撲了張三一臉，在撲他臉的同時，自然也沒有放過他的眼睛，因此現在，眼神有些朦朧，下腳時，不小心踩在了瓦棱上，只聽「嘎嚓」一聲響，一片瓦碎了。夜深人靜，這響聲顯得很大。那院子裏的崗哨，聽到響聲，透過夜色往屋頂一看，看見了兩個貓著腰的人影，未及細想，平端起槍，就是一個連發。只聽「軲轆」一聲，屋頂的兩個黑影，有一個中了槍子，從屋簷上掉了下來，另一個，張口叫一聲「張三哥」，話未落音，也掉下屋簷。

院子裏的崗哨，連同那兩個把門的哨兵，瞅著這落在地上的黑影，一陣亂槍，將張三、李四，打死在地，那身上，少說也有四、五十個窟窿。

屋裏的黑大頭，看著這兩個跟了自己多年的弟兄，如今落到這個下場，一陣心酸，掉下淚來。他大聲吼道：「吳大員，老子跟你沒完！」喊歸喊，虎落平陽被犬欺，只是無奈。

瞅著外邊一片混亂，無人顧暇他了，黑大頭揭下一塊炕上鋪的石板，從炕與煙囪連接，那叫

「狗窩」的地方，取出兩杆短槍，然後將石板放好。黑大頭開始時將槍放在炕洞口，這樣用起來順手就可以拿到，可是想了想，覺得不妥，便解開粗布腰帶，從腰帶上撕下一綹布條，將兩支槍拴了，一左一右，捆在自己交襠裏生殖器的根上，然後將大襠褲，穿好，將腰帶仍舊紮緊。

槍聲驚動了吳大員和丹州縣縣長，一會兒，兩人帶了幾個隨從，匆匆趕來。吳大員掏出手電，照了照院子裏兩具屍體，吩咐將屍體拉出去埋了，然後，進了黑大頭被囚的屋子。

吳大員今天，已非那日所比，那件半青不白的袍子，早脫了，換了一件真絲絨馬褂，一只亮晃晃的金錶鏈兒，吊在胸前，頭上，戴了一頂硬殼瓜皮帽兒，鼻梁凹裏，架一副金絲眼鏡。

黑大頭見了吳大員，破口大罵，叫道：「你這老狗，我黑大頭與你前世無冤，後世無仇，如何設下這條毒計，賺我？」

吳大員撚著鬍鬚，聽任黑大頭的暴怒，並不搭話，直到黑大頭自己也說得沒勁了，吳大員才嘿嘿地笑了兩聲，居高臨下地說道：「如何無冤？如何無仇？你目無政府，占山爲王，擾亂一方治安。聽說你也說過『臥榻之下，豈容他人酣睡』這話，你這後九天，距膚施城僅三百里之遙，距丹州城，僅六十里之遙，不除了你這地方一害，當地治安，如何保障？」

黑大頭駁道：「論起你們這些貪官污吏，惡霸豪強，我黑大頭算是清白的了。捫心自問，黑大頭平生，於家於國，都是問心無愧，不似你們，滿嘴的仁義道德，一肚子男盜女娼。今天，此時此刻，我黑大頭斗膽說一句狂妄的話：只怕你們捉得我，卻不好放人了！」

「此話怎講？」吳大員故作吃驚地問。

黑大頭說道：「當今的陝西督軍楊虎城，與我有八拜之交，是我的拈香換帖弟兄，這件事，楊將軍自會給我出頭，到時候，這個攤場，看你們如何收拾？」

吳大員聽了，哈哈大笑，說道：「黑大頭，你死到臨頭了，還不明白我是誰！我是南京政府派到陝西的特派大員，專爲陝西匪患連連、治政不嚴而來。說穿了，這次捉你，正是爲了給楊虎城一個難堪，要不，殺雞焉用牛刀，我一個堂堂省黨部主席，屈就你這荒僻小縣！」

黑大頭仍然大罵不止，只是聽了這話，口氣不似先前氣盛了。

吳大員聽任黑大頭叫罵，臉上依舊堆著笑。他對縣長說，將這黑旅長的住處，調換一下吧。縣長說用不著吧。吳大員說，不然，「雙槍隊」既然知道了這個地方，有了第一次，就會有第二次，凡事得小心提防才是。縣長聽了，稱讚吳大員考慮周到。

保安團士兵，秉承吳大員旨意，爲黑大頭調換地方，這事不提。單說那吳大員回到下處，心裏總覺不踏實，到了口的肉，讓他跑了，豈不前功盡棄，惹人笑話。想來想去，還是決定要將這黑大頭趕緊殺了，於是重又穿上衣服，來找縣長。縣長聽了，還是原來的意思，不想爲丹州惹事。吳大員說道：「城外圍城的各路毛賊，只爲一個黑大頭，如今將這黑大頭殺了，斷了他們的指望，城外氣焰，自然減了一半。加之，膚施城內國民黨正規軍一個團，已出發了幾日，眼下，該在後九天打響了。槍聲一響，雙槍隊見老巢被抄，自然回師去救，這丹州之圍，不用說也就解了，因此，不必多慮。」

縣長聽了，還是支吾其詞。

吳大員見此，虎下臉來，一拍桌子，說道：「先生五百塊大洋買下的這把縣長交椅，難道不想坐了？」

縣長見吳大員的話，說得嚴厲，不敢違抗，趕快附和贊成。

兩人議定，事不宜遲，明日早晨菜市場，開刀問斬。只是今夜，還須保密提防走漏風聲。

一夜無話。第二天早晨，縣長升堂，命人將黑大頭押上來。

黑大頭見了這個陣勢，明白是死在今日了，於是仍舊大罵不止。

縣長拿出書記官擬好的一份告示，草草地唸了一遍，便在黑大頭的名諱上，朱筆一勾，然後把朱筆擲在桌上，起身退堂。一個國民黨士兵，隨之撿起告示，押了黑大頭，離了大堂，綁赴菜市場。

眾人擁著黑大頭行走。前頭一個敲鑼的，一邊敲一邊喊：「滿城百姓聽著，後九天大匪黑大頭，被縣衙捉拿，開刀問斬，死期就在今日，大家去菜市場看熱鬧去吧！去得遲了，就沒地方了，百年不遇的好戲，不花錢就能看的好戲，大家快去吧！」

黑大頭的威名，丹州城裏無人不知、無人不曉，聽說是處決黑大頭，大家雖然害怕，但是出於好奇，還是想看一看。鄉下人除了看這一類事情，老實說，一生一世，也沒有什麼稀罕景可看。這樣，冷落的菜市場，打早白晨的，倒聚了不少的人。

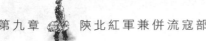

遠遠地，一干人擁著個黑大頭來了。那黑大頭腳鐐手銬，鏘鏘直響，背上插著一根白楊木標，上面一行大字，身後跟著一群荷槍實彈的士兵，士兵後邊，跟著一個蒙住半邊臉兒，手提一把鬼頭刀的劊子手。那黑大頭到了這個境地，仍然雄赳赳、氣昂昂，不失綠林豪傑的風采，一顆碩大無朋的腦袋，剃得鋥亮，兩隻大眼，睜得賊圓，嘴角高挑，似露出一絲傲意。人群中，有好事的，喝一聲彩，叫道：「二十年後又是一條好漢！」黑大頭聽了，朝那喊聲處，微微點一下下頦，算是感激。

快到菜市場時，黑大頭看見街道上，人群已經亂亂的了，於是低聲向押著他的軍警提出，他想小解一下。那軍警聽了，以爲他膽怯，取笑道：「莫非尿了褲子不成？」黑大頭聽了，默默無語，並不答辯。

眼見來到一個廁所跟前時，黑大頭停下，不願走了。幾個人拉他，哪裏拉得動。軍警們見了，議論不決。有人說，既然他想去，就讓他去吧，這是他最後一次上「茅子」了，閻王催命還不催人屙屎哩。有人不同意他去上，說這樁差事，早了結早安寧，誰知這黑大頭安的是什麼心。雙方正在爭執，那負責這樁事兒的頭兒，大聲吆喝起來，要軍警們快走。那城外又在響槍，一會兒這事完了，還要上城牆去守城。軍警們見說，於是停止爭執，推推搡搡，押上黑大頭又走。

至此，黑大頭明白，褲襠裏的兩支短槍，已經派不上用場了。於是長歎一聲，低下頭去。

到了菜市場，停在當街，劊子手反握著刀，走過去，喝令黑大頭跪下。黑大頭擰著脖頸，至死不跪。不跪也就罷了，劊子手從心裏怯他，於是不再勉強，將就著將這樁生活做了算了。

劊子手身矮，無奈，只得踮起腳跟，順過鬼頭刀，使足力氣掄圓，朝黑大頭脖子上，削去。

劊子手手腳倒還利索，只見鬼頭刀到處，黑大頭的身子便和頭分了家。那人頭「篤」的一聲掉在了當街上，滾了幾滾，站住。

那沒有了頭的半截鐵塔似的身子，「出」的一聲，向外冒出一股黑血，黑血噴出兩、三丈遠，彷彿水龍頭一般，然後這身子，便慢慢地傾斜，最後像個糧食口袋一樣栽倒在地。

劊子手濺了滿臉的血，臉色一青一白，四肢有些發軟。不待他軟癱在地上，便有一個軍警接過他手中的刀，又有幾個，架著他，先走了。

那負責這樁生活的頭兒，先將告示貼在山牆上，然後按照慣例，走到屍首跟前，踢了兩腳，防止他不死。身首分家，哪有不死的道理，這頭兒所以如此，只是法場慣例。

誰知這一腳下來，腳落處，只聽「啪」的一聲槍響，嚇得這頭兒打了個趔趄，回首看看四周，問誰的槍走火了。看看沒有誰的槍走火，這頭兒覺得納悶，於是低下身子，輕輕去撥那黑大頭的衣服。這一撥，看見了那兩把短槍，大張著機頭，像兩隻鳥兒一樣臥在黑大頭的交襠裏，其中一把，槍口尚在冒煙。頭兒見了，大驚失色，那些還沒有走的軍警們，想到剛才黑大頭要上茅廁的事，也一陣陣害怕。

軍警們戰戰兢兢地取了手槍，又將這黑大頭的頭顱，裝進一個木籠，回去覆命。此處暫且不提。

卻說城外的楊作新，等到天明，不見張三、李四的消息，又聽到城內亂槍不止，心中十分煩躁。趕緊去和各路頭目，商量今天攻城的事，沒想到正在商議之間，突然聽到有人前來稟報，說黑旅長的人頭，被敵人掛在城門樓子上了。大家聽了，顧不上開會，匆匆來到前沿陣地，搭眼一看，果見城門樓子上，豎起一根高高的竹竿，竹竿頭上，挑著一個木籠。楊作新細看那木籠，認得那木籠裏裝的，正是黑大頭的頭顱，雖然臉上沒有了血色，但那眼睛依然明亮如舊。楊作新見了，雙膝跪倒，失聲慟哭，後九天一幫弟兄，見楊作新哭了，也都紛紛跪倒，大哭起來。其餘各路隊伍，雖然不像後九天人馬那樣有切膚之痛，但是見那高懸在丹州城的人頭，想起黑大頭英雄一世，如今遭此下場，也都十分傷感，陪著掉淚。於是剎那間，丹州城外，陰風慘慘，哭聲一片。

黑大頭一死，激勵了城外的各路人馬，大家決心同仇敵愾，化悲痛爲力量，不顧死傷，一鼓作氣拿下丹州城。

這天中午，楊作新一聲號令，各路人馬，人人拚命，個個爭先，直撲丹州城，必欲踩平丹州城而後快。那城外的土旺河，鮮血都將河水染紅了，死去的人，人摞人，彷彿麥捆子、穀個子一般。城外的三挺輕機槍，嘎嘎地叫著，與七郎山上的重機槍對陣。

俗話說，一人拚命，萬人莫敵，約有兩頓飯光景，各路人馬中，各有不少人到了城牆根，重機槍射不著的死角，有人帶了撓鉤繩索，已爬上城頭，還有一幫兄弟，人架人，搭成人梯，攀上城頭。

就在丹州城立馬可破、勢在必得之際，只見從後九天方向，有一位留守的兄弟，騎著大青騾，飛也似地跑來。

楊作新見了，叫聲「不好」。只見那人滾下鞍來，抱著楊作新一條腿，哭道，膚施城國民黨正規軍一個團，連同陝北地面各縣保安團武裝，乘虛攻打後九天，九重山門，已經破了五道了，要大隊人馬趕快回師去救。

聽了這話，楊作新頓頓腳說，山寨事大，安能不救，只是，便宜了這老狗吳大員了。

情況緊急，各路頭目，匆匆地碰了一下頭，都覺得後九天失守事大，失了這個天險，就等於沒有雙槍隊了；至於黑大頭，人死不能復生，留下此仇，慢慢再報不遲。

紅軍游擊隊願意與後九天武裝一起，回去救後九天寨子。那些土匪武裝，原想殺入城去，大肆搶掠一番，如今見唾手可得的美事，做不成了，有些遺憾。他們說道，這吳大員的性命，包在他們身上了，一定叫他出不了陝北。

陝北南下西安的道路，一般說來有三條，一條是號稱「雄關天塹」的金鎖關，一條是經黃龍山過白馬灘進入關中，一條就是子午嶺那條古老的秦直道了。這三條道路上，都有大股土匪。土匪們告訴楊作新，他們決心守住要衝，細心盤查，管叫這吳大員插翅難飛，有腿難逃，到時候，也摘下他一顆人頭，掛在西安城的鐘樓上，替黑大哥出氣。

楊作新聽了這話，心裏稍稍得到一點安慰，然後與各路頭領，見過大禮，說罷「後會有期，來日方長」之類的客套話後，立即率後九天雙槍隊，會同紅軍游擊隊，沿黃河峽谷逆上，直奔後九天。

離後九天還有十多里地時，轉過一個彎子，只見那後九天山頂，黑煙升騰，火光熊熊，整個後九天大殿，正在化爲灰燼。再看那後九天九重山門之間，黃蠟蠟的，被身穿老虎皮的國民黨士兵塞滿了，人頭攢動，槍刺閃閃，正不知有多少兵眾。

大家一見，像洩了氣的皮球一樣，一個個都軟在了路途上，明白寨子已破，歸路斷了，縱然前去拚命，也只不過是以卵擊石，多去送幾具屍首而已。

事到如今，對於後九天武裝來說，也就只有投共產黨游擊隊這一條路了。

楊作新與紅軍游擊隊的負責人，商議了一下，談妥改編事宜，然後將隊伍，拉到一個山坳裏，山坳四周，由紅軍游擊隊圍定。

楊作新站在一塊大石頭上，簡略地談了當時形勢，談到君子報仇、十年不晚，黑大哥此仇必報的決心，又說了將雙槍隊改編爲紅軍游擊隊一個支隊的事。那位紅軍負責人，也站在石頭上講了幾句，說願意投紅軍的，雙手歡迎，願意回鄉種地，甚至到山上爲匪的，亦不阻擋，悉聽尊便，只是要把槍留下來，紅軍給發兩塊響洋上路。

前面說過，早在後九天時，楊作新上課，就時時講起革命的道理，所以這雙槍隊士兵，對革命都有一定認識，這時，聽了上面的話，紛紛提出，要當紅軍。隊伍中，也有幾個人，想就此洗手不幹，回去當個安生的農民，紅軍游擊隊也就不爲難他們，安撫一番，發了盤纏，打發上路。

還有幾位，包括一名副頭，匪氣不改，嫌紅軍游擊隊生活艱苦，管束又嚴，還想再找個山頭，繼續爲匪。對於這些人來說，手中鋼槍，就是衣食飯碗，因此雖說要走，就是捨不得手中使熟了的傢伙，想要鬧事，看見四周站定的紅軍游擊隊士兵，只得將槍擲在地上，走人。

這當兒，國民黨軍隊已經將後九天寨子摧毀，氣勢正盛，又向丹州城方向撲來，來解丹州之圍。紅軍游擊隊見了，將隊伍重新編制，編制完畢，避開黃河峽谷，鑽進一條拐溝，上山溜坬，前往陝北高原北部高山大壑中去了。

楊作新平日最重義氣，這時暫停步子，和幾個要回家當農民的弟兄，拱手告別，又和那幾個要去當土匪的弟兄，說了幾句關於往日情分、去途珍重之類的話。

那要回去重扶犁杖的，感謝安撫，承情走了。那要去繼續爲匪的，聽歸聽，只是不理，低頭自走自的。楊作新見了，歎息一聲，遂折身回來，這時隊伍已經走遠，楊作新便蹚開大步，急急追去。

追了百米遠近，忽然聽到頭頂上，有人喊他名字。抬頭一看，只見頭頂高高的山峁上，一個少婦人，身上揹一個包袱兒，手裏牽著個半大孩子，正在喚他，一邊喚一邊抹著淚水兒。

第十章　美麗的寡婦在黃土地上

那喊楊作新的女人，正是黑白氏，旁邊牽的那位，不消說，就是黑壽山了。

後九天寨子被劫，守山的弟兄們悉數戰死，如何這手指縫裏，跑了個黑白氏和黑壽山。各位，也是這黑白氏命不該絕，那天，她在山上，惦念丈夫的死活，想到各路人馬，去那丹州城，業已數日，不見消息，心中著急，便要下山。大家見攔不住她，只好派兩個小廝，送她前去，路上，恰好飄了一陣過雲雨，一行人便在一個崖根下避雨。這時國民黨的大隊伍，順大道浩浩蕩蕩地過來了，兩個小廝一見，安頓黑白氏母子蹲在崖根別動，自己趕快回去報訊。黑白氏和黑壽山蹲在崖根，看著國民黨大隊伍從眼前一隊一列地過去，嚇得氣都不敢出，過完隊伍後，才緩過神來，嫌大路上不安生，上了山。那急行軍的隊伍，也想不到崖根上蹲著的那兩位，一個是後九天的壓寨夫人，一個是少主人，僥倖！

當下，楊作新瞅見黑白氏，吃了一驚，趕快揚手，叫她不要喊叫。他瞅了愈走愈遠的紅軍游擊隊一眼，本來想趕上去，說個話兒，請個假兒，可是趕不上趟了，於是心想：算了吧，先上山看看！

黑白氏見了楊作新，拉住他的手，眼淚簌簌地往下掉。黑白氏說：「好兄弟，寨子是全都完了！」楊作新正想問，黑白氏是如何逃出的，黑白氏卻先開了口，問起黑大頭的下落。時至今日，黑白氏還不知道，黑大頭已死於丹州城，男人幾次大難不死，吉人天相，不料這次的門檻這麼硬，竟要了他的性命，這點，黑白氏沒有料到。

聽說男人已經死了，這對黑白氏來說，猶如天塌地陷一般。她要楊作新細細地敍述經過，當聽說丈夫的人頭，至今還在丹州城城門樓子上高懸時，她哭了，哭過以後，她鎮定下來，開始做沒有男人的打算。

黑白氏拉過黑壽山，要他跪下，認楊作新做乾大。她說從此以後，不准叫楊先生了，要稱楊乾大。說完，要兒子立刻就叫一聲。

黑壽山跪下來，叫了聲「楊乾大」。

黑白氏接著又說：「我兒哪，從此你父親成了個沒頭鬼，滿世界亂竄，吆喝著『還我頭來』，黑大頭英雄一世，落得個這樣的下場。你能忍心嗎？如今後九天樹倒猢猻散，死的死，傷的傷，走的走，沒有人理這個事了。黑壽山，你是個男子漢，你大的事，你得出頭，你去丹州城，將你大的人頭取下來，安上，給他一個全屍還家！」

黑壽山聽了，不解其意，仍舊跪在那裏，望著母親。就連楊作新，也覺得黑白氏是經了這許多事後，腦子受了刺激，胡言亂語，你想一個五、六歲的孩子，如何去那險惡的丹州城，去取那高竿上的人頭。

站在山峁上，目標很大，國民黨的軍隊，說聲過來，就過來了，處境很是危險，因此楊作新敦促黑白氏趕快離開這裏。

黑白氏固執地搖搖頭，不理睬楊作新，仍在不停點地敦促兒子。

兒子見了，不知所措，圪膝蓋一挪，轉過來，抱住了黑白氏的腿，哭泣起來。

黑白氏撩起她的小腳，一腳踢開了兒子。她說：「憨兒，抱我的腿幹什麼，要抱，去抱你乾大的腿。乾兒的事就是乾大的事，你沒這個毬本事，你不會去求你楊乾大！」

至此，楊作新才明白，黑白氏轉的這個彎子，原來落根在這裏。正像第一次見到黑白氏，她的俏麗曾使他吃驚一樣，現在，她的聰明又令他暗暗稱奇。

原來這世上的女人，因爲有男人在，況且這男人是個頂門立戶，或者頂天立地的角色，女人於是便像個懶貓一樣，平日躲在男人爲自己撐起的這一塊空間中。有朝一日，男人歿了，這女人，或者一下子軟了，成了一個窩囊廢，或者因情勢所迫，顯露出自己的巾幗英雄本色，直到找到保護者爲止。

黑壽山得令，從地上爬起，復又抱住了楊作新的腿，嘴裏還不停地叫著「楊乾大」。孩子因爲剛才黑白氏的一腳，栽了個馬趴，淚臉兒沾滿了黃土，現在淚臉兒伏在楊作新腿上，黃土沾在了楊作新褲子上。

楊作新犯了難。丹州城那龍潭虎穴，他剛剛經歷過一次，說實話，此時也有一些膽怯，本想早早地離了這是非之地，隨紅軍游擊隊去圖大業；再說，那經過改編的後九天武裝，還需要他的管理，他畢竟和他們踢攪長了，彼此信任；第三，他私自離開隊伍，沒有打招呼，同志們行軍途中，不見了他，肯定是有想法的。想著這些，楊作新站在黃土峁上，沉吟不語。

黑壽山見楊乾大低頭不語，無動於衷，就搖晃著他的腿，哭得更凶了。

那黑白氏，這時候，倒像個兩姓旁人一樣，站在旁邊，冷冷地看著，且看乾兒乾大這場戲，如何收場。

「罷罷罷！」孩子的哭聲，令楊作新心碎，他一甩袖子，扶起黑壽山，說道：「乖娃起來，乾大替你攬了這樁事情吧！其實，就是你不說，看見你大的人頭掛在那裏，我心裏也不好受。後九天一場，誰叫我們遇到一起了呢！」說完，看了黑白氏一眼。

黑白氏聽了這話，態度才緩和下來，又變成了剛才那可憐兮兮、叫人憐惜的模樣兒，並且同意離開這黃土峁了。

一行三人，下了山峁，就近處找了戶農家，夜晚就歇息在這裏。楊作新提出，那娘兒兩個，權且在這裏暫住，由他去丹州城裏，取了人頭，再來接他們。黑白氏卻說，賢弟只管休息，歇一歇自己鞍馬勞頓的身子，去取人頭的事，且聽她的安排。楊作新聽了，於是從農家找了點雞油，擦了擦熏滿硝煙的短槍，蒙頭去睡了。

黑白氏的包袱裏，原來包著一些貴重的金銀，從這一點也可以看出這女人的細心。黑白氏拿出一點，給了這家農戶，買下了這家一頭毛驢，又爲她、楊作新以及黑壽山，各備了一身農家衣服，收拾停當，才摟著孩子睡去。

第二天一早，通往丹州城的小路上，走過來一個騎著毛驢遨娘家的小媳婦。小媳婦穿一件素花大襟衣服，頭上盤著盤龍髻，小腳上蹬著一雙白鞋，有個半大孩子，摟著這小媳婦的腰，騎在驢屁股上。前邊牽驢的，也是個莊稼漢打扮的後生，頭上蒙一條白羊肚子手巾，腰裏圍一條丈二長粗布扯成的腰帶。這個情景，正如陝北民歌中所屢屢讚歎不已的那樣——騎驢婆姨趕驢漢，調轉你的白臉臉讓哥哥看。戰亂年間，路上行人稀少，因此這一撥人兒，十分顯眼，田野上勞動的人們看了，都忍不住喝一聲彩。

說話間到了丹州城。丹州城經歷了一場惡戰，現在剛剛鬆弛下來，守城的士兵，眼睛只往黑白氏那安詳的俏臉上，多溜了幾回，沒有注意到楊作新眉宇間的殺氣，便胳膊一抬，放行了。進了城後，一行三人，找了個客棧安歇，將毛驢交給店家，草料服侍，不提。

隨後，楊作新與黑白氏，拖著個黑壽山，在城裏轉了一回。城門口有個小飯館吃飯的時候，隔著窗戶，細細地觀察了城門樓子上的地形。原來這所謂的城門樓子，是在門洞上邊，蓋起的一個小小的樓閣。樓閣踢角立獸，列脊擺廈，很有幾分古色。樓閣正好架在門洞上邊。門洞旁邊，有一條磚做的台階，很窄，通往城牆和門樓。那門樓上邊，一根高高的竹竿兒，挑著黑大頭的人頭，晃晃悠悠的，竹竿下邊，一步不離，站著兩個哨兵。

黑白氏隔著窗戶，見了人頭，默默垂淚，那五、六歲年紀的黑壽山，見那人頭上的眉眼，竟是父親，不由得大哭起來。黑白氏見了，怕壞了大事，趕緊用袖子抹掉自己臉上的淚花，又伸出巴掌，打了兒子兩下，叫他止住哭。

從飯館掌櫃那裏，又打問出黑大頭那半截身子，被拖上山去，埋在七郎山的一截舊戰壕裏。當下由那掌櫃的，隔著窗戶，指了指確切的位置，黑白氏默記在心。

回到客棧，兩人商議一番。到了下午，分成兩撥，黑白氏領著黑壽山，上山去尋黑大頭那半截身子，楊作新則前往秦晉錢莊，去找那錢莊老闆尋仇。

做了這麼大的事情，那錢莊老闆，本該早就捲起家當，離開這是非之地的，只是這天下午，丹州城裏，縣長設下筵席，爲吳大員餞行，席間，吳大員記起了這個老闆，也請了他去，要沒有這事耽擱，這老闆今天也就溜了。

這老闆在酒席上，承蒙抬愛，受寵若驚，多喝了兩杯，眼下，正在屋子一邊喝茶，一邊哼著山西梆子。聽見敲門聲響得緊湊，有些犯疑，本不想開。又一想，後九天新敗，各人都忙著顧命，誰吃了豹子膽、老虎心，敢此刻到這丹州城尋釁，況且吳大員還在城裏。想到這裏，便睜著醉眼，哼哼唧唧，一步三搖，前來開門。

門開處，醉眼望去，只見敲門的，是一個莊稼人。錢莊老板正想訓斥幾句，不料想那人搶先一步，抬腳進門，然後「啪」的一聲，將門關了，轉過身子，盯住他問道：「掌櫃的，你還認得我麼？」

一聽這話不善，錢莊掌櫃細細一瞅，認出了這正是陪黑大頭闖丹州城的那個青布長衫。那酒，經這一嚇，立即就醒了大半。

錢莊掌櫃知道這番是凶多吉少了，於是強作鎮定，說有話好說，這間屋子當街，天大的事情，到裏屋去談。說著，自己先扭頭向裏屋跑去。

楊作新知道裏屋有暗道機關，上一次已經吃了一回虧，這次，焉能再上當。好個楊作新，快走兩步，趕上前去，飛起一腳，將錢莊老闆踢翻在地，復一腳，踩住了他的胸口。

錢莊老闆還在號叫著喊「饒命」，楊作新不再多費唇舌，從腰裏掏出個殺豬刀，像殺豬一樣，一手按住人頭，一手將刀尖插入錢莊老闆的脖子，插透了，左邊一按，右邊一旋，那顆人頭，就握在自個手裏了。

楊作新說：「沒你這顆人頭，我楊作新就出不了丹州城了。」說罷，解下腰帶，展開，將人頭裹了，揹在背上。屋裏腥氣太大，楊作新好不容易挨到天黑，離開秦晉錢莊，回到客棧。

這天夜裏，約莫二更時分，守城門樓子的兩個哨兵，看見有一個小媳婦，一扭一扭地閃過山牆，從街道上過來了。小媳婦來到城門洞裏，用手拍著門環，叫喊著要出城去。

兩位哨兵，用手扶著城牆上的矮牆，說道：「誰家的小嫂子，城裏的規矩妳不懂嗎？天一擦黑，就得關城門，不准出進。當今亂世，城門一開，放進來了共產黨，妳擔當得起嗎？」

小媳婦聽見有人搭了話，停止了拍門環，出了門洞，來到當街站定，鼻涕一把淚一把，哭開了，說她的娘家兄弟病了，她來城裏抓藥，現在，藥倒是抓上了，可是出不了城，眼見她的兄弟，這十畝地裏一棵苗，現在就要蹬腿嚥氣了，她卻被阻在這裏。

守城的士兵，正覺得這一段寂寞的時光難熬，見有人打攪，也覺得開心，就在這城頭上，和這小媳婦，鬥起嘴來。一個說：「什麼娘家兄弟，該不會是妳老公吧，老公歿了倒好，從此以後，沒人管束妳了。」另一個說，他多年行伍出身，乾熬著的身子，早就想侍候侍候俏娘們了。

那夜，月亮已經有了，月光很白，照著這小媳婦的一張俏臉兒。

月光下，小媳婦指著城頭，回嘴罵道，她要攀上城去，撕破這兩個丘八爺的臭嘴。一會兒，想起城外害了緊病的兄弟，又號啕大哭，並且說，不准她出城，她就撞死在這城門上。

哨兵中年老的一位，這時對那年輕的說：「你去看一看吧。趕走她，當心她真的撞下人命。」

那年輕的哨兵，早就盼著這句話，聽了，立即應了一聲，然後倒拖著槍，順著台階，騰、騰、騰地跑了下來。

那小媳婦見來人了，非但不跑，反而直往門洞裏鑽。一會兒工夫，和那哨兵，便在門洞裏扭作一團。

那老年哨兵，見年輕哨兵下去了好一陣，還不見上來，又聽見門洞裏，傳來廝打的聲音，間或，還有小媳婦的哭聲，和喊叫「救命」的聲音。

老年哨兵聽了，也倒提著槍，下了台階，他是也想去占一陣便宜，還是想去勸阻年輕士兵，連他自己也不清楚。

老年哨兵剛剛下了台階，轉過彎兒，這時，一個黑影，躥了出來，三步併作兩步，沿著台階直奔城樓。

這是楊作新。楊作新上了城樓，來到那根竹竿跟前，一使勁，搬彎了竹竿，從竹竿頂上，取下那只木籠。

他打開木籠，從木籠裏取下那顆人頭，然後從自己背上的包袱裏，取下另外一顆，仍舊裝在木籠裏，關好。

這叫調包計，或者叫狸貓換太子，黑白氏的主意。迄今爲止，一切按計劃行事。可惜，當楊作新換了人頭，又去彎那個竹竿，想將這個木籠重新掛上的時候，過於緊張，用力過猛，那竹竿「啪」的一聲，斷了。

響聲驚動了城門洞的兩個哨兵。哨兵吃了一驚，捨了黑白氏，一前一後，跑出城門洞兒。他倆仰頭往城牆上一看，看見月光照耀下明晃晃的城頭上，別說木籠，連那個挑木籠的竹竿也不見了，倒見有個人影，正在低頭忙活什麼。

兩個哨兵，吆喝著，一邊順台階往上跑，一邊拉動槍栓。

楊作新見狀，明白這調包計已經不行了，事情已經敗露，本該殺了這兩個哨兵，取出他們身上的鑰匙，衝出城去，也是一條辦法，可是，黑大頭的頭，還沒有安在他的身上，況且那半大孩子黑壽山，還在客棧裏。想到這裏，他也不再管那該死的竹竿，從容地將這裝著人頭的包袱，揹在背上，然後手端著槍，順著台階走了下來。

楊作新衝著兩位哨兵，說道：「不是冤家不聚頭。兩位兄弟，那人頭還在木籠裏，好端端地放著。我只是個過路客，聽說這丹州城嚴密，想取下人頭，和二位耍耍，江湖上傳傳名字而已。」

「既然手氣不順，我也就絕了這個心思了。二位不必驚慌，人頭還在，你們可以交差，不過是要另換個竹竿，將木籠重新掛上而已。怎麼樣，兩位爺們？」

楊作新說著，一邊用槍，在兩位的臉前比畫，一邊往後退著，仍舊退到那木籠跟前。

兩位哨兵上了城樓，見木籠還在，木籠裏的人頭還在，心先放下了一半。楊作新見了，又從腰裏，掏出些銀錢，丟在二位腳下，說道：「是朋友，讓條道兒，從此兩清；不是朋友，今天你死我活，如何？」

兩位哨兵聽了，互相看了一眼，悄悄地從地上撿起銀錢。

楊作新見狀暗喜。但他也怕遲延，怕那兩個哨兵拿了錢又變卦，於是倒退著步子，下了台階。

黑白氏早在那山牆頭上等候。兩人相跟著，便往客棧裏匆匆而去。到了客棧裏，叫起睡著了的黑壽山，上山去尋那黑大頭的半截身子。

白日，黑白氏將該辦的事情都辦了，現在，道路熟悉，三人來到七郎山上，找到了黑大頭那半截身子。黑白氏用一根縫麻袋用的大針，粗針大線，將人頭草草地縫在了脖子上。縫好以後，仍舊放在土裏，楊作新拿起一把事先準備好的鐵鍬，將屍體掩埋了，堆起一個土包。土包的一左一右，埋的是張三、李四。

至此，黑白氏從荒地裏，折來一根舊年的蒿草，掰成三截，權當是香，插在墳頭。插好香後，喚過黑壽山過去，跪著給黑大頭叩了三個響頭。黑白氏跪著叩頭，叩著叩著，哭了一聲，聲音剛剛出口，楊作新咳嗽了一聲，黑白氏趕緊捂往了自己的嘴巴。

楊作新站在一旁，看著這孤兒寡母，心中頗有一絲淒然。他默默地對黑大頭說：「大哥，你該瞑目了，那後九天的兄弟，都有了個好的歸宿。錢莊老闆那裏，仇也報了，如今代替你的，正是他的人頭掛在那裏。至於那吳大員，他的大限，想來也不遠，通往西安的路上，有人在等著他哩！」

這七郎山上，不敢過久延挨，一行三人，當即下了山，重新回到客棧。回客棧後，大家不敢合眼，只等天明以後出城。也不知那兩個哨兵，會不會張揚，楊作新想到這時，頗有幾分擔心。

那兩個哨兵，目送著楊作新與黑白氏走遠了，才回過頭來。

今晚這事來得尷尬，兩個都有些心慌不定。將銀錢塞進兜裏，兩人去搬弄竹竿，重掛木籠。竹竿只是從根上斷了，重新安上，還可以用，只是短了半尺。

掛那人頭時，年輕的一位，覺得木籠輕了許多，借著月光一看，不是黑大頭的頭了，嚇得忙喚另一位。

另一位老兵，是個兵痞，他走上前來看了一眼，說：「你瞎說什麼，誰說不是的！」又說：「不管它了，掛上得了。咱們不說，誰也不知道，一會兒交給下一班，就沒咱們的事了。」兩人說著，將那木籠重新掛起，一會兒接班的來了，交過崗，兩人回被窩數銀錢去了。

到了早晨，城門一開，楊作新趕緊備好馱子，扶黑白氏上驢，又抱起黑壽山，放在驢屁股上，完了，牽著毛驢，上了街道。走到秦晉錢莊門口，只見門口圍了一大堆人，說昨晚上這裏出了人命，那錢莊老闆，叫人殺了，只剩下這下半截身子，滿屋尋找，不見了人頭。有人正喊要報官。楊作新見了，不敢停留，牽著毛驢，匆匆而過。到了城門洞，一切如故，和昨日進城時，沒有什麼變化，楊作新壯著膽子，牽著驢，另一隻手按著槍，從哨兵跟前大模大樣地出了城。出了城後，怕後邊有追趕，朝驢屁股上拍了一掌，毛驢撒著歡兒，上了一條山間小路。

卻說那城裏，左鄰右舍見錢莊老闆的人頭，昨天還好好地長在脖子上，過了一夜，就不見了，心中害怕，有好事的，趕忙去報官。縣長見了，帶人來勘察了一番，也看不出個究竟，只好叫人將那半截身子埋了，將這錢莊就地查封。

那吳大員定好今日啓程，昨天多貪了兩杯，起身得遲了點，這時聽見外邊人聲嘈雜，出來看是怎麼回事。聽說那錢莊老闆的人頭，說聲沒了就沒了。心中驚疑，又問這錢莊裏，可曾丟了什麼東西。剛剛勘察回來的縣長，回答說，只丟了一顆人頭，別的東西，一件沒丟。吳大員聽了，心中已有幾分明白，他要縣長到城樓上去看一看，看城樓上掛著的那顆，還是不是黑大頭的。

縣長換了件衣裳，去了一會兒，回來後又驚又怕，說那城門樓子上竹竿挑著的，果然不是黑大頭，而是錢莊老闆的人頭了，兩個哨兵，寸步不離地守在那裏，誰竟有這操天的本事，雞不鳴狗不吠地，就把個人頭換了。縣長又說，把昨晚上站哨的，喚來，挨個兒問，不信查不出來。吳大員阻止了他，吳大員說，你省事些吧，哨兵一班一班地換，你去問誰去，就是誰手上出的事，誰也不會承認了，再說，這樁事也就不提它了，省得惹人笑話，且讓這錢莊老闆，李代桃僵，掛在那裏，風光上一回吧，反正過上幾天，蒼蠅一擻，那面目也就看不清了。

縣長聽了，也覺得這事不提爲好，當下省了一樁心事，接下來，又想到這不速之客，能幹出這樁事情，那麼要取他的人頭，也不是太難的事。當時便摸著自己的脖頸，臉色十分難看。

縣長的神色，吳大員盡瞧在眼裏，老實說，他雖然面皮上不動聲色，心裏也七上八下的，實在不踏實。他意識到自己該啓程了，於是打個哈哈，起身拱手，與縣長告別。

吳大員行前，突然想起，那後九天人馬，既然和錢莊老闆過不去，那麼和他，豈能善罷甘休，陝北前往西安的路上，一向不太太平，說不定，有人就在梢林裏等著他，準備打黑槍呢。想到這裏，遂吩咐隨行人員，備一艘船隻，渡黃河去，過了山西，取道風陵渡回西安。

吳大員棋高一著，跨黃河去了山西，害得山林中那些土匪，張大眼睛等了好多天，直到聽說吳大員已在西安露面，才斷了這份念想。至於那錢莊老闆的人頭，卻在這丹州城的城門樓子上，掛了很久，直到風乾成一個骷髏，才被取下。過往百姓，都知道那上邊掛的是誰，於是一邊笑那政府，一張大紙糊在臉上，硬裝門面，一邊指著人頭，告誡世人，可不要做那造孽的事情，提防半夜敲門。百姓們評評說說，指指點點，這丹州城城門樓子上的人頭，幾乎成了丹州一景，就是時至今日，還有人把這當古話說起。

閑言少敘。卻說楊作新一行，離了丹州城，驚魂未定。怕後邊有敵人追趕，驢蹄翻飛，一路小跑。到了晚上，人睏驢乏，一打問，已經到了鄜縣縣境，大家方才心定。

當夜，就在一家行人小店歇息。那黑白氏騎了一天的毛驢，腿腳酥軟，驢子站定後，她閃了兩閃，竟像長在驢身上一樣，下不來了。倒是黑壽山，腿腳麻利，一側身，溜下了驢背，然後脫了褲子，翹起屁股，叫楊乾大看。原來是驢的脊樑桿子，將他的屁股磨破了，紅蠟蠟地流血。楊作新拍了一下他的屁股，說看見了，叫他把褲子穿好，然後去驢背上，去取黑白氏。楊作新力大，夾起黑白氏的腰身，輕輕一提，黑白氏便離了驢背，被款款地放在地上，像個木偶人一樣站定。

當夜無話，到了第二天，步子就徐緩了下來，騎驢婆姨趕驢漢，沿著那條走西口的道路，穿越陝北高原，向北而行。這是送黑白氏母子，去黑白氏的娘家袁家村。後九天早已成了一片廢墟，去不得那裏，而黑家堡，因爲有當年黑大頭吊打伯父的事，歸路也斷了，想來想去，黑白氏要楊作新送她們母子倆回袁家村去。

七郎山上，安葬了黑大頭，不管怎麼說，黑大頭也算是入土爲安、全屍回家了。想到這裏，那黑白氏，也覺得自己對得起夫妻一場了，從此不再想他，把一應前塵往事，漸漸去在腦後。

一路上，走走停停，停停走走，眼前山迎山送，應接不暇，黑白氏久居後九天，好久沒有到世界上走走了，看到眼前的景象，她的臉色，也漸漸開朗起來。

從長相上看，那楊作新與黑白氏，倒像是般配的一對兒，一樣的修長身材，一樣的小白臉兒。心情開朗，遇到有水流的地方，黑白氏說一句「他乾大，不忙著趕路」，便勒住驢兒，走到水邊。她踩一塊列石，打開髮髻，散開一頭烏雲般的黑髮，在水裏洗了，然後在頭上，重新編好盤好。臉也捎帶著洗了，洗罷臉後，拿出一點官粉，撲在臉上，於是一張俏臉兒，愈見嫩白。

時至今日，楊作新的力氣已經長圓。歷經炮火與硝煙的燻烤，他的面容顯得有些憔悴，臉上也露出疲憊之色。嘴唇上，鬢角上，開始紮滿濃濃的鬍鬚。他原來筆挺的身板，現在微微有些駝了，兩個肩膀，也有些前傾。他穿一件對襟的粗布衫子，腰裏圍一條腰帶，頭上，白肚子手巾紮成英雄結。他更多的時間是牽著驢韁行走，不過，遇到山勢平緩，道路寬些的地方，他也放了韁繩，讓黑白氏拎著，而自己，跟在驢的背後，反剪著雙手，身子一閃一閃地走著，像個真正的趕腳漢。

山野寂寥，看不盡的荒山禿嶺，走不完的綿長山路，在這樣的時候，只有一個人的腳步和一頭驢的碎步，清晰地響在山間，於是給人一種空曠感和壓抑感。楊作新耐不住這旅途的沉悶和環境的擠壓，扯開嗓子，大聲地吼叫起來，如果有歌詞，這叫「信天遊」，如果沒有歌詞，只一味地號叫，這叫「喊山」。

隨著一聲號叫，四面山上的「崖娃娃」，齊聲應和起來，轟轟隆隆地，一陣接著一陣。

隨著喊聲四起，黑白氏的情緒也受到了感染，看到身邊這個男人在顯示力量，發洩情緒，她理解地望著他，並且在抿著嘴笑。年幼的黑壽山，也被這喊聲驚動了，他饒有興趣地支起耳朵聽了一陣，也仿效楊乾大的樣子，喊起來，一邊喊一邊高聲大笑。喊完了，他問楊乾大，是什麼在回應他。楊作新說，民間的說法，這叫「崖娃娃」，科學的解釋，這叫回聲，聲音碰到四面山上，折了回來。黑白氏聽了，笑著糾正說，楊乾大說得不對，這既不是「崖娃娃」，也不是回聲，小時候她做閨女的時候，也常常這樣喊，一個過路的白雲山道人告訴她，這是應聲童子，每一面山崖的裏邊，都站著一個應聲童子，等候著回人的話。黑白氏還說，那道人說，妳離山崖遠一點喊，當心離得近了，被山崖吸了進去，也被留做應聲童子。

許是想起做閨女時的情景吧，黑白氏的臉上，掠過一陣紅暈。

她本來就是個風流的人兒，自嫁了黑大頭，安生了下來，盡一個女人的本分，如今黑大頭一死，沒有管束，想到自家的自由身子，她不免有些放浪起來。

節令正是陰曆五月，山丹丹開花的季節。「山丹丹開花背窪窪紅」，在那山岡的背坡上，開著一片山丹丹，紅豔豔的。陝北女兒家，有幾個不知道這種野花的，黑白氏見了，卻明知故問，問這是什麼，接著又央他楊乾大，採一朵來，她想瞧瞧新鮮。花兒拿到手中，她端詳了一陣，便掐去稈兒，插在了鬢邊。

楊作新瞅著她往鬢邊插花，看得有些出神，他突然想起丹州城門洞裏的事，於是問道：「嫂子，那天晚上，城門洞裏，妳沒讓那兩個燒腦小子，占了便宜？」

黑白氏聽了，臉色一紅，她說：「沒有，哪能呢，我在褲帶上，綰了個死疙瘩！」

楊作新突然覺得自己一個大男人，不該問這話，便止了口。

黑白氏正等著楊作新將這個話題繼續拉下去，見楊作新突然停了，不免有些遺憾，只好自己接著往下說。她說，那天夜裏，住在小店，褲帶上那個死疙瘩，她死活解不開，急得沒法，想叫楊作新幫她解，又嫌羞，最後，硬是自個用牙咬著，解開了。

楊作新想到，黑白氏彎著腰，用牙齒咬褲帶的樣子，一定很有趣，他笑了起來。他輕輕地拍了一下驢背，驢驚叫了一聲，步履快了。

當天夜裏，歇息在一個叫交口河的行人小店裏。這類小店，通常只有一孔窯洞，一面大炕。晚上，一行人洗漱完畢，店家是一個老頭，爲行人做了一頓可口的麵食——蕎麵餄餎羊腥湯，做完以後，便偎在鍋台跟前，早早地睡了。

兩邊都是大山，中間夾一條清澈的溪流。這家小店，就在溪流的旁邊。夜來，明晃晃的一輪大月亮，升起來了，照得半面窗戶，一片雪白。楊作新與黑白氏，見老頭睡了，也就鋪了被子，早早睡覺。原來這種小店，也只有一床被子，被子奇大，可以將整個大炕嚴嚴實實地蓋滿，人稱「塌夥被」。早年這種走西口路上的行人小店，用的都是這種被子、這種大炕，所以並不是這家主人的獨出心裁。

往日，睡這種「塌夥被」的時候，總是楊作新在一側，黑白氏在另一側，中間夾個半大小子黑壽山。黑大頭新喪，一干人還處在悲慟之中，再加上旅途勞頓，心中耽事，所以每日夜裏，那黑白氏摟著孩子，一覺天明，其間並沒有發生什麼事情。

自打後九天寨子，初次見了楊作新，黑白氏心中已暗暗鍾情於他，只是礙著個黑大頭，不敢造次。如今一路走來，一路上難免碰頭磕腳，瘋言浪語，也時有點掇，那黑白氏一顆不拘的心，早就野了。

今夜，也是黑白氏有意，她抱起孩子，首先在炕的一側睡了，孩子放在了炕圪嶗，她則橫在了炕的中間。楊作新見了，無奈，只得在炕的這側挨牆睡了。不過，炕很大，敍述者也曾經睡過這種走西口途中行人小店的大炕，赤條條八個後生，頭枕炕沿，腳蹬窯掌，輾轉反側，仍有富餘，所以，此刻的楊作新，距黑白氏尚有相當距離。

那個開店的老頭，蜷曲在灶火口的柴堆上，正在呼呼大睡。門外的溪流，發出淅淅瀝瀝的聲響。月亮不停地移動，慢慢地將它的光芒，漂白了整個半月形的窗戶。

黑白氏在哄著兒子入睡，一邊哄著，一邊蜷起膝蓋，將一隻小腳，擱在了楊作新的身上。那黑白氏在哄孩子入睡的時候，還不停地哼著酸曲，那酸曲，正是我們前邊談到過撩撥人心的那種——

禿腦小子你趕快睡，
害得你乾大活受罪！

黑白氏反覆地哼著，哼到「乾大」二字時，還不停地用她的小腳，去蹬楊作新。楊作新明白了，這正是所謂的「騷情」，於是佯裝不知，聽任黑白氏的小蹄兒蹬躂。

「乾大」這個稱謂，在陝北，一般說來，是對有一定人望的、在社會上有頭有臉的男人的一種尊稱。當然。這個「乾大」有廣義和狹義的兩種，上面談的是廣義，就狹義而言，「乾大」是指兩個要好的朋友之間，結成「拜識」，於是他們的子女，稱父親的拜識爲「乾人」。當然，在一些個別的地方，「乾大」這個詞兒，還有第三種解釋，似乎是暗指母親的情人。民謠中說，「沙子打牆牆不倒，乾大來了狗不咬，姑娘嫁漢娘不惱」，那裏面提到的「乾大」，大約就是指的母親的情人吧。

也許，早在那黃土峁上，黑白氏要她的兒子，叩頭認楊作新做「乾大」的時候，就已經默許下楊作新這第三種意思了。只是楊作新是學堂裏長大的，不瞭解這民間的許多渠管道道，再加上十里不同俗，吳兒堡地面與袁家村地面，對「乾大」的理解不同，所以他只記得這乾大的責任，忘了這乾大的好處了，時至今日，還不動作，難怪黑白氏著急。

孩子已經熟睡。黑白氏停止了她的催眠曲，她翻轉身子，靠在了楊作新這邊。

「怎麼，我熱身子遇上了個冷枕頭，熱屁股遇上了個冷板凳？」黑白氏微微一笑，說道。

她說完這話，湊上前去，施展手段，將個熱烘烘的身子，騎在了楊作新身上。那個小蹄兒一樣的小腳，現在不用它了，她伸出手指，輕輕地撫摸著楊作新的眉眼，摸得很細，楊作新只感到，像一股輕柔的風，從他的臉面上輕撫過去。那柔若無骨的手在撫過臉面以後，並沒停止，它一直向下摸去，在楊作新的胸脯上，逗留了一陣，又越過胸脯，繼續前行，最後她捉住了楊作新腰下的那個東西。那東西已經邦邦硬了，女人見了，微微一笑，在楊作新的嘴上，親了個口口，然後將那東西，擺弄起來，像擺弄一個玩物，擺弄了一陣，就端起它，熟練地塞到了自己的下處。塞進去後，晃動了兩下，覺得舒適了，便停止了晃動，整個身子，像一灘泥一樣，攤在了楊作新的身上。

楊作新感到自己，像在雲裏霧裏。一個大活人壓在身上，他竟感到輕飄飄地像罩了一團熱氣。說心裏話，他正等著這妖嬈的女人，來擺弄自己，誰知道，到了這個火候，那女人，卻停止了主動。她認爲她應該做的已經完成，她這時做的唯一的一件事情，只是將她的一張小口，溫柔地咂著楊作新長滿鬍子的嘴巴，舌尖兒輕輕試探，而兩隻手，抓著楊作新那羊糞蛋兒一樣的奶奶。

楊作新感到燥熱，感到惱怒，感到血液像著了火一樣在全身燃燒，他再也不能忍耐，大叫一聲，兩隻手，兩隻腳，盤住黑白氏，一個打滾，將黑白氏壓在了身下。

「你真能行！」女人鼓勵道。說著，又用她的尖指甲，在楊作新的奶奶上，死勁地掐了一下。

楊作新感到一陣疼痛，繼而是一陣眩暈，繼而是一陣刻骨銘心的快感。接著，究竟發生了什麼，連他自己也不知道，他只聽任本能行事。

在苦役般的人生旅程中，在按照悲觀主義者所認爲的「生命過程本身就是一次錯誤，一場與生俱來的痛苦」這句話之後，假如，人生中還有片刻的歡樂，還有忘記了一切憂慮，將整個世界都丟在腦後的時光的話，那就是這銷魂的一刻。其實，公允地講來，這對楊作新是第一次，遙遠而寒冷的吳兒堡之夜，他與燈草兒，那只是一次苦澀的義務，是受冥冥之中家族昨日的祈使，去完成一次春種秋收而已，他在那一次絲毫沒有體驗到什麼，也沒有產生什麼感想。

他覺得自己，時至今日才瞭解女人，未免有些遺憾。他覺得世界真是奇妙，它讓世上有男人和女人，然後再用男人和女人之間的事情，來調節苦役般的人生、淒苦饑寒的生活。如果說對一個女人來說，沒有生孩子就表示她沒有成熟，那麼對一個男人來說，接觸一回女人就表示他成熟了一回。「老子不死兒不大」，楊乾大之死，促使楊作新覺得自己猛然之間長大了，而此刻與黑白氏的接觸，又給他帶來一種成熟的感覺。他捧著黑白氏的小白臉兒，愛不夠，恨不夠，親不夠，他忘記了這個晚上有過多少次你來我往和我來你往。

「六月裏黃河十二月風，老祖先留下個人愛人！」黑白氏在氣喘咻咻的途中，還沒忘了哼上這兩句陝北民歌野調。

「騎馬要騎那花點點，交朋友要交那毛眼眼！」楊作新這樣應對。

事情總該有個結束。後來，那個睡在灶火口的老漢，被響動驚醒了，他不滿地嘟囔了一聲，大約是說，真沒個夠，你們自己不要緊，被子一搧一搧的，當心把孩子搧騰涼了。老頭說完，又沉沉睡去，炕上兩個風流人物，登時臉色羞紅，相視一笑，親個口口，才算甘休；彼此分開，黑白氏又去摟她的孩子去了。

第二天早晨，算了店錢，登程上路。他們兩個，倒沒有感覺什麼，倒是這半大小子黑壽山，感覺到母親和楊乾大之間，態度有了變化，平日二位，總是客客氣氣，相敬如賓。從今天早晨開始，母親又恢復了往日那懶洋洋、軟綿綿的神氣，騎在驢上，一會兒說屁股墊，讓楊乾大拽拽那墊子，一會兒又說山崖上木瓜熟了，要楊乾大去打，頤指氣使，呼來喚去，儼然像個「娘娘」。楊乾大也放下了平日那大不咧咧的男子漢氣派，黑白氏但有吩咐，有求必應，像乖哄一個孩子似的。這是事情的一面，事情的另一面，那楊乾大，對母親說起話來，態度突然隨便了許多，粗暴了許多。每逢這時，黑壽山便去瞅母親的臉色，誰知母親，非但不惱，臉上反而有一種樂於承受的愉快表情，並有一種異樣的神情。兩人傳情，冷落了一個黑壽山。黑壽山見了，怎麼也琢磨不透，心想這大人之間的事情，就是忒怪，僅僅交口河一夜，便發生了這些變化。

一路上男歡女樂，七天行程，倒走了十五天，那黑白氏的包袱皮裏，有的是取之不竭的銀兩，沿途路上，雖說並不太平，可是一聽是這幾位，那些爲匪爲盜的恭敬還恭敬不及，哪敢有一絲爲難的意思。然而道路總有個盡頭，逍遙總有個結局，十五天頭上，沿著秀延河走過一陣後，拐過一條小溝，遠遠地便望見了袁家村升起的炊煙。

黑白氏的母親，見女兒回來了，外孫也回來了，自然欣喜。對這楊乾大，看了黑白氏的眼色，更是小腳顛著，跑前跑後，問吃問喝，絲毫不敢慢待。

楊作新在黑白氏娘家，又住了半月。黑白氏有這份情義，一心要留住楊作新；那黑白氏的母親，見了楊作新長相體體面面，知書達理，人也靠得住，一心也盼女兒能有這麼個著落；小小的黑壽山，和楊乾大混得熟了，也不忍讓他離開。

但是楊作新執意要走。在袁家村，他煩躁得一日勝似一日，惦念著隊伍和他的同志們，他明白自己不是個安生的人，永遠不會成爲守著婆姨過安生日子的人，遠處的使命在召喚著他，他必須前行。他也不願意和黑白氏配成夫妻。交口河那一夜是那一夜，配成名義上的夫妻，卻是另一回事。他覺得這是黑大哥的婆姨，黑大哥雖說死了，可這婆姨還是他的，他從心理上，無法將她變成自己的婆姨，無法將「黑白氏」變成「楊白氏」。

黑白氏見楊作新主意已定，知道強留無益，倒不如就此分手，給彼此留下一點作念。當下止住了哭聲，好酒好菜，小心地侍候楊作新，並且留了他最後一夜。夜來纏綿悱惻中，她對楊作新說，從此她就再不沾男人了，寡婦門前是非多，她要開始過清心寡欲的日月了，餘生唯一做的一件事情，就是把黑壽山拉拔大，讓他有個出息。

清晨起來，楊作新上路，黑白氏情不自禁，又一次挽留他，說她昨日個，到廟裏抽了一籤，問行路人的安危，籤上說，行路人恐怕有個血光之災，因此她要楊作新，以後行路做事，盡量護住自己的身子，大丈夫頂天立地，難免會有一些磕絆，該伸當伸，該屈當屈。黑白氏目光之下，其實還是想挽留他，眼中柔情蜜意，楊作新都見了，只是當做沒看見，一扭身子，撒了黑白氏的手，大踏步順著山路走去。

走了不遠，聽見背後「哇」的一聲，黑白氏扶著一棵杜梨樹，哭了。楊作新硬了硬心腸，繼續前行。

原來，黑白氏娘家的幾個弟兄，也都投了紅，如今正在紅軍游擊隊裏幹事。所以楊作新，對紅軍游擊隊目前的確切位置，也知道得一清二楚，那袁家村，離紅軍營地也不算太遠，步子緊些，一天的光景，就到了。

到了紅軍游擊隊駐地，對自己的私自離隊，以及這以後事情，楊作新做了解釋，並主動做了自我批評。過一段時間後，膚施城地下黨組織遭到破壞，急需重建中共膚施地下支部，這樣，組織便又派楊作新，重返膚施，名義上是去膚施城外一家小鎮，擔任小學校長。這是一九二九年時候的事。

第十一章　亂世兒女的情緣與情債

楊作新接了指示，也就依依不捨，離開紅軍游擊隊，重新換上一件長衫，另配一副二軲轆眼鏡戴了，去那膚施城。行到路上，想到離家日久了，不知母親和楊蛾子現在情況怎樣，於是便多繞了一段路程，回了趟吳兒堡。自丹州城到後九天，再到交口河，再到袁家村，再到紅軍游擊隊駐地，再到吳兒堡，接下來再去那膚施城，算起來，楊作新這半年，恰好在陝北高原，轉了個弓背形的半圓。

這一次行走，沒有了黑白氏，於是路途也就多了許多的孤單和寂寞，不過腳步卻快了許多。第二日，翻過那座父親當年掩護他逃跑時走過的山梁，眼前川道漸漸寬闊，一溜兒窯洞，順山腰擺開，吳兒堡到了。

楊作新家的窯洞在南頭。遠遠地眺見自家那孤零零的三孔土窯，楊作新的心頭一陣顫動。這窯洞顯得更破舊和古老了，當楊作新在世界上遊歷了一番後，眼前的窯洞，也不似記憶中的那麼高大了，它顯得有些寒磣、低矮，彷彿叫它洞穴更合適。令楊作新感動的是，窯門口掛著的那串紅辣椒還在，一年一串，舊的吃了又換新的，它標誌著不管怎麼說，對於這家窯洞的主人來說，生活在繼續著，一年一年地在倒換著步子。

母親已經老眼昏花，她好久沒有認出來兒子。直到官道上的那個行路人，在自家門口站定時，她還以爲是過路人要討水喝，忙著說讓她去燒。待那過路人親親熱熱地叫了聲「媽」，她才醒悟過來。她走過去，像個孩子一樣，兩隻手扳住來人的頭，眼睛瞪在臉上，細細地瞅了半天，認出這是楊作新，於是「哇」的一聲哭了。一腔熱淚像撒珠子一樣，跌在楊作新的胸襟，兩隻又枯又瘦的手，挽住了楊作新的脖子。

「我兒，是你回來了？」母親問。

「是我，媽！確實是我！」楊作新回答。

楊作新彎下腰，輕輕地托起母親，將她送回窯裏，在炕邊上坐定。

母親只是瞅著楊作新笑，笑得臉都皺成了一朵花。見了兒子，她突然變成了一個愛嘮叨的老太婆，她不住點地打問，問楊作新這幾年的情況。她還以平靜得叫人吃驚的口吻，講述了楊乾大死時的情景。當然，她沒有忘記說楊乾大死時的囑託，不過兩件囑託，她只說了一件，就是委託楊作新招呼楊蛾子，至於圈窯那件，她沒有說。那是她自己的事，她不好意思說。提起楊蛾子，楊作新問道，她到哪兒去了。母親說，屋裏屋外，現在全靠她了，這會兒，她和村上的一夥姊妹，上山掏地地菜去了。

正說到這兒，塬畔上響起一串銀鈴般的笑聲。聽到笑聲，楊乾媽說：「你看，死女子回來了！」

楊乾媽話音未落，楊蛾子已經下了畔，挎著一隻籃子，不停嘴地叫起「哥哥」。楊作新正待起身，蛾子已經抬腳進門。「哥哥！」她又叫了一句。人到了跟前，幾年不見，有些怯生，竟在楊作新面前，有些忸怩地站住了。

幾年不見，楊蛾子已經發育成一個大姑娘了。她的身上，保留了這個古老家族所有的遺傳優勢：端莊、秀麗、美貌、熱情，那人兒，彷彿是在黃土坬上，開放著的一朵熱烈的野花。她剛剛從山坬上下來，臉色紅撲撲的，泛著一層細密的汗珠，散發著一種青春的異樣光彩。楊作新見了，不由得從心裏讚歎一聲，叫一聲「好妹妹！」

「蛾子，妳咋知道我回來了？」楊作新問。

「咋知道？我在山上挖菜哩，你一從那坡坬上下來，我就瞅見你，瞧你那走勢，我一看，就知道是楊作新。我和姊妹們打賭，說是我哥回來了，她們還不信，說真是楊作新，就把她們挖的菜，都倒給我。我們站在山梁上眺呀眺，直眺到你走進咱家窯院。你瞧，我這滿滿的一籃地菜！」

楊作新笑了，楊乾媽也笑了。楊作新打心眼裏喜歡自己這個妹妹。自從接觸了黑白氏後，這個男人的感情，變得細膩了。

楊乾媽要蛾子將那地地菜擇了，洗乾淨，今個楊作新回來了，她要給他做一頓細飯，用地地菜，摻上乾豆角，爲兒子包一頓餃子。

在這樣的年景，這樣的家境，這算是最好的飯食了。楊蛾子將地地菜擇淨洗淨後，又從牆上取下一串乾豆角，然後將兩樣東西放在案上，聚成堆兒，剁了起來；這時候，楊乾媽將麵也和好了。配好調料的餡兒，還有和好的麵團，一起拿到炕上，三口人便盤腿坐在炕上，開始「套窩窩」。陝北人的包餃子，不擀餃子皮，而是從麵團上撕下一塊麵來，在手裏玩成蛋蛋，然後用大拇指轉呀轉，將麵蛋套成一個窩窩，把餡兒放進去。這種做法，自然比那餃子皮包的餃子，皮要厚得多，做起來也彆扭得多，不過殺豬殺屁股，一人一個殺法，陝北人的包餃子就是這樣的。

吃罷飯，見天色還早，楊作新提出，他想到父親的墳頭上看一看，祭奠一下他老人家，並且在墳頭上添上把土。母親說，讓蛾子陪你去吧，山上滿是荒墳，哪個是哪家的，你不清楚。於是，蛾子陪著哥哥，上了堖畔，沿著那條弓形的山梁，上到山頂，在那棵老杜梨樹旁邊，在那葬埋著兩個古老的風流罪人的那一處墳地裏，找到了楊乾大的墳塋。

一個普普通通的土堆，簡單，平常，要不了多久，如果沒有人照管，這墳頭就會被黃風和雨水拂平。站在父親的墳頭前，楊作新有許多感慨，父親的音容笑貌，這一刻，倒海翻江似地湧滿了心裏。像一個真正的男人那樣，像一切爲人子者這時候應該想到的那樣，楊作新此刻覺得，他欠父親的太多，或者說父親給予他的太多。他覺得父親還沒有給他一個償還的機會，就這樣匆匆撒手而去了，實在叫人遺憾。他想到父親一生，一天好日子也沒過過，一天福也沒享過，眉頭的鎖結一天也沒打開過，這似乎是他的一個失職；而他所從事的事業，正是爲了在未來的某一天，讓千千萬萬父親這樣的人能過上好日子，能放開肚皮吃上一頓，能在業餘時間除了捉蝨子以外，還有另外的精神活動；這一刻他意識到了自己使命的神聖，他的心中除了原先的悲愴之外，又加上了一層崇高的感覺。

他跪了下來，爲父親燒紙，燒完紙，又接過楊蛾子端上山來的一碗涼水。鄉裏人除了年節，難得見酒，遇到事情，水酒水酒，便以水代酒。楊作新接過水酒，跪在地上，自左至右，將那水酒，成一條直線，灑了三巡。祭奠完了，便將那只盛水的粗瓷大碗，揚手高高舉起，「啪」的一聲摔在地上。瓷碗頓成碎片。這叫「摔瓦罐」，本該是楊乾大入土那天，他該做的，現在補上。一切結束後，就又叩了個頭，然後一手拄地，站起。

楊蛾子見畢事了，走過來，爲哥哥拍拍膝蓋上的土。和楊作新的沉重心情相反，她的態度竟是出奇的平靜，宛如母親對待這件事時的態度一樣。時過境遷以後，楊作新時常想到這一點，他認爲，是鄉下人淡泊慣了，因此對於這生生死死，哪怕是自己最親近的人死去，也麻木了；後來，在膚施城監獄裏，當他自己爲自己選定了死期，並且以異常平靜的心情，去自行結束生命時，他才幡然省悟：在陝北人的性格中，有一種知生知死的達觀意識，他們明白人註定要死亡，一抔黃土對任何人來說，都是平等且不可避免的歸宿，每一個人閉上眼睛的那一刻，便是苦難命運的終結，便是一種得以永恆幸福的開始，所以應當平靜地接受命運，所以應當吹奏起嗩吶，爲上山的人送行才對。

離開墳頭，離開鄉村公墓，剛剛踏上下山的路，楊蛾子就笑了起來。她銀鈴般的笑聲迴盪在山谷裏。苦難的生活還沒有磨掉這山野女子青春的笑聲。我不明白姑娘們爲什麼愛笑。我去請教一位懂得姑娘的專家，他告訴我，姑娘愛笑，就是因爲她們想笑。我覺得他的話說得飽含深意。上面這段話是一位前輩作家說的，現在用給我們的楊蛾子，不能說不妥貼。

笑聲感染了楊作新，他深深地吸了口山野間的清氣，也感到心情愉快起來。前面說了，自從遇見了黑白氏以後，這個男人的感情變得細膩了，當然，他自己並不知道細膩的原因。這時，他告訴了妹妹，在膚施城裏，槍殺禿子的事。他問妹妹，事情發生後，花柳村那邊，還找沒找這邊爲難。

楊蛾子說，楊作新殺禿子的事，傳到鄉下，她也知道了，哥哥真是個大男人，說到做到，替楊家出了這口惡氣。她還說，事發後，花柳村那邊，也沒敢到吳兒堡騷擾，大約是懾於楊作新，或者是覺得自己理虧，嚥下那口氣了。

楊作新這時候記起了父親的囑託，他對楊蛾子說，妳現在是自由的身子了，該找一個了，是不是已經有了，還瞞著哥哥。

楊蛾子羞紅了臉，說她沒有——確實沒有。閃過年齡了，好小夥子都有了家，沒結婚的，她都瞧不上眼。

「莫要心高，就像我！」楊作新說著，想起了老實的燈草兒，心裏不是滋味，「妳想要一個什麼樣的，給我說，哥哥幫妳找。」

「你的腰裏別著手槍吧，哥哥！你剛才叩頭的時候，我看見了。」楊蛾子說，「我要找，不圖銀錢，不圖人樣，就想找一個，哥哥這樣一個拿得起、放得下，站得起、蹲得下，走南闖北的男子漢。」

「好妹妹，妳還是心高，像我的稟性一樣！」楊作新取笑妹妹。

「哥哥！」楊蛾子難爲情地叫了一聲。

「我幫妳找，我幫妳找！遇見那揹著短槍、打著裹腿的好小夥子，我搶也要搶一個回來給妳！」楊作新趕緊說。

楊蛾子笑了。她有些害羞，於是一個人，飛也似地，順山梁跑了下來，身後響起一串銀鈴般的笑聲。

楊作新在吳兒堡，待了三天。三天期間，除祭奠了父親楊乾大以外，他還以一個孝子的身分，叩拜了埋楊乾大時，幫過忙的族人，並且託付他們，關照他母親和妹妹。這件事自不必說，村裏人見楊家老大，如今氣宇軒昂，成了一代人物，自然滿口答應。

三天頭上，楊作新辭了母女二位，啓程上路。臨行前，母親抹著淚水，又提起抱孫子的事，楊作新這時也猛然感到，這確是一件大事，他滿口應承了下來，說有合適的，就成親。母親說了，趁她這二年，還沒有老得走不動，還能服侍月子，楊作新得把這事抓緊。楊作新聽了，又是一陣雞啄米似地點頭。最後，他給家裏丟了一點錢，囑咐妹妹，好生照顧母親，說罷，終於抽出身子，別了家門。

人世間，總是鄉情最濃，那山，那水，那破舊不堪的窯洞，那衣衫襤褸的母親，那足以引起你童年回憶的每一件物、事，它們都帶給你一份情感，使你真誠、崇高和善良。而做為遊子來說，當他在那險惡世界遊歷的時候，他明白，有一處地方，永遠在他的世界裏存在著的，那就是故鄉，無論他在外邊鬧成了天大的世事，或者在外邊一敗塗地，頭破血流，當他推開吳兒堡那破舊的柴扉，總有滾滾的米湯，灼熱的石板炕和親人的笑臉。你在外邊或榮或辱，那是你的事，他們不問這個，他們永遠認為你是對的，他們唯一做的事情，就是愛你，無條件地愛你。哦，假如在動盪的世界上，還有一塊固定的、永恆不變的東西，那就是鄉情。

楊作新離了吳兒堡，曉行夜宿，不幾日，進了膚施城。膚施城裏，時過境遷，認得當年那個激進學生的人不會多了，國民黨軍隊在此期間又多次換防，因此楊作新放開膽子，進了北城門。世事滄桑，這幾年，膚施城裏人口又增加了許多，也熱鬧了許多，儘管是戰亂加上災荒，城內的建築物還是新起了不少。

楊作新在一個小客棧裏下榻。洗漱一畢，吃了頓飯後，便將短槍別在腰裏，逕自來到市場溝一家山貨店門口。

山貨店生意異常冷落，只一個掌櫃的站在櫃檯裏邊，向街上張望，見了楊作新，叫一聲「發財發財」，算是招呼。

楊作新站定，一隻手扶住櫃檯，另一隻插在腰裏，回敬一聲「彼此彼此」，然後說道：「兄弟是從北草地下來的皮貨商，這次趕腳，帶回來一些上等皮貨。」

「都是些什麼？」掌櫃的問道。

「五十張黑羊皮，五十張白羊皮，外帶兩領狐皮！」

掌櫃的聽了，笑起來。笑罷之後，他說：「客官是個外行，還是故意逗趣，羊皮不論黑白，只論山羊皮和綿羊皮。」

「此話怎講？」楊作新問。

掌櫃的答道：「山羊皮做窮漢穿的光板子皮襖，綿羊皮做富漢穿的皮大氅！」

楊作新接著說：「山羊皮擀窮漢睡的沙氈，綿羊皮擀富漢睡的綿氈！」

掌櫃的說：「正是這樣！」

楊作新亦回應一句：「正是這樣！」

說罷，二人擊掌，哈哈大笑。暗號對上了，掌櫃的四下瞅瞅，說句「屋裏說話」，楊作新聽了，一閃身，進了櫃檯。

接上頭後，楊作新召集支部內部身分沒有暴露的同志，開了個緊急會議，傳達了上級指示，批評了前一段工作中急躁冒進的情緒，指出在膚施城這樣的地方，黨組織的活動一定要慎之又慎，宜灰不宜紅，宜散不宜聚，首要任務，是保證膚施做爲中樞地帶，以交通站性質，溝通遠在陝北北部邊緣的紅軍游擊隊和上級的聯繫，接送過往首長，及時爲游擊隊傳遞情報等。

安排停當後，楊作新便換了一身乾淨衣服，裝扮成教書先生模樣，前往小鎮小學就教。這一次，他在小鎮，待了好幾年時間，一邊教書，一邊領導膚施城區的地下黨活動。他的婚姻問題，也在小鎮得到了解決。

學校建在一所舊廟裏，剛剛成立，規模很小，教書先生連同這個校長在內，一共三位，所教的學生，年齡大小不一，合起來，也就是四、五十人。這裏雖是膚施城郊區，卻十分落後，農民的生活也很苦，經濟的制約，農民們對孩子上學，也不熱心。沒法子，楊作新只好挨門挨戶地去請，好不容易收起了幾十名學生，於是制訂教學規劃，安排國語、算術諸類課程，破廟裏的鐘聲，噹噹噹地敲響了。

楊作新是農家出身，知道孩子上學的艱難，對農民的苦處，也不乏深刻瞭解，所以在教學中，盡心盡力，加之他為人和藹，學識淵博，所以過了不久，便在這小鎮及周圍幾個有學生的村子，熬上了好鄉俗。那些上過一段學的學生，回家後寫個對聯，記個出入小賬，也都沒給楊校長丟臉，這樣久而久之，學校便鞏固下來，並且得到膚施教育局督學的表揚。

那膚施城教育局的督學，你知道是誰？原來這位女士，正是當年與楊作新生別死離的那個「密斯趙」。她嫁給警察局長後，接著又去省城，上了兩年大學堂，回到膚施，可以說是膚施城中學識最高的女才人了，所以入了官場，占了督學這個位置。

趙督學正當春風得意馬蹄疾之時，不料有一喜即有一悲，她的丈夫，警察局長在一次「剿紅」時，不幸陣亡，所以，趙督學至今還空守閨房。以她的才貌，來求親的自然不少，想佔便宜的也不少，但是都被她婉拒了，據說她拒絕的自然都是些凡夫俗子，但和膚施城中，幾位有權有勢的人物，卻私下裏有些來往，不然如何能久占督學這個位子。說是說，這話也不一定當真。

趙督學來小鎮小學視察，眼睛一亮，瞅見了正在操場領學生們跑步的楊作新。雖然楊作新臉上落滿風塵，挺直的腰身也稍有一點前傾，已不是當年那個白面書生的模樣了，但是趙督學當年動過真情，動過真情自然也就記得實在。她一眼就認出了，這就是當年亡命出膚施的那個人，只是礙著還有幾位冬烘先生，於是，她只意味深長地瞅了楊作新一眼，並沒露出什麼。

楊作新也認出了當年的「密斯趙」。他暗暗叫苦。膚施城內，人事滄桑，他知道經過這麼多年，能認出他的人不會多了，入膚施城初始，他怕的就是這個昔日的情人，知道她肯定會認出他來。事已至此，這個早晨，他也就只好硬著頭皮，打著哈哈，支應這一夥上峰來的視察大員。那趙督學幾次想找一個說話的機會，單獨和楊作新拉一拉，楊作新經歷了這些年的摔打，也是一個場面上的人物，只是虛應，不給心慌不定的趙督學這個機會。

這趙督學自然不是一般的女子，見了楊作新這樣，她於是裝作不知。一行人視察了校舍，觀摩了楊作新的講課，就要啓程回城時，趙督學說，讓各位先走，她還想和楊校長再拉一拉「鹽蛹蛹」的事，楊校長除了治學有方以外，視民眾如父母，這個「鹽蛹蛹」的事，她早就有所風聞，現在，想聽楊校長再親自談一談。

一行人走了以後，這趙督學便昂首走進了楊作新的辦公室兼寢室。楊作新見她將別人都支應走了，只留下自己一個，料想她沒有惡意，起碼這次沒有惡意，於是也就放下心來。既然趙督學想問問「鹽蛹蛹」的事，於是坐定之後，便清清嗓子，講了起來。

待到坐定，四目相對時，趙督學也早就沒了剛才的氣勢。眼見得楊作新的官樣文章，她忍耐了幾次，終於忍耐不住，竟鼻子一酸，撲簌簌地掉下幾滴眼淚。她掏出手帕，將眼淚擦了，問道：「楊作新，你真的不認得我是誰嗎？」

楊作新停止了彙報，故意有些詫異地說：「妳是趙督學呀！」

趙督學的臉刷的一下紅了，她說：「你只知道你眼前的是趙督學，你就不記得，當年那個剪著短髮的，熱情洋溢的女學生，那個叫嚷著要學秋瑾，也寫出一幅『秋風秋雨愁煞人』條幅的『密斯趙』了。」

「記得，當然記得，不過那都是當年的事了。『行人莫問當年事，故國東來渭水流』，那時的少不更事，少年狂熱，我們都不要提它了吧！如今，我是國民政府的順民、模範小學的校長，說穿了，也不過是爲了個衣食飯碗而已。我想，妳不至於尋我的麻煩吧！即便尋，我想我也不怕，時過境遷，誰也不會把我怎麼樣的。」

趙督學想不到楊作新這樣絕情，也想不到楊作新現在是這樣的精神狀態，她有些信了。這些年來，她的心裏，其實一直有楊作新，她希望他幹成一番大事，不管幹什麼，就是當共產黨也行。做爲一個女人來說，總是把自己最初鍾情的男人，看做整個世界，看做崇拜的偶像，希望有一天，在邂逅相遇的時候，男人騎在一匹高頭大馬上，以君臨萬方的姿態降臨人間，這時，她將對她身邊的人說：「瞧，這是我最初的戀人！」

趙督學深深地感慨起來，看見生活將這樣一個精力充沛、才華橫溢的昔日英雄，變成了現在的冬烘先生，她甚至有些可憐他了。她開導他說，應當面對生活，尤其對一個男人來說，如果她看見她所愛的一個男人，最後竟在這座破廟裏，消磨掉他的生命，直到死亡，她會傷心的。她接著問起楊作新的婚姻，聽說楊作新如今還是單身，她很留意，她強調自己目前也是單身。最後，她鼓勵楊作新說，在省城上學的時候，她不知道從哪本書上，抄了一句一個外國作家的名言，名言是寫給男人的，出言粗魯，有傷風化之嫌，但是現在就他們兩個，因此她斗膽將這名言說出，算是口贈給楊作新吧！

「這句名言是——」趙督學停頓了一下，臉上泛起一陣楊作新曾經熟悉的紅暈。她很快地接著說，「這句名言是：『男人的事業在酒杯裏，在馬背上，在女人的肚皮上！』」說完以後，她鎭定了一下自己，然後盯著楊作新看。她畢竟不是當年的「密斯趙」了，經歷了社會，經歷了人生，經歷了婚姻，她已經成了一個幹練的女人了。

楊作新迎住了趙督學那熱辣辣的目光，並且從她的話語中，也聽出了那露骨的暗示。但是他裝作困惑不解，他的眼神是遲鈍的、惶惑的，而且似乎還有一絲膽怯，其實在他的心中，也翻滾著一股滾燙的激情，故人相見，不管怎麼說，那一段感情總是存在過的，並且曾經是那樣美好，因此此刻楊作新真想迎上前去，攥起她的手，彼此都卸去偽裝，認真地或者輕鬆地談一談。女人先卸去偽裝了，但她畢竟是女人，雖然聰明過人，對這個世界畢竟還知之甚淺。楊作新成命在身，不敢有絲毫閃失，對於女人的用情，一時間也難辨真偽，他明白，一定要穩定住自己，不能感情用事，現在唯一的辦法，是想法子請這位趙督學上路。於是，好個楊校長，拽拽衣襟，咳嗽了一聲，避開趙督學剛才拋過來的話題，又開始彙報起他的「鹽蛹蛹」來。

楊作新遲鈍的目光本來已經使趙督學難堪，覺得初次相逢，她的話說得多了點，露了點，正有一絲悔意，這時，見楊作新又拉起了那骯髒的「鹽蛹蛹」，於是有些惱火地打斷了他的話。趙督學說：「改天再拉你的『鹽蛹蛹』吧！楊作新，你也明白，我不是為這事才在你這裏耽擱的。我現在要走了，不過，我還會常常來的，或者，將你調到城裏的學校去。唉，誰叫咱們曾經有過那一陣子哩！」

女人說到這兒，眼圈有些紅，她掏出一面小鏡子，匆匆地收拾了一下，最後，她要起身告辭了。這時，她看見了楊作新疊得有些零亂的被子。「你還沒有學會疊被子？」她說，「記得上膚施中學時，我到男生宿舍找你，進了宿舍，第一件事情就是給你將被子整好。我一邊整一邊說：『我的乖孩子，你什麼時候才學會自己管理自己呢！』」

楊作新見女人這樣說，學校裏的那些日子，頓時歷歷在目，浮現在了眼前，他覺得他和眼前的這個趙督學，接近了許多。如果趙督學現在能不走，能繼續說下去，也許，她將攻破楊作新，他們之間存在的那個鴻溝，起碼在這個高原的早晨，會暫時填平，她所期望的那個當年的楊作新，會放下冷漠、戒心和自尊，拜倒在她的石榴裙下。然而，遺憾的是，趙督學沒有能夠繼續說下去，出於一種習慣使然，她現在走到了楊作新的床前，伸出手來，要爲楊作新整理被子。

楊作新見狀，嚇得冒出一身冷汗，剛才那驟然而至的溫情，一下子跑到九霄雲外去了。原來他的枕頭底下，壓著那支短槍。前面說了，膚施城距小鎮，僅二十華里，敵人的馬隊十多分鐘就可以趕到，平日裏，小鎮的街道上，一溜一串，南來的、北往的，時常過隊伍，所以楊作新不能不防。平日睡覺時，這支短槍老在枕頭底下，以防不測，白天就塞進被子裏，以備急用。督學一行來視察，已屬意外，那趙督學卻是故人，則更是意外，如今這督學大人的纖纖玉手，正待揭開被子，則意外之處，又添一層驚懼了。

楊作新一改剛才木訥萎縮的樣子，一個箭步趕上前去，攔住了趙督學的手，然後陪著笑說：「趙督學，咱們爲人師表的，妳看窗外，有學生在瞅哩！」

趙督學聽了，也感到前面的舉動，有失督學尊嚴，於是縮回手，起身告辭。楊作新趕緊打發兩個大一點的學生，送趙督學回膚施城去。

「我還會看你來的！」趙督學說。

送走了趙督學，楊作新返回屋子，關了門，將那支短槍，藏進那個隨身攜帶的手提箱裏。想一想，覺得放在箱子裏，還是不方便，又取出來，重新塞進被子裏。收拾停當，鎖上門，出來爲學生上課。

又過了些日子，相安無事，於是楊作新便安下心來，依舊晨鐘暮鼓，度著他的教書先生生涯，不提。

前面三番兩次，提到的那個「鹽蛹蛹」，到底是怎麼回事？原來，楊作新除了教書以外，出於天性使然，爲鄉親們辦了不少好事，那「鹽蛹蛹」的事，只是其中一例。

先生吃飯，沒有個專門的灶，只是輪流在學生家中吃派飯。楊作新喜歡吃酸菜，這大約是他小時候養成的習慣。學生家長見他愛吃，便每頓飯都有一碟酸菜侍候，或生調著，或熬成熟菜。卻說有一次，做飯的婆姨忙著，或者說楊作新來得早了點，於是他就發個勤快，拿起一雙筷子，一隻碗，自己去那酸菜缸裏撈。面板蓋一揭開，只見酸菜缸裏，咕容咕容，白花花一層，盡是蛆。那頓飯，儘管切好的酸菜裏，主家婆姨還特地潑了些蔥花油，可楊作新一筷子也沒有動它。第二天學校裏一上課，楊作新就給學生們講了一通衛生和文明的道理，告訴學生，回家鬧一場「衛生革命」，從酸菜缸鬧起，把酸菜缸裏的蛆撈出來，或者乾脆，把鹽水倒了，另醃。學生們下午來到學校後，告訴楊校長，家裏大人們說，那酸菜缸裏，不是蛆，是「鹽蛹蛹」，酸菜所以好吃，所以不壞，就是因爲水裏有「鹽蛹蛹」。這醃菜水，雖然黑糊糊的看起來噁心，卻是他們老幾輩人一直用下來的，萬萬倒不得。楊作新聽了，哭笑不得。上課的時候，他做了這樣一個實驗。他拿起一塊肉，放在課桌上。這時正是秋天，一會兒，便飛來蒼蠅無數。那蒼蠅撒過的肉上，開始有幾個白色的小點，小點慢慢地變大，等到下課鈴聲響起，這些白色小點，已經變成湧湧蠕動的蛆了。楊作新讓學生們排成一行，輪流看著，看這桌上的蛆，和他們家酸菜缸裏的東西，是不是一樣的。學生們看了以後，信了；楊作新告訴他們，回到家後，也仿照他，給父母做這樣一個實驗。學生回去，照此辦理，家長們見了這白花花的蛆，和他們家酸菜缸裏的「鹽蛹蛹」，確實是一樣的，登時噁心起來，紛紛將醃菜水倒掉，把酸菜缸扛到河裏去洗，更有恨不得把自己這些年來吃下去的酸菜，也都吐出來的。一時節，小鎮及其周圍幾個村子，倒醃菜水成爲一種風氣。

趙督學談起這「鹽蛹蛹」，倒給楊作新一個提醒，他雖然明白，趙督學所以纏他，是另外的原因，這「鹽蛹蛹」不過是個藉口而已，但是，自己在教學中，是不是表現得進步了些，違背了上級制訂的「宜灰不宜紅」的原則？從此他格外謹慎起來，言談舉止，都思忖再三。那趙督學，接著又來了幾次，看來對於楊作新，確有一番舊情，楊作新雖然時時有所衝動，但總是能克制住自己，做到有理有節，不卑不亢。趙督學見楊作新，不似她那天見到時所想像的那麼簡單，言語過往之間，也多了幾分敬重成分，並且重新提出，要將他調往膚施城去。楊作新聽了，只是笑著搖頭。雙方的關係，就這樣僵持著。

其實，楊作新何嘗不想揭開枕頭，亮出短槍，當著昔日的情人，公開自己的身分，告訴她，他楊作新是個什麼人。只是，這樣做有兩種可能，一種是這女人依舊良心未泯，她願意捨棄自己眼前的榮華富貴，跟定這個共產黨，和他一起去經歷風風雨雨；另一種可能，是這女人突然變了臉色，那樣楊作新不但性命難保，更重要的是，膚施地區黨的工作將受到嚴重危害。想來想去，楊作新不敢擔這個風險了。

隔牆須有耳，窗外豈無人。這些情形，小鎮的人也都瞧在了眼裏。他們看見那個態度傲岸、服裝鮮豔的年輕女人，三番兩次來找楊作新，斷定他們的關係非同尋常，男人女人，往一起湊，還有什麼好事情？這樣他們想到了楊先生原來也不是個不食人間煙火的人。後來他們見楊先生見到那女人後，並不歡喜，臉上常透出悶悶不樂之色，於是他們明白了，事情出在那個女人身上，楊先生只是迫於她是督學，敷衍應付而已，於是從心裏可憐起楊先生來。這時，風聞那個女督學，想將楊先生調進城裏去，鄉親們聽了，有些發怵。擔心者一，是怕楊先生走了後，上邊派一個只會吃皇糧的校長來，那樣，非但誤了他們孩子的學業，就連學校能否慘澹經營下去，都是問題。擔心者二，既然楊先生不喜歡這位女督學，那麼調進城裏以後，整天在這女督學的眼皮底下，楊先生胳膊敵不過大腿，難免有一天就範，那豈不欺侮了楊先生。

鄉裏人有鄉裏人的思維方法。大家想，就在這小鎮方圓，爲楊作新物色一個媳婦吧，這樣，既留住了楊校長，令他不能遠走高飛，不得不終生服務於咱們這個學校，又抵擋住了那妖冶女人，楊作新的床上不空著，她一個有頭有臉的人，不至於再往床上擠吧。

鄉下人愛熱鬧紅火，這個主意一定，於是就有不少好事者，四處張羅，八方奔走，踢場了不少家門檻，費了不少唾沫星子，最後，這個以笑談開始的行動，想不到倒真有了結果。那楊作新，果真在這小鎮上，嗩吶吹奏，紅綢披掛，成就了一樁婚姻，而因爲有這樁婚姻，我們這部小說，在楊作新屈死膚施城後，才又有了一個新的主人公，使這部以二十世紀高原的世紀史爲題材的小說，它的下半部免了斷裂之虞。至於那新人是小鎮上哪家的女子，下邊自有敍述。

農家的女子，大約十二、三歲、十三、四歲上，就嫁出去了；有些雖還沒有出嫁，卻也有了主家——過了財禮，就算人家的人了，現在只不過是娘家代爲監護而已。何況這一帶時興「乳頭親」，男孩女孩，還在吃奶的時候，就由父母做主，換過八字定了親。因此說媳婦這件事，說說容易，真正實施起來，也很費事，搭眼一眺，塬畔上、窯院裏、大路邊，穿紅掛綠的不少，耀得人眼睛亂亂的，細一打聽，不是已經做了媳婦了，就是已經有了主了。大家忙活了一陣，工夫不負有心人，終於爲楊先生物色了兩個。一個是一條拐溝的閨女，叫蕎麥兒，剛從綏米一帶逃年饉下來的，一個是本鎮的寡婦，叫靈秀兒，男人當兵死了，如今只她一個在家，守著空房。光聽名字，我們就知道，這個叫蕎麥的，長得粗俗一些，那個叫靈秀的，長得秀氣一些。

事情辦得妥貼了，才說給楊作新聽。楊作新聽了，抿著嘴笑，把這當做是笑談。這天下午吃派飯，又輪到那家酸菜缸裏有「鹽蛹蛹」的人家了，楊作新明白那「鹽蛹蛹」早已除掉，酸菜水也重新換過了，不過進了這家，頭皮仍有些發怵。進窯坐定，看到飯菜比往日豐盛了些，不獨有酸菜，炕桌上還有一盤肉粉湯，一壺酒。吃飯的人，主家之外，鎮上幾個好說事故的人❶都來了。楊作新見了，有些詫異。吃飯期間，大家又說起了爲楊作新問媳婦的事，並且鄭重其事地告訴他，一個蕎麥，一個靈秀，兩個中間，選定哪個是哪個。又有好事者，爲楊作新參謀，說蕎麥雖說長得次一點，可是個沒沾過男人的閨女家；那靈秀兒，結婚才三個月，男人被國民黨抓壯丁抓走了，死在外邊，沒了音訊，她雖然是個二婚，可是人長得體面，大傢伙公認的小鎮上的人物尖子，俗話說，蘿蔔青菜，各有所愛，楊作新圖個大女子，就找蕎麥，圖個人樣，就找靈秀，主意自己拿。

陝北的大炕，通常給鍋台跟炕連接的地方，築道短牆。這矮牆叫背牆，歇後語「紙糊的背牆——靠不住」，裏面所說的背牆，即是指此。這背牆上，通常架一塊木板，木板的另一頭，擔在炕靠近窯掌的那面牆上；木板上，便成了一個放著罎罎罐罐，或者箱子，或者一應雜物的地方；木板下邊，雖然仍屬於炕的一部分，但是相對隱蔽，如果這家主人愛好，給板上縵一道布簾，就又成了一個小小的獨立空間。

這家，正有這樣一個去處。那木板上架著箱子，木板下縵道布簾，如今，大家七嘴八舌，說完上面一番話後，然後互相使了一下眼色，就都不說話了，席間出現暫時的冷場，好像爲一個重要的行動醞釀氣氛似的。稍過片刻，只見這家主人，「刺啦」一聲，拉開了布縵，隨著響聲，炕上所有的人，一齊朝那箱子底下瞅去。楊作新也隨著大家的目光瞅去，這一瞅不打緊，登時臉色緋紅：原來那箱子底下，盤盤腳坐著兩個女子，兩人正襟危坐，好像兩具菩薩，全身不動不搖，只有撲嚕撲嚕的兩隻大眼睛，毫不怯生地盯著他看。同在一個炕上，咫尺之間，楊作新竟沒有發現這兩個大活人，他不免有些驚訝。他細看這兩個女人，一個膚色黑一點，粗手大腳，頭上梳著一個大辮子，辮根上紮一道紅皮繩，他想這是蕎麥了。另一個女子，面皮白淨，小手小腳小臉兒，頭上剪著短髮，臉上搽著官粉，他想這是靈秀了。粗一看，這蕎麥，與他過去的妻子燈草兒，有點相似，那靈秀，又與那黑白氏有些相似。再細細一看，所謂百人百樣，相似固然相似，只是那蕎麥，面皮更為黧黑一點，而這靈秀，儘管同樣的一張小粉臉兒，卻少了黑白氏那大家閨秀的韻致。

眾人趁熱打鐵，發一聲喊，說這蕎麥、靈秀，由你自個定，不要不好意思；說一句唐突的話，你要是情願，將這兩個，一併娶了，一個做大，一個做小，也未嘗不可以。總之，大家不過是古道熱腸，想叫楊校長，成為他們鎮上的女婿而已。

事出突然，楊作新一點思想準備也沒有。他瞅了眾人一眼，又瞅了瞅箱子底下的兩個女子，然後說道，鄉親們的一番美意，他心領了，只是他現在還不想談這類事情，蕎麥與靈秀，願意嫁人的就去嫁，願意守身子的就去守，不要耽擱了人家吧，也不要把他和這二位扯在一起！說完，一甩袖子，逕自去了。

鄉親們見了，覺得自己熱屁股遇上了個冷板凳，都有些尷尬。有的人說，人家不承你這個美意，何必自討沒趣，去磨這個閑牙；有的卻覺得，煽騰起這事了，索性一不做二不休，為人為到底，送佛送到西。大家打聽到楊作新是個孝子，於是合計一番，派了個辦事牢靠的人，一頭毛驢，從吳兒堡請來了楊老太太。

楊老太太一聽這事，登時樂了，不顧路途遙遠，騎著毛驢，從吳兒堡樂顛顛地來到小鎮。楊老太太下了毛驢，不奔那破廟學校去見兒子，卻要吆驢的，領著她先去相媳婦。見了靈秀兒，看見靈秀兒搽著官粉、打著胭脂、梳著油頭、穿著洋布襪子紅緞鞋的樣子，先有幾分不悅。一打問，又是個正守空房的寡婦，楊老太太心想，寡婦人家，正該門戶緊閉，衣著儉樸，防止人家說長道短才對，這番打扮，肯定不是個省油的燈，於是，一個心眼，將靈秀兒排在了圈外。其實這靈秀兒的一身裝束，正是爲楊作新打扮的，想不到弄巧成拙，楊作新沒見到，倒讓這橫挑鼻子豎挑眼的楊老太太遇上了。看完靈秀兒，又看蕎麥。蕎麥老實，見了楊老太太，不似靈秀兒那樣伶牙俐齒，家裏也窮。誰知楊老太太見了，卻中意這個，其中的道理，大約與當年選後莊的燈草兒時的考慮一樣。而且這蕎麥，較之燈草兒，還有一個優勢，就是胯骨很大。楊老太太始終認爲，胯骨大的女人，容易坐住孩子，就像有的花容易坐住果一樣，她娘家就有這麼一個女人，一年一個，一氣生了十三、四個，當然對於楊作新，她也沒有這個奢想，但是，起碼，你楊作新得爲楊家，留下一個男丁才對。

楊老太太大包大攬，將這樁婚事說死了，囑咐鎮上的人準備辦事，然後才下了毛驢，拖著兩條又瘦又乏的腿，顫巍巍地踏進了小鎮小學。楊老太太準備，一旦楊作新不願意，她就拚了老命，你死我活地和楊作新大幹一番。

那天晚上回到學校，楊作新早早就睡了。躺在床上，前思後想，睡不著，將思緒理了理，這時才明白，他仍在惦念著黑白氏，惦念著在交口河的那個月夜，叫他懂得女人的那個女人；但凡遇見女子，尤其是提到婚姻這檔事時，他總拿出個黑白氏和人家比較，他不瞭解一方水土養一方物，黑白氏的人樣、稟性，只出在無定河流域。那一塊地面，是曾經出過美女貂蟬的地方呀。

世界上事情，偏偏都遇到了一起。第二天早晨，那個衣冠楚楚、洋味兒十足的趙督學，也趕到學校裏湊熱鬧來了。她當然不知道小鎮上目前正在發生的事情，鎮上的人也不會告訴她。她來找楊作新，純粹是想來看他一眼，大約她的生活除了拋頭露面的時間以外，一個人獨處的時候，也很空虛，她需要一個她做閨女時就認識她的人，來和她拉一拉她做閨女時的事情。或者，如前所說，她還愛著楊作新，她想培養楊作新按她的標準振作起來。或者，她的自尊心在楊作新的面前碰了壁，從而激起了她的好勝心和好奇心，她想得到他，哪怕是片刻的工夫。總之，一位地位顯赫的女人去追逐一個卑微的人，生活中常有這樣的事情，我們用不著為她的行動尋找更多的依據。而且，如果楊作新斗膽，說穿了他的真實身分，也不見得這頑強的踏訪者就會突然翻臉，說不定，事情會得到一個大團圓的結局，但是我們知道，楊作新已經無心，也不願去冒這個風險了。生活就是這樣，它往往使一個人和另一個人，失之交臂。

好不容易送走了趙督學，楊作新一時間變得心事重重，他明白如果這樣長此以往，總有一天，他會支持不住，從而倒在這個女人的懷裏，或者，她在頻繁的踏訪中，終有一天，她會發現自己的身分的。想到這裏，他想離開這所學校，長期以來，他其實一直渴望著根據地那種痛快且兵刃相見的生活，而不願在這裏過得如此窩囊。但是，革命工作需要他繼續留在這裏，支撐這裏的局面，投身革命即為家，身不由己，他的去留需要上邊決定。

這時候，他想起了鄉親們為他物色的那兩個對象，他覺得如果能夠結婚，倒是一件好事，既可以斷了趙督學的念想，又可以在這小鎮，安生地住下去。這時候他想起了遙遠的吳兒堡，他覺得自己是應該趕快考慮這件事情了，僅僅是為了想抱孫子的母親，為了長眠在地下的父親，他也該早早結婚才對。至於那兩個女子，她們只給他留下了膚淺的印象，但是他明白，和她們中的任何一個結合，都是可取的，她們都會好好地和自己過日子的。既然自己，已經以這樣平淡的口吻來談論婚姻，那麼，不論找其中的哪一位，其實都是無所謂的事情了。

楊老太太恰好在這個時候，推開了楊作新辦公室的門。這樣，她原來準備大幹一場的打算，其實已經落空，楊作新將心悅誠服地接受母親的訓導和決裁。而做為楊老太太來說，她此行的目的，便不是成了來迫使楊作新結婚，而是成了在那業已選就的兩個候選人中間，確定一位而已。

母子相見，自然是一場驚喜，知道是鎮上的人將楊老太太接來的，楊作新對鄉親們的淳樸和熱情，又是一番感慨，至於談到婚姻，或者更準確說，談到蕎麥兒，楊作新也是滿口答應，並且說，其實他心裏，也傾向於蕎麥，只是怕虧了那靈秀兒，惹她傷心，此刻心裏，正二心不定哩。

楊老太太知道兒子的稟性，心想兒子當年是個沒見過世面的唸書娃時，就心高氣盛，瞅不上燈草兒，這些年在外邊闖蕩，外邊有的是花花世界，兒子一定早就看花眼了。因此，見兒子應承得這麼利索，反倒起了疑心，以爲楊作新是在哄她，打發她走了以後，再把這事擱下。想到這裏，楊老太太說道，既然楊作新答應了，那麼，她就看著楊作新把婚事辦了，再回吳兒堡去。

有楊老太太坐鎮督促，婚事很快就辦了。有鎮上這麼多熱心人乍舞，再加上學生們捧場，婚事辦得很熱烈。辦完婚事後，楊老太太了了一樁心事，歡喜得好像猴兒一般。鎮上的人仍然用毛驢將她送回吳兒堡。行前，騎在毛驢上的楊老太太，又將毛驢停住，把個沒牙的嘴，附在蕎麥耳邊，就新婚應當注意的事項，絮絮叨叨，沒完沒了地講了好一陣，直說得蕎麥一陣陣臉紅，才算甘休。末了，楊老太太又大聲地對蕎麥，同時也是對楊作新說，等著蕎麥「有」了，就回吳兒堡來生，她要親自看著蕎麥把孩子生出來，她要服侍蕎麥的月子。

鎮上的人見事情已經撮合成了，心滿意足，各人又忙各人的去了。夜來，這幢用做小學校的破廟裏，楊作新摟著自己的新婚妻子蕎麥，油燈吹熄以後，也不去計較什麼白臉黑臉，夫妻也還恩愛。那趙督學，婚禮過罷的第三日，來了一趟，見了門上的紅對聯和窗花，臉上變了顏色，後來硬著頭皮推開門見了蕎麥，於是明白自己只有喝喜酒的份兒了。她倒也不失身分，屋子裏坐了一陣，說了些在這種場合應該說的話，然後起身告辭。她把自己的所有惱怒和輕蔑，放在臨告辭時。當只有楊作新一人在場，她說了一句話，那句話是：「楊作新，我看不起你！」

趙督學回到膚施城後，派人送來了一盒當時還算稀罕的洋糖（水果糖），算是禮節，從此在膚施城通往小鎮的路上，斷了她的蹤影。趙督學的事，算是了了，楊作新卻沒有料到，他的這樁婚姻，卻又得罪了另外一個人，這人就是靈秀兒。

滿世界上，現在只苦了個自認爲是小鎮上「頭道梢子」的靈秀兒。當初靈秀坐在箱子底下的時候，信心十足，勝券在握，覺得身邊粗俗的蕎麥，只不過是陪襯而已。頂多，楊先生將來不婚不娶，她和蕎麥，只不過是演了一場戲，爲貧乏的生活增加了一點笑料。誰知，楊老太太一番攪和，竟讓蕎麥占了上風，走了好運。靈秀兒現在覺得，她在衆人面前丟了臉，她還覺得，楊作新其實心裏喜歡的，還是她。現在，她想要黑皮，脫了褲子，也到楊先生的床上擠一擠，可是又捨不下這個臉，不是怕文文雅雅的楊作新，更不是怕沒見過世面的蕎麥，她是怕學校裏楊作新養的那一群活蹦亂跳的學生娃，出她的洋相，所以不敢過於造次。靈秀兒沒了訣，每天，她就在家門口的塬畔上，對著學校，罵一陣髒話，唱一陣酸曲，嚇得蕎麥，紅著臉，捂著耳朵，躲在楊作新的房裏，不敢出來。

就這樣好長時間後，來了個趕牲靈的。靈秀兒家和這小學校，隔著一條騾馬大道，那趕牲靈的，聽見塬畔上有人在罵髒話，叫一聲「這女子好口才」，於是吆住騾子，跟靈秀兒對罵起來。

一來一往，成套的髒話配合得十分默契，正像俗話說的「順說順對，斜說斜對」。靈秀見罵髒話和他只罵個平手，於是換了口吻，開始唱酸曲，仍舊是你來我往，不分高低。那支支酸曲，都直唱到撓人處，才算甘休。最後，那趕牲靈的找了個藉口，說是要討口水喝，便進了靈秀兒的暖窯。第二天早晨，天不明，一頭大騾子，就把靈秀兒拐跑了。鎮上人操起農具，攆了半天，也沒見靈秀兒的蹤影——兩條腿哪有四條腿快！後來，鎮上有人，在北草地見過她，說那靈秀兒，果然跟趕牲靈的結婚了，見到鄉親，不問長不道短，只一個勁地打問教書先生的消息。

靈秀兒跟人一跑，算是解放了蕎麥，從此晚上睡覺偎著楊作新，才覺得踏實了。楊作新的耳根，也覺清靜了許多，偶爾想起這女子的癡情，也不無一絲憾意，只是天長日久，風雲流散，該辦的事很多，該記的事也很多，自然就把她忘記了。

於是這樁鄉間喜劇到了尾聲，接下來，就是安安生生地打發日月了。那時共產黨的章程是，「黨內的事，上不告父母，下不傳妻子」，因此，楊作新對於自己所從事的革命活動，也不便對蕎麥說。那蕎麥與楊作新同席共枕，時間長了，焉有不發現枕頭底下有短槍的道理，只是看見了，也默不作聲，只當沒有看見，並不驚擾丈夫。有一段時間，局勢緊張，楊作新爲了叫蕎麥有個思想準備，於是暗示了自己的身分，誰知蕎麥聽了，淡淡一笑，說見了枕頭底下的槍，她已經約莫出七、八分了，嫁雞隨雞，嫁狗隨狗，掌櫃的是革命人，她就是革命的婆姨了，她雖然不識字，跑跑腿還是可以的，以後有用得著她的地方，只管說話。楊作新聽到，心頭一熱，摟住蕎麥，親了個口口。

注❶：好說事故的人：陝北話中指那些凡事愛出頭，能舌辯，會說理的人。

第十二章　毛澤東闖入了黃土高原

二十年代末期到三十年代中期，革命以武裝鬥爭的形式，在陝北這塊荒涼而又貧瘠的土地上，如火如荼地風行。這裏成爲當時中國境內，屈指可數的幾塊革命根據地中之一塊，並且建立了並不遜色的一支武裝。當時有一句流行的話叫「南有瑞金，北有照金；南有井岡山，北有永寧山」，這話後來理所當然地被做爲與中央分庭抗禮的地方主義而受到批判，但是我們至少可以從中感覺到，當時陝北地區革命武裝鬥爭的規模。

這支隊伍由最初的幾個人、幾十個人，發展到幾百人，最後達到了數萬浩浩之眾，以兩個軍的建制活躍於陝北和陝甘邊一帶。他們也由最初擁有大刀、長矛這些冷兵器，發展成爲一支裝備精良、驍勇善戰的隊伍。這其間有許多可歌可泣的故事，有許多可書可記的史詩，它們構成了中國革命英勇卓絕鬥爭的一部分，而且由於這裏的荒涼和貧瘠，閉塞和粗蠻，這種鬥爭顯得更爲殘酷壯烈和更加勇敢豪邁。

我們所記述收編後九天武裝的經過，只是這紅軍草創期間，許多次鬥爭中的一件。其實，每一支小部隊，哪怕是只有幾個人的小部隊地扯起旗幟，都有一番曲折的過程，每一個農民丟下犁杖，成爲紅軍戰士，也都有一個曲折的過程。「一人一馬一桿槍，咱們的紅軍勢力壯」，百川歸海，所有的力量凝聚起來，於是便在陝北高原，形成了一番大氣候。

民國十八年的大年饉，是這場革命得以在陝北大大風行的直接契機。正如斯諾先生在他的《西行漫記》中，在目睹了餓殍遍野的悲慘景象後，問自己的話那樣，大年饉中，那些坐以待斃的農民，也在用同樣的話問自己，不過，他們將斯諾先生的「他們」這個詞兒換成了「我們」。「我們爲什麼不造反？」他們這樣問自己，「爲什麼我們不聯合成一支大軍，攻打那些向我們徵收苛捐雜稅，卻不能讓我們吃飽，強佔我們土地，卻不能修復灌溉渠的惡棍壞蛋？爲什麼我們不打進大城市去，去搶那些把我們的妻女買去，那些繼續擺三十六道菜的筵席，而讓誠實的人挨餓的流氓無賴？爲什麼？」

不要忘了這些頭上用白羊肚子手巾紮成英雄結的人，曾是斯巴達克式的悲劇英雄李自成的直系後裔，曾是八大王張獻忠的直系後裔，曾是高迎祥、高桂英的直系後裔，在他們的血管裏，澎湃著叛逆者的高貴血液，而祖先的光榮又在召喚著他們，激勵著他們，引導著他們。當封建大一統在以儒家學說爲核心，統治和馴化這一塊廣袤的國土的時候網開一面，它遺漏了陝北。這當然不是爲牧者的恩賜，而是在長期的歷史進程中，這裏一直處於民族戰爭的拉鋸戰局面，致使這種文化無力滲透或較少滲透而已。我相信我們的吳兒堡故事，已經準確無誤地向讀者告訴了這一點。這種獨特的人文地理，是這塊土地顯赫一時的重要原因，並且爲不久就要到來的毛澤東，以及他所從事那宏大事業，風行高原以至風行全國，準備了基礎。

於是，成千上萬餓得發昏的農民，開始搶糧，吃大戶，打家劫舍，甚至綁票，而成千上萬的人，則湧進陝北高原的幾十座縣城，衝進衙門，衝進糧行。許多人沒有走到縣城，就倒斃在路旁了，許多人進了縣城，但是手指剛觸到那囤積的白花花的大米、黃燦燦的小米，就挨了槍子兒，大部分人於是又重新回到鄉間，守著老婆孩子和幾孔破窯，等待著那不可避免的死亡降臨。對

「死去還是活著」這個問題，他們思謀了很久，最後決定扯旗造反，走向革命，這樣或許還有一步活路。

公允地說，如果沒有共產主義在這塊土地上的發生和發展，那麼，在這個年代，在陝北高原，仍然不會安生，仍然會有人舉旗造反，但那就是黃巢、李闖式的農民起義了。共產主義運動適時而至，從而給這塊土地，帶來了希望，給這些憤怒的可憐人們，帶來了行動綱領，從而引導他們結夥成團，爲自身的基本生存權利而鬥爭。

陝北高原的革命武裝割據，在與國民黨當局的圍剿與反圍剿的鬥爭中，日益壯大，大約到了一九三四年，達到全盛，控制了陝北高原一半的縣城，並且成立了劉志丹將軍指揮的，中國工農紅軍第二十六軍，和謝子長將軍指揮的，中國工農紅軍第二十七軍。一個以陝北與甘肅接壤的子午嶺山系爲依託，一個以陝北高原腹心地帶、山大溝深的安定橫山地區爲依託，兩塊根據地互成犄角之勢。當時，「正月裏來是新年，陝北出了個劉志丹」，和「紅軍游擊隊，老謝總指揮」的陝北民歌，宛如當年的「開了大門迎闖王，闖王來了不納糧」的歌謠一樣，唱徹了陝北高原偏遠山區的山山嶺嶺。而尤其難能可貴的是，在國民黨政府「先安內後攘外」的政策下，中國地面各個紅色根據地都先後失陷之際，獨有在這塊偏遠的陝北高原上，在這塊中國的西北角，保留下了這唯一的一塊，從而給歷經二萬五千里風塵之苦的中央紅軍，提供了一塊落腳地，提供了一次恢復元氣和東山再起的機會。

爲了敘述的方便，我們願意在這裏，再引用一段斯諾先生珍貴的筆墨。當然倒不僅僅是爲了省力，而是由於這一段歷史，諸說紛紜，莫衷一是，而黨史專家的瑣碎考證，又使每一個試圖再現這波瀾壯闊一頁的人，望而生畏，那麼，我想我們得求助於斯諾先生，就是讀者可以諒解的事情了。當然，斯諾先生的敘述，中間肯定也有許多的不周不到之處，但是大致的走向是正確的，況且那些現成的文字，是已爲社會所認可的東西。

愛德格．斯諾寫道：「這個不法之徒的大膽勇敢、輕率魯莽，很快地在整個西北名聞遐邇，傳開了『刀槍不入』的神話……他們的行爲很像普通的土匪。到一九三二年劉志丹的徒眾，在陝北黃土山區佔領了十一縣，共產黨特地在榆林成立一個政治部，來指導劉志丹的軍隊。一九三三年初成立了陝西的第一個蘇維埃，設立了正規的政府，實行了一個與江西類似的綱領。

「一九三四年和一九三五年間，陝西紅軍迅速擴大，提高了素質，多少穩定了他們所在地區的情況。成立了陝西省蘇維埃政府，設立了一所黨校，司令部設在安定。蘇區有自己的銀行、郵局，開始發行粗糙的鈔票、郵票。在完全蘇維埃化的地區，開始實行蘇維埃經濟，地主的土地遭到沒收，重新分配，取消了一切苛捐雜稅，設立了合作社，黨發出號召，爲小學徵求教員。

「這時，劉志丹從紅色根據地南進，向省會進逼。他攻佔了西安附近的臨潼，對西安圍城數日，但沒有成功。一個縱隊南下陝南，在那裏的好幾個縣成立了蘇區。在與楊虎城將軍（後來成了紅軍的盟友）的交戰中，遭到了一些嚴重失敗和挫折，但是也贏得了一些勝利。軍內紀律加強，土匪成分消失後，農民就開始更加擁護紅軍。到一九三五年中，蘇區在陝西和甘肅控制了二十二縣。現在在劉志丹指揮下有第二十六軍、第二十七軍，總共五千人，能與南方和西方的紅軍主力用無線電聯繫。在南方紅軍開始撤離贛閩根據地後，陝西這些山區紅軍卻大大地加強了自己。後來到一九三五年，蔣介石不得不派他的副總司令張學良少帥，率領大軍來對付他們。

「一九三四年末，紅二十五軍八千人，在徐海東率領下離開河南。十月間他們到達陝西南部，同劉志丹所武裝起來，該地一千名左右的紅色游擊隊會合。徐海東在那裏紮營過冬，幫助游擊隊建立正規軍，同楊虎城將軍的軍隊打了幾次勝仗，在陝西南部五個縣裏武裝了農民，成立了一個臨時蘇維埃政府，由陝西省「契卡」二十三歲的委員鄭位三任主席；李龍桂和陳先瑞爲紅軍兩個獨立旅的旅長。徐海東把這個地區留給他們去保衛，自己率二十五軍進入甘肅，在成千上萬的政府軍包圍中，殺出一條血路來到蘇區，一路上攻佔了五個縣城，把馬鴻賓將軍的回民軍隊兩個團繳了械。

「一九三五年七月二十五日，第二十五、二十六、二十七軍在陝西北部的雲長整編爲紅十五軍團，以徐海東爲司令、劉志丹爲副司令兼陝甘晉革命軍事委員會主席。一九三五年八月，該軍團遇到了王以哲將軍率領的東北軍兩個師，加以擊敗，補充了新兵和急需的槍支彈藥。

「這時發生了一件奇怪的事。八月份陝北來了一個共產黨中央委員會的代表，一個名叫張敬佛的胖胖年輕人。據告訴我消息的人（他當時是劉志丹部下的參謀）說，這位張先生（外號張胖子）有權『改組』黨和軍隊，他可以說是欽差大臣。

「張胖子開始著手收集證據，證明劉志丹沒有遵循『黨的路線』。他『審問』了劉志丹，命令劉志丹辭去一切職務。現在可笑的是，或者說奇怪的是，或者可以說既可笑又奇怪的是——不過，反正這是遵守『黨紀』的一個突出例子：劉志丹不但沒有反詰張先生憑什麼權利批評他，反而乖乖地接受了他的決定，放棄了一切實際指揮權，像阿基里斯一樣，退到保安窯洞裏去發悶氣了！張先生還下令逮捕和監禁了一百多個黨內軍內其他『反動派』，心滿意足地穩坐下來。

「就是在這個奇怪的事情發生時，南方的紅軍先遣部隊，即在林彪、周恩來、彭德懷、毛澤東率領下的一軍團，在一九三五年十月到達。他們對這奇怪的情況感到震驚，下令複查，發現大多數證據都是無中生有的，並且發現張敬佛不僅越權，而且本人受到了『反動派』的欺騙。他們立即恢復了劉志丹和他所有部下的原職。張胖子本人遭到逮捕，受到審判，關了一段時候以後，分配他去從事體力勞動。

「這樣，在一九三六年初，兩支紅軍會合起來，嘗試著名的抗日『東征』，他們過了黃河，進了鄰省山西，仍由劉志丹任指揮。他在那次戰役中表現傑出，紅軍在兩個月內，在那個所謂的『模範省』，攻佔了十八個以上的縣份。但是他在東征途中犧牲的消息，不像許多其他類似的消息那樣，不過是國民黨報紙的主觀幻想。他在一九三六年二月，領導突擊隊襲擊敵軍工事時受了重傷，但紅軍能夠渡過黃河，係靠他攻佔那個工事。劉志丹被送回陝北，他雙目凝視著他幼年漫遊過的心愛群山，在他領導下走上他所堅信的革命道路的山區人民中間死去。他葬在瓦窯堡，蘇區把紅色中國的一個縣份改名志丹縣來紀念他。

「在保安，我看到了他的妻子和遺孤，一個六歲的美麗小男孩[1]。紅軍爲他特地裁製了一套軍服；他束著軍官的皮帶，帽簷上有顆紅星。他得到那裏每個人的疼愛，像個小元帥一樣，對他的『土匪』父親極感自豪。

「但是，雖然西北這些蘇區是圍繞著劉志丹這個人物發展壯大的，但不是劉志丹，而是生活條件本身，產生了他的人民這個震天撼地的運動。」

斯諾先生站在旁觀者的角度，居高臨下、準確生動地概括了陝北高原那一段歷史。如果說要給他縝密的敍述稍作補充的話，那麼我們應當補充進去謝子長之死這個事件。謝子長將軍是與劉志丹齊名的陝北紅軍創始者和指揮者之一，他死於一九三五年二月二十一日。一九三四年國民黨的一次圍剿中，他在河口戰役中負了重傷，由於沒有藥物治療，只好用南瓜瓤兒貼在傷口上。他在死前曾與劉志丹見過一面。謝子長死後，正如蘇區將保安縣改爲志丹縣來紀念劉志丹將軍一樣，蘇區將陝北的另一個縣安定縣改名子長縣，來紀念這位傑出的革命者。

如果還需要稍作補充的話，那就是劉志丹及其屬下，在那次所謂的肅反鬥爭中所受到的迫害，較之斯諾先生所說，更爲嚴重。陝北紅軍中團以上幹部，幾乎全被活埋，劉志丹和一些高級將領，則被關在瓦窯堡，已經挖好了大坑，準備埋他，多虧毛澤東、周恩來派人及時趕到，高喊一聲「刀下留人」。有一個流傳甚廣的傳說，說那些機會主義者，派人送來了逮捕劉志丹的命令，送信的人不知道信的內容是什麼，結果把信送到了劉志丹手裏。忠誠的劉志丹看完信後，自動讓人把自己綁在馬上，前往瓦窯堡。如果說，事情發展到「退到保安窯洞裏去發悶氣了」的程度時，就足以使人覺得既可笑又奇怪，那麼，如果事實本身已經嚴重到這種程度的話，則更是令人對劉志丹將軍的做法困惑不解了。然而，這個事情的本身，卻也顯示了劉志丹將軍的高貴氣質，和對革命那愚忠般的虔誠。在這個二十世紀的陝北人物身上，凝聚了那個時代的革命者的許多特徵。

還需要對敍述訂正一點的是，劉志丹膝下，是個美麗的小女孩，而不是男孩。也許她自己曾希望她成爲一個男孩，好像父親那樣馳騁沙場，但遺憾的是她確實是個女孩。她光榮的名字叫劉力貞。

「江西上來了一群老共產黨，一人一桿烏焰鋼」，這首陝北民歌最初由與甘肅交界的吳起鎮唱起，接著高一聲低一聲地瀰漫了整個陝北高原，從而揭開了陝北高原一段劃時代的歷史，也揭開了中國革命一段劃時代的歷史，從而使楊作新及其他的領導和同志們，在先前所從事的一地一域的鬥爭，有了直接的、全國性的意義，從而使這塊人跡罕至的高原，有整整二十三年的時間，成爲中國革命的中心，同樣的，從而使這部描述中國這塊特殊地域世紀史的小說，在一定程度上，實際上成了一部中國革命的世紀史。

這個經典世紀的經典時間是一九三五年十月十九日，經典地點是吳起鎮。在高原，那已經是個有些寒氣的日子了，那天天有點陰，我們知道，那天的晚上，吳起鎮下了一場初雪。做爲南方人的毛澤東，做爲長途跋涉剛剛在這裏落腳的毛澤東，閱歷已經使他見過了不少落雪的日子和積雪的大地。然而，當雪紛紛揚揚地落下來的時候，當積雪籠蓋起這被斯諾先生認爲是「瘋神捏就的世界，抽象派的寫生畫」的高原地貌時，那雄偉的氣象，仍給他以極大的震撼。加之，在飄飄白雪中，在吳起鎮這個落雪的夜晚，以及翌日玫瑰色的高原黎明，那個氣質不凡的陝北人楊先生始終陪伴著他，做爲陝北紅軍的聯絡員，喋喋不休地向他講述著陝北，講述著當前的鬥爭，講述著諸如黃帝陵、扶蘇陵、蒙恬陵、隋煬帝美水泉、杜甫鄜州羌村、赫連台、鎮北台等等高原輝煌的歷史陳跡，諸如此類，亦不能不給他躊躇滿腹的胸懷以激蕩。

這些思想和感情，恰好與眼底的雪聯繫在了一起，於是雪昇華爲意象，一年以後，在陝北的另一個地方，在倥傯的戰爭之間隙，在一個高高的山峁上，注視北國原野，沉吟良久後，他回到了他下榻的清澗袁家村，在房東黑白氏的暖窯裏，在黑壽山學習寫字用的那張炕桌上，寫下了那首直抒胸臆、雄視古今的泱泱大作：《沁園春．雪》——「北國風光，千里冰封，萬里雪飄。望長城內外，唯餘莽莽，大河上下，頓失滔滔。山舞銀蛇，原馳蠟象，欲與天公試比高。須晴日，看紅裝素裹，分外妖嬈。江山如此多嬌，引無數英雄競折腰。惜秦皇漢武，略輸文采；唐宗宋祖，稍遜風騷；一代天驕，成吉思汗，只識彎弓射大鵰。俱往矣，數風流人物，還看今朝。」

吳起鎮是個只有六戶半人家的小村子，坐落在一個半里寬的川道上，渾濁的洛河水自川道中間匆匆流過。它的地名可以令人想起遙遠年代的當地駐軍大將吳起，但是在漫長的歲月裏，它更多地留給人們印象的，是一個荒涼偏僻的小鎮，通往邊關路上換馬的驛站，「走西口」歌兒中那種「住店你住大店，莫要住小店」的行人小店。

這一天，從子午嶺方向，順著蜿蜒的黃土山路，走來了一支絡繹不絕的隊伍。他們衣衫襤褸，有的沒有穿褲子，有的打著赤腳，而那些穿著衣服的士兵，他們的衣服也是千瘡百孔，補丁纍纍。這些補丁是由男人粗笨的手匆匆連綴上去的，補丁的顏色不同，質地不同，也許是來自松潘地區的一片綿氈，也許是來自回民地區的一塊白布；補丁纍纍，遮蓋了軍服原來的顏色。吳起鎮是陝北最爲貧困的地區了，這些士兵們的服飾較當地農民卻還要差些。當第一撥人馬在遠遠的頭道梁子出現的時候，就引起了當地哨兵的注意，這條死氣沉沉的道路通常是很少人跡的，他們最初以爲這是一支迎親或送女的隊伍，他們是從服飾上這樣判斷的。接著，隨著隊伍漸漸走近，隨著後邊那不斷湧來的、彷彿沒有盡頭的長陣，他們明白自己的判斷錯了。因爲這支人群中沒有嗩吶聲和花轎，還因爲隨著視野的接近，他們看見了陽光下閃閃發亮的鋼槍。這支身分不明的龐大隊伍突然進入陝北高原，令哨兵吃了一驚。這裏已經是劉志丹治下的陝甘邊蘇區了。蘇維埃哨兵見狀，立即搬倒了消息樹，於是，消息立即傳到了陝北紅軍駐地永寧山。

龐大隊伍的先頭部隊在吳起鎮停下。鎮上的人已經跑光，隊伍圍住了一孔掛著吳起鎮蘇維埃主席團招牌的窯洞。看著牌子，撫摸著牌子，疲憊的士兵們有不少人哭出聲來。「我們到家了！」他們喊道。隊伍好不容易從村裏，找了個沒有來得及跑的老鄉，他們告訴老鄉說，他們是紅軍，明白嗎，紅軍，紅軍！——走過漫長道路的中央紅軍。說話的人也許是湖南人，也許是湖北人，他把「紅」字的音唸成了「豐」字。陝北老鄉不知道「豐軍」這個名詞，他很害怕，搖了搖頭。

「紅軍呀！」隊伍中的人急了，有人指著自己頭頂的紅五星，還有人提到毛澤東這個名字。老鄉這回明白了，是自己的隊伍來了，不是張學良、楊虎城，不是井岳秀，更不是馬回回，而是紅軍呀！他先前聽公家人談論過神奇的毛澤東，這時又認出了士兵們頭上的紅星，於是他一個蹦子，攀上了吳起鎮旁邊的大山，扯開嗓子喊道：「紅軍來了！中央紅軍來了！老共產黨來了！」喊著喊著，喊聲變成了歌聲——「江西上來了一群老共產黨，一人一桿烏焰鋼！」、「毛澤東，勢力重，麾下領著百萬兵！」喊聲起處，四面的「崖娃娃」一齊迴響。

坦白地講，在中央紅軍由甘入陝這漫漫長途的最後一站中，有不少紅軍士兵沒有熬到吳起鎮，他們由於饑餓和寒冷，倒斃在了路旁，還有一部分掉隊的紅軍士兵，被當地老鄉在半路上，用钁頭打下了山崖。老鄉們不知道這是什麼隊伍，他們看中了士兵手中的槍支和背上的大菸土。由於缺乏給養，許多紅軍士兵的背上，除了槍支以外，都揹著一包路途上收購來或沒收來的大菸土，用做解決糧餉時以物易物的交換品。

在這龐大隊伍的中間，有一副擔架。擔架上抬著正在患病的毛澤東。他面色浮腫，目光憂鬱。他大約有半年光景沒有理髮了吧，零亂的頭髮掩住了脖頸。他的面孔由於營養不良而顯得異常消瘦、蒼白，下巴很尖，下巴上的痣很明顯，兩個雙眼皮的大眼睛也顯得大得出奇。他在長征中有大量的時間是在擔架上度過的，長龍般的隊伍用腳步在行動，而他卻是用思想在行動，極度的艱難困苦，隨時都有陷入滅頂之災的可能，再加上層出不窮的黨內鬥爭，從而令這個繫天下安危於一身的他，在這一年的行旅中，鍾煉了意志，消磨掉了身上最後一絲書生氣，成爲一個講究實際的、最瞭解中國國情的革命者，一個令一切政敵都不寒而慄的權術家和鐵腕人物，一個以無限的愛心，熱愛他的事業和他的人民的人，一個在未來的歲月裏，將改變中國命運、改變世界進程的領袖，一個無可爭議的中國革命之父。

鬼使神差，歷史把這一次再造神州的殊榮，給了陝北高原，給了這塊黃土地，給了這片軒轅本土。斯諾先生當年已經注意到了這種奇妙的巧合，他說，這塊高原以及毗鄰地區，曾經是中華民族最早發祥的地方，「中國最近發生的歷史性變化——共產主義運動，竟然選擇在這個地方來決定中國的命運，不可不謂恰當」。

按照傳統的說法，毛澤東本人是一個法家，而按照同樣的說法，陝北高原是一個「聖人佈道此處偏遺漏」的地方。所以在這塊剽悍而豪邁的高原上，毛澤東如魚得水，深厚的大文化沉澱層有利於張揚他的個性，而有異於其他任何地方的自然景觀和人文景觀，有助於他獨立思考的完成。從這一點來說，毛澤東的踏入陝北高原，也許是一種天意。

他下了擔架，他撩起有些渾濁的洛河水，拍在自己發燙的前額上。然後，他命令隨行人員架起電台，給尚在四十里外、處於中軍位置的彭德懷司令員發報，告訴彭，他同美髯公周恩來，已率前軍，進入陝北蘇區的門戶吳起鎮，命令彭就地紮營，部隊走路太多，務必注意給養，休整部隊，並注意游擊來犯敵人。末了，請彭於第二日來吳起鎮議事，彭部暫交葉劍英指揮。

爾後，他久久地站立在山坡上，他的那孔臨時用做辦公室兼寢室的窯洞門口，以憂鬱的目光，注視著蒼茫的陝北群山。一個一個像大饃饃一樣的山頭，奇形怪狀，擁擁擠擠，向他壓來，田地裏幾根稀疏的莊稼已經收割，光禿禿的山城、山梁、溝壑，呈現出一片黃色或褐色，風從鄂爾多斯高原方向吹來，夾雜著沙礫和黃塵，掠過空寂荒落的山野，吹動他那有些破舊的衣服，和頭上的長髮。儘管行進在陝甘道上的時候，儘管在通渭河畔撿到了那張國民黨的舊報紙，知道了劉志丹和陝北蘇區的消息，從而決定在這裏落腳的時候，他已經對這貧瘠與荒涼的李自成的故鄉，有了心理上的準備，但是，眼前的一切仍然使他吃驚。面對這樣的地形地貌，面對這一方人類之群的生活圖景，不久以後到達這裏的斯諾先生曾說，「人類能在這樣惡劣的環境中生存，簡直是一種奇蹟」，雖然做爲農民兒子的毛澤東，他不至於發出那種布爾喬亞式的驚歎，但他畢竟在這注望的一刻，有些驚訝了的。那時，他對究竟能不能在這裏站住腳，還持懷疑態度，即便是在見到劉志丹以後的一段時間內，他仍然將精銳的三五九旅，駐紮在吳起鎮以北的三邊地區，做爲側翼，並在三邊建立一個特區，一旦在陝北高原不能立腳，就經三邊而達內蒙、外蒙——三邊是一條退路。他那時候縱然有再豐富的想像力，也不會料到，他一生最輝煌的一段時間，他所從事事業的最輝煌一段時間，將在這重重疊疊的大山中度過，將在這土挖的窯洞、磚箍的窯洞、石砌的窯洞中展開，他的千秋霸業（準確地講是階級的千秋偉業）實際上是在這個金黃色的祭壇上奠基的。他在這裏整整生活了十二年又四個月零四天，刨去去重慶談判的七天，一共四千四百九十七天，占去了他生命幾乎六分之一的時間。一九四八年二月二十三日，當他從陝北高原的另一面吳堡縣（有理由相信此處的吳堡，亦是「匈奴高築吳兒堡」時諸多的「吳兒堡」之一，只是為了適應現代生活的節奏，它在二十世紀縮寫成現名）川口，東渡黃河，離開陝北後，他站在黃河東岸，滿懷感慨、滿面熱淚地望著陝北，他說：「陝北是個好地方」，他還說：「我們永遠不要忘了陝北」。

這天夜裏，毛澤東在吳起鎮宿營。接到彭德懷的回電後，毛澤東又去電一封，詳細告訴了吳起鎮周圍的軍事態勢，及各縱隊駐營情況，並請彭務必第二日七時趕到吳起鎮議事。電文剛剛發出，這時通訊員前來報告說，陝北紅軍派人聯繫來了，來人叫楊作新，現在是永寧山地區的工委書記，公開身分是永寧山小學的校長。毛澤東聽了，將來人迎進窯。見了楊作新，詳細地詢問了當時陝北地區的軍事政治形勢，紅二十五軍、二十六軍、二十七軍的情況，並著重詢問了前往紅軍總部下寺灣的路徑。談話期間，又接到彭總回電，電告毛政委部隊駐防的擺佈，並建議近日在吳起鎮，進行一次戰鬥，伏擊尾隨的敵騎兵。我們知道，這場戰鬥在兩日之後付諸實施了，這就是那場著名的長征路上最後一仗——割尾巴戰鬥。

原來這個匆匆趕往吳起鎮的楊作新，正是那個我們熟悉的、籍貫吳兒堡的楊作新。

正當楊作新在小鎮小學，過著他平淡和擔驚受怕的日子時，他接到了劉志丹將軍的邀請。劉志丹邀請這個文武兼備的教書先生，擔任他的秘書。這樣，楊作新便辭別了小鎮上那些熱情的人們，離開了他的丈人村，帶著蕎麥，前往根據地。其時，楊老太太的諄諄教導發生了效益，蕎麥已經懷孕了。面對難以割捨的小鎮上的鄉親們，楊作新只能說，他此行僅僅是將有了雙身子的妻子送回吳兒堡，他還會回來的。他也只能這麼說，他怕看見鄉親們那失望的眼神。他最後一次地吃了一頓沒有了「鹽蛹蛹」的酸菜，便啓程了。

他在吳兒堡安頓好了蕎麥，當他看見母親像迎接一位尊貴的公主一樣，迎接身子已經顯形的蕎麥時，他感到一絲欣慰。他沒有在吳兒堡停留，就匆匆地趕到了永寧山，投入了他夢寐以求的豪邁序列中去了。楊作新在劉志丹將軍身邊，只幹了很短的一段時間。當時，蘇維埃政府在永寧山成立了第一所完全小學，並命名爲永寧山列寧小學。小學建成，急需一名校長，於是，劉志丹忍痛割愛，委派楊作新前往永寧山小學任職，並兼永寧山地區黨的工作委員會書記。當然，楊作新後來才意識到，劉志丹要他離開部隊，到地方任職，也許除了上面的原因之外，還有另一個原因。我們知道，不久之後，陝北紅軍中，大部分團以上領導人被活埋，甚至包括劉志丹本人，也被關押，而就在此刻，毛澤東與楊作新在吳起鎮這孔窯洞裏談話時，劉志丹正被押在幾百里外的瓦窯堡城裏。所以說，如果楊作新不離開部隊的話，他本人也很難逃脫那場被後來的黨史專家稱之爲「肅反擴大化」的厄運。鬼使神差，他留了下來，並且在毛澤東到達陝北蘇區的第一天，就將這個消息吞吞吐吐地告訴了他，致使毛澤東在憤怒之中，發出了「刀下留人」的指示，並派員緊急趕往瓦窯堡，救出劉志丹，而美髯公周恩來，這位當年的黃埔軍校政治部主任，親自爲他的軍校第四期畢業生劉志丹，鬆了綁。

這天夜裏，在吳起鎮半山腰這孔簡陋的土窯裏，楊作新與聞名已久的毛澤東，進行了一次深談。楊作新告訴他，早在自己上省立膚施中學的時候，就讀過毛澤東的《湖南農民運動考察報告》。毛委員和朱總司令在井岡山歲月中那些神奇的傳說，他也早有風聞，而中國革命的指揮權交給毛澤東，將是全黨的大幸和中國革命的大幸。毛澤東耐心地聽著這些話，既不表示同意，也不表示反對。但是，他認爲目前最重要的，是多聽這位陝北同志談談陝北。因此，在楊作新談話的間隙，他適可而止地打斷了他，將話題引到了楊作新的身世，引到了陝北的歷史沿革、人文景觀和自然景觀的內容方面。他津津有味地聽著陝北民歌、陝北剪紙、陝北嗩吶、陝北腰鼓以及構成高原大文化的一切東西，他記住了「米脂的婆姨綏德的漢，清澗的石板瓦窯堡的炭」這句陝北俚語，他還對那個清代的翰林御史王培棻，來陝北視察後所寫的《七筆勾》發生了興趣。毛澤東認爲《七筆勾》中「聖人佈道此處偏遺漏」一句，是解開奇異的陝北大文化現象、了解陝北人強悍性格的一把鑰匙。他說他可惜革命工作過於忙碌，要不，如果有閒暇，順著這句話深入探討下去，一定會揭示出一些屬於民族文化傳統的大奧秘來的。他叮嚀楊作新說，有了空閒，請楊作新將《七筆勾》的全文，抄寫一份給他。

楊作新注意到了，拉話的當中，毛澤東時不時地將手伸進衣領裏，或者褲腰裏，摸出一個蝨子來，然後當著楊作新的面，毫不掩飾地用兩隻指甲蓋「嘎嘣」一聲，將蝨子擠碎。「又消滅了一個寄生階級！」毛澤東自我解嘲地說。

他們一直談到深夜，一直談到雪花在門外紛紛揚揚地下起。他們就要分手了，因爲毛澤東行軍了一天，而明晨七點鐘就要和彭德懷司令員進行一次關於「割尾巴戰鬥」的重要談話；還因爲楊作新要趕回永寧山，趕快組織各縣各區各鄉蘇維埃，安排解決中央紅軍的給養問題；並且，楊作新有些害羞地告訴毛澤東，他的妻子生孩子了，是個男孩，他臨離開永寧山、前往吳起鎮時，吳兒堡來人報了訊。分手時，毛澤東向這位剛剛做了父親的陝北同志祝賀，並祝願那小生命在未來的歲月裏幸福。他笑著問楊作新，爲孩子起下名兒沒有。楊作新告訴他，自從妻子有了身子以後，他就爲孩子想名字了，他想將那個還未見過面的小生命，起名叫「楊岸鄉」——一棵白楊傲岸地屹立在故鄉的原野上。毛澤東聽了，拍著手說，名字很好，聽名字，將來恐怕會是個讀書人的。最後，當楊作新踏著紛紛揚揚的雪花，已經向畔上走去時，毛澤東好像想起了什麼似的，叫住他。毛澤東從桌上拿起一把自己用的德國造手槍，和用布包著的三十發子彈，遞給楊作新，然後說，這支手槍，留給你做個紀念吧。

楊作新辭別了毛澤東，順山路天明趕到了永寧山。他沒有工夫回吳兒堡了，於是托人，給家裏送去了一點資助和一個叫「楊岸鄉」的名字，然後，便召集會議，發動群眾，爲中央紅軍籌糧。

十多天後，共籌糧十萬多斤，豬二百多頭，羊一千多隻，然後吹著嗩吶，送給中央紅軍；並且在吳起鎮至紅軍總部下寺灣一路，設立了二百多個歡迎接待中心站，以候中央紅軍前往下寺灣，與陝北紅軍主力會師。

注❶：這個「小男孩」其實是小女孩。她叫劉力貞，是劉志丹將軍唯一的遺孤。她目前還活著（二〇〇五年十月二十二日）。當筆者告訴她，斯諾的《西行漫記》描述有誤時，這位老人說，這責任在江青。斯諾《西行漫記》中原文是：「小女孩」，是在譯成中國版時，由於江青的干預，改成「小男孩」的。——作者二〇〇六年修訂版補記。）

第十三章　陰雲密佈的權力鬥爭

一九三五年十月十九日，對陝北高原來說是一個重要的日子，對自那兩個風流罪人開始的吳兒堡家族來說，亦是一個重要的日子。當毛澤東率領他的紅色隊伍，由甘入陝，那膠鞋、布鞋、草鞋，或者赤腳板兒開始隆隆踏響這塊高原的時候，在距吳起鎮不遠的吳兒堡，楊作新的妻子蕎麥，正感到腹部一陣陣劇痛。

按照民間的說法，貴人來臨，必有大福。這塊高原封閉得太久了，這塊高原與世隔絕的時間太長了，在人們的記憶中，還從來沒有過這麼多陌生的面孔，從莊前的大路上匆匆經過，況且帶著二萬五千里遙遠的祝福。所以說出生在這個時辰的這個孩子，委實不是個簡單的人物。

蕎麥的妊娠期，基本上是在吳兒堡度過的。儘管男人不在身邊，但是善良的楊老太太和同樣善良的楊蛾子，對她進行了也許是人世間對一個孕婦最好的照顧。當楊作新帶著自己已經顯形的妻子出現在楊老太太面前時，楊老太太精神突然爲之一振，她明白自己不能再繼續哀老下去了，因爲有一件多麼重要的事情需要自己去做。她的生命在暮年的時候，放射出一陣奇異的光彩。從那一刻起，她就承攬了照顧孕婦的一切責任。做蕎麥喜歡吃的飯食，拆洗蕎麥替換下來的所有衣服，忙窯內窯外一切力所能及的活計。而當休息的時候，她的身子閑了，眼睛和嘴巴卻沒有閑住。她睜著昏花的老眼，跟蹤著或在炕上坐著，或在地上站著，或在塬畔上曬陽陽的蕎麥，根據自己的經驗，糾正著蕎麥所有不利於腹中胎兒的姿勢。這時，她的臉笑成了一朵花。

在整個妊娠期間，除了吃飯需要自己張口以外，蕎麥不幹任何事情。她於心不忍，於是便幫婆婆燒一陣火，或者幫小姑子把一背柴從背上卸下來，或者偷偷地挑起水桶，到泉邊去擔水。每當發現她在搶著幹活時，楊老太太便立即搶上前去，將她拉回窯裏，接著便開始罵楊蛾子，她認爲這是楊蛾子沒有盡到職責。直罵得楊蛾子眼淚汪汪，才算甘休。蕎麥見自己並沒能幫小姑子幹些什麼，倒是常常惹她們母女倆嘔氣，於是就不再下炕了。她也是受苦人出身，坐在炕上閒不住，便央蛾子扯了些花布，開始針針剪剪，爲那即將出世的小生命縫製小衣服。

這次楊老太太沒有阻攔她，一則這些細活不會傷著肚裏的孩子，二則這其實也是母親的天職。見婆婆不再制止，蕎麥就大膽地做起來，一邊做一邊紅著臉唱歌。到後來，她的雙腳因爲妊娠反應而浮腫，穿不進去鞋了，從此便安安寧寧地坐在炕上。她先爲那未來的小生命做了一身小棉衣，因爲他或她降臨人間時，就是冬天了，接著又做了一身夾衣。當衣服做完後，她又細針密線，爲他或她縫製了一件紅裹肚。最後，她還做了一雙老虎鞋和老虎枕頭，按照慣例，這兩件，是當孩子滿月的時候，由孩子的娘舅來送的，可惜蕎麥家裏沒人了，所以她提前自己做。

這天早晨，太陽冒紅的時候，楊岸鄉出生了。一個通體粉紅的孩子，正在接生婆懷裏，伸胳膊乍腿。他的頭髮黑油油的，沾了些血跡和羊水，濕漉漉地貼在頭皮上。他的眼睛還沒有睜開，於是伸出小手，在臉上使勁地抓撓著，試圖借助手的力量，將眼皮掰開。他急切地想知道外面的世界。他的眼睛睜開了，最初像在地裏潛伏了很久的瞎獪的眼睛，漸漸地，眼睛變得明亮起來。

他看見他的母親臉色蒼白，下身滿是血，疲憊地蜷曲在炕的一角，那神情，好像經歷了一次路途遙遠的長征，終於在吳起鎮的一孔窯洞裏歇了腳似的。他看見他的祖母正在笑著，神經質一樣地笑著。他看見他美麗的姑姑，正坐在灶火前燒水，火光映著她的臉，臉上出現一種和她年齡不相稱的嚴峻。接著，他聽到剪刀一聲響，隨之感到一陣鑽心的疼痛，於是扯開嗓子，大聲地、毫無忌憚地啼哭起來。

接生婆麻利地剪斷了臍帶，將臍帶的一頭，塞進楊岸鄉的臍窩裏，另一頭，放進胎衣。做完這一切後，她認爲自己的任務已經完成了，於是坐下來，喘口氣，吃了一碗楊老太太專門爲她做的荷包雞蛋。吃飯的時候，她用筷子指著那剛剛從楊岸鄉身上褪下的胎衣，吩咐楊蛾子就在窯洞裏挖個坑，將它埋了。她說楊家所有的人，都有責任看好這個衣包，並且爲埋藏的這個地點保密，不能讓孤魂野鬼知道，更不能讓野物叼了去，這是規程。

吃完荷包蛋，接生婆接過禮錢，就要啓程了。這時，她從懷裏掏出一支已經刮得不成形狀的鹿角，進行她接生工作的最後一道程序。她要楊老太太拿來一片新打碎了的碗的瓷片，開始刮那支鹿角。鹿角白色的粉末，紛紛揚揚地落下來，落在一隻碗裏。接生婆安頓說，將這粉末，用開水沖了，給娃他媽喝，催奶。

接生婆走的時候，出於一種職業的習慣，走到布包跟前，看了一眼布包裏的嬰兒。她的最後一眼是落在那小腳丫子上的。她注意到了嬰兒左腳的小拇指是通紅的、完整的一塊，於是笑著說：一個匈奴崽子！

接生婆剛走，楊老太太便拿起接生婆剛剛用過的剪刀（剪刀剛才楊蛾子在鍋裏用開水煮過），從蕎麥的紅褲帶上，剪下一截頭兒。她搬過一個凳子，將這紅布條兒，掛在了窯門門楣的那個門眼上。這紅布條是個標誌，表明這家有喜了，對於來串門的閒人來說，他不該再進這個屋子了，以防沖了月子，也提防孕婦的髒血給帶來晦氣；而對於那些在山野間四處遊蕩，無家可歸、無法托生的孤魂野鬼來說，這紅布條則是對它們亮起的紅燈：那生命尚且稚嫩，不許它們來打攪他。

當楊蛾子吭哧吭哧地挖地皮、埋衣包的時候，楊老太太出去了一趟，她央村裏一位手巧的婦女，鉸了一群手拉著手的「抓髻娃娃」，然後把這些「抓髻娃娃」，在窯沿的牆壁上，貼成一行。在貼剪紙的時候，她想起了她的第一個兒媳婦燈草兒，她沒有忘記燈草兒曾是個剪紙的好手。

給永寧山捎了話，楊作新沒有回來，只給家裏捎來一點錢，還給這個紅撲撲的小生命捎來一個大號。有這些就夠了，窯裏的三個女人知道，楊作新在外面幹大事，他不回來自有他不回來的道理，所以她們沒有埋怨他，彼此之間反而說著一些爲他辯解的話。由於窯裏沒有男人，這樁莊嚴的事情，它的莊嚴成分顯然顯得不夠，如果家裏有男人就好了，即便他只蹲在窯門外抽菸，一句話也不說，一件事也不幹，但只要有他的存在，好像有一堵牆立在那裏一樣，家裏的其他人心裏便會感到踏實。

蕎麥喝了用鹿角粉末沖下的水後，奶水便像湧湧不斷的山泉一樣了。奶水很多，很豐富，胸前鼓起了兩個顫巍巍的大包。奶水除了滿足供應楊岸鄉以外，顯然還有許多的剩餘，所以湧湧不斷的奶水，憋得蕎麥的乳頭生疼，鼓鼓的乳頭，輕輕用手一碰，就「驚」了，如果蕎麥的懷敞著，這奶水一下子會射出好遠。

既然這裏提到了乳頭和奶水，而且是蕎麥的乳頭和奶水，那麼，我們不妨插一句閒筆。未來的某一天，當楊岸鄉推開膚施市群眾來信來訪辦公室的門，爲他的父親楊作新的冤案奔走時，接待他的中共膚施市委書記黑壽山，記起了楊作新這個名字，並且談到了記憶中的楊乾大的許多事情。他當時還不知道這蕎麥就是楊乾大的妻子，他的楊乾媽。當知道了這些後，他也談到了蕎麥的一些事情，並且著重談了蕎麥的乳頭和奶水。

一九四七年著名的延安七天七夜保衛戰中，黑壽山當時是指導員。那一次戰鬥損失慘重，他也負了重傷。火線上下來的傷患，要經過一個叫小鎮的中轉站，稍事包紮，然後分期分批地轉移到後方醫院。傷患流血過多，口渴得難受，可是又不能喝水，一喝水，血又會汩汩地流出來；在沒有手術之前，就會死去。於是，地方政府從周圍村莊，招集了一群奶娃娃的婦女，分期分批給這些重傷患餵奶。這批婦女一共有二百名之多。黑壽山永遠忘不了，一個面色黝黑的婦女，將自己乾癟的乳頭，塞進他嘴裏的情景。那時他正發著高燒，處在昏迷狀態，嘴裏不停地喊著「衝呀」之類的字眼，突然，他感到嘴裏塞進了東西，那東西彷彿記憶中母親的乳頭，於是他停止了呼喊，開始拚命地吮吸起來。立即，一股清涼的、稍帶鹹味的汁液流進他的喉嚨。他的眼睫毛被血糊住了，凝固的血又將上下眼睫毛結在一起，因此，當他清醒過來時，眼睛只能睜開一條細縫。透過細縫，他看見了一張黝黑的臉，看見了那臉因爲痛苦而抽搐。後來，他用手在嘴角抹了一把，才發現他吮吸的原來是血。那女人的奶水也許早就被別的傷患榨乾了，也許她根本就沒有奶水，她所以應募而來，只是出於一位勞動婦女對革命的感情和對戰士的感情。他記下了這個女人的名字，她叫「蕎麥」。嗣後，大反攻時，他率領部隊路經這個鎮子，他打問那名叫蕎麥女人的消息，鎮上人說，那女人已經害病死了。他打問蕎麥埋在了哪裏，他好去祭奠一下，可是，沒有人能告訴他確切的位置。部隊正在行進中，不便停留，於是，年輕的指導員同志，雙膝跪倒在小鎮石板街道上，「咚咚咚」地叩了三個響頭，算是對這位陝北大嫂的遙祭。

不說那未來發生的事情了，那畢竟還有些遙遠，而如果時間的流程流到那個時刻，或者說，當我們的故事行進到那個時間、空間時，相信我，親愛的讀者，我自然會濃墨重彩的，而此刻，我們說的是吳兒堡的事，是襁褓中的楊岸鄉，是乳汁尚像山泉一樣奔湧的這位年輕的母親。

按照鄉間的習俗，這侍候月婆子的事情，是由娘家媽來做。蕎麥的娘家沒有人了，這項工作便由楊老太太承擔起來。對於楊岸鄉，這個還只會啼哭的小生命，楊老太太也像當年他的外婆對待楊作新一樣，從楊岸鄉吃第一口奶的時候起，便開始對他施展起了家法。

陝北人的體型，頎長而又健美，兩條筆直的長腿，挺拔的腰身，很不突出的、幾乎與腰身與大腿成一條直線的臀部，當他們在最初沒有因爲勞動而破壞體型時，給人以「玉樹臨風」之感。至於陝北人的臉形，我們相信由於上邊對楊作新、劉志丹、謝子長的描述，以及讀者心目中那個橫行天下的李自成的虛幻印象，已經有大致的瞭解。但是我們對面孔的另一面，即脖頸、頸窩，以及後腦勺，還沒有來得及細說。陝北人的腦後部分，其實也很耐看，他們一般沒有頸窩，後腦勺也不突出，也就是說，從肩部，越過脖子，直達腦門，彷彿筆直的一條線，平整的一個大陸板塊。因此給人的感覺，十分俊美，並且有一種男子漢的豪邁成分。如果再配上一頭濃密如豬鬃一樣的黑髮，如果在頭頂再用白羊肚子手巾紮成一個英雄結，那麼，當這樣一個男人，反剪著雙手，跟在一個毛驢後邊，腰身一閃一閃地向你走來時，你會想起蘇格蘭詩人彭斯那「我的心兒在高原，我的高原，我的漂亮的高原大漢」的詩句。

陝北人的這種體型特徵，一個原因，當然是由於遺傳因素，但是，另外一個不容忽視的原因，卻在於當他們還處在哺乳期時，他們的體型便開始受到嚴格的控制。

楊老太太將楊乾大當年衿的那條腰帶，扯成一綹一綹的布條；將楊岸鄉的兩條腿併攏，兩隻腳並齊；然後用這些布條，嗖嗖地纏起來。這時候嬰兒的骨骼，還沒有變硬，因此，一段時間後，嬰兒的骨骼定型，就成筆直筆直的了；兩條腿併攏，中間連個蝨子也爬不過去。對腿的部分如是處理，那麼對頭部呢？嬰兒的頭更軟，腦門頂上，用手指輕輕一按，就是一個窩窩，透過半透明的皮膚，甚至能看見皮膚下面的血管和骨骼。那個蕎麥縫下的老虎枕頭，楊老太太沒有用它，那只是裝飾品、吉祥物，孩子能坐起來時，抱在懷裏當玩具用的。她現在另外縫了一個小枕頭，枕頭裏裝上了小米。小米涼，這樣孩子不會上火，小米又相對來說比蕎麥皮堅硬，這樣孩子枕著它時，可以使後腦把子變得平直，還可以擠壓頭部，使天庭飽滿，而「天庭飽滿四方平」被認爲是一種「福相」。楊岸鄉枕上這樣的枕頭以後，頭形自然在向理想的方向慢慢變化，而楊老太太還不滿足，擔心蕎麥不會管理，孩子在睡著的時候，頭向兩邊偏，這樣後腦勺便不會平整了。於是，她又找來些楊作新當年用過的舊課本，分成兩摞，分別擋在枕頭的兩側。

說話間滿月到了，對於這個小生命來說，這是屬於他的第一個節日。這天一早，蕎麥將紅裏肚、小棉衣、老虎鞋，找出來給楊岸鄉穿上。然後，她自己也找了件乾淨的衣服穿上，抱著孩子，坐在了炕沿。衣服有些小了，緊緊地綳住她的身子。經過這一個月，這母子倆彷彿罩窩的母雞小雞，現在滿了月子，該出窩了。

這天，村裏幾乎家家都來了代表，來爲楊岸鄉祝賀滿月。有的人用粗布手帕，包了幾個雞蛋，有的人從腰裏摸出幾塊銅板，有的人帶來一張羊皮，有的人帶來二尺白洋布。禮物都很輕，都有一些寒酸，但是鄉親們的心意是真誠的，他們真誠地祝福吳兒堡村添丁加口，他們爲這個古老的家族，將又有一個頂天立地的男人誕生而高興。

楊老太太也不吝嗇，自從楊作新成了公家人以後，不管怎麼說，她的經濟來源，較村裏人要寬展一些。楊岸鄉滿月，這是一樁大事，同時，也是一個顯富的機會。楊老太太，從村裏請來兩個廚子，又讓廚子在窯門口臨時搭起鍋台，殺了自家的一隻羊、五隻雞，又讓憨憨從集鎮上買回來半扇豬肉，再用自己的兩筐洋芋，換回來一捆粉條，就這麼些吃食，交給廚子，盡意去做。待客的場所，放在窯院裏，桌子凳子，是從前莊小學借來的。雖然已經是初冬了，可是這裏地勢向陽，中午時分，陽婆婆一照，倒是十分暖和。村上的人們，見楊老太太這樣實心待人，也就不再拘束，面對滿桌美味佳餚，放開肚皮，盡情享受。三杯酒下肚，猜拳的，行令的，唱酒麴的，異常熱鬧，間或，路過官道那要飯吃的，聽到這裏的嘈雜聲，也趕來湊熱鬧，攬紅火。要飯吃的，拄著根棍子，搭著個褡褳，站在桌子旁，眼睛盯著桌上的飯菜，嘴邊一邊流著涎水，一邊倒核桃似的，說出一長串蓮花落。楊老太太倚在門框上，聽著這些祝福詞兒，眼睛笑成了一朵花，她覺得自己真是活成人了。對於那祝福詞，她耳朵背，只聽出其中的兩句——「生下女子賽天仙，生下兒子中狀元」，光這兩句，就足以使老太太樂不可支。她忙不迭地喚楊蛾子，要她掬一碗肉粉湯，外加兩個花點饃饃，給這位要飯吃的乾大送去。「可惜死老漢命薄，看不到這些了！」楊老太太想。

楊老太太還破費兩塊大洋，請來了一班吹手。在陝北，即便家裏再窮，即便這孩子命再賤，逢滿月這天，吹手是不可少的，嗩吶聲是不可沒有的。確實請不起的話，便由這孩子的父親，舉著自家的嗩吶，站在墕畔上吹上兩聲。

按照一位民俗學家的考究，陝北人的一生，三次與嗩吶結緣，一次是過滿月，一次是結婚，一次是抬埋上山。嗩吶那高亢、淒厲、輝煌的哭音，將三次在窯院裏響起。三次吹奏，其實都是一個主題：我已生，我已死，我將婚將嫁，並添丁加口；我用這富有穿透力的嗩吶聲，向這個麻木的世界宣告我的已經存在和曾經存在，張揚我的自我；我用這高亢的音律擴張我的渺小，從而不至於被這單調的背景吞沒。從這個意義上來說，這三次吹奏其實是對惡劣的自然環境，三次的抗議和威脅，人類在這宗教般的旋律中得到陶醉，從而繼續邁著艱難的步子向前走去。

一班嗩吶手，站在楊家窯院的畔上，對著吳兒堡川道，對著那條南達膚施城北達北草地的官道，對著眼前一山放過一山攔，擁擁擠擠的群山，運足氣力，鼓出腮幫，猛烈地吹奏起來。他們擦得明光鋥亮的銅嗩吶，在初冬的陽光下閃閃發亮，嗩吶把手上的紅纓纓，像火苗兒一樣在胸前蕩漾。也許是因爲剛才喝了兩口開場酒的緣故，也許是因爲現在太用力的緣故，血往頭上湧，他們每人的臉色，都像豬肝一樣，像成熟了的杜梨果一樣，成了醬紫色，並且沁著汗珠。

嗩吶聲在滿川道裏迴盪，嗩吶聲在浮山上迴盪，嗩吶聲在這家三孔土窯的四周迴盪。在這無處不傳、無疆不屈的嗩吶聲中，蕎麥抱著她的孩子，由楊老太太領著，挨著桌子，向前來賀滿月的人回謝；而鄉親們，也同樣報以吉祥的語言。

楊作新仍舊沒有回來。他不回來不要緊，只是，有一件重要的事情，沒有他的在場，無法解決。按照習慣，通常在這一天，爲這個幼小的生命，指定一個「乾大」。如果楊作新原來就有換帖兒的「拜識」，那楊岸鄉的乾大，不用說，就是那拜識了。他會主動的，在生日這天，備一份厚禮，再請細石匠，鑿一個石鎖，給孩子戴上，當著眾人的面，認下這個乾兒。如果事先沒有拜識，那麼在這滿月筵上，隨便指定一個，也是可以的；好朋友會認爲這是抬舉他，當即就慨然應允。可是這天，楊作新沒有回來。怎麼辦呢？蕎麥和蛾子，自然都不懂這個禮數，獨有楊老太太，見熱鬧的場面，缺了這個實質性的內容，心中不免著急。

事有湊巧，那個憨憨，受楊老太太差遣，上了鎮子一趟，回來後窯裏窯外，又忙活了一番，後來見眾人落座，於是就揀一條舊些的凳子，坐了。吃飯的當口，他見來賀喜的人，都或多或少，手裏不空，於是滿身不自在起來。他說他要上茅坑，抽身回了趟家。憨憨的家裏太窮，他在家裏翻騰遍了，也沒找見一件可以拿上席面的東西。正在著急，瞅見了地上扔著的一堆石刻，於是信手摸了一件，重新返回楊家窯院。

這是一件石鎖。底下一個石座兒，上邊是一頭袖珍獅子，獅子的前後腿，蹬在石座上，中間的襠部，留下一個空隙，恰好是個舊式鎖子的形狀。原來這憨憨，雖然別的心眼兒塞著，可這一竅洞開，平日上山攔羊，閑著沒事，找一塊細青石，一個人躲在山圪嶗裏，又鑿又刻又磨，所以手下出了許多這樣的巧活兒。

眾人見了這石鎖，都喝一聲彩，叫道：「好手藝！」楊老太太接過石鎖，也明白了，這是天意，楊岸鄉的「乾大」，看來就是他了。隨之叫過抱著孩子的蕎麥，要她過來，讓兒子給乾大叩頭。楊岸鄉還小，自然不會叩頭，這事就由蕎麥代了。而蕎麥在稱呼憨憨的時候，也就借兒子的口吻，稱他「他乾大」。

乾大在這個滿月的時候，要做的事情，是給這石鎖上，綁一道紅繩，並且從此以後，每逢過年，都要加一道，直綁到十三根紅繩，也就是孩子虛歲十三歲上，才算監護完畢。眼下，這紅繩楊老太太早有準備，於是拿出來，讓「他乾大」給繫在獅子的脖子上了。這樁事兒結束，憨憨重新找到自己的舊凳子，再去吃筵席，不提。

滿月一過，生活重新歸於平靜。楊家窯院裏，一切又恢復了原來的樣子，全家人齊心協力，養家餬口，打發著沉悶的日月。只是較之以前，窯裏窯外，有了孩子的笑聲和哭聲。這孩子給這三孔土窯，增添了難得的歡樂，也使這窯裏人們的生活有了目標。「千里的雷聲萬里的閃，一朵朵紅雲飄得遠」。中央紅軍來到陝北後，革命勢力日重，陝北根據地和陝甘邊根據地，連在了一起，夾在兩塊根據地之間的吳兒堡，一夜之間，也成了紅區。鎮上成立了蘇維埃，村上有了革命政權指定的村長，這個偏僻的吳兒堡，也熱鬧起來。

說話間一年多的時間過去了。這一年多的時間內，楊岸鄉七個月坐、八個月爬、十個月打能能、十二個月上走路，等到這時，已經會邁動小腿，扶著牆壁，窯裏窯外地亂串了。這時候楊作新捎來話。原來這時候，中央紅軍，已經和平接收膚施城，楊作新重新回到膚施，擔任了職務。他在城裏，租了間平房，要蕎麥領著兒子，進城去住。楊老太太接到這個訊兒，心裏自然捨不得孫子，可是轉念一想，楊作新如今又紅漾了，況且做了大官，如果蕎麥不在身邊守著他，難免這小子哪一天昏了頭，又向吳兒堡發來一封休書。想到這裏，就叫楊蛾子去找村長，以紅軍家屬的名義，要村長派一個公差，用毛驢送蕎麥母子上路。

這一年多的時間內，楊作新行色匆匆，幾乎參與了中央紅軍進入陝北高原後的所有重大活動。當然他只是個跑龍套的角色，所以，在後來的那些回憶錄和黨史資料文獻中，對他的名字很少提及。

兒子過滿月那天，他原來是準備回家一趟的，可是中央紅軍與陝北紅軍在洛河川的象鼻子灣舉行的會師典禮，他參與了籌備工作。典禮一完，這時候趕回吳兒堡還來得及，結果突然戰事又發，蔣介石急令張學良所屬五十七軍、六十七軍並騎兵軍，趁中央紅軍初入陝北、立腳未穩之際，予以殲滅。於是，中央紅軍與陝北紅軍聯手，由毛澤東親自指揮，在子午嶺旁邊的直羅鎮，組織了那場被毛澤東稱之爲「奠基禮」的直羅鎮戰役。幾支部隊協同作戰，彼此原先都不熟悉，所以楊作新忙前忙後，四處奔跑，做了個聯絡官之類的角色。

這以後，以國民黨重兵守衛的陝北第一重鎮膚施城爲圓心，紅軍縱橫馳騁，在陝北高原上，兜了幾個圈子。中共中央首腦機關，先後在謝子長的家鄉瓦窯堡、劉志丹的家鄉保安，建立起臨時紅色首都。東征戰役時，毛澤東東渡黃河，得勝回營後，還在清澗袁家溝，小住過一段日子，並且正如讀者所知道的那樣，在那個小小的陝北高原山村，寫下了一首關於「雪」的詩詞，詞牌名是《沁園春》。

一九三六年的雙十二西安事變，成爲一個轉機。在此之前，張學良將軍與周恩來將軍，曾在膚施城南門坡的一座天主教堂裏，秘密會晤，商討東北軍將其轄地膚施城，讓給紅軍事宜。雙十二事變的發生，促使這件事有了結果。於是，時隔一個月零一天後，也就是一九三七年的一月十三日，張學良部撤出膚施，中共中央首腦機關進駐膚施。膚施城內的國民黨地方政府和地方武裝，見正規軍走了，知道大勢已去，於是站在膚施城頭，放了兩槍，然後倉皇逃逸了。中國共產黨人的膚施歲月，於是從此開始。

楊作新就任了膚施市督學職務。原先的趙督學，據說在楊作新結婚不久，她就和膚施守軍的頭領結婚了。紅軍開進膚施城之前，我們知道，地方武裝紛紛逃逸，那位守軍頭領，帶了已經懷孕的趙督學，前往榆林，投了那裏的同僚。榆林城位於陝北高原與鄂爾多斯高原、寧夏河套平原接壤地帶，這裏的軍事轄制，卻屬北平馮玉祥管。那趙督學的丈夫，後來換防，到了北平。到北平後，聽了趙督學的話，脫了制服，開始經商。他們的故事到這裏沒有結束，容後再敘。至於那「趙半城」，卻在紅軍入城之初，在自家的門樓上，拴了根繩子，上吊死了。當時，女兒和女婿，勸他和他們一起走，他捨不得這膚施半個城屬於他的鋪面和字號兒，決心與它們共存亡。女婿、女兒無法，只好自己抬腳先走了。女婿、女兒走後，剩下他一個人了，他坐在空蕩蕩的家裏，想起國民黨那些關於共產黨殺人放火之類的宣傳，越想越怕，就去尋短見了。其時鞭炮聲已經響起，膚施城裏的開明人士，由事先潛入城中的楊作新組織，出郭十里，迎接毛澤東一行入城。楊作新自然沒有忘了「趙半城」這個人物，誰知來叩他大門的時候，看見的只是一具懸在空中的屍體，楊作新見了，嗟歎一回，心想他本來不該如此。

紅軍入城，張榜安民。膚施城裏，不能沒有地方官，諸多舖面商號，也不能沒有管理的；膚施治下各類學校，也不能一日沒有督學。至於以後體制如何變更，那是以後的事了，現在得有個應急措施才對。以楊作新的資歷、影響和學識，擔任這個督學自然合適，於是眾位鄉賢，公推他擔任這個職務。楊作新覺得由他去接趙督學的手續，似乎有些滑稽。但這是革命需要，況且，上級也有這個意思，於是也就不便推辭。安頓停當後，便在膚施城內，租了一間民房，接來了蕎麥母子。自此，楊作新每日忙於他的公務，勤勉工作，蕎麥當她的幹部家屬，以帶孩子爲職業，一家人和睦相處，恩恩愛愛，相安無事。

現在，該接近那個最難堪的話題了。對於這一點，敍述者實在不想將它提及，因爲這是個很難說清的事情。但是，怎麼說呢？既然我們選定了楊作新，成爲書中主要的人物之一，那麼他性格的完成，他的歸宿，他的故事，我們總該有個交代才對。況且所有發生在楊作新身上的事情，都是曾經發生過的事情，並不是敍述者的隨意杜撰。敍述者只是聽命於他手中的筆，在重複歷史而已。

長期以來，閉塞的地理環境，形成了陝北人狹窄的地域觀念。這種心理特徵甚至表現在那些最細小的事情上。舉例說吧，山坡上長著一株木瓜樹❶，山根下住著一戶人家。這戶人家認爲，這株木瓜是長在他家的瑙畔上的，所以是他的，他靜靜地等著這木瓜成熟，直到熟透後再去摘它。一個過路人偶然發現了這樹木瓜，於是攀上山崖去打。做爲過路人來說，他是正確的，因爲木瓜是野生植物，而且是長在野山上的；但是做爲這家土著來說，他也是正確的，因爲從祖輩開始，這一樹木瓜，從來都是由他們家來收穫的，他對這不速之客的舉動感到不可理解，認爲自己受到了侵犯。兩個想不開，於是發生了口角。

中央紅軍初入陝北，當時國民黨張學良部與甘、青、寧四馬四面合圍，局勢十分嚴重，於是，中央紅軍與陝北紅軍攜手合作，接連打了幾個勝仗，迅速扭轉了局面。當時的情景，確實正如陝北民歌中唱道的那樣：「熱騰騰的油糕端上桌，滾滾的米酒捧給親人喝。」兩支紅軍情同手足，陝北高原一片歡騰。但是，隨著國共統一戰線的醞釀，局勢的好轉，尤其經過整編，陝北紅軍的將領都幾乎被任命爲副職之後，矛盾便顯露了出來。當時，陝北紅軍領袖謝子長，早已犧牲，另一位陝北紅軍領袖劉志丹，也在東征時罹難。這兩個深明大義、目光遠大之人物的去世，也使中央紅軍對陝北紅軍的控制和指揮，有所減弱。也就是說，陝北紅軍中的地方主義傾向，有所抬頭。

這是事情的一個方面。另一方面，中央紅軍對陝北紅軍，也不能說沒有戒心，前面談到的將陝北紅軍的將領們，任命爲副職，就是一例。記得我們在前面曾經說過，毛澤東曾派精銳的三五九旅，駐紮在三邊鹽池，並將三邊劃爲特區，以便在陝北高原站不住腳的時候，在那裏留一條退路。此種考慮，當然是由於陝北土地貧瘠，不足以養兵的緣故，但不能不說也有上邊的那種成分。尤其令陝北紅軍傷感情的是，東征結束後，陝北紅軍一部，取道延水關，渡黃河回根據地。部隊來到黃河岸邊，躲進岸邊石崖底下一孔天然的崖洞裏，派人鳧水過來聯繫船隻。這邊中央紅軍的特派員，下令扣住船隻，不准一艘過河。三天三夜之後，懸崖頂上閻錫山的巡河部隊，終於發現了這支紅軍，於是一陣亂槍打來。這支部隊一百餘人❷，一部分被當時亂槍打死，一部分跳入河中，被水淹死，生還後回到陝北根據地的，只剩下五個人。那座山洞後來被當地老百姓稱「紅軍崖」，在延水關對岸上遊二華里處。五個生還者中的一個，一九八二年，敍述者曾經訪問過他。他就在那一帶居住，黃河岸邊長大的，所以那天晚上鳧水游到了這邊。他目下是個農民，一邊編著筐籮，一邊回答敍述者的問話，眼皮耷拉著，一抬不抬。如果他現在還活著，年紀已經很大了。那地名叫北村。

原來這死難的陝北紅軍一部，正是當年後九天楊作新收編的那支武裝。消息傳到膚施城，楊作新聽了，不免發幾句牢騷。楊作新這些年在陝北各地奔波，軍隊裏或者地方上，都有不少熟人。那些有情緒的人，到了膚施城，不免要到楊作新的家裏去，發洩不滿情緒。而不知好歹的楊作新，自命根基穩固，聽了這些話，非但不加制止，反而表示同情。久而久之，楊宅以及楊作新本人，便引起了當時已經成立的邊區保安處的注意。烏雲已經籠罩在楊作新頭上了，可惜他還不知道。

這當兒，發生了一件驚天動地的事情。美髯公周恩來，應張、楊二將軍之約，前往西安議事。於是他乘了一輛愛國華僑陳嘉賡先生贈送的舊卡車，攜帶張雲逸將軍並副官陳友才等人，離了膚施，前往西安。行至距膚施城五十華里的大勞山時，突然遇到一群土匪襲擊。土匪明確的目標是周恩來。副官陳友才和幾個警衛員冒死相救，全被打死在卡車前，周恩來、張雲逸鑽入大勞山叢林，得以逃脫。按說，山林是土匪的天下，縱然周恩來腿快，也如何得以逃脫？原來事有湊巧，那天副官陳友才的上衣口袋裏，恰好裝著周恩來的一張名片，土匪來到路上，從陳友才的口袋裏，搜出名片，斷定這就是周恩來本人了，於是不再追趕，重新縮回了山林。周恩來脫險後，找到駐紮在附近的八路軍騎兵部隊，被護送回到膚施，不提。

這樁周恩來勞山遇險案，當時在膚施城裏，引起極大震動。事情後來雖然查清了，是一幫政治土匪所爲，而骨幹分子，就是被紅軍趕出城，當初膚施城中的國民黨守城部隊。但是在當時，邊區保安處立案偵查以後，卻把楊督學做爲主要懷疑對象。個中原因，當然是楊作新當年在後九天時，曾經與陝北地面各路土匪，有過一段不清不白的關係。這時候，邊區保安處同時查出，那支紅軍崖遇難的部隊，竟是當年後九天改編過來的武裝，諸種因素聯繫在一起，於是便決定對他下手。只是楊作新是陝北同志，又具有相當大的影響，因此在沒有真憑實據之前，先沒有動他，只是等待機會。

是年七月，蔣介石在廬山舉辦幹部訓練班。其時國共兩黨，已因西安事變爲轉機，達成「合作抗日」的諒解，所以這次訓練班，也給膚施城分了一個名額。機會來了，通知到時，便由當時的神秘人物康生，直接與楊作新談話，安排他去廬山受訓。楊作新當時還蒙在鼓裏，鼎鼎大名的康生找他談話，他應該有所覺察，明白此行不同尋常。可是他畢竟見識短些，覺得這是一件光耀的事，於是慨然應允，稍事收拾，便直赴九江廬山。

注❶木瓜：學名叫文冠果，陝北高原一種長在崖畔上的灌木型野生植物。

注❷這裏一九九三年初版時，是「三百餘人」，現在根據中共中央黨史辦的審讀意見，改正為「一百餘人」。黨史辦的意見，無疑是正確的，當時該營（營長叫馮德勝）的編制，看來不滿員，這在陝北紅軍中是普遍的事。作者只是在記述這件事情，想其當然，以一個營三百餘人來統計人數。——作者於二〇〇六年修訂版補注。

第十四章　達達的馬蹄，永遠在守望的女人……

算起來，楊蛾子這一年，已經滿二十三歲了。她像一朵山鄉裏風吹雨打的野花，在迎風怒放著，嬌豔、健康、善良、美麗。愛神並沒有久久地冷落她，祂只是在等待機會，等待那合適的、楊蛾子可心的人來叩擊她的門扉。前面說了，這個野姑娘，繼承了吳兒堡家族相貌上的一切優點：兩隻又黑又亮的大眼睛，一對雙眼皮，白皙的面孔上，兩個高顴骨，顴骨上停兩朵紅暈，尖下巴，有些消瘦的面頰上，時隱時現出兩個酒窩。較之前兩年，她的胸脯豐滿了許多，皮膚上也呈現出一種羊脂般的光澤，繁重的體力勞動並沒有磨掉她身上青春的光彩，反而由於勞動的砥礪，她的身上，出現了一種達觀的人生態度。這更增加了她的魅力和氣質。

蕎麥母子前腳剛走，當地政府，給這一帶疏散了一群紅軍傷兵。這些傷兵是東征戰役掛彩的，還是西征戰役掛彩的，或者是平型關與日寇打仗時掛彩的，上邊沒有說。吳兒堡也分來了一個傷兵，照著裝束和身分看，可能還是一個首長，一隻指揮打仗用的懷錶，裝在上衣口袋裏，鏈兒拴在第二個紐扣上。一頭高頭大馬馱著傷兵，一左一右兩個警衛員扶著，來到吳兒堡，將他交給村長。村長於是將這個傷兵，分配給了楊老太太和楊蛾子照管。

一則楊家是公家人的家屬，可以信得過，二則楊家的偏窯閑著，正好可以讓傷兵在那裏居住。警衛員見安頓停當了，便留下一些藥品，牽著馬回部隊去了。

那傷兵中等身材，消瘦面容，年紀在三十歲上下。他也把紅軍說成是「豐軍」，因此可以斷定是湖南人或者湖北人。他的傷是在胯骨上，一顆子彈，從屁股蛋子裏鑽進去，碰到骨頭，便嵌進骨頭縫裏去了。在部隊醫院裏，做了手術，取出了子彈，看著沒有危險了，於是便疏散到老百姓家裏，找一個安靜的去處養傷。

傷兵在戰場上廝殺慣了，習慣了東征西討，猛丁來到這個安靜的偏僻小村子，顯然有些不適應。在這裏，一切都是以慢節奏進行著的，太陽到了半早上，才懶洋洋地從東山出來，到了下午，又懶洋洋地落入西山那個垛口。一座座山丘死氣沉沉地僵臥著，不見一絲綠色，好像害了浮腫病的病人臉色。空氣自然是潔淨的，沒有一絲硝煙，也沒有一點噪音，但太靜寂了，也令人生出一絲驚悸與不安。最初幾天，傷兵顯得焦躁，儘管楊老太太和楊蛾子做了最好的飯食招待他，但他只是吃很少的一點兒，筷子頭動一下，就停了。有一次，蛾子勸得緊了，他竟使起性子，端起碗，摔在了地上，氣得個楊蛾子，臉色煞白。傷兵也知道是自己的不對，趕快道歉，並且從口袋裏掏出自己的津貼費，來賠這只打碎的碗。楊蛾子一甩手，抹著眼淚走了。

楊老太太待傷兵，像待親生兒子一樣。鄉間老太婆，本來就是個菩薩心腸，加之這時候，她也以革命家庭自居，兒子楊作新在外，給共產黨幹事，那麼楊作新的同志，從廣義上講，也就是她的乾兒子。所以不管這傷兵如何煩躁、無禮，她只是小心侍候，盡自己的慈母心腸，生怕有一點慢待了同志。

自從那騎著高頭大馬的傷兵，在吳兒堡川道裏一露頭，楊蛾子的心就跳起來了。她的眼睛一直瞅著那騎馬的傷兵，在村長家窯門口停下，才收回目光。這裏也是一條交通要道，官道上常過隊伍，所以楊蛾子最初以爲，這大約又是過往的什麼人，誰知，信不信由你，生活中果然有那種被中國人稱之為「命」、被外國人稱之為「命運」的東西，這騎馬的人，不是過路的，是要在這村子住一段時間的，而幾十戶人家的村子，偏偏這個傷兵，來了楊蛾子的家。

楊蛾子有了這番心事，見了傷兵，反而顯出一股矜持之意。這也是情理中的事，姑娘家畢竟是姑娘家。只是這個從來不注意自己服飾打扮的姑娘，自傷兵來到家裏後，從頭到腳，整天穿得乾乾淨淨的，這是春二、三月，地裏沒活，所以一天到晚，腳上不沾塵土，她還拿出自己攢下的錢，下了趟鎮上，買了雙洋布襪子穿上，洋布襪子穿在裏邊，看不見，於是楊蛾子將褲角綰起，走起路來，故意將兩個腳片子踩得有了響聲。可惜楊老太太老眼昏花，看不見女兒的新奇變化，而那個傷兵，只一個勁兒地惦著自己的部隊，整天不是發脾氣，就是一個人坐在炕沿上擦槍，或者頂著這春二、三月的寒風，站在畔上，手扶胯骨，望著大路發呆，楊蛾子的一番苦心，他竟沒有發覺。楊蛾子這一番打扮，算是白打扮了，氣得她背過人，直捂著臉哭。

傷兵的傷口，隔幾天要換一次藥。傷兵說他的創面已經結痂了，可以自己換，只讓蛾子為他燒上一盆鹽開水，洗傷口用。楊老太太卻執意要讓蛾子為傷患換藥。楊蛾子前些日子當過一次擔架隊，抬過傷患，並且也為傷患包紮過傷口，所以說換換藥，應當說不是一件難事，奈何這傷患傷的不是地方，所以楊蛾子見楊老太太說了，臉色登時紅了起來，口裏應承著，腳底下卻不動。傷兵還是說，他自己能換，有盆鹽開水，洗傷口就行了，說完，就回自己窯裏去了。

楊老太太見支使不動蛾子，有些冒火，撿起一把掃炕的笤帚疙瘩，想打楊蛾子。楊蛾子說：「好媽媽，我怕羞！」楊老太太說：「權當是你哥哥，怕什麼羞！『攬君是君，攬臣是臣』，咱們攬上這樁事情了，就攬到底。你哥哥在外邊鬧世事哩，咱們家裏人，要給他爭臉！」

話說到這個份兒了，楊蛾子也就不再推辭，開始燒水化鹽。那傷兵的傷口，雖說已經結痂，可是仍然有血水、膿水從裹邊沁出來，沾在外邊裹著的紗布上。換藥的時候，得先用鹽水將紗布浸濕，揭下來，或者用在開水裏煮過的剪刀，將紗布一點點地剪掉，然後消過毒後塗上新藥，換上紗布。楊老太太估計對了，那傷兵雖然逞強，可是他確實自己給自己換不了藥，除了上邊說的傷勢本身的原因之外，我們知道，這傷也確實傷的不是地方。

傷兵回到偏窯後，不等鹽開水端來，便真的自己給自己換藥了。大約揭紗布時揭得太猛，只聽從那偏窯裏，發出一陣呻吟。楊老太太耳聾，沒聽見，蛾子倒是聽真了，呻吟聲聽得她一陣陣心疼，這時鹽開水已經燒好，楊蛾子於是不再考慮，舀了一盆，匆匆地端進偏窯去了。

凡事開了個頭，抹下了臉，接下來就容易了。從此以後，隔三過五，不等楊老太太督促，楊蛾子總是準時給傷兵換藥。傷兵的傷勢一天天好起來，飯食大增，面皮也漸漸變得紅潤。楊老太太見了，心中自然十分高興。

我們的楊蛾子，自那一次開始，也就放下了自己的矜持，又變了一個天真可愛的姑娘家。每一次換藥，對她來說，都不啻是一個節日，換過一次藥後，她就興奮地等著下一次。她以一個女兒家的全部熱情和愛心，為這個傷兵大哥換藥和洗傷口。而在平時的時候，她總找各種話題，令傷兵大哥開心，怕他有絲毫的寂寞，怕他產生離開這裏的念頭。隨著傷兵的傷勢漸漸好轉，她開始攙著傷兵，在窯院和村頭轉悠。

傷兵也喜歡上了這位姑娘。我們知道，在換藥的時候，在吳兒堡村頭散步的時候，在彼此長期的踢攪中，傷兵不可能不發現這姑娘驚人的美麗，而美麗和善良結合起來，不能不打動一個鋼鐵般堅硬的男人的心。傷兵應楊蛾子的要求，給她講他所經歷過的那些激烈的戰鬥故事，他還將自己的槍卸成零件，順著炕沿，擺成一溜，然後閉著眼睛，用五十秒的時間（楊蛾子盯著錶），將槍全部裝好。楊蛾子是個聰明的姑娘，她看過幾遍後，也學會自己安裝了，開始是睜著眼睛，一邊聽傷兵講解，一邊往一塊對落，後來，她也可以閉著眼睛，一口氣「砰砰啪啪」地，將這支短槍安裝在一起了。

楊蛾子將傷兵的皮腰帶，襟在腰裏，將那支擦得鋥光發亮的手槍，別在上邊，褲腳上，再紮上傷兵的裹纏。她往地上一站，打個立正，問傷兵，看她威風不威風。傷兵笑著說，她很威風，只是，頭上紮著一根紅頭繩的大辮子，和這身裝束不協調，如果——「如果怎麼樣？」楊蛾子追著問。傷兵說：「如果剪成個短帽蓋，那就是個地地道道的紅軍婆了！」

傷兵只是隨便地說說，誰知，楊蛾子聽了這話，不吱聲，抬腳離了偏窯，回到自家的正窯裏。她從針線笸籮裏拿出一把剪刀，對著那面只剩下半塊的玻璃鏡子，只聽「嚓嚓嚓」的一陣響聲，大辮子就剪了下來。等到她再一次站在傷兵面前時，傷兵驚呆了，他瞅著眼前這個姑娘說：「妳真漂亮，楊蛾子！」傷兵情不自禁地抓住了楊蛾子的手，但是他立即意識到了自己的失態，趕快把手鬆開了。

「猴女子，妳瘋了！」窯外傳來了楊老太太的罵聲。原來，她發現了丟在炕沿上的大辮子，現在提著辮子，出來尋楊蛾子。

聽到罵聲，楊蛾子搬住傷患的肩膀，在他臉上，匆匆地親了一口，然後轉過身，一陣風似地跑了。

時令接近初夏了。天氣慢慢地熱起來。吳兒堡川道裏的那條小河，開始發出淙淙的流水聲。青蛙也在夜晚，不歇氣地叫起來。青草開始露出地面，山岡披上了一層淺淺的新綠，在那新綠中間，往往會有一團鮮豔的紅色，那是山桃花。牧羊人趕著羊群，在這嫩綠之間遊弋，輕風吹來，送來羊隻那撩撥人心的騷味。

這是一個美麗的晚上，喝過湯以後，蛾子陪著傷兵，在畔上的碾盤上坐著。最初是農人們吆著牲口，扛著犁杖，從那高高的山峁上，忽悠忽悠地過去了，接著是憨憨，趕著一群喧喧鬧鬧的羊隻，從大路上進了村子，最後，一切便都靜寂下來，只有那西天的晚霞，在堖畔上邊的浮山上燃燒著，將它玫瑰色的光芒，塡滿了這吳兒堡附近的溝溝窪窪，給這單調的景色，帶來一種虛幻的夢境。星星也一顆接一顆地出來了，爲數不多的星星，在那深不可測的遙遠天際閃爍著，偶爾有一顆流星，斜斜地滑下來。

傷兵爲蛾子講了許多的戰鬥故事。做爲對等原則，蛾子也爲傷兵唱了許多的陝北民歌。他們之間的關係，現在已經十分親密，親密到可以唱那些酸曲的程度了。原來，在唱酸曲方面，楊蛾子也是一把好手。其實，在每一個外表一本正經的姑娘內心深處，誰沒有產生過非分之想，誰沒有萌動過那種有些輕浮的念頭呢？只是當她們在沒有遇到可心的人以前，嚴格地把握自己，而將那些伴隨著她們成熟過程的，給她們以耳濡目染的酸曲，毫不動容地裝進心裏，以便有一日對著心上人吟唱。

「那是一首叫『大女子要漢』的酸曲，我從十三上就會唱了，」楊蛾子盯著變幻無窮的夜空，深情地說道：「只是，我會唱是會唱，可從來沒有給一個男人唱過！我只是晚上睡覺的時候，一個人躲在被窩，一邊流眼淚，一邊低聲唱，或者，在山上受苦的時候，瞅瞅四下裏沒人，扯開嗓子吼上一陣。傷兵大哥，這歌酸著哩，你聽了不要笑話我！」

蛾子說著，朝窯裏瞅了一眼，看楊老太太不知在窯裏忙活什麼，並沒有注意到她和傷兵，於是膽子大了，清清嗓子，唱了起來：

十七、八女娃門前站，
公雞倒把個母雞斷，
女娃淚不乾。
哎喲，
女娃淚不乾！
娘問女娃為啥哭，
沒吃沒喝有你大，
針線不會有媽媽。
哎喲，
針線不會有媽媽！

每一段歌詞完了後，都有一句撒嬌似的「哎喲」做爲副詞。如果配上簡譜，這「哎喲」是這樣唱的：‖5 6 3 2 1. 3‖。傷兵聽得有些呆了，從那柔美的聲音中，聽出了一種女性的溫柔和渴求。

他對陝北話應該說有一點順耳了，只是，這個「公雞倒把母雞斷」的「斷」字，他不明白是什麼意思，於是便打斷了楊蛾子的歌唱，請教這個字。「這還不明白嗎？」楊蛾子羞紅著臉說，「斷，就是『攆』，就是『趕』，就是想要……『踏蛋兒』！」楊蛾子嚥下了最後一個字眼，她不說了。不過傷兵已經領會了她的意思，他說：「噢，女娃家站在自家窯門口，看見公雞在攆著

母雞，於是動了心思。」

「你還讓我唱耶不唱！平白無故地打斷人家的話，我不唱了！」楊蛾子說。

傷兵見了，趕緊央告她，說自己再也不插槓子了。

「這就好！」楊蛾子說。說罷，續上前面的，又唱起來——

叫一聲媽媽妳聽話，
奴家長得個這麼大，
不給奴家尋婆家。
哎喲，
不給奴家尋婆家！

叫一聲女娃我告訴妳，
一來為妳真小哩，
二來媽媽捨不得妳。
哎喲，
二來媽媽捨不得妳！

叫一聲媽媽我告訴妳，
我嫂嫂和我同年歲，

人家媽媽咋捨得？
哎喲，
人家媽媽咋捨得！

叫一聲女孩妳聽話，
妳大大回來尋個女婿，
秋後再出嫁妳。
哎喲，
秋後再出嫁妳！

叫一聲媽媽我告訴妳，
妳和我大大同床睡，
我咋能等到秋後去？
哎喲，
我咋能等到秋後去！

叫一聲女娃沒黃水，
院鄰家聽見欺殺妳，
不怕人家笑話妳？

哎喲，
不怕人家笑話妳！
叫一聲媽媽妳聽話，
女娃我今年剛十八，
一心就想抱個娃娃。
哎喲，
一心就想抱個娃娃！
歪說好說妳沒血鬼，
妳大大回來要打妳，
媽媽我不拉妳。
哎喲，
媽媽我不拉妳！
三打兩打盡他打，
人要眉眼做什麼？
我的就兒媽媽。
哎喲，

我的就兒媽媽！

撩起個棍子拉下打，

叫妳死在這個家，

不叫妳尋婆家。

哎喲，

不叫妳尋婆家！

唱到這裏，楊蛾子的歌聲停了下來。這次，不是人家傷兵插一槓子，又有什麼問題要提，而是蛾子主動停了下來。傷兵正聽得出神，見歌聲突然停了，不知道是怎麼回事，還以爲是完了。

「沒有！」蛾子笑著說，「還長著哩，歌詞太髒了，什麼『壞了身子』呀，難聽死了，你不怕羞，我還怕羞哩！不過——」蛾子接下來說：「有新歌詞，剛流行起來的，革命內容，我把這個給你唱唱，好嗎？」

「好，小妹妹！」傷兵答道。這次，他沒有退縮，而是勇敢地捉住了蛾子的手，把她拉到自己跟前，讓蛾子坐在自己那隻沒有受傷的腿上。夜色溫柔，現在，那兩個遙遠的風流罪人所曾經體驗過的感覺，不可遏制地來到了這兩個身分迥異的年輕人身上。

楊蛾子繼續唱道——

一蹦蹦在區政府，

進了個門來當地上站，
區長把我看。
哎喲，
區長把我看！

區長開言同志妳聽，
有什麼問題妳談精明，
冤枉不辦人。
哎喲，
冤枉不辦人！

我大我媽老腦筋，
政府的號召他不聽，
壓迫得活不成。
哎喲，壓迫得活不成！

我大我媽要財禮，
給奴家尋了個疤女婿，
奴家我不願意。

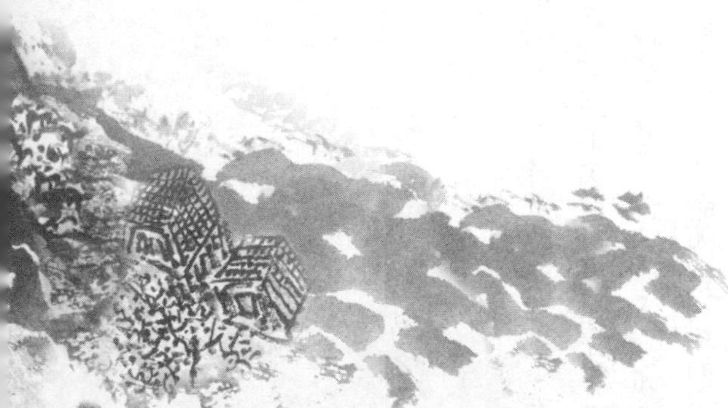

哎喲，
奴家我不願意！
耳又聾來眼又花，
滿嘴長一口大酥牙，
脊背上揹個大疙瘩。
哎喲，
脊背上背個大疙瘩！

隔壁有個王大媽，
她的兒子十七、八，
心裏就有個他。
哎喲，
心裏就有個他！

區裏介紹縣裏批，
我們兩個都願意，
心裏真滿意。
哎喲，

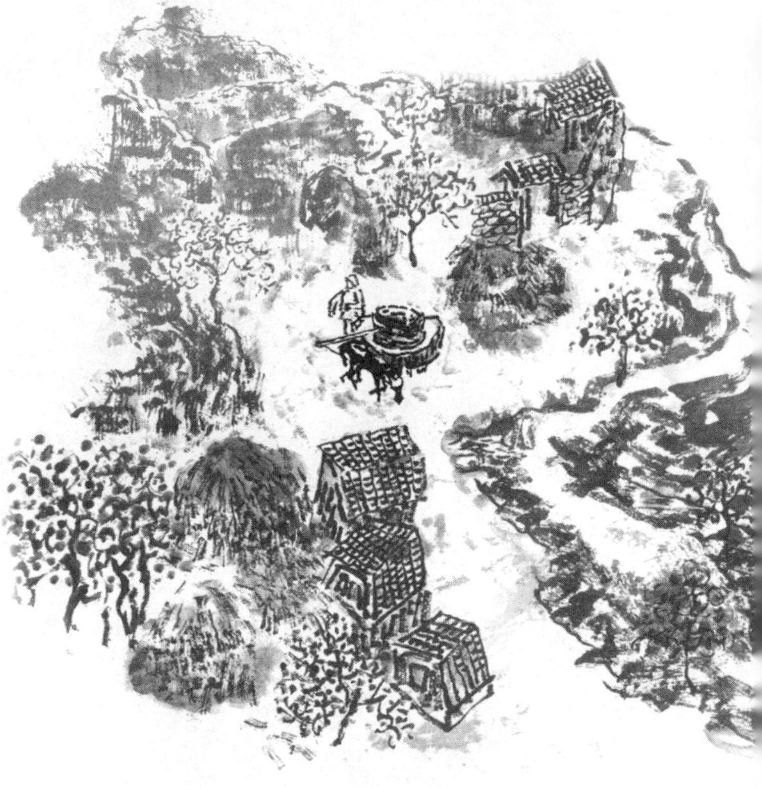

心裏真滿意！
結罷婚兒拉回走，
我大大門口把我們看，
尋得一個窮光蛋。
哎喲，
尋得一個窮光蛋！

進你個門來拉上看，
腳底下只有一點炭，
灶火也搭不嚴。
哎喲，
灶火也搭不嚴！

兩雙筷子兩只碗，
後面無鍋蓋石板，
懷前把小鍋安。
哎喲，
懷前把小鍋安！

叫一聲丈夫把話聽，
明天親戚都來看，
這事情咋價辦？
哎喲，
這事情咋價辦？

叫一聲丈夫把話聽，
大街鎮上買花生，
牢牢記在心。
哎喲，
牢牢記在心！

一條紙菸兩把茶，
瓜子花生拿手抓，
腔子上又戴花。
哎喲，
腔子上又戴花。

政府給地二畝半，
叫我們二人好好幹，
爭取當模範。
哎喲，
爭取當模範！

身上又穿爛布衫，
上下擦了個稀巴爛，
渾身出了汗。
哎喲，
渾身出了汗！

大鋤鋤來小鋤砍，
人進莊稼看不見，
能打十來石。
哎喲，
能打十來石。

紅旗綠旗滿天飄，

鑼鼓大鈸一哇聲，
天下都有名。
哎喲，天下都有名！

酸曲到這裏就唱完了。有些冗長，正如楊蛾子所說，這後半部分那革命的內容，是臨時加上去的，這內容反映了當時根據地（後來叫解放區）老百姓的生活，也在一定程度上，爲後來在解放區廣泛開展的生產自救運動預兆了先聲。當然，增加了這些內容後，它就使原先妙趣橫生的題材，顯得有點一本正經了，用楊蛾子的話說，就是不夠酸了。這使楊蛾子有些擔心，擔心傷兵大哥的期望值太高，這首過於冗長的酸曲，他會不喜歡的。

楊蛾子的擔心多餘了，傷兵很喜歡它，經歷了殘酷的戰鬥，經歷了出生入死的洗禮之後，現在，一位姑娘坐在他的腿上，並且用那柔美的女中音，爲他哼著這些奇異的歌曲，光這一點，就足以使他滿意了。他這時候的心已經完完全全地安靜了下來，習慣了這安寧的、平和的環境，和這世外桃源一樣的生活，他甚至擔心自己的傷好得太快，那樣就會離開吳兒堡。

一個初夏的夜晚過去了。楊蛾子聽見母親在窯裏喚她，這時她才意識到夜已經很深了，並且意識到自己是坐在傷兵的腿上的，於是她嚇了一跳，她說：「我得回窯裏去了，傷兵大哥。明晚上我再給你唱吧！」說完，她從傷兵的腿上溜了下來。

楊蛾子抬腳要走，這時，她聽見背後「哎喲」了一聲，就像她歌詞中的副歌「哎喲」一樣。她回過頭來一看，原來是傷兵大哥栽倒了。楊蛾子趕緊走過去，扶住他。她埋怨自己走得太急，忘了照顧傷兵這個責任。——傷兵在碇盤上坐得太久了，或者說，一隻腿有傷，而另一隻腿，被蛾子壓麻了，因此，當他一閃身子往起站時，沒有站穩。

蛾子扶著傷兵，向偏窯裏走去。走到偏窯門口，她取出胳膊，就要離去時，傷兵拽住了她的胳膊。傷兵的眼睛在夜色中閃閃發亮，他用顫抖的聲音對蛾子說：「蛾子，妳能不能到我窯裏來，將那首酸曲——改編前的那一部分唱給我聽。我不嫌髒！」

聽到這話，蛾子站住了，她轉過身子，愣了一下，接著伸開胳膊，緊緊地摟住了傷兵。壓抑了二十多年的少女感情，在這個夜晚，在這個時刻，因了這句話，一下子噴發出來了。她摟住傷兵的腰身，將兩片火熱的嘴唇，緊緊地膠在傷兵的嘴唇上，最後，他們不是用手，而是用腳，將門輕輕地挑開，然後歪歪斜斜地，一個擁著一個，進了偏窯。

「我愛你，我要把身子給你！自從你騎著高頭大馬，在吳兒堡的川道裏一出現，我就明白了，你是來勾我魂的！」窯裏，傳來楊蛾子喃喃的低語。

直到後半夜的時候，楊蛾子才偷偷地溜出了傷兵的窯洞，抱著外衣，回到自家正窯。母親睡得正香，連燈也沒有點，她拉開被子，黑摸著，睡下了。

一個處在這種年齡的女性，一旦愛上一個人，一旦初嘗了那初夜的滋味，那情形是可以想見的。對於楊蛾子來說，她將把自己漫長苦難的人生，分為兩個階段——遇到傷兵以前的階段和遇見傷兵以後的階段。她笑著，她那銀鈴般的笑聲瀰漫在楊家窯院內外。如果說在原先的笑聲中，尚且有一種無所依傍的孤獨成分，那麼從那個初夏的夜晚起，便變得充實而滿足。女孩子為什麼會笑？——這個愚蠢的問題，除了我們曾經解釋過的那個答案外，它似乎還有另外一個答案。

楊蛾子覺得從那一天開始，她周圍的一切，都變得像夢境一樣的美麗。她想將自己的感受，告訴周圍的人，可是她明白，這個幸福只能由她一個人獨享，她是不能向任何人，包括吳兒堡和她一起掏苦菜的姊妹講的，在這一點上，她不是一個傻姑娘。她只是憋得難受，於是就偷偷地一個人傻笑。連遲鈍的楊老太太，也感覺到了蛾子身上的變化，她數落蛾子說：「妳越大越傻了！齜著個嘴，光知道笑，莫非吃了喜娃媽的奶了！」

從那天晚上開始，每天晚上，蛾子在楊老太太睡著以後，都要爬起來，到傷兵的窯裏去上一回。時間久了，楊老太太難免覺察。你想那楊老太太，不呆不傻，只是年紀大了，耳聾眼花，遲鈍些而已。話說這一天晚上，楊老太太多了個心眼，睡下以後，假寐著，看楊蛾子的動靜。果然，一會兒工夫，楊蛾子起了身，披上衣服，向炕邊溜去。楊老太太那個氣呀、羞呀、怒呀，就甭提了。她控制不住自己，打了聲嗝。蛾子見了，嚇了一跳，連忙蹲在炕邊，兩手抱住身子，一動不動。等了一會兒，見楊老太太的呼吸平緩了，以為她已經睡死，就下了炕，鞋也沒穿，向傷兵住的那孔窯裏跑去。

隨著楊蛾子開門的「吱啞」聲，楊老太太的眼睛睜開了。她坐起來，披上衣服，又摸摸索索地從背牆上找見洋火，點亮油燈，然後，從炕圪嶗裏摸起一把掃炕笤帚，向窯外走去。

一彎上弦月，斜斜地掛在東山頂上，山山峁峁，溝溝岔岔，滿世界一片銀白。這月光似水的初夏之夜，也許正是青年男女偷情的好時光。如果是兩姓旁人，楊老太太絕不干涉，也許將會以寬容的欣賞目光看待這一切，是呀，誰沒有年輕過兩天。可是，這件事發生在自己女兒身上，那就是另外一回事了，她不能不管：楊蛾子還沒有活人哩，她怕壞了女兒的名聲。

楊老太太的小腳，在偏窯門口停住了。她本來想踢開門去，用笤帚疙瘩在女兒的光屁股上，狠狠打上一頓，可是，來到門口，聽到窯裏楊蛾子那歡樂的笑聲時，她停住了。

女兒無疑正處在幸福之中，她快樂地笑著，笑得上氣不接下氣。在楊老太太的記憶中，她親愛的女兒，還從來沒有這樣無憂無慮地笑過。自從她生下來後，生活所給予她的只是苦難和屈辱，楊乾大和楊乾媽，都從來沒有給過女兒這種笑聲，而她的哥哥楊作新，整天心思中只有他的工作，也從來沒有爲他苦命的妹妹，動過一點心思。「可憐的女兒！苦命的女兒！」楊老太太想。她的眼眶裏流出兩滴冰冷的眼淚。她實在不忍心打攪女兒的歡樂，於是車轉身，提著笤帚疙瘩，重新回到窯裏，和衣躺下。

不知道過了多長時間，楊蛾子回來了。窯外有竊竊私語的聲音，一定是那個傷兵，戀戀不捨，將蛾子送出了窯外。現在，他們看見正窯裏亮著的燈光了，於是明白事情已經敗露。兩個風流罪人，在窯外，耳朵對著嘴巴，說了好長時間。窯裏的楊老太太，輾轉反側，自然是不能成眠。夜已靜，她也隱隱約約聽見了窯外的聲音。直到後來，窯門「吱啞」一聲開了，她才合上眼睛，不再動彈。

楊蛾子回到窯裏，她怯生生地叫了聲「媽媽」。楊老太太聽了，只是不吱聲。女兒便上了炕，一口氣吹滅了油燈，鑽進被窩裏去。接著楊老太太聽到，女兒用被子捂著頭，在一聲接一聲地抽泣，於是她咳嗽了一聲。女兒聽見咳嗽聲，於是掀開被子，鑽進了媽媽的被窩裏，抱住媽媽的脖子，大聲哭起來。

「媽媽，媽媽。」楊蛾子哽咽著說。

「妳少叫我媽，我沒有妳這樣的女兒。我嫌妳賤！」楊老太太不動感情地說。

「媽媽，媽媽，是他想要我；不，是由不得我了！」

「哼，母狗不掉頭，公狗不敢上身子，我看這事兒，和人家同志一點關係沒有，是妳太輕賤了！」

「其實，論起起根發苗，這事怪妳，媽媽！是妳硬要我給他換藥，妳知道，開始我多難爲情。」

聽了蛾子的這話，楊老太太有些語塞，便不再言語了。蛾子卻不停下來，她接著鄭重其事地對媽媽說：「媽媽，我們這不是胡來，他答應過我，要娶我的！」

「娶妳？」聽到這話，楊老太太追問了一句。既然有這話，那麼這件事的嚴重性便減弱了許多。「只是，」楊老太太繼續問道：「一個外路人，不知根不知柢的，靠得住靠不住？再說，即就是他願意，爲娘的，心裏也不踏實，他畢竟是個南蠻，明天說一聲『開拔』，就抬腳走了。」

蛾子見母親鬆了口，於是對母親說，跟傷兵好，她是鐵了心的，即就是將來被扔在半路上，前不著村後不著店，她也心甘情願。她說這傷兵已經告訴了她他的大號，他叫趙連勝，湖北人，這一年二十九歲了，是個單身；明天早上，吃早飯的時候，傷兵會親自向母親求婚的。

「既然是這樣，」母親說：「那得明媒正娶，改天請族裏人來坐一坐，給你們兩個換了生辰八字，當然，還得到區上去登記一下，省得外人說閒話。」

「媽媽！妳真好！」楊蛾子摟著母親的脖子說。

楊老太太掰開了摟在脖子上的手，讓蛾子到自己被窩去睡。

長話短說。第二天早晨，傷兵趙連勝，果然在吃飯的當兒，鄭重其事地向楊老太太提出了這椿婚事。隨後，又由楊老太太出面，請來了族裏血緣近些的各位長輩，至於換生辰八字的事兒，一則公家人不興這個，二則趙連勝多年在外，也不知道自己生於寅時卯時，於是這椿事就免了。接下來，便像「大女子要漢」的民歌唱到的那樣，「區裏介紹縣上批」，大紅戳子一蓋，結婚證一領，蛾子和傷兵趙連勝，就算把婚事辦了。隨後請陰陽先生選個黃道吉日，在楊家窯院裏，設了個不大不小的場合，請來三親六故，拜過天地，吃一頓筵席，算是完婚。辦事期間，打雜的角色，自然是楊家的那個乾親憨憨。

這時候，楊作新已離開膚施城，前往九江廬山去了。小姑子結婚，這是一樁大事，蕎麥便領著楊岸鄉，回了趟吳兒堡，算是代表楊作新，來行這個門戶。她拿出攢下的一點錢，交給楊老太太。楊老太太說，錢花到明處吧，妳去請一路嗩吶，吹一吹，也叫村上人知道，這班嗩吶，是哥哥為蛾子叫的，人家迎親送女，都要有嗩吶接迎，蛾子沒這個福分，那麼就騎上毛驢，讓嗩吶手跟著，在村子裏轉上一趟吧！婚禮過罷，蕎麥領著楊岸鄉，也就回膚施城去了，不提。

婚事就這樣辦了。不管怎麼說，這是一件叫人高興的事，楊蛾子的事情，總算有了著落。

在那孔楊作新的偏窯裏，楊蛾子和趙連勝，在一起生活了一個月。如果可憐的楊蛾子知道，她將為這一個月，付出一生的代價，或者說這一個月的時間，揮霍了她一生的快樂的話，那麼，她將要好好地享受這一個月，使用這一個月。

洋溢在楊蛾子身上那種宛如鮮花怒放般的激情，在新婚之後，反而平息了下來。個中原因，當然不是楊蛾子和趙連勝之間，有了什麼隔閡，而是好心眼的楊蛾子，看到趙連勝的傷情，經過這一段日子的折騰，非但不見好轉，反而有些發炎，她心疼她的男人。自從將自己交給這個男人的那一天起，她也就開始承擔起這個男人的痛苦了。

一個月以後，部隊醫生來這裏探視傷兵的傷勢。看了傷口，醫生吃了一驚。他原來以為經過這一段時間的靜養，傷兵已經好得差不多了。現在，看見那個像一顆紅桃子一樣的傷口，醫生認為，需要馬上進醫院治療，甚至不惜冒著危險，送這個傷兵去國民黨佔領區去；醫生顯然忽視了結婚這個原因，而堅持認為，一定是傷口裏，還有沒有取出來的彈片或雜物。

楊老太太的擔心，不幸變成了現實。而做為楊蛾子來說，我們知道，從最初的接觸時開始，她就預感到將來會有這樣一個結局。然而，怎麼說呢？事情畢竟來得太突然了，太急促了，突然和急促得叫我們的楊蛾子，一點思想準備都沒有。

窯裏的空氣突然緊張起來。吃飯的時候，三個人都默默不語，傷兵想找一點笑話說說，但是，三個人，包括他自己在內，誰也笑不起來。傷兵說，他這只是出去治療，治好以後，他還會回來看蛾子的，如果蛾子願意，他可以把她帶出去工作，如今部隊裏和地方上，都有不少女同志。

那匹高頭大馬，還有隨著高頭大馬的那兩個警衛員，出現在了吳兒堡的川道上。

明天早上，傷兵就要離開吳兒堡了，這是他與蛾子的最後一夜。天氣這時候已經很熱了，因此，他們坐在窯院的砬盤上納涼，一直到夜半更深，四周佈滿了涼意。這是他們彼此走近的地方，這是楊蛾子爲他的心上人，唱那個「大女子要漢」這首酸曲的地方。

爲了打破這難堪的沉默，傷兵爲楊蛾子唱起了，他新從蛾子口中學來的陝北民歌。他唱哪一首都可以，但是，他不該唱下面這首，這是那些沒有法律約束，以「交朋友」的形式，聯繫感情的情人們，在分別時唱的。傷兵的這首離別曲，爲他們的未來作了預言。

擦一根洋火點上一袋菸，
這回走了得幾天？
叫一聲妹妹不要問，
這回走了沒遠近！

這是一對野合的情人在一問一答。沒有楊蛾子的配合，所以這一問一答，是傷兵一個人唱完的。唱完以後，看見楊蛾子臉色登時煞白，兩道眼淚刷刷地流下來了，傷兵才知道這個酸曲是唱錯了。

這天晚上，氣氛再也沒能回轉過來。最後，他們兩個回到了偏窯裏。

第二天太陽冒紅的時候，傷兵要走了。楊蛾子逮了家裏一隻老母雞，用牛籠嘴裝了，塞到傷兵手裏。她扶著傷兵的馬鐙，一直送了二里多路。「不管你回來不回來，我都會等你的！」楊蛾子對傷兵說。

一碗涼水一張紙，
誰賣良心誰先死！

當傷兵走了很遠的時候，還聽見他的後邊，傳來一陣陣這樣的信天遊。他扭頭望去，看見楊蛾子站在高高的山峁上，在有些淒涼地吟唱著，就像那些一代一代的陝北婦女，送丈夫走西口的情景一樣。

傷兵抹了一把眼淚，揚了揚手。這時，他像記起什麼似的，撥轉馬頭，又回來了。

傷兵走到楊蛾子跟前，從上衣口袋裏，掏出那只懷錶，遞給了楊蛾子。楊蛾子不要，她說：「你領兵打仗，要它哩！」但是傷兵還是固執地將懷錶塞到楊蛾子手裏，然後撥轉馬頭，急速地馳去了。川道上揚起一股塵煙。

第十五章　在巨人眼底下演出的悲劇

楊作新在九江廬山，參加了半個月訓練班，聽頭頂光光的蔣介石，訓了一次話；回程的路上，又用了半個月，當他回到膚施城的時候，正好是傷兵離開吳兒堡的那一天。

其實，楊作新離開膚施城的這些日子，膚施城早就傳開了，說楊作新隻身單人，下了陝北，去投國民黨。這話一傳十，十傳百，不由你不信。加之，楊作新走得急促，接到通知後，他只匆匆地到單位上告了一個假，回到家裏，又給蕎麥母子，「能」了一回。許多人突然發現，膚施城裏少了個活躍人物，又不知道他哪裏去了，所以聽了這個謠言，也就只有相信的份兒。

楊作新回到西安後，搭乘一輛國民黨的軍車，到了紅白交界的界子河。軍車停了，於是到老鄉家裏，租了一隻毛驢，直奔膚施。多日不見，他比先前似乎灑脫了許多，一身質地良好的織貢呢長衫，一副金絲眼鏡，一根文明拐，江南的水土好，他的臉色也光亮圓潤了許多，粗粗一看，一副大文人的樣子。

膚施城裏的熟人，見了楊作新，有的像瞧稀罕一樣，遠遠地瞅著他，有的瞅見他的影子，便躲開了。楊作新見了，有些納悶，不知道在他離開膚施的這些天，城裏發生了什麼事情。他出了一次遠門，見識了一場大世面，此刻正是躊躇滿志，春風得意，因此也來不及細想，就匆匆地進了七里舖，穿過南關街，上了南門坡，回到家中。

楊作新前腳剛邁進家門，後腳就跟來了邊區保安處的人，傳楊作新到邊區保安處問話。楊作新說，容他歇一歇，吃上頓飯，再去吧！來人卻說，事情緊急，拉完話以後，再回來吃飯不遲。

楊作新見說，以爲有什麼緊要公事，需要他調解處理，於是一撩長衫，跟上來人走了。

楊作新這一去，也就再沒有回來。他被關在邊區保安處的臨時監獄裏，整整關押了一年，直到一年後，頭撞牆壁，自盡而死。

邊區保安處，設在省立膚施中學院內（也就是楊作新的母校），占了院子的一部分房間。關押楊作新的地方，是一孔窯洞。

窯洞裏支了一張床，放著一張桌和一把椅子，門口有兩個哨兵把門。來人將楊作新領到窯洞門口，交給哨兵，對楊作新說，要他靜養一段時間，閉門思過，將自己變節自首的有關問題，寫成書面材料，老老實實地向組織交代。說完，又對哨兵安頓了幾句，便揚長而去了。

楊作新聽了這話，宛如晴天霹靂，登時就呆在那裏了。待他清醒過來，就要去撵那來人時，哨兵攔住了他，把他推進窯裏，然後把窯門鎖上了。

「這一定是個誤會！這一定是個誤會！」被反鎖在窯裏的楊作新，起勁地搖晃著門，一個勁地喊道。直喊到精疲力竭了，見沒有人搭理他，於是便頹然地躺在了床上。

楊作新認爲，這一定是個誤會。他認爲，只要有人傳訊他，到了給他講話的機會，他三言兩語，就能把事情講清的。所以最初的一段日子，他一直耐心地等待著，等待著傳訊。他的內心十分狂躁，但是表面上不失風度。說來可笑，他這時候不是擔心自己的生死，而是擔心放出來以後，見了他的那些同僚們，見了那些習慣於評頭品足的中學、小學教師們，他的臉往哪裏擱。

楊岸鄉不明白父親爲什麼被關在這裏，媽媽的民間故事告訴他，只有老虎才被關進籠子裏的。他請教楊作新，楊作新羞於回答兒子的問題，他告訴兒子說，他是好人，關他的人也是好人，世界很複雜，好人和好人之間，有時也會產生誤會，不過，誤會總會消除的，到時候，他就自由了。三歲的楊岸鄉，當然不明白這些曲曲彎彎的道理，他只覺得父親不能和他在一起了，這令他很傷心。「咱們回家，盛到咱家窯裏去。晚上媽媽光哭，哭得怕死我了！」楊岸鄉拉著父親的衣襟，將他往外拽。

這時候，哨兵出來干涉了。楊作新怕嚇著了孩子，於是斥責了哨兵兩句，然後好言相勸，將楊岸鄉哄得不哭了，又對蕎麥使了個眼色，要她帶孩子快走。蕎麥母子走後，窯門又啪的一聲鎖上了。

外邊在轟轟烈烈地鬧世事，可是自己被關在窯裏，死活動彈不得。楊作新覺得自己真窩囊。他急於想知道外邊的情況，可是自從他被關起來後，便斷絕了和同志們的往來（關於這一點，上級給哨兵專門做了安頓）。他能見到的，只有蕎麥，可是蕎麥一個家庭婦女、婦道人家，又能懂得些什麼；她不在圈兒裏，她僅僅能將街上看熱鬧看到的一些事情，合（講）給楊作新聽。

三個月頭上，仍然不見有人來傳訊。楊作新的心情，現在算是平靜了一些。他這時候才意識到這不僅僅是一場誤會，這樁事情的背後，有著更爲複雜和深刻的背景。爲了使自己不至於在長期的禁閉中，精神崩潰，他用毛筆，在一張白麻紙上，整冠沐手，寫下了「慎獨」兩個字，貼在牆上。

整天待在窯裏，閑著無事，又不能出去，於是，楊作新央兩位哨兵，到學校的藏書樓，爲他借一些古書來。哨兵在請示了不知什麼人以後，同意了，於是從藏書樓裏，借來了不少古書。

那些俠客義士的故事，早在楊作新上吳兒堡前莊小學的時候，就讀過了，而且由於與說書人瞎子的交流，那些精彩的段落能記得滾瓜爛熟。現在，在這樣的情勢下，重讀它，回想起自己少年時的慷慨悲壯和豪情大志，楊作新的心中，自然十分感慨。他一邊讀書，一邊回憶著自己的一生，想起杜先生，想起黑大頭，想起永寧山歲月，他覺得自己這一生，過得還不錯，像個男人處事，對得起天地鬼神良心。

除了讀這些古書以外，他還要蕎麥將家裏那本《共產黨宣言》拿來。這本書，是當年杜先生送他的。

一提到杜先生這個話題，杜先生臨死前那一幕情景，又浮現在他的眼前；而他亡命出膚施時，在北城門口，面對杜先生時的那一段思考又回到了心中。是的，做爲這一代人來說，做爲楊作新來說，他們選擇了共產主義，把馬克思列寧的主張，做爲拯救百年積弱的中華民族、實現人類美好理想的階梯和最終目標。他們只能這樣選擇。共產主義給這場東方革命以理論指導和行動綱領。共產主義給這個被各種繩索捆綁得奄奄一息的古老民族，注入了一股強大的生命力，使它猶如鳳凰再生。人類已經走過了一段漫長的行程，人類還將有漫長的行程需要繼續行走，不管這個搖撼整個舊世界根基的共產主義運動，將來的前景如何，命運如何，勝利或者失敗，短暫的風行或者垂之久遠，那些在這個過程中，爲之奮鬥過的人們，可歌可泣的業績，它永遠值得紀念，它有資格寫進人類文明史，那些輝煌的和最重要的篇章中，它是人類在尋找最合理的社會秩序和生存環境的鬥爭中，一次偉大而豪邁的嘗試和實踐。

有一陣陝北民歌的聲音，從街上通過窗戶傳進來，傳到楊作新的耳邊。真正的攔羊嗓子回牛聲，並且夾雜著騾子或毛驢的鈴鐺聲，他們正唱著歌頌毛澤東的歌子。這是一溜一串從陝北高原北部地帶，遷移下來開墾荒山的移民們在唱。他們在路上唱出的這個移民調「騎白馬」，一些日子後，將由幾位專業音樂工作者整理，易名「東方紅」，先在陝北唱出，繼而傳遍整個中國大地。

「羊群走路靠頭羊。」楊作新想。自從在吳起鎮，在洛河畔那個荒涼的小山坳裏，第一次見到毛澤東後，楊作新便對這個非凡人物，產生了深深的敬意。毛澤東身上那種像石頭一樣堅硬的意志力，令他折服，而毛澤東身上那種超然不群的強人意識和非凡魅力，也使他著迷。對於長征以及長征以前的許多事情，他不甚瞭解，但是在中央紅軍到達陝北以後的這一些日子，由於他曾經歷了許多重要的事情，他明白，毛澤東是在群眾鬥爭中，自然而然地產生出來的領袖。只有他具有這種凝聚力和號召力，一場革命，如果產生不出來公認的領袖，那麼，它將是一盤散沙，一群烏合之眾，它是不可能幹成任何事情的。當然，這是一個領袖群體，但是非凡的毛澤東，是群體代表。

思考到這個份兒上以後，楊作新慢慢有些明白了，明白了自己被關押的原因——因爲在形成以毛澤東爲核心的權力機構時，毛澤東的權威性受到了挑戰，在武裝力量形成一個統一的序列時，它的內部出現了離心力。聯想到進入膚施城前後發生的事情，楊作新有些明白了。

從理智上，他不能不認爲，關押他是正確的，也許在當時，這是既可以制止事態發展、防止地方主義情緒激化，又不引起一場軒然大波的最好辦法。只有這樣，一個好的局面才會開始，革命才會以最小的損失，健康前進。然而從感情上講，這卻又是一件多麼殘酷的行動。

《西行漫記》的作者斯諾先生，他不瞭解中國人的思維方法，因此他對劉志丹的行爲，感到驚異以至忿忿然。確實，中國人縝密的思維中，有許多很難解釋清楚的東西，它們構成了這個民族的心理特徵，而那種因了「忠義」這兩個虛幻字眼，拔刀而起、引頸相向的種種舉動，又不能不被我們感慨萬端地認爲是東方美德。

楊作新想起了，他爲毛澤東答應過的，謄抄《七筆勾》這件事。於是提起筆墨，暫停那沒有意義的自我反省材料，開始憑藉記憶，抄寫這個。毛澤東對「聖人佈道此處偏遺漏」一句，很感興趣，因此，這一句，現在也引起了楊作新的思考。

陝北高原當然是軒轅氏的本土，位於高原南面的黃帝陵，就是佐證。隨著文明的漸進，以火與犁爲先導，軒轅東漸，向黃河中下游以至長江流域發展，才將這塊初創文明的土地重新交付於洪荒。先秦兩漢之後，罷黜百家，獨尊儒術，偌大中國地面，遂形成了一個封建大一統局面，可是在陝北高原，這塊軒轅本土上，由於連年的民族戰爭，由於在相當長的時間流程中，這塊土地由遊牧民族統治著，還由於民族交融、人種混雜的原因，儒家的各種觀念只水過地皮濕，象徵性地在這裏留駐過一陣子。儒家學說的偉大功績在於，在長達兩千年的封建大一統歲月中，它產生了一種向心力和凝聚力，從而使我們這個東方文明古國，沒有像另外三個文明古國那樣，湮滅在歷史的長途中；而它的罪孽亦在於，它束縛了生機勃勃的民族精神，限制了這個以聰明勤勞而著稱於世的民族的創造力，而尤其是當歷史進程發展到近代和現代之後，這種束縛與限制日見明顯，明顯到接近令民族窒息的地步。

於是，偏僻的陝北大地，這塊軒轅文化未被浸染的古老土地，這個「聖人佈道此處偏遺漏」的地方，便彷彿橫空出世，以強悍的姿態，向世界宣告，在這裏，還有炎黃子孫奇異的一支。這些天生的叛逆者，這些未經禮教教化的人們，這桀驁不馴的一群，他們給奄奄一息的民族精神，注入一支強心劑。

毛澤東帶著他天生的叛逆個性進入陝北高原，彷彿龍歸故淵、虎入山林，得到了那淵源久遠的陝北大文化的滋養。他像民間傳說的那種見風就長、一日三丈的巨人一樣，在這塊土地上迅速地成長起來。這是天意，這是中華民族的造化。斯諾先生注意到了這一點，斯諾先生說，這個東方民族最早的居住地和發祥地，就在這陝甘寧晉交界處的三角地帶，時隔許多年以後，也許是一種巧合，毛澤東和他的戰友們，又在這塊三角地帶，開始他的拯救民族、再造神州的偉大事業。

楊作新將《七筆勾》用白麻紙抄好後，托哨兵捎給毛主席；捎到沒有捎到，他不知道。

他現在是徹徹底底地安靜了。事情想開以後，他明白對於他的不殺不放，只是一種策略，等這一段時間過了，局勢安定下來之後，自然就會對他有個交代。他已經被關押了近一年，他想，大約快出去了吧！

這時候發生了一件事情，這件事情促使楊作新過早地結束了他的生命。

黑白氏的兒子黑壽山，這一年滿十四歲；在家鄉上完了高小之後，黑白氏領著兒子，路途迢迢，來到了膚施城，聯繫兒子上陝甘寧邊區師範的事。

黑白氏早就聽說，她舊日的情人楊作新，在膚施城裏擔任督學職務，楊作新的牢獄之災，她倒是沒聽說。這次來膚施城，她來找楊作新，名義上是爲兒子報名上學，其實內心裏，還是想見見他。她已經知道他有婆姨了，所以也沒有什麼非分之想，只是多年未見，想見個面兒，拉一陣話。

黑白氏騎著毛驢，後邊跟著個半大小子黑壽山，黑壽山的鋪蓋鋪開了，搭在驢背上。母子二人，咯咯擰擰，進了膚施城。進了城後，鼻子底下一張嘴，見了人就打問，打問楊作新的住處，隨後，來到南門坡，楊作新家門前，槐樹上，將毛驢拴了，然後上前叩門，到楊家投宿。

見了蕎麥母子，一打問，才知道楊作新身上，竟發生了這樣一場變故。黑白氏一下子惱怒得好像換了一個人，她想起楊作新離開袁家村時，她曾信口說了一句「血光之災」之類的話，也是自己口臭，一句閒話，現在果然應驗了。她問蕎麥，這一年來，她都做了些什麼，蕎麥說，她一個婦道人家，又不識字，能做什麼，只能一日兩餐服侍好楊作新，慢慢看著，看將來事情咋發展，楊作新是被冤的，這一點，她可以肯定。黑白氏聽了，當下就要去看看楊作新，蕎麥說，把門的看得很嚴，外人不讓見的。黑白氏聽了，默默無語，「外人」這句話刺激了她。

當天夜裏，黑白氏母子，便在楊家安歇。第二天一早，黑白氏領著兒子，先到陝甘寧邊區師範，爲兒子報了名，上了學堂。原來這考學十分容易，一個南方口音的女老師，問了黑壽山幾句話後，又叫他寫了一篇作文，就算錄取了。黑壽山住進了學校，了卻了黑白氏一樁心事，接下來，她就跑楊作新的事了。

黑白氏想以一個房東大嫂的身分，找一下毛澤東，訴一訴楊作新的冤情。這女人一向敢作敢爲，凡事自作主張，她想到這一層了，遺憾的是沒有直接去找。她想，得有個引薦的人兒才對，於是，便四處打問，去找她的娘家堂兄弟。我們知道，她的幾個娘家堂兄弟，很早就參加了革命，熬到這個時候，也都或文或武，有了一定地位。黑白氏找到了一個，提出了自己的這宗事情。其實這宗事情的原原委委，渠管道道，她的那個堂弟知道得很清楚，因此，他面有難色，他是陝北同志，擔心這件事把自己牽扯進去了。最後，他還是答應了黑白氏的要求。

黑白氏在楊家，度日如年，又等了幾天，天天去堂弟那裏，聽回音。最後，堂弟終於吐了口，說毛主席工作很忙，他說了，群眾上訪的事情，找信訪部門處理。據推測，這個堂弟並沒有去找，這是他自己的話。黑白氏聽了，卻信以爲真，於是她失望了，就在堂弟那裏，連人也不避，破口大罵起來，說到楊作新出生入死，一片誠心，最後竟落得這麼個結局；說著說著，又哭起來。堂弟見了，趕快把她勸走了。

這期間，黑白氏試著去闖了幾次保安處，但是正如蕎麥說的那樣，她都被警衛擋住了，最後一次，甚至連大門也不讓進。一向有本事的黑白氏，現在才真正是傻了眼了，她怒從心頭起，惡從膽邊生，決定還是去找她的堂弟。堂弟是個領兵的，她要堂弟，領了自己的兵丁，砸了保安處，救出她的楊作新。堂弟聽了她的要求後，張嘴笑了，說這事萬萬辦不得的，縱然他願意，手下人也不會跟他幹的。黑白氏見狀，要開了「黑皮」，賴著不走。雙方磨蹭了好長時間，最後，堂弟答應，他去說一說情，讓他的堂姐和楊作新見上一面，不過，不能聲張，要黑白氏穿上蕎麥的衣服，裝做蕎麥，去送一次飯。黑白氏見堂弟的忙，只能幫到這個份兒上，知道再求他，也沒用了，於是應承了下來。

探視楊作新的這一天到了。早早地，黑白氏就坐在鏡子前，開始梳理自己的頭髮。黑白氏這種類型的女人，她們沒有年齡，歲月不忍心在她們的小白臉和尖下巴上，刻下絲毫的痕跡。她的皮膚依舊是那種奶油白，一雙削肩，她的身段，好像是專門爲穿那種中國式大襟襖所預備的，那麼妥貼、自然、灑脫。臉本來就夠白了，可她還是給臉上、脖頸上，淡淡地撲了一層官粉，以掩飾眉宇間兩點芝麻大的白麻子。頭髮仍然是黑油油的，她將頭髮，梳理整齊後，在腦後，綰了個盤龍髻，然後用一個銀簪子，從盤龍髻上穿過。黑白氏在收拾完畢，最後一次照鏡子的時候，才發現頭上有了幾根白髮，於是她央蕎麥妹子，爲她將頭上的白髮拔掉。

蕎麥在一旁，早就把飯盛在了籃子裏，等著黑白氏動身。看著眼前的黑白氏，老實的蕎麥，不能不生出一絲醋意。自從黑白氏母子，風風火火地闖進楊家，口口聲聲地要見楊乾大，蕎麥心裏，就有底了。只是，黑白氏邁著一雙小腳，爲楊作新的事情，老著臉皮，四處奔波，又不能不使蕎麥感動。自從結識楊作新的那一刻起，蕎麥就深深地愛上和依戀上了楊作新，現在她才知道，除了她以外，世界上還有一個女人愛著他，而且感情甚至超過她蕎麥。想到這一點，她就很傷心，並且斷定，在他們結婚以前，楊作新肯定和鏡子前的這個女人，有過一段不尋常的關係。「他們是般配的，比我般配！她白——『一白遮百醜』！」蕎麥爲黑白氏拔白頭髮的時候，從鏡子邊，看見了自己的面孔，她悲哀地這樣想。

黑白氏好不容易離開鏡子，提起竹籃上了路，走了約有二里路的街道，來到了陝甘寧邊區保安處。黑白氏去的這個時間，是堂弟提前告訴她的，因此，大門口的哨兵沒有擋駕，窯門口的哨兵，也表現得很有禮貌，二話沒說，就打開了窯門，還破例給了黑白氏一個微笑。黑白氏沒有理哨兵，她哼了一聲，逕自提了籃子，進了窯門。

楊作新正站在牆壁跟前，盯著牆壁上的兩個字出神。他明顯地衰老了，背有點駝，他的頭髮很長，黑白氏明顯地看見，他的囟門的那一塊地方，有一撮頭髮變成了灰白色。他側身站著，黑白氏看見了他的半個臉，臉上長了串臉鬍子，大約很長時間沒有刮鬍子了吧？

黑白氏站在那裏，饒有興趣地看著楊作新，等著楊作新轉過頭來，好給他一個驚喜。楊作新早就知道窯裏來了人，可是他沒有動彈，他以爲蕎麥送飯來了，往日，蕎麥總是在這個時候來送飯的。他不想吃飯，他沒有胃口，而監獄裏的生活，不管怎麼說，使他的感覺遲鈍起來了。

黑白氏見狀，便放下籃子，踮起腳尖，上去用兩隻小手，捂住了楊作新的眼睛。「楊先生，別來無恙！」她笑著說。

聽到聲音，楊作新吃了一驚，他打了一個愣丁。其實，這悅耳清脆地像唱歌一樣的上路話（**上路話：指陝北北部無定河流域一帶的口音。**），多少年來，一直迴盪在他的記憶中。他無法忘記交口河那個月夜，無法忘記是這個女人完成了讓他變成男人的過程。許多年來，他一直以爲他把這個嬌小的女人忘記了，其實，他不會忘記，他只是把她的倩影、她的聲音，珍藏在了心中，像安放一位女神一樣，安放在心靈中最隱秘和最溫柔的地方，並且時時在夢中和她交談。

他已經明白她是誰了，但是還不敢肯定，於是，他問了一聲：「誰？」在問的同時，他抓住了捂著他眼睛的兩隻手。手是那種聰明女人所具有的，富有感覺的手，手指纖細而修長。「這雙手只有黑白氏才有的。」楊作新想。

背後的人兒，格格格地笑起來。「一位故人！」她說，「當年你投後九天的時候，我的丈夫給你送了兩句詩：『莫放春日等閒過，最難風雨故人來』，今兒個，楊先生，此情此境，你得把這句話，回贈給我了！」

「黑白氏，妳是黑白氏！」楊作新這下完全斷定是誰了。他又驚又喜，轉過身，伸出兩隻胳膊，抱住了黑白氏。而黑白氏，軟綿綿地，靠在了楊作新的胸前。

「妳怎麼來的？妳怎麼進這個門的？」楊作新忙不迭地問。

黑白氏沒有回答他的問話，她靠在楊作新懷裏，仰起頭來，細細地端詳著她親愛的人兒。她喃喃地說道：「你受了不少的苦，他乾大，這我看得出來。你的眉頭上，原先只有一道抬頭紋，現在變成了三道。原先你的臉，橢圓形的，白裏透紅，像個小相公，現在臉色成了黃褐色，雙顴插天，腮幫深陷，兩道絡腮鬍子，從鬢邊一直串到下巴頦。不過這也好，你更像一個頂天立地的男人了。」

黑白氏說著，並且騰出手來，用她富有感覺的手，在楊作新的臉上撫摸，一邊撫摸，一邊深深地歎息。

楊作新微微合上眼皮，聽任黑白氏的手掌，在他的臉上撫摸。

記憶中，只有母親楊乾媽這樣疼愛過他，於是他眼睛有些濕潤。

「妳沒有變，黑白氏，妳還是那麼年輕、美麗，好像畫上走下來的人一樣！」

「我老了，傻孩子，記得我整整比你大七歲！你今年叫二十九[1]，我今年，三十六了，外表沒變，其實我的心，已經蒼老得不成樣子了。」

黑白氏的一句「傻孩子」，不知怎麼，竟說動了楊作新的感情。兩滴淚花，一前一後，離了眼眶，掉了下來。這眼淚一掉，就收不住了，嘩嘩大作，紛紛跌在黑白氏揚起的面孔上。

想到這一年蒙受的屈辱和委屈，楊作新終於按捺不住，大聲抽泣起來。

成年男人的哭相是很令人害怕的。面孔扭曲，身子隨著抽泣，一下一個冷戰。如果他能號啕大哭就好了，那樣反而輕鬆一些和自然一些，可是，楊作新明白，哨兵在窯外站著，他不願意讓哨兵聽見他的哭聲，更不願意讓哨兵看見他的軟弱，於是，這經過壓抑而發出來的哭聲，便更加悲泣，更加令人感到害怕。

黑白氏不怕，她雙手捧著親愛的人兒的臉，看著他哭，鼓勵他哭。她希望他能將所有的委屈、屈辱，都吐出來，那樣他將好受一些。

楊作新的抽泣終於減弱下來。他猛然意識到自己是在幹什麼，於是立即停止了。就在他停止的當兒，黑白氏掏出一方絲織的帕子，輕輕地爲他拭去臉上的眼淚。然後說：「他乾大，咱們吃飯吧！」說完，她伸出兩隻手，將緊緊環摟著她腰身的楊作新的胳膊，輕輕拆開。

黑白氏揭開竹籃的蓋兒，將籃裏的吃食，一樣一樣，擺在了桌上。有一隻燒雞，兩個開花的豬蹄兒，還有一青瓷老碗正在冒著熱氣的羊雜碎。主食是一小盒黃米乾飯。除了這些吃食以外，最後，黑白氏還從籃底兒，拿出一瓶燒酒。「趁熱吃吧，他乾大！」她又一次督促說。哭過一場後，心裏舒坦多了，楊作新現在感到，有一點餓了。他謙讓了一下黑白氏，算是禮節，隨後就坐在桌前的凳子上，狼吞虎嚥起來。

黑白氏站在旁邊，盯著楊作新吃飯，看得認真極了，好像這也是一場享受。她還打開了酒瓶，用舌尖抿了抿，說了句「酒還湊合」，遂之把酒瓶遞給楊作新。沒有酒杯，她要楊作新就著瓶口喝。

吃飯的途中，楊作新突然想起了什麼。「見到蕎麥了？」他問黑白氏。

「見到了。我來膚施城這些日子，就是住在你家。你那一個乾兒，要上學，我領他到膚施，住了邊區師範了。」

「妳恐怕會笑話我的，蕎麥的人樣兒……」

「傻話！」黑白氏打斷了楊作新的話，她說，「蕎麥是個好女人，老實本分，過日子的婆姨。唉，袁家村一別，我一個人成天站在那棵樹底下，咒你、罵你，盼你找個瞎子、瘸子，找個石女，找個臭漢❷，誰知你楊作新有福氣，有了蕎麥，有了那麼靈省的一個男丁。唉，見了你窯裏有了女人，我只能高興，我還能說什麼呢？」

楊作新聽了，不再言語，悶頭吃飯。

他們之間的口角是在楊作新吃罷飯後開始的。口角破壞了窯裏早先形成的那種融洽和溫情脈脈的氣氛。看了自己親愛的人兒受罪，黑白氏不能容忍，她又動起了幾天前在堂弟那裏，說過的那個念頭，不管怎麼說，這個當年後九天寨子的壓寨夫人，思想還停留在那個俠客義士的年代裏，她不能看著楊作新在這裏莫名其妙地受罪了，她要行動。如果通融的辦法不能解決問題，那就只有刀槍相見了。這些年來，雖然她沒有再過問江湖上的事情，但是只要抬出黑大頭，抬出她這壓寨夫人的名分，她想，她還是可以請來一些人馬的，或者土匪，或者哥老會。而她，並不想大動干戈，只是要一股武裝，輕裝便從，瞅一個黑夜，劫了監獄，救出楊作新，就像當年，丹州城裏，張三、李四，去救黑大頭的情形一樣。

黑白氏壓低嗓門，說著她的計畫。楊作新心不在焉地聽著，一邊聽一邊應承，直到最後，他才幡然省悟。「怎麼，妳想劫獄？」他吃了一驚。

黑白氏指了指窯外，讓他小聲一點，然後說：「正是這麼回事。出了監獄，海闊天空，哪裏沒有個安身的地方。你說呢？」

這可是個天大的事情！楊作新趕緊規勸黑白氏，要她取消這個念頭。他說他的關押，實在是一場誤會，也許革命工作，需要他在這裏獨處一段時間，以便別的矛盾的解決。他說他活著是共產黨的人，死了是共產黨的鬼，他萬萬不能幹那種大逆不道的事情。他還說，也許要不了多久，他就會出來的，那時一切又會恢復了原來的樣子。

「你說你出來？」黑白氏緊追不捨，「那麼，你給我說上一個準日子，我到這牢房來，用八抬大轎，雇上吹手，來抬你回家。」

楊作新語塞了。

「小人作祟，你不會出來了，憨娃娃。」黑白氏說，「與其這樣沒年沒月地蹲下去，老死獄中，還不如反出膚施城，逃一條活命去吧！」

「妳這是害我，黑白氏！」楊作新聽到這裏，聲音高了，「爲公爲私，我都不能走這條路。爲私，我的半世清白，這下子就全完了，我如何面對杜先生他們；爲公，我這事一出，連鎖反應，誰知道接下來會發生什麼事情，那樣，我就成了千古罪人。我求妳了，好嫂子！」

「我意已決！」黑白氏慷慨悲涼地說道，「我暫時離開膚施幾天，去聯繫人馬，到時候蕎麥會通知你的。蕎麥事先在飯籃裏，給你帶一支短槍和一包炸藥，到時候外邊槍聲響起，你就點了炸藥，往外衝，我在北城門外等你。」

「不可！不可！」楊作新搖搖頭說。

「我走了！他乾大，你好自珍重！」

當楊作新扭頭看時，黑白氏已經提著籃子，小腳邁出了牢門的門檻。「這下糟了！」他說道。

這黑白氏果然說到做到，幾天以後，她從距膚施城最近的大勞山匪窠裏，搬來一股精悍的土匪，說好當天夜裏，劫獄救人。這天下午，蕎麥的送飯籃來了，楊作新揭開蓋子，也看見了裏面的短槍和炸藥，知道事變就在當晚，不由得臉色煞白。

這短槍的用途，大家知道，那麼，這炸藥是幹什麼用的。原來，土匪們多年來摸索出來一個逃脫的辦法，如果被堵死在了窯裏，出不去時，就脫光衣服，點燃炸藥（其實是火藥，習慣上稱炸藥），霎時一道白光，彷彿衝擊波一樣，朦了人們的眼睛，身上由於沒穿衣服，赤條條的肉色，這一瞬間，就是大模大樣地從窯裏走出去，圍在外邊的人，眼睛也看不見。這種辦法通常用在白日逃脫，黑白氏所以在晚上也要楊作新這樣做，是擔心槍聲起時，兩個哨兵先下手爲強，傷了楊作新，如果白光一起，他們就瞅不見人了。

蕎麥告訴楊作新，是黑白氏讓她這樣做的。此刻的黑白氏，正在楊家，等著她的回話，那些土匪，已經魚貫地混入城了。楊作新問蕎麥，是哪裏的土匪，蕎麥回答說，是大勞山的。楊作新聽了，倒吸了兩口涼氣。

吃飯的當兒，楊作新主意已決，決定自盡。吃飯時，他講了許多的話，也許，這是他和蕎麥結爲伴侶以來，講得最多的一次。

他談到了杜先生，他說，如果他有什麼不測，那本《共產黨宣言》，就做爲他的枕頭，讓他長久地枕著它吧。他談到了吳兒堡，談到了已經故世的楊乾大，和健在的楊乾媽、楊蛾子。他已經從蕎麥的口中，知道了蛾子結婚的事，他真誠地祝蛾子幸福。他還提到了楊岸鄉，他那親愛的兒子，他說世事是他們的，要蕎麥好好地管教他。對於黑白氏，他也表示了一種深深的眷戀之情，他第一次向蕎麥透露了他和黑白氏的關係。他說，原來他只以爲，黑白氏是他單純的情人，現在才意識到，對於他來說，黑白氏具有母親與情人的雙重身分。最後，他談到，膚施城設州造府以來，它最輝煌的一頁開始了，陝北高原自軒轅氏以來，它最輝煌的一頁也開始了，雖然他看不到這一切了，但是這裏面有他的一份貢獻，因此他很滿足，他那不死的靈魂將附著在行進的事業中，伴隨著過程一道行進。

蕎麥似懂非懂地聽著男人講這一番大話。她還太單純，不能和男人之間，進行如此深刻的感情交流，但是她隱隱約約地意識到，今天要發生一件大事，她很擔心，很害怕。她笨嘴拙舌，不會說話，於是只是喃喃地、一個勁兒地勸慰男人：「娃他大呀，你可不能往瞎處去想！」

吃罷飯，楊作新又提起瓶子，喝光了黑白氏送來，瓶子裏的最後一滴白酒，然後突然對蕎麥說：「娃他媽，妳去看看，外邊誰在叫我！」

心實的蕎麥，見男人說了，於是調轉頭，向窯門口走去，還沒走到窯門口，只聽見後邊沉悶的一聲響聲，伴隨著楊作新的一聲尖叫。蕎麥趕緊扭頭一看，只見楊作新，已經頭撞石牆，死了。

他的天靈蓋破碎，腦漿濺滿了半面牆壁。他的手試圖向上舉，去捂腦袋，但是手在半途上，停住了，遂之耷拉了下來。他的一口氣出在喉嚨眼上，又噝了回去，喉嚨眼裏發出一聲古怪的嗝聲。

楊作新蜷做一團，倒在了牆根底下。他是徹底死了。

蕎麥自然是一場號啕大哭。

黑白氏在家中，左等右等，不見蕎麥，擔心事情有變，槍支送不到楊作新手裏，於是上街來打探消息。

消息傳出，街上咯噪成了一窩蜂，都說楊督學尋了短見。黑白氏聽了，叫一聲：「他乾大，是我害死了你！」然後彷彿瘋了一般，直奔保安處。

窯洞門口，只有一個哨兵，正驚慌地站在那裏（另一個大約是回去彙報去了），見了黑白氏，倒也認得，正是那天來的那位，便也就沒有執意阻攔。黑白氏進了窯，好個女中丈夫，先去那竹籃裏，取了手槍，別在自己紅褲帶上，用大襟襖掩了。她怕這支槍給楊作新留下後害。這件事做嚴實了，然後走過來，跪在楊作新面前。

「天下多少條路，你爲什麼要走這一條！你要知道，這條路走過去，就回不來了。」黑白氏哽咽著說。

黑白氏劫獄的那個宏偉計畫，自然成了泡影。蕎麥沒有經過世面，早軟癱了，因此抬埋上山的一應事理，均由黑白氏張羅。保安處派了一班戰士，備了一口薄棺，要幫助抬埋，黑白氏擺擺手，拒絕了。她從街上，召來了幾個攬工的，將楊作新的屍首，揹回家裏，設下靈堂。又將盤龍髻上的那支銀簪抽出，變賣了，換了一口像樣的棺材。最後，又從學校裏，叫回了黑壽山，讓他穿上號衣，星夜前往吳兒堡，爲楊乾大報喪。

按照規矩，暴死的人不能埋進家族公墓。因此，楊作新埋在了膚施城外的一處荒山上。至於後來，二十世紀行將結束時，楊作新的靈骨，由他的兒子楊岸鄉自膚施城啓出，一路扶靈，回歸吳兒堡祖墳，那是以後的事，這裏不提。

人死得突然，一點準備也沒有，喪事也就辦得簡陋。黃土堆前，引魂幡高高豎起，兩個孝子，一個親生兒子楊岸鄉，一個乾兒黑壽山，披麻戴孝，跪在墳前。蕎麥和黑白氏，一個白如雪，一個黑如漆，分列左右，像兩個淚人兒似的。楊蛾子來得遲了一步，消息送到吳兒堡，楊老太太得到噩耗，登時翻了白眼，喚了半天，才喚回魂影來。楊蛾子先打發黑壽山前腳走了，等到母親不要緊了，她才匆匆趕到；到了墳頭，擁著黃土堆，放聲大哭。

喪事一畢，楊蛾子放心不下母親，安慰嫂嫂一番，匆匆回吳兒堡去了。黑白氏倒是多待了兩天，後來見蕎麥情緒漸漸安定，黑壽山的學校生活，也已經走上正軌，於是依舊騎上毛驢，回她的袁家村去了。

楊作新的案子，就這樣無頭無尾地了結了。後來寡婦蕎麥壯著膽子，到邊區保安處問話，問她的男人，犯了哪宗事情，問來問去，也沒有個結果。辦案的人說，楊作新的事情，查證落實的有三條，一是去廬山受訓期間，有自首變節嫌疑，二是回來後，沒有及時向組織彙報思想，三是思想消沉，看起古書來了。三條意見，連辦案人員也覺得不足以服人，於是後來也就不再說了，但凡蕎麥來了，只是婉言相勸，將她哄出門外了事。

說話間過了兩、三年光景，卻說有一天，一群膚施城的野孩子，在南川河裏耍完水後，興猶未盡，於是來到邊區交際處的大院內。大院裏靠河灘的一側，是一片菜地，菜地裏種著西紅柿，這些孩子，是來偷西紅柿吃的。

正是夏日中午的午休時間，交際處大院裏，靜靜的，只有一個外國人，在一棵大槐樹的陰涼兒下，支了張行軍床。他正在床上，鼾聲大作。

菜地裏的西紅柿，正是成熟時節，陽光下紅豔豔的，逗得這些孩子們直流口水。菜地外邊，用酸棗刺一棵挨一棵，圍了一圈，要想去摘西紅柿，得鑽過這一道籬笆。於是，這些孩子，公推他們中年齡最小、個頭最小的一個，從棗刺與棗刺之間的一個縫隙裏，鑽過去，偷西紅柿給他們吃。

這個孩子正是楊岸鄉。其實，不要小夥伴們催他，他自己也在躍躍欲試，在籬笆外邊徘徊著，尋找著缺口。缺口找到了，楊岸鄉鑽了進去，西紅柿搭成了一溜一溜的三腳架，他在三腳架中出沒著，挑那些大些紅些的西紅柿，往外扔。

最後，小孩子重新鑽出了籬笆。一個個精著身子的夥伴們，現在人人都弄了個肚兒圓，嘴角上也沾滿了西紅柿紅色的汁水。大家腆著肚皮，就要離開交際處大院。

這時候，楊岸鄉又發現了一件好玩的事情。那個行軍床上的外國人，穿著一件半褲，他注意到了，外國人交襠裏的牛牛特別大，鼓囊囊的一團，彷彿要將褲子撐破的樣子。於是，他喊了一聲，小夥伴們聽到喊聲，就都跑了回來，圍著這個外國人看。

楊岸鄉從籬笆上，摘下一根又粗又硬的紅牙棗刺，輕手輕腳地走到了行軍床跟前。小夥伴們都明白了楊岸鄉想幹什麼，心裏有些膽怯，就哄的一聲，跑到交際處的大門外去了，然後一邊在牆頭上瞅著，等著看笑話，一邊做好逃跑的準備。

楊岸鄉貓著腰，鑽到了行軍床底下，然後探出頭來，伸手用紅牙棗刺，在這個睡著了的外國人的牛牛上，輕輕地扎了一下。

這個外國人正是大名鼎鼎的馬海德，當時他正在膚施城的保育院（後來又稱保育小學、育才小學）當醫生。馬海德在睡夢中，感到下部火辣辣一陣疼痛，迷糊之間，伸手揉了起來，然後又睜開眼睛，朝四周看了看。

四周空蕩蕩的，一個人影也沒有。那些圍牆外邊的孩子，早縮回了頭，笑著捂住肚子，在地上打滾。

馬海德以爲大約是蜜蜂或者別的什麼東西螫了他一下。他搖搖頭，嘟囔了一句，繼續沉沉睡去。

圍牆外邊的孩子，見那個外國人又睡去了，於是又在牆頭上，伸舌撓耳，指手畫腳，慫恿楊岸鄉再扎。楊岸鄉受了慫恿，便又從行軍床底下，探出頭來，伸手要去扎第二次。

這時候，從交際處東邊那棟小樓的門口，傳來了笑聲。楊岸鄉聽到笑聲，嚇了一跳，趕緊縮回了手。他搭眼望去，只見一個身材魁梧的首長，站在那裏，正在望著楊岸鄉笑。

「你過來，伢子！」這位首長說。

牆頭上趴著的孩子，見有人發現了他們的惡作劇，喊了一聲：「快跑，大人來了！」登時就沒影了。

楊岸鄉想跑，可是不敢。那首長正一步一步地向他走來，於是，他就鑽在了行軍床下。他在床底，任來人怎麼說，也不肯出來。

「你是毛主席，我認識你。我們家的牆壁上，掛著你的照片！」楊岸鄉在行軍床底下說。

「我是毛澤東。那麼你是誰呢？誰家的孩子，這麼淘氣？」那位首長說。

這確實是毛澤東。那天，他到邊區大禮堂開會，來到南關，因為下午還有會，於是中午時間，便在交際處休息用飯。這些孩子剛才摘西紅柿的情景，他都看見了。孩子們的舉動喚起了他的童心，他帶著會心的微笑，注視著這一幕田園劇，並且阻止了警衛員的打攪。直到最後，楊岸鄉用棗刺扎馬海德的這一幕，才引起了他的不快，於是走出來制止。

楊岸鄉見毛主席問他，答道：「我大叫楊作新，歿了；我媽叫蕎麥，我……」

毛澤東打斷了他的話。毛澤東說：「你先別說你的名字，讓我想想：楊……白楊……一棵白楊傲岸地站立在陝北的山野上。你叫楊岸山，對吧？」

「不，我的官名叫楊岸鄉！」孩子答道。

「是的，是的，楊岸鄉，一個好聽的名字！」毛澤東說。他像想起什麼似的，又說：「我認識你的父親。我們是朋友。他是一個優秀的陝北知識份子，陝北才子。可惜他死了。他太脆弱了。」毛澤東還想說什麼，可是話到嘴邊，又嚥了下去。

聽說毛主席和他父親是朋友，孩子不再怯生了。他從行軍床底下爬出來，拽住毛主席的手。「你不會處罰我吧？你不會給我娘告我吧？」孩子說。

毛澤東沒有言語，他的臉色很嚴峻，他俯下身子，輕輕地抱起了這個只穿一條半褲，渾身塵土的小男孩。毛澤東詳細地問了蕎麥母子現在的情況，最後說：「我要你做一件事情，你願意做嗎？」

「什麼事？」

「你應該上學了，伢子。我想介紹你到保育院去，你願意嗎？那裏有許多孩子，當然他們比你大，有彭湃的女兒，方志敏的兒子，還有劉志丹的女兒，你願意和他們一起上學嗎？」

「那得問媽媽。」

「媽媽那裏，我會派人去說的。」

行軍床上的馬海德，現在一場大夢，終於甦醒。眼皮還未睜開，他又下意識地，揉了揉自己的交襠。待要睜開眼睛，一眼看見站在身邊、抱著孩子的毛澤東時，他爲自己剛才不雅的舉止，有些臉紅。

馬海德自我解嘲地說：「蜜蜂，這裏的蜜蜂，叮人專會找地方！」

「是的，院子裏有蜜蜂！」毛澤東的眼睛，朝空中望了一下，笑著說。

馬海德問毛主席有什麼事。毛澤東斂了笑容，嚴肅地說，一件大事，他懷裏的這個孩子，是個烈士的遺孤，他要馬海德，親自將這個孩子，送到保育院去上學，安排在初級班。

「那麼現在，親愛的孩子，」毛澤東將楊岸鄉放下來，拍拍他的後腦勺，說，「你仍舊從那個去處，去爲我摘顆西紅柿來；當然，最好是兩顆，還有一顆，給這位大鼻子叔叔！」

注❶：這一年，楊作新的實足年齡，其實是二十七歲。二十九歲，是中國民間的演算法，叫荒歲，或虛歲。「叫二十九」，意即號稱二十九，已經二十九了的意思。

注❷臭漢：腋窩裏有狐臭的家族，有遺傳性。民諺云：寧找淫婦臭一輩，不找臭漢敗一門。

第十六章　匈奴的後裔，美麗而淒涼的愛

昨天晚上，我夜觀天象，
看見北斗七星，正君臨我們頭上；
今天早晨，我憑欄遠望，
看見吉祥雲彩，正偏集西北方向。
於是，我偷偷地哭了，
我感受到我們居住的北方，
它的神秘，它的奇異，它的魔幻，
它的詩一般夢一般的力量。
……
那黃土高原千萬條沉默的山岡，
像千萬條黃牛昂首走向東方，
咬緊牙關，背後拖著冰山和草原，
喘息著，將乾裂的舌頭伸向海洋。
……

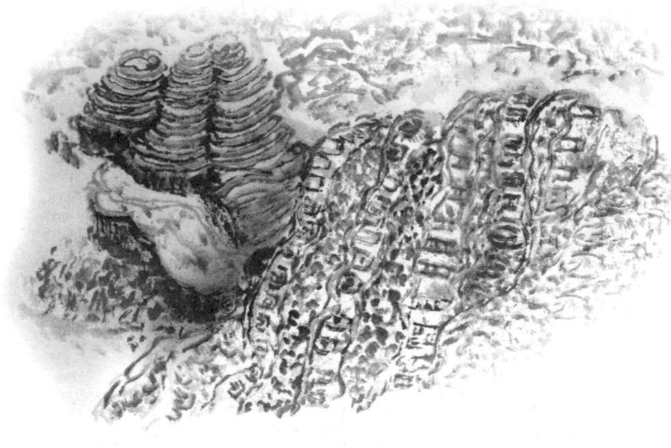

北方啊，我親愛的北方，
我們在你懷裏出生，又在你懷裏死亡，
假如有一天離你而出走，
你會用北斗星夜夜為我導航。

——引自舊作

那靜靜地佇立於天宇之下的，那喧囂於時間流程之中的，那以攔羊嗓子回牛聲喊出驚天動地的歌聲的，是我的陝北，我的親愛的父母之邦嗎？哦，這一塊荒涼的、貧瘠的、蒼白的、豪邁的、不安生的、富有犧牲精神的土地，這大自然神工鬼斧的產物，這隸屬於九百六十萬平方公里，廣袤國土中的一個不顯眼的角落，這個黃金高原。

雄心勃勃的作者，欲爲二十世紀寫一部編年史，於是他選擇了陝北高原，選擇了這荒落的山村，懶洋洋的小鎮，塵土飛揚的盤陀路，以及金碧輝煌的膚施城，做爲他筆下人物一展身手的地方。他選擇了那深深沉澱於黃土顆粒中，或像「活化石」一樣，依然風行於現代時間流程中的種種陝北大文化現象，做爲人物活動的詩意氛圍和審美背景。他帶領你結識了一群人物，這些人物雖然令人眼花撩亂，但是細細梳理，你會發現，他們隸屬於四個家世迥異的家族，即吳兒堡與最後一個匈奴聯姻的楊氏家族，自寧塞川南入高原的回族後裔黑氏家族，那古老的自軒轅氏時代就在這裏定居的白氏家族，以及被我們戲稱的「趙半城」和「趙督學」（**他們的後裔將在下一部幾乎成為主要人物**）——這自山西大槐樹底下，西跨黃河進入膚施城，又匆匆離開的趙氏家族。

當然，作者將他的主要目光，放在了吳兒堡家族身上，或者說，放在了陝北才子楊作新身上。他懷著熱忱和夢想，懷著善良的願望和幾分無可奈何的心情，為你介紹了一個貧苦農民的兒子，走向革命的歷程，並且讓他過早地結束了生命。當然，這結束生命的責任不在作者本身，而只能有一種解釋：因為那是事實，生活中曾經發生過的事實。苛刻的讀者也許會這樣發難，他們認為作者應該給他們甜食吃，應該讓一切都像伊甸園（假如沒有蛇）一樣美好，假如有死亡，那死亡也應當像電影中或小說中寫的那樣，死在敵人的屠刀下，死在衝鋒陷陣的戰場上。

對於這種責難，我們怎麼回答呢？也許作者覺得用一句現成的話來回答，比他自己的思考更有力：「除了作者，誰還應說神聖的真話呢？你們怕深刻探索的目光，你們自己也怕用深刻的目光去看任何東西，你們喜歡用不會思索的眼睛，浮光掠影地看一切事物。（引自果戈里《死魂靈》）。」在那場至今還在以另一種形式繼續的波瀾壯闊的革命歷程中，犧牲和獻身，大部分當然是以豪邁的進行曲形式完成的，但是也有許多，是以這種憑簡單的道理，很難說清的形式完成的，他們同樣修得正果，飄揚的旗幟上，同樣有他們殷紅的一絲血跡，歷史有權利、責任在他們的面前行注目禮。道理說到這樣一個地方，那麼作者認為他選擇這樣一個人物，無可厚非。同樣的，無獨有偶，作者也可能受到來自另一方面的責難，他們認為，這是一個過時的題材，應當由黨史資料專家，而不是小說家在那裏喋喋不休地講述，新潮的小說家應當有他另外的題材。對於這種責難，作者只能說，剛剛經歷過的這一切，構成了歷史的一部分——陝北歷史的一部分、中國歷史的一部分、世界歷史的一部分，構成了人類歷史進程中，無法抹殺的一個鏈條，構成了時間流程中，不可跳躍的一頁青史，而當作者，向那剛剛經歷過的歲月回首溯望的時候，他透過霧濛濛的時間塵埃，看到了英雄故事、美人傳說，看到了這一方人類族群生活的廣闊圖景，看到了在命運的重軛下，走向抗爭、走向目標的芸芸眾生，看到了大革命在這塊苦難土地上，發生和發展的過程，於是他熱淚漣漣，於是他感受到了一種悲劇感和崇高感，繼而，他像一位行吟歌手那樣，行進在高原塵土飛揚的道路上，彈奏起他的豎琴。

楊作新悲慘地死去了，在高原那擁擁擠擠的墳墓中間，又增加了這壯志未遂的一座。在遼闊的北方原野上，古往今來，有多少這樣的墳墓！當我們在北方原野上行走的時候，我們心中那種針刺麻醉般的感覺，就是這樣的墳墓引起的嗎？而北方黎明那魔幻般的暗藍，早晨奇麗的霞光，也都與這些墳墓有關嗎？據說人一生總要出天花，那些沒有出過天花的人，躺在三尺地表之下，變成累累白骨的時候，他們的骨頭也要出一次天花。如果這個說法成立的話，那麼，宛如一顆沒有爆發的原子彈的楊作新被埋在了地下，他能夠安寧嗎？在陝北高原的西部邊緣，橫亙著一條古老的子午嶺山脈，子午嶺的山脈之上，有一條橫穿高原，走出陝北的「天道」。這傳說中的道路，給代代的陝北兒女以夢想。讓他們在寂寞無窮的日子裏，在淒清悲苦的歲月中，常常停住手中的钁頭，喊住行在路途的毛驢，用片刻的工夫，眺望和遐想。但是，一山放過一山攔，生生滅滅，世世代代，他們更多的是把遐想和夢想，重新帶進泥土，而一生一世，不能超越高原、跨出高原半步。

按照遺傳學的最新解釋，獲得性有遺傳的可能性。這話是什麼意思呢？這話的意思是說，在人類漫長的行程中，它獲得的一切，經驗、智慧、苦難、失誤、成功、屈辱、思考、教養、吃過的鹹鹽、跨過的橋樑、曬過的太陽，等等的這一切，並沒有在一個人躺進棺材的時候，完全地帶走，深埋於地下，他有可能通過遺傳基因，將這一切「獲得」，遺傳給後世。

感謝楊作新，他在變成高高山上一抔土的同時，爲我們丟下了一個楊岸鄉。楊岸鄉在成長，在行動，吳兒堡家族那千百年來的沉澱，最後沉澱到這個人身上，這個人便做爲吳兒堡家族的代表，代表這個家族生存和行動在楊作新之後的年代裏。

當然，眼下，他生活在保育院裏，那個被人們善意地戲稱爲中共的「貴族學校」裏，那個在後來的電影「馬背上的搖籃」和電視劇「懸崖百合」中，被出色地描寫過的學校裏，那個與彭湃、方志敏、劉志丹、毛澤民的後裔們，共寢一室的戰時孤兒院裏。他在成長，從春到夏，從夏到秋，從秋到冬，他親愛的父親，在臨死前，曾經以一位父親的口吻，向他深情地祝福，說將來的世事是他的；相信他的父親，在被陽光烤得發燙的地下，仍然會這樣喋喋不休地祝福。

而與此同時，在金碧輝煌的膚施城，這陝北高原的首府，歷史，正進入它設州造府以來最輝煌的時期、軒轅東漸以後它最輝煌的時期。傑出的毛澤東，以及和他同樣傑出的領袖群體，經過千錘百煉之後，正變成一個鋼鐵的機件，在迫在眉睫的救亡局勢下，在爲不久後將誕生的人民共和國的藍圖的草擬中，工作著和奮鬥著，戰鬥著和犧牲著。正如我們前邊所說，猛虎入林，龍歸故淵，在遼闊的陝北大地上，北斗七星開始高高地照耀。

未來的一段時間流程中，時代的標誌將以一個人的名字爲標誌，這個人就是毛澤東，這個時代就是毛澤東時代。毛澤東在陝北高原生活了十三年的時間，他的足跡踏遍了高原的山山峁峁，他居住過一個又一個的陝北窯洞，他在這塊土地上，留下了許多的神話與傳說。於是令這塊神秘的高原，變得更加撲朔迷離，於是令父老鄉親的茶餘飯後，多了許多的話題，於是令這塊積蓄了幾千年力量的土地，因爲用力過甚的緣故，更加失血和蒼白。

傳說毛澤東在睡覺的時候，他的頭一定要枕向北方；傳說毛澤東在轉戰陝北途中，每晚睡覺時，他的床下要放一盆水——他是水命，他是真命天子，龍身，離不開水；傳說在轉戰陝北途中，毛澤東經過葭蘆河，剛剛過河，後邊就發了山水，將胡宗南十萬大軍堵在河的對岸；傳說毛澤東初入陝北，佈置完割尾巴戰鬥後，囑咐警衛員：「我太累了，我要到半山上那棵杜梨樹下，睡一覺去，槍聲密集，不要叫醒我，槍聲稀疏，趕快叫醒我！」

製造神話是人類的天性。對那些出類拔萃的人物，如果他們生活中有什麼令人感到詫異或者迷惑不解的事件，人們就會如饑似渴地抓住不放，編造出種種神話，而且深信不疑，近乎狂熱。這可以說是浪漫主義對平凡暗淡生活的一種抗議。從另一個方面來說，經過這種有口皆碑、有口皆傳的民間藝術加工，這些神話卻又從一定意義上，揭示了平凡和繁雜的生活，所掩蓋的事物其精核和本質。借一位英國作家的話來說，「傳奇亦成爲英雄通向不朽境界的最可靠的護照。」（引自毛姆《月亮和六便士》。）

有一個最爲精彩的傳說，這個傳說也是發生在轉戰陝北期間，地點是五百年古剎白雲山。白雲山位於佳縣境內，號稱陝北靈根。威赫赫的一座石山，屹立在黃河西岸，雄視遠處的河套和近處的陝北，接納鄂爾多斯高原與三晉大地的香客，山上樓宇鱗櫛，古柏參天。毛澤東兵困白雲山的故事，在陝北地面，流傳甚廣。

傳說一九四七年，毛澤東轉戰陝北時，胡宗南部下驍將劉戡，率領重兵尾隨其後，窮追不捨，發誓要提著毛澤東的人頭，回西安向胡宗南覆命。後來追到白雲山，其時正降濛濛細雨，劉戡指揮大軍，將白雲山圍得水泄不通，單等雨停後，上山捉拿毛澤東。毛澤東在白雲道觀，已成束手待斃之勢，好一個真命天子，泰山崩於前而面不改色，他要道長拿來籤筒，道一聲「遊戲文章，不可當真」，抽出一支籤來。這支籤是上上籤，大吉大利，籤名叫「日出扶桑」。「扶桑」者，遠古東方（非僅指日本）之舊稱也。這「日出扶桑」一句，正是陝北民歌「東方紅」的古典解釋。毛澤東看了籤，大怒曰：「如今此情此境，如何稱得上大吉大利，如何稱得上日出扶桑。」遂一跺腳，將這籤，擲到了地上。這一擲不要緊，只見天空「嘎嚓」一聲響雷，雨點驟然緊了。如果單是下雨，也不打緊，要緊的是雨中夾雜著蠍子，而地面上的草叢裏、石縫中，也紛紛有蠍子生出。這遍地的蠍子並不驚擾毛澤東一行，而專與劉戡大軍爲難。劉戡的兵，住的大約是帳篷，天上下蠍雨，平地生蠍，好端端的泥土，眨眼的工夫變出蠍子，密密層層的蠍子順著士兵的褲腿，直往上躥。劉戡將軍見狀，大驚，叫道：「老天怒了！」急令部隊後撤三十里紮營。瞅這個空隙，毛澤東率九支隊，揚長而去。少時雨歇，蠍蟲驟然消失，劉戡見黃土路剛能行走，便率兵直奔白雲山頂白雲觀。到了山上，道觀裏已空空如也，只一幢幢建築物，香火繚繞，一個老道長領著一群小道童，正在灑掃庭除。劉戡將軍以手加額，歎息曰：「謀事在人，成事在天。」遂舉起手槍，對著大殿正中正襟危坐的真武祖師塑像，開了幾槍。這劉戡不久後死於著名的宜瓦戰役。而躊躇滿腹的毛澤東，在劉戡將軍斃命之時，他正站在陝北高原的另一座山頭上，讓報務員架起電台，從容地向人民解放軍各序列，發出在全國範圍內開始大反攻的命令，然後取道吳兒堡川口渡口，東渡黃河，前往河北西柏坡。

這是傳說。這個傳說有多少真實的成分，已無據可查。但是毛澤東在白雲山抽籤，抽了個上上籤，毛澤東旋即發出大反攻的命令，這些事實相信是真的。後來有一個叫「巍巍崑崙」的電影，結尾正採用了這一事實，做爲對一段歷史進程的總結，和另一段歷史進程的引言。

這個毛澤東與白雲山的故事，還有一個結尾。據說一九四九年，中央人民政府成立之日，白雲山道觀收到一樁佈施。有當時進香的人看見了，說是紅布裏包著的是兩根金條。到底是什麼，白雲山的居士們沒有向外邊說。施主獻上佈施，便坐上吉普車走了。童子見佈施上得過於隆重，來得又有些蹊蹺，於是面露疑惑之色。道長撚著長鬚，笑道：「有人欠我一筆人情，今天正是還願的時辰。」再到後來，「文革」期間，中國地面上，諸多廟宇神殿、道觀佛堂，被一蕩而空，獨這陝北高原的白雲山道觀，接上峰指示，劫難中留存了下來，香火依舊，只是香客稀少了些而已。

俚語村言，原本也當不得真，可是說的人多了，而且說得活靈活現，有鼻子有眼，便由不得你不信。傳統的民族心理原因，毛澤東在陝北的諸多故事，便像秦皇駕著帝王之輦，時時在子午嶺山脊的秦直道上隱現，劉秀被王莽所追，路經丹州圪針灘，喝令這裏的酸棗刺不生倒鉤一樣，以口頭文學形式流傳下來，代代相襲，並且對碑載文化，給予補充。

楊老太太在楊作新出事後不久，就死去了。她本該在楊乾大之後，就死去的，之所以在人世上，多延挨了一些時日，多糟蹋了一些五穀，完全是爲了迎接楊岸鄉出世的緣故。他不出世，她不放心，她無法在見到楊乾大之後，向他交代。楊老太太已經過於蒼老了，她的乳頭已經乾癟成兩張皮，緊緊地貼在瘦骨嶙峋的胸脯上，她的手指因爲風濕或類風濕的緣故，已經變成了彎曲而難看的雞爪。現在她好了，她躺在了她的男人身邊，可以拉話，可以親昵，可以不時地伸出手指，爲男人捂住那永遠不會停止流血的傷口。「先走爲神，先入爲主，看來，永生永世，你永遠是我的統治者！」楊乾媽對楊乾大說。

蕎麥是在人民共和國成立的前夕死去的。擔任進軍序列某一個連隊的指導員黑壽山，曾經有幸與她邂逅，向我們透露了些許她的消息。黑壽山後來重返小鎮時，站在當街上，自然回想起來了，這個蕎麥，正是他的楊乾媽。兒子交給公家人以後，蕎麥沒有了牽掛，她可以放心地回到小鎮，重過她平淡的時光，可以放心地撒手長去——如果光陰不再挽留她的話。她的死還有一個原因，那就是在黑白氏離開膚施城時，曾經吞吞吐吐地，提出一樁事情，而她，蕎麥，當時也稀裏糊塗地答應了。這樁事情就是，她們兩個，哪個先死，哪個就去陪楊作新。因此，蕎麥搶了先，她安穩地閉上了眼睛，懷著勝利者的微笑，回到了她的丈夫身邊。高高山上一抔土，現在變成了兩座相連的墳頭，埋在一起的叫「合葬」，並排躺著的叫「並葬」，他們這個算合葬還是並葬，敘述者沒有考證。

黑白氏活了很久，活到了我們小說後半部開始的那個年代裏。她依舊那麼年輕和美麗，面白如雪，面紅如酡。原先，她曾經準備早早辭世，以便去陪楊作新。當她聽到蕎麥的死訊後，她說：「上一次，我趕得早了點；這一次，我又趕得晚了點，看來這楊作新無論生死，與我無緣。罷罷罷，我還是過我閑雲野鶴的日子吧！」說完，放慢了時間節奏，款款地活下來，一直活到壽終正寢，老死袁家村。

這些都屬於正常死亡。這些死亡，正如那最初的出生一樣，無聲而又無息，平凡而又平常，不值得爲它花費太多的筆墨。幾杆嗩吶，一根引魂幡，世界上便少了一個生命，大地上便多了一個土包，如此而已。

另一個女性，楊蛾子卻頑強地活下來了。她死死地廝守著吳兒堡，站在那三孔寒窯面前，站在𡒄畔上，日復一日，年復一年地打發著日月，等待著傷兵的歸來。傷兵留下的那只懷錶，在「錚錚錚錚」走著，走著時間，但是在楊蛾子的心中，自從傷兵走後的那個七月早晨，生命之鐘便在她身上停止了，她從此生活中唯一的目的，就是站在𡒄畔上盼望，她從此以後所有的工作，便是站在𡒄畔上唱歌。她淒婉地唱著：「自從哥哥當紅軍，多下一個枕頭少下一個人。」她身穿一丈青，頭髮梳得光溜溜的，以永恆的心等待著心上人的歸來。她唱出的那首歌子，後來一位有心人曾經將它整理了出來，歌子裏龐雜的內容，和瀰漫在歌曲中那刻骨銘心的思念之情，令收集者不敢冒昧地爲歌子取一個名字，於是便冠之以泛稱，叫做《信天遊》。這支由一位陝北女兒，以她那全部愛心和感情唱出的歌曲，我們在本書下卷將要一字不漏地提供給讀者。

楊蛾子在停止不動的守望歲月中，在杜鵑啼血般的吟唱生涯中，曾經有一次，稍稍地移動了一下她的腳步。那是一九五四年，去了一次膚施城。當年的邊區政府主席林伯渠，重訪陝北。林老在膚施城裏，在當年被胡宗南部隊破壞了的邊區大禮堂門口，正應管理人員之約，蘸飽墨汁，鋪開紙張，爲這個建築重題「邊區大禮堂」字樣，這時，一位身穿皂青，相貌俊秀，風塵僕僕的陝北婆姨來到他面前，跪下來，請他出面，尋找她的丈夫。老夫子聽完訴說，站在邊區大禮堂門口，感慨地說：當年許多軍隊和地方上的幹部，都找了陝北婆姨，他們很多人離開陝北後，都把婆姨丟了，他們應當爲這件事譴責自己。林老答應，他將盡力尋找這個趙連勝，但是，林老走後，沒有下文。而楊蛾子，她在拜見了林老之後，又匆匆地趕回膚施，她擔心在她離開吳兒堡的這一段時間內，傷兵突然回來了，炕是冷的，飯是涼的，那樣，她的心裏將會難受和心疼。

哦，陝北，我的豎琴是如此熱烈地爲你而彈響，我的腳步是如此的行色匆匆，你覺察到我心靈的悸動嗎？你看見我掛在腮邊的淚花嗎？哦，陝北，我們以兒子之於母親一樣的深情，向自遙遠而來又向遙遠而去的你駐足以禮。你像一部雍容華貴，由太陽神駕馭的天車，威儀地行進在歷史的長河中、時間的流程中。你深藏不露地微笑著向前滾動，在半天雲外顯露著你的身姿，芸芸眾生像螞蟻一樣，出沒在你那龐大且支離破碎的身軀上，希望著和失望著，失望著和希望著。

哦，陝北！

做爲本文作者來說，他覺得他的饒舌到這裏該暫停了，他用這一段饒舌向前一位主人公告別，並向下一位主人公的登場醞釀情緒。他覺得到此爲止，楊作新可以安安靜靜地在那裏休息了，而讀者也許已經有了接納楊岸鄉的思想準備。「隱身其後，讓人物粉墨登場吧！」他對自己說。

【下卷】

第十七章　穿牛仔褲的灑脫女郎

膚施城的名字，來源於一個古老的佛教故事。

傳說釋迦牟尼有一天路經此地，踩著裂石，過了延河，然後在半山上一塊突出的大石上歇息。這時天空傳來了一陣淒厲的叫聲。釋迦牟尼抬眼一看，只見一隻老鷹，在追逐一隻鴿子。那淒厲的叫聲一半來自鴿子，一半來自老鷹。鴿子在老鷹那颶風般翅膀的拍打下和尖利嘴巴的鵮啄下，羽毛亂飛，疲於奔命。而強健的老鷹窮追不捨，非要把這口邊的食物搶到手不可。釋迦牟尼見了，雙掌合十，叫一聲「阿彌陀佛」，然後招一招手，讓這隻鴿子，落了下來，鑽進他的袖筒裏。老鷹見狀，自然不依，一聲長唳，也斂落在這塊石頭上。

釋迦牟尼揮手驅趕老鷹。他對老鷹說：「不應該殺生，不應該恃強凌弱；海闊天空，你們彼此都是平等的，都是上天寵愛的臣民，都有權利生存。」老鷹認爲釋迦牟尼的話自然有理，但是牠說，道理雖然是這樣，但是，牠正處在極端饑餓之中，如果得不到這隻鴿子做食物，牠就要餓死了；這樣看來，上帝仍然是不公平的，祂注意到了事情的一個方面，卻又忽視了另一個方面。

於是，一樁難題擺在了釋迦牟尼面前。他不忍心看著美麗、善良而又弱小的鴿子，在他的面前，被這個凶惡的老鷹吃掉，那血淋淋的場面將會褻瀆他的眼睛；同樣，他也不忍心讓勇敢而豪邁的老鷹，軟綿綿地餓死在他的面前，那他將會於心不安。

這個難題後來是這樣解決的：釋迦牟尼舉起刀子，挽起衣袖，從自己的胳膊上割下一塊肉來，餵給了老鷹。習慣的說法是這樣的，即釋迦牟尼割下來的是胳膊上的肉，但是我們想來，胳膊上的肉能有多少，豈能一飽餓鷹的欲壑，況且釋迦牟尼又不懂得解剖學，胳膊上筋骨滿布，一刀下去，傷了筋、動了骨怎麼辦？記得古典小說《三國演義》裏，也有個類似的故事，一位房東見劉皇叔劉備饑餓難挨，家裏又缺鹽少米，於是將自己的妻子赤條條地吊起來，割了大腿上或屁股蛋子上的肉給劉皇叔吃。那大腿上或者屁股蛋子上的肉當然肥美多了，不知釋迦牟尼爲什麼沒有想到這一點。以上是插科打諢，笑談而已，不可當真。

不管怎麼說，老鷹吃了肉以後，不餓了，肉上大致還有一些血滴，因此也不渴了，於是離開了這塊石頭，拍拍翅膀，昂首飛上了天空。鴿子也得救了，牠從釋迦牟尼的袖筒裏鑽出來，用我們人類不熟悉，但是釋迦牟尼熟悉的語言，致過謝意，然後飛上了晴空。

這個故事還沒有完結。釋迦牟尼割肉飼鷹之後，覺得有些口渴，於是離開了這塊岩石，在岩石旁邊一道不顯眼的山溝裏，找到了一汪泉水。釋迦牟尼不懂得受傷後不能喝水，這樣血會從傷口破裂處迸流的道理，低下頭，美美地喝了一肚子泉水。在喝水的同時，大約是傷口過於疼痛，於是撩起泉水，往傷口上滴了幾滴。泉水落在傷口上後，奇蹟接著就出現了，血迅速地止住，傷口慢慢地癒合了。釋迦牟尼見狀，於是索性將胳膊伸進泉子裏濯洗。結果，正如佛教故事所告訴我們的那個圓滿結局一樣，釋迦牟尼的胳膊，立即完好如初了。

釋迦牟尼自己大約是不食人間煙火的仙身仙體。事情結束後，他就動身離開了這個地方，他當時大約還沒有想到，因爲他「割膚施鷹」的舉動，使後來在這塊地方興起的一座城市，有了一個名字。

膚施城因此而得名。那塊釋迦牟尼坐過的突兀岩石，後世稱「仙人石」，從釋迦牟尼到現在，不知道過了多少年月，還危若累卵般地懸在那裏。釋迦牟尼洗過胳膊的那眼泉子，後世稱它「定癡泉」。至於那座大山，被名之曰「清涼山」。後來，膚施城設州造府以後，一群好事的人，前後歷經五百年，硬是刀劈斧鑿，在山腰間瀕臨延河的一面岩石上，鑿成一個方形的大房間。房間中間，立起三尊大佛，房間四壁，密密麻麻，鑿出一萬尊小佛，因此這間石房間，就稱萬佛洞了。這是北魏時候的故事。

當時的地方治理，見岩石上方還有一點空餘的位置，於是大筆一揮，題了「金剛勝境，蒼生一望」八個大字。

清涼山位於膚施城東北方向。清涼山腳下，就是那條著名的革命河——延河。河的對岸，位於膚施西南方向的那座大山，叫鳳凰山。還有一座大山，叫嘉嶺山，在東南方向。三座大山，像三枚棋子，穩穩地站在那裏。兩條河，一條延河，一條南川河，一個自北，一個自南，從遠處湍湍而來，在嘉嶺山下匯成一股，然後直奔東南，於後九天附近地面，注入黃河。

三山對峙，二水交流，形成這高原名城的基本佈局，奠定它龍蟠虎踞的森森氣象。時間到了二十世紀七十年代最後一年的時候，膚施城較之我們原先曾經描繪過的那樣，自然又有了新的發展。由於河流得到了治理，大量的建築物，從半坡上或者拐溝裏，延伸到了河岸邊。河流形成的這三條大川，自然也成了人口稠密、繁華熱鬧的地方。不過這時候的建築，仍以平房和窯洞爲主，因爲有關方面認爲，修築現代風格的樓房，會破壞這座革命城和歷史文化名城的總體風格和風貌。所以當時僅有的一幢小小的樓房，還是我們曾經見過的邊區交際處那個小樓。不過，到了一九七九年這個時候，禁令已經取消，膚施城內，大量的樓房，正在奠基動工。不久之後，這裏將是一座樓房林立、街道寬敞的現代化城市了。

我們的故事從這裏開始。這一年一個初夏的晚上，夜已經相當深了，膚施城外，暮靄四起，群山顯出它蒼茫的輪廓，膚施城內，那半月形窯洞窗戶上的燈光、那四方形平房窗戶上的燈光，隨著夜的漸深，也一個一個地熄滅了。街上的路燈，因爲電力不足的緣故，有些昏暗，不過街道上行人過於稀少，所以路燈不過是城市的點綴而已。延河自遠方而來，橫穿市區，發出一聲聲深沉的歎息。這時，在鳳凰山麓，在毛澤東初入膚施城時居住的第一個舊居旁邊，有一間平房的窗戶裏，還亮著燈光，而且異常明亮，並且從屋子裏，傳出一陣憂傷的俄羅斯抒情歌曲。

這是一群北京知青在聚會。「北京知青」，是這個時期的一個專有名詞，對於膚施城來說，它準確的稱謂應該是「一九六八年冬或一九六九年春，來陝北地區插隊落戶的北京地區的初中或高中學生」，當然，它還有一個簡單又帶幾分蒼涼感的稱謂，叫「老插」。當年，來陝北的北京老插大約有三萬名，到了一九七九年，十年一覺蹉跎夢，這時大約只剩下七、八千人了。一部分招工，一部分上學，一部分當兵，紛紛走了。特別是「文革」結束，高考恢復，大量由知識份子家庭出身的知青，考學回了北京；而大量自老幹部家庭出身的知青，由於父親或母親的平反或復出，也有了回京的途徑和條件，於是紛紛開拔。從陝北到北京，是一個艱巨的工程，對於有些人當然比較簡單，對於有些人則需要用半生的精力來完成，隨著時間的推移，這剩下的七、八千人也將逐年遞減，直至五千人，三千人，二千人，五百人，三百人，等等；直到有一天，地淨場光，一個不剩地全部離開這裏。他們每個人的插隊和回城也許都是一個故事，但是，由於這部小說的主旨不在描寫他們，因此說到這裏，就適可而止了。

屋子的主人叫丹華，一個身穿牛仔服，有著兩條野鶴般長腿的姑娘。她身高一米七三左右，當時的年齡是二十六歲。她的這間屋子，長期以來，一直是北京知青們聚會的一個場所，也許從插隊的村子招工到膚施城的那天起，由於屋子主人的好客和熱情，以及她那落落大方的人生態度，這間屋子便成了一個小小的中心。他們或者是北京時一個學校的同學，或者是插隊時分在同一個縣、同一個公社、同一個大隊的鄉鄰，或者原先並沒有什麼關係，只是職業的原因，彼此需要互相照應，各討方便。總之，各種原因把大家捏合到了一塊兒，隔一段時日，大家來這裏聚會一次。

房間的陳設簡單到令人驚訝的地步，只一張單人床，一張桌子，一把籐椅，再就是靠著門的後邊，有一個帶著鐵皮煙囪的火爐。床是主人睡覺用的，桌子則是寫作和辦公用的，籐椅是坐的，爐子做飯與取暖，兼而用之。那麼主人總該有個裝衣物或雜物的家具吧，在爲數不算太短的漂泊歲月中，總該有點行裝吧。

哦，有的，在房間最裏面靠牆的地方，有著一個十分巨大的白木箱子，那箱子最初的用途也許是一個貨箱，因爲它的外邊還用幾條鐵箍纏繞著。主人的一應物件，想來都是裝在那裏的。總之，這個房間的所有陳設，加在一起，給人一種動盪不安、臨時湊合的感覺，好像突然之間，汽車的喇叭聲會在屋外響起，然後起重機的吊臂，將這個大得怕人的白木箱子，吊進汽車裏去，只片刻的工夫，這間屋子的主人就從膚施城消失了。

主人像一個女王一樣，永遠坐在她那把陳舊和有些發暗的籐椅上。她一條腿壓在另一條腿上，腳尖高高蹺起；兩條胳膊，伸展開來，搭在籐椅的圍圈上；屁股大約是結結實實地壓在籐椅上的，因此，隨著每一次的轉身，屁股下的籐椅便吱吱啞啞直響。

客人們則坐在床邊，或者地上的小凳上。主人的床底下，彷彿能生長小凳似的，不管來多少客人，她都能應付裕如地，從床底下趕出與客人數目相等的小凳；她一腳一個地踢出來，好像在變魔術。

當然，時至今日，諸多的小凳子，已經沒有它們的用場了，因爲隨著每一次的聚會，人數都會減少一些。有的人是前來打一聲招呼，抱頭痛哭，熱烈擁抱一場，然後離開的，有的人是悄悄地，雞不鳴犬不驚地悄然離去的。隨著這些昔日的常客們紛紛離開，每一次聚會的熱情度，都會降低一些，而到了這個晚上，簡直——怎麼說呢，甚至有一絲淒涼的味道，籠罩在這一群按他們自己的話來說——一群孤兒或者時代的棄兒的頭頂上了。

他們在唱歌。這首憂傷的抒情歌曲，它的情調剛好與現在的氣氛吻合。隨著夜的加深，加深後的寂靜，這哀怨的旋律飛出窗外，傳到很遠的地方。「一條小路曲曲彎彎細又長，一直通向迷濛的（遙遠的）遠方，我要沿著這個細長的（修長的）小路，去送（跟著）我的愛人上戰場……」這首歌的歌名也許叫「小路」，也許不叫；是迷濛的還是遙遠的，是細長的還是修長的，是去送還是跟著，在這些問題上，他們的記憶不一致，因爲這支歌是很久以前唱過的，老師沒有教過，是他們隨著父兄哼會的，所以在這些細枝末梢上，他們出現了分歧。分歧是沒有關係的，重要的是他們現在需要它的旋律，加之現在他們都已經是大人了，懂得寬容地看待一切事情，所以在唱到那些有分歧的地方時，彼此的吐字，都變得模糊起來，以求達到統一。此一刻，這些曾經參加過中央人民廣播電台少年合唱團，或中央電視台銀河少年合唱團的男聲、女聲們，這些經歷過生活、痛苦過生活、感受過生活的男人、女人們，他們對旋律所理解的深刻程度，他們從胸腔中發出的那種深沉的歎息，也許，專業的歌唱家也難以望其項背。

歌聲在細長的小路，在白茫茫的原野上飄浮了很久，終於由一聲掙扎般的歎息，做爲結束。沒有人再起頭，將它重唱一遍，如果有人起頭，大家還會隨聲附和，跟著唱的，直到唱到精疲力竭爲止。現在，既然歌聲停息了，大家也就意識到，不應該再唱了，他們已經是大人，不應該再無休止地去唱那些，給他們帶不來任何實際內容的浪漫歌曲了。於是屋子裏出現了片刻的寧靜。

床上並排坐著一對年輕夫婦。孩子已經噙著母親的乳頭睡熟。因此，女人將孩子的嘴掰開，將孩子遞給旁邊的男人抱上，然後掩好自己的衣襟，並且用孩子吃過糖的一片水果糖紙，在疊一個穿著連衣裙的小姑娘。他們倆在北京的一個胡同裏長大，一起上學，一起插隊，又一起招工到市供電局，因此，兩個從北京帶來的白木箱子，自然而然地在有一天摞在了一起，兩張單人床併在了一起；一張床腿高些，一張低些，於是，他們就給那低些的床腿底下，各支了兩塊磚頭。他們已經有孩子了，但是還沒有辦結婚手續，沒有辦的原因是爲了享受一年一度的探親假。他們積蓄的大部分，都花費在這一年一度的探親上了，用他們自己的話說，都貢獻給鐵道部長了。

地上的小凳上，坐著一位異常美麗的姑娘，她叫姚紅。她頭上的頭髮，中間，劈開一道雪白的細縫，下邊，分成兩撮，每撮頭髮的根部，都紮著一個藍色玻璃球一樣的飾物。今天，她一改往日那倦慵的、隨隨便便的姿態，而是顯得有些驚慌，因爲對她來說，將有一件大事要發生：她就要離開陝北了。她這是最後一次來參加聚會。在她左右盤桓的，是一個留著山羊鬍子的青年，她那熱烈而毫無保留的崇拜者。山羊鬍子不停地獻殷勤，爲她倒茶水，取糖果。剛才，唱歌的時候，唱到得意忘形處，他還目不轉睛地盯著她看，唾沫星子甚至噴到了她的臉上，使她不得不在唱歌的途中，皺了皺眉頭。

剛才他們在爐子上做飯。現在，火爐還在燃燒，不過火苗已經很少，一副半死不活的樣子。

初夏時節了，還生爐子，這是陝北生活養成的習慣。陝北初夏的夜晚，還是有幾分寒氣的。等到天大熱時，主人將把爐子搬到門外屋簷下去做飯。

靠爐子的地方，坐著一位留平頭的青年。剛才唱歌的時候，那爲歌曲伴奏的擊打樂，是他用爐鉤在爐子上擊打而出的。他是一個偏遠地方的公社書記，習慣了農村生活，所以坐在火爐旁，被火烤著，很舒服。在大夥兒的眼中，他是丹華未來的丈夫，現在的保護人。他剛剛從北京回來，參加完團十大，在團十大上，他的中央候補委員落選，而且，根據從內部得來的消息，因爲在過去的年代裏，他很走紅，所以現在被列爲清查對象，上級派來的工作組，也許不幾日就要到達陝北。此刻，他很委屈，也很頹唐。公允地講來，這些年，他出了不少的力，帶領農民修水壩、修梯田，累了一身的疾病。但是，年輕人，生活就是這樣的，此一時，彼一時嘛。

歌聲一旦停息下來，話題自然就轉到了回北京這件事上。

那一對年輕夫婦，他們是不準備回了；他們認爲北京城裏人太多，因爲人多，自然也就人情淡薄了。他們在山溝裏已經習慣，北京城裏嘈嘈雜雜的快節奏，令他們頭暈目眩；加之，家中僅有的一點房子，已經拆遷，被弟弟妹妹拿去換了單元，他們不願意回去去爭究這些。那男的，說了這樣一件事情。有一次探親，一個晚上，十二點多了，他騎著單車，路過天安門，他覺得有些口渴，就到一個大碗茶攤，要了碗茶喝。這大碗茶的價錢，他是知道的，小時候常喝，五分錢一碗！誰知，喝完茶後，賣茶的小伙子，向他伸出五個指頭：五塊錢一碗！他說，你們宰人，宰到我這老北京頭上了。雙方發生了爭執。原來，這是一夥從黑龍江插隊回來的知青，沒有找到安排的地方，靠賣大碗茶蒙人。說開了，都是「老插」，都是老北京，賣茶的大小伙子有點不好意思，擺了擺手，讓他走人。他掏出了五塊錢，往桌上一甩，什麼話也沒說，就騎上單車走了，心裏很悲哀，爲自己，也爲那位黑龍江老插。夫唱婦隨，那女的，也講了一個類似的探親故事。她說，有一次，一位鄰居來串門，盯著她看了半天，然後問她母親：「你們家什麼時候認下了一門農村親戚」。母親怔了半晌，才說：「這是我二閨女呀，你不記得她了？」鄰居很尷尬，找個託辭，迅速地離開了，母親則傷心起來，說女兒受到了委屈，而她，沉默地開始收拾自己的行裝。「我已經被這座城市從心理上遺棄了。」她說。回到陝北後，她就和那位男同學同居了。這一對年輕夫婦，對他們目前的處境很滿意。男的說，在陝北，無論他推開哪一戶老鄉的窯門，那一碗熱米湯，是少不了的，他們倆口管著一個變電所，大米白麵，鎮上人哪怕吃不上，總少不了他們的，有時鎮上放電影，忘了通知他們，他們將電一掐，老鄉們就趕快來請他們了。總之，他們覺得生活得很好，不願意再挪窩了。

「世界上有些偏僻的角落，總是需要那些耐得住寂寞的人去填補的。可是，親愛的朋友，你們做你們的紮根派吧，我卻要走了。」這是平頭在說話。說話的途中，他還看了丹華一眼，然後繼續說：「這次回北京，我順便聯繫了一下工作，在郊縣的一個老幹局，找了份差使。我已經對政治厭倦了，對無休止的你爭我鬥厭倦了，我想找一個安靜的避風港，找一個賢妻良母式的女子，度過這後半生。」

丹華有些驚訝地望著平頭。平頭的消沉她是知道的，但平頭的這些話，卻出乎她的意料，尤其是「賢妻良母」這幾個字，刺傷了她。她想立即就反唇相譏，但是，沒容她開口，姚紅卻搶先一步，開口了。

姚紅不能放過這個適宜的機會，於是搶先開了口，「我也要走了！」她有些不好意思地說，好像她的離去對不起這個鬆散的小集體，對不起依然留在這塊土地上那些別的人似的。「我這是最後一次，來參加這個聚會，下一次，我在北京的家裏，招待同學們吧！」姚紅的話音剛落，那個山羊鬍子，立即緊張起來。他是因爲姚紅，才遲遲不走的。他每天以主要的精力，盯著姚紅，然而這麼重大的事情，他竟然一無所知，而且，時至今日，他的身分，也只配和大家一樣，做個聽眾，等待姚紅宣佈這個消息。想到這裏，他不由得有些憤憤然了。

姚紅是個複雜的女性。關於她的那些傳聞，不時出現在膚施城的街頭巷尾。當然，嚼舌是人類的一種天性，尤其是對她這樣引人注目的姑娘來說；說一句刻薄的話，男人的嚼舌出於想入非非，女人的嚼舌則出於嫉妒。據說，她在大隊支書的土炕上，在公社主任的硬木床上，或者是工廠主任的長沙發上，都躺過，在她目光的注視下，男人無不臣服，而臣服的下一步，就是接受她的驅使，爲她奔波和效力。她們姊妹三個，一起來陝北插隊，她是老大，老二、老三，都先後由她出力，辦回去了，她這是最後一個，如今，她也要起身了。

嚴格地講來，這個小群體，對姚紅的每一次光臨，並不怎麼歡迎。那些傳聞，自然也傳到了他們耳裏。生活是沉重的，它對待每個人都同樣沉重，但是，爲了活得輕鬆一些，就非得那樣掉價不可嗎？姚紅的走，對大家來說，也沒有太大的震動，因爲她有的是辦法，她終究會走的，這個大家心裏都明白。

姚紅講完後，久久地沒有人搭碴，這使她感到不安。她知道大家的心思，還停留在剛才自己宣佈的那個消息上，並且根據這個消息，又在推測著那牢牢地跟隨著自己的流言。她可憐地望了山羊鬍子一眼，希望山羊鬍子能打破這靜寂，將她從窘境中解脫出來，但是，山羊鬍子抗拒了她的目光，他將臉別了過去。

「其實，我今天來，是想說一番話的，」姚紅突然一改自己剛才的窘態，口齒清晰地說，

「是的，我活得賤，活得掉價，但是，我是出於一種毫不利己的高尚目的的，朋友，你們明白我的良苦用心，明白我的那種處境嗎？父母在『文革』中死了，死在北京郊外的一所五七幹校裏。面對郊外鹽鹹灘上的那兩座孤墳，我拉著大妹和小妹的手，對墳墓說，我起誓，我要帶好妹妹，保護好妹妹，並且讓她們以後幸福。我做到了這一點，朋友，她們完好無損地回到了北京，沒有人動過她們一根指頭，我給了她們我所能給的，雖然這付出了那麼大的代價。是的，我賤，今天中午午睡時，爲了給這張調令上蓋最後一個公章，我還是在工廠革委會主任那張吱啞作響的木床上度過的。反正我是無所謂了。忘記我吧，朋友，不要再記著我了，我也許會以一副新的面孔出現在世界上，以後，你們見了我，永遠不要提過去的事了；或者，乾脆，北京街頭匆匆一遇，裝作互不認識，馬路那麼寬，各走各的路，好嗎？」

姚紅說，她來這裏，就是爲了說這幾句告別詞的，說完以後，她感覺到自己的力氣已經用盡了，於是挪了挪小凳，將自己的身體，軟綿綿地靠在山羊鬍子的胸脯上。

屋裏的人受到了感動，起碼是山羊鬍子，和坐在床邊的那一對夫婦。那一對夫婦中的那個女性，溫柔地勸解和寬慰著姚紅，歎息著女人做人的艱難；山羊鬍子則輕輕地用臂腕接住她，騰出另一隻手，用一個指頭蛋兒，將她腮邊的一滴眼淚抹去。

丹華突然莫名其妙地大笑起來，笑得上氣不接下氣，笑過之後，她略帶嘲諷意味地對姚紅說：「難道，妳就這樣的給妳妹妹以幸福，好一個聖女！妳想到沒有，此刻，北京城裏，妳的妹妹，也許正和那些小流氓廝混哩！妳千辛萬苦地爲她們保護下來的貞操，她們反而會認爲這是一種累贅！」

屋裏的人，都知道丹華的性格就是這樣，所以對她的尖刻，也沒有表示出太大的詫異。只是姚紅，她哆嗦了一下。她和丹華，小時候就同在一個小學上學。記得一次，爲合唱團唱一首什麼歌兒擔任領唱的事，她和丹華還鬧了一段小小的彆扭。多年來，她們倆實際上一直競爭著，當然，每次，都是姚紅占了上風。時至今日，同是天涯淪落人，那種競爭的心理，早就沒了，不管怎麼說，都是知根知底的同學，她們還是親近的。丹華剛才的那一段話，自然刺傷了姚紅，但是，姚紅今天能來，而且能主動地將那些不能啓齒的事情說出，原本也是準備接受比這更難聽的話的，所以，聽了丹華的話後，她沒有反駁。一想到自己快要回北京了，她反而感到一種釋然，甚至有一種優越感；但是又一想，現在不是表現優越感的時候，於是又將剛剛露出的一絲淺笑收回去了；不管怎麼說，她終歸是一個悲哀的女人，凝結在面部深層那種紫色的悲哀之色，始終未能消退。如此說來，釋然、優越感，加上悲哀，這三種感情同一刻出現在臉上，從而帶給她一種古怪的表情。

平頭這時候接過了話頭。平頭問起了丹華自己的事情，他說：「丹華，那麼，妳自己怎麼辦呢？走不走？我那未來的諾貝爾文學獎得主，妳還在寫作妳那永遠沒有希望，永遠只配重新扔進字紙簍的小說嗎？這次在北京，我在廢舊書攤上，看見了妳在『文革』期間，出版的那本反映知青生活的長篇了，小說在書攤上，五毛錢一本，被當做廢紙出售，我看了真寒心，趕快躲開了那地方。哦，妳最近寫的那個短篇，就是取名〈最後一支歌〉的那篇，怎麼樣了，有可能發表嗎？」

「沒有可能發表。出去旅行了一趟，又被一家刊物退回來了！」丹華用手拍了拍辦公桌上那只大信封，淡淡地說，「雨果說過，『文學的第一排總是虛位以待的』，原來我以爲，這話是給我說的，現在看來，這話不單單是給我說的，或者說，是給除了我以外的別人說的。也許，以這個短篇的被退回爲轉機，我將從此洗手不幹了。不過，我至今還沒有下這個決心，一想到，中國文壇也許將少了一位最優秀的小說家，我就爲中國文壇遺憾！」

「妳不寫了，妳報復它們（中國文壇），」平頭憤憤地說，說著，瞅了大信封一眼，「那個〈最後一支歌〉，多漂亮，寄託了一種多麼深刻和憂傷的感情呀！『最後一支歌』、『最後一支歌』，也許，爲這篇小說命名的時候，妳就打定主意，這篇小說如果不發表，它就是妳的最後一件作品了。」

「你真聰明，是這個意思！」丹華說。她爲平頭的善解人意感到高興，而平頭所說那報復之類的話，雖然只是失敗者的自我寬慰，並且有明顯地奉承丹華的意思，但同樣也使丹華高興。他倆被大家認爲是一對，而他們自己也有這麼一點意思，究其原因，他們的思維往往能達到同步，不能說不是一個重要因素。

姚紅這時開口了。她主動地和丹華搭話，以示對於丹華剛才的尖刻，並不在意。她問丹華，這次香港之行的感覺怎麼樣，能將那裏的一些事情，給大家講講嗎？

丹華的姨媽在香港。她最近探親，剛剛從香港回來，她在北京，家裏已經沒有什麼人了，因此香港的姨媽，屢屢督促她到那裏去一趟，甚至提出，叫她到香港來定居。做爲丹華來說，她遲遲下不了這個決心，但是最近，她還是應姨媽之約，去了趟香港。那套牛仔服，就是從香港穿回來的，這種服飾，就是當時在北京，也比較罕見，不過過不了多少日子，它就會在北京街頭流行開來，接著迅速地傳到膚施城。北京知青來到陝北，給膚施城帶來的最大變化，也許是在服飾上。北京街頭流行紅裙子，一個禮拜後，膚施的街頭也就流行開了，北京街頭流行黃衫子，馬上，膚施街頭，黃色蝙蝠衫便像一面面黃旗幟在人群中招展。男人們傳統的大襠褲，女人們傳統的大襟襖，由於北京知青的光臨，在膚施街頭逐漸絕跡。北京至膚施一個禮拜一次的航班，北京知青的大包小包裹，裝的大約都是爲別人代購的衣服。

丹華穿一身牛仔服，這身牛仔服配著她的氣質和身材，十分妥貼。腳下蹬一雙白塑膠底的布鞋，再配上兩條長腿，因此顯得落拓不俗。她的骨骼很大，手指細長，再配上面部那時而溫順時而譏諷的笑容，讓人想起「體育世界」賽馬節目中，良種馬那光潔細膩的皮膚，和溫良典雅的面部表情。本文作者曾與她比過一次手的大小，是她主動提議的，結果，這個粗壯的男人手指，竟比她的手指短半個指頭蛋兒，這真是一件怪事。她頭上的頭髮，整齊地剪成一個「門」字，恰像一張門簾，匡住鴨蛋形的臉蛋。這種日本小姑娘頭型，也是香港理髮師的手藝，她從那裏帶回來的。這種頭型，後來也曾在中國風靡，繼而由另外的時髦髮型所取代，不過有個青年歌手，還十年一貫制地理著這種髮型。你要結識我們的丹華，去瞅一瞅那青年歌手吧，大致模樣，幾乎一樣，尤其是氣質。只是，丹華的身材更修長一些，臉蛋也更白皙、細膩，牙齒也更潔白、細密。當她的上齶和下齶咬緊的時候，牙齒不留一絲縫隙，而兩邊臉頰上的肌肉，立即出現一種力量感和堅定感，而當她嘴唇張開，牙齒啓開，舌尖頑皮地在上齶與下齶之間躍動時，又讓人覺得，這是一個頑皮的、處在青春期的姑娘。總之，丹華是出眾的、可愛的、討人喜歡的，要不，爲什麼我們的楊岸鄉僅僅瞅了她一眼，竟能引起那麼強烈的震動，留下那麼深刻的印象？

對於香港，丹華沒有多說什麼。她說那裏既不像有些人說的那麼好，也不像有些人說的那樣壞，一個高度發達、高度膨脹的資本主義制度社會而已，那裏同樣也居住著人，而不是怪物，當然有好人，也有壞人，「凡有人群的地方，都有左中右之分，無一例外。」記得這話是一位大人物說的，這話也適宜於香港。高樓林立，人欲縱橫，彬彬有禮，唯利是圖，人與人之間那層虛僞的面紗揭開了，裸露出了人性的本質。在這裏你能強烈地感覺到「他人即地獄」這句話說得多好，在這裏，你腦子裏會時時浮現出革命烈士殷夫的「我在無數人的心靈中摸索，摸索到的是一顆冰冷的心」這句詩句。在這裏，人與人的關係，即狼與狼的關係，不過這種狼與狼的關係，是在一種嚴密的法規保護下，是在私有財產和個人利益神聖不可侵犯的原則下維繫著的。總之，丹華說，總體印象，就像我們小時候小學課本裏學過的《小馬過河》一樣：河水既不像老牛說的那麼淺，也不像松鼠說的那麼深。

「也許，我真的要去香港定居的，不過決心還沒有最後下定。」丹華說，「當然，我最終的目的地是北京。北京太難回了，我想先到香港，一九九七年，香港回歸大陸時，以一位香港大亨的身分，昂首闊步地走入北京城。」

這話未免說得太大，太縹緲，而且其間也仍然沒有少了那不可避免的苦澀。但是，屋子裏其他的人聽了，還是爲丹華的這句話，熱烈地鼓掌。不管怎麼說，在這個人物身上，還殘留著他們這個知青部落的最後一點浪漫精神和理想激情。

「那麼，到時候，我專門叫一輛出租，到北京機場，迎接妳這個紅色資本家。」姚紅有些帶誇張口吻地說。

「那我怎麼辦呢？」平頭說，「我是不是應當爲妳準備一篇歡迎詞，迎接我的衣錦還鄉的戀人；可是，妳知道，我在老幹局的工作是寫悼詞，到一九九七年，恐怕，我不會寫歡迎辭了，那時，如果我的歡迎辭中出現『永垂不朽』或者『默哀』之類字樣，妳不要罵我！」

平頭的話，把屋子所有的人都逗笑了。丹華也笑了，笑過之後，她說：「其實，悼詞你現在就可以寫，爲了埋葬過去。悼詞之後，再寫歡迎辭，歡迎你的『賢妻良母』光臨，怎麼樣？要不要在致了悼詞之後，再默哀三分鐘？」

面對丹華的一張利嘴，平頭也感到難以應付了。他自我解嘲地說，他所說的賢妻良母，只是隨便說說而已。「今夜月光真美！」平頭指著窗外，突然說。他明智地改變了話題。

月光確實很美。一輪白玉盤般豐滿的圓月，當當地停在膚施城上空。空氣有些污染，因此這月光是霧澄澄的，配著鳳凰山脈那透迤的輪廓，給人一種蒼茫的感覺。粉白的月光，照耀著院子裏那段矮牆，那矮牆外邊靠山的地方有三孔窯洞，那就是毛澤東初入膚施時的第一個居住地。丹華的屋外，是幾棵白楊樹。最初栽的時候，大約是一排，現在只剩下幾棵樹了。白楊有兩把粗，粉白的樹身在月光下閃閃發亮，樹葉在夜風中沙沙作語，月光將一棵樹的樹身，斜斜地投在丹華的窗戶上。

於是他們改變了話題，開始談論起一些另外的事情。他們回憶起了插隊時的生活，不管怎麼說，他們對那段艱苦的生活留下了美好的記憶，它使他們接觸到了生活的最底層，接觸到了苦難，經歷了人類僅僅是爲了基本生存這個並不高貴的目的，而與大自然所進行那偉大甚或充滿悲涼意義的鬥爭，從而明白了馬克思所說的：「人們必須有了衣食住，然後才能談得上社會活動」的道理——如果此生，他們還能有所作爲的話，他們將毫不遲疑地認爲，這得感謝插隊生活的饋贈。他們還談論起一起插隊、現在回到城市的一些同學之情況，誰在賣大碗茶啦，誰在擺香菸攤啦，誰進了中南海啦，誰一句外語也不會說，卻去美國某城的領事館當了經濟參贊啦，等等。

丹華又記起了，平頭當年的一件事情。這些年，平頭在她的心目中，始終佔據一定的位置，也與這件事有關。那是「文革」期間，平頭是首都紅代會的常委，學校紅衛兵的頭兒。有次，學校的頭兒們，在三樓的一間教室開會，這時候，一樓著火了。學校的老會計，從三樓，將那個裝滿現金的公文櫃，往樓下搬，結果，公文櫃磕在樓梯上，門兒開了，一大摞子十元的鈔票，被風一吹，灑了滿樓道。見狀，學生們停止了開會，他們去撲滅了火，接著幫助老會計撿回了鈔票。當鈔票全部交到老會計手裏時，老會計數了數，一張不短，只有一張，被火燎了一個角兒。丹華那時候還是個不起眼的黃毛丫頭，她目睹了這一幕，她看見了平頭在火光中，那奮不顧身的影子，從此，她堅定不移地認爲，在那場被稱爲「浩劫」的「文革」中，至少，有一個人是抱著真誠的目的，抱著「天下者，我們的天下，國家者，我們的國家，社會者，我們的社會。我們不說，誰說？我們不幹，誰幹？」的目的去參加的，這個人就是平頭。

話題從這裏，便開始了對毛澤東的評價。這是一九七九年，中國共產黨十一屆三中全會召開後不久的日子，中國二十世紀史的一個經典時間。那一陣子，議論毛澤東，評價毛澤東，成爲一種時興，這個話題出現在家庭的飯桌上，出現在大學生們的週末懇談會上，出現在火車上兩個萍水相逢旅客的交談中。這些北京知青也不例外，何況他們本來就是過來人，是和毛澤東共同呼吸了幾十年，同一地面上的空氣，是在以毛澤東的名字而命名的那個時代成長起來的，接受了毛澤東的恩惠和失誤的那一代人，所以，他們有權利議論、評判和思考，並且大談特談所謂的前毛澤東現象和後毛澤東現象。其時，由於毛澤東的逝世，而造成的空虛感和失重感已經減弱，籠罩在毛澤東頭上那人爲的光圈也已經逐漸淡褪，代之而起的，是經過「實踐是檢驗真理的唯一標準」的全民族大討論，人們在反思過去，總結過去，並且在反思和總結的同時，也在重新審度自己。

知青部落的這些人認爲，毛澤東是一位偉大的歷史人物，不管人們承認不承認，都是無關緊要的，因爲事實上，他的思想和意志，左右和影響了中國漫長歷史達半個多世紀之久，並且還將繼續影響下去，這個時代以他的名字爲名字，他的陽光無所不至，因此，不提到他，你就無法解釋，中國二十世紀所有重要、甚至是細微的歷史現象，這些現象也包括他們的插隊生涯在內。

他們認爲，毛澤東當然是個偉大的馬克思主義者和唯物主義者，但同時，他的身上，又帶有太多的封建色彩，兩千年封建統治的陰影，不能不時有時無地遮蓋住他龐大的身軀，也許他在陝北那個雪天完成的「沁園春・雪」，就透露出了其中的些許資訊。他們認爲，毛澤東有兩個遺憾，一是他脫離土地的時間太短，他的父親是農民，而不是爺爺或者老爺爺是農民，因此他的身上，不可能不沾有濃厚的農民意識，他在思考問題和決策事情時，不能不或多或少地用農民的邏輯行事，尤其是在處理工業問題和經濟問題時，應當在他那些令人眼花撩亂的頭銜和稱謂後面，再加上一個「著名農民」。二是他不幸與中國歷史上那位天才的權術家曾國藩爲鄰，這個權術家一定教會了他許多的東西。最後，他們說，毛澤東之後，在中國，甚至在世界上，這種號令一切，具有無限權威，被人們奉若神明的領袖人物，從此消失了，而且永遠不會再出現了，領袖時代將讓位於個性時代，正如尼采所說，「上帝死了」。從此以後，人類社會進入了個性高揚的時代，人人都是自己的領袖，人人都是自己的上帝了。

思考到這一層，反過來再想，他們認爲昨日的毛澤東那固定形象是時代造就的，是千百萬人的意志造就的，是複雜的中國式的社會環境造成的，是階級和階級之間殊死決戰必然的結果。歷史進程制約了毛澤東，他不可能超越進程，當神的牌位和活著的帝王，在中國的土地上某一刻轟然倒地的時候，兩千年依賴所形成的這種慣性，現在無所著落，人們迫切地需要一個崇拜物，這樣晚上睡覺才能踏實，這樣隊伍向前進攻時才有旗幟，這樣才不致使偌大中國變成一盤散沙，他們將目光對準了毛澤東，強使或者祈使毛澤東就範，而毛澤東也就順理成章地、自覺或不自覺地、情願或不情願地，充當了這個角色。所以，他們認爲，毛澤東彪炳千秋的功績，和他令人痛惜的失誤，在自己承受光榮和承擔責任以外，社會恐怕也應當承受和承擔其中的大部分。

不管怎麼說，對於毛澤東，他們崇敬和熱愛他，尤其是在膚施城，在他的舊居旁談論他時，那評價除了理性的思考以外，自然也帶有感情的成分。當然，怎麼說呢？他們目前這尷尬的處境，正是毛澤東的巨手一揮造成的。一想到這裏，他們就覺得自己高高在上的學究式評價，是不是有點太可笑了，他們不能原諒他，至少因爲插隊這件事。

那時候，家庭之間，同事之間，同學之間，朋友之間，經常進行這樣自發的討論，討論的重點是毛澤東。他們每個人都把自己的出色思考，百慮之一得，慷慨地奉獻出來，貢獻給依然還要前行的社會、毛澤東之後的社會。當然，在思考的同時，他們自己往往是最大的受益者，他們通過思考，清理自己的思想，以便迎接正姍姍而來的歷史新時期。

夜已經相當深了，月亮已經西斜，停在了鳳凰山的山巔。討論暫告一段落，以後再進行吧，現在，他們得分開了。坐在床邊的那一對夫婦，最先告別，那男的，脫下自己的外衣，給孩子包上，把孩子抱在懷裏，他們踏著月光離去了。接著，姚紅站了起來，這次，她沒有推辭，而是大大方方地把手臂塞進山羊鬍子的肘窩裏，半倚著他，離去了。「晚上住到我那裏去！」她對山羊鬍子說。

「那麼，我怎麼辦呢？舉目無親！」平頭最後一個站起來，他瞅了瞅狹窄的單人床，問丹華。平頭的住處還在遙遠的鄉間。

「你嘛？是本城的紅人，哪裏沒有歇腳的地方？你隨便找個地方，委屈一夜吧！」丹華笑著說，一邊說一邊推推搡搡，將他推出了門。

「妳什麼時候去香港？走時，一定要給我打一個招呼！」平頭回過頭，認真地說。

「走不走，還說不定呢！即便走，還要先辦一件重要的事情！」丹華說。

平頭不知道這重要的事情是什麼，也許是同他的關係吧？他想。他不想走。但是又不能不走，最後，還是悻悻地離開了屋門。

平頭灰塌塌地向遠處走去，他今晚將歇息在哪裏，不得而知。看著平頭那苦行僧一樣的背影，丹華有些可憐和心疼他，她想喊住他，可是，還是克制住了自己。等到平頭的背影，被街上的建築物擋住了，丹華才回到屋裏。

屋子變得冷清了，再加上地上的瓜子殼和糖紙，更增加一種寂寞的味道。地上有一個由糖紙疊成，穿連衣裙的小姑娘，很雅緻，丹華彎腰撿起它，端詳了一陣，就又輕輕地扔掉了。隨後，她伸開長腿，開始把那些小凳，一隻一隻往床底下踢。

第十八章　永遠埋在黃土地下的藝術靈魂

丹華所說的「重要的事情」，不是平頭所認爲的，和他的關係問題，而是另外的一件。丹華和平頭的關係，這些年來，就這樣不冷不熱地過來了，洞察世情的人都知道，這對他們，尤其是平頭來說，不是一個好兆頭。雙方都對對方熟悉到了不能再熟悉的程度，在看見對方優點時也看到了弱點，而戀愛是浪漫的，它需要的是假想中的白馬王子和公主，即便知道這只是一種自我欺騙，但是仍然需要這種欺騙。從這一點來說，斷定他們已經到了快要分手的時候了。

平頭那天晚上的話刺傷了丹華的心。其實，長期以來，他們一直能像兩座彼此守望的星座那樣，既借對方確定自己的位置，又從那裏得到熱量，但是又沒有彼此靠近，這正是這種特殊的知青生活的產物。但是現在這一切該結束了。丹華突然看見了自己的對應物在發生位移，於是心境立即被攪亂了，她立即感到自己也找不著自己了。誠實地說來，她沒有走的準備，除了她所從事的文學事業需要她從腳下這塊土地汲取營養外，還有一個重要的原因，她的一位不太遙遠的祖先，曾經在陝北高原生活過。她倒是準備老老實實做一個「紮根派」的，但是現在，隨著平頭的離開，她明白，她也該走了。

丹華所說的一件重要的事情，是一幅剪紙，或者準確地說，是這幅剪紙作品的作者——她還沒有尋找到她。

有一年過年的時候，她從單位一位同志的窗戶玻璃上，看見了一幅剪紙。貼窗花是陝北過年時的一種習俗，這沒有什麼異樣之處，異樣的是這幅剪紙中的人物，一位婦女，她那奇怪的造形，觸發了丹華心中許多的想法。也許是受到了一種隱秘的啓示，她徵得主人同意，趁早晨窗戶玻璃上有水汽的時候，將這幅剪紙，剝了下來，並且在探家期間，將它帶到了北京。

剪紙是用一片普通的紅紙鉸成的，整個畫面只有一個婦女，婦女拿著鐮刀。婦女半彎著腰，稍稍地側著身子，露出她這半面呆板的面孔，而令人奇怪的是，她的另半面面孔，一隻細長的眼睛，一隻耳朵，也出現在畫面上，只是較之正面的這個，顯得窄小一些。她大約穿著一件大襟的衣服，因爲肘窩裏，有布紐扣的痕跡，但是，怎麼說呢？作者卻將她的大襟襖裏邊，肚皮裏邊，懷著的那個嬰兒，準確而清晰地表現了出來。如果粗粗一看，這個嬰兒，彷彿是鑲綴在大襟襖上的一件飾物，但是只要細細觀看，你就會明白，作者確實是把剪刀鉸進她那主人公的肚子裏去了。

丹華給這幅剪紙，取名叫「孕婦」。儘管在上小學美術課時，她就明白了「透視關係」這個概念，知道了這幅奇異的剪紙，既不符合生活的常識，也不符合繪畫學的透視關係，但是，在觀賞它的那一刻帶來的震動、震顫，那種奇異的感覺，以及它冷靜地、解剖刀式地，揭示事實本質的那種手法，仍然使丹華明白，這是一件非同尋常的東西，一隻藝術的怪胎。

丹華的母親已經死了，如果她不死，這個美術館勤勉的女資料員，也許會給女兒有益的指示，並引導她走出這個藝術的迷津。但是母親已經死了，死在「文革」中了，於是，丹華帶著剪紙，去找母親的一個同事、美術館一位退休了的老研究員。

丹華記得，那是一個昏暗的、低矮的屋子，退休了的老研究員，正守著他滿滿一牆壁的書籍，抱著茶壺，在家裏閑坐。他感謝有人來打攪他，並且向他請教問題，何況這是他已故同事的女兒。他的這間充滿了腐朽書籍味和老鼠味的地方，已經好久沒有年輕人光顧了。

老研究員看見了那幅剪紙，當他用手舉著放大鏡，在剪紙面前流覽時，他的驚異程度，不亞於當初丹華看見這幅剪紙時的情形。但是他立即就掩飾住了自己的表情，他沒有忘記自己是學問家和鑒賞家，他是見過世面的，他不該在一幅來歷不明、粗糙的藝術品面前失態。他在流覽的途中，問這剪紙是哪裏來的，它的作者是誰，當他聽丹華說起，這剪紙是一個陝北偏僻農村的小女孩剪的時，他這下真正地吃驚了。

老研究員對丹華說：「妳知道畢卡索嗎？這個二十世紀風格的偉大開拓者，二十世紀藝術的開端。如果，這件作品是一位接觸過畢卡索風格的新潮藝術家創作的，那它將一錢不值，它頂多不過是新潮藝術家們拙劣的模仿，是標新立異的產物。然而——」為了加重語氣，老研究員拖長了一下音節，接著停頓了一下，「然而，如果，它是一個從來沒有接觸過畢卡索藝術的人創造的，正如妳所說，是一個居住在偏遠山鄉、足不出戶、大字不識一個的農家小姑娘創作的，那麼，它就代表一切，這幅剪紙就是一件稀世珍品，一件足以使我們爲之震驚的奇蹟。它告訴了我們什麼呢？它告訴我們，美學思維在由三維空間向四維空間艱難突破的時候，在中國有一個人，她的藝術思維在某一刻與畢卡索的藝術思維同步前進——這是畢卡索的過渡期作品「阿維農的少女」，請妳將它與這幅陝北民間剪紙作一對照。或者是不是可以這樣說，當時間的進程走到二十世紀的時候，人類在表現的領域，不止畢卡索一人，接受了那隱秘的啓示，勇敢地完成了一次藝術風格的革命，在東方，在中國的一個半封閉的空間，同樣有人走到了這一步。這個人如果不是畢卡索式的天才，那麼，她就一定是生活在一個，足以煥發她藝術靈感的大文化氛圍中，或者，她的表現手法，承襲了古老的、鮮爲人知的一種傳統，總之，三者必居其一。當然，對於畢卡索這樣天分很高的人來說，他那藝術風格的確立，同樣經歷了幾個時期，按照通常的說法，他是在紅色時期，接觸到非洲的木雕藝術，才完成他向四維空間的過渡的；那麼，是不是，他在接觸非洲木雕的同時，也受到東方文化，或者直截了當地說，受到陝北民間剪紙的啓示呢？」

丹華拿著老研究員遞給她的那本畢卡索畫冊，饒有興致地翻著。當老研究員的話音落了以後，她將書合上，然後表示，她不太理解老研究員說的話，因爲太深奧，太學者化。

「這主要是因爲妳不瞭解什麼是二十世紀風格。」老研究員說，「妳知道梵古、知道莫內、知道高更、知道塞尙這些十九世紀的印象派繪畫大師嗎？他們在三維空間領域裏，將繪畫藝術表現到了極限。他們爲後人、也爲自己築起了不可逾越的藝術巔峰，而他們則站在峰巔之上，從歷史的遠處看著後世，看自他們之後，藝術將怎樣地發展，他們同時聽到了人們由於攝影藝術的出現而驚呼『想像的死亡』。這時候，二十世紀時代到來了，時間的概念、空間的概念、秩序、形狀、規律，等等，突然在一個早晨被打破，它是被畢卡索透視圖式的『四維空間』概念打破的，畢卡索用幾根冰冷的線條、幾個或圓或方的符號，賦予冷靜的誇張和變形，從而冰釋了印象派畫家那美麗的狂熱，代之而起的是建築藝術的革命、雕塑藝術的革命，文學——以反印象主義爲旗幟、現代派藝術的超現實主義的到來。普魯斯特的《追憶逝水流年》、艾略特的《荒原》、喬伊絲的《尤利西斯》，等等，這些在畢卡索立體主義藝術之前出現的作品，幫助畢卡索走向和確立『四維空間』這個概念，而在畢卡索之後出現的作品，則在他業已確立的這種思維中受益。當然，給畢卡索以直接影響的，淵源還在那些前輩繪畫大師，例如塞尙，爲了進入更自由的創作狀態，爲了更直接和更深刻地揭示描寫物的內在生命，塞尙在此之前，已經做了精疲力竭的掙扎和努力，正如學者們所說，這個革命已經暗示在塞尙所畫的一個盛草盆裏。當然，決定意義的影響卻在於一位物理學家，一位叫愛因斯坦的稀世天才，正是他廣義相對論的提出，幫助和護持著四維空間這個概念最後確立。綜上所述，我們應當說什麼呢？我們只能說，從遠古而來的人類思維活動走到了這一地步，各類學科深層次的探究，同步進入了這個領域，它只是從畢卡索這個符號身上表現出來而已。

「哦，丹華，妳該有些明白了吧？如果還不明白，我這裏恰好有一冊名叫《第歐根尼》的國際交流雜誌，雜誌裏有一段話，我把它翻譯出來，妳聽——

「雖然產生了強烈的反作用，但實際上不能夠忘記，一九〇〇年的建築藝術和雕塑藝術，即所謂的二十世紀風格，徹底搞亂了人們賴以思考，人類在空間中對結構的觀念，它以空前的、無與倫比的強度表達了『追求理想事物的願望』，這種願望在此之前雖然竭力迴避，但至少已進入了文明的世界。正如薩爾瓦多．達利在一九三〇年，首次用熱情的語言所表述的，『任何的集體努力，過去都沒有能創造出一個，像這些現代風格建築一樣純淨和使人動情的夢想世界，現代風格建築超越的建築學，以其獨特的方式，成爲上述固著化的願望地真正體現，而追求最強烈、最冷酷無情的自動性的願望，痛苦地表達了對現實的憎恨，以及逃避進理想世界的需要，如同兒童精神病的狀況一樣。』」

老研究員搖頭晃腦地唸完了這一段話，然後好像不願意從這種藝術氛圍裏走出來一樣，沉默了很久，才合上書本。他問丹華：「明白了沒有？」見丹華還是茫然不知所云，於是輕輕歎了口氣。

丹華覺得自己明白了，又好像覺得還不明白，不過，她至少識得了兩點。第一，藝術的縱深程度，遠遠地超過了她最初的想像，她發覺自己時至今日，不過是在一個浩瀚且奧秘無窮的大海邊緣兜兜圈子而已，她為老研究員為她展示的大海，那瑰麗的狂濤、恣肆的狀態而震驚和膽怯。第二，她現在才明白了，這幅剪紙所帶給她驚異的原因，呼吸著二十世紀空氣的人類，哲學的發展，物理學和數學的發展，醫學、透視學、解剖學的發展，各類藝術門類的發展，使他們對立體主義這個概念，已經有了支離破碎的認識，所以，當這幅以「四維空間」形式出現的作品展現在她面前時，不能不引起她的震顫和省悟，不能不令她因為一件事物，因被冷靜地穿透從而引起快感，何況她自己也認為，她是一個聰慧過人的姑娘呢！

「妳應該趕快去找她，明白嗎，姑娘！研究這位稀世天才，研究上蒼將這世紀性突破角色，放在她身上的緣由所在，研究產生出這種思維方式的那一塊大文化氛圍，也許，陝北，那一塊在二十世紀，曾為人們的政治生活帶來巨大影響的土地，會在今天，在文化領域裏，在文學領域裏，在藝術領域裏，給我們民族以新的奉獻。說一句斗膽的話吧，也許我們這個民族的發生之謎、生存之謎、存在之謎，以及它將來的發展之謎，就隱藏在這陝北高原的層層皺褶中，這軒轅部落的本土中。」

老研究員侃侃而談。從他的神態可以看出，也許他想立即就離開這間等待死亡的陋室，前往陝北的荒山野嶺，去做一番研究和探秘。但是，他的身體不允許他進行那旅途的顛簸了，因此，他在一邊感慨著「我說過，我們這個民族是個偉大的民族」的同時，一邊以鼓勵的目光，看著眼前那目瞪口呆的姑娘，希望她去完成它，希望她抓住這個機會。

「那麼說，我應當走了嗎，金老？應當趕快去尋她！」

「是的，把這當做一件重要的事情去辦，去尋她，越快越好！妳知道，生活中什麼事情都會發生的，越是天才，他們的生命力就越脆弱，而神秘的世界，當它偶爾地顯露一下自己的靈性之後，也許立即就收斂了，後悔了，重新用平庸的一面，將世人阻隔在外面。」

「我明白了。我這就走！」

當丹華向這位老研究員告別，向這間散發著腐朽書籍味和老鼠味房間告別時，老研究員叫住了她。老研究員有些害羞，木訥其詞，像個小孩子一樣，他提出了一項請求，想用自己牆壁上的滿架書，來換取丹華手中那幅取名《孕婦》的剪紙。那些書籍是他用畢生的時間收集起來的。

「書我不能要，那是你的寶貝，至於《孕婦》，我留給您，做個紀念吧，金老。您也許是這個世界上，唯一懂得它的，因此您最有權利擁有它。感謝您今天爲我上了一課，在這個時期，能像您這樣透徹而深刻地講這些道理的人是不多的。」

「能像妳這樣窮追不捨的人也是不多的，姑娘！對妳來說，象牙之塔並不高！維克多．雨果說過：文學的第一排總是虛位以待的！」老研究員也用同樣的禮儀回報丹華的話。

丹華將剪紙留下來，她走出了屋子。老研究員沒有來送她，他又拿起放大鏡，觀賞起剪紙來了，不久以後，這幅《孕婦》將鑲進一個考究的框子，掛在他的陋室裏。

丹華不久就回到了陝北。本來，她是準備一回來，就直奔小姑娘的家，那個叫做吳兒堡後莊的地方的，但是讀者知道，既然她在單位工作，那單位就有很多的事情，而任何一件細小的事情，哪怕是週六的打掃衛生，也比去尋找一個剪紙的小姑娘重要。那小姑娘算什麼呢，那老研究員所說的玄而又玄的道理，也許只有丹華信它，如果你講給丹華單位的領導聽，他一定認爲這是天方夜譚。所以丹華遲遲沒有脫身，遲遲沒有成行，遲遲沒有見到那個神秘的農家小姑娘，而後來，丹華去了一次香港，就把這件事，徹底地耽擱了。

現在，丹華決定，一定要去尋找那個農家小姑娘了。去不去香港，那是另外的事，去的話，她一定得先找到這位農家小姑娘，不去的話，老研究員的託付，她也不能再耽擱了；那老研究員正眼巴巴地等她的回信。於是在臨近仲夏的一個日子，丹華簡單地收拾了一下，揹了個黃挎包，登上了長途班車。

班車順著延河河谷前行，走了半晌的路程，便盤上了山峁。放眼望去，滿山遍野，已經是一片蔥綠，一個一個的黃土包，經過這麼些年的改造，已經變成一級一級的梯田，田禾地裏，不時閃出一撥蒙著羊肚子手巾的後生身影。攔羊娃拄著攔羊鏟，站在山峁上，扯著嗓子唱歌。一會兒，班車又駛進了溝岔裏，大的叫川，小的叫溝，其實都是山水沖成的溝渠而已，於是視野便被眼前壁立的黃色山巒擋住了，只有路旁一棵接一棵的白楊樹，從丹華的眼前一掠而過。丹華想起茅盾先生的那篇〈白楊禮贊〉，許多年前，大約是一九三八年吧，茅盾先生正是坐在汽車上，在陝北高原旅行，被這挺拔筆直的樹木所吸引，寫出那個散文名篇的。

有一條道路直通吳兒堡，三天的路程，我們知道，當年的楊作新，曾經多次拖著雙腳走過它。但是丹華這次沒有走這條直路，她要繞道交口河，順便到自己十年前插隊的村子看一看。小說家們往往給這種回訪，賦以無盡的詩意，做爲丹華來說，她經歷過許多事情，當然不會抱著那種詩意的想法，但是，不管怎麼說，她對那孔知青窯，那面可以並躺下七、八個女知青的農家大炕，那些熱情的乾大乾媽，那個幾乎吞噬了她全部青春和夢想的小山村，還是十分懷戀的。

現代交通工具縮短了空間的距離，三、四點鐘光景，班車已經到了交口河。丹華喊叫了一聲，她那清脆的北京口音，引起了車上乘客的注意。班車隨著喊聲輕輕剎住，丹華挎起黃挎包，走下了汽車。班車開走了，其實，這段簡易公路也快到頭了，再往前走二里，是一家工廠，這條簡易公路就是為這家工廠修的。班車到了那裏，稍事停頓，就順著原路返回膚施城了，一天一個往返。

隨丹華一起下車的還有幾個農民，他們立即像落入黃土地上的水滴一樣，被大地吸收，剎那間就不見了，交口河旁，只剩下丹華孤零零的一個人了。兩邊都是高山，中間一條小河，較之當年黑白氏在這裏洗濯那時代，如今這小河已經不太清澈了，那是因為工廠在上游污染的緣故。而左首，也就是西北方向那大山的山腰間，掛著一條細長的彎彎曲曲小路，小路是白顏色的，一會兒，丹華就將沿著這條小路，翻過山去，到達她插隊的地方，然後從那裏，再走一段山路，到達吳兒堡，再到後莊。而此刻，丹華不想走了，她看到了路旁的一個行人小店，那窯洞外面牆壁上「陝北小吃」幾個字吸引了她。她感到自己有些餓了。

這是一孔面西背東的石砌窯洞，它大約同這條曾經是古驛道的道路一樣古老。用不規則的碎石片鑲嵌在一起的窯洞，已經由於日曬雨淋，表皮變成了黑褐色，雨水也沖刷掉了石頭上面覆蓋的一層泥巴，露出石片尖利的銳邊和石片之間深深的縫隙。窯洞外邊栽著幾個不知做什麼用途的木樁，丹華揣摩了半天，也沒想透。可是我們知道，這是拴馬樁，我們曾經見過它。這個小小的行人小店，正是當年楊作新與黑白氏住過的地方，記得當時在他們之間，好像還發生了一點什麼事情，就在那面大炕上。木樁旁邊，有一棵沙棗樹，這沙棗樹是西口地面或者北草地那裏的產物，那麼，它是在什麼年代，由什麼人帶到這裏，從而在這裏生長，並且是「且把并州當故鄉」的。是一個戍邊的士兵，歇腳在這行人小店時，突然覺得靴子硌腳，於是拔下靴子，倒出一枚沙棗核來，還是過往的腳客，他們的馬，或者騾子，或者毛驢，拴在拴馬樁上時，就地十八滾，從鬢毛上抖落的？這些，你去問歲月吧！

這種小吃店永恆的飯食是「蕎麵餄餎羊腥湯」，它時下的價格是五角錢一碗。丹華走進了窯洞，她打量了一下，看見靠窯掌的地方，一張方桌前，坐著一個男人。（當年的那面大炕已經拆除。）丹華進來的時候，那男人瞅了一眼她，不知爲什麼，這一眼瞅得她很不舒服，於是她就在靠著窯門口的地方，挑一張桌子坐了，然後吆喝著店家端飯。

其實小店經營的不是「蕎麵餄餎羊腥湯」，當熱騰騰的一老碗，澆著羊肉臊子的餄餎端上桌時，丹華才明白了這一點。

這餄餎和蕎麵餄餎一樣，同樣是黑黑的，細細的，但是味道不一樣。那年月，蕎麥這種低稈低產的作物，已經種得很少了，代之而起的是一種高稈高產的農作物，也就是人們通常說的「紅高粱」。陝北高原大種高粱的事情，還得從前幾年說起。一九七三年，周總理重踏陝北，看到陝北老鄉的生活還很苦，要飯吃的很多，於是流下了眼淚，臨行前，周總理提出，陝北地區能不能三年變面貌，五年糧食翻一番。當時，當地有關領導立下了軍令狀。陝北地區地力瘠薄，自然環境惡劣，五年糧食翻一番談何容易，於是，決策部門便將尋找高產作物、調整品種佈局列爲途徑，這樣，高粱登場了。一時節，陝北高原，山山峁峁，紅彤彤的一片。五年之後，糧食並沒有翻一番，而家家戶戶，便吃上了高粱麵了。陝北人忘不了餄餎，於是工廠便生產出了一種機器，高粱麵和濕以後，送進機器，高溫高壓加工，壓出餄餎絲來。當地老鄉，不叫它高粱麵餄餎，而視它的堅硬程度，叫它「鋼絲餄餎」。

「鋼絲餄餎」就「鋼絲餄餎」吧，偶爾吃一次，還挺香的；這香的原因當然是羊腥湯的緣故。陝北老鄉的羊肉好，手藝也好。店家把飯端上來後，立即有幾隻蒼蠅，嗡嗡地飛來，和丹華搶食吃，蒼蠅只是盤旋，並不俯衝下來，因爲這一老碗飯正熱氣騰騰，丹華舉起筷子，象徵性地揮了揮，算是驅趕蒼蠅，然後把口耽在碗邊，細嚼慢嚥起來。這時候，她聽到窯外，傳來一個小姑娘的歌聲。

一位小姑娘從遠處的山路上，踏歌而來。歌聲越來越近，當丹華抬起眼睛朝門口看時，那女孩已經走到門口，一隻腳邁進了門檻。

歌聲停了，女孩站在了丹華的飯桌前，一動不動，開始瞅丹華吃飯。

丹華也瞅了那女孩一眼。這是一位普通的農家小姑娘，她年齡大約在七、八歲到十一、二歲之間（丹華缺少這種判斷的經驗），她的膚色是赤褐色的，眼睛很大，嘴唇稍有些厚，尖下巴，面孔可以說得上秀氣，她的頭髮梳成兩根小辮，小辮梢上用紅羊毛線紮著，頭髮有些凌亂，奇怪地沾滿了麥魚兒，耳朵眼裏也塞了幾片麥魚兒的細末。她的上身穿一件紅裏肚，裏肚的正中，也就是肚臍窩裏，有個兜兜，下身一件分辨不出顏色的褲子，打著赤腳。

丹華沒有和生人搭話的習慣，於是，她繼續吃她的飯。而那女孩，仍舊站在桌邊，看著丹華吃飯，並且臉上開始露出了笑容，嘴唇笑成了一朵喇叭花。「女孩爲什麼會笑？」——又回到我們曾經探究過的那個題目上來了。

丹華在女孩的注視下吃飯，本來就有些不自然，現在看見了女孩的笑容，於是再也沉不住氣了。「妳是誰家的小孩？妳爲什麼瞅著我笑？妳怎麼不到外邊玩去？妳找我有什麼事情嗎？」丹華停住了筷子，一口氣連用了四個問號，等待女孩回答。

女孩並沒有回答丹華的問題，她仍舊站在那裏，瞅著丹華笑。

「妳爲什麼不回答我的話，妳是——」「啞巴」這兩個字眼剛剛出現在丹華嘴邊，她就覺得這樣問人家是不禮貌的，於是住了口，只用筷子，指了指自己的嘴巴。

這時候，坐在窯掌的那個男人突然說話了，他用帶著濃重陝北腔的普通話說：「妳難道不明白嗎？她是討吃的，她在等待著妳的殘茶剩飯。討吃的就是乞丐。」

丹華回過頭，瞅了那說話的男人一眼。在匆匆的一瞥中，她看見一雙眼白過多的眼睛，和一身好久沒有洗過的工作服。她匆匆地回過頭來，沒有去接那男人的話。

現在，她明白這女孩是幹什麼的了。

「哦，快樂的小女孩，既然妳想吃，妳就吃我這一碗吧，恰好，我也沒有胃口了。」丹華說。說話的途中，將還剩下大半碗的餄餎推了過去。可是，正當小女孩伸手要接的時候，丹華又將碗拽了過來，「我有肝炎，吃了，妳會生病的。這樣吧，服務員，你再給我端一碗來。」

做飯的老頭，平日聽慣了顧客叫他「掌櫃的」、「店家」、「店小二」，要麼就是不帶任何稱呼的「哎——」，這叫「服務員」的時候大約是不多的，他對這個稱呼感到很新鮮，因此，手腳也格外麻利起來，一會兒，一老碗熱氣騰騰的、谷堆山滿的高粱麵餄餎羊腥湯，就從窯外端進來了。他將老碗端在了丹華跟前，丹華將碗就勢推給了小女孩，然後給「服務員」付了錢。

窯掌的那位男顧客，已經吃完飯了，但是他並沒有要走的意思。他呆呆地坐在那裏，瞅著丹華的後背出神。丹華的後背能感覺到這一點，而且，她的鼻子，也嗅到了從後窯掌傳來的一股老鼠的味道。

現在，丹華該走了吧，前面還有好遠一段路程，才能到她插隊的那個村子，可是，丹華想再停一停，那個快樂的小女孩引起了她的興趣。

那個小女孩現在開始猛烈地吃起來。她那喇叭花一樣的嘴唇，現在已經顧不得笑了，兩片嘴唇分別搭在老碗的內沿和外沿，筷子在手中熟稔地使用，或是挑，或是刨，暗褐色的餄餎，正一撮一撮地往嘴裏塞著。餄餎塞到嘴後，不經過牙齒這個程序，而是直接被吸進喉嚨，滑進胃裏。女孩的胃裏，好像有個虹吸裝置似的，只見碗中餄餎，「呼嚕呼嚕」，一個勁地往她嘴裏去；眼見得碗裏的餄餎越來越少。間或，在虹吸的途中，她用筷子，飛快地夾起漂浮在湯上邊的一截紅蔥，一片香菜，或者一塊羊肉，塡進嘴裏。或者停止虹吸，端起碗來，大口大口地喝一陣湯。

隨著碗裏飯食的減少，女孩現在將她小小的頭，埋進了碗裏，然後用左手扳著碗沿，讓這只大老碗傾斜起來。丹華在旁邊，看不見她的頭了，只看見那隻拿著筷子的手，露出碗沿，在飛快地刨動著。

丹華有些害怕。她說：「小孩，妳不能這樣，這樣會吃出病的！」

「不要緊！」女孩停下來，轉過臉衝著丹華一笑，然後用手背抹了一把頭上的汗珠，繼續埋頭吃起來。

「告訴我，妳家裏還有什麼人嗎？爲什麼一個人跑出來討飯？昨天晚上，妳是住在哪裏的？」丹華問。

小女孩儘管仍然貪戀碗裏的吃食，但是她覺得，吃了別人的東西，她有責任回答人家的話。於是，她勉強地使自己的嘴唇離開碗沿，然後說：「家裏遭了災，大人們和我一樣，都走南路來了，分開走，這樣容易塡飽肚子。大人們還要走得遠，見有這麼個小吃店，就把我撂到這裏了。昨個晚上嘛，」說到這裏，她瞅了瞅門外的那座山岡，用筷子一指，「是住在麥秸窯裏的！」

丹華順著女孩的目光，向山上瞅了瞅，看見半山腰上，以至山頂，果然有一個一個的麥秸垛。這些陳年的麥秸垛，是人們就地起場，打完場後，留在那裏的。剛才，女孩下山時走的那條山路，彎彎曲曲，正好經過這些麥秸垛。看來，女孩已經在這裏住了一些時日了，打一個殘忍的比喻，她彷彿窯洞裏現在嗡嗡亂飛的蒼蠅一樣，也是瞅下了這個行人小店，依附著它而生存的。

「那麼，妳的家在哪裏呢？不是麥秸窯，而是妳下南路之前的那個家，受災的那個家，妳出生的那個家？」不知爲什麼，丹華突然產生了一種預感，她想到此行的目的，心中震顫了一下，於是這樣問道。

小女孩張口要說，可是，話到嘴邊，她又嚥了下來。她警覺了起來：「妳是公家人，我知道的，妳是遣返隊，妳打問出我家的住處，要把我遣返回去的！」

「我沒有這個意思。」丹華說。看來，這個小女孩大約有被遣返過的經歷，她還保持著過去的經驗，當然，也許是大人教她的，要她不要說出家庭住址，這樣，遣返隊就奈何不得了。「我確實是公家人，」丹華繼續說，「但不是遣返隊的，我爲什麼要遣返妳呢？」

丹華還要繼續追問，但這時，一件事情發生了。那女孩吃完自己碗裏的餄餎之後，又將丹華剩下的大半碗餄餎，拖過去，開始吃起來。

「妳不能再吃了，小孩！」丹華著急地說，「妳會撐死的！」

丹華伸手去搶那只老碗，但是，女孩用兩隻手，緊緊地攥著碗沿，攥得真死，丹華用手掰了幾掰，也沒能掰動。

「我餓，我真餓，我好久沒有這樣吃一頓了！」女孩喃喃地說。她把頭深深地埋進碗裏，又猛烈地吃起來。

丹華看見女孩的紅裹肚，已經像鼓一樣鼓起來了，並且還在鼓著，她很害怕。「妳會撐死的！」她無可奈何地說。

「『寧做撐死鬼，不做餓死鬼』，這是我奶奶說的。做了撐死鬼，下世，就再也不會餓肚子了！」女孩說。

女孩終於吃完了那半碗餄餎。她在吃最後幾口時，有些艱難，大約餄餎已經堆在了喉嚨眼上。

她現在站了起來，兩手扒著桌子，屁股離開了板凳。她衝丹華笑了笑，算是感激，然後用兩隻小手，捧著鼓鼓的肚皮，搖搖晃晃地開始起步。「我想睡一覺去！」她說。她在邁過門檻時，身子打了個趔趄，差點栽倒，驚得丹華「呀」了一聲，但她只是搖晃了一下，又站穩了，繼續行走。

後來，丹華看著她，消失在了那條山路上。

天氣真熱，丹華感到自己的身上，也有些熱汗淋淋了，於是她脫去了外邊的牛仔上衣。裏邊穿了件半舊的白底紅格襯衣，她鬆鬆褲帶的扣子，將襯衣在褲子裏紮好，然後重新繫緊。她後悔這次出門，衣服穿得厚了，原先考慮到山裏冷，看來，氣候是越來越熱了，記得她插隊那陣，這個時節，隊裏的攔羊老漢，還穿著光板子皮襖。她將外衣搭在臂腕上，將黃挎包的揹帶拎在手裏，向後一甩，出了窯門。

出窯門時，她感覺到，窯掌的那個男顧客，正盯著她看——等待她回頭，禮節性地望他一眼。他已經準備好了迎接她的目光。

丹華沒有回頭，她逕自走了。從那身骯髒的工作服，她斷定這是交口河附近那家工廠的工人，不過他又不像是工人，丹華記起他會說「殘茶剩飯」這個成語。

「他好像沒有睡醒的樣子，或者說，精神上受到什麼刺激，癡呆呆的；他坐在那裏，呆呆的樣子，好像在瞅你，又好像沒有瞅你，而只是把眼光放在這個點而已，然而他的思想，此刻好像在思索著什麼深奧的問題，或者是處在自己混沌的想像中。」丹華這樣想。看來她眼睛的餘光，剛才已經把這個人掃描過了。女人真厲害。這個男顧客的神態，令她想起電影「戰爭與和平」中那個叫彼埃爾的人，不過，她接著又想：「他怎麼能和彼埃爾拉扯上呢？彼埃爾總是穿著一身筆挺的西裝，而他……」丹華沒有回頭，她逕自地走了。

這個人正是楊岸鄉，我們熟悉的老朋友楊作新的兒子，吳兒堡家族這一代的傳人。他怎麼會到這裏？他這些年的經歷又是怎樣的呢？容我們以後，再從容敍說吧。現在，讓我們繼續跟蹤一段這頭髮剪成「門」字形的北京姑娘的腳步。

丹華離了這交口河行人小店，啓程上路，一會兒，便順著山路，上到了半山腰。這時，她突然聽到前面傳來一陣尖叫聲，吃了一驚，定睛看時，只見在一個麥秸垛的旁邊，剛才那個小姑娘，蜷做一團，正在地上打滾。丹華說聲「不好」，趕快離了道路，向麥秸垛跑去。

麥秸垛貼近地面的地方，被小女孩用手撕開了一個洞穴，這大約就是她說的「麥秸窯」吧。撕下來的麥秸，攤在洞外邊的地上。眼下，她正躺在這麥秸上，雙手捂著肚子，打著滾，或者說翻著跟頭。她紅裏肚的一根襟帶掉了，露出了鼓鼓的、光光的肚皮。

丹華走過去，從地上抱起女孩。也許女孩正疼痛得難受，所以抱她不住；她又踢又咬又喊，繼而，像一條魚兒一樣，從丹華手裏掙脫了。丹華力大，又一次俯下身子，抱住女孩，這次，沒容她掙扎，她就把她緊緊地按在懷裏了。

女孩臉色發青，嘴角抽搐著，流著涎水，她的額角上，汗珠一層一層地往外冒。

丹華不知道怎麼辦才好。她想，如果將手指塞進小女孩的嘴裏，觸動她的喉嚨眼，誘使她噁心，嘔吐，將剛才的食物吐掉，說不定女孩能夠得救。於是，她騰出右手，伸出食指，從女孩的牙縫裏塞了進去。

沒想到女孩緊緊地咬住了丹華的手指。她的手指別說動彈，就是想重新抽出來，也辦不到了。女孩狠勁地咬著，咬著，她的牙齒好鋒利，丹華的手指被咬破了，汩汩的鮮血，從女孩的嘴角流出來。

丹華揚起頭，朝附近看了看，附近一戶人家也沒有，別說醫生了，離得最近的，恐怕還是要數自己剛剛吃飯的那個行人小店。

丹華朝小店望去，只見窯門口，剛才那個吃飯的男顧客，正站在那裏，朝她張望。

「喂——人——那個男人——你上來，你趕快上來！」丹華朝那男顧客喊道。那男顧客聽到喊聲，朝這邊望了望，當明白丹華是在喊他時，思考了一下，便順著那條小路，慢慢地上來了。

小女孩的牙齒，漸漸變得鬆動，最後完全沒有力量了。丹華趁機抽出了手指。這時，她發現，她懷中女孩的身體，已經不像剛才那樣痙攣般地扭動，她的嘴角也不再抽搐，臉上的顏色已經由鐵青恢復成柔和的褐黃，剛才那種極度痛苦的表情也沒有了，代之而起的，是丹華所熟悉的那種笑容，而她那帶血的嘴唇，重新變成了一朵喇叭花。

「我是撐死的，阿姨！妳作證，我是撐死的！」小女孩睜著暗淡無光的眼睛，這樣對丹華說。說完，眼睛閉上了。

「是的，是撐死的，小妹妹；或者說，是被阿姨的一老碗餄餎害死的。」丹華回答著小女孩的話，兩滴冰冷的眼淚，掉在小女孩的臉上。突然，丹華像記起什麼似的，她搖晃了兩下，將女孩重新搖醒，「小妹妹，妳還沒有告訴我，你是哪個莊子的；現在說吧，現在不用怕遣返隊了。」

小女孩重新睜開眼睛，她用渾濁的鼻音，艱難地吐出幾個字：「後莊——吳兒堡後莊。」然後，頭一扭，死了。

死去的小女孩，她永遠不能明白，這幾個字在這位「門」字形頭髮的姑娘心中，所產生的打擊力量。這力量徹底地把丹華打垮了，從而令她中止了剛剛露出地平線的文學事業，從而堅定了她出走的念頭。現在，丹華靜靜地站在山岡上，站在那個麥秸垛的旁邊，她面色是那樣地嚴峻和哀愁，她心境是那樣地淒涼和悲苦，山風輕輕地吹著，搖擺著她那門簾一樣垂在面頰上的頭髮。有一綹頭髮被風吹進了嘴裏，她用牙齒將它咬緊，嚼著。

一個普通的陝北農家女孩死了，一個小小的天才夭折了，一個曾引起那位飽學之士老研究員如此驚歎、如此崇拜的民間藝術家的生命，在新時期就要開始的時候完結了。一朵遠遠沒有綻開的花，一條剛開始奔騰就乾涸了的河流，一個謎，一個未知數。

她重新回到了天國，帶著我們曾經熟悉的微笑，注視著塵世，看著在塵土飛揚的道路上，苦苦掙扎的我們。「很遺憾，你們無緣與我相識：這責任不在我，在你們！」小女孩將這樣說。是的，她帶走了那個巨大的秘密，後來的研究家們，對著「孕婦」，只能像對著出土的甲骨文一樣，做無憑的猜測了。

山頂上有一棵高大的杜梨樹。它突兀地站立在山頂上，點綴著這高原荒涼的風景。此刻，正是杜梨樹樹蔭籠蓋，枝葉婆娑的時節，起風了，杜梨樹受風的一面，發出一陣陣呼嘯般的響聲。

正當丹華抱著女孩，站在山腰間，做著不著邊際的想像時，那位男顧客趕到了。

那位男顧客用手試了試小女孩的呼吸，又掰開她的眼皮看了看。「她已經死了！」那男顧客說。

丹華沒有言語，她從那女孩鼓鼓的兜裏，掏出一把舊年的梨樹葉，一把精巧的小剪刀。她本來想將這些，做爲留念，留給自己，但是，考慮了一下，又將這些東西，重新裝回女孩的兜裏。

「它們是妳的一部分！」丹華對女孩說。

丹華問那男的，現在應該怎麼辦，要不要報告當地政府，要不要找一個醫生什麼的來驗一下屍。男顧客說，算了吧，省事些吧，即便再興師動眾，她是再回轉不了了，安安寧寧地，這土裏來的，讓她再回到土裏去吧。

他們在山頂上，找了個攔羊人或者耕田人躲雨用的小土窯，將這小女孩，埋在了窯裏。

在將小女孩往窯裏放的時候，丹華用手指爲她梳理了一下頭髮，摘掉了落在頭髮上的麥魚兒，並且用手絹，爲她揩了揩漬滿汗跡的臉蛋。她注意到了，女孩的耳垂上，有兩個耳朵眼兒，這耳朵眼兒是誰給鑽的，奶奶還是媽媽，在鑽耳朵眼的時候，她們對這個小生命，賦予了多少愛，給予多少夢囈般的祝福呀！但是她死了，她的兩隻耳朵眼，大約還從來沒有戴過什麼飾物吧！

將孩子放好，擺平，丹華又用自己的牛仔上衣，輕輕蓋在了孩子身上。衣服很長，連孩子的面孔都蓋住了，這令丹華滿意。

這件牛仔衣，說心裏話，丹華還沒有愛夠，但她還是堅決地將它給孩子蓋上了。

那個男人，手腳並用，從塲坎上向下刨土，一會兒，就將洞口封住了。

太陽已經停在遠遠的山埡上，將落未落。杜梨樹長長的樹身，它那影子的頂尖像個箭頭，剛好落在這個小土窯旁邊。丹華記下了這個位置，並且記下了時間。這個情景，正像一部著名的偵探小說中所說的那樣：樹陰頂巔所指示的位置，隱藏著一宗古老的奧秘。

隨後，丹華便迎著高原的輝煌落日，朝山的那邊走去。杜梨樹底下，留下楊岸鄉，仍舊站在那裏，悵悵地望著丹華漸漸隱入暮靄中的背影。

第十九章　迷失了的匈奴後裔

那山頂上站立的確實是楊岸鄉，我們小說中走失了的人物。那麼，這些年來，他是怎樣度過的，他又是如何流落到這交口河的呢？記得，上次我們分手的時候，是在幾乎三十年以前，是在膚施城那有著該城唯一小樓的邊區交際處，記得，他當時似乎要到保育院去，我們和他生活在一起，曾經向他深情地祝福。

時間過得真快呀，這一切，恍惚昨日。

楊岸鄉一九六四年畢業於大西北一所著名的高等學府，隨後留校任教。這時候他已經是一個小有名氣的業餘作者了。他的文學活動是從中學時代就開始的，當時，他在《膚施日報》發表了他的第一首詩作。那時候，他愛好語文課，對他來說，每堂語文課都不啻是一個節日。他就要上大學時，語文老師像哥哥一樣摟著他的肩膀，用一種異樣的聲音說：「飛翔吧，年輕的鷹，送你兩句老掉牙的古語吧：海是龍世界，天做鶴家鄉！」在大學校園，他同樣是老師和同學們的寵兒，大家都以驚訝的目光，注視著他的才華，並且預言著他的無限前程。

從保育院開始，他就一直生活在無憂無慮中，他的童年時代、少年時代，以至青年時代的前半部分，都可以說是在歡樂和幸福中度過的。做爲一名烈士的子弟，一個父母雙亡的孤兒，他的衣食由政府供給，衣來伸手，飯來張口，冬天有棉，夏天有單，他的家庭背景更是從來沒有人懷疑過——誰會懷疑一個六歲半時，就被送進保育院的孤兒的身世呢？楊作新早就從人們的生活中消失了。這種環境自然有助於他藝術天性的發展，同樣的，這種環境也令他產生了一種盲目的、虛幻的優越感。因此，當風暴驟然而降時，他目瞪口呆，他幾乎一下子被打垮。

事情是從他任教時開始的，當時，他向組織遞交了一份入黨申請書，並且在填寫履歷表時，理所當然地出現了「楊作新」這個名字。他當時是如何填寫的，我們已經無從知道了，總之，組織在審查履歷表時，發現了這個疑點。即使履歷表上並無疑點，外調也是當時必不可少的一道程序，於是，組織派人來到膚施城外調。接著，就發現了楊作新之死的一系列疑點，其實，只要提出楊作新是自殺的這一條就夠了，因爲按照黨內不成文的規定，自殺的人，通常以叛徒論處，更何況楊作新是死在自己人監獄裏的。時過境遷，當年的情形，已經沒有人能說清楚了，這樣一個人的兒子是怎麼混入保育院的，也沒人能說清了。於是，楊岸鄉入黨這件事，被擱置下來，而他也因隱瞞家庭出身，被悄悄地打入另冊。至於他，還根本不知道這些情況，他只是覺得入黨申請書早就填了，卻遲遲不批，似乎有些蹊蹺，有些不對頭，至於如何蹊蹺、如何不對頭，他也自恃根基深厚，懶得去問。

他至今也不明白，自己是怎樣碰撞了生活，或者說，天網恢恢，疏而不漏，生活終於找見了這個早就不應該繼續逍遙的他。

那時，他按照天性所指引的方向，正無憂無慮地發展著，在爲自己未來的藝術帝國奠基著最初的基石。他那時候多麼年輕呀！在他眼裏，花兒不是在春天，而是一年四季都輕快而熱烈地開放著。星星每夜每夜，都透過窗簾那個縫隙，向他羞澀地微笑。他從一片樹葉的抖動中，體味到了詩歌的韻律，他從一座橋樑的建造中，通曉了小說的框架，他從山峰的突兀中明白了，將藝術的某一特徵窮盡到極端，才有可能在這條長廊上，留下自己的痕跡，他從田野上眩暈般的太陽和兩行通往遠處的樹木身上，感受到了和諧這個概念，而學校圍牆的牆柱和牆壁，則教會了他什麼叫規則和節制。舉例說吧，他不懂得音樂，但是他的一篇音樂評論，卻使省城的一位權威懾服，那權威發誓說，這是一位有著五十年音樂素養的人寫的，它的作者一定是個名家的化名，後來，當楊岸鄉站在他面前時，權威吃了一驚，眼鏡差點從鼻梁上掉下來。

在這期間，他還曾經與詩人郭小川通信。在研究了郭小川的《白雪的讚歌》以後，他指出，這首敍事長詩的發表，是由於受了前蘇聯解凍文學的影響，它與肖洛霍夫的《一個人的遭遇》，是幾乎同時發表的，詩人從虛泛的政治抒情，轉入對人類命運的熱情關注，這真是一件了不起的事情，所以他高出他周圍的許多人。接著，他又發現，從一九五四年到一九五八年，郭小川曾兩度訪蘇，一次是做爲作家，一次是做爲政府官員。他把自己的這些見解都告訴了詩人，並且在一份文藝研究之類的雜誌上撰文說：「假如任何小說家，都必須站在馬克思的唯物史觀上描寫人生的話，那麼任何詩人，也必須站在哥白尼地動學說上歌頌日月山川。代替『太陽西沉』而說『地球旋轉幾度幾分』，恐怕並不總是優美的。」這話當時給他帶來了喝彩，過後又給他帶來了災難。不過，當有關方面最後爲他「定性」的時候，突然發現，這話是一個叫芥川龍之介的日本人說的。當然是楊岸鄉抄襲芥川，而不是芥川抄襲楊岸鄉，因爲芥川半個世紀以前已成古人。這樣，楊岸鄉的罪名就明顯地減輕了，只要他承認是抄襲。但是，當辦案人員向他指明這一點時，楊岸鄉矢口否認，辦案的終於明白，五十年前一個外國作家的靈魂，附在一個中國青年的身上了，於是不再懷疑，量度給刑，秉公辦事。這是一九六六年的事。

到了一九六九年，膚施城，在一個叫交口河的地方，辦了一家造紙廠。造紙廠正在籌備，恰好從遙遠的邊疆地區，一紙公函，介紹回來一位刑滿就業人員，這個人名字叫楊岸鄉，當時的年齡是三十四歲。

這家工廠之所以建在交口河，是由於交口河的水質，有別於陝北高原的其他地方。其他地方的水流，或渾或濁，唯獨這裏，河水十分清澈。一條小河，可以提供足夠的工業用水，又可以將廢水，排放到河道裏來，不致造成污染。這裏的缺點是距膚施城較遠，交通也不方便，所以願意去那裏的人並不多，而這個楊岸鄉，總得給他有個安排的地方，於是，便被分配到交口河造紙廠，充個人數去了。

這家造紙廠，它準確的稱呼應當叫廢紙再生廠。每天每天，從遠遠近近的盤陀路上，汽車、拖拉機、人力車，一批一批地將那些舊書廢紙拉到這裏，一些日子後，它們便變成潔白的紙張，重新投放於社會了。個別的紙張被利用以後，也許將會進入永恆狀態，起碼來說是要持久一點吧，大量的紙張還會匆匆忙忙地回到這裏，再來一次大循環。這就是廢紙再生廠的作用，說一句調皮的話，當代作家如果知道他們的近旁，還有這樣一個鐵面無私的所在，知道當他們本人還健康地活著的時候，他們的作品卻要接受一次地獄的考驗，那麼，他們的下筆就會慎重得多了，他們的菜園子裏再不敢開放著謊花了。（謊花：一種顏色妍麗，但是不結果的花，或稱雄花。）

進行著這項殘忍工作的是一個大蒸鍋。說是鍋，其實是一個圓鐵球，內芯是空的，像地球儀一樣高懸半空。它工作時，半肚子是熱汽，半肚子是廢紙，它緩慢而有節奏地旋轉著，一鍋完了，再吃一鍋。

楊岸鄉上班了。他就是往這個大鐵鍋裏填書的操作工。那時，「文革」大約還沒有結束，各式各樣抄來的、收來的、掃四舊掃來的書籍，紛紛被送到這裏，回爐再造。也許，處理這些「文革」中的戰利品，就是這家造紙廠應運而生的最初原因吧。

我們看見，楊岸鄉穿上了當時流行的那種藍灰色粗纖維的工作服，最初一段，大約還有一些彆扭，但很快地工作服洗過兩水之後，就適應了，工作服就貼身了。經歷了那一場劫難之後，楊岸鄉已經徹底垮了下來，他那灰白的眼珠常常久久地望著一個地方，令人驚駭。他徹底和他的文學夢告別了，那是一件多麼遙遠和可笑的事情呀！如果沒有別的什麼事情打擾，他將在陝北這塊生身熱土上，走完他生命的後半程，最後，在一塊平庸的山坡或山峁上，用曾經反覆使用過的、曾經葬埋過他先輩們的一抔黃土，遮住自己傷痕累累的身子。

讓我們說一說楊岸鄉在廠裏的情況。

楊岸鄉的工作，平心而論，是全廠最優秀的。多少年來，他一個人實際上默默地承擔著幾個人的工作。最初，廠領導對他是滿意的，因爲這是一個靠得住的勞動力。但是時隔不久，廠領導對他不滿意起來，他們覺得，能將這樣一個人收留下來，在某種程度上有一種恩賜的味道，所以，他應當做牛做馬地來報答才對，他的勤勉只是他的本分。他們對楊岸鄉提出了更高的要求，然而，楊岸鄉卻冥頑不化，距離他們的要求差之甚遠。其實，這些要求也很簡單，屬於合理範圍，例如，公共場合，能遞上一支菸來；買飯的時候，主動將領導讓在前邊；在廠區相遇時，主動打招呼；領導講話的時候，在鼓掌結束之後，最後一個停止，並且兩手摩挲，做出興猶未盡、深受感動的樣子。是的，這些要求是不過分的，楊岸鄉在經歷了以後的漫長道路時，將會發現，這是做爲一個像他這樣的人，佔據三尺地面所必須付出最起碼的東西，一個人立身的常識，他所遇到的實際上是些不錯的好人。

可是，遺憾的是，我們的楊岸鄉做不到這一點。第一，他不抽菸。第二，他一見領導就緊張起來，緊張的結果表現在這些知識份子身上，不是謙卑地一笑，不是說幾句誰也碰不著的官話，而是馬上像鬥架的公雞一樣，挺直發紅的胸脯和脖子，讓領導頓生疑竇，埋下頭來思謀半天。第三，他愛面子。我們可以設想，那些愛面子的人，一般都有著一種極其強烈的自卑感，這自卑感與脆弱且易於受傷害的自尊心互為補充，他們也許在某一次打招呼時，沒有得到相應的反應，於是自尊心受到了傷害，愈加自卑了，他們在下一次與你相遇時，會用緘默來維護自己那一點可憐的尊嚴。第四，他萎靡不振，衣著邋遢，頭髮永遠乾燥和零亂地在頭頂上籠罩著，特別是最後幾年，讀者已經知道，他身上散發著一種老鼠的味道。他還在一個人沉思冥想的時候，眼睛毫無內容地盯在一個地方，神經質地傻笑。這些，自然令人生厭。更有甚者，在放逐農場的日子，他的白眼仁不知為什麼多起來，並且常常放出一種狂亂的光。中國有兩句不算太老的成語，一句叫「青眼相看」（或者說「垂青」），一句叫「白眼相看」（或者叫「翻白眼」），看來，楊岸鄉之於人類，是必須徹底地「白眼相看」了，這樣，他怎麼會使別人感到舒服。慶幸的是，直到目前還沒有發現他這個人的弱點，因為他只是在學校裏照過鏡子，到了造紙廠後，不知是把人類這個發明忘了，還是羞於照它。

進廠三年之後，楊岸鄉的模型便這樣造就了。領導含蓄地提醒過幾次，見他並不理會，也就明白這個人生性愚鈍，不可救藥，永遠成不了先進分子，於是也就聽之任之了。不過，有時閑來無事，翻騰起其人的檔案，見其當年聰慧如斯，便搖搖頭，表示不可理解，疑心是把別人的檔案錯裝給他了。

不可理解歸不可理解，楊岸鄉的工作，卻經過幾次調整，更加重起來。領導知道他是不會吱聲，除非他某一天病倒了不再爬起來。

領導加重楊岸鄉的工作，也是出於迫不得已。楊岸鄉的同事，一個活躍而愉快的長腿小伙子，與領導的女兒愛戀了，愛戀的結果是得到了一個上大學的機會。小伙子走後，一時人不湊手，領導也不願意聲張，小伙子的工作，就交給楊岸鄉了。另一個同事是個女的，不知爲什麼，她經常往城裏醫院的婦產科跑，滿年四季，班上難得見她幾次泛白的臉，於是她的工作便也就由楊岸鄉代勞。這道繩索，是楊岸鄉與那位女同事的事，雙方人情，於領導無涉。

開始，大家以爲楊岸鄉從姑娘身上得到了什麼好處，於是對這個老青年，不免又生出幾分下看。準確地說，下看的只是一部分人，另部分人呢，卻不知爲什麼，對他倒生出敬意來，上班、下班，楊岸鄉倒聽到幾聲招呼。這種局面沒有能維持多久，有一次，那領導酒後失言，說這姑娘雖然平時文文雅雅，木木訥訥，脫起褲子來卻特別快。這樣，楊岸鄉得以解脫。社會真是奇奇怪怪，事情水落石出之後，那些原來下看他的，又恢復了對他原來的看法，而那些產生過莫名其妙敬意的，則收回了他們濫施的敬意。這樣，我們知道，可憐的人兒還在原來的位置上。

楊岸鄉倒不覺得自己可憐，亦不覺得恥辱，他生活得那樣平靜，平靜得像一頭只知道低頭拉套的啞巴牲口一樣。他勤勉地工作著，以自己的勞動，領取這六類地區每月三十七元五角的工資。

他從工資中，每月拿出十元，寄給吳兒堡的姑姑楊蛾子，其餘的錢便存起來。他生活中省吃儉用，每月的花銷只半筒牙膏，和九元的生活費，洗衣粉、肥皂以及工作服之類，有勞保解決。如果有奢侈的話，他的奢侈在下面一點：工廠食堂的伙食有點差，有時，他也去交口河那個小吃店裏，吃上一頓高粱麵餄餎羊腥湯，調劑調劑生活，但是絕不花工資中的錢，他去吃飯，是每月的加班費加上一點獎金，楊岸鄉覺得，這些錢是額外的收入，花起來不心疼。

是的，如果沒有後來那一系列的事情發生，楊岸鄉也許將在這偏僻的工廠裏，活完他的一世。不久以後，當錢攢到一定數目之後，他會在工廠裏，或者工廠附近的農村裏，找一個姑娘或者寡婦，生一個或者一群孩子，他將像所有那些在他之前，「心比天高，命比紙薄」的高原後裔一樣，在麻木和沉默中被嗩吶領上山去。

就在那個氣質高貴、頭髮剪成「門」字形的北京姑娘，和楊岸鄉相遇之前，我們的楊岸鄉，正在他十平方米的房間裏，與一隻老鼠，展開一場人鼠大戰。到了那個時節，他的人鼠大戰，實際上已經進行了三個年頭，難怪丹華嗅見了，他的身上，有一股老鼠的味道。

三年前一個寒冷的冬天，一隻母鼠，貿然地闖進了楊岸鄉的房間。牠是感到了外邊的寒冷，還是來這裏尋覓食物的，或者是感覺到了風景這邊獨好，不知道！老鼠也要生存，這是能夠理解的事情。按照一般規律，買兩包老鼠藥，或者借來一件捕鼠器械，這個問題也就解決了。可楊岸鄉不，他幾次上班走時，都敞開了房門，請先生上路，可到了晚上，房子裏依舊有吱吱的叫聲。也許，如前所說，老鼠感到風景這邊獨好，不願離去；或者，牠已離去，奈何又饑又寒，便又在楊岸鄉下班前，返身回來了。楊岸鄉這下動了氣，從此將一應食物全部鎖好，先絕了老鼠的生計，又每次出門、入門，務必順手將門帶上。前面提到，這是一隻母鼠。牠每月發情一次，情欲亢奮，難覓同類，便以爪撓門，痛苦不已，而我們的楊岸鄉，高枕而眠，並不理會。那老鼠吃食，也十分可憐，只是將些舊的紙張，翻來覆去咀嚼，以維繫生命。

這樣，楊岸鄉與鼠類展開了一場曠日持久的意志戰。他想通過這件事，證明自己還是一個高級動物。儘管生活已經一塌糊塗了，沒有了理想，沒有了靈性，沒有了尊嚴，不久，死氣沉沉的暮年就會到來，埋葬他父親的浮土又會蓋到他的身上。「我還是有一點意志力的，這就是一個高級動物與低級動物的基本區別。」他說。當然，爲了這項不爲人知的證明，他也付出了代價。工廠旁邊的村子裏，有許多待嫁的老姑娘，她們的擇偶條件低得令人頓起憐憫之心，她們以找一個公家人做爲自己孜孜而求的目標和歸宿，可是，她們沒有一個肯委身嫁給這個據說是大學生的人。「他不光怪，而且，身上有一股老鼠的味道。」姑娘們捂著自己的鼻孔說。

正是在這個時候，丹華突然闖入了楊岸鄉死氣沉沉的生活，並且給這單調的風景，強刺激般地帶來了一絲亮色。

那天事有湊巧，楊岸鄉恰好領到了這個月的加班獎金，於是他順著公路，步行二里，來到了這家經常光顧的小吃店。那時他已經吃完飯了，他正靜靜地坐在窯掌，回味著羊肉的膻味和辣椒、花椒的麻辣味，吧嗒著嘴巴，像反芻的老牛一樣。他抬了幾下身子，但是沒有走，對他來說，生活的節奏是緩慢的，唯其緩慢，才具有了耐力，在這一點他也適宜用牛來打比方——一條慢吞吞地拉車的老牛。這時候，我們知道，那位北京知青姑娘走進來了。

她的「門」字形髮型引起了他的注意，並且引起了他的遐想。那光滑而整齊的頭髮，像一幅門簾一樣吊在兩頰之間，上面齊著眉頭，整齊地剪成一橫；下邊，頭髮的梢兒，稍稍向前翹著，彷彿古老建築風格那種高挑的屋簷。這種頭型類似大革命時期，鬧紅的婦女們剪成的那種「短帽蓋」，也就是陝北民歌中，「頭髮剪成短帽蓋，像個交通員」那樣的短帽蓋，只是短帽蓋要短一些，只齊耳根，下垂的頭髮，是筆直的和馴服的，沒有這種充滿挑釁色彩的翹角。

丹華背對著他坐著，只留給他一個背影，這就給他造成了仔細觀察她頭髮的機會。他從這種髮型上，想到了他的姑姑楊蛾子，時至今日，楊蛾子還留著那種「短帽蓋」。楊岸鄉覺得眼前的這個姑娘，和他的姑姑有些相似，除了同樣相似的髮型外，還有她那旁若無人、不爲塵世所擾的氣質，還有那白淨而明朗的前額，只是她們的年齡，自然相差得太遠，而且，姑姑那初看白皙的面龐，細細一瞅，便可以看見那佈滿面龐，密密麻麻的細碎皺紋。

他同時也聽到了丹華的聲音，從那清脆且韻味十足的捲舌音中，他知道這是一位北京知青，也是在他回到陝北高原的幾乎同時，他們來到這裏的，當然他是回鄉，他們是插隊。那純正的北京口音十分悅耳，特別是由這樣一位姑娘用女中音道出，彷彿歌唱一樣。聲音除了悅耳，還有一種寧靜的成分，它足以使一個心不在焉的人，在這一刻感到一種慰藉和心曠神怡。

也許，丹華只叫了一聲「服務員」，只說了幾句在這種場合大家都會說的、再普通不過的幾句話，便引起楊岸鄉那麼多的遐想，並且，將置身事外的我們也牽扯進去了。不過，聲音確實是一種奇妙的東西，那些情侶在漆黑的夜晚，像兩隻落在枝頭的小鳥一樣唧唧喳喳、喋喋不休，樂此不疲地一直到夜半更深，你可以想見他們的溝通與傳遞物——聲音的偉大了。美國作家歐・亨利借助他小說中的一位人物，這樣來談論聲音——「我把它當做一個有千萬根弦的豎琴那樣運用自如……我用我的聲音來體現詩歌、藝術、傳奇、花朵和陽光。」

隨後那個唱著歌兒的小精靈進了這孔窯洞。和楊岸鄉一樣，最近一段時間，她也是這家小吃店的常客，只是取得這五角錢一碗的高粱麵餄餎羊腥湯的方式不同，前者是用錢，後者是用尊嚴。

小精靈沒有來打攪楊岸鄉，她知道楊岸鄉不會給她，即使給一點，也不會太慷慨，於是她選擇了門口坐著的那位阿姨。這樣，我們知道了，她提供給了楊岸鄉與那北京姑娘搭訕的機會。儘管楊岸鄉的聲音，乾燥，嘶啞，一點也不動聽，就像他那因爲缺少必要的血液滋潤，而顯得零亂和乾燥的頭髮一樣，但是他總算發表了他的聲音。

「妳連這個都不明白嗎?她是討吃的，她在等待著妳的殘茶剩飯！」說完，他又補充了一句，「討吃的就是乞丐。」

說完這句話後，他期待著，丹華能接住這個話碴，和他搭話。他也正饑渴著，和那個小精靈同樣饑渴，不過對於楊岸鄉來說，這是一種精神的饑渴。他渴望與人交流感情，他渴望有人能夠注意到躲在一個角落，那渺小且卑微的他，注意到他的存在。他沒有更多的奢望，他僅僅是希望她能和他交談兩句，像問那個小精靈那樣，也問問他的身世；如果連答話的這種可能都沒有的話，那麼，她能夠望他一眼，以友善的、平等的，人類之於人類的眼光看他一眼，在看的同時，眼睛順便說：「這男人多麼憂鬱呀，多麼痛苦呀，他一定有許多不平凡的事情！」僅僅有這一點，楊岸鄉就滿足了，他將長期地沐浴在她的目光下。

但是，正如我們知道的那樣，丹華沒有搭碴，也幾乎沒有真正地去看他一眼。她關閉了通往這一條道路的通道。她一向就鄙夷男人，何況眼前這個不修邊幅的男人也值得她鄙夷，乖巧伶俐的丹華，從她那頻頻搧動的鼻孔上，我們已分明看到，她已經準確無誤地聞出了什麼氣味，而且，如果我們設身處地地爲丹華著想，那麼，在這個空曠的地方，在這個孤寂的小店裏，坐在窯掌裏的這個男人，也確實使她有些害怕。

不管怎麼說，生活不算是太吝嗇的，它使這兩個將來要發生聯繫的人，在丹華就要離開陝北的日子，終於有緣一晤，儘管是在這樣寒磣的地方、這樣尷尬的情況下晤面的，但是下一次見面時，他們都有資格稱對方是「故人」了。

此刻的丹華，思維僅僅在楊岸鄉身上，停留了片刻，便迅速地轉移到那個小精靈身上了。因爲那個小精靈，已經猛烈地開始海吃海喝。

楊岸鄉當然也注意到了她，並且明白像這樣的吃法、這樣的飯食，她的胃一定會承受不了的。但是他沒有阻擋她，他認為這也許是一種天意，他從心眼兒裏可憐她，看到她沉醉在自己那饕餮的快樂中時，他不忍心將她從夢中喚醒，不願奪取她苦難生活中，一次難能可貴的快樂，特別是當他聽到她說出「寧做撐死鬼，不做餓死鬼」這句話時，更徹底打消了前去勸阻的念頭。

小姑娘終於腆著肚子，走了；隨後，這個氣質高貴的姑娘，在整理了一下自己後，也離開了。

楊岸鄉殷切地期望著，期望她在身影閃出門檻的那一刻，能回過頭來，僅僅是出於禮節，出於對曾經共同在一間窯洞裏就餐的同類那一點尊重，回過頭來，瞧他一眼。但是姑娘沒有回頭，好像忘記了窯洞裏還有另外一個人似的，這使楊岸鄉深深地失望，這使楊岸鄉剛剛產生的一點願望，死水中的一點微瀾，又沉寂了下去。做為他，他是沒有力氣打招呼的，他曾經試著張了張嘴，結果他發現自己在這一刻患了失語症。

姑娘走了，現在這家小吃店裏，淒涼如同墳場。小吃店裏只剩下楊岸鄉一個人，還有那些平日已經稔熟的常客——嗡嗡作響的蒼蠅。他把頭沉重地低下來，萎縮身子，在飯桌上趴了一會兒，後來，開了飯錢，離開了這孔窯洞。

他沒有望向那灑滿陽光的山坡，雖然他明白，那姑娘邁動兩條長腿，攀登山路的樣子，一定很美，那斑斕、輝煌的陽光，灑在她身上的樣子一定很美，但是他沒有去看。他明白，相逢已經結束，現在，他得趕快地恢復自己，讓思維重新進入遲鈍，以便繼續跋涉漫長的歲月。宛如一條拉著車的老牛一樣，他之所以以永恆的速度和耐力，走在道路上，是因為他能永遠地使自己保持一種心如止水。但是這時候，他聽見了姑娘在喊他，聲音中並且有一種驚恐，於是他停住了腳步。

於是他幫助這位姑娘，在那個高高的山岡上，掩埋了那個幸福的小女孩。在從事這個並不經常從事的工作中，和這位北京姑娘激動的樣子相比，楊岸鄉表現出了出奇的平靜。他也注意到了那墳墓的位置，當那杜梨樹樹影的頂巔，像一個指示標指著這墳墓的時候，正是《福爾摩斯探案集》中曾出現的情節，他想將自己這一感觸告訴這位北京姑娘，但是嘴唇動了幾下，沒有出聲。當他又手指刨土，去封那個洞口的時候，指甲掰了，流出了血，他也沒有吱聲。

最後，北京姑娘披著一身絢麗的晚霞，向山的那一邊走去了，而他，站在杜梨樹下，看著她走遠，看著她消失。殘忍的姑娘，在她離開時，連一聲最簡單的禮貌用語、蜻蜓點水般的一瞥都沒有，就自顧自地走了。

楊岸鄉一直在山頂站了好久。夜風中，杜梨樹發出一陣急風暴雨般的喧囂，夜幕裏，杜梨樹黑色的剪影奇形怪狀，這喧囂聲將他驚醒，而那黑色的輪廓又令他驚駭不已。他仰頭望了望杜梨樹，隨後順著上山時的道路，下山去了。

陽光炙烤著高原，它觸目所及的一切，都感受到了這種熱辣辣地愛撫。樹木在蓬勃地生長。莊稼在成熟。田野上的野花，在招人眼熱地開放著，一叢敗了又是一叢。羊群颳風一樣掠過一個又一個山頭，給牠所有路經的地方，留下一股撩撥人心的膻味和騷味。

自從那個傷感的高原黃昏，在那高高的山峁上，楊岸鄉目送著北京姑娘，消失在山路的盡頭之後，回廠的路上，他便撲入了一個女人的懷抱。

那是一個鄉村婦女，那天她站在自家窯前窺視了很久，最後確認了這是她的獵物之後，便毫不猶豫地迎上前去。楊岸鄉感到，她是用她的大襟襖，將自己裹進她的窯洞裏的。

女人將他放在自家的炕上，放肆地剝他的衣服；她那耷拉下來的乳頭擦拭著他的面頰，褐色的乳頭嘴差點要掉進他的嘴裏。

「誰欺侮你了，孩子？其實，你用不著爲我們女人傷心，如果你是男人，你就應當讓女人爲你傷心，這樣，你才能得到她。女人天生的賤骨頭，需要征服，但不是用眼淚，而是用鞭子，我們的祖先用的則是劍！」

這女人安慰他，像安慰一個孩子。她還時不時地用手背拭去楊岸鄉臉上的淚水。

「你笑一笑！」女人在逗他。

楊岸鄉身不由己，他好像被這女人施了魔法似的，咧咧嘴，笑了笑。

「這就對了！」女人說著，緊緊地抱住了他。

當一切都已經完事了以後，當楊岸鄉從沉沉的噩夢中醒來以後，他睜開眼睛，問身邊這個不知姓名，年齡可以做他老祖母的婦女，這一切是怎麼回事，她爲什麼要這樣，她圖什麼。

「我就圖嗅公家人身上的洋胰子味！」女人說。女人還說：「從此我可以在村子裏的姐妹們面前逞能了！」

心靈中那種狂暴的激情平息了，但僅僅只平息了一刻鐘，女人的這句話又撩撥起了他新的欲望，他們再次做愛。如果說第一次是那女人主動佔有他，那麼這一次，就是他主動佔有那女人。他淚流滿面，痛哭失聲，他痛苦的神經得到了暫時的麻木和麻醉，他狂暴的激情暫時得到了平息，他出竅的靈魂暫時回歸了寓所。

這以後又連續了幾次。

直到他感到身心極度疲憊，骨頭像散了架，身子像從水裏撈出來一樣，他才從窯洞裏出來。他像喝醉了酒，深一腳淺一腳，向工廠方向搖搖晃晃地走去。

「你想來，你就來，我啥時都給你留著門！」女人在身後說。

「我大約是不會再來了！」他的心緒由剛才的亢奮，立即轉向了另一個極端，現在他沮喪到了極點。那被詩人和小說家美妙地描繪過的第一次，在他身上竟是這樣進行的，這使他在一瞬間對自己充滿了鄙夷。接著，他又看見了在塬畔上招搖風姿的女人——她其實還很年輕，於是，他粗暴地朝她吶喊了一聲——「回窯去！」

幸虧沒有人看見。於是楊岸鄉順著公路，趕回了工廠。

他回到了他的十平方米，並且緊緊地關上了門。當一個人靜靜地坐在凳子上，面對自己時，他又後悔又害怕。回想起剛才自己赤身裸體的樣子，他感到自己的可恥——行爲的可恥和思想的可恥。他現在恨不得將自己這個身子扔掉。他用鼻子細細地嗅了嗅自己的皮膚，是的，有一點洋胰子味，但更多的是老鼠的味道。

這時候他記起了那隻老鼠了，於是打開了房門，用腳狠狠地在地上跺了兩下。只見一隻老鼠，尖聲叫著，從床下廢紙堆中鑽出來，跑出門去。楊岸鄉重新將門關死，隨後，他躺在床上，拉開被子，很快就睡著了。

楊岸鄉在平靜中度過了一天。他努力地克制住自己的欲望，努力使自己不去想那個可恥的念頭，但是當黃昏到來的時候，當空氣中瀰漫著一層似霧似煙的東西時，他又克制不住自己了。他懷著一種罪惡感向那孔窯洞走去。在動身的時候，他記起了「洋胰子」這句話，於是用一塊香皂，將自己的頭髮，和裸露在衣服外面的身體部分，認真地洗了洗，以致他自己也感覺到，那種老鼠味再沒有了。

陝北人稱這一類事情爲「串門子」，或者叫「交朋友」。前面說了，一部厚厚的《陝北民歌集成》，那裏面大約有多一半的篇幅講的這一類事情。「半夜起來黎明走，哥哥像個偷吃狗」，「三十里明沙四十里水，五十里路上瞧妹妹」，「手提上羊肉懷裏揣上糕，三十里路上把妹妹瞧」之類，比比皆是。在荒落的陝北山村，每一個村子，大約都有一個、半個這種女人，她們給這沉寂的生活，人爲地掀起一陣波瀾，給那些翻來覆去的老話題，增加了新鮮的內容，給苦難的生活，以一種過於粗俗的點綴。

楊岸鄉懷著一種古老的激情，向寡婦的懷抱走去。他又在那曖昧的、散發著酸菜水味道的窯洞裏，度過了一段時辰，接受著女人的性啓蒙。在簡短的交談中，他知道了女人的丈夫，在當年修交口河水庫時，大坍方死了。他知道的僅僅只有這一點，至於女人是不是以這種生活爲生計手段的，他不知道，起碼在與他的接觸中，女人不是以這個爲目的的，因爲在枕著他那散發著香皂味的胳膊時，女人又重複了這一點：她僅僅只是爲了聞他身上的洋胰子味而已。

後來楊岸鄉知道了，除了他以外，女人確實還有別的男人，那些大部分都是農民，前莊後莊都有。那裏面當然有利益的因素。但是與楊岸鄉的相好，那女人確實是真誠的：她渴望得到一個公家人！接著，楊岸鄉還知道了，如果說女人在與楊岸鄉的接觸中，曾經得到過什麼的話，那也是確實的。

——女人明白無誤地告訴她的那些相好們，她的魅力和力量，可以迷住一個身上散發著洋胰子味的公家人，從而提高了女人的身價和知名度，讓那些相好們更加愛她。

陝北人將女人這種小小的伎倆叫「能」。這個「能」是向人逞能，顯能，能不夠，能棍棍的意思，由於談的是這一類事情，所以有一種「賣俏」的色彩。一個並無多少姿色的婆姨，早晨起來摟柴生火時，急不可待地站在塬畔上和人拉話，說下鄉的公社幹部昨晚歇息在她家，她臉上的種種神秘色彩告訴你，除了借宿以外，大約還發生過別的什麼事情。其實什麼事情也沒有發生過，但是在一旁洗耳恭聽的婆姨們，會在一瞬間對這位講述者產生妒意。於是這位講述者便懷著滿足，回家生火做飯，這種自我陶醉的心情會保持很久一段時間，直到別的婆姨們的「九天的奇事」開始。

這個發現，令楊岸鄉一瞬間對那個女人產生了強烈的厭惡，並且對自己也產生了厭惡。他看不起這個女人了，在看不起的同時也看不起自己。如果說在此之前，他還有一種神秘感，一種執意作惡的念頭的話，隨著這女人的四處張揚，他剩下來的就只有羞愧難當，和對那女人的憤怒了。

他最後一次走向那孔黃土窪上孤零零的窯洞時，帶去了他一個月的工資。他決心從此兩清。當事情索然無味地結束以後，趁女人睡著的時候，他輕輕地從身上取下女人按著的胳膊，溜下炕來，趿上鞋。他將工資放在枕頭上，那個自己的頭剛才壓下的枕窩裏，悄悄走了。

但是楊岸鄉無法將自己從那夢魘中掙脫出來，稍有閒暇，他的眼前便浮現出那個站在塬畔上的女人影子；她一定像叫魂一樣站在塬畔上叫他，呼喚著他流浪的靈魂。嚴格地講來，在他們的接觸中，他並沒有得到多少感官上的快樂，那是粗暴的佔有，是狂暴的生命激情在左盤右突之後，尋找到的發洩口和發洩形式，而當這一切是在一種自我譴責和罪惡感的思考中進行時，尤其是這樣。

他如果能夠對那苦樂參半的做愛過程，進行一番因式分析的話，他將會發覺，這一聲是對青春歲月的祭奠，那一聲則宛如他流放荒原的日子裏那野狼的嗥叫，而另外的一聲，則是他在交口河十年被壓抑的歲月中，那苦苦掙扎的哀鳴。他的身體在這一瞬間，忠實地反映了它走過的過程，不管它的主人願意不願意。

那一孔窯洞楊岸鄉再也沒有去過。他勇敢地遏制住了自己的欲望。他曾經不由自主地順著公路走了很長一段時間，直到看見那孔窯洞，那窯頂上長著如星星一樣的波斯菊，那堖畔上一棵開著黃花的向日葵爲止。

孤零零的向日葵，在堖畔上淒涼地開放著。一個綠色的莖稈托著一個花盤，一串碧綠的葉子成對稱狀烘托著它。花盤承受著夏日的陽光。那順花盤邊緣繞成一圈的黃色花瓣，在微風中，像一圈向你招手的黃手帕。黃色是一種鮮黃，隨著它的走向成熟，顏色將會逐漸加深，變成褚黃、焦黃，黃得惹人沉醉，惹人流淚。後來，當楊岸鄉在一次畫展上，看見梵古那幅著名的「向日葵」時，他在畫前凝視了很久，他懷著一種複雜的感情，回憶起了那個第一次讓他懂得男女之愛的鄉村女人。

楊岸鄉永遠地將那孔窯洞，留在生活的後邊了。

但是異性無處不在，她們不停地給楊岸鄉以誘惑，況且在這個不算太大的工廠裏，上班下班，吃飯打水，總有那人類的一半出現，而有夏娃的地方，草叢中往往有蛇。早晨，他被一個女人豐滿的胸脯所吸引，於是，這一天中，他把她想成世界上最美麗的女子；第二天，一個女人變換了一下髮型，於是，這髮型又使他想入非非；第三天，另外一個女人穿上了一件裙子，而不知趣的風又當著楊岸鄉的面，撩起裙子，纏在女人細長的腿上，按照前輩作家們的說法，那腳踝以及腳踝以上部分最令人著迷，於是楊岸鄉便不能自持了，他的世界在這一整天，便塡滿了一個女人的腳踝。

用這種無聊的話題打攪趣味高尚的讀者，真是一種罪過。但是楊岸鄉就是這樣走過來的，如果不如實地記錄下來，這個人物便談不上圓滿。這一點作者只能聽命於手中的筆。不過快了，故事將很快地從這個危險的話題中走出來。

第二十章 〈最後一支歌〉引發的傳奇

既然一棵樹睡得正好，
又何必去把它搖呀搖。

——王蒙《再見》

交口河小吃店裏的事情，過了兩個月之後，在陝北高原，時令已經進入初秋了。這兩個月時間，世界上發生了多少事情，我們不知道，我們只記錄了發生在楊岸鄉身上的事情。

這是一個炎熱的中午，交口河造紙廠，正是午睡時間。按照作息時間表，這是一年的最後一次午睡，從下一天開始，時間就改爲秋季作息時間了。天氣畢竟有些涼了，暑氣漸漸減退，煩躁不安的楊岸鄉，這一天中午，卻睡得很安穩。吃過中飯後，碗也沒有洗，他就和衣躺在床上，睡著了。

突然，一陣尖利的汽車喇叭聲，將楊岸鄉從睡夢中驚醒。

他想爬起來，卻怎麼也起不來，迷迷糊糊的。他想自己是在什麼地方，想一想是在床上。爲什麼是在床上呢？原來是在午睡。對了，這是今年的最後一場午睡，是他進入生命四十四歲大關的最後一場午睡。他生在一九三五年十月。在陝北高原，那是一個特殊的日子。那麼爲什麼醒來了呢？噢，是被汽車喇叭聲吵醒的。那喇叭聲真亮，真尖，就像刮鬍子的刀片從臉上立著割過去一樣。車上拉的是什麼，是書嗎？看一看去！不，還是睡覺吧！楊岸鄉還是坐起來，經過這一番打攪，他已經睡意全消。他嘟囔了兩句，說不清是罵車，還是罵自己，隨後出了房門，來到了院子。

廠房門口堆下了一大堆書籍，這是剛才來的汽車留下的。就在楊岸鄉迷迷糊糊的那一陣，車下完貨，走了。只有這一堆書證明它曾經來過。

離上班還有半個小時，楊岸鄉便在書堆裏翻起來。

十年來，翻書成了楊岸鄉的一個習慣。由於「文革」，大量的珍貴書籍被送到了這裏，然後再經楊岸鄉的手，送進大鐵鍋。

那些好書在送往大鐵鍋之前，楊岸鄉往往要截留一陣。十年間，這只大鐵鍋一共吞噬了多少廢舊書籍，我們不知道，我們只知道，靠這樣廢舊書籍的滋養，楊岸鄉簡直可以稱得上學富五車的先生了。——「學富五車」是一句套話，但是做爲楊岸鄉來說，他閱讀過的書籍確實是以卡車來計算的。對此，我們能說什麼呢？我們只能懷著苦澀的、嘲諷的微笑說，大自然爲了塑造一個鉅子，考慮得真是無微不至，當外面的世界在天翻地覆、鬧得不可開交的時候，卻把他安排在這個安靜的角落裏塡鴨，以便給熱鬧之後的世界派上一點用場。

書堆在陽光下熠熠發光。這個從千家萬戶收集來的廢紙堆，正如楊岸鄉所預料的那樣：沒有好書！現在不是「文革」的年月了，不會有人把好書往廢品收購站送了。太陽當頂，天氣炎熱，一棵白楊樹的影子，隨風在書堆上來回擺動。楊岸鄉用手拍了拍身上的塵土，準備上班了。其實拍與不拍一個樣，沾滿灰塵的手和多日不洗的工作服一樣髒。

就在這時，一摞紙頁發黃的書籍引起了楊岸鄉的注意。那汽車喇叭尖厲的聲音，還在他耳畔縈迴，他總覺得今天要發生點什麼。

他停下來，望著這捆書。

書是壓在一摞紙頁發白的書上面的。上面的書還散發著油墨味，顯然是從印刷廠到書店，在書店占了幾年地方後，又到這裏報到的。這種循環的每一個環節，都爲人們提供了就業機會，這真得感謝這些紙張的利用者們，或者說印刷品的製造者們。

他抓住這摞書，搖晃了幾下，肩頭一扛，嘩——，書摞倒了。突然，彷彿奇蹟般地，從書摞倒下的地方，飛起一隻蝴蝶來。蝴蝶嚇了他一跳。

這是一隻大大的、漆黑的、長著火紅色花紋的蝴蝶。恰好有一股帶著苦澀味道的旋風起了，蝴蝶借著旋風，在他頭頂旋了一個圈，他一展手，那蝴蝶便靜靜地斂落在他手心了。

「你飛呀，飛呀！」楊岸鄉有點驚訝地說。可是蝴蝶沒有飛。怎麼會飛呢？原來，這只是個蝴蝶標本。它夾在那發黃的書頁中，隨著書摞倒下，書頁嘩嘩掀開，輕盈的它被掀出，又被書摞倒下的氣浪吹得飛起來的。

「是哪個愛幻想的姑娘，在一個春天的日子裏，爲了紀念什麼事情，撲下這隻美麗的蝴蝶，然後把它當做書簽的？——光爲了這隻蝴蝶，今天也該起來得早些的！」楊岸鄉想。

他像人們通常說的搶救遺產一樣，向那捆書撲去。——當然是紙頁發黃的那捆。那裏面有但丁，有巴爾扎克，有拜倫，有普希金，有你書架中經常能見到的那些已成定論的世界名著。看來，這些書籍原來的擁有者似乎偏愛俄羅斯文學，普希金之外，這裏還有萊蒙托夫著名的《當代英雄》，屠格涅夫的《春潮》，杜思妥耶夫斯基的《被欺凌與被侮辱的》，托爾斯泰的《戰爭與和平》，俄蘇近代作家中，則有那位憂傷的大自然歌手、葉賽寧的幾個薄薄的詩歌單行本，還有巴烏斯托夫斯基的《金薔薇》。

這些書楊岸鄉都看過，豈止看過，他對那些書中精彩的部分，簡直可以說倒背如流，如數家珍，他對每部書中所瀰漫，那個個不同的詩意成分，也都有著深刻的感受，因爲大鐵鍋將這些書籍鯨吞之前，饑餓的楊岸鄉已事先將它鯨吞一遍了。所以這些獲得並沒有給楊岸鄉太大的震動；隨便地翻著這些書，他只輕輕地搖了搖頭。他爲這些書原先的擁有者惋惜，現在不是「文革」期間了，沒有必要將這些珍貴的書籍往這裏送了。

在每本書的扉頁和與書脊相對的那個截面（楊岸鄉不知道那叫什麼），都蓋著一個紅色圓形戳。楊岸鄉仔細辨認了一陣，認出那是兩個篆字：丹娘。這丹娘一定是這堆書原來的擁有者了，看來，她不光喜歡俄蘇文學，還爲自己取了一個俄羅斯風格的名字。

楊岸鄉對這個「丹娘」，搖了搖頭。儘管已經許多遍地看過這些書籍了，他還是決定將這些書籍留下來，搬到他的十平方去，再看一遍，讓這些書，陪伴他消磨一段時光。

在拿巴烏斯托夫斯基的《金薔薇》的時候，從書中掉下來一個大信封。它害得楊岸鄉只得又彎了一次腰。

信封裏裝著的是一份揉得皺巴巴的小說稿。楊岸鄉一看就知道，這是一篇經歷過無數編輯之手，被退過無數次的稿件。它的第一頁是嶄新的。那是作者撕掉了被判定命運的第一頁，而重新抄寫的緣故。

小說的篇名叫〈最後一支歌〉，作者的署名是「花子」。楊岸鄉由此判斷，這個叫「丹娘」的人，同時也是一個文學愛好者，或者用我們通常的話說，叫「業餘作者」。這「花子」顯然是她的筆名。

他匆匆地流覽了一下這篇小說稿。流覽僅限於第一頁，即像人們所傳聞的、那些掌握生殺大權的編輯通常的做法那樣。當然對於楊岸鄉來說，他的流覽僅僅是出於好奇，或者說無所事事。小說是以「『六一』兒童節」這句話開頭的，這句話決定了它文筆的稚嫩，和限定了思考的深刻程度，但是，楊岸鄉還是耐著性子，看完了第一頁。他的目光在第一頁的最後幾行停住了，那最後幾行是：「我獨自走著，只覺得千頭萬緒，百感交集。我並不老，才二十六歲，可卻像老人似的，已經有許多值得回憶的事了。」

這第一頁的最後幾句話觸動了楊岸鄉，從而決定了他沒有將這篇小說稿重新扔到廢紙堆，去充塡那個現在已經吃不飽了的大鐵鍋的胃口。他將小說稿重新裝進了大信封，夾在《金薔薇》中間，然後連同《金薔薇》在內的這一摞書，抱到他的十平方米去。

這時候上班鈴響了。楊岸鄉拉好房門，上班去了。

這天晚上，在自己的房間裏，楊岸鄉拿起了這篇小說稿。一拿起稿子，就放不下了，小說稿不長，他一口氣讀完了它。

〈最後一支歌〉／花子

「六一」兒童節這天，我坐在電影院裏，同孩子們一起看一部兒童故事片。孩子們的歡笑聲，像一股股熱浪，包圍著我，衝擊著我。也許是歲數大了，我並不像孩子們那樣，爲銀幕上的情節所感染、激動、不安。連我自己也說不清我在想什麼。偏偏在這時，我聽到了一支歌，影片中的一支插曲。

「啊，是她唱的！」

我的心陡然收縮了。嗓子哽咽了，好像卡了一塊魚骨。

我終於悄悄離開了電影院，我實在不願意把我這不正常的情緒，傳染給歡樂幸福的孩子們。

六月的天空，晴朗無雲。街上仍然是一群群穿著新衣服的孩子們。我獨自走著，只覺得千頭萬緒，百感交集。我並不老，才二十六歲，可卻像老人似的，已經有許多值得回憶的事了。

我想起了我的兒童節，時間過得好快，那已是十六年前的事了。

那一天，好像全世界的大人都在爲我們忙碌。那真是歡樂幸福的日子，用了孩童的無限盼望、焦躁和等待。我們聯歡，演節目，跳舞唱歌，接受同學、老師、父母、親人的禮物。

就在這一天的一個全市兒童大聯歡上，我認識了她。

隨著報幕員的下場，她走出來了，帶著喜人的微笑。

她一張嘴，那歌聲像一股清泉，源源不斷地流滿出來，柔和而輕巧，一直流入每個聽眾的心房。

我被感動了，我們全體兒童都被感動了。

她感到了那歌聲的力量。用她又喜又怯的眼神，回敬著觀眾。兩片紅紅的嘴唇，一張一合，那帶著神奇力量的歌詞，便輕輕地迸發出來。

「小河小河你慢點流，讓我洗洗臉、讓我梳梳頭……」

她的頭輕輕點著，無限嬌柔又無限自豪。那曲調一經她清脆的、甜蜜的嗓音熔煉，就像一匹訓練有素的小馬，瀟灑自如地或信步河邊，或飛騰高山。

我發誓我從未聽過這樣美的歌。我不喜歡上音樂課，因爲我總是把7唱成i。可今天，這音樂使我癡迷了。我只感到眼前、四周，有無數條五彩繽紛的彩帶，在飛舞、盤旋。那一停一頓，一起一落，把我的心完全激蕩起來。我哭了，不是喜不是悲，完全是那神奇歌聲的力量。它使我歡喜若狂，激情澎湃！

歌聲像旋風似地轉得又急又高後，便戛然而止了。我呆呆地忘了鼓掌，兒童的心裏，彷彿第一次體驗到若有所失的空虛之感。我又發瘋似地鼓起掌來，我希望她再唱下去，一支、兩支、一百支……不要中斷，我希望在我的一生中，這朝霞色或玫瑰色的歌聲永遠陪伴著我，不要有須臾的離開。

她又回來謝幕了，太陽似地帶著一身光輝。聽眾那熱烈的掌聲，使她興奮得漲紅了臉。那雙聰明秀敏的長眼，彎曲地笑著。她穿著肩膀上帶有寬帶的紅裙子。雪白的白襯衫，像隻蝴蝶似的，飛來又飛走了；熱浪將她紅裙子腰身以下的部分，鼓成一個橢圓。

當報幕員開始報下一個節目時，我當時真是氣憤萬分。

我拚命地鼓著掌，希望掌聲能挽留住她。但她還是退到幕後去了。

後來，我才知道，她就是這個電影插曲的演唱者。

從此，我對唱歌有了一種瘋狂的愛好。對小歌手的崇拜，高漲到一種嚇人的程度。當家裏人評論起歌唱家時，我便向他們莊嚴宣告，如果誰不承認她是中國的第一流歌唱家，便一輩子也不同她說話了。

這是我見到她的第一面。

爲了紀念這一次見面，這一年的夏令營，我採集了一個最美麗、最漂亮的蝴蝶標本，偷偷地夾進書裏。只有我自己知道，這隻蝴蝶是爲誰採集的，爲什麼事採集的。

五年後，我又見到了她。

那時，我在陝西插隊。在一次全公社召開的公審大會上，押著十個犯人，九男一女。當那引人注目的女犯抬起頭來時……我不能不停頓一下。我實在不願意這個在我心中，同樣也在讀者心中留下美好印象的小姑娘，變成台上戴著手銬的罪犯。可是，生活是真實的，它不容我用這支筆寫下皆大歡喜的結果。她也許應該成爲一個很優秀的歌唱家，可是，應該是應該，生活是生活。那個平日用做演戲放電影的土台——台上的罪犯確確實實是她。

她與小時無多大變化，因此使我仍能一眼認出。她似乎變得更漂亮了。一雙大眼，兩道細長濃黑的眉。臉是蒼白的。九個粗俗齷齪的男犯都垂著頭。獨有她，高高地、驕傲地，昂起她那美麗如公主般的頭。

陝北的老鄉多是善良心軟的。他們嘖嘖爲這年輕漂亮的姑娘惋惜，有人還在爲她掐手指頭，計算刑滿後的歲數，以及預測她將來的生活。

我震驚而又萬分不解，心頭好似被清冷、尖硬的巨石，重重壓迫著。我木木地望著她，望看她的眼睛。小時候那溫柔、善良、喜人的光不見了，只剩下那與她相貌、年齡不符的一種敵視、厭惡，甚至還帶著狼一樣凶惡的光。

她被宣判爲盜竊犯，判五年徒刑。

這一天，對我真是個刺激。我的心中，有一股說不出來的滋味。像委屈，又不像，像她出賣了我的少年，又像我出賣了她的童年，總之，百感交集，難以名狀。當時，我什麼事情也不能夠爲她做，我只是格外小心地保護著我心中，她那童年的美好形象，不去看她，也不去想她，我能為她做的僅僅這一點。

然而，我還是出於一種奇怪的心理，打問了她詳細的情況。

據說，她有個很美滿的家庭，父母都是知識份子，只這麼一個女兒，視若掌上明珠。家中並不缺乏物質享受。

可是，她竟偷起東西來了，從北京偷到陝北，簡直成了偷竊狂，見什麼偷什麼。在一次回家探親的時候，她的家裏住上了新的人家，沒有家了，於是回到火車上。她是在火車上過年的，隨後，便在火車上流浪。

細想起來，她如此這般也是有原因的，在那個給全中國人民帶來無窮痛苦的時期，她的家庭也未能倖免。平和、溫暖的家突然被破壞了，父母成了反動學術權威。因為受不了那非人的待遇，他們丟下了十五歲的女兒，雙雙自殺。人人都歧視她，罵她「狗崽子」。

假如她身邊再有一個親人，一個以誠相待、相愛的親人，她也許不會走上這條路。但她什麼親人也沒有了。十五歲的年齡，正是心中盛開著花朵的年齡，突然遭到這樣的厄運，社會的全部壓力向她壓來。在溫柔富貴中長大的她，承受不了這突然的變故；結識了社會上的壞人，帶著對整個社會的牴觸情緒，一步步走上了犯罪的道路。

她的這一切，只引起我一陣長久的深思和感慨，一種受傷的感覺，就過去了。我也再沒有深究此事的心境了。

可有時候，有些事情，正如人們開玩笑說的，有一種「緣分」。大概正是這種緣分，使我們又第三次見面了。

這是不久以前的事。我到一個生產隊搞一份「四人幫」破壞農村經濟的材料。一天傍晚，在一群收工的婆姨中，一個一閃而過的面孔，那樣特殊的面孔，使我不由得多看了一眼。

「是她！」

這相遇，令我又驚又慌。我不由自主地跟在她後面，默默走了一程。按時間計算，她應該是刑滿釋放後的第三年了；看身材體態，她大概結婚了，將在這個普普通通的小村莊，長久地居住下來。

天漸漸地黑了，四周迷迷茫茫。一行雁在空中匆匆飛去。我在原地打著轉轉，不知該到哪裏去。

我猶豫了半天，終於鼓足勇氣，順著她的行蹤，來到她的門口，推開了窯洞的柳木門。

這是一次不尋常的冒昧造訪，我的心有些慌。我不知是因爲我過去愛過她、崇拜過她的一種慌，還是因爲對於那曾經戴過手銬，由此而生的戒心和厭惡所引起的慌。

她正在灶火口做飯，那火光照亮了她的臉。

她老了，眼角是縷縷魚尾皺紋，臉是農村人的那種黑紅，眼睛仍很大。只要看到這一雙眼睛，便會明白那一切，它告訴你，她生活過、經歷過、痛苦過。

我笨拙地用一個謊言，掩飾了我唐突的來訪後，便開始了我們之間的談話。

她用一口道地的陝北話跟我聊天。這表明，不管你知不知道她的經歷，她是絕不想同你談到北京及過去了。

她結婚了，丈夫是個老實可靠的莊稼人。有一個女兒，剛剛滿兩歲，叫延延。

我很想同她挑明，從「六一」兒童節講起，從那個「小河小河你慢慢地流」講起，從那身白襯衣和紅襟帶裙講起，從我至今還夾在書頁中、用做書簽的蝴蝶講起，我想問她，這些年是怎麼過來的，她臉上的皺紋，是否因那痛苦的經歷造成，她的嗓子還能不能唱歌，自從那個公審大會以後，她是否回過從小長大的故鄉北京。

我不明白，她爲什麼不提北京，不在我這個北京老鄉面前敘敘鄉音。難道，是因爲她生活在陝北，這生活給了她新的內容，而忘掉了北京嗎？難道是因爲那傷害了她及全家的事發生在北京，而惱恨北京嗎？還是因爲，正是因爲深深悔恨了自己的過去，而把那犯罪的過去，永遠地埋藏起來了呢？

我真是無從判定。

我坐了很久，直到見到她的丈夫和女兒，一前一後地從野外歸來。——我又見到了小時候的她——她長得跟母親小時候像極了。我忘乎所以地抱起了延延，突然說了句也許永遠不該說的話。我逗著她那咿咿呀呀的小嘴說：「延延，妳也會唱那『小河小河你慢慢地流，讓我洗洗臉，讓我梳梳頭』嗎？」說完，我自己不由得唱起來。當然，我仍然把7唱成i。

她驚愕了，用一種猛然受到驚嚇的眼神望著我。突然，臉上又閃出一道光，那被童年生活照亮的光。猛地，她扔下手中的面盆，趴在炕上，「哇」的一聲哭了。

那內心被鞭笞的疼痛，勝過一切皮肉的痛苦。

第二天，我一早準備離開這裏。她抱著延延在路口等我。

她顯然一夜未睡，眼睛發青，面容有些憔悴。她像對恩人一樣地感激我，感激在這個世界上，還有記得起她童年的人。她說，她過去像鳥兒一樣歡樂的時候，很愛唱歌，後來就再不唱了，不過，如果我不嫌棄，她很想爲我唱一支。她說：「這算是最後一支歌吧！」

她是再不能唱「小河小河你慢慢地流」了。

她唱的是另外的一支，聲音很小，只剛夠我一人聽清。

過去一切聲音的美妙都消失了。我只被那撓人肺腑的詞調弄得心神不安。

「時光像流水，生命匆匆歸，那舊日的苦難，但願永不復回……」

是的，時光像流水，那失去的時間，或許還可以在加倍努力的奮鬥中，獲得補償，那失去的生命，又如何能挽回呢？

我們雖無她那樣的惱恨，可是，我們不也曾因輕視知識，而無爲地消磨了時光嗎？我們不也爲錯誤的真理，而盲目過和狂熱過嗎？我們如今，不也爲仍沒有一項專業特長而苦惱嗎？我們不也多少沾染了那個時代的痕跡嗎？也許，正因爲我們經歷了，所以，我們才更加奮發，更要追求，更需讓生命放光。

讓舊日的一切，隨著她那一支歌，永遠地埋葬吧，永遠地消逝吧！讓那些害了她以及整整一代人的「四人幫」時代，永遠地一去不復返吧！假如那失去的生命還有靈魂，還能說話的話，這便是它的呼聲。

不論青年，不論老年，不論幼兒，不論婦嫗，我們每個人都有權利、有信心，開始我們崇高而有意義的新生活。

楊岸鄉認真地讀完了它。在閱讀的途中，他將頭深深地埋進紙裏了。他在閱讀中體驗到了一種快感的痛苦。「悲劇不是不幸，麻木才是不幸。」、「悲劇可以使人變得崇高。」、「悲劇就是把有價值的東西毀滅給人看。」在閱讀的途中，這些不知道是楊岸鄉自己獨立思考的話，還是先他就有的經典作家已經說過的話，一直嗡嗡地在他耳畔迴響。在閱讀的途中，他好像聽到一位遠方的姊妹在向他呼喚，侃侃而談，呼喚一種心靈的理解；於是他明白了，在世界上，在世世代代都走不完的、漫長的道路上，大家都在走著，他有他的同類。

也許，當第一隻猴子直起身子，走出森林的那一刻起，一種渴望表現的痛苦，一種來自心靈深處的孤獨感，便伴隨著人類迢遙的行程。人生過程本身就是一種痛苦，而隨著人類思維向深度和廣度的延伸，隨著人對自身以及外部世界的知之漸多，這種痛苦便愈加強烈。只有白癡是幸福的，幸福得如同那尚未直起身子的猴子一樣。對於人類來說，第一個猴子走出森林，是一種幸運還是一種不幸，真是一件說不清的事情。

當我們以釋然的寬容態度，回溯那隱現於遠處，人類的昨日的時候，我們看到了人類爲了超越自己、實現自己、釋放自身能量而進行的苦苦掙扎，我們聽到了英國哲學家培根那「萬物不達其位，則狂奔突撞，既達其位，則沉靜自安」的話。目光淺近的人看不見這些，他們將壓制人才的責任歸咎於時代，他們忘記了司馬遷在《賈誼論》中所發的感慨，他們忘記了王勃在《滕王閣序》中所說的「馮唐易老，李廣難逢。屈賈誼於長沙，非無聖主；竄梁鴻於海曲，豈乏明時」這些話。其實，任何時代都埋沒人才，只是程度不同而已。人類最大的不幸和痛苦，也許就在於它不能在有限的生命過程中，最充分地完成自己。按照馬克思的觀點，只有在未來的理想社會實現的時候，每個人的個性才能得到最大自由的發展，而這種發展，便成爲理想社會到來最重要的標誌之一。

從這個意義上講，《最後一支歌》的作者是稚嫩的，她過多地把責任歸咎於時代，而對未來將要發生的事情，她又考慮得太簡單、太單純，以爲從此將永遠陽光燦爛，人生從此將又可以瀟脫地信步河邊或飛騰高山。她的閱歷還太淺，她還不懂得「我們必須學會哭泣，也許，那就是最高的智慧」這句話。她的那些稚嫩的想法，表現在小說的那些議論和插敍中，而從藝術的角度講，這些議論和插敍，也削弱了情節所帶來的悲劇力量，使這個悲劇性題材變得膚淺和缺少縱深感，或者說，反而限制和縮小了它的主題。

但是除了上邊那些瑕疵之外，讀完全篇，楊岸鄉還是被深深地感動了。那個帶幾分奇異色彩的悲劇故事，那感傷的和沉思的氣氛，那敍事語言的簡潔、準確、生動，都給他留下了很深的印象。

從作品聯想到作者，他想這位「花子」，是一位有思想、有獨立思考的人。她肯定是北京知青，如果不是北京知青，她對主人公的把握，是不可能那麼準確的，她對那一段的時代氣氛，以及插隊前後的許多現象，也不可能在選擇細節時那麼簡潔和準確。

由此，他聯想到了他在交口河小吃店裏遇到的那位。他記起了她的「門」字形頭髮，和酷似他粗纖維工作服的那一身服飾，以及她和那個討吃的小姑娘之間，發生的故事。他想，那件故事，該又是一篇小說題材了。同樣地具有震撼人心的力量，同樣的是悲劇題材。

所有這些夭折在路途中的天才，所有這樣催人淚下的故事，它們之所以從不同的角度，以不同的形式，來打攪楊岸鄉，是不是大自然冥冥之中的一種安排？也許，我們的主人公將要勇敢地走出高原了，他吸收了這麼多人給他提供的養料，他彷彿像非洲原野上，那些大嚼腐肉的野獅一樣，那些倒斃在路旁的先行者就是他的食物，他正在變得日益強壯。這些人中有他那光榮的父親，他那飽經磨難的姑姑，有那個剪紙的小精靈，還有以這種奇特方式寄給他，讓他爲之動情的那個小歌手的故事。當然，在談論這些人的時候，我們不要忘了《最後一支歌》的作者，正是她，正是神秘的她，搖醒了這座沉睡的生命鐘，誘引他、強使他、鼓勵他勇敢地走出高原，帶著陝北人代代那湮滅在路途中的夢想。

楊岸鄉看完了小說，他翻到了最後一頁，他的熱淚滴在了業已合住的小說稿的背頁上。

「這篇小說是爲我寫的！」說完，他像扔掉一把火一樣，將這篇小說扔到了床上。

很久很久，他才從小說所描繪的那種感傷氣氛中脫身出來。

他彷彿覺得無意之中踏入了冬天的大門，領略了刺骨的寒風和飄飛的雪花。爲了使自己的情緒回轉過來，他推開門，走了出來。

秋高氣爽，繁星滿天，正是一年中陝北高原最美好的季節。農人們把這個季節叫「陝北八月天」。空氣中飄來一陣陣成熟的、糜穀的濃烈香味。廠區那排高大的白楊樹的葉片，在夜色中閃閃發光、斑斕無比。一輪又圓又大的月亮，從東山的頂巔正緩慢地升起來，遠遠望去，像停在東山之巔一個發亮的大車輪子。星星漸漸地減弱了，收斂了光芒，讓位於冉冉升起的月亮。月色很白，很亮，它安詳地照在大地上，將它的光芒毫不吝嗇地施予力所能及的地方。整個世界因爲這中秋月的出現，彷彿像俄羅斯作家筆下那種「白夜」式的情景。

「我把它投出去！」他對自己說。他不忍心看著這樣的東西被大蒸鍋吞掉，就像不忍心看著那些好書被大蒸鍋吞掉一樣。那些好書即便被吞掉了，還有別的版本在世上流傳，這篇手稿如果沒有了，就永遠地沒有了，誰也不會知道那個淒清而奇異的故事了。

想到這裏，楊岸鄉感到一種害怕。如果那天他撒一下懶，或者在翻尋書的時候，沒有注意到這篇手稿，那它就算是徹底地消失了，那也許會是文壇一個無法彌補的損失。想到這裏，他又對那個如此不慎重處理自己作品的陌生人，感到憤慨了。「她在糟蹋自己，」他想，「在她身上，一定發生了什麼變故，促使她將這些珍貴的書籍，這篇還沒有變成鉛字的手稿，送到了廢品收購站。」

主意拿定，他就開始想往哪裏投好。

根據當年的經驗，他最後選定了黃浦江畔那座城市，那裏有一個青年文學刊物。當年，楊岸鄉在大學就讀的時候，曾在那家刊物上發過稿子。

還應該有個寄信人的地址，可是，「花子」在哪裏呢？他苦笑了一聲。

他將那只隨手稿一起來的信封看了看。信封上空空如也，沒有一個漢字。他推測，作者在將那決定命運的第一頁重抄之後，又裝進信封裏，也許是想寄出去的，可是，怎麼說呢？什麼事促使她改變了主意。

他連夜將小說封好，第二天就寄走了。他用的是交口河造紙廠的公用信封。

他本想附上一封信去，後來又取消了這個想法。原因是不知道那邊選稿的編輯是什麼脾氣。如果信中的口氣大一點，擺出個名家的樣子，結果有可能造成編輯的反感；如果擺出一副學生的樣子，開口閉口賜教字樣，結果又可能使編輯看輕自己。所以最好什麼也不說，聽天由命吧，這樣反而能給編輯造成一種神秘感。這也是楊岸鄉昔日的經驗。

第二十一章　扭轉黃土地的命運

一輛風塵僕僕的北京吉普，駛進了交口河造紙廠。吉普顯然在高原上轉悠了好一陣了，車的籠布上、輪胎的鋼圈上，撲滿了厚厚的一層黃塵。車停在了院子當中那個水管跟前，車上走下來一位老幹部，和一位夾著皮包的年輕人。司機開始打開水龍頭，拉出一截自備的紅色橡膠水管，接在龍頭上，往車上噴水，而那一老一少，進了廠領導的辦公室。

這名老幹部叫黑壽山，是新上任的膚施市委書記，那個夾著皮包的小青年，是他的秘書。

黑壽山這一年，已經五十五歲了。他顯得比他的年齡要老一些。面容消瘦，頭髮灰白，適中的身材，身上滿年四季，總是一件灰色的中山裝，腳下總是一雙圓口布鞋。他的身材和氣質方面，繼承了他的母親黑白氏的特徵：聰明，細緻，警覺。他的膚色，是黑大頭和黑白氏的綜合：面皮是那種沉著的焦黃，彷彿香菸燃過之後，熏在指頭上的顏色。他的腦袋很小，稀稀拉拉的頭髮溫順地倒向一邊，與黑大頭那碩大如醬菜疙瘩一樣的大腦袋、和豬鬃一樣堅硬的頭髮渣子，形成一種反差。多年來的基層工作經驗，已經將他鍛鍊成一個機敏能幹的領導幹部了。

黑壽山到交口河造紙廠，僅僅只是路經而已，沒有什麼實際的目的。走馬上任之後，他要了一輛吉普車，到陝北農村跑了一越，用通行的行政辭令說，這叫「調查研究」。「下車伊始，哇哩哇啦」是領導幹部的一個大忌，黑壽山十分地明白這一點，所以來到膚施城後，他僅僅只是去報了一個到，接著就下來了。他此行的目的，是想系統地研究一下陝北高原的農業，看在這樣惡劣的自然條件下，如何能夠扭轉目前的這種貧困局面，首先解決「餵腦袋」的問題。至於工業，那將在第二步展開，「無工不富，無糧不穩」，工業是要抓的，不過眼前的當務之急，是農業；事情得一步一步地來，仗得一個一個地打，不可能指望一個早晨吃成胖子。

新中國成立以後，黑壽山便轉業到了地方。他在陝北高原與鄂爾多斯高原接壤地帶的一個縣份工作，先後擔任過團縣委書記、副縣長、副書記、縣長、縣委書記等職。「文革」開始時，他已經是這個縣的縣委書記了，後來，便從這個縣又調到另外一個縣擔任縣委書記；換了好幾個地方，不過一直是在這陝北高原北部邊緣地帶。這塊地域，地理學家將它叫「長城沿線風沙區」。

黑壽山在這塊土地上，幹了一件堪稱是功德無量的事情，這件事就是治理沙漠。

土地沙化已經成爲一個世界範圍的問題，而對於陝北高原來說，這個問題尤爲嚴重，它不是書本上或理論上的概念，而是一件出現在家門口幾乎迫在眉睫的事情。千百年來，鄂爾多斯高原上的漫漫黃沙，彷彿一位冷酷的、法力無邊的巨人，正邁著迂緩的，然而又是堅實有力的腳步，以每年幾公里的速度，以幾百公里乃至上千公里的扇面，吞噬著陝北高原。金燦燦、亮閃閃的沙礫，填平了黃土地的溝溝壑壑，將這塊古老的土地，日益納入自己的黃色版圖。

根據令人信疑參半的說法，位於長城腳下的榆林城，由於黃沙的進逼，它在歷史上曾有過三次搬遷，最後一次搬遷，修築在這駝峰山下、榆溪河畔。可是如今，在駝峰山靠近鄂爾多斯高原的那一面，黃沙已經將山坡快要填平，因了駝峰山的阻擋，黃沙眼下還沒有力量吞噬掉這高原第二名城，可是，它繞過了城池，以扇面繼續向前推進，這樣，榆林城便被沙漠圍在了核心，它的被吞噬，它的下一次搬遷，只是指日可待的事情了。站在駝峰山上，向東北方向望去，只見天蒼蒼，野茫茫，寂寥的風景下，只有幾棵沙柳和駱駝草，細細的流沙在風的作用下，像一條條小蛇，搖頭擺尾，向榆林城遊來。

如果說榆林城的三次搬遷，目前尚正在考證之中，那麼位於「西口」路途那座著名的赫連城，它的被黃沙活活埋掉，就是確確實實的事情了。當年，不可一世的大夏王、五胡十六國之一的胡——據信是王昭君與匈奴所生的一個後裔赫連勃勃，當他反了漢室，率領他數十萬的鐵騎，行至這裏時，見這裏古木參天，水草豐盛，湖光粼粼，氣候濕潤的樣子，擲了馬鞭，叫道：「我走了天下這麼多的地方，還沒有見過這麼好的去處。」遂徵民夫十萬，日夜施工，大興土木，歷經六載，建起一座「高構千尋，崇基萬仞」的繁華都城。據說築城所用的土都是蒸過的，畜血攪拌，並雜以蒸熟的軟米麵，築成一段，便令監工，用錐子去刺，刺進去了，殺築城的民工，刺不進去，便殺持錐的監工。赫連說：「朕方一統天下，君臨萬邦，可以統萬爲名。」遂號新落成的都城爲統萬城。魏滅夏後，由於這裏水草豐美，還用來做牧場。到了唐代，赫連城已經受到風沙的威脅。大歷年間詩人李益到夏州一帶，曾在詩中寫道：「漢家今上郡，秦塞古長城，有日雲長慘，無風沙自驚。」在另一首題爲《登夏州城歡迎行人賦得六州胡兒歌》中唱道：「故國山河無限恨，風沙滿目堪斷魂。」據《新唐書．五行志》載，唐「長慶二年（西元八二二年），十月夏州大風，飛沙爲堆，高及城堞」。咸通年間有個叫許棠的詩人，也在〈夏州道中〉一詩中有「茫茫沙漠廣，漸遠赫連台」的句子。詩人戴叔倫當年也曾登上該城城樓，觸景生情，寫下一首長詩，從其中「沙頭牧馬孤雁飛」、「風沙滿目斷征魂」的描寫來看，這裏的沙害已經十分嚴重了。宋代的赫連城因已在沙漠腹地，這才由朝廷下詔予以廢毀。從此，有三百餘年歷史的赫連城漸漸人煙稀少，日益淪爲廢墟，最終消失在一望無垠的沙海中，不爲世人所知。如是者八百年後，清道光年間榆林太守授命懷遠縣知縣，親自勘察這座久已湮滅的北方古都，知縣廣閱資料，走訪民間，方確認治下這湮滅在黃沙中的、被老百姓稱爲「白城子」的一片廢墟，就是當年顯赫一時的大夏國統萬城。赫連城於是又被從丟失了的歷史中尋找了回來，出現在人們的話題中。如今除了關於築這座名城時，那些駭人聽聞的傳說，除了留下那些「千古帝王今何在」的歎息之外，這座古城廢墟留給人們的，便是做爲陝北高原日益被沙化的一個活標本，一個觸目驚心的事實，出現在那茫茫天宇下、出現在人們的話題中了。

隨著沙漠的南侵，隨著陝北高原日甚一日地縮小，「沙子」這個辭彙開始出現在人們的日常用語中，繼而從日常用語中，又進入民歌、進入小曲以至酸曲中。「三十里明沙四十里水，五十里路上瞧妹妹」，這四處爲人傳唱的民歌，五十里瞧瞧妹妹的道路，跋涉那沙漠地帶，就用了五分之三的路程。至於在那被沙漠困住榆林城，以沙子爲內容的民歌酸曲更是不絕於耳：「榆林有三寶，沙子打牆牆不倒，乾大來了狗不咬，姑娘嫁漢娘不惱。」這「沙子打牆牆不倒」，是用沙子來打牆，還是將牆打在沙子地裏，兩種說法，沒有細考。還有一首有關沙子的酸曲，令人聽了酸掉大牙，我們僅僅是取它關於沙子的描述，以示沙害的嚴重，至於其他的內容，權當左耳聽了，又從右耳出來，一陣風吹走算了。這首酸曲只有兩句，是這樣的：「榆林城，四面沙，不賣屄你讓老娘吃甚嘛？」試想像一下，一個半老太婆，用兩隻手摻掩著大襟襖，站在駝峰山的半山腰，拉下臉來，對著眼前的這漫漫黃沙，毫不臉紅、毫無顧忌地這樣大聲唱著。話醜理端，對著這寸草不生、一毛不拔的漫漫黃沙，你讓她喝風屙屁嗎？

於是，從五十年代後期開始，鄂爾多斯高原與陝北高原接壤的這塊狹長地帶，便開始了治理沙漠的工作。一位作家的散文特寫《一支沒有出唇的歌》，就是記載這一方人類與大自然搏鬥的盛況，文中提到的那個領導人，就是黑壽山，而「榆林城的三次搬遷」之說，大約就始於這篇文章的考證。這是一場人民戰爭式的大會戰，黑壽山便是這場大會戰的總指揮。治沙工作到七十年代以後，達到高潮，同時也做出了卓有成效的實績。昔日「沙進人退」現在成爲「沙退人進」。沿沙漠邊緣一線，栽下了高高低低、一道一道的防護林，高的是白楊，不高不低的是沙柳，趴在地上的是臭柏。昔日那些寸草不生的一座座沙丘，現在都被濃密的沙柳遮掩住了，沙柳的根部固住了流沙，使流沙不能隨意流動了，沙柳茂密的枝條減弱了風勢，擋住了北來的流沙，而那些遍地生長，取之不竭、瘋生旺長的沙柳柳條，也爲柳編工藝提供了原料。天陰下雨，冬閒時節，家家戶戶都在自己的窯裏，幹起柳編的營生。過一段時間，貿易公司來收購一次。這些柳編工藝品遠銷歐美，爲國家換來了外匯，也改善了當地人民的貧困生活。

到了七十年代，遏制住了沙漠的南侵後，接著，人們就開始大反攻了。幾百個、幾千個治沙專業戶，在沙漠的腹地駐紮下來。

沙漠還在這個寸草不生的地方流動著，沙子裏的水分也種不活沙蒿和沙柳，於是，聰明的農民想出了一個固定流沙的辦法，他們揹來了一捆捆的穀草、糜草和稻草，用鐵鏝將這些莊稼稈，一根一根地戳進沙子裏，將沙丘分割成一格一格的方框。沙子停止了流動，沙粒間開始有了貯存的水分，假如這時候有一場透雨，於是家家戶戶，揹著草籽出動了，將這些草籽撒在方框裏。而天上，轟轟隆隆，「安二」飛機也掠過一個又一個沙丘，那是飛播造林。

最壯觀也是最艱苦的，同時也是最可靠的治沙大戰，是從正面開始的，是在那些流沙南侵的鋒頭上。有沙漠的地方必然有沼澤，沼澤變乾了又形成鹽鹹灘。沙漠裏不能種莊稼，沼澤地和鹽鹹地同樣不能種莊稼，沙漠裏是因爲缺水，而沼澤地和鹽鹹地是因爲鹽鹹太重，莊稼無法生長。

但是，如果將二者結合起來，沙子地裏因爲有了一定的土壤，便能儲存住水分了，而鹽鹹地因爲得到了稀釋，因爲鹽鹹隨沙子滲入地下了，便成爲可以耕種的土壤。這種改良辦法叫「移土捂沙」。先將沙地弄平，最好引水措施跟上，然後，用擔子擔，用驢馱，用架子車拉，將鹽鹹地裏的土壤，覆蓋到沙地上去，覆蓋的薄厚以二十釐米爲度。這種「移土捂沙」的辦法，雖然笨，但是靠得住，而改良後的沙地，當年可以耕種，立即產生效益，從而也給人以鼓舞。於是在這長城沿線風沙區，治沙的隊伍一字擺開，以「螞蟻啃骨頭」的精神，以「愚公移山」的氣勢，向沙漠反擊。千百年來，沙漠以每年幾公里的速度，向陝北高原推進，從這個時候開始，人類便又以每年幾公里的速度，向沙漠反擊。

陝北高原治理沙漠的工作，得到了聯合國環境保護組織的高度重視，在進行了實地考察以後，他們認爲這是人類在與大自然搏鬥中產生的一個奇蹟。在地球沙漠化日益嚴重的情況下，在地球的植被每年以數百公頃、數千公頃、數萬公頃被沙漠吞食的情況下，陝北高原遏制沙漠、治理沙漠的經驗，爲那些處在同樣自然條件下的地區，提供了一個可資效仿的榜樣，爲憂心忡忡的人類的明日，帶來了一絲光明的前景。

接著，聯合國環境保護組織，將這裏做爲世界範圍內，一個治理沙漠的試點基地，撥來專款予以資助，並派遣長駐觀察員就地觀察，並且組織了一些國家的有關專家，來這裏學習經驗。

在國內，這裏的治理沙漠，自然也是聲名遠播，特別是在後來東北、西北、華北三北防護林帶的建設中，這裏的經驗受到普遍的重視，榆林城成爲治沙的一個橋頭堡，一個先行一步的示範。

那些一個接一個的表彰會、經驗交流會、現場觀摩會、考察評比會，等等等等，名目繁多，恕這裏不一一細表。上級各部門也紛紛在這裏整理典型材料，有的部門認爲，這是抓思想政治工作抓出的結果，有的部門認爲，這是抓生產和生產力標準抓出的結果，有的部門認爲，這是重視科技人員的作用的結果，有的部門認爲，這是加強民兵建設、民兵隊伍，發揮了主力軍作用的結果，有的部門認爲，這是重視半邊天、調動了婦女積極性的結果，有的部門認爲這是共青團……總之，各取所需，總結經驗，形成一份份典型材料，報了上去。

這樣，政績卓著的黑壽山，便被調到膚施城，升遷爲膚施城市委書記。上上下下，希望這位務實且閱歷豐富的領導，能像治理沙漠一樣，爲陝北黃土高原的綜合治理，拿出辦法，拿出行動，改變這早就應該改變的面貌。

深感壓力的黑壽山，便這樣來到了膚施城。正如我們前邊所說，報了到後，他要了一輛北京吉普，然後順著陝北高原，以膚施城爲中心，轉了一個大圓圈。他走的正是當年楊作新轉的那個圈子，所以，有一天轉到了交口河。

每到一縣，黑壽山便召集縣上六套班子，彙報工作。彙報會上，他一言不發，深藏不露，只掏出一個筆記本兒，在上邊畫著乾條條。這種彙報，一是爲使自己瞭解情況，二來也是看各縣領導的水準，準備醞釀成熟後，行政上動刀子。除了聽取縣上文牘形式的彙報外，他更多的時間是深入到農民家中，與農民交談，請教老農。當然，他把主要的精力，放在那些地域特徵明顯的地區，例如黃河沿岸地區、無定河流域地區、洛河流域地區、陝北高原腹心山區，他想找出這些地區共同的規律和各自的一般規律，然後對症下藥，綜合治理。他明白，新中國成立以來，這裏的農民和幹部，不是沒有大幹，不是沒有流血流汗，他們確實大幹了，那一座座被修成梯田，宛如天梯一般的大山，那橫亙在大大小小河流上，一座挨一座的攔水壩，就是證明，但是問題是，力氣出了那麼多，大家依然餓肚子，這到底是怎麼回事。

每到一縣，他便要文書，借來縣志，細細地閱讀。這是他多年來養成的一種習慣，縣志給他增加了一種歷史感和滄桑感，擴大了他的視野。黑壽山懂得「爲官一任，富民一方」的道理，他覺得共產黨的官，最起碼地要做到這一點：讓人民吃飽肚子，讓人民安居樂業。在烈士謝子長的故鄉，那個已經被廢棄了的安定縣舊城裏，他從縣志上查出了「廖公橋」這個建築，縣志中說，這是一個姓廖的縣太爺，治理安定時修下的。於是他要當地幹部陪著他，去看這個「廖公橋」。這哪裏是座橋，分明是在一條小河溝上修起的一孔窯洞！橋寬不過一丈，橫跨在河溝上，將居住在山坡上的人家和川道裏的人家連成一氣。橋是用不規則的碎石片砌成的，經年經月，石頭已經風吹雨淋，變成黑褐色。黑壽山在這廖公橋上，來來回回走了幾趟，不由得感慨萬端：你僅僅做了這麼一點修橋鋪路的好事，人民還記著你，地方志還給你留幾行位置！

「崖畔上開花崖畔上紅，
受苦人盼的是好光景。」

在黑壽山考察的日子裏，汽車所到之處，都能聽到山上勞作的人們這樣歌唱。陝北人將在田野上勞動的人叫受苦人，而不像別的地方叫「莊稼人」、「莊稼漢」或者種地的。「受苦人」這三個字，包含了多少內容呀！做爲在這塊土地上土生土長的幹部，他熱愛陝北，熱愛這些淳樸的鄉親父老，他對這塊土地以及它的人民，懷有一種深沉的感情。那兩句信天遊唱得多好呀！是的，「崖畔上開花崖畔上紅，受苦人盼的是好光景」，這從鬧紅時期就開始唱紅了的句子，一直唱到今天了。這些農民兄弟們一生苦苦勞作，東山日頭背到西山，他們唯一的奢求，是塡飽肚皮，是有「蕎麵餄餎羊腥湯」，這樣的光景好過，他們的要求並不高，那一碗「蕎麵餄餎羊腥湯」，便是他們的全部夢想。

然而在許多年中，我們連這最基本的東西也沒有能夠給他們。

他想起戰爭年間，陝北人民用小米養活革命的日子。他永遠忘不了，一九四七年延安七天七夜保衛戰中，當他身負重傷，停在小鎭的臨時救護所時，一位面色黝黑的婦女，將自己乾癟的乳頭，塞進他嘴裏的情景。

後來，部隊撤到陝北高原北部，他在袁家村養傷的時候，不止一次地給他的母親黑白氏，提到過發生在小鎭的這件事，提到「蕎麥」這個名字。黑白氏說：「那蕎麥，該不是你楊乾大的婆姨吧，她也叫蕎麥！按輩分說，你該叫她楊乾媽才對。她救了你，這真是一種緣分！」黑白氏細細地想了想，接著又說：「肯定是她，我記得你楊乾大說過，她是小鎭上的姑娘；你楊乾大在小鎭當教書先生時，娶下她的。楊乾大還有個兒子，大號叫楊岸鄉，蕎麥回到了小鎭，不知他怎麼樣了，該不會失棄❶了吧。小山子，你該去打問打問的，去照顧一下你楊乾媽，如果那楊岸鄉命大，還活在人間，小山子，你要好好地招呼他，你比他大！」

再後來，大反攻的時候，他路過小鎭，找到當地老鄉一打問，才知道蕎麥已經死了，惹得他十分傷心。關於楊岸鄉，他也沒能打問出什麼結果來，有人告訴他，楊岸鄉上了保育院，這是聽蕎麥生前說的。黑壽山知道，保育院後來改成了保育小學，又改成了育才小學，大撤離時，這個學校也撤出了膚施城，如今不知去向。到了膚施城後，黑壽山又四處打聽，才知道育才小學已經東渡黃河，一撥去了北京，一撥去了西安，一撥又繞回到膚施，至於楊岸鄉，沒有人能告訴他確切的消息。新中國成立以後，工作忙碌，他抽不出一點空來考慮這事；等到後來，黑白氏一死，沒有人在耳畔嘮叨，這事便徹底地丟在腦後了。今天，如果不是觸景生情，他也不會突然從記憶的深處，拉出這些事情。

在陝北高原轉了一圈，完成了一次實地考察，通過和許多人的接觸，通過對幾條流域的踏勘，通過對各縣歷史、地理的研究，黑壽山的心中，已經有幾分踏實了。他認爲陝北地區之所以長期處於食不果腹的境地，主要在於兩個「惡性循環」。

治黃委員會提出的資料表明，黃河百分之七十的泥沙，來自陝北高原以及與其隔河相望的山西晉西北地方，黃河因此而被稱爲黃河。在遙遠的年代裏，陝北高原還是一塊平整、林木茂盛的高地平原，由於植被的破壞，造成水土流失，於是形成了這支離破碎的山梁山峁，溝溝壑壑，出現了山岡和平川這些概念。陝北高原每年年平均降雨量爲三百毫米，但是有二百多毫米，集中在夏天的幾場大雨中。傾盆大雨落在地上，紮實了的黃土，不能立即被吸收，於是變成「攻山水」，流了下來，千百條溝渠，便匯成一條蠕動著的泥漿河，注入黃河中。大雨一過，火辣辣的太陽一蒸，地皮馬上就變得乾裂起來。而這攻山水帶走了土壤中好不容易蓄積下的、或經人工施入的一點肥氣，使本來就瘠薄的土地更加瘠薄。這樣的土地是長不好莊稼的，春天撒上一、二十斤種子，秋裏收穫五、六十斤糧食，沒有辦法，農民只好拚命地開墾生荒地，荊棘林，連那些七十度左右的陡坡都耕種上了，人均佔有耕地面積達到七、八畝以至十二、三畝。可是這樣，仍然解決不了溫飽，糧食不夠吃，於是又盲目開荒，這樣，水土流失更加嚴重，土地更加瘠貧。

這是第一個惡性循環。要解決這個惡性循環，只有下決心退耕還林，退耕還草，改變這種「廣種薄收」的局面。將保留下來的這一部分耕地，實行精耕細作，加大農業投入，努力提高農作物單位產量，以滿足農業和非農業人口的基本口糧爲標準；退耕下來的這一部分耕地，開始大量種植喬木、灌木和野草，這些種植的主要目的，當然是爲了防止水土流失，但它同時還會帶來三個好處：一是造成小氣候——這些林草繁多的地區，降雨量明顯增加，氣候也較別的地方濕潤；二是喬、灌、草本身亦具有經濟價值，如果能大面積地發展果木，經濟效益將會更大；三是隨著林草的生長，將會刺激畜牧業的極大發展，要知道陝北高原，曾經是農耕文化與遊牧文化的結合部呀！

要解決這個「越墾越窮，越窮越墾」的問題，黑壽山認爲它的癥結，還在於增加農業投入，就是說，眼下，得有一筆可觀的資金，投入到這塊疲憊不堪、失血過度的土地上去。你總不能讓農民一邊餓著肚子，一邊等著地裏長樹長草，而畜牧業的發展、經濟作物的發展、土地的作物和化肥農藥薄膜籽種等等，都需要資金。在過去的年代裏，這個土地的問題，不是沒有人想到，只是沒有把它列入問題的核心位置，也沒有足夠的資金來給農業輸血。「現在，該是徹底地解決這個問題的時候了。」黑壽山想，「而資金，只要多跑一跑，多想些辦法，四處叩頭，總是可以解決的。」

第二個「惡性循環」是生育問題，即「越生越窮，越窮越生」。

哈！你不知道這些陝北的長腰婆姨們，多麼能生，記得一篇小說的一個女主人公說：她真賤，不敢沾男人，一沾男人就懷，就有了雙身子。陝北的婆姨們也是這樣，她們有著極強的生殖能力，極發達的生殖器官，第一胎可能難生一些，到了第二胎、第三胎、第四胎，以至以後的生育，那簡直就像拉一泡屎一樣容易，說聲生，圪裏碼嚓就屙下一個，比牛下牛犢還來得便當。有一婆姨，一年生兩個，年初一個，年尾一個。她們的這種繁殖力，大約與這裏惡劣的自然環境有關，與那種古老的「生殖崇拜」觀念有關。在苦難的人類歷程中，在與惡劣的大自然、與瘟疫和疾病、與戰爭和殺戮的鬥爭中，人類爲了保持種族不滅，唯有以這種方式進行抗爭。這種情形，與動物界中那些善良卻無能的兔子、沒有防禦能力和食物保證的老鼠差不多。兔子和老鼠是以一月一窩這種令人驚駭的繁殖力和世界抗爭的，這一方人類之群，也採取了類似的辦法。他們發達的嗓音在吶喊和歌唱，他們發達的雙手在黃土地上像雞一樣刨食吃，他們發達的雙腳走西口或者下南路，他們發達的生殖器官爲這塊土地源源不斷地提供著人力資源。

當然人口的盲目出生，急劇增長，最初的責任還在那些蒙著羊肚子手巾的短腰漢們。這些受苦人，在田野上勞作時，累得連腰都直不起來了，但是到了夜晚，在那溫馨的窯洞和暖炕上時，他們仍然強支身體，在那半月形窗戶燈光的明滅中，快樂上一回。

這是一塊多情的土地，數不盡的民歌和酸曲已經向你論證了這一點，而按照一位縣委書記的解釋，這種性生活，其實也構成了陝北大文化的一部分，在沒有電燈、沒有電視、沒有收音機的夜晚，在這閉塞的一村一戶被遠遠地隔開的荒山野上，夫妻間的溫柔，成了他們夜晚主要的文化活動。

但是在既往的年代裏，由於有戰爭和瘟疫，由於幾乎沒有醫療設備，所以出生率雖然很高，但是人口的發展是緩慢的。按照官方資料的統計，嬰兒的成活率僅是百分之二十到百分之三十，也就是說，一個婆姨生十個孩子，通常只能養大兩個到三個。但是新中國成立以後，隨著醫療衛生條件的改善，隨著人民群眾生活的相對提高，嬰兒的出生率增加，成活率也增加，一直上升到百分之九十以上。

於是在這塊土地上，人口呈現膨脹趨勢，並且這種趨勢還以更猛烈的幾何級數增長。

一九四三年期間，當時著名的陝甘寧邊區的人口是五十萬人（陝甘寧邊區轄陝北高原的大部分和甘肅、寧夏與陝北接壤的一部分），而到了一九七九年這個時間，僅陝北高原上的人口，就達到近五百萬人（準確的統計數字是四百六十萬）。這一塊貧瘠的、精力已經耗費殆盡的土地，它如何能滿足供應這五百萬張嗷嗷待哺的嘴巴，難怪各種令人痛心的事情在這裏屢屢發生。

在考察的日子裏，無論推開哪一戶農家的窯門，如果恰逢吃飯時間，看到的幾乎都是滿滿當當的一窯孩子。這種現象令黑壽山震驚。他在一個僻遠山村訪問時，問這個村的村長，有沒有這樣一戶人家，家裏只有一個或兩個孩子。在陪同的縣委書記的暗示下，村長說：「有。」就是他自己家。中午的時候，他們在村長家吃派飯。村長事先將他的一大堆孩子，打發到外邊去耍，家裏只留下一個男孩、一個女孩。黑壽山見了這情景，倒也喜歡，誰知吃飯的途中，從外邊溜回來一個小孩，趴在村長的膝蓋上，叫聲「大」，要他鞠（夾）一口菜給她吃，這個吃完了，抹著嘴跑了，又進來一個。這樣三番五次，黑壽山看花了眼。他盯著村長，搖了搖頭，村長則面紅耳赤，尷尬極了。在另一個村子，他還遇到這樣一戶人家，家裏一共十三個孩子。十三個孩子，一個比一個高半寸，齊刷刷地站成一排。家裏窮，沒有錢買碗，或者曾經買過碗，但是被這些孩子們打碎了，於是父親從子午嶺上，砍下來一棵大樹，又用鑿子，在樹身上掏下十三個窩窩。這棵大樹就橫亙在窯院的台沿上，吃飯的時候，一溜十三個孩子，按大小個排列，跪蹲在大樹旁邊，父親端著個盆子，母親拿著個勺子，挨著個兒，給這些窩窩裏打飯。「這是什麼事呀！」黑壽山見了這情景，臉色難看地說。

這種盲目生育有一個規律，那就是，越窮的地方，孩子的出生率越高，越窮的人家，生的孩子越多。相反，那些相對富裕的地方，相對富裕的人家，孩子的出生率反而低些、有節制些。

那些孩子多的人家，光景實在可憐。孩子從生下來到七、八歲時，基本上不穿衣服，大的抱小的，一個哄一個，整天爬黃土，像放羊一樣。七、八歲以後，他們就該幫大人勞動了，等到十二、三歲的時候，男的就成了全勞力，女的收上兩千到五千塊錢聘禮，嫁到外村，然後用這聘禮，給男孩子問上一個媳婦。他們基本上不上學，在他們從嬰兒到少年這一段成長道路上，家長也不必付出太多的投資；而一旦他們成人後，便是一個上等的好勞力，所以對這樣的人家來說，「計劃生育」這個概念，他們是無法接受的，起碼不能夠馬上接受。他們不知道外邊的世界，因此也就不明白自己處境的可憐；他們自以爲生活得很幸福，很滿足，因此，對計劃生育採取了敵視的態度；他們尤其不能理解的是，自己生下來的孩子自己養活，政府爲什麼還要干預！

看來，要扭轉陝北地區的貧窮落後面貌，抓住這一個惡性循環，也是一個關鍵。

通過這次實際考察，黑壽山對如何解決陝北地區的農業問題，雖然說不上是胸有成竹，但也可以說是有幾分把握了。他在回程的路上，已經盤算開了，準備回去後，以解決兩個惡性循環爲重點，寫一份考察報告，提交市委常委會討論，如果常委們同意的話，就將這個考察報告，以市委檔的形式，下發各市直單位、各縣委縣政府討論，然後在討論的基礎上，召開一次市、縣、鄉三級幹部會議，著手部署，著手行動。

關於工業問題，黑壽山眼下還來不及考慮。「無工不富」，陝北高原的經濟發展，最終的決戰當然還在工業，有那麼一天，工業的生產總值超過了農業生產總值，那就是一個訊號，標誌著這裏的經濟開始呈現出騰飛勢頭。可是眼下，主要的精力還得放在農業上，先得解決五百萬人的吃飯問題，長期以來欠的債太多了，積重難返，所以事情得一步一步地來。

在考察的日子裏，黑壽山在一個偏僻的深山裏，恰好遇到了一批勘察隊員。勘察隊隊長、一個矮矮胖胖的關中人，向他小聲透露了一個秘密。陝北高原厚厚的黃土層下面，是一個大煤海，其厚度在一米至幾十米不等，這樣大的煤海，這樣厚的煤層，在世界範圍內也是罕見的。這個煤海，自北向南，呈傾斜狀態，它與中國的煤都——山西的大煤田相連，不過在山西的部分，距地面較淺，隨後就越傾斜越深，一直到陝西的關中平原邊緣，隨著海拔的降低，才進入地表淺層，形成現在的銅川煤礦。因此，陝北大煤田的開發，將會給這裏的經濟帶來巨大的影響。與煤海相依相伴而生的，是幾塊蘊藏量豐富的油田和油氣田。勘察隊長認爲，這些煤田和油氣田的產生，可以追溯到一億五千萬年以前的侏羅紀時代，那時陝北高原還是一塊古木參天的林海，這時，從崑崙山方向吹來的黃塵，在這裏堆積成一塊黃土高原，從而將那些樹木埋在了地下，形成了現在的豐富礦藏資源。勘察隊長說，這個秘密目前還在進一步勘探，還沒有向新聞界公開，屬於高度保密狀態，但是，他事先向市委書記同志透露一下，以便讓這位地方首長，爲即將到來的大開發，做好精神上的準備。

這個消息令黑壽山欣喜若狂。當然在表面上，他是不會露出這一點的。他看望了勘察隊的全體隊員，並囑咐當地政府，要安排好他們的衣食住行，要爲他們的工作提供一切方便，隨後，就和隊長握手告別了。坐在車上，他仍然很興奮，一面爲自己親愛的故鄉而自豪，另一方面，他明白適逢天時地利人和，對於陝北高原來說，一個經濟騰飛的黃金時代就要到來了。

到交口河造紙廠歇腳，僅僅是出於一種偶然。他聽秘書說，這裏有一家市屬的工廠，於是提出到這裏看看。他有些累，想在這裏歇一歇，輕鬆一下，他明白，一回到膚施城，這隻駕轅的老馬，就塞進套子裏了，那他就得昏天黑地地忙碌了。他畢竟當了大半輩子領導了，有這方面的體會。

交口河造紙廠的領導，見新任市委書記同志，突然大駕光臨，有些吃驚。按照常規，這樣的視察，得先由市委辦公室提前三至五天，電話招呼一下，以便讓該廠在這幾天，準備彙報材料，搜集資料，以應付領導同志的檢查。類似這種不打招呼的突然襲擊，通常有兩種情況：一是這個廠子的一把手該倒楣了，領導這次是前來尋釁，找岔子；二是這家工廠的一把手，可能由於人們所不知道的關係，要受到重用了，領導來這個廠子僅僅是向四周放一個訊號。當然，通常，前者的可能性居多。交口河造紙廠的領導，心想自己和這位手握著生殺大權的人物素不相識，也不會有人在這麼短的時間內推薦他的，因此迅速排除了第二種可能。於是他面帶笑容，先提出彙報工作，目的是想試探試探黑壽山的口氣。

黑壽山給他們吃了一個定心丸。他告訴廠領導，他來造紙廠，純粹是路經，沒有別的意思。廠領導聽了，還是半信半疑。

彙報總是要進行的，這是規矩。在廠房裏視察了一番後，黑壽山便回到會議室，聽取彙報。

黑壽山興趣不大地聽完了交口河造紙廠的工作彙報。彙報結束，在七零八落的掌聲之中，在廠領導的一再請求下，黑壽山從宏觀方面，作了幾點指示。他要大家認真地學習中共十一屆三中全會檔，領會十一屆三中全會精神，特別是要記住「全黨應當將工作重點轉移到以經濟建設爲中心的主管道來」這句話，並且爲即將到來的改革開放，做好心理上的準備。對於交口河造紙廠，黑壽山認爲，目前市委的工作重點是農業，但是不久就將轉向工業，所以市屬的各家工廠，目前情況下，要對自己管理的企業進行研究，尋找增加效益，搞好搞活的辦法。至於交口河造紙廠，他覺得，這種原材料來源不足、技術力量薄弱、設備原始的中小企業，是否應當考慮轉產問題，比如改爲化工廠、化肥廠或者石油裂化煉油廠。當然，這只是他個人的設想，不一定對，但是，做爲一個工廠的領導人來說，應當有這個思想準備、有一定戰略眼光的。

中午，廠裏安排了一桌飯，招待黑壽山。黑壽山提出，他要和工人一樣，到飯堂裏，排隊買飯吃。廠領導一再解釋，純粹是一頓便飯，嚴格按上級的規定，四菜一湯，也沒有上白酒，只幾瓶易開罐。黑壽山擺擺手，還是拒絕了，他有他的想法，新到膚施城，第一腳一定要踩穩，要注意影響，而第一印象往往是很重要的。

排隊打飯的時候，他的前邊站著的，是一個穿著工作服的、四十歲上下的中年人。剛才在廠房裏視察的時候，他曾經見到過他，在機聲隆隆中，他曾經上前去，拍了拍他的肩膀，因此現在再見到他時，也就算是認識了。

利用排隊打飯這一陣工夫，他和這位中年工人交談起來，詢問他的生活情況、收入情況，並且理所當然地問到了他的名字。

中年人說他叫「楊岸鄉」。黑壽山聽到這個名字，覺得很耳熟，他想他在過去的歲月中，一定聽到過這個名字的。說不定他認識這個人。他注意到了楊岸鄉高高的顴骨，有些灰白的面皮，也覺得這面孔很熟。可惜他一生經歷的事情太多了，腦子裏塞的內容太多了，一時半刻，想不起來這位就是楊乾大的兒子，就是當年楊作新死時，和他並排跪在那座黃土包前的人。

這時候挨到楊岸鄉打飯了，打完飯後，下一個是黑壽山。那一桌飯沒有吃，結果，廠裏仍將菜中最好的一碟菜，通過這個窗口，打給了黑壽山。黑壽山是個精明人，他一眼就看出了這一點。他有些憋氣，有一種受了欺侮的感覺，不過他沒有聲張，他不想再給廠領導難堪了。

黑壽山原來想等打下飯後，和楊岸鄉坐在一起，再拉一拉。

誰知打下飯後，四下一瞅，不見楊岸鄉了，倒是廠領導，也從家裏，拿來一只碗，跟在黑壽山後面，打下一份飯。「就在這桌上坐吧！」廠領導殷勤地說。黑壽山無奈，只好在飯堂的飯桌上，坐下了。

吃飯的時候，黑壽山問起他前面排隊的那個人的情況。「哦，他叫楊岸鄉，是個內控對象！」廠領導回答說：「不過，人還老實，工作也捨得出力氣。他是十年前建廠時進來的老工人，據說到造紙廠以前，蹲過幾年大獄。」廠領導簡短地爲他的這個工人，作了一個口頭鑒定。

黑壽山聽了，悶頭吃了幾口飯，說：「過去我們有許多事情，都辦錯了，或者辦過頭了，現在，從中央到地方，都成立了落實政策領導小組，解決這些遺留問題。即便是確實是有歷史問題的，我們也不應歧視他們，要注意調動這一部分人的積極性。」

廠領導聽了，認爲黑書記講得很好，很有政策水準，這個楊岸鄉，聽說原先還是個大學生，他一直考慮，想將他調到廠部，搞個材料什麼的，就是怕人說他階級陣線不清，用了壞人，今天，有了書記這句話，他就敢放心地使用了。

黑壽山聽了，沒有再說什麼。

吃過中飯後，黑壽山躺在床上，稍微迷糊了一陣，就叫起秘書，坐車回了膚施城。回到膚施以後，他立即以全身心，投入到他雄心勃勃的振興陝北的計畫中了。

注❶失棄：方言。死了，早夭了，滿世界找不著了。這是民間對死亡的一種含蓄的別稱，通常用於未成年人。

第二十二章 絕塵而去的姣美姿影

黑壽山的突然光顧交口河，並沒有給楊岸鄉留下太深的印象。從建廠的第一天起，就不斷有大大小小的領導，來這裏視察和檢查，在楊岸鄉的印象中，他們都是這樣，行色匆匆的。不過他覺得這個老頭，態度要和藹一些，平易近人一些。那天吃飯的時候，他也有心思，想和這位領導多拉一陣話，結果看見廠領導來了，於是他就知趣地躲開了。他不知道這是黑壽山，即便知道，他也不會知道黑壽山是誰。

楊岸鄉仍然一門心思，等待著那封冒昧寄出的稿件。他掐著指頭，一天一天數著天日。他這下可有事幹了。他相信自己的判斷力，他認爲這篇被編輯屢屢退回的稿件，它不能發表的原因，是沒有遇見好的編輯和好的刊物，用一句文縐縐的話說就是「明珠暗投」。他認爲這樣的作品如果不能發表的話（**尤其在總體水準並不高的中國文壇上**），那就是文壇的損失，社會的損失，而且是對它的作者「花子」的不公正。

二十天以後，一封帶著黃浦江潮汐味的信件，來到了交口河造紙廠。信件薄薄的，好像只有一張紙。信封上的收信人姓名，寫的是「花子同志收」，收信人地址，寫的則是「交口河造紙廠」，因爲楊岸鄉是用廠裏的公用信封發去稿件的，所以，信理所當然地回到了這裏。「幸運的花子！」楊岸鄉連信也沒有拆，就激動地說。他要去上班，他把信裝到褲兜裏，來到廠房，瘋狂地幹起活來。一直幹到下班。

「如果是厚厚的一沓，那就是退稿；如果是薄薄的一頁紙，那就是用稿通知單！」他想。這是他昔日的經驗。

楊岸鄉想得不錯，小說發表了。編輯部以壓抑不住的喜悅，爲他們發現這個文學新人而高興。七十年代末、八十年代初的中國文壇，群雄四起，新人輩出，說不定在什麼時間、哪個地方，突然就冒出個令全國矚目的人物。那些三、四十年代就有廣泛影響的作家，那些因一九五七年被錯誤地打成右派，而蟄伏在祖國遼闊邊疆和廣大農村的人們，那些「文革」中受到挫折，動盪中變得成熟的青年，還有那些「文革」中一躍成爲時代的寵兒、隨之又被發落到最基層、最偏僻農村的插隊知青，都力圖把自己對於生活的思考，對於時代的思考，慷慨地奉獻出來，貢獻給社會的進步。

而那時候的編輯部、雜誌社，幾乎都以發現文學新人爲己任，以推出能引起軒然大波的作品爲榮耀，那是文壇一個值得懷念的光榮時刻，那一陣子的文壇，還沒有被庸俗的市儈氣氛所籠罩。它呈現出一時之盛。

來信是以「尊敬的花子同志」開頭的。信中說，他們編輯部傳閱了這篇小說，儘管小說需要展開的地方還沒有展開，結尾也似乎應當更好一點，但無疑，這是一件真正的藝術品，是從作者心靈深處發出的命運之聲，是對已經過去了的那個年代的一份總結。

讀到這裏，楊岸鄉失聲痛哭了，大顆大顆的淚珠滴在紙上。儘管，這一切他已有所預料，但當它從預料變成活生生的事實以後，仍然令他激動不已。溫暖的南方，謝謝你！春風先綠江南岸。寫信的一定是個青年人，或許是個曾經插過隊的知青吧，他或她一定是在激動得難以自持的情況下寫這信的。

信的末尾提出了警告。編輯部認爲，小說作者應當立即從她所描繪的那種感傷氣氛中脫身出來。這是他們刊物發的最後一篇「傷痕文學」了，時代已經呼喚那些新的、強有力的、能夠左右自己命運，並且影響別人命運的新人形象了。信中說，去瞭解那些理想還沒有泯滅、心靈還沒有被荼毒的小歌唱家們去吧，去看他們現在在做什麼，他們準備怎樣走完之後的路。

編輯部還要求花子珍惜自己的才華。如果她把才華浪費了，那無疑是一種罪過。「妳的藝術感受力是過人的，妳對素材的取捨是靠一種藝術直覺去指引的，這一點難能可貴。很多作家辛辛苦苦一生，也沒能找到妳現在的這種感覺。」

後面這些話，彷彿是給楊岸鄉說的，彷彿是在含蓄地指責他。是的，當年，他也曾聽到這樣的話。他現在受到了猛然的一擊，隨之意識到一種虛擲生命的恐懼。他這時候想起了葉賽寧的兩句詩，這兩句詩仍然令他熱淚漣漣——「金黃的落葉堆滿我心間，我已經不再是青春少年！」唸叨著這兩句詩，他下意識地用手抓著自己的頭髮：不見有金黃的落葉落下來，倒是他的頭髮，有幾根掉在了床單上。「葉賽寧像我這個年齡時，早已屍骸化爲腐骨、墳頭荒草萋萋了！」他不知爲什麼想到了這些。這天晚上，楊岸鄉不敢再那樣無所事事地閑待了，他取出了那支平時寫信時才用的筆，又到會計那裏吸了墨水，便在一沓舊紙上，胡亂塗抹起來。

刊登〈最後一支歌〉的那期刊物不久就來了。一筆相當於楊岸鄉三個月工資的稿費單也來了。小說中配了個題圖，畫著一位正在電影院門口沉思的姑娘——修長身材，眼神憂鬱，漆黑光亮的短髮，像個「門」字，勻稱地框住輪廓分明的臉龐。眼睛很大，額頭光潔而富麗。整齊的牙齒緊緊地咬著，使得下顎的肌肉，帶有一種力度的美。總之，插圖上的這位姑娘，與楊岸鄉在交口河小吃店遇到的那個，十分相似。

「這是怎麼一回事呢？美術編輯是不會知道我在心中描畫出來的花子形象的。是小說中有第一人稱的肖像描寫嗎？也沒有，隻言片字都沒有。那麼，是他們讀罷小說後，憑藉自己的藝術感覺想像出來的嗎？也許是的！」楊岸鄉驚訝地張大嘴巴，盯著題圖，足足看了有三分鐘。

其實，平心而論，題圖僅僅是用炭筆，勾勒出來幾根線條而已。它留下大量的空白，讓讀者根據自己的想像去填補，這正是現代派藝術的特點。如果說這題圖上的姑娘，與楊岸鄉心目中的姑娘有相似之處的話，那僅僅是在髮型上。大約這個時候，這種日本小姑娘式「幸子頭」髮型，正開始在那座大都市流行，於是美術編輯信筆一揮，將這個頭型，送給了題圖上的姑娘。

但是看了三分鐘題圖之後，接下來，楊岸鄉就惶惶不安了。左手拿著稿酬，右手拿著雜誌，他不知道該怎麼辦才好。至此，他才發現自己幹了一件荒唐的事情——你把人家一份扔掉的稿子拿去發表了。現在，你到哪裏去找花子？找見了花子，你又該對自己的這些舉動作何解釋？據說——僅僅是據說而已，肖洛霍夫就是把人家一部《靜靜的頓河》的著名小說，署上自己的名字，拿去發表了。「不過，我署的是花子的名字，而且，我相信自己會找到花子的，那時候，我將解釋一切。」

就在楊岸鄉四處打問花子的時候，編輯部也收到了大量的讀者來信。許多讀者是噙著熱淚讀完這篇小說的。小說像一塊石頭扔進水裏，激起了四面回聲，刊物也因此而發行量增大了、知名度提高了。

於是，編輯部給楊岸鄉打來了長途電話，約他談創作體會。他慌了，再三分辯，這不是他寫的。「那麼是誰寫的呢？」對方問。楊岸鄉就在電話裏講了起來。也不知道是他的口才不行

（一般說來，長於動筆的人總是拙於動口），還是電話裏聲音不清，對方笑了，說楊岸鄉是在謙虛，是在講一個離奇的故事，他們也多次遇到過這種情況，作品發表了，作者本人卻不願意承認，或者不願意聲張，這往往是由於單位上壓制人才，作者怕樹大招風的緣故。「你們那裏還是『凡是區』，我知道的！」電話裏的聲音這樣說。楊岸鄉急了，再三分辯，可是對方已經笑著把電話掛斷了。

這還不是全部。各刊物的約稿信雪片似地飛來了。他們以恭謙的口吻，希望筆名叫花子的楊岸鄉同志（他們是從發表〈最後一支歌〉的那家雜誌得悉這一情況的），能支持一下他們的刊物。他們讀到了那篇令人難忘的小說，他們遺憾的是，這篇小說爲什麼不是發在他們的刊物上。

楊岸鄉開始寫信給他們解釋。處理這些約稿信的時候，楊岸鄉有些尷尬，但是不管怎麼說，他還是有些高興的，這是爲曾經受到過冷落的〈最後一支歌〉高興，爲那個神秘的花子高興，這雪片紛紛的約稿信，就是對她昔日被冷落的一種報償和補充。從這一點來說，生活總的來說還是公平的。

有些約稿信寫得太動人了，楊岸鄉真不好意思回絕。這時候他已有幾篇小說脫稿了。小說寫得很差，陌生了許久的這支筆，現在突然使用起來，顯得很沉重，而歇息了十年的思想，現在還沒能正常運轉起來，從而將它強制地納入形象思維的軌道。而就目前的水準而言，他的試筆之作，甚至達不到〈最後一支歌〉的水準，這一點楊岸鄉是十分清楚的。抱著試一試的想法，他隨信將那些試筆之作寄去，並再三說明，如發表，請務必署上「楊岸鄉」這幾個字，因爲小說和花子委實沒有任何關係。

但是小說都發表了，而且無一例外地都赫然署著「花子」二字。楊岸鄉去信詢問，刊物來信說，他們約稿，就是爲得到這兩個字，來招徠讀者，如果不這樣，他們何必要費神約稿呀！真是講不清的邏輯。

就這樣，陰差陽錯，楊岸鄉的筆名變成了花子。就連工廠大大小小的人們，都知道了他們身邊的這個人，原來是個文化人，而且有個十分女性化的筆名。楊岸鄉哭笑不得，只得默認。老實說，連他自己也給這一切搞糊塗了。

「那神秘的、真正的花子，妳在什麼地方？妳應當看到刊物了吧？妳爲什麼一聲不吭？妳彷彿像一個玩惡作劇的人，將一個替身推到了前台，看他出洋相，而妳，躲在幕後，笑咪咪地看著這一切的發生和發展！」

這些天來，一封意料之外的信件，常常會引起他的衝動，他會拿起信，飛快地拆開，首先看最後的署名。一個事先沒有預約的電話，也會引起他的衝動：「妳是花子？」他拿起話筒，劈頭一句沒頭沒腦的話。電話裏的對方，往往會隔上半天，然後像回聲一樣，仍舊將「妳是花子？」這句話彈回來。這回輪到楊岸鄉發嗝了，停頓了一陣後，他才回過神來，無可奈何地承認他是花子。

尤其令人好笑的是，對那每天到來的舊書廢紙，他都要細心地翻一遍，他還記得那篇手稿來到他手中的方式，他想：「也許，花子還會以這樣的方式，給我寄信哩！」

那天，在那座有著一棵巨大杜梨樹的山岡上，丹華在楊岸鄉的幫助下，埋葬了那個剪紙的小女孩，然後，揹起黃挎包，蹬開大步，向山下走去。掌燈時分，她回到了她曾經插過隊的那個村子。

鄉親們像歡迎一位出遠門的女兒一樣地歡迎她，這使她灰色的心情得到一絲慰安。鄉親們還記得她，並且在勞動的時候，還常常談論她，有時候，如果他們去膚施城辦事，還會去丹華那個小單位，去看一看她。鄉親們用最好的飯食招待她，希望她晚上能在他們家就宿，丹華婉言謝絕了。這天晚上，她要歇息在知青窯裏，她對那孔窯洞充滿了感情，如同對插隊生涯充滿了感情一樣。

那孔大窯洞是當年北京市革委會撥的專款，專門爲知青點修建的。知青們全部走後，這孔窯洞就被一家農戶占了。這家農戶最初以爲丹華是來要這孔窯洞的，起碼是準備收一點費用的，所以有些不夠熱情，在丹華走進窯院那一刻，甚至還放出狗去咬她，後來見丹華確實是出於感情，來看一看的，沒有別的意思，於是立即熱情了起來，並且對自己剛才的見識短淺，表示了歉意。

「咱們這裏的狗，見慣了穿爛衣服的，不咬；見了妳這個穿囫圇衣服的，瞧著稀罕，就不由得汪汪兩聲。姑娘妳別見怪！」主人有些不好意思地說。主人還說：「你們公家人，是吃四方的人，不會總記著這孔破窯洞的，這我們知道。」

這時候新玉米已經下來了，新洋芋也下來了。主人用新玉米，爲丹華熬了一頓噴香的大玉米仁。洋芋是在鍋裏渾煮熟的。煮熟以後，使用一個盤子，拾到了炕上。吃飯時，主人請丹華在炕上坐，這是待客的禮節。丹華不會蜷腿，主家說，妳儘管伸開腿吧，權當是在自己家裏。主家的婆姨還抱來一床被子，墊在丹華的背上，這樣，坐起來舒服點。洋芋也十分好吃，只是，丹華不能像這家的所有人那樣，將粗糙的洋芋皮也一起嚥到肚子裏。「哦，城裏人的喉嚨眼兒細，哪像我們這些鄉棒！」主家婆姨說，於是她停止了吃飯，開始爲丹華剝洋芋皮。

當天夜裏，丹華就在這孔窯洞裏，靠窗子的地方，香甜地睡了一覺，第二天一早，她就登程上路了。上路之前，她挨門挨戶，向這個村子裏的乾大乾媽告別，因為她明白，這次一去，以後回來的可能性就不大了。

也許，自從在交口河小吃店裏，遇見那個剪紙的小女孩以後，丹華已經沒有必要再去後莊了。可是，丹華還是執意要去，她還抱有一絲僥倖心理，再說，她也應當對北京的那個退休了的老研究員，有個交代才對。

她又步行了一天的山路，這天晚上歇息在了吳兒堡。她的房東是一位無法判斷年齡的老媽媽。

一進吳兒堡村子，丹華就遠遠地眺見她了。老年婦女站在墹畔上，頭髮梳得光溜溜的，手裏拿著一隻鞋底，一邊納鞋底，一邊往公路上張望。她上上下下收拾得很乾淨，很利索，一塵不染的樣子。大襟襖的一長溜布紐扣，從下巴底下穿過胳肘窩，一直到右胯，扣得整整齊齊。她的頭髮梳成了大革命時期那種「短帽蓋」，短髮齊及耳根。當丹華向她走近時，看見了她的眼神，那眼神很單純，很明淨，宛如秋水，她的臉上，也呈現出一種孩童般的幼稚、善良，和令人懷疑是弱智的表情。兩個女人後來面對面地站定了，現在丹華看清了，那眼神中，除了剛才看見的成分以外，還蒙著一層淡淡的憂傷，而現在，在認清了大路上的來客不是她所期待的人時，那憂傷中，還增添了一絲失望的成分。

「能讓我在妳家住宿一晚嗎，乾媽？我是公家人，到前面村子有點事情。」丹華說。

老年女人點點頭。她從窯裏，拿出個笤帚疙瘩，細細地為丹華掃了一遍衣服上、褲腳上、鞋幫上的黃塵。掃完以後，請她進屋。

等到丹華在炕沿上坐定，歇氣的時候，老年女人從窯外邊，抱回來一把枯樹枝。她站在鍋台前，慢悠悠地，開始將這些筷子粗細的枯樹枝，掰成一拃長一節的引火柴。一會兒，掰了一把，她把柴火扔到灶火裏，生著了火。火旺以後，加進了幾塊石炭。接著，「刺啦」一聲，爲鍋裏添上了水。

老年女人大襟襖的第三個紐扣上，繫了個銀色的小鏈子，小鏈子的另一頭，在衣服裏揣著。當老年女人俯下身子，往鍋裏添水的時候，丹華注意到了，那鏈兒的另一頭掉了出來，原來那頭上，繫著一個沉甸甸的荷包。老年女人像怕人看見似的，隨手又將荷包塞進衣服裏去了。

水很快就滾開了。陝北人將燒開水叫「滾水」。老年女人端來一個茶杯，給茶杯裏加了點白糖，然後用滾水沖了，放在背牆上。她用下頦示意了一下，請丹華喝水，然後，她自己又在案上忙開了。她在和麵，她想給丹華做揪麵片吃。

自從丹華冒昧地闖入這孔窯洞後，到了現在，這位老年女人還沒有和丹華說一句話。這令丹華有些納悶。老人不像嫌棄她的樣子，這從她的臉色上可以看出來。也許她不願意和生人說話吧！丹華想。在丹華看來，這個老人和她通常遇到的陝北婆姨，沒有什麼兩樣，只是，她好像有些神色恍惚，她乾淨得也似乎不合常理。「她家裏還有什麼人呢？」丹華幾次想問，但都不好貿然開口。而自從看見她懷中的那個荷包之後，她隱隱約約地意識到，這個老人一定有一段不平凡的經歷，那個荷包，也許是她的情人送的，而她在堖畔上，那種癡呆呆地守望的樣子，一定是在等待什麼人，或者就是等當年送她荷包的情人吧！

老年女人在擀麵的途中，小聲地唱起歌來。丹華畢竟在這塊土地上，生活了十多年了，因此對這方言味極重的民歌，它那大同小異的曲調和鼻音很重的吐字，能夠聽得清楚。她仔細地聽了幾句後，斷定自己剛才的猜測是正確的。

老年女人在擀麵杖有節奏的擊打聲中，悄聲細語唱道——

前溝裏糜子後溝裏穀，
哪達兒想起哪達兒哭。

半碗黑豆半碗米，
端起飯碗想起你。
端起碗來想起你，
眼淚兒滴在飯碗裏。

牆頭高來妹妹低，
牆頭堵著照不見你。

騎紅馬來穿灰衣，
錯把別人當成你。

想你想個灰塌塌，
人家吵咱害娃娃。

天上下雨地上滑，
自己跌倒自己爬。

青楊柳樹十八條川，
出門容易回家難。

騾子走頭馬走後，
撂下妹妹誰收留？

長桿菸袋手對著口，
丟下妹妹叫誰摟？

羊肚子手巾包冰糖，
窩了哥哥的好心腸。

人在外來心在家，
家裏丟下個一朵花。

花想我來我想花，

領導人管得不得回家。

想你想個灰塌塌，
想你想得難活下。
我有心喝了洋菸死了吧，
知心人兒撂不下。
……

歌聲到這裏中斷了，因爲那老年女人的麵條已經擀好。老年女人將麵條切成二指寬的麵片，然後把麵片拎在手裏，繞到胳膊上，來到了滾水鍋前，開始用另一隻手，大拇指與食指，一拽一拽，往開水鍋裏揪麵片。水滾著，半寸長的麵片，往鍋裏一落，立即就熟了。這種麵條又叫「開花麵」，意思說它的茬兒是張開著的，故而見水就熟。

丹華聽得入了迷。她無論如何沒有料到，這位老年婦女，竟能唱出那麼美妙的歌聲；而她的內心世界，竟是那麼深沉而豐富，宛如一片洶湧著波濤的海洋一樣，這與她靜若止水的外表多麼不同。如果不是偶爾聽到她的歌聲，那麼，她一定會被她的面貌所欺騙的，以爲她只是一個簡單的女性。

那優美的「比興」手法的歌詞，也令丹華驚歎不已。純文化人是無論如何也創作不出這種東

叼一個具象、西抓一個象徵，既有強烈的表現力，又妥貼簡潔、妙語如珠的歌詞的。

她本該把這歌詞記錄下來，可是，掏出筆和小本以後，她光顧了聽歌，忘記了記錄，直到老年女人已經停止了歌唱，已經把做好的揪麵片，端到背牆上，示意丹華吃飯時，她才突然驚醒。

她根據記憶，哼了哼這支信天遊的曲調，又甩手在空中揮動了幾下，定好調兒，然後匆匆地在筆記本上，記下了它的曲子。上一句的曲調是 2. 2 2 | 5 5. | i 5 5 3 2 | 1 — | B，下一句的曲調是 C 5 5 5 | 1 2. | 2 1 6 5 3 | 5 — |，四分之二節拍。記完這些後，丹華才動筷子吃飯。

「老人家，妳貴姓？」丹華一邊吃飯，一邊問話。

那位老年婦女在回答問題時，的確顯得有些精神恍惚。她眼睛瓷登登地盯著丹華看了一陣。丹華只得將剛才那句話，又重複了一遍，老人這才明白。

「姓楊！」老年婦女輕聲說。聲音很小，像蚊子的嗡嗡聲一樣。

「楊乾媽，妳唱得真好！」丹華的嘴很甜，「妳能爲我再唱一遍嗎？我想記一記！」

「妳都聽見了，女子！」老年婦女聽了丹華的話，吃了一驚，一團紅暈霎時飛在了白淨的臉上。接著，她害羞地用手捂住了自己的眼睛，那模樣兒，活像個小姑娘。

任丹華反覆請求，那老年婦女，是再也不唱了。心中只屬於自己佔有的秘密，現在被一個毫不相干的人窺見了，她有些害羞，也有些惱怒。

接著，我們的丹華又有了新的發現。她聽到窯洞裏，有一種「錚錚錚錚」鐘錶走動的聲音。她下意識地往自己的腕上看了一眼，她的腕上是一塊石英錶，去香港時姨媽送她的，這種錶沒有響聲。那麼，聲音是從哪裏傳來的？丹華的聽覺，最後專注於那老年女人的胸口上了，她聽出這聲音，是從那胸口上傳過來的。

這當然不是心臟的聲音，心臟的聲音只有戴著聽診器聽，才會有這麼響亮。那麼說，在她的衣服下邊，裝著一塊錶。丹華又看見了那個銀色的小鏈兒，她想起革命樣板戲「紅色娘子軍」中，黨代表洪常青戴的那只懷錶。她想，那個荷包裏，莫非裝著一塊懷錶麼？

到了這時候，聰明的讀者一定猜到了，丹華在吳兒堡遇見的這位老年婦女是誰。是的，她正是我們久違了的，那位美麗而多情的楊蛾子。

自從傷兵趙連勝走的那個早晨，自從埋葬了楊乾媽的那個黃昏以後，楊蛾子便單身一人，守著這三孔寒窯過日子了。她繡了一個荷包，將傷兵送給她的那只懷錶，裝起來，小心地掛在胸前。懷錶在「錚錚錚錚」地走著，一個鐘點又一個鐘點，一直從那遙遠的年代裏，走到今天，但是對這位癡情的陝北婦女來說，自從丈夫走了的那個早晨，她生命的鐘點就停止走動了，永遠處在那個時間狀態中了。

她接下來唯一做的一件事情，就是癡呆呆地站在墹畔上，看著眼前的官道，注視著往往來來的行人。她期待著那個穿灰衣、騎紅馬的傷兵，突然在她的視野中出現。她用她的整個生命燃燒起來的激情，在創作一首歌曲，這首歌曲就是引起丹華深深詫異的那支陝北信天遊。

鄉下人將楊蛾子的這種精神狀態，叫「迷」了，或者叫「譫住」了，說這是三魂出竅的緣故。

她的生活，一直是靠她的侄兒楊岸鄉供養著。每月十元錢的生活費，這在農村，光景算是上等的。有時候，單位發上些勞保糖、勞保肉之類，侄兒也輾轉托人，給他的姑姑帶回來。

那三孔自老輩子手裏傳下來的窯洞，現在自然是更破舊了。窯口依然沒有接上。楊蛾子在中間這孔窯洞裏居住，兩邊的兩孔偏窯仍空著。正窯的門框上，仍然掛那串紅辣椒。當然不是當年的那串，當年那串，等到新辣椒下來的時候，早就吃光了，這是後來掛上去的，一年一叢。鮮豔的紅辣椒串，給這破舊的窯洞，帶來了幾分生氣。

這天晚上，丹華反覆地啓發和誘導，希望她的房東，這位神秘的老年婦女，能繼續爲她唱一遍那支信天遊。丹華斷定，這位老人，一定有許多不平凡的經歷，她頭上那幾十年一貫制的、大革命時期的「短帽蓋」，就是明證。她斷定這只懷錶，肯定有一個動人的愛情故事。說不定這愛情故事，和她的那首信天遊有關。她想這位老年婦女當年的情人，說不定會是個紅軍的，或者八路軍的指揮員，因爲這只懷錶，還因爲她在飯前聽到的信天遊中，有「騎紅馬來穿灰衣」和「領導人管得不得回家」這兩句話。從「回家」這個字眼上。丹華又想到，看來那個一去不返的指揮員，和這位陝北婦女，不僅僅是情人，說不定還是夫妻，要不然，她不會用「回家」這句話的，如果是這樣，那麼這個羅曼蒂克的故事，它的浪漫成分就減弱了許多，而悲劇色彩加濃了許多。

在丹華插隊的那一處地面，也有一個類似這樣的「短帽蓋」老太婆。據說她做閨女的時候，家裏來了一位養傷的首長，也許正是那「大女子要漢」歌聲的誘引，他們走到了一起，並且確實明媒正娶過。你道這首長是誰，原來是大名鼎鼎的林彪。半年以後，傷不見好，於是林彪離了小山村，去蘇聯治病，而當他病癒歸來時，回到膚施城，已經有一個嬌小的、叫葉群的女人在等他，於是，交口河附近那個唱著幽怨情歌的女人，便永遠地留在他的身後了。給這場傳奇帶來重要一筆的是，一九六六年冬，「文革」初起時，一個串連的紅衛兵，曾從延水關黃河渡口過河，來到這裏，找到這位老太婆，交給她三百元生活費。後來，人們推測說，這個年輕人，也許就是林立果。

這個故事的真實性是不容置疑的，起碼它的前半部分是不容置疑的，黨史資料專家曾經用了大量的人力、物力，對它進行過瑣碎考證。

丹華不是黨史資料專家，她也對那種瑣碎考證沒有興趣，這個故事帶給她最初的感覺，除了將眼前那個普通而又普通的農家婦女，和那個抑或留下惡名、抑或留下罵名、抑或還曾經是一位天才軍事家的歷史人物，聯繫在一起所產生的驚愕外，就是腳下這塊高原的深厚、博大、詭譎四布、玄機四伏，所帶給她的驚駭感了。

現在，在這個夜晚，在老炕上，丹華將話題轉到荷包上，又從荷包轉到懷錶上，她希望能撬開這位老年婦女的嘴巴，希望能從她的嘴裏，再聽到一個與上面類似的故事。

這一次，丹華是失算了。因爲一提到懷錶，那老年婦女突然警覺起來。看來，這懷錶一定是她生活中最重要的東西。睡覺的時候，老年婦女雖然脫了衣服，但是她將大襟襖疊好，壓在了枕頭底下。看來，她對接待這個生活中突然的闖入者，已經有幾分悔意了。

不過在這天晚上，在丹華迷迷糊糊睡覺的時候，她聽到了這支信天遊，並且聽完了它的全部。做爲那個老年婦女，她也許是睡夢中，在精神失控的狀態下唱的。而丹華儘管迷糊了一陣，但是隨著歌聲響起，她立即被驚醒了。她沒有敢翻身，更沒有敢往小本上去記，她明白自己哪怕是最微小的一絲響動，都會驚動這位老人，從而令她停止了夢囈般的歌唱。

那信天遊後半段的歌詞是這樣的：

白日裏想你飯不吃，
到夜晚想你偷偷哭。

白日裏想你紉認不上針，
到夜晚想你吹不謝燈。
前半夜想你不吹燈，
後半夜想你翻不轉身。
想你想成病人人，
抽籤打卦問神神。
問大神神神不應，
倒灶的廟童刮怪風。
哥哥走了幾十年，
拉上白山羊許「口願」。
有朝一日回了家，
拉下青山羊謝神靈。
稙秫高來黑豆低，

想你想在陰曹地。
稻秫地裏帶紅豆，
難也難在心裏頭。
六月黃瓜下了架，
巧口口說下哄人話。
二道道韭菜搢把把，
忘了你的人樣忘不了你的話。
一碗碗涼水一張紙，
誰賣良心誰先死。
一碗碗涼水一炷香，
誰賣了良心就見閻王。
花椒樹上落雀雀，
一對對丟下了單爪爪。

人家成雙我成單，
好像孤雁落沙灘。
鶉鴿落在灰堆裏，
灰的日子在後頭。

丹華在老年婦女那夢囈般的歌唱聲中，又沉沉睡去。她不知道那歌聲後來停止了下來，還是一直喋喋不休，歌唱到第二天早晨。那歌聲好像催眠曲，走了一天山路的丹華，在歌聲中睡得很甜。

丹華一直睡到日上三竿的時候，才醒來。她發現她是被那老年婦女喚醒的。老年婦女已經滾好了米湯，米湯裏熬上了老南瓜。她請丹華用早飯。

吃完飯後，丹華戀戀不捨地離開了這位老年婦女，她真想在這孔充滿神秘色彩的土窯洞裏，待上幾天，認真地和這位老年婦女培養感情，掏出她心中的那些秘密，記錄下她那神奇的信天遊歌詞。可是，後邊還有一堆事在等待著她，她已經沒有時間和耐心，在這裏羈留了。於是她揚了揚手臂，向仍然站在塬畔上的這位楊乾媽，揮手告別。

丹華來到了後莊，來到了那個剪紙小姑娘的村子，按照單位同志介紹過的方位，她找到了那座坐北向南的山坡。

三孔窯洞還在，只是門窗沒有了，山坡上，只剩下三個曾經煙薰火燎過的黑窟窿。

陝北人的習慣，如果出門討吃，覺得出去的時間可能要長一些，於是在臨走時，把窯洞的門窗刨下來，埋在窯門前的黃土裏，啥時主家回來了，再從土裏刨出來，重新安上。這樣，在主家不在的時候，門窗就不至於被人盜走或被動物破壞。

見門窗沒有了，丹華明白，這家人肯定是準備在外邊待很長一段時間了，甚至說不定遷移到別的地方了。

對著空蕩蕩的山坡，她很傷感。她問村上的人，果然，人們說，這家全家起營，走南路了。

結局就是如此。

不管怎麼說，做爲丹華來說，她了卻了一樁心事，她想她可以對那位老研究員有所交代了。

丹華離開村子，順著山坡，慢慢地踱上高高的山頂。四周靜寂得異樣，一個一個大饃饃一樣的山頭，在麗日藍天下，緘默不語，凝重而深刻。幾朵白雲，那永恆的流浪者，那彷彿被上帝判定，須得終生流浪的吉普賽人一樣，在天空哀慟地飄著，一任往來無定的風將它們吹向下一個目的地。而在那天與地相接的遙遠天邊，那視力所及的地平線上，蒼茫的山岡，橫亙的雲層和斑駁的陽光，組成一幅奇異的風景，那叫「山現」，通紅一片。陝北民歌中「登上山頂把妹妹看，看不見妹妹看山現」，說的就是它。

丹華在這高高的山頂上，站了很久，直到日近黃昏，「山現」出現。她的西邊，是那座橫亙在陝北高原西部邊緣的逶迤山脈，陝北最高的山——子午嶺。「山現」就是在那裏出現的。太陽正在落山，紅得像一個燒透的煤球，這正是詩人所津津樂道、那遠山銜日的瑰麗景象。紅日的更西邊是一簇簇黑魆魆的山脊。山脊靠紅日的中間地帶，是一匹又一匹藍緞子般的浮雲。日頭快接近浮雲了，霎時間，浮雲便變得金碧輝煌，顯化出一處又一處的亭台樓閣，顯化出雜亂錯落的村鎮，顯化出星羅棋佈的羊群，顯化出宣瀉奔騰的河流，顯化出飛天的人物。在那輝煌的霞光中，子午嶺黑色的岩石，參天的古木，甚至那些衰微的小草，都在這一瞬間異常清晰，華縷可見，彷彿夢中情景。

傳說在子午嶺那隆起如魚脊般的逶迤山脊上，有一條寬闊的、橫貫高原的道路，老百姓稱這條道路叫「天道」、「聖人條」，而史學家則稱它爲「秦直道」。這古老而神秘的道路，早已湮滅在戰亂中、湮滅在時間的流程中了，它僅僅只存在於傳說中、歌謠中，和地方志幾句簡短的記載中。然而，這古老的道路，閃現在茫茫的遠山，每每伴著這大自然奇異的景觀——山現，顯現一下它的身姿，從而給代代的陝北兒女以夢想，激發出他們走出高原、走出這半封閉環境的野心。

據說法國傑出的小說家羅曼．羅蘭，他的一部著名長卷創作，就是源於自然景觀的一次神秘啓示。羅曼．羅蘭在半是混沌、半存理性的創作衝動中，十年徘徊以後，有一天，乘興登上山頂，抑或是看見了輝煌的日出，抑或是看見了輝煌的日落，於是，久久醞釀在他心中，那個孤獨的奮鬥者約翰．克利斯朵夫的形象，突然出現在天邊，出現在那一方奇異的風景線上：那麼清晰、那麼逼真、那麼栩栩如生。羅曼．羅蘭淚流滿面地向他走去，牢牢地抓住他，熱烈地擁抱他，並將他變成了他長卷中的主人公。

我們的丹華像羅曼．羅蘭一樣，在看見了這大自然的神秘諭示後，同樣地淚流滿面，耳畔產生魔笛般的音樂，心頭生出無窮的幻覺。而這個匆匆地在人世間行走的身體，敏感而哀慟地接受著八面來風的身體，那所有的感覺和印象，所有的原型和細節，在這一刻，彷彿十月懷胎的嬰兒正接近於分娩，等待著她給它們血肉和靈魂。那時它們將呼嘯而出。但是，丹華止住了它們，她在這一刻讓創造的死敵——理性，重新抬頭，從而將那些奪路而出、急於表現的幽靈，統統地趕回到她身體中，它們原來停駐的那些地方。

生活中畢竟還有許多另外的誘惑，何必在一棵樹上吊死呢？再說，妳那渺小的聲音又能給社會多少補益呢？羅曼．羅蘭固然不凡，但是，他嘔心瀝血創作出的那部長篇，卻是孕育一九五七年中國一代「右派」的一個重要原因。儘管這些可愛的、幼稚的、被錯劃成「右派」的人們，現在又在接受平反，接受生活和他們開的這個玩笑。哦，羅曼．羅蘭，請接受我對你的詛咒。

聰明的丹華已經或多或少地感悟到大自然的用心良苦了，但是，正如我們已經知道的那樣，她沒有接受拋過來的這個球，而是返身一腳，又將它踢回去了。她已經沒有時間和耐心，在這裏羈留了，她已經被寂寞的感覺壓倒了，或者說打敗了，她想盡快地從寂寞中逃出，而最近接踵而至的一連串事情，更堅定了她遠行的決心。

「地球上有些偏僻的角落，是需要那些耐得住寂寞的人去塡補的！」丹華想起了平頭這富於哲理的話。這話對極了，是的，讓那些耐得住寂寞的人留在這裏吧，廝守這一塊土地吧，可是我得走了，我已經寂寞了十年了！

丹華一直坐在山頂，等待「山現」徹底地消失，等待暮色四合。隨後，她回到後莊，她在後莊隨便地找了戶人家，歇息了一晚，第二天，就來到公路上，擋了一輛開往膚施城的拉鹽卡車，坐在駕駛室裏，回到了單位。

回到單位後，她即著手辦理前往香港定居的手續。

她將那些多年來伴隨她的舊衣物，媽媽留給她的書籍，還有那些帶著恥辱味道、被退回的稿件，扔了一地。那篇叫〈最後一支歌〉的小說，這次高原之行以前，她已經將那被某家刊物主編簽了「不用」二字的第一頁，撕下後重抄了，又自己糊了個牛皮紙信封，準備查上一個地址，再寄出去。這時，她看了一眼，也將它扔了。隨著信封落地的聲音，她感到自己獲得了某種解脫。

拉拉雜雜那個白木箱子裏，只裝了半箱生活的必需品。

臨離開膚施城的那一天，她看見傳達室的老頭，在她的門口探頭探腦，於是用手指了指地上，她讓他將這些破爛玩意兒統統拿走。

這樣，我們知道了，傳達室老頭將那些舊書，連同那篇退稿，送到了廢品收購站，最後，那些東西又到了交口河造紙廠，繼而，由楊岸鄉延續了那個〈最後一支歌〉的故事。

丹華在膚施城範圍的手續，是平頭幫助她辦的。平頭畢竟大小算一個領導，官雖不大，知名度卻很高，一代知青風雲人物嘛，所以在上層熟悉一些。他也要走，只是目前在接受審查，他想等審查完了再走，免得將來屁股後邊留個尾巴。丹華離開膚施城的那個早晨，平頭幫助她將那個白木箱子，抬上了卡車，然後依依不捨地和她告別。在告別的時候，平頭像突然記起什麼似的，對丹華說：「妳不是委託我打問一個叫黑壽山的人嗎？現在，這個人出現了。他剛剛調來膚施，擔任市委書記。」

「是黑白的『黑』嗎？」丹華問，「一個很奇怪的姓！」

「是的，正是這個『黑』。我是在辦手續時，聽那些部門領導說的。」

丹華點點頭，算是對平頭向她提供消息的謝忱。

平頭還想說什麼，這時，司機按響了喇叭。司機已經有些急不可耐了，因爲從膚施城到西安，還有整整一天的路程。丹華見了，再一次伸出手，說了聲「謝謝」，就鑽進了駕駛室。汽車緩緩地起步了。

在汽車加快速度的那一刻，丹華從車窗裏探出頭，衝平頭揮了一下手，並且說——「忘記我！」

平頭覺得，那匆匆一閃的臉色很難看，而那「忘記我」三個字，好像是哪一位偉人臨終前的最後遺言。

第二十三章　等在季節裏的容顏如蓮花的開落

生活在進行著，就像楊蛾子懷中那塊錚錚作響的懷錶，走著它的里程。它有時候吝嗇，有時候慷慨，它在你志得意滿時，突然施與你痛苦，它在你陷入絕望時，又猝不及防地賜給你歡樂。所有的痛苦與歡樂，便構成了你斑斕多彩的人生。如果沒有這痛苦，你也許永遠不會長大，永遠處於初生兒的弱智階段，永遠不會具有穿透世界的目光，是痛苦給你提供了苦澀、然而是營養豐富的乳汁。當然，生活中也必須有歡樂，即便是一點，也應當有，要不，人生未免就太沉重和枯燥了。

所以我們不是一個悲觀主義者，也不是一個樂觀主義者。或者二者都是，但只是二者的二分之一，然後再將這兩個二分之一綜合起來，構成我們自己對世界的看法。

說了一陣，等於沒有說。那麼，我們還是回到自己的故事裏來吧。將玄學留給理論家們去說。

楊岸鄉發現自己一夜之間成了名人。

交口河造紙廠的大人小孩，都知道他發表了一篇小說，並且拿到了一筆相當於兩個月或三個月工資的稿費。大家都注意到了，這個從來得不到信件的人，現在，每天都可以收到一封到兩封信件，有時候，還有從遠處打來的長途電話。

造紙廠附近農村，有幾個中學畢業返鄉的年輕人，還專門來拜訪他。這些返鄉青年，在勞動之餘，經常寫一些文學作品和新聞作品，投寄出去，偶爾，有一小篇豆腐塊文章，甚至會在《膚施日報》上見報。他們明白自己不會有大的發展，但是他們願意這樣做，就像那些放在地窖裏的白菜、蔥頭一樣，一到季節，不管有沒有陽光和土壤，它們都要抽苔。當然，如果運氣好，他們的努力往往也會收到一點實效。最初謀個民辦教師的工作，接著招聘到鄉鎮文化站去，最後，飛得再高一點，到縣廣播站當記者、到縣委通訊組當通訊幹事，等等。而這些最初的發端，往往是由於那一篇「豆腐塊」。這些散落在鄉間的人類優秀分子們，突然知道了〈最後一支歌〉的作者，竟與他們爲鄰，於是理所當然地來拜訪了。他們最初稱他「花老師」，後來，由於楊岸鄉的一再說明，他們才改口稱他「楊老師」。當然，楊岸鄉最初的氣質和服飾，以及他那莫名其妙的解釋，曾使他們失望，但是，當楊岸鄉激動以後，當楊岸鄉墜入他那冥冥的藝術思維以後，他的淵博，他的口若懸河，他的狂放不羈、目空天下，又令他們吃驚。

從廠長到工人，人們開始以新的目光看待他。

廠長（廠領導的稱呼這時候由革委會主任改為廠長）見到楊岸鄉時，臉色和藹了一些。他找了幾次機會，談到當年他曾經怎樣冒著觸犯上級的危險，將這個有背景的人收留了下來。當然，廠長對楊岸鄉態度的改變，那篇小說是一個原因，而更重要的一個原因是，那天市委書記同志來本廠視察時，似乎有意無意地，對這個工人表示了好感。

行政上的事情很微妙，也許他真的認得楊岸鄉，說不定還是親戚，但是假裝不認識，而以「重視人才」爲藉口，向你拋出一個球來，看你接不接。如果你接了，用起了楊岸鄉，那麼，其實市委書記同志什麼話也沒有說，他只是說了一句任何有水準的領導人，在這種場合都會說的一句話，你絕不會抓住他的把柄。如果你不接，你置若罔聞，你像一根木頭一樣一撞三不響，你將領導同志的話當做耳旁風，那麼，下面就有你的好戲看了。

但是，市委書記的話，畢竟說得過於含糊，連「點到為止」這樣的程度也達不到，因此，廠長決定看一看再說；在看的同時，適當地為楊岸鄉安排一點社會活動。

廠長態度的突然改變，令楊岸鄉受寵若驚。他是一個欠了別人人情晚上睡不著覺的人，因此，總想找機會還債。在廠區裏，遇到廠長，他咧咧嘴，尷尬地一笑，算是招呼。吃飯的時候，上廁所的時候，也都招呼，以示親近。中國人招呼人的話，通常只有一句——「你吃過了？」如果這話用在吃飯時，比如飯前，比如飯後，比如飯前飯後一段不太久的時間，都還說得過去，但是，如果用到從廁所裏出來以後，這就有些令人尷尬了。

有一次，偌大的一個廁所裏，茅坑上只蹲著兩個人：他和廠長。他感到一陣壓力。這時候，他感到腹部一陣緊縮，再也拉不出屎來。其實，這時拉屎已經成為第二位的東西，當務之急是，他應該找到怎樣的一句話，和廠長搭訕。「你吃過了」這句話已經溜到嘴邊，他將它收回去了。當楊岸鄉提起褲子，挪動步子時，他說了這麼一句：「你在，我走了！」——這句話把廠長逗笑了。他在心裏說：「我不能老是在這兒，我也要起來呀！」笑歸笑，不過廠長的自尊心得到了滿足，他覺得這個人滿可愛的。毛主席的辯證法嘛，他覺得絕對不能把一個人看死，看成靜止不動的。

楊岸鄉決心徹底清理一下自己。他身上那股老鼠的氣味，雖然洗了，但仍然存在。嗅到了這一點後，他因此而臉紅。他不明白這些年自己是怎樣在這污濁的空氣中度過的。他沒有那種曾經戰勝老鼠的成功者的喜悅了，而是為自己身上的氣味羞澀。

他托人到城裏捎了一套中山裝、一套新襯衣、一雙皮鞋。他用整整一個禮拜天的時間，在工廠的那個洗澡池裏，浸泡和揉搓自己的身體，以至使洗澡水顏色發黑，水面上漂起一層油膩，池壁隨著水波的漲落，沾上一道條狀或片狀的垢甲。洗完澡後，他穿上了新買的衣服，而將原來的那些破爛，統統地塞進了垃圾桶。

他想整理一下房間。對順著牆壁高高摞起的那一堆書，沒有更好的處理辦法，於是他找來一輛小推車，將它們統統地推到了廠房，交給了那口懸掛的大鐵鍋。聽著中國的和外國的經典作家在大鐵鍋裏抱怨，楊岸鄉雙手一攤，表示他實在沒有另外的辦法，他的十平方米容納不下他們。——不過他確實曾經像一個蛀書蟲一樣，順著每一行字爬過一遍，所以不能說他不恭。

隨後，他從工廠的一個角落，找來一些基建用剩下的白灰，將牆壁粉刷了一遍。

社會要抬舉一個人，原來可以隨時找到藉口。楊岸鄉的這個舉動，引起了廠長的注意。廠長認爲在廢品收購站，已經不能保證供應原材料，大蒸鍋整天處於餓一頓飽一頓的情況下，楊岸鄉將自己的藏書貢獻出來，幫助生產，無疑是一種愛廠如家的表現。

於是他號召每一個工人都這樣做。號召歸號召，工人們能夠拿出來的廢舊紙張，寥寥無幾。這並不是大家不想拿，而是在過去的年代裏，實在沒有能夠積攢下多少，即便有一些，也生爐子生灶火用了。然而廠長已經滿足了，因爲他的本意原本不在這些書籍，而在找一個藉口抬舉楊岸鄉。

楊岸鄉開始紅漾起來。

廠裏的季度性總結和年終總結，在會計完成數目字的羅列、文書完成開頭的一段大帽子後，具體的寫作特別是文字修飾，通常都要找楊岸鄉完成。廠大門口過勞動節、過國慶日、過元旦和春節時必貼的紅紙對聯，現在也由他撰稿和書寫。而開水水管前的「嚴禁用桶提水，違者罰款」、男女廁所牆壁上的「大便入坑，小便入池」幾個毛筆大字，也出自於他珍貴的手筆。

「人盡其才！」廠長頗有幾分得意地說。

話說這一年年底，廠裏要舉行一次春節聯歡晚會，而且要從晚會中選出優秀節目，參加膚施市工業系統的職工文藝調演。這樣，楊岸鄉責無旁貸地成爲各節目之間，串聯詞的撰寫者和其中幾段說唱節目的撰稿人。

他緩慢地將自己從最初的那種精神狀態中解放出來，開始與社會交流，開始進入生活，並成爲其中角色。或者說，社會開始重新接納他。

他在這所謂的排練節目中找到了一點樂趣。

當年在膚施市，曾經成立過一個文藝班，招的都是十一、二歲的男孩子女孩子。當劇團和文工團被做爲「封資修」的工具統統遣散之後，社會曾靠這些小人兒承擔過宣傳和娛樂的任務。後來「文革」結束，老藝人都從旮旮旯旯跑回來了，於是這些已經長成大孩子的少男少女，除了個別有突出天賦的，留了下來，其餘的，便被招在這個工廠當工人。

這些人現在成了春節文娛活動的骨幹。

其中有幾個姑娘，十分漂亮。看著漂亮的姑娘在自己身邊翩翩起舞，總是一件愉快的事情。而如果其中的一個，有意無意地瞅上自己一眼，那簡直就是一種幸福。

「他這人有些古怪！」這是姑娘們的一致看法。這種看法妨礙了她們進一步接近他。她們有自己的圈子，那圈子裏有同年等歲的少男、少女，她們都不乏自己的崇拜者，因此，假如在高跟鞋的幫助下，從楊岸鄉的身邊凜然不可侵犯地走過去，走過時順便挺挺還不甚豐滿的胸膛，或者在排練的途中，見縫插針，給楊岸鄉說上幾句尖刺的話，在她們看來都是並不過分的事情。她們還年輕。

所有驟然而至的小打擊並沒有使他難堪，反而使他感覺到了生活在人群之中。畢竟有一群鮮活的少男少女，在自己身邊。畢竟有音樂，儘管這音樂是由蹩腳的業餘樂師演奏出來的。比起自己孤獨的歷程來說，現在彷彿從望不見邊緣的沙漠，走入了一座小鎮，儘管四周佈滿了庸俗的氣氛，但是他感到自己畢竟生活在同類之中，就像一隻狗之於一群狗一樣。儘管這一群狗不願接納牠，嗅出了牠身上異於牠們的氣息，但是這畢竟是同類。楊岸鄉不由得想起了他那與鼠爲伴的歲月。

有一個出奇漂亮的女孩子，她明顯地不同於她那些膚淺的集體。

她沒有驕氣，也沒有嬌氣，當別人大肆喧鬧的時候，她總是懂事地躲在一邊，並瞅上楊岸鄉一眼，好像在爲她們這一群人的膚淺，向楊岸鄉表示歉意。她身材纖巧，面色端莊姣美，臉型和整個氣質，讓人想起一位故世的、叫上官雲珠的電影演員。

據說她曾經得過一種病，這種病叫白血病，或者叫血癌。這種病生存下來的希望是百分之一。結果她活了下來，成爲這難得的百分之一。

她是獨唱演員。在那次春節聯歡會上，她獨唱的歌子是一支老歌，歌詞的第一句是「月亮在白蓮花般的雲朵裏穿行」，下來的一句是「晚風吹來一陣陣歡樂的歌聲」。這本來是一首不甚深刻，但是充滿悠揚情調和安謐氣氛的抒情歌曲。演唱者不知爲什麼充滿了憂傷，從面容到聲調裏；因此在演唱中，將這支歌處理成了一支類似俄羅斯民歌那種「噙著眼淚的微笑」的味道。這種處理加深了歌子的深度，也取得了意想不到的舞台效果。

她聽說楊岸鄉有一篇發表了的小說，是描寫一位小歌唱家的。她很想看一看，於是主動地踏進了他那十平方米。這大約是十年來，第一個踏進這間小屋的女性。

女孩子的膚色很白。不是那種養尊處優、塗抹過許多增白粉霜以後，形成的那種美豔的白色，而是一種纖弱或營養不良的蒼白。她伸手接過楊岸鄉遞給她的雜誌時，楊岸鄉接觸到她的手指。她的手指出奇地冰冷。

這個女孩後來參軍走了。在他們相處的這一段時間內，或者準確地說，在女孩後來還這本雜誌的時候，楊岸鄉曾經吻了一下她。他感覺到她的嘴唇也是冰冷的。即便她的情緒處在一種熱烈中，她的肌膚仍然那樣冰冷，像個冰美人。這一點楊岸鄉始終也沒能想透。

她通體的血是在患了白血病以後，被全部換過一次的。但這不能成爲她冰冷的原因。

在那一段日子，楊岸鄉迷戀上了這個女孩。這件事構成了他生命里程中的一段小夜曲，一次狂暴的激情與另一次狂暴的激情中間，一段相對平穩的藍色時期，一次靈魂的遊墮。

在排練節目的時候，他靜靜地躲在一個角落，縮成一團，長時間地癡呆呆地注視著她。看著她的丁字形皮鞋，她那像兩條火車道一樣筆直的褲縫，她的時而盤在頭頂、時而垂在頸部，兩根接近亞麻色的髮辮，她每一次的投手舉足。

他已經習慣了這種思維方法，即順著一條直線想下去，一頭栽進自己的想入非非。在那片臆造的意境中所呈現的各種景象，反而比此時此地，凡胎肉軀所接觸和感覺的一切，更加栩栩如生。

這樣，在神情專注於一處，想入非非的時候，眼前的一切，便視而不見了。所以他給人的感覺是呆頭呆腦、木裏木訥，不善於交際，不能應付場面，說話的時候，做事的時候，注意了這個忽視了那個，不注意掌握分寸，不時地出現偏激，於是不自覺地常常顧此失彼，磕誰碰誰。

這個習慣是無法改變了，長期的孤獨已經給他身上留下烙印。

但是，如前所說，他畢竟從一種危險的精神狀態下掙脫出來，回到正常人的生活狀態中了。可以毫不誇張地說，如果沒有生活的這一番打攪，讓他的靈魂繼續放逐在那沒有邊際的譫想中的話，精神病學也許又增加了一個臨床病例。

人是偉大的。儘管博學的哲學家們，在用放大鏡和望遠鏡觀看了過去、現在，以至未來的人類的生存狀態後，悲哀地認爲：生命過程本身就是一種痛苦過程；這是一種與意識孿生的、本能的痛苦，它於第一個猴子直起身子，走出森林，開始產生思想時，就附著在了人的身上；聖殿之所以尊貴莊嚴，就是因爲它是人們共同哭泣的地方。然而，在這苦難的舟子之上，勇敢者仍然揚起他不屈的旗幟，他手抓著行囊的揹帶，時刻側耳傾聽著命運的召喚，風暴的喧響，他有一個堅強無比的胃，他汲收著苦難的乳汁，以不可抗拒的力量強大起來。

楊岸鄉還年輕，澎湃在他心中的激情和精神力量，幫助他向生活的下一幕走去。用陝北的土話說：「你還沒有活人哩！」所以，生活不允許他過早地就糟蹋了自己。

「如果安排一切的不是上帝，那就是女人！」那些日子，楊岸鄉腦子裏時常迴旋著這句話。這句話是在楊岸鄉以熱烈的目光，長時間地注視他的女神時，那女孩子回眸嫣然一笑，接著又用下顎一翹，暗示他「你失態了」時，他驟然想起來的。

楊岸鄉很爲自己的這句話得意。但是，不久後，他就發現，這句話仍然出自一本書，而不是他的獨立思考。他有些掃興，他深切地感覺到，前人對世界的探究，曾經深刻和廣泛到什麼程度，旮旮旯旯都沒有放過，你自以爲你又發現了一塊思想的新大陸，其實，你只是在拾人牙慧而已。

女孩的名字叫艾芳。回到他的十平方米後，楊岸鄉常常情不自遏，唸叨著女孩的名字。他開始嘗到了一種戀愛的味道了，這對一個四十多歲的人來說，是一件可憐的事。

女孩的眼神總有一絲憂鬱。這憂鬱將她和那些眼睛裏沒有內容的女孩區分開來。她一定有過什麼不平凡的經歷。白血病當然算一個，但是除了白血病之外，肯定還有。她的服飾是樸素和簡約的，這一點楊岸鄉後來才明白。女孩子能用很少幾個錢，就將自己打扮起來，而為了保持褲管的筆直，她在上班的八個小時之內寧肯站著，也不願在小凳上坐一會兒。一件不管什麼樣的衣服穿在她的身上，她總能將它收拾得乾淨大方，而這件衣服如果落入一位村姑之手，立即就會走形。這些習慣大約是文藝班時期形成的。楊岸鄉還注意到她吃飯的時候，打的總是最便宜的飯菜，那麼說，她是將工資的絕大部分寄回家了，她家裏大約還有什麼人，年邁的老父親和老母親吧！難怪那些大手大腳的姑娘們和小伙子們，總是有意無意地，對她表示出一點輕蔑。白血病成為他們經常談論的話題，他們總是用白血病這件事來抵消她的美貌，為自己平庸的面貌找到一絲安慰。

女孩將飯盒塞進了灶房那賣飯的窗口。

沒等她開口，頭腦光光的大師傅，已經知道她要的是最便宜的菜。砰砰啪啪，勺碰鍋底的聲音，接著，一份洋芋絲或者醋溜白菜，遞了出來。「五分！」大師傅粗聲粗氣地說。女孩不卑不亢地接過飯盒，轉過身。

楊岸鄉的飯桌上只有一個人，也就是說只有他一個。自從他身上老鼠的氣味徹底消失以後，自從他開始在廠裏成為一個人物以後，他吃飯的桌子上，會有一個老工人或者偶爾下廠的幹部，和他坐在一起。平日，老工人都有自己的窩，年輕人又不屑於與他爲伍，因此，這個飯桌，幾乎成了楊岸鄉的專席。

他的眼睛，又投向了那個端著飯盒的窈窕身影。他多麼希望她能坐到自己的桌子上來。他在心裏明白，這種想法大約是一種奢想，但是眼神沒有聽命於心靈，他的眼神中閃現出幾朵希望的火花。

女孩在行走的途中放緩了步子。她猶豫了一下。按照常規，她是該坐在他們那一夥中去的。但是她注意到了楊岸鄉眼神中的火花。她微微一笑，只有楊岸鄉才看出，這微笑是對自己美貌的自負。隨後，她有些挑釁似地瞅了他們那一群一眼，然後拐了個彎兒，坐在楊岸鄉的桌邊了。

女孩坐定，立即，一股青春的氣息向楊岸鄉襲來。

楊岸鄉沒有料到女孩會真的坐過來。他一點思想準備都沒有。他有些發窘，他有些臉紅，大約還有點兒手足無措。他挪動了一下屁股底下的凳子，這個挪動可以作兩種解釋：一種是爲女孩騰出位置的表示，禮儀動作，表明他注意到了她的光臨，儘管這種挪動是沒有必要的，因爲桌旁只有他們兩個人；另一種解釋是，躲開這女孩，和她拉開一段距離。

「你的小說真好！我看了三遍。那個故事是真的嗎？」女孩主動搭話了。

「妳說的是……」

「〈最後一支歌〉。雜誌上領頭的那篇小說。」

楊岸鄉的心跳得很厲害。心跳影響到發音器官，因此，聲帶發澀，說不出話。他的臉憋得通紅。他偷偷地抬起頭來，看見了女孩細細的眼睫毛，和眼睫毛下兩隻純情似水的大眼睛。一想到這樣一位美麗的異性，和自己同坐在一張桌子旁，而她的全部注意力，在這一刻集中到了他的身上，令他連個躲藏的地方都沒有，他更緊張了，鼻尖上這時候大約已經有熱汗沁出。

女孩寬容地笑了笑。她大約生平還沒有遇見過這樣靦腆的男人。楊岸鄉的拘束感染了她，她也有些拘束。當她明白楊岸鄉是因爲她坐在跟前而自慚形穢時，她生平第一次對自己的容貌不滿起來；此刻，她寧肯自己再平凡一點，以便使身邊的這個男人減輕一點負擔。

「真的，我被小說感動了，被那位女歌手的命運感動了。生活真不公平。」女孩緊緊地盯著楊岸鄉的斑駁面容，真誠地說。

楊岸鄉想說這小說不是他寫的，但是他沒有勇氣說出來，他只咧了咧嘴，向女孩難堪地一笑。不過他在此刻對自己說，總有一天，他會寫出比〈最後一支歌〉更好的小說，不爲別的，僅僅爲了女孩這句真誠的話，爲女孩今天這個和他坐在一起吃飯的行動。

誤會有時候是一種動力、一種機緣、一種社會強加於你的任務、一種冥冥力量對你的暗示和導引。楊岸鄉記起自己小時候游泳的一件事，那是他第一次游泳。（**還記得那個從南河裏出來，光著屁股，跑到邊區交際處大院偷西紅柿的小男孩嗎？**）他不會游泳，確實不會，不會的原因之一，是他是在吳兒堡那塊高原上出生的。但是，當一群孩子來到河邊，當他們紛紛脫了褲褂，衝楊岸鄉喊「你怎麼還不下水，你肯定會鳧水，你這麼勇敢的人哪能不會鳧水」時，他脫下衣服跳進了河裏，並且一直游到對岸。當然，他喝了幾口水，他有幾次被浪頭蓋過了腦袋，滅頂之災，但是他終於游到了對岸，抓住了岸邊伸向水裏的一枝柳條。他就這樣開始學會了游泳。這事有些奇怪，也有些令人害怕。當他後來細細分析這件事時，他想，除了那種不可知的、精神的原因之外，大約還有一個客觀原因，那天南河正漲水，水很渾，稠乎乎的，這種水有浮力。但是不管怎麼說，他從此會游泳了，清水裏，渾水裏，都應裕自如。

女孩開始吃飯。

楊岸鄉鬆了口氣，他趕緊把頭埋進自己的碗裏。

在吃飯的途中，他幾次抬起眼睛，偷偷地看了一眼女孩。他看見了她的削肩和細長脖子。女人是神秘的，按照佛洛依德的觀點，恐懼來源於陌生，是的，他對女人的恐懼心理，其實也是出於一種陌生，一種神秘感，尤其是對那些漂亮的藍精靈來說。

後來，楊岸鄉將會接觸一個又一個女性，經歷一個又一個女性，他像一個冷酷、向著既定目標奔跑的機器一樣，需要時時從生活中尋找營養和動力，他殘忍地踐踏著一個個心靈，從橫陳的玉體上大踏步地跨過去，在跨過去時連頭也不回一下。那時候，陌生感與神秘感同時消失，他通過對這人類一半的認識，加深了對人類的整體認識，但同時一種最美好的感情，也從他心中消失了。

「你和所有的人都不一樣，你注意到了嗎？」這是那女孩的聲音。

「是嗎？」正在同時吃飯和同時沉思的楊岸鄉，從遐想中醒來，回到飯桌上。

「你好像生活在另一個世界的人，那裏有你真實的生活；而日常的這一切，包括此刻的吃飯，對你來說，倒像在夢中。看見你那神不守舍的樣子，常常令我想起一個人！」

「一個人？」

「是的，一個人。我喜歡看小說，包括那些厚厚的長卷。你一定看過《戰爭與和平》吧！你知道那個貴族……私生子……」

「彼埃爾！」

「對的，叫彼埃爾。你多像他那神不守舍、心不在焉的樣子。假如在酒館，你一邊喝著悶酒，一邊低頭想心事，那麼，每一個從你身邊匆匆而過的女人，都會在心裏對自己說：『瞧，這個男人多麼憂鬱呀！』只是，比起彼埃爾來，你還缺少……」

「缺少什麼……」

「一件白西服，一架金絲眼鏡，還有……」

女孩說到這裏，不言語了，臉頰上迅速地飛過一星紅暈。

「還有什麼呢？」楊岸鄉順著她的思路，不由自主地、不解地問。

女孩向鄰座喧鬧的人群望了一眼，悄然說：「對娜塔莎的一絲柔情！」

說完這句話後，女孩不再言語了。當她明白自己剛才說了什麼時，她很爲自己的話吃驚。於是楊岸鄉聽見了勺子磕碰飯盒的聲音，這是女孩用吃飯來掩飾，而大約手指有些顫抖，因此磕擊出了聲音。

女孩的意思再明顯不過了。最起碼的解釋是，她對楊岸鄉有好感。僅僅有這一點，楊岸鄉就滿足了。

楊岸鄉現在重新以另一種目光打量她。他現在從她的削肩上，看出的不但是線條，還有一種叫人愛憐的味道，這削肩需要靠在一個男人的肩膀——彼埃爾那樣可靠的寬肩膀上，需要保護，即便這保護來得粗暴一點，她也準備心甘情願地接受。楊岸鄉這時候陽具突然勃起，他記起了自己是一個男人。

分手的時候，女孩說了句，晚上她來還書。所以在下午的當班中，楊岸鄉的心情一直處於一種激動狀態。他傻乎乎地笑著，賣力氣幹活，他的行動引起了廠房裏的詫異。一位女工以深刻的目光看了他一眼。記得我們曾向讀者介紹過那個女工。

但是隨著黃昏的到來，楊岸鄉的信心又變得不足。他覺得這也許是自己的自作多情。那女子根本沒有別的意思，她僅僅是來還書。而她在飯堂裏脫口說出的那句話，僅僅是一個毫不相干的人，對另一個毫不相干的人的評價，一句談資而已。她從各方面來講，都與自己相距甚遠。他明白女孩和他的接近，只能使她的身價降低，他無法給她帶來什麼，他也不會成爲她意想中的彼埃爾。女孩只是在憐憫他，就像一個擁有許多珍藏的人，信手將其中的一件丟給一個過路的乞丐。

看來又不像是那樣。不管怎麼說，女孩表露的是真情。那麼這又是怎麼一回事呢？是不是整個世界串通一氣，想要迫害他、捉弄他，於是打發這個女孩做爲誘餌，以便像小說中或電影中，所經常出現的情節那樣，當事情發展到一定的火候，守候在外邊的人們便破門而入。

難爲楊岸鄉了，一件小小的事情，在他的頭腦裏，竟變得這樣複雜，難怪他行動起來那麼緩慢，難怪他總處在譫想中。我們不是病理學家，但是，一點點的醫學知識就夠了，這知識告訴我們，楊岸鄉患的這種病症叫做「臆想狂」、「偏執狂」或者「迫害狂」。這是發生在大學裏那件猝不及防的事情的後遺症。這類病人總感到四周充滿了陷阱，世界在通過各種方式算計他，他的投手舉足，一笑一顰，都在周圍空氣中數不清的眼睛監督之中。

嚴格地講，每一個真正意義上的作家，都是上述病症的患者。只是他們有自制能力，當思想的馬兒在放縱地奔馳時，能及時勒住轡繩，制止牠的失控。他們的區別只在於，有的病症重些，有的輕些；有的是先有這種病症才成爲作家，有的是在從事作家這種職業時，染上這種病症的。

當然，也有失控者，也有走入那種絕對境界中的。這些人往往成了獨步一時的大家，這些人往往以自殺，爲自己被激情燃燒得快成枯木的生命，畫上一個句號。——他們用身體內殘留著的最後一點理性，命令自己完成這件事；在完成的時候，他們將這次行事，也當成了一次藝術創造和人生挑戰。

閑言少敘。黃昏終於不可遏止地到來了。這是一個高原美麗的黃昏。時令大約是春天。高遠明淨的天空，塗抹著幾朵線狀的白雲，交口河在山谷間淙淙流淌。不久前曾經下過一場雨，因此山巒披上了一層淺淺的新綠——草色遙看近卻無。在山坡的某一個地方，有一樹的山桃花先開了，在陽光下它是一團耀眼的鮮紅，而在黃昏，它變成了一種凝重的絳紅。

下午，楊岸鄉沒有到灶上吃飯，他怕遇見那女孩。他盡量地把自己害怕的事情往後拖。他又來到了那個三岔路口的小吃店裏吃飯。我們記得，正是在這裏，他與那個不可接近的漂泊者相遇的。所以這一次吃飯的時候，他又想起了那件事，想起了像一塊心病一樣，埋藏在他心中那個安息在山頂的小精靈。一九七九年秋天的收成不錯——用黑壽山的話說，「政策好，人努力，天幫忙」，所以這時小吃店的飯食，又恢復成了「蕎麵餄餎羊腥湯」，不過「高粱麵餄餎」還在，它是做爲一種調劑食品出現的。

黃昏來臨了，女孩穿著一件紅色的夾克衫，腳下穿一雙平底圓口的襻帶布鞋，腋下夾著那本雜誌，嘴裏嗑著葵花子，進了楊岸鄉的房間。

當楊岸鄉意識到她已經來臨的時候，她其實已經在房子中間站了好一陣了。她笑盈盈地打量著楊岸鄉，打量著這間房子。葵花子大約是新炒的，所以她滿嘴噴香，嘴唇上也沾了些葵花皮的紫顏色，因此像塗了化妝品一樣，顯得面孔更爲白皙。

「你連讓座的一句話都不說嗎，楊師？」女孩埋怨道。

楊岸鄉連忙喊：「請坐！請坐！」屋裏只有一張床，一張桌子，一條凳子。這張凳子現在正由楊岸鄉坐著，因此，女孩輕輕地一翹屁股，半個屁股搭在了床沿。女孩落座以後，楊岸鄉暗暗慶幸，那天的床單剛剛洗過。

楊岸鄉爲女孩泡了一杯糖水。這是「降溫糖」。平日，糖發下來以後，他總是讓人捎回吳兒堡，給他的姑姑，他覺得自己享受不了這種奢侈。這次，還沒有來得及捎。

水很燙，連楊岸鄉這種感覺遲鈍的手，也感覺到了，對於女孩那纖弱的手來說，就更燙了。因此，當把水端到女孩手邊，碰到她那冰冷的手指時，楊岸鄉說：「晾一陣吧！」說完，將水杯放在桌子上。

女孩伸出她的手掌，請「楊師」吃她的向陽花籽。她說這是她自己炒的，相信不相信，她炒的向陽花籽很好吃，她從小就會炒。

「我父親是擺攤賣向陽花籽的！」女孩說。

女孩說，父親的攤就設在她家門口，她吃完中午飯後，就來到小攤前，替換她的父親回去吃飯。街道上住著些公家人，有個大男人很喜歡她的向陽花籽，常常來買，而且總是瞅她頂替的這一陣兒。向陽花籽一角錢一兩，他將一角錢扔進籃子裏，就在女孩正要提起小秤的時候，他說：「算了吧，抓一把吧，」「抓一把就抓一把，」女孩同意了。——「哎喲，楊師，你不知道，他的巴掌那麼大！」——女孩在後邊喊起來，可是，那男人笑著離去了。

楊岸鄉饒有興趣地聽著這個女孩小時候的故事。他從女孩小小的手掌裏，捋起幾顆葵花子，在牙上嗑掉皮，慢慢地嚼起來。

葵花子果然很香，有一種焦糊糊的香味。越嚼越香，滿口生津。一會兒工夫，這間小屋便瀰漫起一種溫馨的香味。

「不錯不錯，這葵花籽的確很好吃！」楊岸鄉讚歎道。

「這叫向陽花籽，你爲什麼叫葵花子呢？」女孩問。

楊岸鄉笑了。他說中國的地方很大，一樣東西有多種叫法，例如我們的洋芋，北京人叫它土豆，河北人叫它山藥蛋，而植物學家又叫它馬鈴薯一樣，關於葵花子，其實，我們兩個的叫法都不對，它公認的叫法叫向日葵子。

女孩也笑了。她說：「那麼，葵花子的叫法你是從哪裏得來的呢？」

楊岸鄉停頓了一下，回答：「是一個很遠的地方——遠在天邊！」

「那裏這種植物多嗎？我是說向陽花。不，我是說你的葵花子。」

「當然很多，多得一望無際。用當地的哈薩克語說，就是『科木科木的』。那裏的向日葵，不像咱們陝北，是種在庭院裏、堖畔上、地埂和大路旁，零零星星，一棵一棵的，它是大面積種植，幾十公頃、幾百公頃，甚至幾千公頃。茫茫的戈壁灘上，挑一塊平整一些、沙礫中含土質多一些的地塊，再引來水，就可以種植了。」

「那得多少勞力呀！」女孩爲這和自己毫不相干的事，擔憂起來。

「用的是機械。播種的時候用的是條播機，收穫的時候用的是康拜因。人的管理，只是隔一段時間澆一次水，或者，當向日葵長出枝杈的時候，打掐枝杈。」

「幾千公頃！那是一種多麼壯觀的景象呀！鋪天蓋地的一片金黃，像鋪在天邊的一塊絲絨地毯。微風吹來，掀起一層一層的波浪。特別是當太陽出來的時候，同一時刻，千萬棵向日葵一齊揚起頭，向太陽行注目禮，然後它們一齊轉動頭顱，追逐著太陽，一直到這一天結束，太陽沉入西方地平線爲止。」

楊岸鄉被女孩的想像力感染了。他接著女孩的話，用一種心馳神往般的語調說：「是的，是這樣的。葵花盛開的季節，妳如果騎上一匹馬，順著葵花地中間的小道，或者水渠的渠沿，信馬由韁地走過去。一會兒工夫，妳就會感到，自己被融化在這一片鋪天蓋地的金黃中了。妳的心中汪得難受，妳不由得想流淚，妳不由對大自然，對世界，對人類，對自己的生命本身，產生一種熱愛，並且情不自禁地唱起一支熱烈的讚歌來。而在遠處，在水渠的某一個分閘口，一個黝黑的中亞細亞少女綰著褲管，拄著一張圓鍬，正站在水裏，讓水從她的腳面上沒過。看見妳以後，她從頭上扯下絲綢質地的花手帕，向妳揮舞！」

「你曾經經歷過這一切嗎，大朋友?在那個稱向陽花爲葵花子的地方，也曾經有一個光腳丫子的女孩，向你揮動著花手帕嗎？」

女孩的話將楊岸鄉從夢中驚醒。

他不願意讓女孩失望，告訴她他雖然到過那個地方，也見到過那一片鋪天蓋地的金黃，但不是騎著馬，信馬由韁地經過那裏，而是被裝在囚車裏的，而且在那花海裏，也沒有什麼姑娘，那裏輕易不會碰見一個人，即便碰見一個，也是和他一樣，蓬頭垢面、目光狼狽的囚犯。但是楊岸鄉沒有說，他不願意告訴女孩這些，他擔心他的經歷會將她嚇跑；他還不願意讓她知道，世界上曾經有過這樣一種存在，並且這種存在和他發生過關係。

見楊岸鄉低頭不語，女孩明白自己的話問得唐突了。「我不該問這些的，」她說，「那是你一段不愉快的經歷，全廠人都知道的。」

「沒有關係！」楊岸鄉安慰她，在安慰的同時自我解嘲——「經歷是一筆財富，假如你有能力動用它的話！」

「你很深刻。這樣深刻的男人現在世界上越來越少了。」女孩熱烈地說。她一反往日在大庭廣眾下那淡漠的神態，話語中充滿了熱情，「你一定受過不少苦，你那飽經滄桑的面容告訴了我這一點。」

楊岸鄉無言以對。他抬起頭，認真地端詳了一眼，床邊倚床而立的女孩，他想起〈最後一支歌〉中的那段話，這段話現在恰好適合於他：她千恩萬謝地感激我，感激在這個世界上，還有記得起她童年的人。

關於向日葵的話題應當結束了，因爲熄燈的鈴聲像知了一樣在屋外響起。

女孩站起來，她說：「我該走了！」說完，向門口走去。當手接觸到門的把手時，她又轉過身。看著悵然若失的楊岸鄉，她說：「你願意吻我一下嗎？我長得不算醜，是嗎？上文藝班那陣子，我們一群男孩子、女孩子，常常玩這種小把戲，我們稱它爲『無害的遊戲』。」

「我服刑那個地方的小女孩，也常常玩這種遊戲。我這裏指的是距荒原農場不算太遠的那座兵團小城。放學歸來揹著書包的女孩子，願意讓人在街上吻她，吻一次，給她五角零花錢。確實是一樁『無害的遊戲』。不過，這與我們這些穿著豎條服裝的特殊人群無緣，女孩兒像懼怕那些從荒原上來的狼一樣懼怕我們。」

楊岸鄉走過來，用兩隻手捧起女孩的頭，輕輕地，在那噴香的，絳紫色的嘴唇上碰了一下。

「我還要，再長一些！」女孩嚥了嚥唾沫，並且翹起了腳跟。

這一次，楊岸鄉將自己的嘴唇，緊緊地貼在女孩潮濕的嘴唇上。這一次，他吻得既長且久，而且充滿了溫柔和典雅，有一種電擊一般的感覺，從他的頭頂直貫腳底，他的雙手也無意識地從女孩的雙肩，滑下去，接住了她的腰肢。

現在他們緊緊地貼在一起，彼此吮吸著對方的嘴唇，像兩個在沙漠裏跋涉了很久的人，現在面對一汪泉水所應該做的那樣。對於楊岸鄉來說，那電擊一般的感覺消失以後，接著是一個冷戰。當冷戰結束以後，便是一種無可名狀的舒適之感，長期繃得太久而已經有些鈍了的全身神經，現在開始鬆弛，開始像琴弦一樣彈奏起音樂。

普希金在他那天才的小說《驛站長》中，曾經記述了主人公的一次接吻，他說，「他」生平有過許多次的接吻，可是，沒有一次能夠留下這麼溫馨的記憶；那麼，對於楊岸鄉來說，他從來沒有體驗過接吻這種人類情感交流的方式，而這第一次的接吻，那種沁入骨髓的歡娛感覺，以後再也不會遇到。

由於是面對面站著，由於貼得太緊，以至誰也看不見誰。沒有了被人注視的危險感，楊岸鄉的窘意消失了，他感到他得到了放鬆。

不知道過了多長時間，也許很久，久到地老天荒，也許很短，短到只流星匆匆一閃，那女孩輕輕地伸出手，摘掉了楊岸鄉環繞在她腰肢間的胳膊。「我該走了！」她說。她用粉紅色的舌尖，舔了一下嘴唇，然後，打開門，突然地消失了。

她留給了楊岸鄉一個輾轉反側、難以成眠的夜晚。

他們後來還有過幾次接觸，除了在這小小的屋子會面以外，他們還到山上去，去折那些盛開的山桃花，或者剛剛掛果的青酸杏子。他們的感情交流僅僅到接吻這個限度爲止，用一句現成的話說，衣冠周正，舉止節制，沒有越雷池半步，沒有最後殘酷的一幕。

在遠離這個女孩的時候，在威脅感暫時離去之後，楊岸鄉躲在他的房間，像一個困在籠子裏的猛獸，他的雙臂無意中向空中摟去，他的嘴唇唸叨著那個名字，他對自己說一旦相遇，他們一定要將最後一步走完。但是，當女孩出現在他面前時，當接觸到她敏感的、會說話的、冰冷的手指時，一切便化為冰釋。

他們不明白，他們之間這其實不是愛情。

以婚姻為最終目的的情愛，是以適度的放縱、適度的謹慎、適度的理智為推進手段的，以需要和愉悅為目的的情愛，是以為惡的念頭和放縱的欲望為推進手段的。這兩種他們都沒有。他們只是——只是什麼呢？只是兩個感到孤獨和寒冷的心靈，在尋找相互慰藉，在以對方的火光照亮自己，以便看清自己的靈魂。而在彼此感情摩擦中所產生的火光（好像兩件化纖襯衣摩擦），將平等地給雙方以溫暖和熱能。於是，兩個生命便能夠繼續前行了。他們只是匆匆的一遇，然後又急匆匆地，各人向各人的目標走去。

女孩後來當兵走了。特招。部隊要招文藝兵，從茫茫人海中，注意到了她那上官雲珠式的面孔，從千百個百靈鳥一樣的女中音中，注意到了她的歌聲多一絲深刻。

女孩臨走時，給楊岸鄉留下了一封信，信中說她將在心靈的殿堂裏立一個牌位，珍藏這一段友誼。信中還說，他真的像彼埃爾，假如再有一套白西服、一架金絲眼鏡的話。

一些年後，大約是在這個世紀的最後幾年裏，當時，已經是國內知名作家和學者的楊岸鄉，偶爾從一份綜合性青年雜誌上，看到一首署著她名字的小詩。小詩放在補白的位置。《橄欖枝》欄目，這是這家雜誌的一種風格。女孩的詩是這樣的：

但過去的每一個淡泊的日子
都似一顆顆飽滿的種子
生動得令我們流淚。

你大概，已從地球上逝去
不然，怎麼收不到你的波段
我的呼喚，一個個墜毀深淵
忍不住送你一個吻
竟把你整個淹沒。

第二十四章　在生命中迴旋的女性柔情

黑壽山在省城裏，參加了省委工作會。他在小組會上的發言，引起了與會者的強烈興趣。小組會休息的間隙，採訪會議的省報、省台、省電視台的記者，專門趕到他下榻的房間，做了專題採訪。

記者們要他詳細地談談「兩個惡性循環」問題。於是，黑壽山將他的考察和思考，如實地跟這些記者們談了，談罷之後，他深情地說：「再有四年，我就『踩線』了。我想在退休之前，踏踏實實幹幾樣實事，爲家鄉父老做幾件好事。」他的話引起了這些記者們的強烈共鳴，不等會議結束，他的小組發言內容，已經用「大會花絮」的形式，見諸報端，而電視台在新聞欄目裏，給了他足足一分鐘的位置。

會議結束，躊躇滿志的黑壽山，回到盧施駐省城辦事處。他的秘書和司機在這裏等他。他準備第二天一早，就返回盧施城去，可是，就在他剛剛進了房間，端起一杯茶的時候，桌子上的電話鈴響了。

做爲盧施市委書記的黑壽山，他每天需要接的電話太多了。現代通訊設施縮短了空間的距離，它給人帶來了方便也帶來了煩惱。黑壽山尤其頭疼電話，它不比來信，也不比來訪，在你工作正忙碌的時候，在你晚上睡眠正香的時候，在你抑或是高興抑或是煩惱的時候，它可不管你這一套，不期而至，愛來就來。不管你願意不願意，你都得伸手去接：假如是一個重要的電話呢？你的腦子裏被應接不暇的事情塞得滿滿的，可是在拿起電話的那一刻，你得讓腦子裏的一切都暫時停止，來對付這個闖入者。因爲你是市委書記，所以你必須高度警覺，任何一句哼哼唧唧，不太明確的答覆，都可能爲你釀成後果。對方也許已經爲你佈置下陷阱，正在電話的另一頭微笑呢！是的，如果是來信，你可以不必直接面對寫信的本人，從容一些地處理。如果是來訪，你起碼在房門打開到落座的這一刻，有所思想準備，甚至以「今天的天氣」、「吃了沒有」之類來做開頭。可是電話就不同了，你需要面對的是本人，可這又不是本人，你想以無關緊要的話來使自己緩衝一下，可是電話局在收費問題上人人平等，即使是公費，過長時間的占線也是一種不文明的表現。

桌子上的電話鈴響著。黑壽山有些累，幾天的會議下來，比幹一場力氣活還累。「誰知道我在這裏呢？」他有些納悶。他的步履遲緩了一下。可是電話鈴頑固地響著，聲音緊促而又刺耳。黑壽山無可奈何地搖搖頭，放下茶杯，伸手拿起話筒。

你在拿起話筒的一刻，是以怎樣的措詞開始搭話的，是以「喂」，或者「你好」，或者「哪個」，或者「誰呀」等等，這一點各人有各人的習慣，雖然這習慣並不重要，重要的是隨之出現的內容。

黑壽山拿起話筒。幹練的他省略了前面的虛詞，首先自報家門，然後問對方是誰。於是，電話線的另一頭，傳來一個年輕女人愉快的聲音。年輕女人沒有直接回答黑壽山的話，而是賣了個關子，她讓黑壽山猜猜，她是誰。「你也許會聽出我的聲音的！」她說。

對於黑壽山來說，這聲音確實很熟悉，他在聽到聲音的那一刻就意識到了。是一口純正的北京口音，純正、清晰、準確，好像女播音員的聲音。只是，較之播音員的聲音，這其間又多了一些熱情和抑揚頓挫。這聲音對他來說是熟悉的，終生難忘的，在過去的年代裏，這聲音和他之間，一定發生過什麼重要的事情，而他在漫長的人生旅途中，他感情中最溫柔的部分，其實，一直在期待著這聲音，期待著它的呼喚。

但是黑壽山經歷的太多了，而這一切又來得如此地猝不及防，因此黑壽山在接通這個電話的那一刻，在聽到那年輕女人的話語時，他在一瞬間怔住了，沒有能及時地回答。

話筒那邊命運的聲音繼續響起來。「哦，你聽不出來嗎？這真叫人失望。她說過，你一聽到這聲音，就會立即拋棄了一切，順著電話線，奔來的！」

黑壽山臉色蒼白，他已經有幾分約摸，知道對方是誰了，但是他還是不敢肯定。因爲事情來得太突然了，要將他從剛剛結束的會議上，從他雄心勃勃地要振興陝北的計畫中，拖出來，拖到另外一件事情上，真不是一件容易的事。

「讓我想一想！」他用這句話，想延緩一下對方的攻勢，爲自己爭得一點時間。

「讓我背一段話給你聽嗎，老黑？」話筒裏的聲音說。說完，聲音換了另外一副腔調，開始背起一個著名小說中的一段話來：「克利斯朵夫也知道，在他心靈深處，有一個不受攻擊的隱秘地方，牢牢地保存著薩皮納的影子。那是生命的狂流所沖不掉的。每一個人的心底，都有一座埋藏愛人的墳墓。他們在其中成年累月地睡著，什麼也不能驚醒他們。可是早晚有一天，——我們知道的，——墓穴會重新打開，死者會從墳墓裏出來，用她褪色的嘴唇向愛人微笑；他們原來潛伏在愛人胸中，像兒童睡在母腹中一樣。」

話筒裏的聲音吐完了它的最後一個字。當那拿腔捏調的聲音，在朗誦般地講話時，黑壽山就知道她是誰了，對方的話音一落，他立即緊迫地說：「是妳嗎？丹娘？我聽出妳的聲音了！妳現在在什麼地方？妳怎麼知道我在這裏的？妳還是老性格，突然闖入，就像從地底下鑽出來一樣，咱們——咱們有二十六年沒有見面了吧！」

黑壽山說話的聲音，對方聽出來了。他這時的情緒大約很激動，這種激動正是對方所期待的，它縮短了二十六年的距離。話筒裏的聲音笑了：「剛一搭上話，你就提出那麼多問題。你們男人哪！」話筒裏的聲音說，她到西安來，只是想見見黑壽山，她問黑壽山，還記不記得，他們經常約會的那個地方，黑壽山回答說：「記得。」話筒裏的聲音又說，黑壽山大約還沒有忘記，最後一次約會，黑壽山失約了，她問黑壽山，還願不願將那次失約，彌補回來，雖然時間已間隔了四分之一世紀。黑壽山認爲，還是到他下榻的這個膚施辦事處來會面吧，彼此都不年輕了，沒有必要那麼多的羅曼蒂克，況且這座城市又大，那地方又遠。話筒裏的聲音說，之所以選擇那個地方，是出於對一段感情的尊重，對一位女士的尊重，她想黑壽山是能理解的。黑壽山點點頭，認爲她說得很對。

「哪個地點，哪個時間，你確實記得嗎！」當說完這一切後，話筒裏的聲音，提高了音調問。

「雁塔路第一百零一棵梧桐樹。晚上七點半。」黑壽山回答。

「我爲母親驕傲，你確實沒有忘記她！」話筒裏的聲音說。

「妳說什麼？我不明白！」

「我該給你的激動降降溫了，」話筒裏的聲音又恢復了最初的愉快腔調，「我不是你的丹娘，我是丹娘的女兒丹華。黑叔叔，我和你開了一個玩笑。這樣，你還願意見我嗎？」

「我來！」

黃昏來臨了，是經典作家筆下那種，我們年輕時才有緣一遇的美麗而奇異的黃昏。太陽收斂了它的強光，變成了一個圓圓的大球，停在了陝北高原那圓狀的或條狀的山巔上；一輪潔白的月亮，從終南山東南那高高的尖頂上被挑了出來，那最初的一瞬，彷彿是擱在山尖上一樣。日光與月光，平分這古老的沖積平原，這富饒的渭河河谷。而位於平原中心地帶，這座八水環繞的北方都城，也在這一片奇異光芒的籠罩下。

隨後就是日光和月光收斂了光芒，而讓位於滿街的路燈與霓虹燈。這座幾十里方圓的北方都城，被人類自造的光源照耀得如同白晝一樣。燈光除照亮了城市的旮旮旯旯以外，還直射到天空幾百米的地方去，造成一片立體且光霧騰騰的情景。

一位老者踩著斑駁的樹影，步履蹣跚地踏上了雁塔路。他讓司機將他送到雁塔路口，就找了個托詞，說，明天就要回膚施城了，司機大約還有沒有辦完的事情。司機領會了他的意思，開著車走了，現在，只他一個人，市委書記同志，向第一百零一棵梧桐樹走去。

輕微的晚風，斑駁的樹影，昏黃的燈光，倒退著的樹木，這一切都給人一種虛幻感。而遠方是朦朧的，朦朧的遠方啊。他簡直不知道自己是向什麼地方走去，他只機械地默數著一棵接一棵的道旁樹。一首歌兒在空氣中顫抖，「來也匆匆，去也匆匆，是這樣風雨兼程……」歌手公然蔑視傳統的表現手法，聲調輕鬆自由而不拘形式。這位行走者聽慣了那些節奏明快、鏗鏘有力的進行曲，因此感覺到這伴隨他行走的歌聲很不順耳，不過他不能不承認，這歌聲確實正在準確地表達他目前的情緒。

整整二十六年前，也就是一九五三年，那時他從部隊轉業後，在陝北北部邊緣的一個縣擔任團委書記。團中央在西安，在距雁塔路不遠的一個地方，辦了個西北團校，正是在團校裏，他和那位美麗的北京姑娘認識了。他們產生了愛情，但是，這個愛情後來以悲劇形式結束。產生悲劇的直接原因，是黑壽山當時已經結婚了。既然已經有了事實上的婚姻，那麼這種婚外戀，當然是不應該的，尤其在那個年代裏，尤其在那樣嚴格的學校裏。女主角丹娘是資本家的女兒，況且有海外關係，這更增加了事態的嚴重性。當黑壽山的小腳妻子，來團校大鬧一場後，學校抓住這個典型，將它看做是資產階級思想，對陝北老區下來那年輕的老幹部的一次腐蝕。棒打鴛鴦，這樣兩個人就分開了，從此各奔西東。丹娘不等畢業，就拿了個結業證，走了。學校對被腐蝕者，這位老幹部採取了保護性措施，允許他正常畢業，然後，回到他來時的那個縣城。對於市委書記同志來說，這是他年輕時的一件荒唐事，而對於生活來說，這是一個陳舊而又陳舊的故事。

許多年過去了，正如丹華在電話裏，以拿腔捏調的聲音朗誦出的那段話一樣，丹娘的倩影一直埋藏在他的心中。他覺得自己欠了這姑娘許多情分，他覺得由於自己的輕率，而毀掉了姑娘的前程，而尤其令他不能原諒自己的是，他沒能去赴那最後一次的約會。那次約會是丹娘提出來的。吃罷飯打水的時候，姑娘拎著一把壺，腋下夾著一本書，在水管前面徘徊，她說了句「還你的書，某頁有一張條子」之類的話，然後匆匆地走了。回到宿舍，他將書翻到這一頁，看到用紅筆勾出，丹華現在朗誦過的那段話，看見有一張條子。這條子提的正是那次約會，因爲丹娘第二天就要走了。但是，黑壽山沒有能去，沒有去的原因並不是出於膽怯，而是當他就要走出大門的時候，班裏的黨小組長擋住了他，要和他談心。長期以來，黑壽山一直惴惴不安，他一直想尋找一個機會，給當年的情人解釋這一件事情。他想：她從此一定是看不起他了，以爲他沒有赴約是出於懦弱，出於薄情寡義。

黑壽山默數著梧桐樹，向前走去。

城市的夜晚，是屬於年輕人的。路旁花圃的欄杆上，林蔭樹下，一對對青年男女，簇擁在一起，還有的緊緊依偎著，旁若無人地走在馬路上，與黑壽山擦肩而過，而黑壽山只是輕輕地避開。和夜晚屬於年輕人的一樣，城市將它的早晨，給了老年人，當青年人還在蒙頭酣睡的時候，老年人早早地就醒了，開始跑步，開始在公園裏、在護城河邊、在城牆頂上，打太極拳或者做氣功。黑壽山現在感覺到，他的出現和這夜晚的格調多麼不協調，這時的老年人，大概都正在家裏看電視、拉古話，而他，卻摻和在年輕人的行列中，向他年輕時候的一個地方走去。但是他只有硬著頭皮往前走。不過，第一百零一棵梧桐樹就要到了，而那樹下，確實站著一個身穿白色連衣裙的姑娘。

姑娘穿著連衣裙，或者是套裙，對於女人的服飾，黑壽山是個外行。她的兩手插在裙兜裏，背對著馬路站著，只留給行人一個背影。她剪著短髮，裙子的領開得有點低，因此露出長長的一截脖子，像一匹馬一樣。她和當年的丹娘多麼相似呀！因此，黑壽山在看到她第一眼的時候，就明白她是誰了。他走到樹下，用一隻手扶住樹。

「妳是丹——丹華嗎？」他問。

「那麼，你是黑叔叔？」白色的背影轉過身，微笑地望著他，並且伸出一隻手來，「你好，我媽媽的朋友！」

她微笑的神情也像她的母親。她握手的樣子也像她的母親——一隻手傾斜地伸過來，大拇指成為一面，四個傾斜的、靠近的手指成為另一面，與其說和你握手，倒不如說將手伸過來，禮節性地讓你一握。在這一瞬間，黑壽山簡直有些惶恐了。但是一想到自己灰白的頭髮和滿臉皺紋，他就明白，這確實是另一代，不會是他的丹娘了，他的丹娘如果此刻站在他面前，大約也像他一樣，是一個老態龍鍾的老嫗了。

他們開始攀談起來。最先湧到他們嘴邊的話題，而且貫穿他們談話始終的這個話題，當然是那個沒有在場的人，由於她的因素，才產生了這場會面。但是，當黑壽山詢問起故人消息的時候，詢問起她為什麼沒有親自來的時候，姑娘輕輕地歎息了一聲，她告訴眼前的這位老者，她的媽媽已經死了，死在「文革」中，那是七、八年前的事。

於是這個話題霎時間變得沉重起來。

做為黑壽山來說，他曾經在他的心中，許多次地描繪過他們有一天會面時的情景，但是想不到會面是在這種情形下進行的，而且她本人已經做古，她打發她的代表者來進行這場談話。為那次失約，他曾經準備了足夠的解釋，但是現在這一切都沒有必要了，她不會聽見了。

「能盡量多地告訴我妳的媽媽嗎？她的工作，她的婚姻，她死時的情景，她一切的生活細節。妳知道，這一切對我多麼重要。妳知道的，我是愛過妳母親的。而且，我這一生，只有過這一次愛情，但是它卻是以這樣的形式結束的。」

「我明白你的話，我媽媽的朋友。誰說過，『不經歷一次深刻的感情，就等於空活一世』。所以你的要求是合理的。做為我的母親——丹娘來說，她這一生，也只經歷過這一次，所以，她也和你同樣地珍惜。朋友，她是愛你的，始終不渝地愛你，當你聽我一字不錯地背出羅曼．羅蘭那段名言時，你就會毫不懷疑地相信這一點了。當她臥榻病床的時候，當她彌留之際，她口中反覆唸叨的，正是這段話。朋友，她其實是在你的陪伴下，在我的陪伴下，走完她生命最後的日子的。這下，你該滿意了吧？」

「她沒有提起過那場失約嗎？她沒有怨恨過我嗎？」

「她提到過那場失約，但是沒有怨恨你。她找出了各種理由，爲你的失約解釋，即便是你出於懦弱，沒有前來，她也原諒你了。她不止一次地給我說，在這個世界上，有一個男人，一個愛她的人；儘管她在這個世界上，已經一無所有了，但是她擁有一個白馬王子，而有了他，一切就足夠了。她說，只要她一聲召喚，不論他在什麼地方，不論他幹什麼，他都會放棄一切，向她走來的。說著這些的時候，她仰頭問我：『妳相信這些嗎？』我在心中充滿了懷疑，但是爲了不使媽媽失望，我深深地點了一下頭，裝出堅定相信的樣子，於是媽媽笑了。現在，黑叔叔，你果然像我媽媽說的那樣，因此我從心眼兒裏感激你，並且代表我的媽媽感激你。我的媽媽如果地下有知，她一定會像一個小姑娘那樣地笑的。」

接著，應黑壽山的要求，丹華開始講述丹娘的故事。

丹娘出生在北平一個資本家的家庭。她的父親姓唐，母親姓趙。她是家裏的老大。北平解放前夕，父母帶了幾個小一點的孩子，去了香港，那時的丹娘，正在上初中，父母走的時候，她從家裏跑了出來。她當時是學校中同情革命的積極分子。北平解放後，正好西北團校招生，滿腔熱情的她，便報考了這所學校，來到西安。

「我媽媽那時候很漂亮吧？」丹華問。從黑壽山的眼睛中，得到證實後，她繼續說，「她比我漂亮，這我知道。即就是她老了，她仍然那麼整潔、利索，起居有止。她說過的，她第一次見到你時，你在校園的小路上，月光下的小路，那天她穿了一件白色的連衣裙。」

「是的，她穿了一件白色的連衣裙。那是剛剛入學時候的事。知道彼此是同學，雖然還不知道姓名，就互相點了一下頭。我記得，那夜月光很白，她的頭髮剪成當時流行的那種短髮，短髮的右側紮著一個蝴蝶結，月光下像一隻高雅的白天鵝。她有點羞澀地笑了一下，就側過身走了。但是，我沒有走，我注視著她的背影，一直到那背影在小路的盡頭消失。那個月夜和月光下的她，便永遠地貯存在我的記憶中了！」

「我知道的！我能理解當時的你，媽媽的魅力你是抵擋不住的。但是我不能理解媽媽。我不能理解她，爲什麼在茫茫人海中，在一大群崇拜者中，選擇了你。你並不出眾（原諒我的直率），況且你當時已經有了妻子。我自個兒曾經反覆地想過這個問題，後來，我想穿了，年輕熱情、充滿了幻想的她，愛屋及烏，將自己對革命的感情，和對一個從陝北老山上下來那革命者的感情，混淆起來了。這既是她的初衷，也是她後來歷經歲月磨難，而心中那種感情越來越固執，或者說越來越理想化的緣由所在。是這樣嗎，黑叔叔？」

黑壽山聽到這裏，無法回答丹華的問話，因爲他從來沒有想到這一層去。

丹華也沒有要求黑壽山回答的意思，她繼續說：「那麼，黑叔叔，你們是怎樣的，你們曾有過——接觸，這我知道。這一切究竟是怎麼發生的，請你能直率地告訴我。正像你認爲丹娘後來所有的細節，對你都十分重要一樣，這件事對我也十分重要。」

這些話令黑壽山稍稍有些不快。但是，他還是沒有拒絕丹華的這個要求。這個姑娘能這樣地提問題，大約正如她所說，有她的理由。

於是黑壽山開始講述了。最初，他只是以一個講述者的口吻，惆悵地回首著往事，但是隨著談話的深入，隨著年輕時候那一幕幕情景的再現，特別是，當講述到農曆一九五三年那場春節聯歡會時，他再也不能用剛才的平靜口吻了。

「如果說有的話，那只有一次。哦，我好像此刻正在給黨小組長彙報思想。事情發生在那場春節聯歡會之後。」黑壽山說，「是的，防線正是從那天晚上崩潰的。放假了，同學們都回家了，妳的母親無家可回，我本來是準備回去的，可是大雪封山，公路不通，只好作罷。再說，我也不忍心將妳母親一個人孤零零地丟在學校裏。大年三十這天晚上，我們應邀去參加了共青團舉辦的全市青年聯歡。聯歡會上，妳母親走上台去，唱了一支歌。是伊薩科夫斯基的。那年頭，我們正崇拜他。不過，唱的不是他那首著名的『喀秋莎』，而是另外一首。我不知道這歌的名字，但是我會唱。妳願意聽我唱一唱嗎？」

見丹華點了點頭，黑壽山便用嘶啞的聲音，唱起來——

黃昏時分，有一位青年，
他拉著手風琴，在窗前盤桓。
小伙子，你愛上哪個你就說吧，
為什麼攪得滿街筒子的姑娘都不安！
……

「聯歡會上，她正是唱著這樣一支歌。唱歌的時候，她的眼眶裏湧出了淚水。她在所有處於狂歡狀態下的人們，都沒有覺察到的情況下，用飽含責備的目光，瞅了我一眼。我注意到她的目光了。你知道我當時多麼痛苦。聯歡會散了，我們回學校去。是一個大雪初晴的晚上，滿世界一片銀白。我們的鞋子踩在雪地上，發出『刺喇刺喇』的響聲。兩個人誰也不說話，只默默無語地走著，挨得很近，手梢不時和手梢相碰。大約她滑了一下，身子打了個趔趄，於是我抓住她的手；待到她平穩以後，我鬆開了，誰知，就在我鬆開的一剎那，她反而更緊地抓住了我的手。街上一個人都沒有，所有的人都躲在家裏過年，於是我們大著膽子，手拉著手，在雁塔路上行走。

「那是一個多麼難忘的夜晚呀，那麼白，那麼靜，好像整個世界都退避三舍，生怕驚擾了這兩個溫情脈脈的人。後來，路過一家小舖時，丹娘說她有些餓了，於是，我們要了幾塊麵包、一瓶小香檳，就著櫃檯，妳一口，我一口，將小香檳喝光，將麵包吃光，連掉在櫃檯上的麵包屑，都揀著吃了。最後，我們進了團校的大門。

「女宿舍裏，只有她一個人照門；男宿舍裏，那時好像也只有一個我了。我陪著妳的母親，先到了她的宿舍裏，那時，還沒有暖氣，也沒有爐子，生的是木炭火——張思德烤的那種木炭。我先將這裏的木炭火生著了。天有些冷。『烤一烤再走吧！』你母親說。其實，我也實在不想走。我們圍著火盆，張開手，烤了一陣，你母親將她從北京帶來的一條毛毯，蓋在我的膝蓋上。可是，我終於得走了。我得回到我的男宿舍裏去。當我終於艱難地站起來，將毛毯還她，邁向門口的時候，她說了一句話。她說：『有必要去再生一次火嗎？』聽到這話，我回了頭。」

黑壽山的話，說到這裏停了。面對一個晚輩，接下來的細節，他沒有說。不過這件事情的經過，他可以說已經說得還算圓滿了。這是他生平第一次，向人這樣細緻地說起，他和丹娘之間的事情。當年就是黨小組長再三啓發，他也沒有談這些細節，他只是籠統地將責任，完全攬到自己頭上，將鑄成的那件錯誤，歸咎於那一瓶香檳酒。今天，他之所以感情脆弱起來，是因爲這是丹娘的女兒，還因爲當事人之一已成古人，因此在談論起它便少了幾分顧忌、多了幾分追憶。當然，最重要的原因是，丹華要求他說出那一切時的口吻與字眼。——「這一點對我也十分重要」，敏感的黑壽山，從這句話中，似乎嗅到了點什麼。

「一個纏綿的故事，一個冬天的童話。」丹華笑著說，「在我的印象中，你們這些老幹部，總是扣著風紀扣，板著面孔，渾身鎧甲，堅硬如鐵，金剛不壞之身，想不到，在心靈深處，還有這麼纏綿的一塊地方。是的，也許只有這樣，才構成一個完整的人，而我們只看到了一半而已。那麼，黑叔叔，我現在還有一個迫切需要知道的問題，就是，當我母親和你接近的時候，她是不是知道，你已經有妻子；特別重要的是，在那件事以前，她是否知道了？」

「她最初是不知道的，我有意無意地隱瞞了這一點。其實，當時同學中，結婚的人很多，誰也覺得自己沒必要將這事對別人張揚，尤其是對一個女同學。最後，當我的感情已經不能自拔時，我明白，只有說出這件事，也許才可以造成一座屏障，終止我們的來往。但是，當我終於鼓足勇氣，在一次約會中，手扶這棵梧桐樹，說出來時，她半天沒有言語。『你爲什麼不等等我，再結婚？你爲什麼早生了那麼多年？』她最後說。自那以後，她照舊我行我素，和我來往，只是，言談舉止，從此便罩上了一層不祥的氣息。她是由於最初的沒有設防，才墜入情網、不能自拔的，這責任在我，我任何時候都不想否認這一點。可是，姑娘，妳爲什麼迫切地需要知道這些，難道，妳有什麼事情需要告訴我嗎？」

「我沒有什麼要告訴你的，」丹華機智地攔住了黑壽山的話頭，「我僅僅是出於一種好奇，一種對媽媽的關心。正像你也關心她一樣，雖然你只是個兩姓旁人。」

「兩姓旁人」這個字眼刺傷了黑壽山。這個字眼表明了，丹華決心將眼前的這個人拒於千里之外，也表明了她不打算告訴他什麼。

說這話時，黑壽山注意到了，丹華的嘴唇閉合了，腮邊的肌肉出現一種力量感。「這一點她不像她的母親，」黑壽山想，「她的母親總是那麼溫柔，溫柔得近乎靦腆的她，幹什麼都是小心翼翼的，生怕撞著了誰，生怕談鋒傷著了誰。」

「責任不在你，也不在她，」丹華說，「這是命運。命運是一種看不見的、摸不著的，在黑暗中左右著一切令人恐怖的東西。既然有男人和女人，就免不了在他們中間，要有那麼幾場悲喜劇。如果真要追究責任的話，責任也許在亞當和夏娃，自從他們偷吃了禁果以後，世界就不太平了。」

他們繼續交談。爲了滿足丹華的好奇心，黑壽山又向她談起了自己的妻子，談起了當年那一場錯誤的結合。那是他剛剛從部隊轉業到地方時的事。他的直接領導，將自己的一個堂妹介紹給他。他沒有細加考慮，就同意了。他是將這當做一件政治任務來完成的。婚禮進行得很隆重，動用了當時縣城僅有的一輛吉普，縣婦聯主任親自擔任伴娘。但是，當伴娘陪著他那平凡的妻子走下小車時，他在一瞬間翻心了。但是，在講述這一切之後，黑壽山認真地對丹華說，當老境漸來的時候，他開始一定程度地愛上了他的妻子，他希望丹華能理解這一點。她爲他生了三個男孩子。

她像黃土地上那些世世代代的勞動婦女一樣，將她的全部給了丈夫和孩子，有一年，由於政治上的原因，黑壽山罷官在家，他氣得病倒了，老伴端屎端尿，端吃端喝，一句多餘的話也沒說，侍候了他一個月。他從那一刻起被感動了，他撫摸著妻子粗糙的手，流下了眼淚。

丹華也向她的黑叔叔，敍述了丹娘後來的情況。她離開學校後，就去了甘肅，受到處分的她，已經不適宜做團的工作了，於是被分配到一家出版社當文字編輯。她在甘南待了三年，後來聯繫回了北京。回到北京後，就一直在美術館工作，擔任資料員，一直到她去世爲止。香港的父母親，不知道從哪裏知道了發生在丹娘身上的事情，他們寫來信詢問，並且希望丹娘，能去香港，和他們團聚，如果她不願意定居，能去香港，讓他們看一眼也好。信中還寄來了他們以及和別的孩子在一起的照片，並且希望丹娘能寄一張自己和孩子的合影，給他們。丹娘見了信後，只回了一封簡短且措詞冷淡的信，告訴他們她生活得很好，他們聽到的只是謠傳而已。她也沒有寄自己的照片給父母，對著從香港寄來的照片，看著弟弟妹妹的服飾，她覺得自己穿得太寒磣了，她不願意讓他們看見。她只寄了一張丹華的照片，那是丹華上幼稚園的那一天，她特意給照的。後來，丹華談到了母親的死亡。自然，在「文革」中，由於她的出身，由於海外關係，由於她年輕時候的那件事情，她受了不少的罪。而最嚴重的一次，大約是她脖子上被掛兩隻破鞋，遊街和接受批鬥。但是丹華沒有談到這些，那一切畢竟過去了，而她，也不願提起那些，給眼前的這個人再增加內疚心情。

閱歷豐富的黑壽山，自然也能想見丹華沒有說出的那一切，所以他現在深深地內疚。他問丹華，她們生活得這麼艱難，那麼，爲什麼不和他聯繫，丹娘應該知道他的地址的。

「她就是這麼一個人，她的脾氣你是知道的。她不願意打攪你寧靜的生活，不願意過去的那件事再找到你！」

盤桓在黑壽山心中的那一層疑惑，現在又浮現在了他的心頭。他試探地問：「丹華，在妳媽死去的時候，還有什麼人在她身邊嗎，除了妳以外？」

「沒有了。就我一個。」

丹華回答完這句話以後，猛然意識到了這句問話潛在的含義。她抿了一下嘴唇，瞅了黑壽山一眼。她發現黑壽山也在看著她。

四目相對時，兩人的心都跳了一下。

「走一走吧，這樣站著多彆扭！」

在丹華的提議下，這一老一少，離開了那棵梧桐樹。當他們開始行走的時候，丹華輕輕地攙住了黑壽山的胳膊。在這一瞬間，黑壽山的心中，突然湧出一種父親般的感情。他突然明白了，這個突如其來出現在他面前的女孩子，一定是他的女兒，是當年他和丹娘那一次錯誤帶給世界的禮物，要不然，女孩子不會以這樣的形式來找他，而在他們分手以後的那些年月，丹娘也不會那樣喋喋不休地向她講述那麼多他的事情，她是在給孩子講她的父親呀！他能夠想像得出，在離開他的這些年，她們母女所受的痛苦和屈辱。是的，他不是兩姓旁人，他其實是她們的親人，然而，當她們受苦受難的時候，當她們需要幫助的時候，這個男人跑到哪裏去了呢？如果說，在原先的談話中，黑壽山僅僅是做爲一個友人、一個故人，在傾聽和感受著那些時，那麼，想到這一層以後，他實際上已經是一個生活中的介入者和責任人了。黑壽山因此而陷入一種深深的自我譴責中。

黑壽山只有三個兒子，沒有女兒。他曾經希望妻子能爲他生一個，結果沒有生出。他即使有再豐富的想像力，也想不到，這個神秘的電話，這個不速之客的造訪，會帶給他一個女兒。人類的感情，少了哪樣都會是個缺憾，他現在體味到了一種父女之情了。但是這僅僅只是他的猜測。挽著他胳膊的女孩子，她是知道這個秘密的，敏感的黑壽山完全明白這一點。但是她沒有說透謎底，也許她不屑於說透，她有理由對從沒有給過她父愛的眼前這人，表示蔑視甚至仇視。既然她不打算說出，黑壽山也不好貿然發問。

黑壽山在頭腦中盤桓了半天，終於按捺不住，不過，他找到了一個巧妙的話題。「妳今年多大了，丹華？」黑壽山問。

「你對這個感興趣嗎？」

「是的！」

「原諒我不能告訴你。這是一個敏感的話題，尤其對女孩子來說。黑叔叔，西方有一種禮節，不要去問女士的年齡，因爲那是不禮貌的。」

「可是，這是在中國！」

「對不起，我就要出國了。」

「妳在開玩笑？」

「不是開玩笑，這是真的。不過，準確地講，不是出國，而是去香港定居。我已經辦好了一切手續，明天就要走了。」

丹華見黑壽山還是不信，就簡短地將香港那邊的情況，大致地說了說。她自然也就談到了，她在陝北插隊的情況。直到這時，黑壽山才相信了，丹華確實要走，而且這麼些年來，他和他的女兒，其實是生活在同一塊高原上，近在咫尺的地方。可是，生活沒有提供給他照顧她的機會，現在，剛剛見到她，誰知又要得而復失了；他不能夠讓她走，他希望能夠繼續將她挽留在那個地方。

丹華不聽黑壽山的勸阻，她說她的心已經走了，如果早一個月，如果沒有那次淒涼的高原巡禮，她也許會同意留下來的，但是，現在，開弓沒有回頭箭，她的決心已經下了。

黑壽山又頗有惶惑地談到香港。做爲一名共產黨的市委書記來說，他表示了對這件事的不可理解。

丹華笑了，她說：「出去走一走有什麼不好，市委書記同志。馬克思還自稱他是『世界公民』哩。我真的想走了，不獨在香港，我還想到世界各地去看一看，到法國、英國、德國，甚至到美國，去看一看外面的世界。我想到馬克思主義形成的故鄉去走一走，尋找這些巨人思想產生的原因，我想，當你漫步在泰晤士河或萊茵河邊的時候，你想像著，一百多年前，一位給後世帶來巨大影響、給人類進程帶來巨大影響的思想家和行動家，曾經像你一樣，也這樣走走停停，那情景一定很有趣。」

丹華嚥了一口唾沫，繼續說：「不要再說這件事了，黑叔叔。這是命運，記得我們今天的談話中，曾經出現過這個字眼。我也許是一個天生的漂泊者，一個在流浪中，才能感覺到安寧的人。每個人都有自己不同的命運，他們只有遵從著命運的指令行事。每個人的人生道路都是不相同的，我相信你能夠理解這一點。」

丹華犀利的談鋒令黑壽山驚異。他發現了一位可以與自己相匹敵的談話能手，一想到這也許是他的女兒，他就在心裏爲她高興。他想起自己的三個兒子，他們從來不能平等地和他談話，即便給他們一個平等說話的機會，他們也沒有能力和他進行這樣深層次的交談。

「我有保留地接受妳的觀點。在出國這個問題上，我不打算再饒舌了。可是，孩子，在走之前，妳應當將妳心中的話說完。有幾次，妳話到了嘴邊，可是沒有說出，這一點我感覺到了。」黑壽山說。

黑壽山繼續說：「雖然妳不願意告訴我妳的年齡，可是我知道，妳的插隊經歷洩露了妳的年齡。我接觸到的到陝北插隊的北京知青，他們年齡最小的，也是一九五三年出生的。妳明白我這句話的意思嗎？我希望妳能告訴我，如果妳理解這是我求妳的話，也可以。我明白，妳在心裏怨恨我，妳有理由怨恨的，但是，我仍然求妳……」

丹華注意到了，當說這些的時候，這個男人的呼吸有些急促，她挽著的這個胳膊也有些顫抖。在這一瞬間，她注意到黑壽山已經有些蒼老了，他的背已經明顯地有些駝了，於是她的心中，湧出了一股有些酸楚、有些憐憫的感情。她有些控制不住自己了，真想張口將這層窗戶紙捅破，但是在這一瞬間，她想起了自己受苦受難的母親，於是壓抑住了自己的感情。

丹華換了另一種口吻，淡淡地說：「你真的想知道什麼嗎，黑叔叔？其實我的裙兜裏，什麼也沒有，該掏的都掏出來了。我沒有告訴你任何事，不是嗎？如果你要想入非非，那只是你自己的事。」

黑壽山說：「不，妳已經告訴了我許多了。妳的行動告訴了我，妳同樣激烈跳動的心告訴了我，妳之所以把臨走前的最後一個黃昏給我，因爲我現在是妳唯一的親人了。我現在只是希望，妳能證實這一點。」

「我不會告訴你什麼的，爲了媽媽，爲了我。起碼，今天晚上不會告訴你。這一切太突然了，對於你，對於我，都太突然。需要時間來完成彼此的互相接受，需要時間來沖刷那舊日的一切！」

「妳這話的意思，實際上已經等於承認了！」

「不，我沒有承認任何事情，我母親的朋友、黑叔叔、市委書記同志！」

長長的一段雁塔路走完了。在談話的工夫，他們從第一百零一棵梧桐樹開始，倒著走，現在已經走到一個路口，走到了當初黑壽山開始數起的第一棵梧桐樹下。

他們就要分手了。丹華住在一個分配到西安的同學家中。分手的時候，黑壽山提出，丹華如果有什麼需要他幫助的話，那麼，他將感到愉快。做爲丹華來說，她荊棘滿布的道路上，確實有

許多的事情，需要黑壽山的幫助，在就要離開的這一瞬間，她心裏甚至有一種空蕩蕩的感覺，她真有點不想走了，想靠在他堅實的肩頭，歇息上片刻。隨之，她又堅決地否定了自己的想法。對於黑壽山幫助之類的話，她也只淺淺地表示了謝意而已。後來，她記起了平頭的事，於是將這個說給了黑壽山，她說她瞭解平頭，給他解脫算了，不要再把人像煎餅一樣，裏邊烤了烤外邊，沒完沒了地整治了。黑壽山很認真地掏出一個小本，記下了丹華說的這件事情。「我們都叫他平頭，他的大名叫金良。」丹華說。

分手的時候，黑壽山提出，第二天，用他的車將丹華送到機場去。丹華同意了。但是她提出，只車來，黑壽山不要來了，如果他硬要來，那她就不坐車，提前讓同學用三輪車將她送到機場。

第二天一早，丹華走了。她坐上飛機，平穩地飛上了天空，她不知道，此刻，在黃塵升騰的陝北高原上，一個叫楊岸鄉的人，正手中揮舞著一本剛剛收到的雜誌，大聲地問這個世界：誰是花子？

第二十五章 重掀那一頁沉寃莫白的歷史

這是那個女孩參軍不久以後的事。

楊岸鄉突然接到了一紙通知。通知是他原來上學繼而供職的那所大學，通過膚施市有關部門寄來的。通知說，原先給予他的處理實際上是一場誤會，他的身分現在應當恢復過來，恢復成幹部。如果他對現在工作滿意的話，他可以繼續在這家工廠工作；如果他願意重回大學的話，學校將考慮接收他的問題。

這叫平反，或者糾錯，反正字典裏有的是這類名詞。那一陣子的中國，這類事情成爲一種風潮。各級黨政部門專門成立了落實政策辦公室，負責處理這些各種運動中，或各種不正常氣候影響下，形成的寃案、錯案、假案、積案，以及處罰過量的案件。於是在一段時間內，幾乎人人都在回顧過去的自己，看自己有沒有資格，也去湊一湊這個熱鬧，能不能領取那一大摞補發的工資，以及隨之而來的子女工作安排、家屬戶口解決等等好事，有的甚至遺憾自己的一生爲什麼這麼平淡，以至在這類事情面前，只配做個觀眾。而各種氣質迥異、服飾迥異的人們，立即從四面八方，湧入了就近的落實政策辦公室，蹋塌了那裏的門檻。

世界不管怎麼說還是公正的，這一點令楊岸鄉感動。廠長也表示了對楊岸鄉的關懷，說明仍然希望他留在廠裏，並要調整一下他的工作，搞搞「政工」什麼的，他現在做爐前工顯然不合適了。

楊岸鄉現在有一種如釋重負的感覺，一種被驅逐出羊圈的羊，重新回到羊圈、回到羊群的感覺。假如你是從那個時代過來的人，你當然明白這件事本身所包含的意義，對於一個人來說，這無異於等於結束他的苦役或大赦他的死刑。此刻，處於百感交集中的楊岸鄉，遠沒有想到他的去留問題，對於從「爐前工」改爲「政工」，他也覺得那是件意義不大的事，他倒是從那體力活中找到了樂趣，有那麼一大堆人陪伴著他；現在重要的問題是，他和所有的人一樣了，這是最重要的。他現在想要做的第一件事情，是將這個消息告訴他遠在吳兒堡的姑姑楊蛾子，自從母親過世之後，這是他唯一的親人了。

這樣，他回到了吳兒堡，在故鄉做了短暫的停留。回去時，他走的大約就是丹華上次走過的道路。古老的三孔窯洞的背景下，楊蛾子還是孤獨地站在堖畔上，等待她那不可能出現的傷兵。當侄兒楊岸鄉那稍稍有些駝背的身影，出現在吳兒堡川道時，這位老人難得地露出了笑容。

對於侄兒報告的消息，楊蛾子並沒有太大的震動。做爲一個一生都廝守在吳兒堡的人，她不明白平反不平反對楊岸鄉有什麼區別，反正都是吃公家的飯，領著公家的俸祿，在一個農村人的眼裏，走出吳兒堡就算在外邊了，對於工作麼他們不管，除非是掏大糞或者當總理這些明顯的差別。

她倒是希望她的哥哥能夠平反，許多年前的那一幕，在她的心中留下了永生難以抹去的印象。她是他哥哥的崇拜者，同時也是她哥哥事業的崇拜者。她的頭髮至今還留成大革命時期的「短帽蓋」，除了說明她的思維，還停留在那個歷史空間外，同樣地說明了，她迷亂的心靈還保留著昔日的崇拜與激情。

生活本該不是這個樣子，但是它最後成了這個樣子。精明能幹的楊作新，突然不明不白地死去了，給這個正在上升的家族以致命的打擊，如果他死在戰場上，死於衝鋒陷陣，或者死於敵人的牢獄，那麼做爲他的家人，做爲熱愛他並繼而熱愛他所從事事業的家人，將爲此而自豪。在這一點上，陝北人是慷慨的，因爲他們明白，一個人的出生，正是爲了叫他有朝一日去迎接死亡。在戰爭年代，每一個家庭都平均爲中國革命獻出過一個親人。然而他是死在共產黨的監獄裏的，而且死得那麼不明不白，這個打擊是不是過於沉重了一點，沉重得叫這個女人無法接受。

還有那猝然離去的傷兵，那帶走了一個少女最美好夢幻的傷兵。他曾經給這個小小的天地帶來了歡樂。但是接著，他給這個女人後來的人生，留下了空蕩蕩、霧濛濛的一片。因爲他，陝北民歌那個厚厚的長卷中，又增加了陝北女人一把鼻涕一把淚，吟出那柔腸寸斷的一支。如果他早早地死了，那麼願他安息和托生，願葬埋他的那一處山岡，也像所有浸染過鮮血的土地一樣葉綠花紅，那麼，我們鍾情的楊蛾子沒有辱沒他，她從他離去的那個早晨，便開始這個孤獨的守望，便是爲亡人最好的祭奠。如果他如今還在人世，如果字典上還有「道德」這個詞的話，那麼，他應該接受詛咒，而這個陝北女兒那孤獨的守望，便是在懲罰和折磨自己的同時，對這個薄情兒的無言譴責。

楊岸鄉在姑姑的大炕上愉快地打滾，並且親昵地、孩子氣地和姑姑開著玩笑。和姑姑相處總使他感到愉快和輕鬆，感到自己是一個永遠可以撒嬌的孩子。——「我想吃肉粉湯！」他說。——「我給你做肉粉湯！」姑姑說。

他是在吳兒堡的土炕上出生的，他不能忘記這一點。他出生後吸進肺葉的第一口空氣，是這山野清新的空氣，他第一眼看到的，是這簡陋的窯洞，以及窯洞牆壁上貼的「抓髻娃娃」。而在他多災多難的人生路上，當他像一個兔子，被生活的狩獵者四處追趕的時候，他的心是踏實的，因爲有個吳兒堡，有個不爲世事紛擾，而永遠固定的所在，在眼花撩亂、變幻莫測、吉凶難卜的世界上，這裏永遠是他心靈的寓所；他知道不管什麼時候，即便是在生活中一敗塗地的時候，當他一拐過山峁，便會看到守望在堖畔上的親人，他的或榮或辱，她都視而不見，她認爲重要的一點是，立即將他納入她的懷抱，並像他小時候走夜路受了驚嚇時，她做的那樣，用手摩挲著他的頭髮，嘴裏「心肝寶貝」地驚叫著：「哎喲，都乍起來了，孩子你不要怕，有我在！」一邊說，一邊朝門外的大路上吐唾沫。

他不認爲姑姑有病，因爲姑姑在與他的談話中，總是入情入理。那種面對歲月心不在焉、神不守舍的特徵，那種只把自己的行動和感情，投入到大事情上，而對眼前的庸物瑣事，不屑一顧的特徵，那種喜則大喜、悲則大悲的偏激情緒，也許與這個家族的形成和經歷有關。這個家族一半的靈魂，屬於馬背上的漂泊者，另一半靈魂，屬於黃土地上死死廝守著的農人，漂泊的靈魂永遠追求陌生的地方，而農耕文化哺育出的，則是家園頑強的守護者。兩者奇妙的結合，便形成了這個陝北高原上的吳兒堡家族。兩種靈魂輪番統治著這個家族，它們很難達到平衡，一會兒這一半靈魂占了上風，一會兒又另一半靈魂占了上風。於是生活中便出了現實主義者和浪漫主義者，出現了戰戰兢兢的農民，和不安生的叛逆者。楊貴兒是一種類型，楊作新則是另一種類型，至於楊蛾子，她從本質上講是隨父親的，但是倜儻不群的哥哥，給她以極大的影響，有哥哥在前邊引路，又適逢那個張揚個性的年代，於是她的心野了，眼高了，她渴望哥哥那樣輝煌的人生，然而當她戰戰兢兢地開始邁步時，一場悲劇發生在她的身上，於是她被打倒了，她從此以後以這樣的姿態出現在人們面前。

懷著親人之於親人的心情，楊岸鄉總是爲姑姑辯護。她的思維是清楚的，她的心裏明得像鏡子一樣，雖然她的面孔和眼神有些呆傻，但是老實說，在成年累月與遲鈍的環境、負重的生活爲伍中，很難使那個屬於荒野村落的農家婦女，她的面孔能時時浮現出一種生動的表情。大自然必須強制她，強制她與大自然本身粗糙的面貌達到一致。

父親的事同時也是楊岸鄉的一塊心病。現在姑姑提出了它，這令楊岸鄉羞愧，因爲他只顧爲自己的事兒高興。他當然也明白，父親的平反才是最重要的事情，父親本人已經不能爲自己鳴冤叫屈了，但是做爲兒子，他應當爲父親出頭，借現在這股潮流，還他老人家一個清白之身。

楊岸鄉對姑姑說，凡事得有個過程，回到工廠後，他先給落實政策的部門寫封信，詢問這事由哪個具體部門管，因爲當時的陝甘寧邊區保安處，已經撤銷了，不過只要共產黨在，總有一個管事的地方。

這話令楊蛾子高興。

「肉粉湯」大約是陝北最好的飯食。雞肉、羊肉、牛肉，三樣肉攙和在一起，肉煮好後不能動刀，是用手撕的，一條一條撕成細條兒，再配上金針菇、木耳、生薑、蘿蔔、白菜、豆腐，等等，各樣都是三種。陝北人沒見過世面，不知道世界上還有比這「肉粉湯」更好吃的東西，吃上一回「肉粉湯」，就等於過生日了，並且一邊吃一邊唸叨著「皇帝老子，又能吃上什麼好東西！到這個份上恐怕也就盡了！」

楊蛾子在做肉粉湯，楊岸鄉挑起水桶，到泉水去擔水。路途中，不斷遇見村上的人，於是不停地點頭，笑著招呼。至於誰是誰，他有些分辨不清。他是「白搭話」，不帶稱呼。擔足了水，楊岸鄉開始吃飯。吃罷飯後，他上了一次塬畔上的山岡。這個舉動表明了，他從本質上講還是一個文人。

山岡上除了梯田之外，剩下的便是遍佈狼牙刺和蒿草、坡度很陡的空地了。吳兒堡人在這些空地上建起了鄉村公墓。楊岸鄉曾經許多次從姑姑嘴裏，聽到過那遙遠年代，兩個風流罪人的故事。每一年的春節回家，當該拉的話題已全部拉完的時候，姑姑便從踩場的小姑娘開始，從失落到高原上的最後一個匈奴開始，講述她的家族童話。姑姑的話是不可當真的，因爲她畢竟有些異於常人的地方，還因爲在夜半更深，在年節爆竹一聲一聲爆響的時候，姑姑的這些話更像囈語。但是那個夢幻般的家族童話，不管怎麼說，總能給楊岸鄉以浮想聯翩。而每一次回家，乘興登上山頭的時候，這山頭總給他一種奇異的感覺。當年被扶上山的那兩個風流罪人，他們的墳墓如今已湮滅在黃土中了，或者說他們從來就不曾有墳墓，或者說從來就不曾有他們，那個美麗的家族童話，只是人們在閉塞的空間中，所產生的一個玫瑰夢。遍佈這山梁溝峁間的，是一座座真實的墳墓，這些亡人是近幾百年間去世的。楊岸鄉在這些墳墓之間，可以輕而易舉地找到他的爺爺，也就是當年的楊乾大、楊貴兒的墳墓，每年春節回家，姑姑都要帶著他，來這兒祭祀。

他的父親楊作新也是一位亡人，但是這些墳墓中沒有他的。今天，在登臨山頭的時候，楊岸鄉突然意識到了這一點。父親（還有後來去世的母親）的墳墓在膚施城周圍的荒山上，在楊岸鄉流落邊疆的日子裏，陝北高原上正大搞農田基本建設，這些墳墓被平掉了。楊岸鄉想到，應該找到它的，將那一把骨頭拾回來，葬到瑙畔上這座山上，不應該讓父親和母親再做游魂野鬼了。

那棵古老的杜梨樹還在，它像一位老人一樣，聳立在山頂的吳兒堡村這一側。它的樹皮像老人的皮膚那樣粗糙，樹根裸露在外邊，不過傘狀的樹冠上，枝葉婆娑，並且掛滿了青青的杜梨果兒。這是姑姑所敍述的、那位年輕的匈奴士兵拴過馬的那棵樹嗎？倒是它，給這個家族童話增加了幾分真實性。但是，在陝北高原光禿禿的山頭上，幾乎每一個山頭，都會長有一棵這種樹木，以它春天的白花、夏天的綠蔭、秋天的漿果，點綴著這一塊荒涼的土地。因此用它來做為憑據，顯然也是不可靠的。

楊岸鄉下山了。

夜裏，吃罷晚飯後，當一輪磨盤大的月亮，從東山的山巔突然躍起的時候，在楊家的正窯裏，已經聚集了不少的人。人們有的坐在炕沿上，有的坐在板凳上，還有蹲蹴在門檻上。猴娃娃們跑著，在屋裏的人群中穿梭，不時騎在自家大人的脖子上，招來一陣罵聲。

窯裏煙霧騰騰。每次楊岸鄉回來，別的可以不帶，好菸好茶總要帶一些的。門戶不到，是失面子的事。而鄉鄰們所以到窯裏來坐，其中一個原因，就是來過過菸癮、茶癮。

楊蛾子的頭梳得光溜溜的，穿了件乾淨些的青布衫子，紐扣扣得整整齊齊的，盤腳坐在炕上。她的臉上洋溢著一種幸福的表情，眼神中透出一種孩子般的喜悅。她愛這種熱鬧紅火，侄子的每一次還鄉，對她來說都是一個節日。不過，在這種場合，她從始到終，都一言不發，只用眼睛看著，用全身心享受著這一切。

海闊天空般的鄉間夜話，它的開場白總是從那些生活瑣事開始的：誰家嫁女，誰家迎新，誰家的豬下了一窩豬娃，誰家的羊掉進了天窨裏了，等等。因為這些瑣事，明晃晃地擺在談話者的眼前，遮住他的視線，構成他這一陣子最重要的東西。但是，隨著談話的深入，隨著更多談話者的加入，話題便逐漸地從這些事情上擺脫，而進入了那些大家共同關心的內容。

那時大家最關心的事情，大約是聯產承包責任制。村裏的有線廣播一日三次，宣傳著實行這種責任制的好處，一個叫黑壽山的市委書記，通過有線廣播，講了幾次話，而鄉上和縣上的工作組，也到村裏調查了幾回。這是一種關係到所有農民的大事。想當年，從單幹到互助組，再到農業生產合作社，最後到人民公社，每一次組合都伴隨著一次激動，一次對前途的憧憬，但是現在猛咯拉嚓地又要從大集體的生產方式，恢復到以各家各戶爲單位的生產方式中去了，這不能不給所有的人一次震動。「大鍋飯」並沒有給大家帶來益處，這是大家都明白的事情，但是從感情上來講，對過去總是難以割捨，畢竟爲那一切激動和憧憬過，畢竟把自己的熱情，給了那些事情。否定自己是艱難的，面對現實是艱難的。

有人說這種聯產承包責任制，是變相的單幹，革命革到頭來，又回到老路上去了，想一想，真叫人寒心。有人說，地號在自己頭上，一滴汗一份收成，下苦也下得心裏舒暢。人們爭論不休，誰也說服不了誰，後來他們請教窯裏這個公家人。楊岸鄉在這個問題上，懂得的還沒有鄉親們多，他只從宏觀的方面，談了自己的看法。他認爲，衡量一種生產方式的先進與否，關鍵是看它是否刺激生產者本人的積極性，是否給生產帶來發展，如果說生產已經到了難以爲繼的地步，那麼變變花樣也是可以的。

在向人民公社化制度告別的時候，人們自然懷念起了毛澤東。陝北父老對這個人的感情，令楊岸鄉吃驚。幾乎所有的人，同意聯產承包責任制的人，和反對聯產承包責任制的人，都對這位故世的半人半神，表示了崇高的敬意和懷念。吳兒堡村幾個好事的人，已經在原先山神廟的舊址上，搭起一座簡陋的、象徵性的廟宇，稱「三老廟」，裏面供奉的神靈正是毛澤東和他的戰友朱德、周恩來。

曾經有十三年的時間，這個人和他們共同生活在這塊高原上，成爲他們中間的一分子。他留下了許多傳說，他的出現，令漫長暗淡的生活有了一絲亮色。他用自己的行動告訴人們，一個人應該做什麼和能夠做出什麼。而以他爲旗幟和時代標誌的那些年月，曾經給這塊土地帶來怎樣的夢想和活力呀！如今他死了，他葬在了一塊舉世矚目的地方，不論這個安寢之所的選擇，是出於他的本意，還是後人強加於他的，總之，他玉體橫陳，伴隨著時間前行，而無論何人，無法將他從歷史進程中抹掉。

現在，在吳兒堡的這個窯洞裏，在油燈下，人們一遍一遍講述著他的故事。

從毛澤東，他們又談到了楊岸鄉的父親楊作新。這是二十世紀吳兒堡最叫得響的一個人物，鄉親們的驕傲。「那才是真正的文化人——『大文化』哩！穿著青布長衫，戴著金絲眼鏡，拄著根文明拐，要文文得去，要武武得來，膚施城裏殺禿子，丹州城裏取人頭，誰見過那陣勢。唉，楊作新現在要是活著，那官現在該做到中央了，說不定一條火車路，現在也通到吳兒堡了。」

和楊蛾子一樣，鄉親們對楊作新平反這件事，也表示了特別的關注，他們希望做兒子的楊岸鄉，能夠盡自己的孝道，完成這件事情，還父親一個清白之身。

他們爲楊岸鄉想了許多辦法，例如等市委書記的車子經過街道時，跪在路上，攔車告狀。例如在街上設一個地攤，白紙上寫上冤情，向世人訴說。這些點子反映了人們渴望公道的心理，同時表現了吳兒堡人，那種強悍性格與無賴心理相結合，即如我們前面所說的那種「黑皮」特徵。自然，這些點子是白出了，因爲後來楊岸鄉遇上了黑壽山。但是，我們笨想，在缺少一個強有力人物關照的情況下，以楊岸鄉卑微的身分，要解決如此棘手的問題，這些也許是最行之有效的辦法。

出主意的人，大約就有那個攔了一輩子羊的憨憨，也就是當年從山梁上揹回來楊乾大的攔羊娃，也就是當年楊作新上前莊小學時，接楊作新牧羊鞭的那個人。我們知道，在楊岸鄉過滿月的那天，他有幸成爲楊岸鄉的「乾大」。此刻，我們過於吝嗇的筆墨，能不能在他的身上，多停留上片刻的工夫，哦，這個若明若暗、時隱時現，貫通整個故事的人物？

憨憨一直是個光棍漢。最初是問不起老婆，後來，傷兵趙連勝走後，剩下楊蛾子一人守活寡，他就承擔起了照顧楊蛾子的義務。去泉邊擔水，到山上的場裏，揹生產隊分給楊蛾子的糧食，等等。孤傲的楊蛾子，平日裏不許任何男人走進她這孔窯洞，但是由於和憨憨沾了點乾親的緣故，允許他踏進這個門檻。不過僅僅是允許他盡這些義務而已，從來不讓他沾自己的身體。她還思念著傷兵。

在未來的歲月裏，憨憨將成爲吳兒堡的一個人物。他有鑿刻那些袖珍石獅子的手藝，在開放搞活的年月裏，他的這個手藝將得到極大的發揮。他鑿刻的石獅子成爲工藝品，銷往國內各地，甚至將來膚施市委書記黑壽山出國訪問時，這些袖珍石獅子被他用來做爲禮品。憨憨成爲吳兒堡村的第一個「萬元戶」。

這天晚上，憨憨蹲在炕邊，吧嗒吧嗒地抽著旱菸。他守著楊蛾子，不讓旁人靠近她。在漫長的歲月中，這已經成爲他的一項習慣和專利。

第二天一早，楊岸鄉回到了交口河。他首先做的第一件事情，是寫一封申訴書，要求有關部門調查和重新審理楊作新一案。從此，他開始了自己馬拉松式的告狀活動。當第三封申訴書仍然杳無音信的時候，他開始啓程前往膚施城，一次又一次叩擊「落實政策辦公室」的大門。第一次叩擊大約還有點膽怯、怯生和害羞，第二次則變得踏實和理直氣壯，第三次，則帶有一種挑戰或者挑釁的性質了——我不找你找誰？你不管這些事，要你這個機構幹什麼？

那年月，負責這個辦公室的，一定是個面目和善、處世老到的老同志，然後再配上幾個年輕人。他們以細緻、耐心和深思熟慮，處理著那些彷彿永遠也處理不完的積案。他們在處理這些積案時，既要做到基本的公允，又要有個限度，既要貫徹上級的政策，又不至於觸犯當年造成這些積案的、如今還在台上的當事人。他們懂得掌握火候，哪些事應當一抓到底，做出成績；哪些事應當半推半就、查查停停；哪些事應當裝聾賣啞、置之不理。他們一般說來，都是些有政策水準的人、作風正派的人，和敢於負責的人，起碼，在大部分問題的處理中，能做到這一點。

據說辦公室曾經經手過這樣一個案子。

一位五十多歲的農民推開辦公室的門，要求爲他當年的一樁案件平反。當年，他還是個風流小生，在一個政府部門當文書、或者秘書、或者幹事之類的工作，一天，他和打字員姑娘，正在辦公室裏，做那些男女之間經常做的那類事情，這時門外傳來了腳步聲。伴隨著腳步聲，大約還有我們在《小二黑結婚》這個故事中，讀到的那「捉賊捉贓，捉姦捉雙」的吶喊。聽到喊聲，姑娘緊緊地抱住了小伙子的後腰，並且發出了「來人呀」之類的呼救聲。小伙子被抓住了，姑娘成了這樁姦情的受害者。姑娘一邊提褲子，一邊聲淚俱下地控訴了小伙子非分於她的事。小伙子被姑娘的話驚得目瞪口呆，他或者是當時驚得說不出話了，或者是內心深處還保留著對姑娘的一絲柔情，總之，當時他緘口不語。於是，這樁事以強姦罪論處，小伙子被判刑三年，刑滿後遣送原籍勞動改造。

這樁案子幾乎可以一口判定是冤情，因爲來訪者以無可辯駁的事實，證明了在這次被抓住之前，他們還曾有過多次接觸。而飽經滄桑的辦公室主任也明白，在這類事情上，沒有一方的默契配合，另一方是很難不經折騰，就進入那狹窄的去處的。然而，做爲辦公室來說，他們認爲這樁案子不宜平反，不宜平反的原因是，那女人如今還在，而且已經是某領導的夫人，如果舊事重提，如果把那女人這種不道德之外，又加上一層不道德的事揭露出來，夫人同志將無地自容，領導的威儀也將受到影響。

當然，這些考慮是私下裏的，不能擺在桌面上。擺在桌面上的推託之辭是：「公檢法獨立辦案，黨政部門不得干涉；解鈴還需繫鈴人。這事既然原來經了法律，他們除了向受害者表示同情外，不宜插手。」遁詞可以找到多種，桌子上厚厚一疊，來自上級各級部門、名目繁多的紅頭文件，一方面可以找到能辦成任何事情的依據，一方面又可以找到任何事情都不能辦的依據，主動權在那個面目和善、處事老到的當家人手裏。

「解鈴還需繫鈴人」這句話，令這位老農民想起了當年環繞在他腰間的手臂。他後來鋌而走險，在一個下午，當領導同志全家坐在一起吃飯的時候，他闖了進去。進去以後，便雙膝跪倒在這三室一廳裏，請求領導夫人看在當年的情分上，救他一救。

好漢怕賴漢，賴漢怕死漢，人逼急了，抹下臉皮來耍黑皮，連閻王老子也怕他三分。

那女人先是一愣，接著從那一身破爛不堪的服飾下面，看到了當年的修長身材，從那滿臉塵灰、鬍子拉碴的臉上，看見了當年的小白臉。女人又羞又惱。她羞紅了臉，擺出領導夫人的架子，喝令這不速之客滾出去。

大約是子女滿堂，大約那兒子也是個愣頭青之類。兒子見母親動了真怒，於是放下筷子，過來動手，要將這滿嘴胡言亂語的人拉出去。

倒是領導同志在這一刻顯示了風度。他用威嚴的目光，鎮住了兒子的不禮貌舉動，又意味深長地瞅了夫人一眼，然後請這位不速之客一起就餐。

「應該解決了。這麼多年，你受了這麼多的苦，如果不解決，世事也就太不公平了。」領導同志對這位老農民說。說完，又將目光轉向了他的妻子，「妳考慮吧，大度一些，給人家寫個證明，完了後把這事忘掉。當然，我這只是建議，決定權在妳。」

領導說完，將筷子甩到桌子上，一個人抬腳出去了。那些兒女們，現在才看出這事不像他們想像的那麼簡單，鴿子籠似的樓閣住宅，千家萬戶，他單單地跪向了這一家，一定有他的緣故，而從這位老農的談話中，可以看出，他不僅僅是個不速之客，在過去的年代裏，他一定和他們這個家，有過什麼扯不清的事情。於是，他們也一個個離開了屋子。

屋子裏現在只剩下了這一對寶貝。夫人現在再也不能冷若冰霜了，她懷著一種複雜的感情，瞅了男人一眼。男人也覺得自己剛才的舉動有些過分，有些下作，一點也沒有騎士風度；他低下頭去，不敢看這光彩依舊照人的昔日情人。

夫人拿起一疊紙，在紙的首頁，用圓珠筆匆匆地畫了幾句，然後把紙交給了這位老農民。

「事情到了這個份上，由別人去想，由別人去說，由別人去指脊樑骨吧！反正我的臉皮也老了。」夫人自言自語地說。她號啕大哭起來。

老農已經拿起紙，就要走，見夫人哭了，於是遲疑了一下，想安慰上她兩句。

「你走！你走！你趕快滾。我這一輩子再也不要見到你了！」女人帶著哭聲喊。

於是，那老農細心地將「證明」疊好，裝進兜裏，走了出去。

這件事最後以喜劇形式收場。

既然領導同志的夫人出於一種高度的責任感，開來了證明，證明他們當年的那一樁事情，是雙方責任，兩廂情願，既然公檢法將這個皮球踢回來了，那麼，這樁案子看來是非解決不可了。

於是落實政策辦公室發了一個檔，宣佈將這位老農民收回，收回的概念是重新吃商品糧，重新回到幹部隊伍，重新成爲公家人。

好在這人一直是孑然一身，因此也沒有類似家屬戶口、子女安排之類的事情煩人。至於對原先的案子，檔中隻字未提「強姦」或「通姦」之類刺激人的字眼，都沒有在這個高貴的檔中出現。

檔中只說，當年對某某同志問題處理的那個檔，應予撤銷、收回、銷毀，以現在這個定性爲準，並且建議公檢法部門，在尊重事實的基礎上，採取類似的行動。這就叫領導藝術，或者說中國人處理問題的方法。這樣的處理，保全了夫人的面子和領導的尊嚴，避免了給社會再增加一條桃色新聞；而對於那位老農來說，「通姦」或者「強姦」都不是什麼光彩的事，他的主要目的是將自己「收」回來，因此，對這個檔也沒有異議。

在一切結束後，落實政策辦公室負責人將那個「證明」——證明不是人家強姦她，而是她和人家通姦的證明，小心翼翼地從案卷中抽出來，拿回家去，壓在自己家箱子底下。他留下這一手，是擔心領導有一天報復他；當然僅僅只是擔心，「防人之心不可無」而已。

閑言少敘，我們不該忘了我們主要關心的是楊作新的平反問題。

負責人以同樣的職業熱情接待了楊岸鄉。這時候大規模的平反工作已經告一段落，留下來的只是些遺留問題，因此，負責人有時間認真地聽取了楊岸鄉的敍述。聽完敍述後，他首先談到了楊岸鄉自己的事，他說，楊岸鄉的平反，正是通過他們，通知到交口河造紙廠的，他們本著對黨負責、對同志負責的精神，認真地處理著每一件積案，這一點請楊岸鄉放心。

開場白之後，接著便進入了正題。當說到「楊作新」這個名字時，負責人有些爲難地敲了敲自己的腦袋。他說這個案件發生的時間太久了，背景又十分複雜，以落實政策辦公室的許可權、人力和財力，是無法外調和複查這樁案子的，接到楊岸鄉的申訴狀後，他們曾發函與有關部門聯繫，零零星星收到一些返回來的材料，材料證明，當年拘捕楊作新時，證據是不充分的，他去廬山受訓，是黨組織委派的，而在受訓期間，也沒有發現有自首、變節或叛黨的行爲，而楊作新的「讀古書」，是在關押起來以後，而不是以前，因此「思想消極，讀起古書來了」的罪名，似乎也是不能成立的。負責人說，當年發生的事情彷彿是一個謎，錯捕的事情通常是有的，但是發現搞錯了，糾正過來就是了，可是，楊作新竟被關押長達一年之久而無人過問，這到底是怎麼回事？而且，在楊作新自殺之後，這樁案子便不了了之了，沒有書面上的結論，連個口頭上的交代也沒有，這也是不合常規、叫人納悶的。關於結論的事，他們曾去函詢問過一些老同志，據他們回憶，確實未做結論，因此，如今這未做結論的事情，你如何爲它平反？

你依據什麼爲它平反？本來就沒有爲你做出什麼結論嘛！

負責人表示了對申訴人的理解和同情。他說他是小鎮人，楊作新曾是他的啓蒙教師，因此他多麼願意幫助他，但是他不能以感情代替政策。他認爲這是一個很難翻過來的案子，除了上邊說的「未做結論」這個因素外，還有兩個原因：因爲楊作新是死在共產黨的監獄裏，而不是死在國民黨的監獄裏的，這是其一；其二，楊作新是自殺，而按照黨章中不成文的規定，自殺就表示了信念的喪失，就必須以叛徒論處。

看到楊岸鄉失望的目光，負責人說，落實政策辦公室的直接上級，是膚施市委組織部，爲了慎重起見，他們將專門將楊案向組織部做一次彙報，看看上邊的意見如何，做爲他來說，這也算負責到家了。他將楊岸鄉先前寄來的三份申訴狀拿出來，連同他們的外調材料一起，裝進一個卷宗裏，要楊岸鄉回去耐心等待，看看最後研究的結果。

這時候，又走進來一個新的來訪者，負責人將頭別過去，和來人搭碴。楊岸鄉明白他該告辭了。

這個案件後來又拖了很久。膚施市委組織部召開部委會進行了研究，認爲楊案當時是由邊區保安處處理的，陝甘寧邊區雖然已經撤銷，但它後來成爲現在的省委的前身，因此，現在的省委組織部，應當負責這個案子。膚施所以將這個案子踢出去，除了確實覺得這個案子大而無當，自己力不從心外，還基於另一個原因，擔心楊案的平反將要補發一大筆撫恤金，並引起諸如家屬戶口、子女安排等等問題，鑒於市財政十分困難，他們沒有必要硬把這事往自己身上攬。皮球踢到省委組織部以後，省委組織部則認爲，這個案子理應由中共中央組織部來處理，因爲最初這個案子是由他們一手經辦的，底下的人只是遵令行事而已。中共中央組織部則認爲，楊作新當時的組織關係在膚施市委，他是膚施市委管轄的幹部，因此這個案子理應由膚施市委了結。於是球又踢回了膚施。

我們沒有必要敘述這個公文旅行的過程了，面對這樣一個奇怪年代久遠的積案，說一句老實話，誰見了也會感到頭疼的。

隨著落實政策的事情逐漸減少，這個辦公室也就撤銷了，代之而起的是「膚施市群眾來信來訪辦公室」。根據市委書記黑壽山的提議，該辦公室實行，週三領導同志接待來信、來訪群眾的制度，各常委輪流值班，處理問題。據說這個制度曾做爲一個密切聯繫群眾的經驗，在《人民日報》上介紹過。在交口河等了太久的楊岸鄉，瞅一個星期三，斗膽闖進了「信訪辦」，而那天值班的，恰好是市委書記黑壽山。

黑壽山認真地聽完了楊岸鄉的申訴，接著又打電話調來旅行回來的那一大疊材料，細細地翻了一遍。「信訪辦」那條長凳上，楊岸鄉的後邊，還排著好幾個人，因此，黑壽山克制住了自己的感情。他告訴楊岸鄉說，這件事他一定要管，而且要一管到底，對於那些爲革命做出過重要貢獻的同志，我們一定要對他們的政治生命負責，這爲了死者，也爲了生者。

黑壽山請楊岸鄉先待在那裏，等著他下班。下班以後，當最後一個來訪者離開辦公室後，他站起來，走到楊岸鄉跟前，和他緊緊擁抱。「好兄弟，隨我回家去吧，今天晚上，咱們慢慢地聊。」

黑壽山聲音有些哽咽地說。

事情到了黑壽山這裏，便算解決了一半。黑壽山將用他全部的聰明才智，多年從政的經驗，以及手中的權力，解決這件事情。

黑壽山還記得他的「楊乾大」，當年楊作新死後，就是他披麻戴孝，前往吳兒堡報喪的，而楊乾大的婆姨蕎麥，她在小鎭上救護傷患那一幕，也給黑壽山留下了深刻的印象。想不到他與楊乾大的兒子楊岸鄉，是在這種場合見面的，這真應了「世界真小」這句話。

這天夜裏，在黑壽山家中，兩兄弟促膝長談，直到東方透亮，自後九天開始，以至今日的許多事情，歷歷在目，不提起倒還罷了，一旦提開頭來，便再也放不下了。其間許多細節，不一一細表。

黑壽山將楊作新一案的所有材料，細細研究，深感事情難辦。這確是一樁棘手且無頭無緒的案子，它的起因以至結束，都有些奇怪。加之陝北黨和陝北紅軍的歷史，歷來被黨史專家視爲畏區，多少人在這個問題上，不明不白地栽了跟頭，黑壽山在風裏浪裏摔打了這麼多年，焉有不明白的道理？因此，要想翻這個案子，還楊作新一個清白之身，確實不是一件容易的事。

黑壽山拿著楊岸鄉的那三份申訴材料，字裏摳字，看到楊作新去廬山之前，康生找他談話一節，終於眼前一亮，找到了解決楊案的關鍵所在。

康生當時是個神秘人物，平日深藏不露，緊要時候總有過人的表現，以整人爲他的基本職業。將罪名加在這個整人老手的頭上是妥貼的，或者，他確實就是製造楊案的幕後人物。

黑壽山要求楊岸鄉重寫一份申訴狀，他將把這個申訴狀，批給膚施市委組織部，要他們盡快處理。在寫申訴狀時，避實就虛，也就是說避開問題的實質，因爲這一切實在糾纏不清，而將罪責歸結到一個人身上。這個人就是康生。

這樣，這樁由康生製造的冤案，自然在平反之列。

楊岸鄉自然言聽計從，一切照辦。更有甚者，當聽說撫恤金問題，亦是不能平反的一個重要原因時，他在申訴狀中專門強調，他要的僅僅是父親的清白，撫恤金以及一應問題，一律不再向組織提出。楊岸鄉的這個明智之舉，打消了市委組織部的最後一絲顧慮。

三個月後，楊岸鄉接到這樣一份檔。

中共膚施市委組織部檔

膚市組發一九八X年第XX號

關於對楊作新同志政治歷史問題的結論

楊作新，男，漢族，膚施市吳兒堡村人。一九一〇年生，一九二五年在膚施省立第四中學加入共青團，一九二六年至一九二七年間加入中國共產黨。一九三七年，受中共膚施市委的派遣，到盧山受訓，回膚施後，被當時的邊區保安處拘留審查，關押一年，於一九三八年病逝獄中。

一九二五年，楊作新同志在省立第四中學上學期間，受黨的地下黨員XX、XXX、XXX等同志革命思想的影響，學習進步書刊，宣傳進步思想，積極參加學生運動，被吸收加入共青團。一九二六年耶誕節時，因參加「非基運動周」活動，被偽縣政府逮捕入獄，關押七天。出獄後，他的思想更加激進，鬥爭更加堅決。

一九二七年，當選爲膚施市農民自救會委員，並與XXX、XXX等人參加了，陝西省第一次農民代表大會。一九二八年冬，膚施區委爲了加強保安縣黨組織建設，發展壯大黨的力量，特派楊作新等六位同志到保安工作，經劉志丹同志提議，安排楊作新同志到永寧山高小任教，並擔任該校校長、黨支部負責人。在此期間，他深入農村，宣傳進步思想，帶領群眾反對苛捐雜稅，對於貪官污吏、地主老財，則利用貼無名告帖的方式進行警告，使他們不敢輕易去欺壓老百姓。在劉志丹同志的領導下，楊作新同志負責組織革命隊伍，在保安、安塞等地，打土豪、分糧食、籌集糧款，爲壯大革命隊伍，推動陝北革命形勢的發展，做了大量的工作。

一九三一年，永寧山支部遭到破壞，楊作新同志和其他同志一道重回膚施，在反動勢力殘酷鎮壓進步人士、白色恐怖籠罩陝北大地的形勢下，他冒著生命危險，以膚施第一完小校長、膚施教育局督學、民教館館長等身分爲掩護，繼續從事黨的地下工作，在艱苦的鬥爭環境中，他對黨、對革命前途充滿了信心。在學校，他公開在學生中宣傳共產主義，講共產黨抗日救國的主張，宣傳革命思想，勤奮工作，爲膚施教育事業的發展，做了不懈的努力，並爲黨培養了一大批革命的骨幹力量。一九三六年十二月，紅軍進城時，他以我黨膚施支部負責人的身分，聯繫XXX、XXX等同志，並帶領學生去歡迎紅軍。一九三七年一月，黨中央進駐膚施，他做爲教育界的代表，和XXX、XXX、XXX等同志到楊家灣迎接毛主席。

一九三七年七月，受黨的派遣，楊作新同志到盧山受訓半月有餘，回膚施後，邊區保安處以「楊對市委未做主動彙報，思想有些變化，讀起古書來了」等嫌疑，對其拘留審查，關押一年，於一九三八年病逝獄中。當時由組織通知其家屬，並將其埋葬，但一直未做結論。

近幾年來，楊的家屬、子女多次申訴，要求對楊作新的歷史進行調查，並予以結論。

據查，盧山受訓，是國共兩黨合作期間，蔣介石爲爭取、培養中層幹部的一種訓練，其內容包括軍事、政治兩個方面，軍事是以一般軍事知識爲主，政治則是僞政府首腦人物的講話。盧山受訓，凡是縣一級的機關幹部都去，並不是特務訓練。楊作新同志去盧山受訓，是黨組織批准的。在受訓期間，沒有發現有自首、變節或叛黨行爲。

據查，楊作新去盧山受訓之前，代表組織與楊作新談話的是康生。因此，有理由相信，這是康生一手製造的一起冤假錯案。

經中共膚施市委組織部研究認爲，楊作新同志是大革命時期，我們黨的早期黨員，是當時膚施政界、教育界的知名人士之一。楊作新同志在陝北早期黨的革命活動中，思想進步，鬥爭堅決，勇敢頑強，不怕犧牲，爲陝北早期革命鬥爭，做出過重大貢獻，爲培養和造就一大批革命的骨幹力量，付出過巨大的心血，是黨的一名好黨員、好幹部。因此，應當爲楊作新同志恢復政治名譽，並以他的政治歷史，清楚予以結論，將他的名字載入陝北早期黨的史冊。

中共膚施市委組織部（蓋章）

一九八X年X月X日

檔中對楊作新的履歷介紹，與我們的故事稍有出入，時過境遷，世事滄桑，說不上哪種說法更準確一些。不過，當然要以紅頭文件爲準，所有的逸聞野史只是逸聞野史而已。

檔的撰稿人明智地取消了楊作新在獄中碰壁自殺這一細節，而以「病逝」搪塞過去。這樣，就避免了許多的麻煩。

按照楊岸鄉從一張報紙（一九二五年國共合作期間，國民黨省黨部出版的《秦聲報》）上查到的情況，楊作新在一九二五年，即是中共膚施支部的負責人，然而在這份檔中，楊作新的入黨時間，是在一九二六至一九二七年之間，這個明顯的紕漏是出於以下考慮：現在膚施市八一敬老院的老革命中，資格最老的是一九二六年入黨的。如果將楊作新的入黨年份定在一九二五年，將使這位健在的老革命不愉快，所以，在入黨年份這個問題上，以這位健在的老革命的入黨年份，做爲楊作新的入黨年份。

你看，紅頭文件有時候也一樣具有伸縮性。

第二十六章　中華民族的生存之謎與騰飛之謎

有一樣我們陌生而又熟悉的東西貫穿本書，這東西就是「時間」。它從二十世紀初開始，從吳兒堡「老人山」上那個放羊娃開始，彷彿我們的書頁嘩嘩地翻動著一樣，彷彿楊蛾子荷包裏那塊懷錶錚錚走動著一樣，在你遊蕩的工夫，在你廝殺的工夫，在你夢想的工夫，在你憂傷的工夫，它以命定的節奏向前走去，向世紀末走去。

這個最平常的東西令老人們驚駭，不管這老人屬於一位帝王或者一個平民，當他有一天摸著蒼蒼白髮時，他感到恐怖和惶惑，他第一次感到時間出賣了他，他感到這貌似平常的東西中，有一種花崗岩般堅不可摧的特質。這東西就像不久後，將壓到他身上的冰冷石碑一樣。而對那些朝氣勃勃的青年來說，時間是他們最好的同盟軍，他們那希望的參與者和投資者，時間將迅速打發走上一批客人，以便騰出位置，請他們就餐。他們的桌前杯盤狼藉。他們在夏天就開始揮霍秋季，他們在秋季就開始對鏡悲歎，他們或者揮霍得有理，或者揮霍得無益，那是他們自己的事情。他們這時候還不懂得時間。

但是誰又能懂得時間呢？一個美國作家在一個故事中說，對於一位女人來說，時間就是一月一次、按期而潮的月經。然而他剛剛爲自己的這句話得意了不到一分鐘後，他接著戛然打住，臉色煞白地說，他不敢侈談時間，他懼怕這個龐然大物的東西，他也沒有勇氣使自己掉進玄學的泥淖。

我們恭謙地去請教田野上生長的樹木，那麼，對於樹木來說，難道它在春天萌發的葉芽，秋天飄落的黃葉，是時間嗎？是的，這是時間，但是僅僅這一點並不是全部。一圈一圈的年輪是時間，斑駁的樹皮是時間，那曾經經受過雷擊的枝椏是時間，而那黃葉從離開樹枝，落入地面的這一剎那，更是一個充滿悲劇感和輝煌感的時間過程。黃葉在空中翻飛著，像蝴蝶一樣飄飄灑灑的是它的身姿，間或還因爲風的緣故，發出歎息一般的呼嘯聲，這聲音令我們想起「天鵝一生只歌唱一次，是在牠行將辭世的時候」這句西方俚語。

生性愚頑的我，常常產生這樣一種念頭，我想給自己那襯衫的背部，印上這麼一句話——「拜託了，請告訴我，什麼叫時間？」然後，我赤著腳，像尋找終極真理一樣行走在大地上，就教於每一條「此次所涉，已非前番之水」的河流；就教於每一座「相看兩不厭」的山岡；就教於每一個朝生暮死的蜉蝣，和每一顆倏忽一閃的隕星；就教於每一隻只聞其聲不見其形，那草叢中的蛐蛐；甚至就教於我這張十年一貫制的僵死書桌；就教於昨天還在我的頭上、接受我的愛撫和梳理、成爲我身體的一部分、但今天已經非我非它、歸宿無定，而見棄於垃圾桶中那根斷髮。是的，我們盡可以動用我們的全部積累，來參悟和詮釋這個命題，但是在我們徒勞無益的探索中，不要忘了，時間正在一分一秒地出賣著我們。當然它自己並不這樣認爲，它認爲自己只是在運動著自己而已。

閃閃發光地立於中國西北角的陝北高原，彷彿是一座橫亙在天際遠處的雕塑群。這件雕塑是水泥建造的，當水泥還沒有乾的時期，匆匆而過的時間之風，在它身上留下了時間的痕跡。當你欣賞黃帝廟中，軒轅氏那兩個印在石頭上、一尺多長的腳窩時，你一定會留下這種感覺。

楊作新在本書的上卷，曾經如數家珍地向風塵僕僕的毛澤東，介紹了這塊高原上，他所能知道的所有歷史陳跡。那招搖於沮水之濱、橋山之巔的軒轅黃帝陵，那子午嶺上神神乎乎、時隱時現的秦直道，那葬著扶蘇與蒙恬的將軍山和嗚咽泉，那深陷於萬頃黃沙中，大夏王赫連勃勃所築的統萬城，那隋煬帝美水泉，那杜甫鄜州羌村，那被當時的守軍范仲淹，以「長河落日孤城閉」所描繪過的膚施城，那雄踞於高原北部門戶的鎮北台和綿延的長城，當然還有橫行天下、斯巴達克式的悲劇英雄——無定河邊的李自成，以及他建在蟠龍山上的闖王行宮。我們知道，這些被夢想、傳奇、典故和英雄業績等光環，所環繞的歷史廢墟，當它們經楊作新之口，排山倒海地向毛澤東湧來時，它們給毛澤東以深深的震撼，繼而成爲他寫出「沁園春．雪」的最初的動因。

哦，那是誰？一個瘦瘦的、衣冠周正的中年人，在清涼山的後山，低頭尋覓著什麼。從一個山坡奔到另一個山坡，從一個山峁奔到另一個山峁。他的手裏捏著一張，剛剛收到不久的平反通知書，他想盡快地將這事，告訴給當事者本人，可是，僅僅只有四十餘年的光景，土包已經從山坡上消失了，代之而起的是一階階的梯田。這個人在山坡上行走著，他在這一刻是不是也感覺到了「時間」這個奇怪的東西，於是，他邊走邊吟唱著。他行走和吟唱的同時，他還不時垂下頭來，採擷著山坡上熏人的野花。他的吟唱信口道出，雜亂無章，如果我們稍稍梳理一下，再押上韻腳的話，它大約是這樣的——

不可能士兵灑下的每一滴鮮血，
都被莊稼吸收了化作營養；
不可能歷史落下的每一星塵埃，

都被山水沖入深深的海洋。
應當有一部分留下來，
即便是廢墟，也留在大地上，
當人們輕鬆地走過時，
陡然一驚，開始沉重地思想。

在本書的上卷，伴隨著革命苦難而又莊嚴的行程，我們注意到了，有一個若隱若現、時有時無，然而卻又不可或缺的副線，始終貫穿其中，這就是陝北大文化現象，對這場革命的影響。它影響著革命的發生和發展，影響著活動在這塊地域的每一個革命者本人。敗軍之將不可言勇。然而，當毛澤東率領著他的二萬五千里長征歸來的疲憊之旅，進入這塊土地的時候，他有一種龍歸故淵的感覺。他感到空前的輕鬆和自由，他感到自己和巨人安泰一樣，重新從這塊土地上獲取了力量。他開始和他的戰友們一起，在這塊金黃色的聖壇上，建起階級的千秋大業，他像民間傳說中的那種見風就長、一日三丈的巨人一樣，出現在時間進程中。

一九八七年，來自陝北安塞縣的腰鼓，去了一次京城。五百農民，在一個偌大的廣場上，出了一回風頭。那急急如雨的鼓點，那勇猛剽悍的動作，那咄咄逼人的氣勢，那一股蠻動、狠勁，那一番龍遊虎走、龍騰虎躍，令看台上的觀眾看花了眼。其實，較之在黃土地上自得其樂的舞蹈、得意忘形的踢踏，場地上的表演，不知遜色了多少倍，然而它還是贏得了滿堂喝彩。一位美國觀眾，專程來到陝北高原考察，他說他想不到溫良敦厚的、以歌舞昇平見長的中國民間傳統舞蹈中，還有這樣類似美國西部舞蹈、劍拔弩張的一文。如果，我們將這句話延伸下去，那麼是不是說，在溫良敦厚的民族性格中，還有這個性高揚的一種性格。

是的，是這樣的。儒家學說在一統中國時，網開一面，留下了陝北這個空白點。當然，這種網開一面，並不是爲牧者的恩賜，並不是它預見到有朝一日，我們這個民族氣息奄奄、窘於窒息之時，彷彿橫空出世，這塊橫亙在大西北，閃現著金黃色光芒的軒轅本土，那些從千萬條山岡一起站起，衣不蔽體、食不果腹的陝北漢子，會給我們的民族精神，注入新鮮的、生機勃勃的豪邁力量。不是的，它的網開一面的原因，是由於歷史上的陝北，長期處於邊關要地、民族戰爭的拉鋸戰之間。加之，民族交融的結果，使這塊高原成爲一種各種文化現象互爲補充、互爲妥協、互爲依賴的地方。縱然儒家文化自長安、自中原、自黃河東岸的山西，氣勢洶洶而來，但是，它只留下很膚淺的影響，水過地皮濕而已，特有的陝北地域文化，仍然頑強地生長著和完成著。

在前面的敘述中，我們提到那個《七筆勾》，提到「聖人佈道此處偏遺漏」這句話，那麼，能不能允許我們完整地閱讀一段這個《七筆勾》，特別是當我們正在討論陝北地域文化的時候。

萬里遨遊，百日山河無盡頭，山禿窮而陡，水惡虎狼吼，四月柳絮稠，山花無錦繡，狂風陣起哪辨昏與晝，因此上把萬紫千紅一筆勾。

窯洞茅屋，省上磚木措上土，夏日曬難透，陰雨更肯露，土塊砌牆頭，燈油壁上流，掩藏臭氣馬糞與牛溲，因此上把雕樑畫棟一筆勾。

沒面皮裘，四季常穿不肯丟，紗葛不需求，褐衫耐久留，褲腿寬而厚，破爛亦將就，氈片遮體被褥全沒有，因此上把綾羅綢緞一筆勾。

客到久留，奶子熱茶敬一甌，麵餅蔥湯醋，鍋盔蒜鹽韭，牛蹄與羊首，連毛吞入口，風捲殘雲吃罷方撤手，因此上把山珍海味一筆勾。

堪歎儒流，一領藍衫便甘休，才入了黌門，文章便丟手，匾額掛門樓，不向長安走，飄風浪蕩榮華坐享夠，因此上把金榜題名一筆勾。

可笑女流，鬢髮蓬鬆灰滿頭，腥膻乎乎口，面皮賽鐵鏽，黑漆鋼叉手，驢蹄寬而厚，雲雨巫山哪辨秋波流，因此上把粉黛佳人一筆勾。

塞外荒丘，土韃回番族類稠，形容如豬狗，性心似馬牛，嘻嘻推個球，哈哈拍會手，聖人傳道此處偏遺漏，因此上把禮義廉恥一筆勾。

上面正是那個《七筆勾》，光緒皇帝特史、朝內翰林院大學士王培棻，來陝北高原北部一帶視察後，回去寫給清廷，類似我們今天「采風錄」之類的東西。以上所述，主要是北部，也就是黑壽山治沙那一帶的風物，高原南部與關中平原接壤地帶，景觀或有不同，膚施城則位於腹心地帶。不過，陝北高原是一個統一的地理板塊，因此諸多風情，差異固然有之，卻也不會太大。

馬克思說過：民族交融有時候是歷史發展的一種動力。

然而，怎麼說呢？在陝北，不論是哪個民族，不論它以何種的方式交融，這些所有的開頭，最後都終結到了一點：那就是如今的、現在時的陝北，那就是斑斕多姿的陝北大文化現象，那就是每每與你狹路相逢，那些高顴骨、長腮幫、鼻音很重的陝北佬。從這個意義上來說，《最後一個匈奴》這個命題也許是一個妥貼的命題，因為給這塊高原以最重要的外部影響的，也許正是那神秘地流失於某一個高原早晨的匈奴部落，而種種陝北大文化現象，甚至包括王培棻以不屑的口吻，概括出的那種種人文景觀，溯本求源，也許只有以這樣的解釋，才得以透徹和明瞭。

偉大的二十世紀的巨人毛澤東，正是在這樣的一塊大文化氛圍裏，完成他哲學思考的成熟，和性格的成熟的。他是一位天生的叛逆者，一個無法無天的人物，一個被打發來，爲兩千年的封建統治畫句號的人。他不止一次地稱自己是「法家」，以示和兩千年正統思想的決裂。他從密不透風的世俗氛圍中走出來，進入一個神清氣爽的天地，他開始用高原的泥巴來鑄燒著他的大廈。「陝北是個好地方！」這句泛意的概括，表達了他對這塊土地由衷的感激和全面意義的評價。也許，「聖人佈道此處偏遺漏」這句話，正是在偌大的中國地面上，紅色割據只留下這一塊金色高原的全部奧秘所在。同樣的，也許，這也正是中國革命以這裏爲大本營，繼而取得全國勝利的全部奧秘所在。

在本書的上卷，在那個二十世紀的二分之一時間中，我們把我們的全部夢想、熱情，和最善良的祝願，給了楊作新，我們同時借助於跟蹤楊作新這個人物，表現了革命在這塊土地上，發生的過程和發展的過程。

一位可敬的蘇聯作家在談論自己的作品時說：「在這個世界上，只要還有一個人在受苦受難，我的書就是爲他寫的，我的同情心就是因他而發。」如果他的話不算錯的話，那麼我即是懷著這樣的心緒，在談論我們的楊岸鄉。

況且在我憂鬱的目光中，確實看到了進程中的人類，他們生存的痛苦、奮鬥的痛苦，和渴望表現的痛苦。我以心度心，敏感地感受到了這一點。人類的一切苦難都與我息息相關。當我們在街上行走的時候，我們聽到了教堂裏的鐘聲，我們不必問這個世界上又有誰死了，我們不必問喪鐘爲誰而鳴，某一個人的痛苦，同時也就是我們人類全體的痛苦。

那個天才的剪紙小女孩死了，她帶走了那個永久的秘密。她將生存的任務卸給了丹華。她宛如霞光從雲層中倏然一閃，爲你指出一個高度，爲你留下一個謎語，然後那烏雲又適時地閉合了。

丹華又將這個球扔給了楊岸鄉，然後明智地脫身。

那個小女孩之死，是一種偶然，又不是一種偶然。生死路上沒老少，並不是生活特別地苛刻於她，責任也不純粹在於丹華，在那一段時間內（按照政治家們的說法，經濟幾乎到了崩潰的邊緣），這類事情的發生相信不止一起。由於有了丹華，我們才知道這小女孩手裏握著一樁秘密，那麼，同樣的大奧秘，也許還存在於其他撒手長去的人手裏，只是丹華不知道，我們不知道而已。

是的，裸露在眾目睽睽、大庭廣眾之中的歷史沉澱物，僅僅屬於大文化的一部分。在廣袤的土地上，在古老的高原上，「過去時」究竟給我們留下多少大神秘，那還是一個很大的未知數。剪紙只是其中的一件而已。

陝北民間剪紙，它是來自遙遠年代的一個個神秘符號。做爲這塊軒轅本土，當碑載文化掛一漏萬地記載歷史的時候，剪紙藝術卻以其神秘的色彩，依靠農家婦女手中的剪刀，爲我們展示出條條迷津。記得我們的楊作新，曾經爲燈草兒所剪的太陽老虎和麻錢老虎而驚訝不已，其實，這種原始的象徵符號，只是宛如一年級算術題中，一加一等於二的基本知識一樣。

你見過那幅叫做《合歡樹》的剪紙麼。那是一棵樹木，陝北的樹木，它的名字叫杜梨樹。不過在進入剪紙以後，它已經變形，變得輪廓豐滿，樹幹低矮，整個樹冠成爲一個桃狀。成群的野物在樹上棲息著、嬉戲著，唱著歡樂的生命之歌，各種各樣含意明顯的圖案，例如「猴子坐蓮花」，例如「蛇盤兔」等等，表明這是一幅讚美生殖崇拜、描繪交媾情景的藝術品。樹幹中分，樹幹左右的兩個主角，一個是玉兔，一個是三足烏鴉。這令我們想起古典小說中，「金烏西墜，玉兔東升」之類的話。一陰一陽，在這幅剪紙中，達到了完整的統一，組成了一個和諧的世界。最深奧的哲學命題，最淺顯的生存圖景，在這裏同時得到了圓滿體現。

而楊岸鄉出生時，接生婆婆爲他剪出的那幅「抓髻娃娃」圖案，據那位活得太久的老研究員的考證，它是我們民族的護身符或者說守護神，他甚至繼而推而測之，認爲「抓髻娃娃」圖案，也許最初是黃帝部落的圖騰。當然，前一種考證，得到了學術界普遍的認可，而後一種推測，則被認爲僅僅只是推測而已。

未來的某一天，這位老研究員還會顫巍巍地拄著拐杖，踏上高原。他將在楊岸鄉的陪同下，來到交口河旁邊那座大山上，按照杜梨樹陰影所指示的方向，在那個剪紙小女孩的墳前，靜靜地待上一會兒，表示一位健在的學問家，對一位故世的創造家的致意。

「我們這個民族的發生之謎、生存之謎、存在之謎、騰飛之謎，也許就隱藏在這黃土高原的層層皺褶中。」站在墓前，老研究員以一種奇怪的口吻，對墳墓、同時也是對楊岸鄉說。他繼續說道：「對著那幅畢卡索式的剪紙，我常常想起陝北。我覺得它宛如一條船，一架阿波羅太陽車，一乘帝王之輦，緩慢而又笨拙地行進著，從遠古走向今天。懷著兒子之於母親般的虔誠心情，我在它的斑駁面容上細細查找，試圖找到它秘而不宣的一切。我懷著焦渴的心情，久久期待著，期待著某一天早晨或者黃昏，天開一眼，它神秘地微笑著，向你顯靈，慷慨地展示它的全部。至於如今，我只能說，我對它究竟瞭解多少，連我自己也沒有把握。」

說完之後，他就以杖點地，離去了。

在二十世紀剩下的、這爲數不多的時間中，做爲陝北高原的兒子的楊岸鄉，他將在精神的領域裏，在創造的領域裏，肩負起苦澀的使命，而他親愛的兄長，那個黑壽山，將在物質的領域裏努力。他們的行爲，代表了革命那奪取政權的形式完成之後，在建造的領域裏的兩個方面。從這個意義上來說，他們所有的工作，其實正是二十世紀上卷所進行工作的繼續。

楊岸鄉調回了膚施城，這給他的發展創造了條件。具有諷刺意義的是，他調入的那個單位，正是丹華原來工作的單位，他現在是徹底地頂替了這個人物的角色了。他的調動一半是由於黑壽山的關照，一半是由於父親問題的平反，做爲落實政策因素，對子女進行照顧和安撫的結果。

第二十七章　隨著那歲月淡淡而去

楊岸鄉調入的這單位，或者說丹華原來工作的這個單位，它的全稱是「膚施市歷史文化研究所」，簡稱是「文研所」。什麼是歷史，什麼是文化，而歷史和文化相連綴，又是什麼？所以說這是一個模糊的概念，而概念的模糊，又帶來工作性質的模糊。總之，怎麼說呢？國家出事業費、人頭費，養活幾個閒人，你們去幹你們喜歡的營生而已，只要不給社會添亂就行，只要讓上級知道膚施市對歷史文化的重視，以至重視到成立了專門研究機構就行了。

離開交口河造紙廠時，楊岸鄉掉了幾滴眼淚。不管怎麼說，他對這個他工作了十五年的廠子，還是有感情的。他已經習慣了這種當一天和尚撞一天鐘的生活了，他擔心自己對城裏的嘈雜不能適應。

爲他辦手續的還是原來的廠長。廠長希望他在方便的時候，在黑書記面前爲他美言幾句。「咱們兩個沒有什麼吧？」廠長問。他點點頭。黑壽山最初的暗示，現在已經見了眉目，這家工廠將要改成一家煉油廠。隨著廠子的規模增大，在膚施市工業生產中地位的重要，它將升格爲縣處級班子。原來的廠長肯定不能再當廠長了。一批專業人才和幾位領導幹部，已經啓程前往加拿大觀摩學習，並預訂那裏的成套煉油設備，很明顯，他們將來將是這個煉油廠的班底。廠長現在謀求的是協理員職務，並且已經有點眉目。雖說升遷到此爲止了，但是在行將退休之前，能進步到這個檔次，他也心滿意足了。「我早就看出，這楊岸鄉與黑壽山之間，是有一點瓜葛的。果不其然！」他說。他希望楊岸鄉在見到黑壽山時，能將他的這件事再靠實一下。

楊岸鄉本來沒有必要，也沒有責任去管廠長的事。他不欠廠長什麼！但是，他總覺得答應人家的事，不管頂不頂用，說一說也好。於是，來到陝北歷史文化研究所上班不久，有一次，他去看黑壽山時，結結巴巴，有些臉紅地將這事提了出來。

黑壽山正在忙碌。

一個投身政治的人對政治所表現出的狂熱，不亞於一個投身藝術的人對藝術的狂熱。這也是一門技巧，一門藝術，一個需要嘔心瀝血，才能創造出傑作的事業，一項該殘酷時要殘酷到家、該仁慈時要菩薩心腸的工作。在中國的環境中，每一個管理三個人以上單位的領導，都是一個掌握時間、掌握火候、通曉權變的哲學大師。

黑壽山先用了一年的時間，不顯山不露水，以「不瞭解情況，不宜表態」爲由，搞調查研究，與各部門領導談話，組織自己的班底。一年後，根據他的提議，市長升遷，上級爲他委派了一個黑壽山提議的年輕同志來當市長。黑壽山在歡迎宴會上，水酒一杯，祝福前任市長前程無量，然後酒席一撤，即著手他大刀闊斧的改革計畫。他先召集市直縣處級以上幹部，開了個動員大會，動員六十歲以上的幹部全部退休，五十五歲以上的幹部可部分退休。動員大會一畢，立即通知組織部門，著手談話、實施，老幹局配合。於是，短短的三個月時間，市直大院，三分之一的面孔換了，一些資歷很老、文化水準低、思想僵化的老幹部退了下來，代之而起的，一批年輕有爲的、有學歷的幹部走馬上任。市委兩個主要部門，組織部、宣傳部的所有幹事科員之類，幾乎被提拔一空，接下來，他開始實施他的經濟改革方案。

黑壽山沒有忘記丹華推薦的那個人。他將這個叫金良的北京知青，找來談了一次，認定這是一個人才，決定起用他。平頭見領導對自己很是器重，於是也就不好意思再提調動的事了。黑壽山最初想將他用到交口河煉油廠去，因爲那個工程一旦上馬，一旦吃飽以後，每年將會爲市財政拿回兩億，但是後來，考慮到金良同志主要熟悉的還是農村工作，而恰好有一項十分重要的工作，目前還沒有一個靠得住的人選，於是決定將他用到那裏去。

黑壽山有一個大膽的設想。這個設想就是，選擇一條水土流失最爲嚴重的山溝，然後將這條山溝全部封閉起來，種草種樹。居住在這條山溝的農民，他們的口糧供應全部由國家解決，他們的勞動，其實只有一件事情，就是種草種樹和從事管理。在考察陝北高原的日子，他甚至已經選擇好了這樣一條山溝。這條山溝是那條著名的革命河——延河的一條支流，全長大約一百華里，流經溝底的那條小河叫杏子河，因此這個流域就叫杏子河流域，這個工程就叫杏子河流域治理工程。

這裏是那個遭楊作新槍殺，那可惡禿子的家鄉。如果不忌諱的話，這裏也是當年張思德燒木炭的地方。燒木炭用的是樹木，張思德能在這裏燒木炭，證明在那個時期，這裏大約還有不少的森林，這裏的水土流失，大約還不至於像現在這樣嚴重。迫於當時的情勢，張思德的行動自然無可厚非。但是，當進入建設時期以後，做爲建設者來說，他們卻需要爲這些事情花費心血了。人們常常說，陝北爲中國革命付出了太多的代價，這也許就是代價的一部分，人們常常說，這是一塊失血的土地，這也許就是失血的個中原因之一。

幾萬農民要在一夜間改吃皇糧，這可不是一件容易的事，市財政根本無力支付這筆鉅款，於是，黑壽山想到了當年治沙的事。

他將手伸向了聯合國世界糧食計畫署。現在，與聯合國方面的談判還在繼續，不過，他們對黑壽山的魄力和戰略眼光表示欽佩，因此看來，這個計畫的實施，是指日可待的事情。而現在需要的是一個能幹的具體領導，來實施這個計畫。這樣，黑壽山想到了這個留著平頭的北京知青，並且指示組織部門進行考察。

組織部的考察在進行中。這時，聯合國糧食計畫署的官員，來陝北進行可行性勘察，於是，黑壽山要求金良同志擔任陪同。

楊岸鄉正是在這個時候，爲一件微不足道的事情，闖入市委書記同志的辦公室的。

黑壽山正在和一個留平頭的北京知青拉話。他們這是在商量下午彙報的事。見有人闖進來了，他有些不高興，看見是楊岸鄉，臉色才緩和了下來。他皺著眉頭，聽楊岸鄉結結巴巴說明了來意，他表態說，煉油廠班子的事，他心中有底，對那個廠長的瞭解程度，他不亞於楊岸鄉，他要楊岸鄉安安穩穩地去搞學問，不要爲這些不著邊際的事來打攪他了，他看不見他忙著。說完，黑壽山掉過臉去，又和平頭拉起來了。

大約是因爲過於熟悉的緣故，大約是因爲黑壽山將楊岸鄉看做是弟弟的緣故，所以他才會這樣不客氣的。假如換了別人，即便再忙，再覺得煩人，精明的黑壽山，也會禮節周到地將來人應付走的。

然而楊岸鄉卻感到自已受了輕慢。他一言不發地離開了市委書記辦公室，回到他的「文研所」，從此，他和黑壽山疏遠了。

「如果父親還在，那該多好！」楊岸鄉想。人真是奇怪，就楊岸鄉來說，交口河造紙廠那樣的卑微生活，他竟然無知無覺，而此刻黑壽山一句稍嫌怠慢之意的話，竟然引發出這麼多的怨艾。

楊岸鄉懷著一種委屈的心情，投入了工作。

他很快就喜歡上了文研所的工作。他發覺這個工作的全部內容，就是什麼工作也沒有。國家提供給你人頭費和緊巴巴的一點事業費，把你養起來，聽任你的自由發展。這情景宛如舊時代孟嘗君他們所養的那種「食客」一樣。不過不同的是，孟嘗君的門下，心裏不管怎麼想，口裏卻常常要唸叨著「女爲悅己者容，士爲知己者死」的話，做做乞巧賣乖的姿態，而這些現代的食客們，則認爲這一切是天經地義的事情，他們一邊吃共產黨的皇糧，一邊罵共產黨的老娘。「比起交口河造紙廠，這真是一個天堂般的地方！」楊岸鄉對自己說。

說起「他們」，其實連楊岸鄉在內，只有三個人。另外嘛，還有一位領導，他是兼職，輕易不過問文研所的事。一個是會計，每月發工資的時候露一次面。還有兩位在外邊某大學接受成人教育的，乾脆從來沒有來過單位，他們本來就不是單位的人，只是他們原來工作的單位，不允許在職幹部去上大學，於是，他們轉到了這裏，等到學成期滿，文憑到手，他們仍舊調回到原單位去，去做第三梯隊，他們如今的工資，是會計按月給某大學寄去的。

三個中的另外兩個，一個是鼎鼎大名的張夢筆，他主要研究的課題是陝北嗩吶，間或還製造一點桃色新聞。除了研究學問以外，他經常做的事情，是坐在辦公桌前，對著一面小鏡，用夾報紙的夾子在夾自己的鬍子。夾住一根了，猛地一拽，然後嘴裏「匪匪」地小聲嘟囔著，同時用另一隻手在疼的地方撲朔兩下。這樣長此以往，他的下巴便變得像毛澤東的下巴一樣乾淨光潔。他平時總板著面孔，一副莫測高深的樣子，走起路，腰板挺得筆直，輕易與凡人無話。他是「文革」初期的大學生，因此推算下來，他的年齡大約小楊岸鄉七歲。他平日自鳴得意的事情有兩件，一件是上大學期間，邱會作的老婆來大學爲林彪的女兒林豆豆選女婿，他曾經榮幸地進入過初選名單，只是由於一不精外語，二不會騎馬，標準男子七項條件少了兩項，才被淘汰。他所以經常提出這件事情，主要是爲了證明他當年確曾人模狗樣。他的另一件自鳴得意的事情，是省革委會成立時，本省給毛主席和黨中央的致敬電，他是執筆者。那篇才華橫溢、高呼「全國山河一片紅」的文章，除上廣播，除登報紙，除被認爲是所有省市自治區的致敬電中，最好的一篇外，還被選入過中學語文課本。張夢筆所以時時提出這件事情，也不是出於什麼別的目的，而是要向周圍證明，他的稀世才華，是在大學時代就已被證明了的。

剩下的那個三分之一，名叫李文化。和張夢筆不一樣，這李文化沒有上過幾天學。他是風吹大，雨打大，山野裏的信天遊薰陶大的。儘管沒有上過幾天學，但是，高小課文裏的一篇叫《漁夫和金魚的故事》，卻深深地震動了他。記得，讀了課文的他，精天晌午地，赤著腳來到黃河邊，望著河水發呆，渴望那普希金式的金魚從波濤中出現，改變他的命運，幫助他脫離這苦難和貧賤。那金魚自然沒有出現。這樣，孩子哭著，又回到他那平庸的土地上，繼續打他的牛屁股。後來，一件事情更是叫他睜開了眼。那天，他正趕著毛驢，往山上去送糞，看見前面的山道上，走著一個城裏的女人。他牽著毛驢，在後邊跟了很久。原來，這是一個考察團，他們這次考察的目標是秦直道專案。考察團恰好需要一個腳夫。這樣，李文化就想也沒想，一把掀掉了驢背上的驢馱子，然後驢背上載著這姑娘，在子午嶺高高的山巔，順著秦直道遺址走了半月。他們走了，但是李文化的心裏從此不能安寧，他更深一層地意識到，自己的處境卑微和貧賤。於是他嘗試著寫一些四六句子之類的東西，往外面投。好在有小時候就受過薰陶的民歌底子給他以幫助，因此寫這些順口溜也不費勁。這樣，就有一些豆腐塊一樣的東西，在報紙的一角，害羞地發表了出來。幾年之後，他成了方圓地面的一個小人物。這時候他來到膚施城裏，開一個文學方面的會。這是他第一次進膚施城。膚施城的錦繡榮華，帶給他的不是激動，而是仇恨。「你們爲什麼活得那麼好？」「天底下的好地方，爲什麼都叫你們占了？」站在街頭，一邊看景，一邊這樣說。李文化還順手摸起一塊半截磚頭，想向街上鳴著喇叭的小汽車扔去，只是怕被員警逮著，沒有敢扔。在膚施城徘徊了三天，這李文化，知道自己該怎麼做了。他回到他遙遠的鄉間，被子疊成個軲轆子，氈從外面一捲，然後用揹柴的繩子把鋪蓋紮好，一揹，二回來到了膚施城。這次，他逕自來到文研所門口，打開鋪蓋卷，睡在那裏。「這麼幾十萬人的大地方，容不下我個李文化！」他說。說完用被子蒙住頭，開始睡覺。他這一偉大的舉措，立刻引來了圍觀者，不久便成爲膚施城的一條新聞。大家見拉也拉不動他，打也不敢打他，只好趕快向上級報告。領導是個浪漫主義者，來問了問情況，就說：「好！有個性！算個人物。就讓這李文化留下來，吃幾天皇糧吧！」這樣李文化便進入了膚施城。後來隨著時間久了，也就熬成了一個人物。

楊岸鄉緊張的神經，常常等待上班鈴、下班鈴、起床鈴、作息鈴響起，但是生活中已經沒有了這個切割時間的聲音了。第一天上班的時候，他坐在辦公桌前，等待著鈴聲。鈴聲始終沒有響起。他按捺不住，來到了院子，他產生了想幹一點力氣活的願望。院中的白楊樹落下了一些葉片，於是他從傳達室扛來一把掃帚，掃起院子來。就在他握住掃把愣神的那一陣，傳達室老頭要走了他的掃把。「讓我來，這是我的生活！」老頭說。

交口河造紙廠的歷史已經成爲過去，他進入了一個另外的環境中了。他現在是研究所的研究人員，他抱掃把這件簡單的事情在交口河造紙廠，可以被認爲是一件刑滿釋放人員理應幹的事，而在這裏，傳達室老頭會認爲這是在晾他，使他難堪，而同事們會認爲他不是一個學問家，而是一個另有所圖的人。想到這裏，他笑了起來。他將掃帚交給了傳達室老頭。

他從此開始變得懶散，不拘小節，睡眠時間和工作時間顚倒。他上街用一個月的工資，買了一身牛仔，穿在身上。那件替換穿的中山裝，風紀扣也不再扣得嚴嚴實實的了。他的頭髮也留得長一些了，並且有些蓬蓬亂亂。他的言語也不像原來那麼謹小愼微，謙恭備至，上氣不接下氣，而是開始音節清晰，言辭犀利，用丹田氣說話了。這時候，膚施市區範圍的文學青年們，紛紛來看他，並且要稱他爲「老師」，從而使這位可憐的人兒，臉上放出光來。

老實說，以楊岸鄉的出身、才稟，他本來就不是個懦弱庸碌的人，他的天性中有一種狂放不羈的東西，他的血液中無時無刻不在澎湃著激情，而他的閱歷和學識，又注定一旦生活鬆開韁繩，任他奔馳，那將是一件不可預測的事情。因此，楊岸鄉很快地就恢復成了原先大學時的形象了。

黑壽山這時候記起了楊岸鄉。

那次他工作太忙，因爲一項重大決策正處於關鍵階段，心情也有一些急躁和不安，因此在和楊岸鄉拉話的時候，大約有些失禮。看著楊岸鄉一言不發地退出他的辦公室，看著楊岸鄉已有些佝僂的身材，他突然意識到了自己做得不對。是的，他和楊岸鄉之間那種深刻的感情，幾乎要超過親兄弟的。他不知道楊岸鄉明不明白這一點。因爲下午還有重要的工作，因此市委書記同志克制住了自己的感情，也沒有張口叫住他，不過他想，一有閒暇，他就去看他。

閒暇現在來了。兩個小時的閒暇。一次會議和一次會議之間，可憐的一段間隙，他要司機備車，他要看楊岸鄉去。

杏子河流域治理工程已經上馬。指揮部開始辦公，總指揮由黑壽山兼任。指揮部下設辦公室，具體負責實施事宜的辦公室主任，正是那個被生活的波濤沖來沖去，現在又在杏子河的一間平房裏，開始辦公的北京知青平頭。

一百華里長的一條河溝已經全部進入封閉狀態。這條大河溝又是由一個挨一個的小溝，一個挨一個的山梁山峁組成的。從現在開始，杏子河流域的時間狀態停止，這裏的兩萬多人口也全部變成植物人。他們的口糧全部由杏子河治理工程指揮部撥給。他們的全部工作，除了管理野草和林木之外，就是靜靜地坐在家門口，看著這些野草日甚一日茂盛，看著這些樹木日甚一日高大，看著這裏的地皮全部鋪上一層厚厚的綠色，看著時間以它緩慢的節奏完成這一切。

這件工程，與當年「回回亂」以後，陝北高原上成片的次生林成長起來的情形大致相同。我們知道，三五九旅之所以能找到南泥灣那塊方圓數百里，土地肥沃、荊棘叢生、次生林茂盛的地域開荒，張思德之所以能在這杏子河流域找到樹木燒木炭，正是由於那場民族戰爭，造成許多無人區的結果。黑壽山的這項決策，其實也是這樣，異曲同工，當然現在的情況，不能用戰爭手段了，而只能用這種行政的、經濟的手段。「換得群山回翠色」，這就是口號。

按照黑壽山雄心勃勃的設想，十年爲一個單位時間，十年以後，這裏的植被生成，小氣候形成，生態環境恢復平衡，到那時，就可以開始有節制地農耕和畜牧，以及從事經濟林木開發，而工程則隨之轉向另一條流域。

與聯合國方面的合作是愉快的。糧食計畫署對該工程給予了大力支持。而世界環境保護組織，也從保護生態環境、保護人類生存環境，以及防止海洋污染等方面考慮，對這項工程大加讚賞。不過他們很精明，沒有提供資金，而是提供口糧，每一個農業人口每年以一千市斤計，並且要保證這些口糧發放到農民手裏。這些口糧主要是從美國、加拿大調撥的。日本方面鑒於黃河入海口的淤積面積越來越大，也擔心黃河泥沙對海洋的污染，擔心這淤積的鋒頭，說不定會某一天直抵它的家門口，因此，自願出資，經聯合國同意，給這項工程贊助了一些測試儀器之類。

現在，各項工作已經鋪開，測試儀器已經安裝到位，而聯合國調撥的第一批糧食，已經到達連雲港口岸，因此，黑壽山感到一陣難得的輕鬆，和幹成一樁事情後的成就感。

黑壽山來到了文研所，叩開了楊岸鄉的陋室。蓬鬆著頭髮，臉色發青，披一件牛仔上衣的楊岸鄉出現在門口。「兩個小時後來接我！」黑壽山打發走了司機，然後進屋落座。

市委書記親自光臨一個無足輕重的單位，一個無足輕重的幹部辦公室，這件事大約在膚施市是不很多的。但是，楊岸鄉並沒有表現出過多的受寵若驚或者誠惶誠恐。楊岸鄉的這種態度令黑壽山高興。他常常感慨自己被各種諂媚圍繞得太多了，他缺少平等對話的夥伴，平等交流感情的夥伴，在家裏和社會上都是這樣。他想這楊岸鄉不愧是楊乾大的兒子，世家子弟，才短短的幾個月時間，新的環境就將他改變了。說實話，第一次在群眾來信來訪辦公室接待他時，他那種唯唯諾諾、恍恍惚惚的樣子，給他留下了深刻的印象。

話題是從「昨晚上熬夜了」開始的，這表明了黑壽山對知識份子工作習慣的瞭解。他詳細地詢問了楊岸鄉的工作和生活，詢問了吳兒堡楊蛾子的情況。他說他有機會的話，一定要到吳兒堡去看一看這位老人。他隨楊岸鄉的叫法，也將楊蛾子叫姑姑，這使楊岸鄉在一瞬間，感覺到了一種確確實實的手足之情。

黑壽山還說，吳兒堡已經有了一個農民萬元戶，叫憨憨，靠鑿刻石獅子起家，這個人已經被樹立爲膚施市勞動致富的先進模範。他問楊岸鄉認不認識這個人物，楊岸鄉回答說：「認識。」楊岸鄉本來還想說，這個人是他的乾大，可是話到嘴邊，嚥了下去，憨憨做他的乾大，他有些羞於出口。

聽說楊作新的墓地始終沒有找到，黑壽山有些黯然神傷。

他說楊乾大的墓地應該找到的，連同蕎麥的墓地一起，他們有理由埋進膚施市的烈士陵園裏，接受著一代一代人的敬仰和祭奠。

在尋找墓地這件事上，楊岸鄉和黑壽山的意見是一致的。但是不同的是，楊岸鄉認爲，墓地找到以後，應當埋到吳兒堡的老人山，埋進家族公墓裏去，和自那兩個風流罪人開始的，那些一代一代的老人們，埋在一起，楊作新和蕎麥，有責任和有資格歸隊了。

由於這是楊岸鄉自己的事，兩人之間，畢竟內外有別，所以，在搬埋這個問題上，黑壽山沒有再說什麼。況且，所謂的搬埋，只是一句空話，誰知道能不能找到墓地。

在談話的途中，黑壽山動手爲楊岸鄉疊著零亂地攤在床上的被子。「你去理一理頭髮！」他說。他還瞅了楊岸鄉一眼，表示對他的裝束有些反感：「穿衣戴帽，反映一種精神狀態，一種道德情操……」

這時候，屋外，有一個人的朗誦聲打斷了黑壽山的話。隔著窗戶，黑壽山見那人捧著一本豎排的古書，一邊走一邊嘮叨著，言辭聽不甚真，似乎是「余幼好此奇服兮，年既老而不衰。帶長鋏之陸離兮，冠切雲之崔嵬」云云。

楊岸鄉聽了，抿著嘴笑。

黑壽山有些不快地問道：「外面的是誰？」

「張夢筆，我的一個同事。」楊岸鄉回答，「這是筆名。『夢筆生花』，聽說是一個典故。」

「這個典故我知道。」黑壽山不以爲然地打斷了楊岸鄉的話。

「你和他們不一樣，岸鄉。你要對得起你父親。」黑壽山把聲音壓低一些，摸了摸自己本來就扣得緊緊的風紀扣，繼續說，「你應當有出息。這也是我的責任。我想，等你在這裏適應一段時間後，再給你壓壓擔子，幹一點重要一點的工作。」

楊岸鄉聽了，抬起眼睛看了看黑壽山，沉吟不語。

「是的，你受了很多苦，這我知道。這也就是我不僅從咱們的情分上，也從一個共產黨市委書記的身分方面考慮，想把你安排得好一點，想給你創造一個好些點環境的原因。我感到欠你的情。我不願讓人說楊作新的兒子是個窩囊廢。」

「饒了我吧，黑書記！」楊岸鄉突然叫起來，他說，「我有我的專業，我會盡我的努力，去做我喜歡做的事情。在我有了我父親那樣的經歷之後，在我有了我前半生的那些經歷之後，黑書記，你說，我還有勇氣去政治的風浪中去沉浮嗎？兩千年的『官本位』思想，我想，到了我們這一代，是不是應當蔑視它了？還有，黑書記，我總覺得，在你們的身上，甚至包括您這樣有水準的領導幹部身上，對知識份子總懷有一種輕蔑之意，一種不信任感。」

楊岸鄉繼續說：「當然，我需要保護。我沒有能力和精力保護自己。在這個險惡的世界上，沒有設防的堡壘是不多的，但我沒時間和精力來保護自己了，我需要趕快全身心地投入工作（說這話時，楊岸鄉揮手指了指桌上厚厚的一疊手稿。）你如果真爲我好的話，黑書記，你就不要打攪我。」

話不投機。楊岸鄉的這一番話，使黑壽山有些後悔自己剛剛那個愚蠢的建議了。

黑壽山想起了丹華。他很清楚這個房間原來是由誰居住著的，因爲在見到丹華以後，回到膚施，他專門找了個藉口，到文研所視察過一次工作，並且以領導人的口吻，問了一些丹華的情況。不過他是個很嚴謹的人，確實如丹華所說，有一種「渾身鎧甲」的味道，在陪同的部局領導剛剛感到，他對這個房間似乎有某種感情的時候，他就堅決地封住了嘴巴，封住了這感情的閘口。

「我這是爲你好！我確實想幫助！你知道，我已經老了，快踩線了，趁我說話還算數的時候……」黑壽山喃喃地說。

「我知道你是好意。我知道你的話對我的未來意味著什麼，一切都會接踵而至，一切都會唾手可得。多少人因爲這句話將感恩涕零呀！可是，唉，怎麼說呢？我沒有辦法使自己那樣做。況且，我也不是年輕人了，古人說，『四十不仕而不仕』，我今年按荒歲計算，都平五十了！」楊岸鄉說。意識到自己剛才的衝動，他現在的語氣變得和婉了些。

黑壽山久久沒有說話。後來他說：「岸鄉，我們相差十歲，但是我總感到，我們好像已經是兩代人了。」

「你是對的，你的思考對你來說是對的，但是對我來說，我卻應該有我自己的選擇。黑書記，你知道這些天來，多少前塵往事，倒海翻江一樣地出現在我腦海裏。有一種聲音呼喚著我，要我前行，有一種表現的欲望，在燃燒和炙烤著我的心，要我將自己感受到和經歷過的這一切，表現出來，記錄下來，做爲一種財富，留給人類，做爲一份遺囑，留給後世。它們告誡我，要我把握住自己，要我明白自己在幹著一件，何等重要而又莊嚴的工作，不論什麼樣的誘惑，都不該用眼睛去看它。我感到自己快要瘋魔了，我感到自己快要不是自己了。據說世界上有一種東西，它會在冥冥之中左右著你，我現在就正在受著這種東西的左右。哦，黑書記，我大約不該和你這樣說，和一位共產黨的市委書記，談論這種唯心的東西是愚蠢的！」

黑壽山有些感動地看著楊岸鄉，他不明白他到底怎麼了，但是，他知道楊岸鄉是真誠的，而且，他覺得按自己目前對人類的認識，還不能認識這個人，於是他說：「我不甚懂你的話，因爲我與藝術一向無緣，但是，你的意思我大約還是可以參透的，因爲不久前，有一個人也曾經這樣教訓我，她說：『每一個人都有自己各異的命運，他們只有遵從命運的指令行事。』」

「是一個怎樣的人呢？他不至於敢教訓你吧？不過，這確是一句很好的話。」

「是一位姑娘，一位很好的、很好的姑娘，」黑壽山回答。

他本來還想說，「是這間屋子原先的主人」，但是話到嘴邊，他嚥了下去。

屋外響起了喇叭聲。兩個小時很快就過去了。黑壽山起身向楊岸鄉告辭。

當楊岸鄉將黑壽山送到屋外的時候，黑壽山問他，他還能爲他做些什麼。楊岸鄉說，他十分感激他的光臨，這件事的本身就是對他的幫助。楊岸鄉還說，爲他題一幅字吧，掛在屋裏，好像一幅護身符一樣，有它在，猴神碎鬼就不敢上身了。

黑壽山笑了，他答應滿足楊岸鄉的要求。

臨離開文研所的時候，黑壽山突然覺得應該順便去看看另外兩位，即那個叫張夢筆，另個叫李文化的人。張夢筆剛才的詠讀，分明是在提醒他注意自己，而那個蜷在鋪蓋卷裏撒潑的李文化，當年也給他留下了深刻的印象。

這樣，黑壽山又禮節性地去看了張李二位。或者用這兩位的話說，是黨的陽光在照耀楊岸鄉的同時，也順便照耀在了他們身上。

這個羈留還是值得的。從張夢筆和李文化的口中，黑壽山才知道，他們兩人的父親，正是當年先做黑家長工，再落草後九天爲寇，繼而爲營救黑大頭，死在丹州城的那兩個短槍手張三、李四。

「世界真小！」黑壽山感慨地說。

告別時，兩位提出，要書記同志也爲他們題一幅字，做了留念。黑壽山聽了連連點頭。

第二十八章 匈奴的後裔到了北京城

沒有鈴聲切割的時間，原來比那些有規有矩，被切割成方方正正、一塊一塊的時間，過得更快。

這以後，生活的步伐明顯地加快了。對楊岸鄉來說，不知不覺就是一天，不知不覺就是一個月，他長久地沉湎在自己的夢中。

如果說從交口河到膚施城，他是從一種夢魘中走出來的話，那麼，他僅僅只是平衡了爲數不多的一段時間，情緒又進入一種偏激狀態，心靈重新爲一種夢魘所掌握。

不過這一次與上一次的狀態明顯地不同了。上一次是一種壓抑和饑渴，一種在無謂的歲月中昏昏欲睡，這一次卻是異常的清醒，腦子裏像閃電一樣，劃過一道一道華縷可見的形象，胸中所有的沉澱物，所有經年積累的塊壘，紛紛撕扯著他的身體，潮水般地要求奪路而出。他不知道自己到底是生活在夢境還是白天，所有臆想中的事物，比真實的存在更鮮明。

他有許多話要對人說，他有許多話要對世界說，他覺得有責任把自己的思考，慷慨地獻給人類。他用洞察一切的目光，看見了人類生存的艱難，他的閱歷使他能更深切地體會到這一點。在人類那莊嚴並充滿悲劇意義的行程中，人們因爲痛苦而思想，因爲思想而痛苦。越過國度，他將目光投入到世界的領域裏，他發現人類尷尬的處境，遍佈每一個角落，他聽見弱者在哭泣，他看見良心在墮落，他感覺到惡行在四處肆無忌憚地行走。

他從本質上講是一個敏感的人，每一個毛孔裏都充滿了感覺，敏感得像稍有一點氣味，就會蜷曲的含羞草一樣。在既往那昏昏欲睡、麻木不仁的歲月中，毫無疑問，他受過許多傷害。他原先以爲自己並沒有感覺到什麼，或者即使當時感覺到了什麼，但是時間的手很快地就把它拂去了。可是現在，那些傷害，那些哪怕是最細微的傷害，都突然像剛剛發生一樣地出現在他的眼前，那樣栩栩如生，伸手可觸。他發現他的全身佈滿了傷疤，或者說佈滿了箭鏃。

這時候他記起了一個叫《米豪生奇遇記》的二、三流讀物。書中有一個有意思的故事，說是一個獵人在林中打獵，遇見了一隻梅花鹿，這時候獵人的子彈已經沒有了，於是他從地上揀起一枚櫻桃核，裝進槍膛裏，射了出去。櫻桃核準確無誤地打進了梅花鹿雙角中間的腦門上。鹿跑了，幾年以後，獵人在森林裏重新遇見了這隻鹿。他發現鹿的雙角之間，長了一棵櫻桃樹。獵人伸出手，去摘那樹上的櫻桃，他發現這櫻桃很好吃，有櫻桃的味道，也有鹿肉的味道。

楊岸鄉滿身的傷疤和箭鏃，其實就是他的櫻桃樹。是在年復一年的歲月中，被生活之箭射中的。他拖著它們，在這個世界步履蹣跚地行走，他在體內，成年累月地、有耐心地培養著它們，用自己的血和淚，年復一年澆灌著它們，終於使它們成爲一棵一棵美麗的櫻桃樹。

如今，櫻桃成熟了，它們有的苦澀，有的甜蜜，有的平凡，有的奇異，它們本身有櫻桃的味道，也有楊岸鄉濃烈的個人色彩，這是楊岸鄉的身體，結出的思想果實啊！呵，收穫時節！他把它們摘下來，獻給人類，這個人類包括那些曾經射擊過他的獵手們。他在奉獻的時候，熱淚盈眶地說：感謝了，生活！

這樣，他的第一本散文集問世了，散文集的名字就叫《櫻桃樹》。

這是一本深刻而機智的書——思想的深刻和語言的機智，彷彿是思想家用豎琴彈奏出的、袖珍的思考，又彷彿文學之樹結出的一枝哲理之花。它表現的無疑是生活，但又不是普通意義的生活，而是變形了的、昇華了的、熔煉了的、賦予某種命意的。從這個意義上來說，現今流行的大部分出版物，充其量不過是一堆生活原材料的堆積，或者僅僅是猴子變成了人，但是尾巴還沒有蛻掉的半成品而已。

你看，在《櫻桃樹》中，彷彿經一根哲理的魔杖，將生活這一大堆雜碎攪拌了一下，於是一切都帶上了磁性，並且構成它們固定的磁場，一切單調的風景在這裏，都放射出罌粟花那樣驚世駭俗的美，一切普通的事物，都好像被除去鏽的銅質一樣，突然發光。

流水開始訴說思想，樹葉開始表達情感，墳墓開始陰鬱而傲慢地張開大口，讓所有不安寧的靈魂，在同一刻復活。

連楊岸鄉也不明白，落在紙上的筆會源源不斷地寫出這些。從題材上講，它屬於我們通常意義上所說的「散文」，從篇幅上講，它每篇也就是千字左右，他不知道自己是如何呼喚出，這些一個個小精靈的，他爲這些東西不符合章法而有些害怕。但是，當離開創作狀態以後，當以一個事外之人的目光，來審視這些袖珍文章時，他發現這裏有培根的影子，有蘭姆的影子，有蒙田的影子，有屠格涅夫的影子，而那口若懸河的雄辯，一瀉千里的浪漫激情，元氣的鬱結，以及嗆啷作響的、玄機四伏的語言，卻得力於中國古典散文的深厚根基。

「這是你嗎，楊岸鄉？」他拍著自己的腦袋說。

但是這種滿足的心情，自我陶醉的心情，自我感覺良好的心情，只存在了一個禮拜。心靈安寧了一個禮拜，風暴平息了一個禮拜，神經和肌肉鬆弛了一個禮拜，熠熠發光的眼神安詳了一個禮拜，心馳萬仞的想像翅膀收斂了一個禮拜，瘋狂旋轉的陀螺停歇了一個禮拜。是的，僅僅一個禮拜之後，他突然變得膽怯，心中忐忑不安。他試著提起筆來寫字，但是一個現成的句子也寫不出來了。一句話說完，句號應當在後引號外邊還是裏邊，他甚至也弄不清了。他突然對自己的才能產生了懷疑。

這一個禮拜的停歇，是必要的和重要的，它表明楊岸鄉還能夠掌握住自己，表明這個飛行的航天器還沒有失控，表明他雖然具有精神病患者的因素，但是從本質上講還是一個正常的人，一個有自制能力的人。

但是隨之出現的創作危機是怎麼一回事呢？

這表明他已經進入了一個陌生的領域，超越了一個新的高度，宛如一個人在爬上一棵摩天大樹的中途，返身向地面上看時，隨之產生出的那種眩暈和膽怯的感覺一樣。他正在走向高度，同時也正在走向孤獨，因爲能夠與他同行的人太少，因爲四周的空曠和蠻荒，在緊緊壓迫著他，迫使他回頭，而身後庸俗然而又是如此親切的昨日，又在召喚他歸來。

敢於走向成功，這也許是每一個成功者走向成功時，最需要克服的心理障礙。中國之所以沒有足球，就是因爲中國的足球辭典裏沒有「成功」這兩個字。

楊岸鄉沒有被擊敗，楊岸鄉沒有返身回來，他佔領住了這個業已攻佔的高地。他已經不是當年的那個大學講師楊岸鄉了，他的斑駁面容和他那以卡車計算的書籍，幫助了他。而同時給他以幫助的，還有那些早已故世的大師們。普希金站在那裏愁容滿面地說：「青春呀，隨著我那不可靠的才華消失了！」最初，楊岸鄉不明白這位大師爲什麼要這樣說，後來，他突然悟出來了，這是在提醒他、告訴他，假如真有「才華」這個東西的話，它也是不可靠的，來時不喚自來，走時不請自走，他同時告訴他，連我這樣的人物，也時時處在一種自我懷疑中，所以你大可不必爲自己一時的惶惑而氣餒。

想到這裏，楊岸鄉微笑了。他也同時爲大師這種說話方式所折服；他們從來不教訓人，他們明白一擺架子就先失敗了一半，他們只是真誠地道出，他們的困惑和他們的願望，但正是這種深刻的心靈剖析和平等的交談，征服了讀者。

楊岸鄉感覺到自己的心靈空間明顯地擴大了。感到自己的肚子像大肚佛一樣，具有了某種包容性。世界上的萬事萬物，它微笑地將它們納入中間，既不因某些東西過於醜惡而義憤塡膺，也不因某些東西十分美好而過分激動。即就是那些猝然臨之、躲閃不開的東西，他也能夠應付自如地將它們中和、化解。原先，每一個小小的構思、袖珍式的營造，都先在肚子裏有了血胎，有了騷動不安的心情，有了迴腸盪氣的感覺，然後援筆而出，但是現在，沒等作品在肚子裏成形，沒等氣韻飽滿血脈暢通，「撲」地一聲，他放了一個屁，於是體內重新陰陽平衡。屁放得太多，這不能不使楊岸鄉有些尷尬，「放屁是一種胃功能良好的表現」，對此，楊岸鄉只好用不知從哪裏拾的這句話用以自嘲。

就這樣過了一段時間，他感到那些經歷過的東西，又開始洶湧在他的心中了。他感覺到它們已經不滿足於這種袖珍式的、小擺設式的營造，也討厭了給每一個樸素的生活場景，套上理性的籠頭，挖掘出詩意和命意，引申出道理和哲理，它們渴望以與生活同樣樸素、同樣多樣性，和同樣多義性的狀態表現出來，渴望用突兀的峰巔與和諧的構建，支撐起更大的空間；而作者本人思想的旗幟，也渴望招展在更空闊的領域裏，或者說，有一塊更廣闊的草原，以便作者精神上的馳馬。

到了這個時候，楊岸鄉明白，他不該再待在業已佔領的這個高度，他該繼續攀岩了。每佔領一個新的文學高度，往往不是靠技巧，而是靠積累，或者更明瞭地說，是靠閱歷在冥冥之中，給你以幫助。

他這時候開始抽菸。第一口打了一個噴嚏，第二口感到腦門有些發暈，待到第三口吸下肚後，全身都有一種鬆弛和麻木的感覺。他那無旁的心靈在抽菸中，找到了一種慰藉，他那不握筆的另一隻手，也找到了自己的差使。寫作的途中，他吐出一個一個煙圈，他看見他釋放的一個一個魔鬼，在煙霧繚繞中離他而去。他開始輕鬆了下來，他叼著香菸，看著這些昨日還在折磨著他，使他步履沉重，使他無法安寧的天使們，現在向世界飄去，去叩擊一家一家的門扉。

「我把重負卸給你們了，我輕鬆了！」他說。

但是，隨著這些老朋友的離去，他還是有一種若有所失的感覺。他有些捨不得他們，他畢竟和他們度過了那麼久的日子。

在寫作的過程中，他體味到了一種從未體驗過的感覺。好像這本來是一件成熟的藝術品，他在夢中讀過，他在懵懂不知的孩童時代，聽人說過，他現在只是根據回憶，將它複述一遍而已。特別是寫到那些最為出神入化的章節時，他感到方塊漢字變成了音符，他感到自己好像一座狂吐烈焰的火山，他覺得世界在這一刻退避三舍了，眼前只有一個他，一盞孤燈，然後在夜晚的星空下，在他頭頂的高處，有一個不知名姓的高人，正在一字一頓，向他口授。

獲得性是可以有遺傳的可能的。

也許在我們的體內，真的有許多的遺傳基因，它們來自我們上溯的每一位祖先的生命體驗。大自然將這些獲得儲存了下來，經過不知怎樣的積澱淘洗，在一定條件下，可能將它交給家族中的某一個，以便去應付挑戰。

楊岸鄉驚奇地發現，這件以夢遊般創作狀態寫出的《荒原故事》，裏面充滿了規則，充滿了他以前從未使用過的技巧，語言像金屬一樣嗆啷作響，色彩是那樣地搖曳多姿，活生生的人物吟唱著、像精靈一樣從稿紙上飄過。而整件作品，又是一個飽含深意、關於生命的故事，裏面充滿了對善良感情和美好事物的渴望，充滿了對人類未來的深情祝福，和對醜惡的鞭撻。

而那些或者被他稱爲魔鬼，或者被他稱爲天使的人物，他們既不是魔鬼也不是天使，他們是被自己命運咒符所掌握的，活躍在人生舞台上的芸芸眾生。即便是最醜惡的人物，他也在字裏行間爲他的行爲辯解，爲他行爲的合理性，搜腸刮肚地尋找最充分的行動根據，即便是最善良的人物，他也沒有把他們寫成一個理想人物，他用調侃的、揶揄的口吻，嘲笑著他們的無所做爲。

小說寫完以後，他沒有去看第二遍，就像達吉雅娜給奧涅金寫完信後，「甚至不敢去看第二遍」的情形一樣，他只是合上了稿件，抽著菸，頭腦將小說回憶了一遍。

他哭了。

《荒原故事》寄走以後，很快就在首都一家大型刊物發表了。

評論界認爲，《最後一支歌》的作者，進入了第二個爆發期。評論界還認爲，他在將傳統表現手法和現代藝術的雜糅方面，他作品中瀰漫的那種人類意識，都爲中國當代小說的創作，提出了許多新的話題。評論界還說，小說藝術難道與人類的藝術實踐者和理論總結者，開了個大玩笑，在經過幾個世紀的探索以後，又不可避免地走成一個圓，轉回到「講故事」這個起點上去了嗎？起碼，花子同志的《荒原故事》，在一定程度上證明了這一點。

《荒原故事》的責任編輯叫姚紅。這是一個我們似曾相識的名字。

小說發表不久，楊岸鄉應雜誌社之約，去了一趟北京。他當年上大學時曾去過一次，那時北京十大建築正在建設，他這次去是第二次。這是一九八七年的事。他這次來京，除了見一見雜誌社的編輯家之外，還有一件事情，就是簽訂將《荒原故事》改拍成電影的合同。小說發表後，幾乎國內所有的電影廠都來信、來電，或者乾脆來人，提出購買電影改編權的問題，但是，北京一家電影廠捷足先登，以地利之便，使他們將這部小說首先抓到了手裏。遠在小說還是清樣的時候，他們就找到了責編姚紅，而楊岸鄉接到姚紅的信後，幾乎沒有考慮，就同意了。他沒有不同意的理由，他覺得這是人家看得起他。

在北京逗留的日子裏，楊岸鄉受到了熱烈的歡迎。他感到自己生活在一群最好的人中間，不管他們彼此的關係如何，他們的政治見解如何，但是都以同樣的熱情和坦誠，歡迎他和愛他。在雜誌社的辦公室，責任編輯姚紅那上三年級的女兒，正在爲大家背誦她發表在《北京晚報》上的一篇少年習作，聽到闖進屋裏的這個風塵僕僕的男人自報家門以後，姚紅立即要女兒停止背誦，她說在大作家的面前，妳不敢再賣弄了。頭上紮著兩根羊角辮的女兒，興猶未盡地咂了咂嘴巴，而楊岸鄉在一瞬間，竟不知說什麼才好，一絲窘意爬上了他的臉頰。「我很卑微！」他說。

他那卑微和謙恭的態度，在最初的一瞬間，使得大家都有些不安。雜誌社大約經常和這些地方上來的作者打交道，或者說，他們的智商和涵養，使他們能夠洞察人的心理，因此，他們知道這個手腳不知道往哪裏放，一顆心墜懸在空中的來客，是個敏感的、易於受到傷害的人，是個經歷了長途跋涉，帶著滿身傷疤，終於有一天走到這裏的人，於是他們小心翼翼地和他談話。

他不知道什麼時候變得自然起來的，他不知道什麼時候，將一副窘迫的表情丟開的，他不知道什麼時候，突然成了一個滔滔不絕的演說家的，他不知道什麼時候，從性格的一個極端跳到另一個極端的。

他開始講他的陝北，講那個橫亙在北方天空下，北斗七星照耀的地方，講那塊天雨割裂的、支離破碎的土地，講曾經反覆出現在他真實的夢境和虛幻的存在中那高原的一切。他說，幾千年的歲月，令這種高原佈滿了史詩與傳奇、陳跡與掌故，他說，當你在高原上行走的時候，你感覺到行走在歷史中，你的腳下一步一個典故，一步一個傳說。他如數家珍地向這些虔誠的聽眾歷數那些陳跡，而當講到斯巴達克式的悲劇英雄李自成的時候，他想起他這位親愛的鄉人，曾經走入過北京，走入過紫禁城，並且張弓搭箭，在紫禁城的牌樓上，留下他射出箭鏃的深深痕跡。

在敍述的途中，他還應邀，唱了幾首陝北民歌。他們希望他唱那些酸曲中最酸的句子，於是他唱了「趕快把腰摟定，醒來是一場空」，唱了「隔窗子聽見腳步響，一舌頭舔破兩層窗」這些句子。在唱完這些以後，他並且解釋，陝北的婦女從本質上講，是純潔的、守節的，她們所以這樣露骨地言情，是因爲一種精神的饑渴和性的饑渴，業已獲得的通常交給緘默去珍藏，接吻的嘴唇沒有工夫唱歌。

楊岸鄉的這個觀點卻沒有得到大家苟同，他們認爲他遮遮掩掩，認爲他是在尋找理由，爲這塊風流的土地遮羞，認爲他遠沒有坦率地唱出那些酸曲的精髓。

楊岸鄉突然從他的敍述中驚醒，他發現自己是在中國境內，一個最具權威、最高規格的雜誌社裏。他覺得自己有些過於沒有節制，過於放浪形骸，他不明白自己從進門到出門這一段短暫的時間內，爲什麼會判若兩人。他生怕自己自我擴張式的敍述，會引起在座的反感，而那種火山噴發式的激情，會驚嚇了大家，或者說，這種坐井觀天、夜郎自大式的自負，會遭到嘲笑。他怕失去這些高層次的朋友和這家雜誌，他們曾經幫助過他，如果失去他們，將會使他痛苦，而在以後的歲月裏，他還指望得到他們的幫助。

但是楊岸鄉多慮了。

他們每一個人都對他那麼好。他不明白他們平日怎樣，但是在對待他這件事上，他們的心靈像天安門廣場那樣寬廣博大、包容萬物，他們欣喜這隻雄獅，在他們的刊物上咆哮，他們真誠地祝願他，在那塊故鄉的高原上，建立起自己的藝術帝國。

「感謝你們對我的關照！感謝你們從茫茫人海中，注意到了我不諳人事的面孔！」楊岸鄉說。

「不，是你支持了刊物！」他們說。

當走出這間辦公室的時候，楊岸鄉百感交集，他不知道怎麼來回報，這一群戴著眼鏡的，或穿著連衣裙的，或白髮蒼蒼的各位。他想自殺。

這天中午，編輯部在烤鴨店裏包了一桌飯，算是請他。有著一頭富麗堂皇銀髮的副總編，和他的責編姚紅都到了。總編是一位深居簡出的文學界泰斗，他打來電話向他問候，但是人沒有來。

席間有三個人抽菸，一個是副總編，一個是姚紅，一個是他，因此在上啤酒飲料之外，額外地上了三盒高檔雲菸，放在三個菸民面前。吃罷飯後，副總編將桌上三個大半盒香菸收起，塞進楊岸鄉的口袋。楊岸鄉不要，因爲他看見副總編也是個嗜菸如命的人，而姚紅的檔次也不在他倆之下。但是，副總編還是一邊隔開他的手，一邊將菸塞進他上衣的口袋了。

在北京的日子裏，楊岸鄉還挨門挨戶，拜訪了文學界的那些泰山北斗。他向他們表示了一位晚輩出自肺腑的敬意。他們在創作上，達到了時代進程允許他們達到的高度，他們已經盡力，他們有理由生榮死哀。楊岸鄉在上學的時候，就大量地讀過他們的作品，因此在和他們的相處中，他感到很親切，感到是在和長輩拉話。而那些功成名就的老作家，也表示了對他的期望——我們知道，這種期望是對每一個慕名而來的晚輩都會說的，並不單單偏愛楊岸鄉一人。尤其是那些曾經在膚施城生活的「老延安」們，聽說他從那裏而來，他曾經是保育院的學生，於是大動感情，開始充滿感情地回憶舊事，並且詢問陝北高原今天的情況。

他還和那些新潮藝術家們進行了廣泛的接觸。他們大都是些青年，是些出言不遜、目空天下的人物。他們聚在一個沙龍裏，盤腿坐在地毯上，一邊端著啤酒瓶一邊指天說地。他對他們的許多藝術觀點，表現了濃厚的興趣，和他們的接觸，使他大開眼界，真有「與君一席肺腑話，勝我十年螢雪功」的感覺。不過，他不同意他們那些偏頗的說法，例如否定傳統，例如把藝術的某一個特徵誇張到無限，並且試圖用這種特徵概括一切。他畢竟五十歲了。

引起他濃厚興趣的，就有關於「過程」這個哲學概念的討論。

是的，過程貫穿在每一個運動著的事物中，地球的產生與消亡是一個過程，政黨的產生與消亡是一個過程，人類的產生與消亡是一個過程，單個的人，從生到死也是一個過程。在這一點上，「過程」與楊岸鄉對時間沉思所得的結論相同，或者說，兩個概念基本上是一回事。但是，當「過程就是一切」，當「一切都是過程，目的是沒有的」的命題提出之後，楊岸鄉突然感到，這也許是揭示出，事物本質和事物內在奧秘的一個重要發現。遠在他上大學的時候，就接觸過這些東西，但那是從書本上接觸，是以一個涉世不深的青年的目光接觸，而此刻，經歷了許多人生後，他的理解中有了許多成年人的思考。

當然，對於這樣或那樣的流行的理論，他只是淺嘗輒止而已，他缺少時間和他們進行，更深入層次的交流和探討。這對他來說是一件遺憾的事情。不論對某一項理論最後得出的是否定還是肯定，那都是有好處的，探討的本身就是一個受益的過程，而那種輕鬆活潑的沙龍氣息，則更是令人留戀。

抽空兒，他還到天安門廣場蹓躂了一陣，照了張相。他想到天安門城樓上感覺感覺，只是捨不得十塊錢門票，沒有上去。最後，他將黑塑膠包寄存以後，隨著人流，前往毛主席紀念堂，去拜謁這位二十世紀的強人。

毛澤東靜靜地安臥在鮮花和綠草中。他那隆起的肚皮上，覆蓋著鐮刀斧頭旗幟。他的身材顯得矮了點，要麼是床太大，要麼是身體收縮了。算起來，他已經失去思維十多年了。他的臉色很安詳，給人一種壽終正寢的感覺，美容師給臉上稍稍地塗了一點油彩，不過不細心看不出來。他下巴上的那顆痣不像生前那麼明顯了，痣靠血養著，可是血已經不再流通。

楊岸鄉稍稍地放緩了腳步，以便多看幾眼他。蕭條異代不同時，有幸和這樣一個偉大人物，同頂過一片藍天，同呼吸過一片空氣，他因此而感到榮幸。

無論從哪個角度講，他都是偉大的，他思想的力量和性格的力量，驅使千百萬人，爲他們所信仰的真理去犧牲，去前仆後繼，他明明白白地指出前面是死亡，但是，千百萬人唱著豪邁的進行曲，像宗教徒一樣，面不改色地向死亡走去。他相信他所信仰的是真理，他用六位親人的犧牲，來證明他對信仰的堅定不移。他的意志像花崗岩那樣堅硬——記得馬克思的父親也曾經驚奇地發現，兒子的頭腦中有一種花崗岩般堅硬的東西。他的感召力又是那樣的強烈，以至不只同時代的人，臣服在他的腳下，就是在他之後成長的青年一代，也被他迷住了，被他的魅力征服了。他們以困惑不解的目光，看著這二十世紀的現象，他們不明白他做爲政治家的同時，爲什麼竟又是天才的詩人和書法家，上帝爲什麼多給了他那麼多。

歷史是一個鏈條、一個鏈條地連接的，從遙遠的年代按部就班地連接到今天。從這個意義上說，不管你願意不願意，高興不高興，你都無法將毛澤東時代，從進程鏈條上取掉，你都無法將毛澤東本人，從進程鏈條上取掉。他在中國最招人眼目的一塊地皮上，建起自己的陵墓，而他那卑微父母的陵墓，則是建在中國最不顯眼的一個角落，他生前是強人，他死後仍是強人，從農民的眼光看來，僅僅這一點，就足以使他們誠惶誠恐地頂禮膜拜了，而用新潮藝術家的說法，他實現了人生價值，他在爲全體人類利益的奮鬥中，同時也實現了自己。

楊岸鄉想起在許多年以前，在膚施城的陝甘寧邊區交際處，毛澤東抱起滿身泥汙的他的情景。「你去爲我摘個西紅柿來。不，兩個！還有一個給這位大鼻子叔叔！」毛澤東說話時的音容笑貌，歷歷可見，如在昨日。於是，注視著安臥在鮮花與綠草中的毛澤東，楊岸鄉突然湧出兩滴眼淚。

如果不是穿軍裝的守衛人員來干涉，楊岸鄉也許還要磨蹭一陣子的，但是守衛人員有些粗暴地揮了揮手，叫他快走，因爲他的遲緩已經在門口造成了人流堵塞。

當楊岸鄉從這間廳堂式建築走出來的時候，外邊的陽光令他眩暈。他靠在人民英雄紀念碑的白色欄杆上，歇息了一陣，才慢慢地離開了這裏。

楊岸鄉乘火車離開了北京。

路經省城時，他回了一趟母校，並應母校團委和學生會之約，做了一次文學報告。他報告的主題詞是：感謝生活。做完報告以後，他就回到膚施城，回到他生活和工作的這個位置上來了。

可憐的人，在經過這許多的磨難，有了這許多的歷練之後，他現在可以較爲從容地生活了。他經歷過許多事，他看見過許多人，他這前半生，像個害怕中槍的兔子一樣竄著。現在，他有些從容了。

那種渴望表現的欲望，現在又開始強烈地攫著他的心。他有那麼多的過去。他的那個家族，以及與他父親同時代的那些人們的故事，現在在他少了生存的壓力，腦子有些空閒的時候，便一幕一幕地閃現出來。那些老故事一直裝在他的腦子裏，並且隨著他的身體成長而成長。如今，這些故事已經老得快從樹上掉下來了。

不趕快著手摘它，它就會掉下來，以至消失。過去，在我們筆墨那行色匆匆的敍述中，我們忽略了，或者說，不屑於去注意一個少年的感受。例如邊區保安處那楊作新血濺牆壁的情景，例如葬埋楊作新時那淒風苦雨的時刻，等等等等。我們沒有介紹，但是並不等於這個少年沒有感受。而且，少年的心靈也許更爲敏感，那濃重的歷史陰影，也許更爲沉重地罩在他的身上。

「對於剛剛過去了的那一代人，必須給予他們更崇高的東西！」楊岸鄉說。

他開始寫作——像一個專業的寫作者那樣寫作。

這天黃昏，他一個人信步登上了窯洞後面的山岡。這時候一輪輝煌的落日，正停駐在莽莽蒼蒼的大山之巔，整個世界籠罩在這一片虛幻的紅光中間。樹木、山頭、杜梨樹、蜿蜒的山路，都給人一種夢幻般的感覺。楊岸鄉靜靜地坐在山頂的一截舊戰壕邊上，坐了很久很久，直到暮色四合。兩滴冰涼的眼淚掛在他的腮邊。「我要寫我的重要作品了。這件作品的名字就叫《經典世紀．經典家族．經典人物》。我要樹一個文字的紀念碑，給剛剛過去了的那個時代。」盯著落日沉入西地平線的那一刻，他說。

他開始著手搜集這方面的資料。他開始挖掘自己頭腦裏，那些恍恍惚惚的記憶。但是說是一回事，要把它形諸於文字，要把它有規則地排列，要把它用一部長篇小說，所具有的容量和跨度來飛翔，楊岸鄉還是覺得自己力不從心。他試圖寫了一些，但是，作品像挽毛線蛋蛋一樣鋪展不開，而語言又有著夾生的學生腔。「向偉大的生活本身求救吧！」有一天，他突然悟出了這一點，於是他明白了，得沿著那個叫楊作新的人，在陝北高原走過的道路，重新踏勘一次。

這樣，在一個秋天的日子，他準備了一身樸素的行裝，背上揹個旅行包，手裏拉一根拐杖，開始他的陝北遊歷。儘管現在已經是有汽車的年代了，但是拗脾氣的他，決心徒步行走。他出了膚施城的北門。北門已經沒有了，當年那曾經捆綁過光榮的杜先生的地方，如今已經蕩然無存。日本人曾經對膚施城有過十三次轟炸，這城牆，這城門，正是在轟炸中消失的。「那一代人已經永遠不會再有了，他們是時代的產物！未來假如說還要出現這種類似俄國十二月黨人，類似法國燒炭黨這樣的人物，他們會以另一種形式出現的。」對著空蕩蕩的，如今還被叫做北門口的這地方，楊岸鄉感慨地想。

接著他溯延河而上。走了一天以後，第二天，翻過一座山岡，進入洛河流域。他這是要奔往他的家鄉吳兒堡。在吳兒堡，他陪姑姑楊蛾子住了幾天，上山奠祭了楊家祖先，和村上的鄉親們，拉了幾個晚上那當年的事情，然後拖著拐杖繼續。他的下一個目的地是永寧山，劉志丹將軍的故鄉。這地方叫金丁鎮，坐落在子午嶺向南伸出的一條山腿上。灰黃色的河水繞過寨子，汩汩地流著，子午嶺的梢林經霜以後，漫山遍野紅得滴血。楊岸鄉對著山野，吼叫起來。「你們在哪裏呢，昨天的人們？」楊岸鄉喊道。山岡發出隆隆的回聲。但這不是昨天的人們在應答，而是山的回聲。楊岸鄉歎息了一聲，他繼續往前走。

他的下一個目的地是吳起鎮。他在吳起鎮延挨了一些日子，主要是爲了採訪當時的老人。黃昏的時候，他會登到勝利山山頂去，眺落日。這勝利山就是毛澤東的紅軍，舉行長征最後一仗——割尾巴戰鬥的地方。山腰間的那棵老杜梨樹還在，它看起來並不是太滄桑。正是深秋，樹上的杜梨果成熟了。因此落著許多的烏鴉。楊岸鄉的到來，打攪了這些烏鴉的寧靜。牠們離開樹，撲棱著翅膀繞著樹冠飛著，尖嘴發出「嗚哇嗚哇」的叫聲。這棵樹下是毛澤東指揮割尾巴戰鬥的地方。樹還在，斯人已去了。楊岸鄉的耳邊，似乎還響著那充滿執拗口吻的湖南腔：「我要睡一會兒了。槍聲稠密，不要叫醒我；槍聲稀疏，趕快叫醒我！」楊岸鄉摘了兩顆杜梨果，塡在嘴裏。杜梨果很甜，紫黑色的汁子順著他的嘴角流下來。

從吳起鎮往北，又前行了幾天的路程，來到檸條梁。這裏是陝北高原的一個制高點。統領陝北高原的兩大水系，無定河水系和洛河水系，以這裏爲界分。楊岸鄉原先是往西北方向走的，從這檸條梁，他轉向東北，進入無定河水系。

群山環抱中的袁家村，他在那裏停留了一下。毛澤東當年書寫「沁園春．雪」的那個炕桌，如今已經被送進紀念館了。這白家也已經沒有人了，他們都幹成了世事，如今都在外面工作。他們的下一代，只在塡寫祖籍的時候，才會偶然地想到，這個荒僻小山村的名字。楊岸鄉在那一刻，想起了那個叫黑白氏的女人。他見過她的，是在膚施城楊作新蒙難的那些日子裏。這個面白如雪、面紅如醉的小女人，曾給楊岸鄉留下深刻的印象。她是那樣突出。

在那個英雄美人列隊走過的年代裏，她仍然如此突出。楊岸鄉問了問村上的老人，然後在指點下，來到黑白氏的墓前。在楊岸鄉像一個晚輩，或者說像一個孝子那樣，跪倒在墓前時，他想，那個叫楊作新的男人，一定會讚賞他的舉動。

他把他最後要去的地方放在後九天。這樣離開清澗河，進入延河流域。後九天他只是耳聞，沒有去過。黑大頭、楊作新在後九天鬧世事的年代，他還沒有出生。順著延河往下走，走到延河與黃河的交匯處，那地方就是後九天。

越接近黃河，山越高，溝越深，濕氣越重。終於，在聽了半天黃河那吼聲如雷的濤聲中，雙腳把楊岸鄉帶到了後九天。九個山頭一字兒排列，一座高似一座，像是一架天梯。和平年代，這地方早就被人們遺忘，因此這滿世界靜悄悄地，一個人影也沒有。楊岸鄉歎息一聲，拉著拐杖，搖晃著身子，向山上走去。

用了不知道多長時間，這個人終於登上了最高的那座山。空空如也，眼前只是一座空山，還有腳底下那些殘磚碎瓦。楊岸鄉倚著一棵古柏，站定。延河和黃河，像兩條白色的帶子一樣，在山腳下挽在一起。那交匯處有個詩意的地名，叫「天盡頭」，表明世界到這裏，就到頭了。而隔河望去，河對岸是三晉大地，史書上匈奴內附，設「河東六郡」的地方。背轉身，就是蒼茫的陝北高原了。從這裏俯視，楊岸鄉的眼前，陝北高原只是莽莽蒼蒼一片，那所有的人，那所有的事，那所有的村落和鄉鎮，甚至包括錦繡繁華的膚施城，都被抹殺，大而化之，成爲虛無。

楊岸鄉最後將他的目光，注視到了黃河。它勒一個渠兒，流淌著，從秦晉峽谷中穿過。千百年裏，它就是這樣流淌著，逝者如斯，不舍晝夜。它好像沒有感覺似的，所有發生在它身邊，那些痛苦、那些歡樂，都不能令它動容。它走著自己命定的旅途。

楊岸鄉向黃河的上游望去。那黃河在它湍急的流程中，突然繞著一座大山打旋，這樣便留下來了一個灣子。楊岸鄉知道，那灣子叫乾坤灣。據說，中華民族陰陽太極圖理論，就是受了這乾坤灣的啓示。有一位古人，大約也像今天的楊岸鄉一樣，站在這裏，滿腹惆悵，望著這騰煙的河流，望著這給人類以大昭示的乾坤灣。

接著，楊岸鄉又將他的目光，向大河的下游望去。後九天往下四十里，就是那有名的壺口瀑布。那如雷的黃河咆哮聲，其實就是來自於那裏的。而在此之前，所有的水流，所有的堤岸，所有的山勢，它們做的事情，其實是爲了給那場大爆發、大激蕩，提供足夠的力量。

楊岸鄉倚著柏樹。他掏出速寫本，掏出筆，在上面寫下《經典世紀・經典家族・經典人物》一行大字。寫完，又用筆重重地在這幾個字下面畫了兩道。

第二十九章　世界經濟大循環下的黃土地

黑壽山六十歲生日那天，正式辦了退休手續，開始擔任膚施市委顧問。本來，按照上級的意圖，考慮到在省人大或省政協，爲他掛一個職務，這樣年齡可以寬限到六十五歲。但是黑壽山拒絕了，他說幾十年來，他將自己的一切，無私地奉獻給了工作，現在，他該輕鬆一下了，該有一點時間由自己支配了。上級見了，於是不再勉強，爲他辦了退休手續，辦手續之前，又安排他開開洋葷，出國訪問了一次。

根據他的提議，市長從政府那邊升遷過來，擔任市委書記，而市委這邊的常務副書記，升遷到那邊，擔任市長。

新任市委書記叫白雪青。讀者還記得當年的那個黑白氏嗎？還記得黑白氏爲救楊作新，去搬他的娘家兄弟的事嗎？黑白氏有許多的娘家兄弟，陝北高原上著名的高門大戶白家，當年有許多子弟投紅，白雪青的父親就是這些人中的一個。也許這一個，就是當年黑白氏爲救楊作新，去搬的那一個，也許不是，不必細究。他死於「文革」中，而白雪青是他的兒子。

從這個角度講，新任市委書記是原任市委書記的表弟。

這正是黑壽山的聰明過人之處。從爲公的角度講，他那雄心勃勃要振興陝北高原的計畫，正在實施中，他不希望這個計畫夭折，不希望他的心血付諸東流，而從爲私的角度講，後任踢前任屁股的事多得很，他在市委大院，大刀闊斧地改革了一場後，得罪了不少的人，他希望有一個靠得住的人，掩護他撤退，起碼叫他有一個清淨的晚年。

表兄、表弟這層關係，在任命之前屬於高度機密，而在任命之後、既成事實之後，黑壽山則希望知道的人越多越好。

杏子河流域治理工程已經得到完全的實施。一百多華里長的一條山溝，完全被喬木、灌木，人工或天然草皮所覆蓋。杏子河注入延河的水，已基本上做到清澈見底、不含泥沙。而這條山溝的氣候，也變得空前濕潤起來；天空但有雲彩飄過，必定要在這裏灑幾星雨，才肯走。《膚施日報》在一版顯要位置，登了一篇〈狼又回到杏子河流域〉的文章，以示生態環境正在恢復。文章登出，曾引起一陣玩笑。

經濟林開始掛果。這裏的蘋果由於日照時間長，和晝夜溫差大的原因，廣交會上經專家鑒定，其各種品質指數堪與世界第一果——美國蛇果媲美。現在當然只是小範圍的種植，小規模的儲藏和銷售，但已顯示出其誘人的前景。一畝蘋果年收入可達七、八千元，如果每人能擁有一畝果園，也就是說，每家每年僅蘋果一項，可以收入三、四萬元的話，那將是一個怎樣的景象呢？因此在杏子河流域，萬畝果園工程正在進行，而銷售管道也已經暢通，由政府出面聯繫，分別在北京、深圳租了兩個大儲藏庫，下一步的發展，則是通過深圳這個跳板，借船出海，銷往香港、台灣和東南亞一帶了。

綠色植被的發展促進了畜牧業。這塊土地可以承擔起一定限度的放牧了，於是畜牧專業戶開始大量出現，養羊專業戶、養牛專業戶、養驢專業戶，等等。陝北高原上，長期流傳著一個「黃金分羊」的傳說。傳說全國解放初期，一位從陝北打出去，僅次於劉志丹、謝子長的第三號人物，從他管轄的東三省地區，調撥來一批黃金。這批黃金的用途是，用它買來幾百群甚至幾千群母羊，然後把這些羊群，無償送給陝北那些最貧窮的村落，一村一群，分發下去。羊群到了村子，不准分開，而是交給最窮的一戶，由他家放養，限期是三年。三年之後，這群母羊又會繁殖出一群小羊，那麼，繁殖出的這一群小羊留下來，算是你自己的，母羊則交給下一戶。這位領導人據說鬧紅前，是一家大地主的攔羊漢，這個想法大約跟了他好長時間，並且伴著他對改變家鄉面貌的夢想，而一旦有了條件後，即著手推行。這項工程後來由於合作化導致羊群充公，由於陝北高原草木日見稀疏，終於流產。而那位領導人，後來從中國政治舞台的消失，導致「黃金分羊」這件事不復爲人提起。黑壽山當時恰好在一個縣上，抓這項工作，因此他還記得這事。從陝北高原走出去的人，真正爲家鄉辦過一點實事的，這大約算一件。黑壽山覺得「黃金分羊」這個辦法還是可行的，於是，他指示平頭，申請一部分援建資金，用此類辦法，推動畜牧業發展。

不是不宜動土，而是需要有個節制。川地可以耕種，壩地可以耕種，半山腰的反坡梯田也可以耕種。由於增加農業投入，由於小氣候的原因，糧食單產直線上升，廣種薄收的局面得到根本性改善，現在，少量的一部分耕地，就可養活這塊地面上的農業人口了。那些祖祖輩輩與泥土廝打的農民，看到肥沃的土壤在草皮底下睡著，於是手心癢了，想掄起钁頭挖上一氣，種上一料莊稼，但是黑壽山制止了他們，他要求杏子河流域各級組織，一定要貫徹市委市府指示，將糧食作物的生產，維持到以滿足人均口糧爲限度。

金良同志在杏子河流域，整整幹了八年。現在已經沒有人叫他平頭了，因爲他的前額已全部禿頂。他已經結婚，女方是一個在杏子河供銷社工作的北京知青。女知青原先有個要好的男同學，只是插隊時，一個來了陝北，一個去了黑龍江，於是關係慢慢地淡了。杏子河是個很具誘惑力的地方，光花柳樹這個地名，就可以令我們想起許多事情。說陝北文化是「性文化」的觀點，就是一個專家在考察了杏子河流域以後，同時也接觸了那些，想聞一聞公家人身上香胰子味的農家婦女後得出的。因此這位北京知青終於不能自制，他在明白遠走的丹華，已經成爲一個斷線的風箏，或者失控的航天器以後，他在因爲生活必須經常和這位胖胖的、熱情爽朗的女售貨員打交道以後，終於有一天，兩隻從北京帶來的白木箱子摞在了一起，兩隻單人床併在了一起。兩隻床一張高些，一張低些，於是給這低的四條腿上，墊了四塊磚頭。一年後，就在這張併起來的大床上，他們迎接來了自己的一個小女孩。按照政策所允許的，他們將這小女孩的戶口上到了北京，上到了姥姥的戶口名簿上。

老鄉們都稱這位金主任是一位「真共產黨」。在八年的歲月中，他付出了巨大的勞動和心血，而他的境界也得到提高，他超凡脫俗，大智大慧，他對世俗的一切都看得很淡，當年火熱的政治熱情，也爲一種沉靜自安所取代。他明白自己在完成一件傑作，一件鬼斧神工的傑作，這項傑作將受益於陝北父老、受益於人類。人一生只能幹一件事情。他想將這件事情幹好。生命是一個過程，他不希望自己的嘔心瀝血能得到什麼。第一是不會得到，第二是即使得到了，那得到的又能和自己的付出相等嗎？「人生非常像一群猴子在搶一個空果殼，力氣大的猴子搶到了，但是砸開一看，裏面是空的。」不知誰的這句話，時常翻騰在他的腦海裏。但是這句話並沒有帶給他沮喪和空虛，而使他意識到了，在這個唯一的過程中，他要對得起自己，他要使自己的生命之樹，開一樹絢麗的花朵。既然一切都以虛無作結，那麼在這個流星一般短暫的過程中，何不炫目地燃燒一下，然後隕落。

他和楊岸鄉成了好朋友。他們在黑壽山的辦公室裏，碰到過一回，而後來，爲了出一本系統地反映，杏子河流域治理工程的書，黑壽山曾推薦楊岸鄉擔任這本書的主筆，於是，楊岸鄉來這裏，居住了一段時間。書後來出版了，硬殼精裝，一幅幅的陝北高原鳥瞰圖，再配上楊岸鄉典雅優美的文字，加上黑壽山撰寫的序言，從而成爲一本高檔次的讀物。而爲了照顧國外讀者，作品的目錄除用漢字排過以後，又用英語重排了一遍。

生活中的陰差陽錯令平頭吃驚。當〈最後一支歌〉在全國文學界，引起強烈反響的時候，他爲丹華高興，他以爲這是丹華自己將它發表的，是丹華在臨離開陝北時，用這篇小說做爲她的告別詞的。但是最後，筆名叫「花子」的作者，作品一篇接一篇地發表出來了，他如同墜入五里迷霧之中，不知道這到底是怎麼一回事，直到《荒原故事》的再次引起轟動，才使他明白了，這其實是另外一個人。他瞭解丹華的閱歷和氣質，他明白，作品是閱歷的產物，而丹華是沒有這種閱歷的。

後來，當遇到楊岸鄉的時候，當聽完楊岸鄉詳盡地敘述完，〈最後一支歌〉所產生的奇異故事時，他明白了，這其實是一種天意：既然一匹馬溜韁了，生活就又抓來另一匹馬，塞進轅裏，用鞭子抽打著你繼續拉著車走。車總是要前行的。看來這不僅僅是陰差陽錯，而且是移花接木。

楊岸鄉你找不出他的錯，他將一篇就要變成紙漿的手稿，搶救了出來，讓它變爲鉛字，變爲文學寶庫裏的一份不動產，如果沒有他，這份手稿現在將重新成爲白紙，也許不知道在派什麼用場。

如果說有錯的話，他的最大錯誤在於，他用了丹華的筆名，侵犯了如人們所說的署名使用權，然而，是不是同時可以這樣說，他其實是一直在爲另外一個叫「花子」的人激動，他不但佔據了她的房間，他不但繼續她的思想，而且，用她的名義，完成著那些本該屬於她來完成的東西。

從這個意義上說，丹華反倒不是損失者，而是最大的受益者。

當然，拋開這些庸人之見，而將這件事放在一個更廣泛的意義上來看，那麼我們看到，生活的安排多奇妙呀，我們看到，造物主放射出了怎樣的光彩呀！受益者不是你也不是他，受益者是人類整體。人類因爲這些動人的豎琴手們，它的寂寞路途才不復寂寞。

丹華成了他們談話中的一個重要的話題。

平頭能告訴楊岸鄉的是，丹華出走後，他僅僅收到過她一封信。那時她在香港，她先在一家報館，找到了一份資料員之類的工作，後來由於語言問題，被辭退了，於是，她進了一家英語速成班學習。僅僅是這一封短函，由右及左，豎行寫的，沒有一句多餘的話。而且，來信其實不是用短函，而是用明信片形式寄的，這表明他們之間已經無秘密可言，只是平頭出於一種失敗者的自尊，沒有將這一點說出。他只說自那以後，她就沒有消息了。

楊岸鄉希望平頭能更多地告訴他一些丹華的事情，細枝末梢也不要放過。他一個勁地刨根問底，使得平頭都有點不怎麼高興了。

對丹華過於關心的還有黑壽山。當退居二線，成爲顧問以後，他覺得沒有必要再忌諱什麼，守口如瓶了。一種深深的歉疚之意，現在開始折磨這個自由了的人。他懷念他那早年的戀人，他思念那個遠走的、他的親人。他覺得他在生活中走錯了一步，當弱小的她們，需要一個男人的肩膀遮風擋雨的時候，那時他在哪裏呢？他因此而永生不能原諒自己。他想，如果讓他重新生活一次的話，他一定會做出另外的選擇的。

丹華一去就杳無音信，甚至連給平頭來的那種短函，也沒有給他過，這使他傷心。從而，也使他判定了，她的處境並不好，她要麼是爲生活而疲於奔命，沒有時間給他寫信，要麼是還記恨於他，不準備原諒他。

杏子河流域治理工程告一段落後，聯合國組織投資國的代表、一些處於同樣地貌的國家的代表，以及一些專家學者來考察和驗收。膚施方面，由市委顧問黑壽山負責陪同。考察驗收的時間大約在秋季。這是一年中陝北最好的季節。考察驗收後，聯合國對這項黃土高原治理工程，給予了很高的評價，表示了極大的滿意。在這種情況下，黑壽山趁機提出，治理整個延河流域的要求，並申明這是受白雪青書記委託，提出來的。這個要求當即被接受了。

按照黑壽山的意見，還想請北京知青金良同志，繼續負責這項工程，但是，平頭面有難色。

九十年代初，按照政策，當年來陝北插隊的北京知青，都可以返城回京，如果他們有當地配偶的話，也可以一同帶回去。北京市也爲這些回城知青安排好了單位。工種是兩種，一種是環衛工人，一種是煤炭公司。消息傳出，還留在陝北那爲數不多的「老插」們，幾乎一夜之間，全部變賣了傢俱，辦好了手續，拔腿回城。平頭思前慮後，又和老婆商量了幾個通宵，終於決定回去。現在，他們已經和一家煤炭公司聯繫好了，平頭回去做拉板車送煤球的工作，老婆則在公司裏製作煤球。

「黑書記，僅僅是爲了你的挽留——你看得起我，我又幹了八年——八年抗戰，現在，放一條生路，讓我回去吧！我的力氣已經幾乎耗乾，我覺得我對得起我自己、對得起這塊土地了！」平頭說。

平頭依然稱黑壽山爲「黑書記」，這使黑壽山想起昔日大權在握那陣兒，他忍不住咂著嘴巴回味了片刻。只有那些最親近的部下，才這樣永遠以這種稱呼來稱他。

「你的事情，我給白書記說說吧！」黑壽山模棱兩可地說。他接著又補充了一句：「我想叫你的結局更好一點。」

「我還是想回去！」平頭繼續說。

杏子河流城治理，僅僅是一個先行一步的典範，一個征服自然的豪邁事業的序曲。一場堪與那場紅色革命等量齊觀的綠色革命，一個人類假自已的手，改變自身生存環境的小小嘗試。

而與此同時，在陝北高原上，綠色革命的進程同樣在每個角落進行。這是潮流，所不同的是，有的地方進程快點，有的地方進程慢些而已。杏子河流域是「點」，別的地方是「面」，「以點帶面」，這是黑壽山的一條工作方法。

從一九七九年開始，陝北地區連年風調雨順，糧食生產年年增長，《膚施日報》每年照例要在年終截稿時，以「第三個豐收年」、「第五個豐收年」、「第十個豐收年」、「第十一個豐收年」之類的標題，來爲國民經濟發展的這一條戰線作一番總結。而每年年初，在膚施市三級幹部會召開的同時，那些交售萬斤糧戶，那些成就突出的養牛專業戶、養羊專業戶、養驢專業戶、林果專業戶、治沙專業戶等等，都要被披紅掛花，在膚施城的大街上，鑼鼓助威，走上幾個來回。

時至今日，陝北人終於實現了周恩來生前提出的「糧食翻一番」的要求。周恩來是一九七三年提出的，並且把「翻一番」的時限定爲五年。但是，翻一番的事在整整十七年之後，才告實現，而且實現的途徑，是靠大量壓縮耕種面積、提高單產取得的，這大約是人們所說的辯證法。需要特別指出的是，翻一番實際上並沒有產生多大的意義，因爲時至今日，國家倉庫和農民的糧食囤，都呈現出飽和狀態。儘管膚施市政府接連發出通知，要求各級糧站都要切實解決農民「賣餘糧難」的問題，但是說歸說，糧站沒有資金收購糧，收購回來也沒有糧倉可以存放，而城裏人在開放搞活以後，飲食結構發生變化，糧食的需求也明顯下降了。

在「越墾越窮，越窮越墾」這個惡性循環轉變爲良性循環的同時，「越生越窮，越窮越生」的情況也得到改善。

無須諱言，這主要是靠行政命令的手段強制執行的。改變農民的生殖觀念，不是一朝一夕的事情，而在長期與惡劣大自然的鬥爭中，渴望家庭有一個男孩——男丁——男人，渴望老有所養，成爲每一個農民家庭的一件大事。在農民還沒有意識到，節制生育的好處以前，在人口的大量增長，已經使經濟那一點可憐的增長速度，抵消爲負增長的情況下，有時候需要一點強制。一支支的手術工作隊被趕到農村，挨門挨戶地男結女紮，即便這樣，膚施地區的人口增長率，仍超過全國平均增長率約兩個百分點。

黑壽山在他的任期，遏制住了正在走向崩潰的農業經濟，並且爲工業的發展和騰飛，做了前期的準備工作，然後光榮告退，開始充當一個敲邊鼓的角色。戴眼鏡的大學生、年輕有爲的白雪青，開始接替他的職務，拉起這一套車前行。

黑壽山在他行將退居二線之前，已經脫下了幾十年一貫制的中山裝，開始穿一種帶翻領和拉鍊的夾克衫。他發現穿這種衣服有個很大的好處，遇見穿西裝的上級領導時，他可以將拉鍊拉得靠下一點，敞開脖子，這樣，再配上兩個撲撲閃閃的翻領，便彷彿西裝了；而遇見穿著四個兜，風紀扣扣得嚴嚴實實的領導，他立即將拉鍊拉到盡頭、下巴底下那個位置，這樣，便又和中山裝派保持了一致。他這樣做的目的，並不是取寵於誰，我們知道，他已經無心仕進，他純粹是爲了應付各種場合，一爲明哲保身，二爲不影響工作而已。

白雪青從上班的第一天起，就穿了一件筆挺的西裝，並且紮了一條有些醒目的領帶，從而表明他是一個堅定的改革派，表明不論遇到什麼阻力，他都不準備回頭。知識是一個好東西，它不獨對搞學問的楊岸鄉有用，它對從事領導工作的白雪青同樣重要，看來，「學而優則仕」的用人制度，還是有它的長處的。知識使他的頭腦變得敏銳，知識使他更快地、更少保留地，接受新的事物，知識並且使他胸懷開闊，有一攬全局的氣魄。

人們認爲白雪青是一個和黑壽山同樣厲害的角色，同樣地有大刀闊斧、打開局面的本領。黑壽山的工作方法，主要靠的是幾十年積累的豐富工作經驗，而白雪青則是靠年輕人的熱情、駕馭全局的能力，和不爲任何羈絆所繫的實事求是態度。

黑壽山將很快就發現，白雪青有他自己的一套，你用起來的人，並不等於你能永遠攥在手心，在膚施城，黑壽山時代已經過去。

白雪青計畫用二到五年的時間，大抓工業。他明白工業總產值超過農業總產值的那一天，則表明這個以農業經濟爲主的閉塞地區，開始它的經濟騰飛。他決心在他的任期內，爲這個目標服務。

黑壽山關於工業方面的前期工作，爲白雪青的實施創造了條件。在中央、省上各級勘探部門的辛勤努力下，陝北高原的煤炭儲藏量已經基本探清。這是一個天文數字：幾千億噸。中國最大的煤田在陝北高原，世界的第三大煤田在陝北高原。當推土機推開黃土山界的表層，露出下面十幾米、幾十米厚的煤層時，所有的圍觀者在一瞬間都驚呆了。「長期以來，我們其實一直是端著金飯碗在討飯吃！」白雪青說。

在煤炭資源探明的同時，石油和天然氣資源，在經過將近十年的勘探，在打了無數的廢井之後，某一天，終於從一口井噴出了石油和天然氣，燃燒的天然氣，照亮了高原半邊天空。——除了中國最大的煤田在陝北之外，中國最大的油氣田也在陝北。人們這時候才記起石油這個名字，最初就是北宋科學家沈括在陝北考察後，予以名之的——「高奴有石油，可燃」，等等，繼而又記起，這裏是中國內地第一口油井開鑽，並取得成功的地方，那是一九〇五年的事。

交口河煉油廠的建成投產，使石油和天然氣，不再做爲單純的工業原料出售，而是經過二度加工，裂化爲各種工業用油，成爲商品，僅此一項，每年將爲膚施財政拿回幾十億來。繼而，他們又進一步進行三度加工，成立聚氯乙烯廠房，生產日化產品。

附帶說一句，那位楊岸鄉當年的廠長，後來果然做了協理員，他把這歸結於楊岸鄉的說情。事實上，也是如此。黑壽山的刀子再快，但是研究到這個人的時候，他突然動了惻隱之心，他念及楊岸鄉那一次尷尬的說情。所以說世界上的事情，只能做到個大致公平。

煤炭工業的發展，更是聲勢浩大。國家在這裏設立「八五」重點項目，購進目前世界最先進的採煤機器，開始開掘作業面，以扇狀的形式掀開地皮，取出煤層。而美國、日本的企業家，也紛紛趕來投資，並請求以開掘出來的煤炭予以償還。部隊也在這裏徵收地皮，建立煤礦。與此同時，膚施地區所屬的幾家市屬煤礦、縣辦煤礦、鄉辦煤礦、村辦煤礦、個體專業戶所辦的煤礦，也紛紛出現。

這些表面上的轟轟烈烈，其實並沒有爲膚施財政帶來相應效益。煤礦驟增，產量直線上升，但生產出現「高產值、低效益」，產、供、銷嚴重失衡的現象，就是說，只見煤流滾滾，不見財源滾滾。那麼，毛病究竟出在哪裏？調查結果表明，造成煤炭滯銷的原因是管理混亂，富了個人，損了國家。

科學的管理，是目前世界各經濟發達國家，一條重要的、生命攸關的經濟發展經驗，隨著企業規模越來越大，分工越來越細，管理日益被提到重要的議事日程上。現在，煤炭工業的發展，也使膚施市的領導們意識到了這個問題。嚴格地講來，這也同時是每一個以農業經濟爲主的地區，過渡到工農業齊頭並進的地區，所必須經歷和解決的問題。

白雪青旋即帶人東跨黃河，到煤都山西學習先進的煤炭統管經驗，回來後，對膚施境內所產煤炭，實行了統一計畫、統一價格、統一計量、統一票證、統一結算五個統一，並制定了實施細則。煤炭實行統管後，防止了產、供、銷失衡現象，生產經營秩序明顯好轉，經濟效益明顯上升。當然，就科學管理而言，這只是一個粗線條、一個方面而已，值得研究的事情還很多。細緻的管理是一門高深的學問，這裏只是順便提及，點到爲止，以示一個農業地區，在向工農業齊頭並進的經濟結構過渡中的艱難而已。

正當煤炭開始大把大把地爲膚施財政拿錢之際，黑壽山及時向白雪青提出了警告。黑壽山認爲，煤炭是昂貴且不可再生的資源，祖先爲我們積下的一點陰德，悠著點開吧，不要轟轟隆隆地大幹一場，圖一時的痛快，把地下掏空了，留一片廢墟給我們的後人。黑壽山的這種想法，主要是聽到了一個內部消息：日本的企業家將這些四方四正的煤塊，運回國後，在海底挖了一個很大的地下儲藏室，重新掩埋到地下，他們明白，世界能源危機的來臨將爲期不遠，到那時，即便燃料動力可以取得替代物，但是，煤炭爲現代工業提供的化工原料，卻是別的物質無法替代的。

對白雪青來說，這自然是一個忠告，這足以使他發熱的頭腦冷靜下來，從而開始採取制約措施，控制煤炭資源的盲目開採，限制煤炭生產的進一步擴大，等等。

按照公文語言，石油和煤炭，成爲膚施工業發展的兩個龍頭。

兩個龍頭之外，再加上一個龍頭，這就是輕紡。陝北高原生態環境的改變，在促進農業發展的同時，也促進了畜牧業的發展，畜牧業的發展，又刺激了輕紡工業的發展。第一毛紡廠之外，第二毛紡廠又建立起來。至此，陝北高原的工業佈局基本形成。

在工業和農業交替著步子前行的時候，下一個重要而迫在眉睫的事情，就是交通問題。白雪青號召所有吃地方財政的單位，勒緊褲帶，年財政費縮減百分之三十，用於鐵路建設，並且動員廣大民工，在當地政府的組織下，無償爲鐵路修築出力，爲這條經濟大動脈，早一天橫貫陝北高原盡力。在鐵路叮噹動工的時候，他又帶領一群能言善辯的部門領導，跑中央，跑省上，四處叩頭，八方拜佛，終於將這條鐵路納入計畫專案，成爲一條國家、省上、膚施財政，三級各投資百分之三十的重點項目。時值一九九一年底，第一列火車進入膚施城，面對這座高原名城，汽笛足足鳴叫了半個小時。下一步，鐵路將繼續向北延伸，一直要橫穿高原，與包神鐵路接頭，從而成爲我國一條橫貫南北的經濟動脈。

當時間進入九十年代之後，當膚施市的工業總產值，第一次超過農業總產值以後，雄心勃勃的白雪青，又在思謀下一個經濟發展戰略。他計畫將陝北高原，建成一個經濟特區，而這個經濟特區的發展，主要憑藉軒轅黃陵這個旅遊資源優勢。

膚施市所屬的黃帝陵，每年要接待大量的中外遊客。

黃帝陵建在一個叫橋山的綠蔭蔥蔥的山包上。這是一塊風水寶地。橋山的東側，是中華民族的母親河——黃河，西側，是橫亙綿延的子午嶺。軒轅黃帝頭枕子午嶺，足濯黃河，湓然安臥；而他的南邊，右手的地方，是肥沃的渭河平原，八百里秦川，北邊，他的左手的地方，是鄂爾多斯高原。同樣屬於他的苗裔農耕文化和遊牧文化，分列他的左右，他用雙手將他們緊緊牽在一起，而安然高臥時，諦聽著子孫們後來的腳步，並不時給他們以祝福。

中國人對墓地的選擇，其重視程度甚至超過了對宅基地的選擇。人們在行將就土之時，總希望選擇一塊風水寶地，做爲最後的憩息之所。這種重視並不單單爲了自身，而是爲了這墓地帶來的風水會蔭及後人。這是他們帶給後人的最後祝福。

這種東方大文化現象也許起自軒轅。

許多前來謁陵拜祖的僑胞和港台同胞，都表示了希望大行時，能夠埋在軒轅黃帝腳下的願望。這個資訊立即爲一家合資公司所掌握。他們提出，想購買下黃帝陵周圍的一些山頭，建造一座陵園，以便滿足這些華裔華胄們的願望。收費當然是很高的，因爲他們畢竟不是社會福利機構，而是財團和公司。鑒於目前陝北高原交通相對閉塞的情況，他們準備在黃陵附近的一塊塬面上，建造一座大型國際機場，以便方便亡人的家人們祭陵和掃墓。

白雪青認爲這是一件很好的事情。陵園的建立，國際機場的建立，將使陝北高原和外界的距離立即縮短。既然先人埋在這裏了，那麼他們不能不來，這就爲吸引外資，和將陝北高原的經濟發展，納入世界經濟大循環體制，繼而爲刺激陝北經濟發展，創造了條件。

爲了這些設想的實施，需要在北京建立一個常設機構，聯絡站或者辦事處之類。

這時候，黑壽山推薦了平頭，提議由他擔任駐京辦事處主任。

白雪青同意了。本來，許多人都在爭取這個差使，但是，白雪青認爲，平頭在杏子河流域治理方面的政績，足以證明這是一個政治上可靠、工作上具有開拓氣質、可以獨當一面的幹部，他希望平頭能再接再厲，繼續發揮他的聰明才智，爲膚施經濟的發展做出貢獻。

北京市有關方面答應，爲辦事處人員解決戶口問題，這就消除了平頭的最後一點後顧之憂。

他帶著老婆，前去赴任。臨行之前，他和黑壽山，和楊岸鄉，垂淚相別。黑壽山對這一項事情，總覺得心裏沒底，幾十年的正統教育，使他對每一件涉外方面的、又沒有明確政策條文的事情，總是疑慮重重。不過從經濟發展的角度考慮，他又不能不承認，這是刺激陝北地區經濟發展，縮短和經濟發達地區距離，一條切實可行的辦法。因此，他勉勵平頭努力工作，不過凡事要謹慎才對。

黑壽山是在九十年代第一個春天辦完離退手續，離開顧問崗位的。那一年他恰好六十五歲。他從此不再操心身外的事，而專心以書法學習爲主。他報考了中國書法函授大學。他的書法還是不錯的，尤其是「黑壽山」這三個字，一生中的簽名和畫圈，練得這幾個字十分老到。他離退後的第一件事，就是寫一幅書法給楊岸鄉，這是他那年答應的事。

寫的途中，他想起還給那兩個叫張夢筆和李文化的也答應過寫字。猶豫了一陣，他說算了，因爲這已經不是市委書記的字，而是黑老的字了。

第三十章　匈奴的後裔與巴黎的女人

那個姓金的老研究員，居然活到了今天，並且變得精神矍鑠。

在他九十高齡的時候，帶著一位助手，來了一趟陝北，他淵博的學識和他的一大把年齡，使他所到之處都受到了尊重。然而，一踏上陝北高原，他卻變得像一個小學生一樣。他說他是來朝聖來了，這裏是革命文化的聖地，這裏是黃土文化的聖地。

粗心的姑娘，她說過她要將那個剪紙小女孩的死告訴老研究員的，後來不知是忘記了，還是怕老研究員知道了這事會傷心。

總之，研究員全然不知，既不知丹華已經早就離開陝北，也不知道那個奇異的剪紙藝術家已經過世。等來到陝北，等找到丹華原來工作的那個單位，等聽到楊岸鄉那或清楚或含糊的敍述之後，他才明白，爲什麼丹華一去，宛如石沉大海，從此杳無音信。

這是一個學貫中西的學者。他能夠對著萬佛洞口那個俊俏的女菩薩，端詳半天後，根據她肌肉的豐腴程度，判斷出這是哪個時代的作品。他說從敦煌石窟到龍門石窟，幾千里的空間，中間得有個跳板才對，他現在在膚施城，終於找到了這塊跳板。他說這增之一分則顯肥、減之一分則顯瘦的女菩薩，和這大小各異、神態各異的一萬尊石佛，它們的成型年代在北魏。他的說法剛好與史載吻合。

他還對古墓裏挖出的一塊磚頭，產生了興趣。他站在黃土坡上，伸出舌頭，將這塊磚頭舔了一陣，直到舔出些花紋來。原來是個手舞足蹈的女性，可以明顯地看出，舞蹈者的腰間有一個腰鼓。這座墓葬是漢代的，他由此推測出，腰鼓這個古老的民間藝術形式，漢以前就有了。它應當屬於我們民族古老文化的一部分。

當然他以主要的精力，採訪了那些民間剪紙藝術家，收集了許多她們剪刀下的活兒。這種民間剪紙藝術家俯拾皆是，每個村子幾乎都有那麼幾位，老鄉們叫她們鉸窗花的，或者剪人人的，正常的體力勞動之外一種業餘而已，民間剪紙藝術家只是研究員對她們的稱呼。

正像最初那幅畢卡索式的剪紙，給老研究員帶來一場大驚異一樣，剪紙藝術裏面各種古老的象徵符號，剪紙藝術本身的各種表現手法，剪紙藝術的內容中，所揭示出的各種大奧秘，令老研究員感到，他進入了一個應接不暇的領域。他來不及考證和思考，他來不及分析和比較，他只是把這些剪紙藝術品，盡可能多地搜集起來，打入行囊，以便回去細細研究。他對這些憑藉農家婦女手中剪刀，所保留下來的古老文化，有一個十分精確的比喻。飛機上有一件物品，叫「黑盒子」，一旦飛機失事，這個被拋出艙外，遺落地上的黑盒子，將是考察飛機飛行過程的一件備忘錄。老研究員認為，陝北民間剪紙，正是一隻歷史遺落在黃土高原上的黑盒子，當碑載文化掛一漏萬地記載歷史的時候，剪紙藝術卻依靠成千上萬的陝北農家婦女的手中剪刀，更廣泛意義和更深刻意義地，記載了高原的歷史，記載了人類的心靈史。

對那位早夭的天才，他懷著一種近乎宗教般的崇敬心情。因為在他收集的所有剪紙中，類似那種畢卡索式的表現手法不再有了，或者說有還是有，但是用刀並不明顯，若隱若現而已。因此，他央求楊岸鄉領著他，去拜謁交口河山上那一黃土，並且前往吳兒堡後莊，去考察了一番這個小人兒生長的那個環境。

記得我們曾經說過，楊岸鄉做嚮導，領著老研究員，恰好在那一天日落時分，杜梨樹樹蔭的頂巔，直指一個小土包的時辰，去謁墓的情景。記得，對著那一黃土，老研究員感慨繫之，哀歎天才人物生命的脆弱，哀歎無用的他，還像一棵老杜梨樹那樣地活著。說一句老實話，這位老研究員本來還能夠活得更久一些的，他之所以在回到北京以後，很快就去世了，個中原因，正是由於這一番感慨，驚醒了他體內的生命時間，而生命時間接受了這個暗示。

老研究員還希望楊岸鄉領著他，去吳兒堡後莊，到小女孩出生和成長的地方去看一看。儘管沒有她的存在，這一塊地域一定顯得荒涼了許多，但是老研究員堅持要去。這樣，他們便成行了。

做爲老研究員來說，他本來已經做好了，迎接那個凋敝的小山村的準備，但是，時代發展到今天，這裏已經變得富有起來，單調的風景也變得色彩鮮豔了許多。那一戶人家大約後來又逃荒回來了，雞司晨，犬護家，一片安居樂業的樣子。他們對故世小女孩的懷念，遠比這兩個學者要淡漠得多，他們只說她沒福，差一步沒有跨過門檻，活到今天的好光景。當老研究員以一種孩童般的神秘口吻，嘴巴對著耳朵，告訴他們那個小女孩所代表的一切時，他們毫無表情地搖搖頭，認爲這幾乎是無稽之談，他們看著她落草❶，看著她屎一把尿一把地長大，他們能不知道她水深水淺？他們覺得她是一個無用的東西，僅僅連生存下來這一點都達不到，就證明了她確實不如他們別的孩子那麼行。

在返回的途中，老研究員和楊岸鄉，還有那位助手，自然在吳兒堡停頓了一下。他們見到了楊蛾子。

當楊蛾子聽到他們此行的目的時，她笑了。她說後莊的那家，算起來，還是楊岸鄉的一門親戚。楊岸鄉，你還記得在你的生身母親蕎麥以前，你的父親楊作新，曾經有過一個妻子嗎？這個妻子叫燈草兒，而後莊的那戶人家，正是燈草兒的娘家。那個小女孩的祖母，說不定，當年，正是楊蛾子那四十塊大洋聘禮換的。

楊蛾子的胡言亂語並沒有到這裏為止，她甚至認為，這個後莊，正是當年吳兒堡那兩個風流罪人，前去避難的地方。「有一面山坡，溝底下淌著一股水。山頂像一個弓背。那石砬子，就是從山頂上滾下來的。巫神娘娘的紅裹肚指給了他們這個地方。」楊蛾子說。

處在創造激情中的老研究員，處在夢遊狀態下的老研究員，也許將會抓住楊蛾子話語中的隻言片字，深究下去，從而從那兩個風流罪人的身上，尋找出這個奇異的吳兒堡家族形成的歷史因素，並且從吳兒堡後莊，從巫婆的紅裹肚開始，發現出那個軒轅部落遺址，繼而，為剪紙藝術的種種奧秘，找到它的淵源。

但是，當老研究員詢問時，楊蛾子和她的侄兒之間，已經進入了另一個話題，他們沒有聽見老研究員的問話，而老研究員由於精力的原因，問了幾聲，沒有得到回答之後，便靠在背牆上睡著了。

助手開始揮動手帕，為老研究員驅趕蠅子。

他們在談論著憨憨的事情。

自從憨憨成為萬元戶以後，自從憨憨披紅掛綠，在膚施城的街道上走過一圈之後，他來楊蛾子窯裏獻殷勤的次數更多了。他除了為她繼續擔水、摟柴、搬石炭以外，還從膚施城裏，為她買了許多時興的衣服，夜裏，閑來無事的時候，他常常在楊蛾子的窯裏，一坐就是半夜。「他摸我的奶奶！他還要和我親口口！」楊蛾子有些臉紅地對侄兒說。

這種現象叫性騷擾。——這是楊岸鄉新近從報紙上學到的一個名詞。

盯著姑姑蒼老、憔悴的面容，楊岸鄉不明白，一個人愛一個人，竟能夠愛得這麼專一、這麼持久。這事真使他有些感動。他知道姑姑還在惦念那個傷兵，那個也許永遠不會再出現的人，對憨憨來說，生活真不公平。他想，憨憨之所以至今還摯愛著楊蛾子，是因爲楊蛾子那年輕時候的面容，永遠地留駐在他的心中了，所以，他能夠對她的蒼老視而不見。他還想，在垂垂老之將至時，憨憨突然開始他的攻勢，大約是覺得，他現在總算活得人模狗樣了，腰裏有了幾個錢，這使他有了信心，覺得他們之間的距離在縮短，楊蛾子再也不是那麼高不可攀了。

楊岸鄉勸他的姑姑和憨憨搬在一起算了，這樣，她也算有個歸宿；再說，憨憨這樣的求愛者也真令人感動。

但是，侄兒的話激怒了楊蛾子。她那神采飛揚的面孔突然之間暗淡下來、表情凝固下來。

「憨憨是你乾大，你在偏向他！」楊蛾子說。

楊岸鄉見姑姑真惱了，趕快截住了話頭。

楊蛾子這時候又想起她的哥哥。她說她的侄兒，是個不孝的人。楊作新平反的事，她已經知道了，她這裏說的是「搬埋」的事。

一想到哥哥沒有回到瑙畔上的老人山，楊蛾子的心裏，就空蕩蕩的。她把這責任歸咎於楊岸鄉，嫌他不重視這件事，沒有把墓看好。

「你得把那一把爛屍實找回來。有個晚上，我聽見他爬在官道上哭哩，他想上老人山上看父母，小鬼攔著，不讓上！」楊蛾子說。

老研究員本來還想在陝北延挨一些日子，但是後來不得不離開了。他離開的原因有三個。第一，萬佛洞那個俊俏女菩薩的人頭，突然有一天晚上失蹤了，按照管理人員的解釋，對這個菩薩最感興趣的，正是那位老態龍鍾的老頭，因此，他無疑成爲主要的嫌疑。儘管後來經過有關方面的查詢，老研究員明顯的是受了不白之冤，但是，這事畢竟令老研究員掃興。第二件是，他再也收集不上民間剪紙了，有一個流言，據說這一張「抓髻娃娃」剪紙，可以從外國人那裏，換回一台彩電。這事怪老研究員，因爲他對這些剪紙所表示出的重視程度，令人疑心。也許，他真的不經意地說過，一位外國人，想用一台彩電，換取他珍藏的一張陝北剪紙，云云。第三個原因，我們前面說過，老研究員帶來一位助手。如果這助手是男性就好了，遺憾的是她是一位女性，而且黑長襪、白裙子，十分年輕。於是不斷地有人揭發，這位老者與這位可以做他孫女的年輕女性關係曖昧。陪同者楊岸鄉認爲，這大約屬於但丁之於比阿特麗絲式的戀情，因此理解並予以寬容。

但是社會不這樣認爲。他於是四處遭到非議。事情最後弄清楚了，這姑娘竟是他的妻子——最初是他農村戶籍的保姆，後來成爲正式的妻子。這事據說在那個遙遠的都市裏並不止這一件。這種違反大自然規律的古怪做法，於是更加引起人們的非議。所以說，老研究員最後幾乎是帶著他的助手，逃出陝北的。

老研究員回到北京後，曾經醞釀了一個大的舉動，準備帶著他的陝北剪紙，連同他的研究成果，以及他那黑長襪白裙子的妻子，去參加在法國巴黎舉行的萬國博覽會，以便將這些古老的中國文化介紹給世界，但是，就在他即將成行時，突然病故。

死前，他強烈地懷念丹華，這個帶他進入迷宮的人，他認爲這些剪紙藝術，最好的解釋者應該是她。但是她已經不知去向了。於是，退而求其次，他想到了那個陪同他北巡陝北高原的陝北才子。這樣，他留下遺囑，委託楊岸鄉代表他，去參加巴黎萬國博覽會。如果可能的話，再帶上幾名陝北民間剪紙藝術家，爲博覽會做即興表演。

爲了證實自己的清白，他希望楊岸鄉在參加完博覽會後，將他收集來的所有這些參展的剪紙，統統交博覽會承辦機構收藏，因爲它屬於人類的共同財富。至於那幅當年丹華送給他的畢卡索式的剪紙，他則要求殯儀館在焚燒他屍體的同時，將這幅剪紙做爲他身體的一部分，予以焚燒。

這樣，楊岸鄉便帶了幾位剪紙的陝北老太婆，去了一趟巴黎。

匆匆一個月後，這些民間剪紙藝術家們出國歸來，帶回了坐飛機引起的眩暈，帶回了對那個世界大都市一鱗半爪的觀感，帶回了諸如生黃瓜、生牛排之類西餐引起的胃病，帶回了黑人木雕藝術家回贈給她們的玩具式木偶，還帶回了因爲出了一次風頭而產生的虛榮。

巴黎是個易於激動的城市。巴黎在爲許多事情激動的同時，也爲這個來自東方國度的民間剪紙藝術而激動。最民族的同時也是最世界的。東方天宇下那一塊淒涼的高地，那一塊散發著死亡氣息與神秘氣息的焦土，刺激了巴黎人的想像。對於藝術家來說，他們希望從這原始的藝術中，找到超前的東西，他們在創造的途中，感到了表現手段的不足，渴望變革，而變革又需要依託傳統，哪怕這傳統已經不是本來意義上的傳統，那也無妨。而對於那些普通的市民來說，他們僅僅是受了報紙上連篇累牘的文章所吸引，受了那些用套色膠版印出的剪紙圖案的吸引，走入展廳的。他們不懂得漢字，但是，那些表示陰陽交媾的種種寓意明顯的圖案，令他們得到了感官上的滿足，令他們爲沙龍談話找到了一個話題，同時爲自己散淡的巴黎生活方式，找到了又一個依據。

展覽會的高潮在於，那些穿著大襟襖的陝北婦女的即興剪紙表演。普通的紅綠紙，再加上一把或小如旅行剪或大如裁縫剪的剪刀，那些農家婦女靈巧的雙手，就會剪出各種圖案。這些栩栩如生的各類花鳥人物，是齊白石式的大寫意，和畢卡索式的冰冷線條的結合。

「抓髻娃娃」的圖案最受歡迎。當人們聽說，這是中華民族的守護神和吉祥物時，所有的參觀者都希望得到這麼一幅。當然那種手牽著手、一連串的「抓髻娃娃」最好。不過他們要這些農家婦女即興剪的，他們認爲看了這個剪紙過程以後，得到的這件創造物才更有意義。

在得到「抓髻娃娃」的同時，他們爲這些持剪刀的婦女出了個難題。他們希望能得到幾隻貓頭鷹，貓頭鷹是他們的吉祥物。

這確實是個難題。因爲在中國民間，貓頭鷹是一個最不吉利的鳥兒，一個預告凶兆的鳥兒，據說聽到貓頭鷹的叫聲，人就會死去，而見過一次貓頭鷹，也許緊跟著就有一場災難。諸種說法，令人們對這晝伏夜出的鳥兒，懷著一種本能的恐懼。這幾位老太婆，都沒有見過貓頭鷹，也沒有聽到過貓頭鷹的叫聲，她們如今還好端端地活著，就是證明。但是，如何來應付目前的這個難題呢？

你應當相信創造的力量，相信想像可以塡補空白。楊岸鄉的一句提醒，藝術家們驟然之間省悟了，不就是貓的頭，老鷹的身子麼？她們的家裏都養過貓，案頭炕邊，時常廝混，而那天空飛翔的鷹，也不是稀罕的鳥兒，在家鄉勞動耕作時，抬起頭來望天，幾乎總能望到牠。

於是，第一個開始剪起來，接著，大家都會剪了，甚至，剪到後來，將厚厚的一疊紙放在一起剪，一剪刀下去，就可以剪幾十隻。剪刀奇妙地幾旋，貓頭鷹出來了，兩隻佔據很大畫面的圓眼，兩隻支棱起來的耳朵尖，埋在身下的小小爪子，整個造型，頗似貓頭鷹，又像農家那種橢圓形的瓦罐，刪繁就簡，脫形得似，惟妙惟肖，呼之欲出，既具有裝飾畫的特點，又由於在剪紙的過程中，楊岸鄉講起了膚施城的來歷——釋迦牟尼創膚施鷹的故事，從而使這些貓頭鷹的身上，平添了一種宗教的色彩。

「貓頭鷹」令所有的參觀者折服，貓頭鷹的剪紙造型，第二天就出現在當地報紙上。

這次展出成功的一半原因歸結於楊岸鄉。事實證明了，楊岸鄉不但是一個學識淵博的學問家，還是一位應酬自如的活動家。

當身上那些沉思的神經亢奮起來，活躍起來，開始運用於應酬時，他變得靈巧、有風度和妙語連珠。他在記者招待會上的答問，他在觀展途中深入淺出的講解，他和那些最嚴謹的研究家，和最挑剔的批評家們的談話，他和那些塡補空虛而來的參觀者們之間幽默的調侃，都表明了他確實是個遊刃有餘的角色。而當由於偶然的話題，涉及陝北時，他那拜倫式的敍述，簡直使那些聽衆對那塊高原，頓生心向神往之情。當然，他是以淵博的知識爲後盾的，不獨對陝北，不獨對生養他的那個東方國度，他對法蘭西，對巴黎的藝術界，對塞納河和紅磨坊，同樣熟悉，我們知道，他的這種熟悉主要來源於書本，他在交口河造紙廠的那十年沒有白過。

巴黎萬國博覽會用我們中國人的話來說，是一個無所不包、無奇不有的大雜燴，世界上所有的珍奇，似乎都來到這裏展出。而做爲楊岸鄉來說，除了自己的工作以外，對他最具有吸引力的，恐怕是來自匈牙利的那個什麼兄弟馬戲團的演出。楊岸鄉的興趣不在演出本身，儘管那穿著比基尼表演空中飛人的姑娘很迷人，儘管那呆頭呆腦的大象能博人一笑，但是，他的興趣在於，匈牙利這個名字，令他想起那個古老的家族故事，那兩個風流罪人其中一個的故事，正是由於有了那掉隊的最後一個匈奴，正是由於有了場邊茅棚裏的遭遇，才有了今天的這個他。這事想起來真是奇異。

演員們或白或黃的皮膚、黝黑的眼睛和黝黑的頭髮，以及他們臉上出現的那種吃苦耐勞的表情，表明他們的血緣中，有一部分來自遙遠的亞細亞。只是經歷了黑海和裏海的嚴寒和酷熱，經歷了長途跋涉、疲於奔命之後，他們的黑頭髮變得柔軟而彎曲，他們的黃皮膚因爲交融的緣故，已略顯蒼白，而性格中那種遊牧民族冒險和勇敢好鬥的精神，在歐洲文明的薰陶下，變得稍有節制，稍爲馴良。

楊岸鄉望著露天舞台上的那些人們，他想著這些從遠古走到今天的、成爲各種膚色、各個國家、各個民族的人類，他覺得他們彷彿像順著河床，從遠方奔來那徐徐作響的河流一樣，時而交匯在一起，時而乾涸以至變成潛流，時而洶湧澎湃、儀態萬方地前進。

楊岸鄉在一瞬間，突然熱淚盈眶。他以迷濛的眼光，望著正在走下台去的兩個滑稽演員，在經久不息的掌聲和一陣陣的口哨聲中，他走到了後台。

他不知道是怎麼搭訕上的。總之，他讓演員們知道了他的身分，並且用不太熟練的英語和他們交談。巴黎的每一立方空氣都瀰漫著浪漫，但是，他的這個關於最後一個匈奴的故事，仍然使這些藝人們驚訝不已。「這麼說，我們是兄弟姐妹，兩千年前的一樁羅曼史，造成了我們如今天各一方。這是一件多麼不可思議的事情呀！」那位迷人的空中飛人，披著一件大西服，一邊打哆嗦，一邊說。

後來，馬戲團中一位年齡大些的男演員，否定了楊岸鄉的說法，即關於如今的匈牙利，是當年的匈奴之一支的說法。這位男演員見多識廣，他的業餘愛好是收集和剪輯報紙，他說一旦某一天摔斷胳膊、摔斷腿之後，他將成爲一個職業的收藏家。

他說，是的，在匈牙利的史詩中，在那些民間的傳說中，確實有匈牙利人來源於匈奴的說法，但是最新研究表明，現今的匈牙利人，卻不是匈奴的後裔，他們來源於另一個民族。不過，匈奴人確實曾經到過萊茵河邊，到過現今所屬匈牙利的那一片蔚藍色的國土，那是西元四世紀的事。但是，他們很快地就又開始了遷徙，離開那裏了。而現今的這些匈牙利人，他們的祖先迦基人，是七世紀才到達那裏的。他們與楊岸鄉所敘述的那個流浪民族，失之交臂。

楊岸鄉不同意這個不討人喜歡的男演員的說法，他認爲既然最新研究，能夠否定原來的說法，那麼以後新的研究，也許將否定現在的說法。楊岸鄉不忍心讓他的那些匈奴部落，永生地流浪和遷徙，永世地流浪和遷徙，所以只能用這樣的邏輯，爲他們辯解，然而在心中，他又不能不懷著一種愁苦的味道，向那茫茫不知所去的人們，送去一聲歎息。

他感到自己是在自尋煩惱，自討沒趣，自作多情，於是離開了後台。

他有些沮喪，有些孤獨，有些形單影隻。他開始想家了。不過，很快地，生活將用另一件事來塡補。這即將到來的事情是一件重要的事情，它甚至較之楊岸鄉的這次參加博覽會本身，還要重要。

這就是丹華的出現。

許多朋友告誡作者，認爲應當讓丹華的倩影，在上了飛機以後，就此消失。他們擔心生活會打發來另一個面目的丹華，來損傷作者業已爲他們介紹的那個孤傲的獨行俠形象。他們擔心她或者一貧如洗，流落在異鄉的街頭，她的「門」字形的頭髮也已雜亂無章，而她那些服飾和表情，以及在街頭踽踽獨步的樣子，會令人聯想到女人所曾經從事過的那個古老行業。而另外一些人則擔心，她會擇木而棲，嫁給一個富翁，成爲富翁西裝大翻領上的一朵胸花。她珠光寶氣，她那戴滿各種名貴戒指的手指，像陝北高原上那些大骨節病患者一樣，而她的談話每一口都會吐出一塊金子，就像格林童話中的人物。總之，她將自己交付於社會，聽任社會塑造，那個昨日的、我們的丹華已不復存在。

但是朋友們是多慮了，丹華還好好地活著，並且依舊那麼高傲和漂亮。因此，作者決定還是記錄下她與楊岸鄉的這一次邂逅。

她成爲一名職業婦女。她穿著一件適合她氣質和職業的短裙，一雙長筒的黑襪，大西服。她的頭型視時尚而定，一會兒是披肩長髮，一會兒是小男孩頭，一會兒還會燙成那種有些古怪的炮彈頭，不過她最近的頭型是兩根辮子，這種辮子有時候耷拉下來，辮梢綴兩朵花，有時候盤在頭頂，用髮夾卡住。她仍然有恆牙咬合在一起的習慣，這樣腮邊的肌肉，便帶上一種力量感和青春美，她這是不經意而爲之，習慣使然，個性袒露，並非故意的造作，這一點需要特別說明。

她的英語和她的漢語說得一樣漂亮。這大約是記者工作鍛鍊的結果。她是不是像她出國前所說的那樣，到萊茵河畔，到泰晤士河畔，到塞納河畔，模仿馬克思主義經典作家沉思的目光，雙手插進兜裏，走了一遭，我們不得而知。我們只知道，她一定經歷了許多的事情，這些事情也許得專門有一本小說來寫她。

「我是某某電訊公司的記者，我想佔用你半個小時或者再多一點的時間，和你單獨談一談，做一次專題採訪，好嗎？」

正當楊岸鄉神色沮喪地從後台走下來，向這個露天劇場的外邊走去時，一位年輕女士擋住了他。女士用純正的北京口音說了上面的話，並且遞上了她的名片。

「丹華！」盯著名片，他狐疑地望了她一眼。

「其實，你應當注意到我的。記者招待會上，我好像比我的同事要活躍一些。而這座城市的那些介紹陝北剪紙的文章，很多就出自我的筆下。」

楊岸鄉有些心跳。他們一起走向了人跡稀少的草坪，後來，走進了一家小小的咖啡館裏。咖啡館外邊的裝潢十分豪華，裏邊，卻盡量追求一種簡樸、原始的趣味，牆壁是用沒有去皮的白樺樹堆砌而成的。按照店主人的介紹，這些白樺取自楓丹白露森林，也許，正是這些白樺，當年曾經給過印象派大師莫內和雷諾瓦以靈感。

「你剛才多麼憂鬱呀！呆呆地站在那裏，彷彿一個走失於街頭的孩童。我在一瞬間突然產生了憐憫之心。我想和你拉一陣話。我的工作任務已經完成了，剩下的時間由自己支配了。」這位女士說。

「我剛才真的很可笑嗎？不過，我卻不這樣認爲。憂鬱對一個男人來說，有時候表現了一種深刻，一種天性的自然流露。但是，如果這種病菌傳染給一位女士或小姐，那卻是糟糕的，憂鬱令她離年輕越來越遠。」楊岸鄉說。他委婉地爲自己剛才的失態辯護，並且以攻爲守，暗示這位故作輕鬆的女士，內心深處也是憂鬱的。

「你很會說話。當然，我之所以找你，也是爲了我自己，在雷鳴般的掌聲中間，除了你沒有鼓掌以外，還有一個人沒有鼓掌，這就是我。不知你注意到了沒有？可是我卻注意到了你。我不明白自己爲什麼沒有鼓掌，我知道在座的許多人，本來沒有鼓掌的願望，但是他們都效仿旁人，掏出了自己的手。而當看見你的時候，我突然產生一種欲望，我想結伴和你逃出這一片喧囂，找一個僻靜的地方，敘敘鄉情。」這位女士說。

「是的，我也沒有鼓掌。我在別人鼓掌時突然哭了。」楊岸鄉真誠地說。這樣，在第一個回合中，他們打了個平手。也就是說，當終於坐在莫內或雷諾瓦的這間小屋時，誰也不欠誰的情，他們彼此都是爲了尋找一種慰藉而來。

他們的話題轉到了中國，轉到了一九八九年夏季那場北京風波。但是，這個敏感的話題很快就過去了，因爲他們開始談起了膚施城。

他們大約是從仙人石開始談起的。因爲正是這個釋迦牟尼故事，使世界上有了這麼一座城郭。當然，如果沒有這個故事，甚至沒有釋迦牟尼，沒有佛教，那麼也會有一座城郭的。設州造府是一件必然的事情，不過這城郭就不會叫膚施城了。除了談論釋迦牟尼之外，他們還談到「長河落日孤城閉」這句話，這是范仲淹《漁家傲》裏的一句辭，是他在鎮守這座高原名城時寫的。坐在這個散發著巴黎香水味兒的咖啡屋裏，談論起范仲淹，倒是一件十分有趣的事。

但是話題總不能停留在范仲淹身上。說穿了，這只是一種迂迴，一種談話的藝術，一種爲進入縱深，而事先醞釀週邊氣氛。至少，楊岸鄉敏感地意識到了這一點。

果然，這位女士的話題中，出現了黑壽山和平頭這兩個人物。

楊岸鄉記得，在膚施城的日子，正是這兩個人，對丹華表示了異乎尋常的關注，雖然他現在還不明白其間的緣由所在，但是，他們起碼和眼前的這位女士，是相當熟悉的。

於是楊岸鄉談起了黑壽山，談起他的政績卓著，談起他的急流湧退，談起他如今穿一件夾克衫，胸前掛一枚「中國老年書法函授大學」校徽，有些滑稽的樣子。他從心裏對黑壽山有一種深刻的依戀之情，因此談話中充滿了熱情，這一點眼前的這位女士注意到了。楊岸鄉接著又談平頭：「平頭，也就是北京知青金良同志，他創造了一件怎樣的業績呀！他用了整整八年時間，使一處荒溝禿山，變成了百里綠色長廊。那簡直是魔術師的傑作。」

「他還是單身嗎？」女士問。

「不，他結婚了！」楊岸鄉順嘴答道。說話的途中，他用深刻的目光看了這女士一眼，好像是窺見了她心中的一樁秘密。而女士也一改剛才的偶爾失態，重新平穩下來，她瞅了楊岸鄉一眼，好像說，即便有一段感情，那也是前塵往事了。見狀，楊岸鄉繼續說下去。他談到平頭怎樣找到了那個有著胖胖胳膊的北京知青，兩隻單人床怎樣併到了一起，談到了他們所生的小女孩，並且談到，平頭現在成爲膚施市駐京辦事處主任的事。

「很好！」女士呷了一口咖啡，淡淡地說，「這正符合生活的邏輯！」

說這話時，她的臉上出現了一種馬的表情。

這種表情突然刺激了楊岸鄉，令他想起交口河小吃店的事情，令他想起那個如今掩埋在杜梨樹下的小精靈。其實，當他們來到咖啡館，共同坐在一張桌子上的時候，楊岸鄉就斷定，他見過眼前這位女士的，只是畢竟間隔了那麼長時間，畢竟異域的風格，使眼前的這位女士改變了許多，因此他的記憶是模糊的。然而現在，當女士那高貴的、超凡脫俗的表情，突然閃電一般從她臉上掠過時，他一下子記起來了。於是他一改剛剛彬彬有禮的態度，再也不能自持了。

「我們認識，丹華！還記得一個叫交口河的陝北地名嗎？那裏有一個小吃店，賣著一種叫『高粱麵餄餎羊腥湯』的吃食。」

「你是——那位——男顧客！」

「是的，正是我，坐在窯掌的那位！」

一雙沒有禮貌的眼睛，盯著我看的那位！」

「又和妳一起埋葬那個渾身沾滿麥魚兒的小女孩的那位！」

丹華舉著咖啡杯的手在半途中停住了。隔著桌子，她瞇起眼睛，凝視著眼前的這個男人。那天，她其實並沒有認真地看這個男人一眼，不過她博聞強記，有一種過目不忘的本領，因此，她還是記住了他的面部特徵。此刻她凝視了很久。她終於斷定了這確實是他。

「今天，你穿了一身白西服，而那天，你穿了一身工衣，而且，好像你的身上，有一種耗子，哦，老鼠的氣味！」

「是的，有一種老鼠的氣味。不去提它了，那是一個悽楚的故事！」

他們突然覺得他們之間離得這麼近，至少做爲楊岸鄉是這樣感覺的。而當他看到丹華的眼睛突然變得濕潤時，於是所有的客套都消失了。他們原來曾經是故人，儘管是在那樣尷尬、甚至狼狽的情況下相識的。他們談起了那個饕餮的小女孩，談起了那幅畢卡索式的剪紙，談起了當六月的最後一天時，日落時的樹蔭恰好指著小女孩的墳墓，談起了那位老研究員。

他們開始像兩個偶然相逢在小酒館的陝北佬一樣，熱烈地交談起來。不知道是由於他們的提議，還是招待員的主動，不知什麼時候，咖啡換成了啤酒，後來又換成了亞洲人的那種白酒。楊岸鄉感到自己的面孔發紅，眼神也開始變得大膽而熱烈。他注意到了丹華也和自己差不多。

楊岸鄉將那件最重要的事情，放在最後來說。這就是那個〈最後一支歌〉的故事。他告訴丹華，正是這個伴隨著一隻蝴蝶飛來的手稿，改變了他的命運。他開始敍述那個炎熱的高原中午，敍述由〈最後一支歌〉的發表所引起的一切。他還由於他一直身不由己地用著「花子」這個筆名而深表歉意。

這接踵而來的許多事情，在這短暫的相會中，一齊湧向丹華。一想到也許由於一時的怯懦或矜持，沒有上前去主動搭訕楊岸鄉，那樣她將會失去這些時，丹華真有一點害怕。

如果說，前面所說的一切，畢竟還只是一些身外的事，畢竟還可以使這位精明幹練的女記者，不至於難以自制的話，那麼，當楊岸鄉將這件事告訴她時，她驚呆了，她好久才說出一句話，這句話是：「生活，你是一個魔術師，你遠比一個小說家的想像更爲豐富和合理。」

「那麼，你現在在事實上接替了我的筆名，接替了我的那個研究所的職業。而這一切，本該由我來完成的，可是，我卻逃脫了。既然我逃脫了，那麼，正如馬克思所說的，歷史爲了體現出它的意志，它將塑造出另外的使命人物來，是這麼回事嗎？大約是的。但是，你必須明白，我是無法完成生活攤派給我的角色的。我缺乏耐性，我不能承受那苦役般的人生，我只是一個過路客，對陝北高原來說如此，對整個世界來說亦是如此，我是一個注定了要永生漂泊的女人。」一

「我沒有這個意思。我只是想有一天找到妳，能向妳做出合理的解釋。應當受到責備的是我。但是，我的解釋卻產生了這樣的效果，這使我很惶惑。」

「我們本身就生活在一個惶惑的世界上。」丹華說。

他們大約都已經半醉。因此，當走出這間咖啡小屋的時候，他們互相攙扶著。

「我一直單身。你呢？」一丹華說。

「我也是！」一楊岸鄉回答。

「那麼，我們都是自由的。楊岸鄉，你願意陪我度過這個夜晚嗎？如果你走了，只剩下我一個人的話，我想我會徹夜不眠的。」

「我也是！」一楊岸鄉熱烈地說，「我所以遲遲沒有結婚，也許就是爲了等待這一晚！我所以

來到人間，也許就是爲了經歷這一晚！」

他們熱烈地擁抱在一起了。

在擁抱的途中，丹華騰出一隻手，招了招，擋住了一輛出租車。

這天晚上，在丹華的住處，他們度過一夜。

對楊岸鄉來說，這是刻骨銘心的一個夜晚。他感到他在思想上和他的作品中，醞釀了太久的感情，都是爲這一夜準備的。他因爲痛苦而感到歡樂，他因爲歡樂而加倍的痛苦。在接受丹華愛撫的時候，他將嘴對著丹華的耳邊，喃喃地說，自從他在交口河小吃店遇到她以後，他再也不能夠忘記她。他當時感到他和她是多麼遙遠。而他在這以後所從事的那些殘酷的勞動，從某種意義來說，也許就是爲了某一天，終於能夠平等地和她對話。說到這裏時，他哭泣起來。而哭泣之後，則是更瘋狂地愛撫她。在那天作地合式的做愛中，他有一會兒覺得他親愛的人兒像一個聖母，那麼溫柔、寬容和善解人意，有一會兒又感到她是一個名副其實的火熱的情人，或者入鄉隨俗，用巴黎的話說叫「蕩婦」，而當風暴平息之後，他感到她像他天真爛漫的女孩，環膝而坐，讓他在一瞬間感到征服者的威嚴。

那些熱烈的、無忌無諱的情話，正是在這會兒說的。楊岸鄉告訴丹華，他曾經遇到過幾個女人，他雖然是單身，但這不是第一次。

而做爲相應的回答，丹華告訴他，她也有過許多男人，這在西方世界是普遍的事，不過她與男人的交往，有個前提，逢場作戲，分手就散，雙方以互相取悅爲目的，如果再加上附帶的條件，那對雙方都是一件可鄙的事情。楊岸鄉聽了，相信丹華說的「她有過許多男人」這句話，因爲她在床上有著嫻熟的技巧，他還明白，他們這只是一夜風流，丹華的話語裏暗示了這一點。

他們第二天一早就分手了。

經過這一夜，所有的感情都冰釋了，他們在分手時，都稍稍有一點灰色情緒。丹華又成為精明幹練、操一口英語的女記者，而楊岸鄉則恢復得彬彬有禮，面孔嚴肅。

「這就是過程！」女記者感慨地說，「幸福和歡樂僅僅存在於過程之中。過程結束了，你得到了什麼，我又得到了什麼？」

臨分手的時候，丹華拿出她的一點積蓄，裝進一個大信封裏，要楊岸鄉帶給黑壽山。

「他是我的父親！」丹華簡短地說。

「我猜到了。還有什麼話捎給他嗎？比如說，妳的情況……我必須給他有個交代才對。」楊岸鄉說。

「我很好，既不貧窮也不富裕，既不充實也不空虛，既沒有過去也沒有未來，僅此而已！」

楊岸鄉的巴黎之行結束了。在臨離開巴黎之前，他按照名片上的電話號碼，給丹華的住處打了個電話，電話裏有一個聲音說：「丹華不在，有什麼話請留下來！」於是，楊岸鄉對著電話說，他永遠記著丹華，他永遠站在故鄉的土地上為她祝福，他永遠注視她那遠去的背影。打完電話後，興猶未盡，他又給她供職的那家電訊公司掛了電話。丹華果然出差去了，電話中，丹華的一位男同事說，巴勒斯坦解放陣線執委會主席阿拉法特，在出訪中東某國時飛機失事，丹華趕往那裏採訪去了。

注❶落草：陝北土語中將「出生」叫「落草」。語出不詳，大約流傳接生辦法中，小孩出生是生在乾草上或草灰上的。

第三十一章　最後一個匈奴與難忘的原鄉

我們的故事選擇在吳兒堡結束，正像它從那裏開頭一樣。選擇在那座老人山上，選擇在當年那牛踩場的地方，選擇在那棵曾經拴過馬的杜梨樹下。在明亮的嗩吶聲中，在人群的簇擁下，楊作新和蕎麥的靈柩，將在這裏下葬。

我們記得，遠在楊岸鄉接到父親的平反通知時，就曾經隻身一人，在膚施城附近那座荒山上，尋找了好一陣，而在後來和黑壽山的討論中，又多次提到尋找父親屍骸的事。但是，時間之手只用短短的幾十年光陰，就將一切都撫平了。也許，它撫平得有理。老百姓說「哪裏黃土不埋人」，既然他躺在這裏了，並且與他誠實的妻子爲伴，那麼就讓他安安寧寧地躺在那裏吧，不要去驚醒他的酣睡，不要讓亡人來打攪活人的安寧。但是，楊蛾子不答應。記得她曾經向她的侄兒，表達了自己的這一思想，而從這以後，她更是時時鼓噪這樁事情。「楊作新麼，他夜夜給我托夢，滿臉是血，在官道上走來走去。他抱怨說沒有一個地方收留他，他說他的親人們也不管他了！」楊蛾子活靈活現地說。

楊蛾子的話終於引起了一個人的重視，這個人就是憨憨。這位過於年邁的騎士，在聽了心上人的嘮叨以後，想到了那個號稱陝北靈根的白雲山。

白雲山在陝北人心目中的地位，我們已經有所耳聞。而毛澤東白雲山抽籤的故事，僅僅是屬於白雲山那些神奇傳說中的一件而已。這樣，憨憨便蒙著個羊肚子手巾，拄了根棗木拐杖，邁著老年人的步子，上了趟白雲山。爲了表示自己的虔誠，他從自己的一萬元存款中拿出一千元，做爲佈施，放在了真武祖師的膝蓋上。他接下來長跪不起，希望無所不知、無所不能的白雲山祖師顯靈，滿足他情人這點小小的要求。他從此不再成爲萬元戶了，但是他沒有一點心疼的意思。

憨憨的虔誠，令這些不食人間煙火、不具備七情六欲的道人們，也爲之感動。他們開始敲響那只掛在台榭上的大鐘。暮鼓晨鐘，這只大鐘只有當太陽從黃河對岸的山巒上冒紅的一瞬間，才能敲擊的，但是他們給了憨憨一個例外。

鐘聲噹噹地響著，轟鳴在蒼茫的陝北大地上，越過一座山巒又一座山巒，跨過一條河流又一條河流。他們說，如果那地下的亡人具有靈性的話，他一定聽到了這召喚的聲音。

這樣，鐘聲停罷，憨憨帶了一個道童，離開了白雲觀，回到吳兒堡。在吳兒堡做了一陣短暫的停留之後，一條毛驢，馱著楊蛾子，他們來到了膚施城。

遠在膚施城的楊岸鄉，也聽到了這令人神清氣爽的鐘聲，因此對這一行冒昧的來訪者，並不感到意外。楊岸鄉還引薦他們，見了黑壽山。

黑壽山已不再負責，因此，他對這種民間的活動也沒有提出什麼異議。自從楊岸鄉的巴黎之行，帶回來一個信封，帶回來了丹華的確切消息後，這位老革命已經好長時間，沒有按期郵寄他那書法函授大學的作業了，他開始處在一種老年人的懷念中。最初，他將那只信封扔到了地下，他說他要的是女兒，而不是別的，當楊岸鄉解釋道，這其實是女兒的一點孝心時，黑壽山才又接過楊岸鄉撿起的信封，他將這些像寶物一樣地珍藏起來。黑壽山試著按楊岸鄉提供的地址和電話號碼，給巴黎掛了幾次長途，但是，電訊公司回話說，丹華小姐已經另有高就，離開這家公司了，她去哪裏，無從知道。

黑壽山也隨楊岸鄉，把楊蛾子叫做姑姑。他要楊岸鄉在尋找墓塋的時候，也叫上他去。他當然從心底裏不相信這種迷信的做法，但是他想盡盡自己對楊乾大、楊乾媽的一點心意。就感情而言，他認爲他對這兩個人的感情，甚至要超過他們的親生兒子楊岸鄉。

是一個早晨，一個麗日藍天的早晨，他們登上了膚施城外、清涼山背後的那座山嶺。

站在山頂，一座座奇形怪狀的山，莽莽蒼蒼，擁擁擠擠，盡收眼底。太陽剛剛升起來不久，它柔和的光線照耀著靜靜的高原。空氣十分清新，能見度很好，幾朵棉絮般的雲彩，在深不可測的蒼穹之上停駐著。

道童跪下來，從那只骯髒的黃挎包裏拿出一撮香，挑出三根，然後用火柴點著。立即，嫋嫋白煙從三根香頭上飄起，一股淡淡的香味在四周瀰漫開來。

道童小心地用另一隻手，將跟前的黃土團成一堆，然後將三炷香，一支一支，細心地插在小土包上。

道童用目光示意，跟在他後邊的這一撥人跪下來。於是，他的身後，撲撲通通地傳來一陣響聲。最先跪下的是楊蛾子，膝蓋剛剛落地，「哥哥呀，苦命的哥哥呀，你狠心丟下我，早早走了的哥哥呀」的哭聲，已經起了。最後一個跪下的是黑壽山，他的身分使他覺得自己不應該跪，當年，他的母親黑白氏死時，他也只是鞠了三個躬而已，但是，在這種場合，在道童那具有震懾作用的目光催促下，在楊蛾子那搶天號地的哭號聲中，他不禁雙膝一軟，跪了下來。

他們行的是三奠六揖九叩首的大禮。祭奠用的是一種廉價的白酒，這仍然是道童從那個黃挎包裏掏出來的。他細心地將酒成一個橫線灑在黃土上，隨著酒的落地，黃土上濺起一些泡沫。

酒過三巡，祭奠完畢，道童揮了揮手，要身後的這些當事人起身。「禮到爲止！」他說。道童將瓶子裏的酒，仰起脖子，咕嘟咕嘟喝了兩口，剩下的，全部倒在了一卷黃表上。然後，掏出腰間的寶劍，將黃表挑起，紮在寶劍頭上。

他揮舞寶劍，做起法來。

「楊貴人，你聽見那滾雷一樣的鐘聲了嗎？你不是日夜想回到吳兒堡、回到老人山去嗎？我們這是來叫你，破費錢財，鞍馬勞頓，孝子用誠心，親人用眼淚，召喚你回去。你若有靈，你就應了，乖乖地跟我們上路，你若無意，你就照舊做你的遊魂孤鬼，只是，今時今日之後，你就不要再打攪陽間了！」

道童神色肅穆，滿臉虔誠，在唸唸有詞之際，將那寶劍尖上的一卷黃表，點著了，搖了搖，待紙燒旺時，寶劍猛地一揮，黃表離了刀尖，向空中飛去。

有徐徐的小風吹來，這風也許是燃燒的香表帶來的，也許不是。只見黃表在他們的頭頂，徐徐地飄了一陣，燃燒了一陣，最後變成了一團灰燼。

這團灰燼沒有散開，而是像一個小小的黑色降落傘，自山頂，自他們站立的地方，停停走走，搖搖擺擺，向山底下飄去。

道童倒提著寶劍，舉眼向天，看著這團灰燼，磕磕絆絆地跟著跑，一直向山下跑去。

「楊貴人，我們尋你來了！」道童邊跑邊喊。

剛才，楊岸鄉對著頭頂飄過的那炫目的火光，死眼看著，因此看得眼睛有些花，頭也有點暈。恰好，有一團灰燼落下來，落進了他眼裏，他揉了揉，這樣，視覺便有些模糊，眼前飄過金星陣陣。因此，當現在眼光跟著那頂黑色降落傘，跟著道童磕磕絆絆的步子時，他突然看到一幅景象。

在黨史教科書中，在領導人物的談話中，曾經不止一次地說過這樣一句話，這句話就是：陝北為中國革命付出了太多的代價。是的，親愛的朋友，這不是一句普通意義上的溢美之詞，這句話不光有它字面上的意思，還有它實際的內容。從土地革命到解放戰爭結束，按平均計算，陝北每戶家庭為中國革命付出了一個親人的代價。這或者是妻子的丈夫，這或者是母親的兒子，這或者是將牛具停在地頭、從此再也沒有回來的莊稼人，這也許是投身革命即為家的楊作新這樣的讀書人。革命造就了多少個寡婦，陝北的哪一個山村，沒有傳出過「自從哥哥當紅軍，多下一個枕頭少下一個人」這樣的凄涼歌聲，而在有些號稱是「寡婦村」的村子裏，這種歌聲是以女聲合唱的形式進行的。你去問問那長夜不滅的麻油燈吧，問它陪伴了多少個寡婦輾轉反側的夜晚；你去問那「多下來的枕頭」吧，這枕頭哪一天夜晚不被寡婦的眼淚泡得快要漂起來。

這就是陝北，二十世紀的陝北，莊嚴而又苦難的革命行程中的陝北。這種痛苦的感覺，將長久地印在高原上，印在白髮蒼蒼的母親的臉上，印在每一個寡婦、每一個孤兒的心中。當他們以哀婉的歌聲，在懷念和祭奠他們親人的時候，原諒他們的脆弱吧，他們曾經堅定地活過來了，活到今天，他們在最初的日子裏，曾經抱著丈夫的人頭或者父親的人頭，走過三十里山路而沒有倒下，因此他們現在有權利痛哭。

我們的楊岸鄉看到了。他看到了在黑色降落傘飄過的山坡上，一個接一個地堆著許多的石頭。這些石頭有圓的，有方的，它們或者橫臥在地上，或者被歪歪斜斜地豎起來。這些石頭上都用毛筆匆匆地寫下如下字樣——「戰友小王犧牲於此」、「陳連長，江西人，死於此」、「三班長犧牲處」、「機槍手大個劉犧牲處」、「甘肅人老郭犧牲處」，等等。

黑色的降落傘在繼續飄著，掠過山坡。黑壽山那充滿感情的聲音，在楊岸鄉的耳畔響著。黑壽山說，七天七夜保衛戰中，這座山坡，當時是一塊側翼陣地，但是，戰鬥同樣很激烈，我們的屍首，敵人的屍首，擺了整整一座山坡。死了許多的人，死了許多的戰友，死了許多結過婚和沒有結過婚的青年士兵。

聽到黑壽山的自言自語，楊岸鄉明白了，他看到的不是幻覺，而是真實的存在，不過這已經是許多年前的事了。「跑反」結束後，他隨保育院的孩子，重返膚施城，他記得，他在一個假日的時候，來這裏為雙親掃墓的情景。在那滿座的山坡上，四處擺著這樣大大小小的石頭，這是那些重新佔領膚施城的解放軍戰士擺的，他們撤走的時候，只記得自己的戰友死在這一塊位置，屍首擺在這一塊位置，如今，當他們打回來的時候，山坡已經變得空蕩蕩的了。於是，在假日的時候，在清晨或者黃昏的時候，他們從延河岸邊，悄悄抱來一塊石頭，放在這個位置，寄託他們的感情。

是的，山坡上擺滿了石頭，簡直沒有人下腳的地方，而在那石頭與石頭之間，一片一片黃色的野菊花開得多麼熱烈。一個小男孩跳躍著，從這些石頭上跨過去。保育院《識字課本》上學過的字，足可以使他認得這些石頭上的墨蹟的。他很好奇，他那時候還不懂沉重，他用清脆的童音，一個石頭一個石頭地唸過去，最後一直走到他的父母——楊作新和薔麥的雙頭墓前。

但這些都是遙遠的往事了。它閃電般地劃過楊岸鄉的沉沉記憶，又閃電般地離他而去。眼前仍然是黑色的降落傘和追逐它的道童，眼前依然是那座梯田狀的平俗山坡。楊岸鄉不明白，那些石頭都到哪裏去了，或者被山水重新沖入了延河，或者在時間的流程中變成了粉末，或者被割草的孩子，撿回家去用來磨鐮刀了，或者在農田基建中，被用做了這些反坡梯田的堤堰？總之，它們消失了，消失得彷彿它們不曾存在過一樣。

那團黑色的降落傘，在半山坡的一塊窪地上，落了下來。

道童走到跟前，停頓了一下，看它會不會重新飛起。但是，它文絲不動，牢牢地停在那裏了。於是，道童順過寶劍，從這團灰燼的圓心部分，扎下去。

「找到了，就在這裏了！」道童轉過身，朝山頂上喊，「雇人來挖吧，就在這兒，沒錯！」

這天下午，他們雇了幾個工人，然後順著寶劍扎下去的位置，一直挖下去。埋得並不深，或者說是由於後來農田基建的緣故，土層被起淺了，總之，當挖到一米深的地方時，出現了棺木。兩個棺木是併在一起的，這叫「並葬」。棺木打開了，兩個亡人已成白生生的骨骸。其中一個天靈蓋碎了，這打消了楊岸鄉的最後一絲懷疑，明白了這正是當年他碰壁而死的父親。

這時候發生了一件怪異的事情。這事情至今還在膚施一帶流傳著。傳說，在男主人公的兩腋下，在那白生生的骨骸中間，臥著兩隻蟾蜍。蟾蜍是書面名詞，在陝北人的口語中，牠叫癩蛤蟆。

牠們是如何出現在這密封的棺木中的，這是一個謎。不過，楊作新的靈魂不得安寧，一定是因爲他的兩腋被胳肢得難受的緣故。而老鄉們則進一步解釋說，楊蛾子之所以一直長久地沉湎於譫想，楊岸鄉之所以歷經百劫，以至這個吳兒堡家族多災多難、難以發跡，皆因爲這癩蛤蟆作祟的緣故。這當然是俚語村言，不足爲憑。那麼，蟾蜍是怎麼進去的呢？原來，穿山甲穿透了棺木——穿山甲嗅到那些柏木的氣味，立即就會逃走，這就是老人們希望得到一副柏棺的原因，而楊作新的棺木是柳木的，這一點我們記得，所以穿山甲毫不猶豫地，立即洞穿了這薄木棺材，以便吃到裏邊亡人的腦漿，而等穿山甲離去後，蟾蜍便從這個洞中鑽進來，將這裏當做了牠們涼爽而又潮濕的下處。

蟾蜍全身疙疙瘩瘩，呈黑褐色，彷彿鱷魚一樣的皮膚，十分醜惡和骯髒。在此之前，牠們大約還在沉沉的夢中熟睡，現在，皮膚感覺到了陽光的刺激，牠們醒了過來。翻開白眼，看了看圍在一旁，驚慌地看著的人們，牠們互相捅了捅，挪動身子，想要逃去。

道童沒有讓這一幕繼續下去，他用寶劍的尖兒，將兩隻蟾蜍挑了出來，扔到了地上，然後，又讓人砍來些狼牙刺和半乾的蒿草，架起火堆，將蟾蜍燒掉。

隨著那火焰嗶嗶叭叭爆響，黑煙升騰，立即，一股難聞的味道，瀰漫了整個山坡。蟾蜍身上有油，因此，火勢很旺。

最後，火慢慢地熄滅了，蟾蜍也被燒成黑炭。道童端起鐵鍬，將灰燼洋洋灑灑地撒在山坡上。灰燼鏟淨後，地下留下一攤烏黑的油膩膩痕跡，那是蟾蜍的毒汁。

這個小插曲結束以後，在如何搬埋的問題上，他們聽取了憨憨的意見。

憨憨認爲，搬埋老人是一件大事，按照鄉俗，它不亞於抬埋老人，因此，需要做一些準備工作，例如箍墓、打碑、打石桌、過事情這些，要不，既對不起老人，四鄉八里的也會笑話的。所以需要從容些才對。反正墓已經找見，不怕它會重新飛了。

這樣，他們將屍骸重新埋好，又給上邊堆了個大大的土包。

爲了穩妥起見，第二日，楊岸鄉又拿來一個塑膠袋，裏邊用紙片寫上雙親的名字，紮好袋口，埋進土裏。繼而，道童自回他的白雲山向道長覆命，而楊蛾子與憨憨，在膚施城裏轉了幾圈以後，謝絕了楊岸鄉、黑壽山的挽留，仍然是一個騎驢，一個牽韁，顫顫悠悠地回了吳兒堡。

楊蛾子回家不久，捎回話來，她和憨憨結婚了。

經歷了這一場以後，楊蛾子彷彿大夢初醒，變得靈醒了。是不是應了蟾蜍的那個迷信的說法，我們不知道。我們只知道，楊蛾子突然之間，混沌的心裏，變得清澈明朗。她忘掉了傷兵，開始真誠地愛上了憨憨。她心中那種好高騖遠的想法，那種浪漫而又固執的念頭，開始消失。她覺得憨憨很好，足以配過她，而他的那種專一，就是鐵石心腸的女人，也會爲之動情的。因此，在一個普通的夜晚，當憨憨又叼著菸袋，蹲蹴在她的炕頭時，她告訴他說：今黑格不要走了，咱們摟懷懷睡覺。「搭夥計搭在大門口」，看來，這個歌兒是有些道理的。

在捎話的同時，她還捎來了那塊懷錶，委託楊岸鄉將它送到革命紀念館去。這樣，那塊懷錶後來便在紀念館做爲文物展出。

隨後，在吳兒堡，便由憨憨督工，開始箍墓，開始鑿造石碑、鑿造供桌。憨憨自己已經老了，幹不動這些石活了，這些石活是由他的那些徒弟們做的。有憨憨督工，所以這些石活做得很細。

自從憨憨幹不動活了以後，他的這門手藝並沒有失傳，手藝由這些弟子們繼承下來了，吳兒堡的袖珍石獅子、袖珍石龍柱，聲名遠播，村中不少人家成了萬元戶。

供桌叫「龍鳳桌」，桌面上刻著雙雙碗碟，碟裏盛著雞鴨魚肉，而在桌子的兩側，刻著一副現成的對聯，一面是：兒哭一聲驚天動地，一面是：女啼三聲五神落淚。兩位貴人入土之後，這供桌將永遠地擺在他們墳前。

石碑亦稱「龍鳳碑」，正如供桌稱爲「龍鳳桌」一樣，因爲這是一個男女主人合葬墓的緣故。石碑上額一個大大的「奠」字，兩旁各刻一龍一鳳。龍鳳碑中間的字，卻不能隨便亂刻了，這得看主孝楊岸鄉的意見。

話捎到膚施城後，楊岸鄉和黑壽山坐著小車，回了一趟吳兒堡，一則為碑上的字，二則慶賀楊蛾子與憨憨的珠聯璧合。

慶賀之事不必說了，碑上的字，楊岸鄉考慮了很久，為他的父親楊作新想起一句話來，這句話叫「他隕落得如此輝煌」。黑壽山十分同意楊岸鄉這種革除舊習的想法，他認為這句雄壯的詩句正可以概括楊作新。

無獨有偶，黑壽山也為他的乾媽蕎麥，想了一句，這一句是：「她生存得如此平易。」這句話也得到了楊岸鄉的同意，他認為一陰一陽，一張一弛，互為補充，相得益彰，確係透徹深刻的語言。

碑子的背後，他們也取得了一致的意見，那就是將楊作新與蕎麥的生平，各占一半，鑿刻上去。

字是黑壽山直接用筆、懸肘寫到碑上去的。寫好以後，石匠照著墨蹟去刻。老年書法函授大學的學生，真草隸篆都滿像那麼一回事。

紅白喜事都是喜事。更兼這是搬埋，因此，整個工作的過程中，都有一股歡快的氣氛。當石碑與石桌全部刻好，墳墓順利地箍好，楊岸鄉為這些石匠開工錢的時候，石匠們詼諧的性格和他們的職業語言，惹得在場的人都忍不住發出笑聲。

石匠們堅持不要工錢。憨憨對楊岸鄉說，不要工錢，在理，但是「花紅」是要的，不要壞了規程，「工錢沒多少，花紅喜錢不用搞」，給他們每人四塊「花紅」吧。見楊岸鄉有些發呆，憨憨就從楊岸鄉手裏接過錢。

憨憨接過錢，給每個工匠跟前放四塊，一邊放一邊用年節時唱秧歌的調子唱道：「我給你放個四季發財！」匠人們看著這錢，只收兩塊，將那兩塊用手背推給主家，口裏依然用同樣的調子唱道：「我收下你一個兩人相好！」說完以後，主家和匠人，拍掌大笑，算是雙方都有面子。後來工匠們一人叼上一支香菸，帶上一應家什，離去了，說好有需要幫忙的事，再吭聲。

搬埋的事情選擇在秋天。

楊岸鄉用了一個小小的柏木匣子，將父母的骨骸裝進去。「父親母親，咱們回家吧，兒子要親手扶你們上老人山！」楊岸鄉說。

膚施市委和市政府，十分重視這件事，認爲對這位陝北早期的共產黨員，理應爲他舉行一個隆重的遷墳儀式，爲死者正名，並藉以激勵生者。市委書記白雪青同志建議，將楊作新埋入革命烈士陵園，以志永遠紀念，但是，楊岸鄉正像上一次拒絕黑壽山一樣，這次也拒絕了白雪青的建議，這樣膚施市委市府，便在那座山坡上，由白雪青主持，舉行了一次公祭儀式。成群的少先隊員，揮舞著花束，向這位故世的革命者致意。在哀樂聲中，白雪青宣讀了膚施市委組織部下發的那個檔。這個檔我們先前曾經談過，因此這裏不再贅述。公祭儀式結束後，小木匣子被裝上卡車，下來就是民祭了。

卡車緩緩地向吳兒堡駛去。它走在楊作新曾許多次走過的那條，從吳兒堡通往膚施城的道路上。駕駛室裏坐著楊岸鄉和黑壽山。黑壽山幾個虎頭虎腦的兒子，坐在車廂裏壓車。而在路的另一頭，在吳兒堡，楊蛾子、憨憨，以及吳兒堡家族所有的人，都站在村口迎候。憨憨的手裏拿著一串鞭炮。

窗外的景色真好！

正是秋天，詩人們筆下的陝北八月天。在陝北，這是一年中最美麗、最富饒的季節。唯有這個季節，高原才一改往日的吝嗇，向人們寬厚無私地奉獻出果實和收穫。八月的高原，一個一個大饃饃一樣的山頭，一塊一塊，一條一條，被長在它身上的田禾，塗上各種顏色。糜穀是黃燦燦的，高粱是紅彤彤的，蕎麥是絳紫色的，玉米亮開金黃色的肌膚，烤煙敞開青油油的胸脯。五彩斑斕的秋色，錯落有致地塡滿了溝溝壑壑，山山灣灣，川川畔畔。輕風刮過，莊稼的穗子在搖曳，葉片在碰撞，發出沉甸甸的鳴響；而立即有一股甜蜜的氣味，瀰漫開來，從汽車打開了的窗戶吹進來。田野上最後幾株遲開的向日葵，也是黃澄澄的，遠遠看去，十分醒目，像少女的黃裙子在灼灼燃燒。

向陽的地塊現在已經開始收割了。受苦人大約是從那瓦灰色的黎明開始，就起身上山了。現在，在高高的山峁上，一家人聚成一攤，圍著飯罐，正在歇晌。不安生的孩子，在崖畔上、坡灣上、棗刺窩裏竄著，摘著山果。疲憊的漢子仰面朝天，躺在割倒的糜穀上，伸展著自己痠痛麻木的腰。會過日子的婆姨，即便在這短暫的歇息中，也忘不了幹點什麼，地頭上長滿了一嘟嚕一嘟嚕的小蒜，她用手指剜著，準備用這菜下一頓給男人下飯。漢在喊婆姨，婆姨走了過去。「不要胡來，孩子在跟前！」婆姨警告說。但是婆姨是多慮了。原來，漢看見了婆姨頭髮上沾著幾顆蒼耳，他坐起來，把婆姨蓬亂的頭摟在懷裏，開始笨手笨腳爲她摘著。草草地休息一下，便又開割了，田野上便又出現了，鐮刀的沙沙聲和莊稼葉的沙沙聲，並且夾雜著收割者，那豐收的喜悅和勞累的歎息。

一片一片莊稼割倒了。一簇簇火炬般的紅高粱簇起來，一行行金黃閃亮的糜穀擁起來，一扇扇苦紫色的蕎麥碼起來。這就算收割完畢了，下一步，就是等冬閒時節，在這地頭上起一塊場，碾打了。那時，火燒連枷將呼嘯而起，牛群、羊群也會被趕來踩場。

突然響起了劈劈啪啪的鞭炮聲，接著幾十杆嗩吶一齊長鳴，卡車已經開進吳兒堡。

在那座高高的老人山上，在杜梨樹的樹旁，他們安葬了楊作新和他的妻子蕎麥。他倆現在可以安寧地休息了，可以和一代一代的人們團聚了，在他們頭頂不遠的地方，那兩個遙遠年代的風流罪人，正在守護著他們，而那棵高高的杜梨樹，頂天立地，爲這一塊安息之地遮風擋雨。

那塊「她生存得如此平易，他隕落得如此輝煌」的石碑，立在雙頭墳的中間，那張龍鳳桌，安放在墳前。

整個搬埋都十分順利，唯一一件值得一記的，是在「領牲」時發生的一件事。

「領牲」是搬埋或者抬埋時，必須進行的一項儀式。總管牽來一隻羊，放在供桌前，請求亡人來領。什麼時候羊打上一個冷戰，這就說明亡人已經有所感知，他領了牲了，他的靈魂附在羊身上，得以超渡了。如果羊遲遲不肯打戰，那就只好給祂身上潑涼水，給牠耳朵裏灌涼水，強使祂打戰，以便結束這項儀式。

楊作新和蕎麥的陵前，總管牽著羊，一聲吆喝：「是不是放心不下兒子？你咋領了！」

陵前所有戴白孝的兒子輩、孫子輩，戴黃孝的重孫輩，戴紅孝的重重孫輩，一齊叩頭，嘴裏喊道：「你老咋領了！」

羊文絲不動。

總管又喊：「是不是放心不下你妹妹？你咋領了！」

眾孝子跟著再叩一個頭，喊一聲。

羊仍然不動。

吳兒堡家族的這一門，人丁不旺，事故不多，因此，喊完兒子和妹子後，總管沒訣了。他不知該再喊什麼，於是想從頭再喊。

這時，楊蛾子突然記起了圈窯的事。父親楊貴兒臨死前，給楊作新託付下兩件事情，真難爲哥哥了，他還記得。

楊蛾子走向前去，她說：「哥哥，你莫不是還記著圈窯，怕見了『大大』後不好說。這事，有楊岸鄉，你就放心去吧！」

楊蛾子話音剛落，羊愣了一下，大大地打了一個冷戰。

孝子們見了，長舒一口氣，說聲：「領了！沒說到機會上，說投機了，老人家就領了！」

總管見狀，翻腕一刀，將羊宰了，三下五除二，一隻開膛剝皮的全羊，獻到龍鳳桌上了。獻的時間是一爐香。一爐香完了，這隻羊便可以揹回家下鍋，給趕事情的親戚們吃了。

從這一刻，這樁事情徹底地變成了喜事。嗩吶手開始吹起了歡快的「得勝令」，孝子們開始脫去身上的孝服，夾在胳肘窩裏，親戚們流著涎水，等著回去吃嫩羊肉。

搬埋的事情結束後，楊岸鄉便留下來，重新招來那些工匠，用了半個月的時間，將這三孔窯洞的石口接好，將窯內粉刷一新。接口用的都是細石料，工匠們也做得專心。接口石窯果然漂亮，光光堂堂的，從官道上過來，轉過山峁，一眼就可以看到它的。

接石口的時候，村上的人說，家裏都沒有人，接這石口幹什麼。楊岸鄉聽了，動情地說，什麼也不爲，只爲告訴這個世界說，父親的兒子大了！

窯口接好，楊岸鄉才回到膚施。黑壽山當天過完事後，就回去了，不過他留下了自己的小兒子，要他幫忙打雜，反正他滿身都是力氣。圈窯的工錢是全部由楊岸鄉出的。本來，憨憨想出，但是楊岸鄉拒絕了，他認爲這是他自個的事。

我們的故事，到這裏就結束了。

楊岸鄉回到膚施城後，便繼續他的文字生涯，他能在這個領域走多遠，那得看他的命。或者用陝北人那飽含宿命色彩的話說：「看他的命裏有沒有！楊家的祖墳是不是在冒青煙？」楊岸鄉的婚姻還沒有動靜，這叫他的姑姑楊蛾子著急。而楊岸鄉倒不著急，他說：「姑娘正在娘家裏長著哩！長大了就會來找我！」楊岸鄉的話後來果然應驗。至於黑壽山，他的書法後來又有了長足的長進，曾經有過作品入選《老年書畫選》的記錄，而膚施市委老幹部活動室的室名，據說也出自他的手筆。他的繼任白雪青，後來升遷，現在，在一個邊疆省份任主要領導工作。吳兒堡住進新窯裏的那兩位老者，他們一直活到現在，相親相愛，令人羨慕。他們有時候也談起那個傷兵，談到丹華告訴楊蛾子的那些話。有一次黑壽山加入了他們的討論，黑壽山感覺到，丹華也許瞭解一些內情，說不定她虛指的那個傷兵，正是楊蛾子的這位，她是在進行暗示。

而那位遠走的丹華，後來我們再也沒有得到她的消息，好像她說過，一九九七年，香港回歸的時候，她會以一個香港大亨的身分，走入北京的；一九九七年還沒有到，所以，很難說，保不定她會在那時出現的。

尾聲　赫連城的婚禮

我們把好事情放在最後來說。在經過長久地延挨之後，楊岸鄉的婚事終於有了動靜，或者用他自己那有些張揚的話說：「太陽今天終於照在我老楊家的門樓子上來了！」那麼，這婚事的女主角是誰？說出來你大概不會相信，她是一個流落到歐洲的匈奴人的後裔，一個布達佩斯國立大學的研究生。那姑娘，騎一匹駱駝，從遙遠的地中海出發，翻過了無數的山岡、河流、沙漠、草原和乾草原，然後，在一個早晨或者黃昏，走到楊岸鄉的身邊。「兄弟，我的遙遠的兄弟！」這個叫索菲亞的姑娘擁抱著楊岸鄉說。——「姊妹，我的走失了的姊妹！」楊岸鄉則同樣以這樣的語調說。

那麼，這一切是怎麼發生的呢？事情得從一本叫《第歐根尼》的雜誌說起。這本雜誌在某一期，發表了一個介紹匈奴人留在這個世界上的唯一都城，即位於陝北高原與鄂爾多斯高原接壤處，稱爲赫連城的專輯。這專輯上有著如今已爲黃沙半掩，赫連城遺址的照片，還有當地政府爲修復赫連城，用電腦模擬出來的赫連城，當年興盛時期的照片，並配有一個叫楊岸鄉的陝北籍學者，所寫的介紹性質的文章。

這個叫楊岸鄉的人，在參考了中國人的史書，土耳其人的史書，俄羅斯人的史書，歐美人的史書後，以翔實的內容，言之鑿鑿的依據，飽蘸才華的文筆，寫了匈奴這個偉大的東方遊牧民族，它的發生、發展、強盛、盛極而衰，以及消失在歷史進程中的經過。楊岸鄉還親自踏勘，爲赫連城遺址的照片配了說明。如果我們在這裏不揣冒昧的話，不妨將配在赫連城照片上的這段說明引用一下。

> 赫連城——一代梟雄赫連勃勃所築的匈奴都城。赫連城依地勢而築，雄偉壯麗。城設四門，南門叫朝宋，西門叫伏涼，東門叫招魏，北門叫平朔。它的城牆是用糯米汁、白粉土、沙子和熟石灰摻和而成。雖爲土城，但具有石頭一樣堅硬的質地。老百姓說，當年築城時，築好一段，赫連便讓監工來驗收。
>
> 監工用錐子刺牆，刺進去一寸，殺築牆的民工；刺不進去，殺監工。因此這赫連城的堅固，可見一斑，而赫連勃勃本人的殘忍，亦可見一斑。如今，城已經千餘年的風雨侵蝕，流沙掩埋，僅剩斷壁殘垣而已。因爲這歷史的殘存呈灰白色，當地人稱「白城子」。英國人大衛·沃克說，這是世界上唯一遺存的匈奴都城。

這位女研究生看到了這份雜誌，而雜誌上諸如此類的內容叫她熱血沸騰。原來，索菲亞主修的課程正是匈奴史，而她的畢業論文就叫《第一次躍上馬背的匈奴人，打碎了世界文明各板塊，並且重新組合》。

索菲亞爲了完成她的學術論文，在世界範圍內搜索有關匈奴人的資料，隻言片語也不會放過。這樣，她接觸到這份叫《第歐根尼》的著名雜誌，並且從這裏知道了赫連城，知道了楊岸鄉，就是順理成章的事情了。

由於沒有文字，所以這個歷史上偉大的遊牧民族，在它神秘消失之後，留給世界的只是一個稱謂，一些散落在歐亞大平原上的陶器、鐵器、銅器殘片，及一些或虛或實的傳說。所以，所謂的匈奴史研究，更準確地說，只能叫做匈奴史猜想而已。

但是現在好了，歷史有意給我們留下了一座輝煌的匈奴都城，做爲實物憑證，至今還矗立在那裏。它做爲實證豎立在遙遠的東方，豎立在農耕文化線與遊牧線交界的地方，像一塊活化石，像一塊紀念碑，像一座實物的阿提拉羊皮書。這些，怎能不叫這個研究生激動，並對它產生一種深深的嚮往呢？

任何事情都有一個緣由的。原來，索菲亞是匈牙利的匈族人，據代代相傳的民族傳說，他們正是偉大的阿提拉大帝的後人，或者換言之，是從亞洲高原過來的牧羊人的後裔。他們的血管裏，流淌著祖先那不羈的血液。

匈牙利人一直堅定不移地認爲，他們就是傳說中那匈奴人的後裔，阿提拉的後裔。這情形正如匈牙利偉大民族詩人裴多菲，在他那民族史書中吟唱道的那樣：我那光榮的祖先啊，你們如何在那遙遠的年代，從亞洲高原，從黑海、裏海荒涼的鹹灘，來到多瑙河邊，找一塊水草豐茂的土地，建立我們的公國。

但是這個民族傳說，在索菲亞上研究生這個年代，受到了一些年輕學者的挑戰。其時正逢東歐劇變之後，各種學術思想爭相表現，於是一些年輕學者發表文章說，他們認爲，匈牙利立國當在二世紀，是另一支遊牧民族馬紮兒人在這裏建立的，而匈奴人是西元四世紀才來到這塊草原的，云云。

面對這個聲音，匈牙利當局出面干涉了，他們委託一個類似國家社科院那樣的機構，出面發表了一項聲明。聲明說，這場爭論至此停止，有驍勇善戰、震撼整個歐洲的匈奴人做我們的祖先，是一項無上光榮的事情！我們總得給自己找一個根吧！這樣討論聲於是停止。不過匈牙利的官方機構，在後來的敍述歷史時，用詞更爲嚴謹和謹慎一些，他們說，匈牙利是一個多民族的聯合體，它的主要成分是匈族人，而這些匈族人的祖先正是匈奴人。云云。

我們的索菲亞正是匈族人。

於是乎，處於激情與羅曼蒂克思想中的索菲亞，忽然有了一個大膽的想法，她想騎著一匹馬，或者一匹駱駝，順著匈奴人當年走過的道路，逆方向重走一次。當我們的索菲亞將這個想法說出時，立即得到了另外幾個女研究生的熱烈回應。她們雖然主修的不是匈奴史，但是同樣是匈族人，同樣地對祖先那遙遠的過去著迷。於是事不宜遲，她們四人便聯名給市長寫了封信。

沒想到她們的信得到了市長的熱烈支持。市長不但同意了她們的請求，而且，還從一家大企業拉來贊助，做爲她們這次行程的經費和獎勵。市長還指示電視台，爲她們配備了一套衛星傳輸系統，要求她們將沿途所見拍攝下來，每晚準時傳送，然後由電視台即時播放。

這一天，是布達佩斯的一個節日，有本城四位年輕的姑娘，騎著馬，騎著駱駝，要沿著匈奴人當年的足跡，去訪問遙遠的赫連城了。布達佩斯舉行了隆重的歡送儀式，市長講話，電視台直播。全城的人列隊，站在城門外歡送她們，姑娘們穿上了節日的盛裝，鐵匠則用錘子擊打出進行曲。

這樣，索菲亞和她的同伴上路了。

而這時，在遙遠的東方，在陝北高原上，我們的楊岸鄉還不知此事，不知道她的新娘正騎著一匹駱駝，曉行夜宿，沿著歐亞大陸架，一步一步地向赫連城走近，向他走近，來赴這命定的姻緣。

楊岸鄉不好好寫他的小說，怎麼突然地迷戀起了赫連城，迷戀起了匈奴史呢？說起心理因素，這當然與他心中那種歷史情結有關。前面我們說過，獲得性具有遺傳性，在既往的歲月裏，那遙遠的、祖先的遺傳，並沒有丟失在路途，而是在一代一代人的基因中沉睡著，而今天，在楊岸鄉的身上，它突然爆發了。

而世俗的原因則是黑壽山帶來的。

黑壽山早已退休，退休的他在家賦閑，靠寫書法來填補空虛，來打發剩餘的風燭殘年。這時，膚施城在開發赫連城專案上，需要找一個承頭的人，這個人需要有水準，這個人還不能給班子添亂，這個人還要有一定的影響力和活動能力，後來大家異口同聲地說，這事讓黑壽山幹吧，也算餘熱利用。

原來膚施城方面，是想將這有一千四百多年歷史的匈奴都城立項，向聯合國教科文組織申報人類歷史文化遺產，就像業已成爲遺產的秦始皇兵馬俑、萬里長城等等一樣。當地政府覺得這座塞外古城，若能被聯合國批准，成爲人類歷史遺產，一則是向歷史致敬，二則可以拉動旅遊業，將這個資源最大化，三則，也算本屆政府的一項政績。

黑壽山領命以後，先沒有應允，說他到實地去看一看，再決定答應不答應。其實他心裏早就願意了，這叫拿架子。黑壽山帶了幾個隨從，開了一輛越野車，翻越了幾座山，又走了百十里的大沙漠，最後來到這民間傳說中的赫連城。

一番踏勘後，黑壽山應承下來了這事。他說，既然攬了這事，攬君是君，攬臣是臣，不把這事辦好，不是我黑壽山的風格。然而，一個好漢三個幫，要把赫連城這事辦好、辦漂亮，光他不行，還得需要兩個高人的幫助。

這兩個人，一個是我們的楊岸鄉，一個是我們的丹華。這樣楊岸鄉被臨時抽調到這個機構，給了「副處」的待遇，為黑壽山跑腿。而丹華呢？此刻的丹華，已經成為香港香江邊的一個大富婆。

黑壽山之所以提到她，是想親自到香港跑一趟，從那裏拉些贊助回去。沒錢什麼事情也辦不成的。

這樣，黑壽山先去趟香港，老著面皮，將這事給丹華說了。丹華聽了，欣然同意，願意出資兩千萬，贊助這項公益事業。原來，丹華在廣東東莞，融資蓋起一條街道，齊刷刷兩排三十棟樓盤。原來這樓盤是準備賣的，後來一算計，這樓盤天天漲，地皮天天漲，不如不賣，先把它租出去，這樣既可以收到一筆可觀的租金，又可以坐擁這不動產升值。這三十棟樓一年的租金恰好是兩千萬，丹華正與平頭商量，想用這筆資金，為插隊的陝北知青做些事情，恰好這時黑壽山來了。於是這事一說就成。

黑壽山雖然拿到了錢，但是心裏酸溜溜地想，這世事真他媽的就是忒怪，有錢人三搗葫蘆兩搗瓢，又變成有錢人了，而窮人任你萬般折騰，到頭來，卻還是窮人。夜來，他睡不著，將楊岸鄉的電話接通，先報了資金已經籌到了兩千萬的好消息，接著將自己上面那段感慨說出。

楊岸鄉在陝北那頭，電話上聽了，淡淡一笑說：這丹華老根上就是山西人，晉商的後代，莫忘了她的外爺，是當年膚施城那個「趙半城」呀！門裏出身，自帶三分。黑壽山稱「是」。

那麼行文至此，我們先不說籌得錢來的黑壽山，開始乍舞這赫連城的重修事宜，申報世界人類歷史文化遺產事宜。不說那楊岸鄉，每日或登上赫連城那高高的土城之上憑弔，或埋頭於古籍裏，尋找匈奴民族的隻言片字。更不說那索菲亞姑娘與她的同伴，曉行夜宿，順著古絲綢之路，叮咚而來。我們現在這裏，找個空子，將這赫連城的主人赫連勃勃，介紹一、二。

親愛的讀者大約還記得，在這本書開頭的時候，在那個被稱爲「楔子」的東西中，阿提拉大帝站在高高的喀爾巴阡山之巔，一面注視著他腳下的歐羅巴草原，一面回首來路，望著匈奴人的故鄉地，向他的獨眼女薩滿問事的情景。

是的，女薩滿的那隻獨眼熠熠發光，鷹一樣地越過條條河流和條條山岡。越過這稱之爲歐亞大平原的遼闊境域，然後把那時在中國發生的事情，告訴給阿提拉。她說，整個中國境內像開了鍋一樣，胡塵狼煙起自四方，內附的匈奴人開始掀起中國歷史上最爲混亂的一個時代，完成他們對定居文明的一次總攻擊。

她說，那最先起事的人叫曹毅，是匈奴右賢王，他被安置的地點是陝西黃陵縣。幾乎與此同時起事的是匈奴的左賢王，他叫劉淵，被安置在山西的離石。

她說那劉淵建立的大漢國，先是一統山西，繼而進入中原，占了西晉的首都洛陽，迫使西晉滅亡，晉王朝跨過長江，在南京建立東晉政權。這劉淵則繼續揮師向西，佔領了長安。

這樣，中國歷史上的五胡十六國時代開始了。

這個獨眼的女薩滿還以讚賞的口吻，談起那個自鄂爾多斯高原輾轉而來，在陝北高原築城搭塞的草原來客赫連勃勃的故事。並說這赫連勃勃，正是那出塞美人王昭君的直系後裔。

女薩滿沒有說錯。她看到的正是中國境內正在發生的事情。而她說的赫連勃勃，正是我們下面要說的這位。

一位將軍，從遼遠的草原上來，來到鄂爾多斯高原與陝北高原的接壤處。那時這裏是一片古木參天、牧草豐盛、溪流潺潺的去處，北望，是一望無際的毛烏素大沙漠；南望，是一個山頭接著一個山頭的雄渾高原；東望，東跨黃河之後是當時南匈奴的老巢山西太原；西望，是寧夏河套和騰格里大沙漠。

將軍登上一個高處，揮動馬鞭往四下一指，以手加額，讚歎曰，他走過天下許多地方，還從來沒有見過這樣好的去處，這地方是上蒼爲我劉赫連準備的啊！於是不再走了，徵十萬民伕，在這裏修城築塞，建立他的霸業。

這座從地面上「無中生有」而生出的城市，六年即告竣工。這樣，留在原居住地的匈奴人，便有了他們的最後一次輝煌。赫連將他建立的這座都城叫「統萬城」，意即「統一萬邦，君臨天下」之意。它還將姓氏中這個「劉」字去掉，因爲這個劉姓，是前些年匈奴漢國的皇帝賜給他祖父的，帶有安撫性質。在去掉劉字以後，他以「赫連」爲姓，並在赫連後面，加上「勃勃」二字，以示張揚。他又把他的國家，稱爲「大夏國」，因爲他認爲，匈奴人是中國歷史上第一個王朝，「夏」王朝的後裔。

赫連勃勃的家世淵源，這裏再交代一下。

三國時期，內遷山西太原的匈奴右賢王去卑，與鮮卑女子婚配，從而產生了一個新的部族，史稱「匈奴鐵弗部」。

魏晉時期，鐵弗部的活動區域在山西雁北一帶。十六國時期逐漸遷徙到河套地區。河套地區又稱朔方，朔方乃「北方」之意。

事實上從那以後，這個部落就在這塊地面上稱王了。匈奴漢國建都長安以後，劉淵曾經封當時的鐵弗部首領劉虎爲「樓煩公」，並賜「劉」姓予他。這就是後來這個部落以「劉」爲姓的原因。而在匈奴漢國滅亡以後，鐵弗部首領劉衛辰投靠前秦王苻堅，並被封為西單于，管理這一塊地面以及左近地區各少數民族，並在今天的內蒙古伊克昭盟境內，築代來城，令其囤聚。這樣，鐵弗部逐漸強盛了起來。

赫連勃勃正是這西單于劉衛辰的第三子。

史載，西元三九一年，劉衛辰遣子直力鞮率眾攻北魏南部，拓跋矽引兵抵抗，大破直力鞮。魏兵乘勝追擊，從五原金津渡河，直搗代來城。代來城被攻破後，衛辰父子出走。後來直力鞮在內蒙古五原河被擒，衛辰則被部下殺死。

僥倖得以逃脫的赫連勃勃，先是逃到鮮卑族薛乾部，繼而又被高平公沒弈于招為駙馬，後來又被秦主姚興賞識，拜為安遠將軍，仍令其延續家庭傳統，鎮守朔方。

後來，赫連得到消息，後秦與他的仇家北魏相通，於是怒不可遏，反出後秦。這是西元四〇七年的事。

在後秦蟄伏了幾年的赫連，是時已經羽毛漸豐。這時有消息說，柔然可汗杜倫獻馬八千匹給後秦，於是赫連在今天陝北的榆林市地面，將八千匹駿馬，攔路奪去，這樣他的軍力得以壯大。後來為了拓展疆域，赫連又以打獵為名，來到老丈人高平公沒弈于的轄地，今天的寧夏固原清水河一帶，突襲沒弈于，盡降其眾。接著，馬不停蹄，又連破鮮卑薛乾等三部，降其眾萬餘人。

這就是這支流亡的匈奴部落，在建立大夏國之前的歷史。

赫連城築起來了，劉赫連也丟掉這個「劉」姓，易名赫連勃勃，開始他的霸業。

然後，赫連勃勃鐵騎所向，先戰膚施城。並把膚施城設為他的陪都，稱「小統萬城」。爾後，直指千古帝王都長安。

西元四一七年秋，晉太尉劉裕滅後秦。劉裕東還後，赫連勃勃乘機攻佔長安。

赫連勃勃將長安城，亦設爲他的陪都，也叫做「小統萬城」。

據說，赫連攻佔長安城後，大臣們曾勸他遷都長安。但是，這位草原來客拒絕了這一建議。他覺得自己的性格，和這裏的農耕文化格格不入，四方城窒息的空氣，也不能叫他忍受。

赫連遂留太子貴璝守長安，自己則又回到了赫連城。

半年以後，長安城失守。

那一陣子，大夏王朝達到全盛時期。赫連勃勃鐵騎所向，赫連城四面八方的割據勢力，望風而降。

大夏國的版圖囊括了整個的陝北高原，整個的鄂爾多斯高原，渭水以北的大半個關中平原，整個的河套地區和騰格里沙漠，整個的隴東高原（包括平涼、天水這些城池），以及包括太原在內的大半個山西。以一座塞上孤城爲出發地，完成他對北中國的佔領夢想，赫連成了中國歷史上，深深刻下印跡的一個人物。

大夏國是怎麼衰敗的呢？

赫連稱帝後，他的兒子們便爲爭奪皇位繼承權，而展開了相互殘殺。

西元四二七年十二月，赫連廢太子璝而立少子倫。赫連璝聞知後，率領七萬餘人攻襲赫連倫的駐地高平（今寧夏固原），倫兵敗被殺。繼而次子赫連昌攻殺赫連璝，併其眾八萬五千。赫連勃勃遂立昌爲太子。

西元四二五年，一代梟雄赫連勃勃死去。

這時，由於勃勃諸子相互攻殺，大夏國力已大爲削弱。赫連昌即位的第二年，北魏大舉進攻夏國。是年冬，北魏太武帝拓跋燾親自率二萬輕騎，突襲赫連城。昌倉促迎戰，城雖未破，但夏國損失嚴重，元氣大傷。

下一年，北魏發兵十萬再攻赫連城。這個曠野上的城市，這次終於不保。兵敗的赫連昌棄城而逃，逃到甘肅的天水。北魏十萬大兵縱火焚燒，將赫連城夷爲灰燼。這座顯赫一時的輝煌都城，從此在地圖上消失。

次年，北魏攻天水，擒赫連昌。

嗣後，昌的弟弟赫連定仍然率領殘部，在隴東高原上左盤右突，苟延殘喘。奈何這個名曰鐵弗部的匈奴部落，氣數已盡，最後，赫連定被位於今天甘肅、青海、寧夏接壤處，一個叫「吐谷渾」的少數民族擒獲，後被北魏殺於今天的山西大同。而大夏國的版圖，是時則盡歸北魏。

於是乎，威震一時的大夏國從此徹底滅亡。

於是乎，只在曠野上留下一座古城的殘骸，任人憑弔。

我們匆匆的筆觸，只能對那一段紛亂的歷史，描繪出一個大概模樣。我們枯燥的敍述，完全是爲了描繪這個偉大的遊牧民族，在中國最後消失的圖景。

兩位末代大單于幾乎是在同一個時間滅亡的，或者換言之，相距數萬里空間的南北匈奴，幾乎是在同一個時間滅亡的，人民茫茫然而不知所終。說起來，這真是一件蹊蹺的事。

西元四〇七年左右，赫連勃勃建大夏國。西元四一七年，赫連勃勃攻佔長安。西元四二五年，一代梟雄赫連勃勃死去。死去第三年後，赫連城爲北魏所破，大夏國亡。南匈奴結束。

西元四四一年時，阿提拉在今天的匈牙利草原建立大漢國。西元四五二年時，阿提拉率三十萬大軍圍攻羅馬城，隨後與羅馬公主奧諾莉亞結婚。西元四五三年時，阿提拉死去。隨後北匈奴結束。

兩股洶湧不羈的潮水，幾乎是在同一個時間，停止它的奔流的。相隔了那麼遠，而那又是個不通音訊的年代。這就是匈奴人那萬劫不復的宿命嗎？我們不知道，我們真不知道。你去問那爲黑暗所掩的蒼茫歲月，你去問那冷靜得近乎冷酷的歷史吧！

但是它沒有死亡，它那不羈的血，正在另外的民族身上澎湃著。當親愛的姑娘索菲亞，正騎著駱駝，風馳電掣般地向赫連城行走，去赴這千年之約時，她就有這種感覺。

她那駱駝的大蹄子踩著青草，踩著沙礫，穿越那一條一條季節河或大河，翻越那一座又一座山岡，每一步都會令她的心爲之悸動。那是遙遠的祖先，當年一步一步丈量的地面啊！而在這十個月的日子裏，歐亞大平原上的每次日出與日落，那種輝煌的感覺，都令她陶醉得每每迷路。尤其是面對那落日時，她甚至想，當年的匈奴人並不是在潰逃，也不是在遷徙，而是爲這落日的輝煌壯麗，一步一步去追趕這美景，從而一直走到多瑙河畔的。

面對那些黑松林，索菲亞會想，一千多年前，匈奴人那遷徙的隊伍，曾在這裏燃過篝火，紮過營帳，停過勒勒車，那松塔的枝頭曾閃過冷月，閃過夜哨兵那刀劍的寒光。面對那些一年一枯的青草，索菲亞又會想，你們是匈奴人的牛羊，當年曾經啃過的青草嗎？如果是，你們已經有過一千四百多次的一生一發，一榮一枯了。

而當索菲亞從歐亞大平原上，那些年代久遠的墳墓群前經過時，她總要停下來拜謁。這墳墓是誰的？是哪個匆匆而過的民族的？她不去管它。面對它們，她有一種親近感。她覺得它們是她的共同祖先，而她是它們打發到二十世紀陽光下的一個代表。

這樣十個月的餐風飲露，十個月的曉行夜宿以後，索菲亞一行來到了陝北高原，來到了赫連城旁。她看見在高高的城垛上，正站著一個人。「你是楊岸鄉吧，我知道的！」索菲亞從頭上摘下紅紗巾，在空中舞動。於是，在城垛上站著的那個人，快步走下來。

楊岸鄉扶這位遠方來客走下駱駝。那來客雙膝跪倒，向赫連城致敬，向歷史致敬。楊岸鄉在旁邊爲她牽著駱駝。

楊岸鄉其實已經知道這事，外事部門通知了他。索菲亞此次長途跋涉，要穿越許多的國家，所以背後有許多人爲這事忙碌著。

原諒我們，我們的故事就到這裏結束吧！索菲亞後來與楊岸鄉結婚，成爲赫連城申報世界歷史文化遺產項目的一個專家。她主要的工作，是和聯合國教科文組織以及歐亞各國聯繫。由於她和她的同伴們這次洲際穿越，在布達佩斯電視台播出，從而轟動了整個歐洲，也等於爲赫連城「申遺」項目做了一個廣告。

「這樁婚姻是不是合適？縱然我有再豐富的想像力，也不敢相信這件事！」當索菲亞徵求專案負責人黑壽山的意見時，黑壽山這樣說。

索菲亞說：「此次旅行，已經將我變成了一個世界主義者。親愛的朋友，不要把我當外人，權且把我當做一個穿著大襟襖、大襠褲的陝北婆姨吧！」

楊岸鄉倒是平靜地接受了這事。因爲他覺得他和索菲亞身上，有如此多的共同點，他們已經親密到不可分離，它們彼此都因對方而燃燒起來。這種燃燒不僅僅是指感情的燃燒，而同時指身體中那些沉睡的部分。

記得我們曾不止一次地在前面說過，獲得性具有遺傳性。那古老的家族遺傳，它一直在一代一代人的身上沉睡著，現在，這遙遠的撞擊，將那些沉睡了千年的基因啓動。

那是一種怎樣的刻骨銘心地撞擊呀！

這一天黃昏，兩個人在赫連城那高高的城垛上，坐了很久，耳鬢廝磨了很久以後，終於克制不住了，他們的感情爆發了。在暮色中，在千古曠野上，在這座歷史的廢墟上，兩個人野合了。

女人斜斜地躺下，勇敢地撩起自己的裙裾，將頭遮住，而男人這一刻，也完成了做爲一個男人，在此刻該幹的事情。

在交合的那一刻，他們感到，身子下面的這座千年廢墟，也在這一刻顫抖起來。它像一個僵臥千年的怪獸一樣，發出低沉的歎息。這一刻，鮮花開始開放，流水開始潺潺，石頭開始說話，一切都在復甦，一切彷彿又有了靈性。

那種積蓄了一千多年的感情，跨越了數萬公里的空間，從而完成的這次撞擊，所帶給他們的快感，叫他們幸福得幾乎眩暈。

此刻，在這星球上，這個小小的、亂哄哄的世界上，也許正在發生許多事情。比如政治家在電視機前作秀，宇航員在太空向人間招手，複製牛複製羊出現，等等等等。但是我想說的是，它們哪一件事情，也比不上這一對兄妹，越過千年的時間與萬里的空間，這一次交合的輝煌和美麗。

楊岸鄉和索菲亞的婚禮，定於赫連城修復工程竣工之日舉行。那一天來了許多人。在我們這本書出現過的人物，許多都來了。禮是由黑壽山主持的。

丹華與平頭也從香港趕來，一來是爲這對新人祝福，二來是爲落成典禮剪綵。而尤其令人高興的是，赫連城申報世界歷史文化遺產的事情，也取得了重大的進展，聯合國教科文組織的一個專家考察團，將不日抵達。

嗩吶聲熱烈地吹奏起來。一個陝北人，一生中三次與嗩吶有緣，一是出生時，一是婚嫁時，一是死亡時。讀者大約還記得，楊岸鄉過滿月時，那吳兒堡村頭的嗩吶聲吧。如今，這陝北的嗩吶，是第二次爲我們的楊岸鄉而吹了。嗩吶聲高亢而明亮，有一種宗教般的崇高感。嗩吶聲傳遍了這座輝煌的塞上城郭，然後向吳兒堡飛去，向膚施城飛去。而這塊高原用經久不息的回聲，來祝福這一對新人。

楊岸鄉牽著毛驢。毛驢上馱著索菲亞。索菲亞頭頂紅蓋頭，腳踏繡花鞋。他們順著這赫連城，繞了三個大圈子，最後走入洞房。

後記　失落的史詩與追溯的足印

本書旨在描述中國一塊特殊地域的世紀史。因爲具有史詩性質，所以它力圖尊重歷史史實，並使筆下脈絡清晰，因爲它同時具有傳奇的性質，所以作者在擇材中，對傳說給予了相應的重視，其重視程度，甚至超過了對碑載文化的重視。

作者試圖爲歷史的行動軌跡，尋找到一點蛛絲馬跡。作者對高原斑斕的歷史和大文化現象，表現出極大的熱情，這主要是因爲他受到了一位批評家朋友的蠱惑，按照這位批評家的說法，我們這個民族的發生之謎、生存之謎、存在之謎，就隱藏在作者所刻意描繪的，那些自然景觀和人文景觀中。在這部書中，作者還以主要的精力，爲你提供了一系列，行走在黃土山路上那命運各異的人物，他在這些人物，尤其是吳兒堡家族人物身上，寄託了自己的夢想，和對陝北以至對我們這個民族，善良的祝願。

還沒有哪一部作品，能對二十世紀中國的行程，進行一次全方位的巡禮。這是一件遺憾的事情。當我在陝北高原穿行時，當我深入地進入每一個歷史大事件時，我每每爲之驚駭。法國作家雨果說：「對於剛剛經歷過，用血和淚寫出人類歷史最奇特一頁的這一代人，必須給予更崇高的東西。」我則想說的是：「較之雨果所宏大敍述的法國大革命，發生在中國二十世紀的，由產業工人、失去土地的農民，以及他們的同盟者，所進行的這場革命，更見其悲壯、崇高、宏偉和持久。不管這場革命將來的走向如何，或垂之以久遠，或風行於片刻，這些都不是最重要的。那最重要的是，有那麼多年輕的夢想家們，彷彿法國的燒炭黨人、彷彿俄國的十二月黨人那樣，將他們全部的激情、全部的真誠、全部的憧憬，投入到這場事業中去。他們有理由贏得永遠的尊敬。」

我還想著重說：「無產階級有理由寫出自己的史詩。如果做不到這一點的話，它將欠下二十世紀一筆債務，欠下自己本身一筆債務，並且欠下人類總體利益一筆債務。」

再者，關於《最後一個匈奴》這個書名，有許多朋友問我。那麼這裏我把在另外場合說過的一段話，在這裏重說一下，算是對這個書名的解釋：

「站在長城線外，向中原大地瞭望，你會發覺，史學家們所津津樂道的二十四史觀點，在這裏轟然倒地。從這個角度看，中華民族的五千年文明史，是以另外的一種形態存在著的。這形態就是：每當那以農耕文化爲主體的中華文明，走到十字路口，難以爲繼時，於是遊牧民族的達達馬蹄，便越過長城線，呼嘯而來，從而給停滯的文明以新的『胡羯之血』（陳寅恪先生語）。這大約是中華古國未像世界上另外幾個文明古國那樣，消失在歷史路途上的全部奧秘所在。」

本書的動筆從一九八九年開始，但是它的最初構思，卻比動筆早了十年。一九七九年春，省作協恢復活動後，在西安那個有歷史意義的地方，開了個「新作者座談會」。會上，一位年輕的女同胞以她的談吐、風度，令整個座談會生輝。今天的省作協的老頭子遇見我，還像偶然記起什麼似的，問起她的去蹤，可見她留給人們的印象之深。在開會之前，我們素昧平生，但因爲同是來自陝北的緣故吧，會議中，我們約好要合作寫一本書，並且談了大致的構思。這就是本書後半部分的內容。這位女士後來遠遠地走了，在留下一絲惆悵的同時，這書便由我獨力完成它了；而她卻變成了書中的一個人物，細心的讀者也許會認出她的。再者，小說動筆之後，受一位作家朋友的委託，我又佔用了爲數不少的時間，深入一個陌生的領域，爲他的父親「翻」一個有些奇怪的案子。案子後來是翻過來了，於是它也就成了我小說中的一些素材，這就是本書前半部分的內容來源。本書是應作家出版社之約而寫的，他們從熙熙攘攘的人群中，注意到了我那不諳人事的面孔，這使我誠惶誠恐，於是只有勉力爲之才是。然而寫作途中，我又糊裏糊塗地在文代會選舉中，得到了一個職務。職務同時又是責任，這責任使我幾乎半途而廢，使我們差點少了一個不算太蹩腳的小說家。幸虧尊敬的約稿編輯朱珩青女士一再督促，並在百忙之中，來到我這荒僻的居處，打上門來索命，於是撥冗去贅，乃有這本書的完成。以上是寫作過程。

該說的話本來都說了，誰知小說稿完成後，節外生枝，又發生了一件重要的事情，因此也許有一記的必要。

一九九一年八月中旬，小說稿基本完成。這時，我接到中國作家協會通知，到西安領一九九一年度莊重文文學獎。行前，我將手稿交給一位朋友，請他看一看，提點意見，西安回來後我即著手謄抄。結果，朋友將手稿丟了。那真是一個悲哀的秋天。我孤獨地回到了我的居室。我痛苦地哭泣了，我甚至疑心整個世界都在算計我。可是，我沒有被打倒，我決心憑藉記憶，將它重新寫出來。我從一九九一年十月六日動筆，到今天，也就是一九九二年一月三十一日，我的三十八歲生日這天，將它全部寫完。當最後一個句號畫完時，這個可怕的事件，也就變成一個無足輕重的小插曲了。

修訂版後記

第一，迄今回憶這本書的創作過程，我仍然不寒而慄。這本書斷斷續續地寫了十年，後來的統稿又用了一年。這期間，發生過許多的事情，例如手稿丟失，例如父親去世，例如在統稿的一年中，我掉了十三斤肉、掉了三顆牙齒，等等。而當這本書出版後，又發生過的大喜大悲的事情，更是不勝枚舉。那麼這裏就不說也罷。作品一經出版，它便有了它自己的命運，那麼，瀟灑地揮手道別，讓它自己去經歷。

第二，這部作品最初的構思，是在一九七九年四月，陝西作協恢復活動後的第一次座談會上。當時，我與北京知青作家藏若華女士，討論共同寫作這本書。後來她匆匆去了香港，於是這書就由我獨立完成了。做爲紀念和敬意，我在這本書中引用了她早期的作品《最後一支歌》。雖寥寥數千字，足可以令讀者見到她當年的才華。一九九三年版《最後一個匈奴》出版後，我曾寄香港請她指正，她回信說：簡直是一場夢一樣。特此記此，以資紀念。

第三，本次修訂中，我將第二十七章的部分文字重寫了一遍，以抹掉一切有可能容易引起「對號入座」的痕跡。這裏也作說明。

第四，本次修訂中，我新寫了兩章，即《楔子．阿提拉羊皮書》和《尾聲．赫連城的婚禮》，這樣使作品更爲厚重一些，歷史感更深厚一些。這個建議是尊敬的景俊海先生提出的。他認爲應該更有意識地，展現出世界民族大融合這波瀾壯闊的一頁。

第五，在本次修訂中我不揣冒昧，畫了些插圖在裏面。我想把自己腦子裏那些反覆出現的、陪伴了我幾十年的人物形象，用畫筆展現出來。幾十年來，它們一直如魔如幻地盤踞在我的心頭，呼喚著要奪路而出。做爲我，只是順應它們的願望，將它們援筆引出而已。

第六，本修訂本的策劃編輯張墨女士，一九九三年的時候，曾在西安省作協大院採訪我。這次聯繫出書時，她拿來我當年簽名的書，和她與我拍攝的合影。對著書和照片，我在一瞬間百感交集。於我，於她，這十三年來世界上發生了多少事情啊！張女士十三年前還是一個高中生，也是一名少年雜誌的特約學生記者，如今，已經在世界遊歷一圈後，回到北京，成爲一名作家和編輯了。

第七，我還想深深地感激我的所有讀者們。我永遠記得在西安鐘樓前簽名售書的情景。隊伍頂著酷熱，排了有一里多長。我覺得，這是對一個寫作者最高的褒獎。

第八，《最後一個匈奴》修訂版完成了。那麼，讓它去經歷它的命運吧！我這裏是再也不去管它了。我再也不會重新去看這本書了，一個字也不看了。我們這一代人行將老去了，這場宴會將接待下一批饕食者。不過我在這裏想說的是，未來的一些年以後，當後世的人們從塵封的書架上，偶爾翻到一本叫《最後一個匈奴》的書時，他們也許會說，千萬不敢小覷了那個年代，那個時代還是有一些深度的！

【風雲三十周年紀念典藏版】

最後一個匈奴

作者：高建群
發行人：陳曉林
出版所：風雲時代出版股份有限公司
地址：10576台北市民生東路五段178號7樓之3
電話：(02) 2756-0949
傳真：(02) 2765-3799
執行主編：劉宇青
美術設計：許惠芳
行銷企劃：林安莉
業務總監：張瑋鳳

初版日期：2022年3月典藏版一刷
版權授權：高建群
ISBN ：978-626-7025-48-2
風雲書網：http://www.eastbooks.com.tw
官方部落格：http://eastbooks.pixnet.net/blog
Facebook：http://www.facebook.com/h7560949
E-mail：h7560949@ms15.hinet.net
劃撥帳號：12043291
戶名：風雲時代出版股份有限公司

風雲發行所：33373桃園市龜山區公西村2鄰復興街304巷96號
電話：(03) 318-1378
傳真：(03) 318-1378
法律顧問：永然法律事務所 李永然律師
北辰著作權事務所 蕭雄淋律師

行政院新聞局局版台業字第3595號 營利事業統一編號22759935

定價：490元

國家圖書館出版品預行編目資料

最後一個匈奴 ／ 高建群 著. -- 臺北市：風雲時代出版股份有限公司，2022.02- 面；公分
風雲三十周年紀念典藏版
ISBN 978-626-7025-48-2（平裝）

857.7 110020727